GOLDMANN

Buch

Morgana, die temperamentvolle Enkelin des irischen Herzogs von Shanetara, genießt trotz der unverschuldeten Armut ihrer Eltern eine unbeschwerte Kindheit und erblüht in der Abgeschiedenheit des Familienlandsitzes zu großer Schönheit. Doch sie ist zu unerfahren, um auf die Ereignisse, die nach ihrer Einführung in die Gesellschaft auf sie warten, vorbereitet zu sein: Plötzlich wetteifern mehrere Verehrer um ihre Gunst, als bekannt wird, daß Morgana das Vermögen ihres Großvaters erben wird. Für einen Geistesgestörten wird sie zum Objekt der Begierde, und als er sie eines Nachts verfolgt, um ihr Gewalt anzutun, tötet sie ihn in Notwehr. Morgana sieht sich nun gezwungen, das Land zu verlassen, um einer drohenden Strafverfolgung zu entgehen. Dramatische Verwicklungen führen sie um die halbe Welt: nach Afrika, Indien und China. Gehetzt und von vielerlei Gefahren bedroht, fühlt Morgana sich nicht in der Lage, ihr Herz zu verschenken – bis sie in der Fremde auf Rian, den Grafen von Keldara, trifft, der es sich in den Kopf gesetzt hat, den attraktiven Rotschopf wieder in die Heimat zu entführen...

Autorin

Rebecca Brandewyne konnte mit ihrem ersten Roman *Wer die Liebe flieht* in den Vereinigten Staaten gleich einen großen Erfolg feiern. Seither hat die junge Autorin sechs weitere Bücher geschrieben, und die Auflage dieser Werke überstieg weit die 2-Millionen-Grenze.

Außerdem liegt von Rebecca Brandewyne
als Goldmann Taschenbuch vor:

Dornen der Leidenschaft. Roman (9815)

Rebecca
BRANDEWYNE

Wer die Liebe flieht

ROMAN

Aus dem Amerikanischen übertragen
von Dinka Mrkowatschki

Deutsche
Erstveröffentlichung

GOLDMANN VERLAG

Originaltitel: No Gentle Love
Originalverlag: Warner Books, Inc., New York

Der Goldmann Verlag
ist ein Unternehmen der Verlagsgruppe Bertelsmann

Made in Germany · 12/90 · 2. Auflage

Umschlaggestaltung: Design Team München
Umschlagillustration: Ennis/Schlück, Garbsen
Satz: IBV Satz- und Datentechnik GmbH, Berlin
Druck: Elsnerdruck, Berlin
Verlagsnummer: 9813
Redaktion: Antje Hohenstein/SK
Herstellung: Peter Papenbrok/SC
ISBN 3-442-09813-0

Keine sanfte Liebe

Die smaragdene Insel,
Als ihre Erde grün erblühte
Unter den Strahlen der Sommersonne
Leuchtete sie wie ihre Augen.
Sie blickte hinaus auf bewegte See
Und am Horizont erschien es bald,
Ein mächtiges, weißes Segel,
Das seine Ankunft verriet.
Er nahm sie mit Gewalt, sagt man,
So herrisch wie er war,
Und macht' sie sich zu eigen.
Ihre Liebe war nicht sanft,
Aus zarter Romanze geboren,
Leidenschaft war sie, hoch lodernd,
Die bitt'res Erinnern flammend verbrannte
Und alle Schatten aus ihrem Leben
Für immer verbannte.

Danksagung

Für zwei Schwestern,
Mimi und Nanny.
In liebevollem Andenken.

Die Personen

IN IRLAND:

Lord Fergus McShane, Herzog von Shanetara

Seine Tochter: Lady Rosamunde

Seine Enkelkinder: Lord Trevor, Graf von Shaughnessy · Lord Gerald · Lord Rian, Graf von Keldara · Lord Patrick, Viscount von Blackwood · Lady Morgana · Lord Colin

Lady Fionna, Gräfin von Shaughnessy · Bridget, ein Dienstmädchen, spätere Viscountess von Blackwood · Doktor Michael Kelsey, der Hausarzt · Brendan O'Hara, ein Clansman

IN ENGLAND:

Lord Braddington Denby, Graf von Brisbane · Lady Anne Winwood, spätere Gräfin von Brisbane · Sir Anthony Reginald · Lady Cecily Brooksworth · Lord Harry Chalmers · Mistress Maria Frampstead

IN FRANKREICH:

Lord Philippe du Lac, Vicomte de Blanchefleur

IN AFRIKA:

Kassou, Häuptling der Ashanti · Captain Taylor Jones

In Indien:

Prinz Sirsi, Maharadscha von Bhavnagar

Seine Frauen: Dhoraji · Amreli · Jind

Sein Bruder: Prinz Hassan

In China:

Madame Sung · Madame Kiangsu, die Rote Lady · Taian, ein chinesisches Mädchen

Buch Eins

Die Smaragdinsel

[illegible]

[illegible]

[illegible]

[illegible] Liberalismus und [illegible] gründe, [illegible]

[illegible] Waters, Brook's, Al-

[illegible]

Kapitel Eins

London, England, 1811

Regenschauer beschlugen die Scheibe, durch die Morgana McShane hinunter auf den Platz schaute. Das Glas war kalt an ihrer Haut, aber obwohl sie das Gesicht an die Scheibe gepreßt hatte, spürte sie es nicht. Sie war zu sehr in ihrem Schmerz gefangen und wohl auch in Gedanken an jenen bedeutsamen Brief verloren, den sie vor zwei Wochen erhalten hatte. Sie beobachtete teilnahmslos, wie die Kutschen über das Pflaster an ihrem kleinen, aber geschmackvollen Haus vorbeiratterten. Einen Moment lang beneidete sie die gutgekleideten Leute in den Wagen und strich, etwas verächtlich, über die Falten ihrer eigenen, bescheidenen Toilette; trist und schwarz, denn sie war in Trauer. Aber die Erinnerung daran deprimierte sie noch mehr. Schnell verdrängte sie den Gedanken wieder, ihr schlechtes Gewissen regte sich auch schon, und sie schämte sich ihres Selbstmitleids. Das schwarze Kleid war zwar das einzige, das sie besaß, aber es war sauber und gepflegt, kein Grund also, sich zu schämen. Und was spielte es schon für eine Rolle, daß es nicht der neuesten Mode entsprach? Es erfüllte seinen Zweck. Sie hatte ja gar keinen Bedarf an modischen Kleidern und konnte sie sich auch gar nicht leisten. Sie würde nie Einlaß bei Almack's finden, dem »Heiratsmarkt«. So nannten die jungen Dandys den exklusiven Club, in dem sie ständig verkehrten und in den eingeladen zu werden alle Debütantinnen sich erträumten, weil sie hofften, dort einen Mann zu finden. Nur die blaublütigsten der Blaublütigen erhielten die ersehnten Vouchers von Gönnerinnen aus diesem äußerst strengen Kreis.

Aber eine wie sie konnte sich keinen Mann erhoffen, der sich der Mitgliedschaft in jenem elitären Kreis brüstete, der sich Holland House Set nannte und von Dandys, Libertins und Corinthians gebildet wurde, Schürzenjägern und Lebemännern, die eng mit George, dem Prinzregenten, befreundet waren. Er besuchte nicht nur Watier's, Brook's, Alfred's und White's, gehörte dem Four Horses Club an, dessen Mitglieder sich nur in blaugelbgestreiften Westen sehen ließen, sondern verbrachte auch häufig den Abend beim Tanz im Almack's. Das Höchste, was Morgana sich erhoffen konnte, war die Ehe mit einem Geschäftsmann, einem Cit, wie der Adel es so vulgär ausdrückte, und selbst die fanden sich kaum unter ihren Bekannten.

Da war nur der Sohn des Bäckers, der ihr oft ein wenig Gebäck aufdrängte, wenn sie ihre kleinen Einkäufe gemacht hatte, und der einmal versucht hatte, sie im Laden seines Vaters zu küssen. Da war der Handschuhmacher, der sich nie an ihren Namen erinnern konnte, weil sie so selten Geld für ein neues Paar Handschuhe hatte. Und da war der Buchhändler, der sie in stummer Anbetung beim Vorübergehen beobachtete und den Gedichtbänden ihres Vaters in seinen Auslagen einen bevorzugten Platz gegeben hatte, obwohl sie sich nur schlecht verkauften.

Morgana hätte keinem von ihnen ihr Jawort gegeben, selbst wenn sie um ihre Hand angehalten hätten. Ihre Mutter war an einer langen, schweren Krankheit gestorben, als sie noch ein Kind gewesen war, aber Morgana erinnerte sich noch gut an das süße, sanfte Gesicht, an den Duft von Zitronenverbena und an ihre Stimme, wie sie die Geschichte ihrer romantischen Flucht und Hochzeit erzählte. Die Liebesgeschichte ihrer Eltern wollte sie als Kind wieder und wieder hören, und sie hatte einen tiefen Eindruck hinterlassen. Daher war Morgana entschlossen, nur aus Liebe zu heiraten. Und sie liebte weder den Sohn des Bäckers noch den Handschuhmacher, noch den Buchhändler.

Ihre Herkunft und jetzige Lebenssituation war ungewöhnlich. Ihre Mutter war von adliger Geburt, aber ohne Titel und ihr Vater ein verarmter, irischer Baron, der auf alle Ansprüche, auf Land und Titel verzichtet hatte, als er das junge, englische Mädchen geheiratet hatte, das er so sehr liebte. Wäre er zum Zeitpunkt der Heirat nicht minderjährig gewesen, hätten Connor McShane und seine Frau nicht in solcher Armut leben müssen, aber er hatte damals noch keine Verfügungsgewalt über seine Besitzungen und war enterbt worden, weil er ohne die Zustimmung seines Vormunds geheiratet hatte. So war Morgana arm, aber anständig aufgewachsen, ohne richtige Zugehörigkeit zur Welt des Adels oder der der Arbeiter, die in den schmutzigen, rußigen Fabriken Londons schufteten.

Sie war ein Einzelkind und sehr einsam geblieben, bis auf die wenigen Jahre, die sie in einer exklusiven Schule zugebracht hatte. Es war der Wunsch ihrer Mutter gewesen, und irgendwie war das Geld dafür zusammengekratzt worden. Die Schule war für sie nicht sehr angenehm. Ihren Klassenkameradinnen war Morganas Armut sofort aufgefallen, sie hatten das junge Mädchen ständig gehänselt und wegen seiner Manieren und Kleidung geneckt, und selbst die Tatsache, daß sie die besten Noten in der Klasse hatte, erleichterten Morgana das Leben unter den grausamen Hänseleien nicht. Sie flüchtete sich in kühles, würdevolles Verhalten den anderen gegenüber und ließ sich nie dazu herab, ihnen die Genugtuung zu verschaffen, daß sie zeigte, wie sehr sie sich getroffen fühlte, aber sie hatte schwer unter den Gemeinheiten gelitten. Trotzdem war sie dadurch nicht verbittert, hatte aber den festen Entschluß gefaßt, nie ein menschliches Wesen so hartherzig zu behandeln.

Morgana hatte einen scharfen, ungewöhnlichen Verstand, und der trug ihr bald den abfälligen Titel »Blaustrumpf« ein, mit dem ihre weniger fähigen, aber reichen Klassenkameradinnen ihre Verachtung ausdrücken wollten.

Mit zunehmendem Alter entwickelte Morgana einen trockenen Humor, und ihre Zunge wurde scharf und sarkastisch. Lachen war besser als weinen, fand sie, und Mitleid konnte sie nicht ertragen. Auch jene, die ihr Wohlwollen entgegenbrachten, wurden, wenn sie sie bemitleideten, durch ihr kühles Lächeln und den seltsamen Schalk in ihren Augen aus dem Konzept gebracht und hatten das Gefühl, sie, nicht Morgana, hätten sich daneben benommen. Und oft waren ehrbare Matronen, die versuchten, das Herz von Morganas verwitwetem Vater zu gewinnen, nach solch einer merkwürdigen Behandlung wutentbrannt davongestakst.

Dennoch konnte sie für sich auch sanft und träumerisch sein und zurückfinden zu ihrem Ursprung und der liebevollen Behandlung ihrer Eltern, als sie noch ein Kind war. Aber diese Seite ihres Wesens verbarg Morgana vor der Welt. Schon früh hatte sie in jener feinen Schule gelernt, daß sie sich damit lächerlich machte. Sie gab sich ruhig und praktisch und – wie ihr Vater das liebevoll ausdrückte – hatte keine Flausen im Kopf. Sie war jetzt einundzwanzig und hatte die Träume ihrer Kindheit von einer Liebesheirat als albern abgetan und sich damit abgefunden, ledig zu bleiben.

Ihr Vater hatte versucht, sie auf ein Leben in Armut vorzubereiten, indem er sie lehrte, auf eigenen Füßen zu stehen. Wäre er am Leben geblieben, wäre ihm im Lauf der Zeit sicher auch klargeworden, wie verächtlich selbständige Frauen behandelt und in die Rollen von Gouvernanten und Gesellschafterinnen abgeschoben wurden. Er hatte gehofft, sein einziges Kind würde sich der Literatur zuwenden und eine zweite Jane Austen werden. Sein Wunsch war weniger, daß Morgana dem Unbill der Welt mit dem Mut eines Mannes trotzte, als vielmehr, daß sie das Leben beobachten und versuchen sollte, seine Grausamkeiten durch ihre Bücher zu enthüllen.

Das Mädchen konnte aber nicht erkennen, daß das Leben, auf das ihr Vater sie vorbereitet hatte, wohl erst in ein paar Generationen möglich sein würde. Ihr einziger Versuch zu schreiben war eine herbe Enttäuschung gewesen, und obwohl sie es nie zugegeben hätte, gerade heute nicht, war sie verängstigt, verwirrt und sehr einsam.

Ach ja. Mit einem Ruck kämpfte sie sich wieder in die Realität und in dieses Zimmer zurück. Es war kurz nach fünf, und sie sehnte sich danach, die Schritte ihres Vaters im Korridor zu hören, das gedämpfte Rascheln, wenn er Hut und Schirm auf die Garderobe legte. Aber diese Geräusche würde sie nicht wieder hören. Ihr Vater war schon über zweieinhalb Monate tot. »Ein plötzlicher Herzanfall«, hatte der Arzt gesagt, und nur sie und ein paar Verehrer seiner Dichtung hatten ihn betrauert.

Sie hatte den Haushalt aufgelöst, das Haus zusammen mit den Möbeln verkauft und nur ein paar persönliche Gegenstände und die Gedichtbände ihres Vaters behalten. Vielleicht hätte seine Arbeit mehr Anerkennung gefunden, wenn er kein verarmter irischer Baron gewesen wäre oder in einer anderen Zeit gelebt hätte. In letzter Zeit waren seine Gedichte von denen William Wordsworths, Percy Bysse Shelleys und Lord George Byrons verdrängt worden, die die Aufmerksamkeit der Gesellschaft erregt hatten.

Morgana wußte, daß sie sich Arbeit suchen mußte, um sich ihren Unterhalt zu verdienen und hatte sich mehrfach als Gouvernante beworben. Zu ihrem Unglück war sie zwar sehr belesen, aber ungeschickt am

Piano, und ihre Versuche, Aquarelle zu malen, mußten selbst ein unkritisches Auge mit Entsetzen erfüllen. Musik und Kunst waren schon auf der exklusiven Schule nicht ihre Stärke gewesen, aber bei wohlerzogenen Damen dieser Zeit besonders gefragt. Also wollte niemand sie anstellen.

Mister Tinsley, der beste Freund ihres Vaters, erklärte obendrein ständig, sie würde ohnehin keine Stellung finden, weil sie zu hübsch sei.

»Aha«, hatte er gegrummelt, als sie ihm von ihrer vergeblichen Stellungssuche erzählte. »Diese alten Hexen haben nur Angst, ihre Söhne könnten mit dir davonlaufen.«

Sie hatte gelacht, weil sie sich selbst nicht hübsch fand, obwohl mancher sie sicher für attraktiv hielt. Ihr Haar hatte die Farbe geschmolzenen Kupfers, und ihre Augen waren strahlend smaragdgrün mit goldenen Flecken und umrahmt von dichten schwarzen Wimpern, rußig wie der schwarze Rauch, der aus den Londoner Fabriken in den Himmel stieg. Mit den sanft geschwungenen, pechschwarzen Augenbrauen sind sie das einzig bemerkenswerte an mir, dachte Morgana traurig. Gegenwärtig waren dunkle Haare und Augen modern. Ihr gefielen ihre aristokratische Nase und die vollen, mohnroten Lippen nicht, die Männer verborgene Leidenschaft hinter ihrer kühlen Zurückhaltung vermuten ließen, und ihr eckiges Kinn, das ihrem Gesicht soviel Charakter gab. Sie war groß und schlank; grazil wie eine Weide, hätte ein Romantiker sie wohl besungen. Ihre wohlgerundeten Brüste und die schlanke Taille waren makellos, ihre Haut war blaß und nicht von Sommersprossen verunstaltet, die so vielen Rothaarigen zu schaffen machen. Sie hatte den Gedanken, jemand würde mit der Tochter eines armen Poeten davonlaufen, einfach lächerlich gefunden und Mister Tinsley das auch gesagt.

»Aha«, grummelte er wieder. »Ein Mann müßte schon sehr dumm sein, wenn er nicht sehen würde, was für ein Juwel du bist. Wenn ich bloß jünger wäre und nicht schon eine Frau hätte, dann hätten diese Dandys keine Chance.«

»Also, Horace«, neckte ihn seine Frau mit nachsichtigem Lächeln, »du weißt doch, mit wieviel Schwierigkeiten ich dich zum Altar gezerrt habe.«

»Hmmf«, schnaubte er, aber seine Augen zwinkerten.

Morgana sah, daß er stur bei seiner Meinung bleiben würde. Es hatte also keinen Sinn, ihn durch weitere Einwände noch mehr zu erregen. Aber das Dilemma, wovon sie leben sollte, hatte sie damit noch immer nicht gelöst. Ihre Mutter hatte, soweit sie wußte, keine Verwandten, und ihr Vater hatte die Beziehungen zu den seinen abgebrochen. Sie wußte also nicht, wie es weitergehen sollte. Und dann kam der Brief.

Er war von ihrem Großvater, einem Mann, den sie noch nie gesehen hatte. Von jenem sturen, alten Iren, der getobt hatte, als sein jüngster Sohn Dichter geworden war, und der noch tobsüchtiger reagiert hatte, als derselbe Sohn heimlich die junge Engländerin, Morganas Mutter, heiratete anstatt ein irisches Mädchen aus guter Familie. Er war der Vormund, der ihren Vater enterbt hatte. Morgana hatte gar nicht geahnt, daß dieser Mann von ihrer Existenz erfahren hatte. Aber er wußte offensichtlich davon, der Brief war korrekt an sie adressiert und enthielt ziemlich genaue Instruktionen. Darin hieß es: »Ich kann mir kaum vorstellen, daß Sie unter den gegebenen Umständen Ihren Lebensunterhalt finanzieren können, deshalb habe ich für Sie eine Passage auf der *Portsmouth* arrangiert, die in ein paar Wochen nach Irland absegeln wird. Das beigelegte Geld ist für die Ausgaben während der Reise. Ich erwarte baldigst Ihre Ankunft…« Es stand noch mehr darin, aber der Rest war eine steife förmliche Beileidsbezeugung zum Tod ihres Vaters und eine kurze Bemerkung, Irland würde ihr sicher besser gefallen als das schmutzige, übervölkerte London. Der Brief war unterschrieben mit Fergus McShane, Herzog von Shanetara.

Ihr erster Impuls war es gewesen, das Geld sofort zurückzuschicken und ihrem Großvater mitzuteilen, sie hätte sich einundzwanzig Jahre ganz gut ohne ihn zurechtgefunden und könnte dies auch weiterhin. Nachdem es ihr aber nicht gelang, eine Arbeit zu finden, kam Morgana zu dem Entschluß, eine derartige Antwort wäre wohl nicht sehr klug. Außerdem war sie neugierig. Ihr Vater hatte nur selten von Shanetara, dem Familiensitz, gesprochen, und insgeheim brannte sie darauf, es zu sehen und den Mann, der ihren Vater verstoßen hatte. Aufgrund der wenigen Bemerkungen Connor McShanes hatte Morgana sich ein ziemlich furchterregendes Bild von einem strengen alten Mann zurechtgelegt, der Leute seinem Willen gefügig machte und sie ruinierte, wenn sie sich seinen Wünschen widersetzten. Ihr Stolz verlangte zwar, sich seinem hochtrabenden Befehl zu widersetzen, aber am Ende siegten ihre Neugier und ihre Angst, keine Arbeit zu finden, und sie bereitete sich auf die Reise vor. Es fiel ihr gar nicht auf, wie merkwürdig es war, daß ihr Großvater vom Tod ihres Vaters überhaupt erfahren hatte und daß die Schrift in dem Brief gar nicht der eines Achtzigjährigen entsprach.

Morgana sah sich wehmütig in dem leeren Zimmer um. Es machte sie traurig, dieses kleine Haus zu verlassen, es war die einzige Welt, die sie bisher gekannt hatte. Aber morgen stach die *Portsmouth* nach Irland in See, und sie würde an Bord sein. Die Aussicht erregte und beängstigte sie zugleich. Endlich würde sie den Mann kennenlernen, der ihren Vater so grausam enterbt hatte, und vielleicht würde es ihr gelingen, die Schatten der Bitterkeit zwischen ihnen zu begraben.

Lord Braddington Denby, Graf von Brisbane, lehnte sich erschöpft im Stuhl zurück. Es war eine lange Nacht gewesen, und er hatte viel verloren, aber das hatten auch alle anderen am Kartentisch. Dieser verfluchte Keldara! Der Mann war entweder Falschspieler oder ein Teufel, aber da Rian McShane sein Freund war, begnügte sich Denby schließlich mit der zweiten Erklärung. Den Grafen von Keldara konnte man nicht einfach Zinker schimpfen, selbst in Gedanken nicht. Aber daß Keldara den ganzen Abend die Bank gehalten hatte, konnten Denbys leere Taschen bestätigen. Er trank die letzten Tropfen Wein aus seinem Glas und stellte es dann auf den Tisch. Durchs Fenster sah er, wie die ersten rosa Streifen der Morgenröte den Himmel erhellten, verkniff sich ein Gähnen und wünschte, die beiden Männer am Tisch würden ihr Spiel bald beenden, damit er zu Bett gehen könnte. Ohne ein paar Stunden Schlaf würde er morgen – den Rest des Tages, wie er sich schleunigst verbesserte – sehr mitgenommen aussehen. Er schaute noch mal aus dem Fenster. Er konnte einfach nicht begreifen, wie Chalmers und Keldara immer noch genauso frisch wie bei ihrer Ankunft aussehen konnten, bis auf die Sorgenfalten auf Lord Chalmers fettem Gesicht, als er seine letzten Banknoten über den Tisch schob.

»Damit bin ich blank, Keldara.« Chalmers lächelte säuerlich. Er hatte den Grafen noch nie gemocht. »Ich könnte schwören, der Teufel hat Ihnen heute nacht zur Seite gestanden.«

»Mitnichten, Chalmers«, konterte der andere, während er seinen Gewinn einstrich. »Das sprichwörtliche Glück der Iren.«

»Apropos Iren.« Sir Reginald rappelte sich aus seinem trunkenen Nebel hoch. »War neulich auf einer Beerdigung... Nein, kann nicht neulich gewesen sein, da war der Ballonstart. Muß vor ein paar Monaten gewesen sein.«

Die drei Männer lauschten erwartungsvoll.

»Nun«, sagte Denby erbost, »was hat das mit dem Teepreis in China zu tun?«

»Teepreis?« Sir Reginald rollte mit seinen blutunterlaufenen Augen. »Geht er wieder hoch? Sie haben wohl ein bißchen zuviel erwischt, Denby. Ich hab' von Beerdigungen gesprochen.«

»Mein Gott, Mann, was haben denn Beerdigungen mit Irland zu tun?« Lord Chalmers starrte wutentbrannt den Jüngling an, der ihn zu diesem Treffen begleitet hatte.

»Oh, der Kerl, der gestorben ist, war ein Dichter – aus Irland«, fügte Sir Reginald hastig hinzu. »Byron, Shelley und ich sind hingegangen. Hab' gedacht, Keldara hat den Mann vielleicht gekannt, weiter nichts.«

»Mein guter Junge«, sagte der Graf gelangweilt und schüttelte seine Spitzenmanschetten zurück. »Ich kenn' doch nicht jeden meiner Landsleute, weil ich auf der Smaragdinsel wohne, genausowenig wie Sie jeden kennen, der in Eton war.«

»Nun ja, der Kerl hieß Connor McShane«, sagte Reginald beleidigt. »Hab' gedacht, er war vielleicht ein Verwandter von Ihnen oder so was. Wollte Sie nicht beleidigen, Mylord.«

Rian McShane zu beleidigen war nämlich ein gefährliches Unterfangen, er war ein Meisterschütze. Und Sir Reginald hatte nicht das geringste Bedürfnis, sein ziemlich luxuriöses Leben bei einem Duell im Morgengrauen zu beenden.

Keldara musterte den erröteten jungen Mann mit gespieltem Desinteresse. »Ich glaube, Reginald, Sie könnten recht haben mit dem Verwandtsein, aber ich bin dem Mann nie begegnet. Sie sagen, er ist tot?«

Sir Reginalds leerer Blick fiel auf ihn. »Ich hab' nur gesagt, ich war bei der Beerdigung, oder?« Er vergaß vor lauter Trunkenheit die Ehrfurcht, mit der er sonst den Grafen behandelte. »Schade. Hat eine wunderschöne Tochter hinterlassen. Sie war auch da, bei der Beerdigung, mein' ich. Weiß nicht, wovon sie leben soll. Zu hübsch als Gouvernante, und um ihre Hand wird wohl keiner anhalten. Nicht viel Geld, soviel ich weiß. Hab' selbst dran gedacht. Aber da ist was in ihren seltsamen, grünen Augen, das hat mich abgeschreckt. Die treibt den Teufel selber in den Suff – oder ich lieg' ganz falsch.«

»Freunde, es wird schon spät.« Rian sammelte seine Gewinne ein und schickte sich an zu gehen. »Danke für den Abend, Denby.« Er nickte dem Gastgeber zu.

»Jederzeit, Rian.« Lord Brisbane verkniff sich erneut das Gähnen. »Wir sehen uns morgen im Boxsalon.«

Der Graf von Keldara war auf seinem kurzen Weg bis zu seinem Haus am Grosvenor Square in Gedanken versunken. Onkel Connor war also tot. Er vermutete, es würde ein schwerer Schlag für Großvater sein, erfahren zu müssen, daß sein einziger überlebender Sohn gestorben war, ohne erfahren zu haben, daß der alte Mann es bereut hatte, daß er ihn verstoßen hatte. Hatte er denn nicht Rian gebeten, herauszufinden, was aus seinem Lieblingskind geworden war? Rian hatte sich diskret erkundigt und seinen Großvater auf dem laufenden gehalten, obwohl der alte Mann nicht zugelassen hatte, daß Rian Connor davon erzählte. Er hatte nicht einmal mit seinem Onkel sprechen dürfen. Rian war sich sicher, Großvater würde jetzt Morgana, seine Cousine, bei sich auf Shanetara haben wollen. Wo sollte sie denn sonst hin? Er dachte an ihre grünen Augen. Einige Male hatte er sie nämlich in der Vergangenheit schon gesehen. Sie war wirklich eine Schönheit. Was für ein Aufsehen sie im Haus erregen würde!

Der Graf von Keldara war ein sehr vielschichtiger Mann. Eitel, egoistisch und arrogant, war er das Produkt der Erziehung durch seinen Großvater, von dem er nach dem Tod seiner Eltern aufgezogen worden war. Fergus McShane war ein strenger, unbeugsamer alter Mann und hatte das Heranwachsen und die Erziehung seines liebsten Enkels mit scharfem Auge überwacht. Der Junge war im Alter von zehn Jahren nach Shanetara gebracht worden, nachdem sein Vater auf hoher See ertrunken war und seine untröstliche Mutter sich in den Tod getrauert hatte. Fergus war sehr angetan gewesen von dem Jungen, der seinem Adlerblick, ohne mit der Wimper zu zucken, begegnete und sich auch in den folgenden Jahren weigerte, sich einschüchtern zu lassen. Selbst zahlreiche Begegnungen mit der Peitsche vermochten nichts auszurichten. Rian wuchs unkontrolliert und wild auf, ohne den beschwichtigenden Einfluß einer Frau, und man konnte sagen, daß Fergus das bis zu einem gewissen Punkt unterstützte und dem Jungen seine eigenen überheblichen Ansichten mit aller Sorgfalt vermittelte, mit Schwergewicht auf den Stolz auf Namen und Herkunft der McShanes. Ja, er tat sein Bestes, die sanfte Seite von Rians Persönlichkeit, die er von seiner Mutter geerbt hatte, zu unterdrücken. Diesen Teil seines Plans konnte Fergus nie so ganz realisieren, aber Rian hatte so lange jeglichen Anflug von Sanftmut verbergen müssen, daß er meist vergaß, daß er dazu auch fähig war.

Als der Herzog die Zeit für reif hielt, wurde sein Enkel nach England geschickt, um in Eton eine angemessene Ausbildung zu erhalten. Dort schloß sich Rian sofort der Crème de la crème der englischen Aristokratie an. Sein gutes Aussehen und sein Erfolg bei Frauen brachten ihm viele Freunde ein, die meisten aber verachtete er als weiche, eitle Kreaturen. Karten wurden zu seiner Leidenschaft. Zuerst wurde er wie die meisten jungen Männer von verschiedenen Falschspielern und Trickbetrügern ausgenommen, die ihn in Spielhöllen lockten, um ihm das Geld aus der Tasche zu ziehen. Aber er lernte schnell in dieser harten Schule, und weil er Alkohol besser als die meisten jungen Leute seines Alters vertrug, wurde er zu einem der geschicktesten Spieler Londons, was durch seinen Ruf, teuflisches Glück zu haben, noch verstärkt wurde.

Mit achtzehn tötete Rian das erstemal einen Gegner in einem Duell um eine Kellnerin, hauptsächlich, weil der andere noch schlechter schoß als er selbst. Rian wurde bei dem Treffen leicht verwundet und war so erbost über sein mangelndes Geschick, daß er viele Stunden in Mantons Schießstand, Angelos Fechtschule und Jacksons Boxsalon zubrachte. Dadurch wurde er zu einem Gegner, der jedem Gegenüber gewachsen war.

Mit seinem üblichen unglaublichen Glück fand er sich zwei Jahre später nach einer Nacht am Kartentisch plötzlich als Besitzer einer ziemlich heruntergekommenen Jacht. Er segelte sie zurück nach England und entdeckte die Freuden des Lebens auf See. Es gab für ihn nichts Berauschenderes, als am Ruder seines Schiffes zu stehen, während der Wind in die Segel blies, und den Geschmack der Salzgischt auf den Lippen zu spüren. Sein Großvater war beunruhigt und verbrachte viele Stunden mit dem Versuch, seinem Enkel die See auszureden, weil doch sein Vater dort den Tod gefunden hatte. Aber Rian hatte es sich in den Kopf gesetzt, und er konnte genauso stur sein wie der alte Mann. Fergus McShane machte nie denselben Fehler zweimal. Der verschrobene Kopf des wilden Clans der McShanes sah ein, daß sein Enkel sich wie damals sein Sohn Connor von ihm lossagen würde, wenn er ihm ständig in den Ohren lag, das Schiff zu verkaufen.

Der Graf sammelte rasch Erfahrungen auf See und konnte nach einiger Zeit sein eigenes Schiff verkaufen und einen Schnellsegler kaufen, den er mit großen Mühen mit spezieller Bewaffnung ausstatten ließ. Er nannte das Schiff *Sorceress*, Hexe, und es wurde die einzige Geliebte, die ihm etwas bedeutete.

Jetzt war er zweiunddreißig, kühl, waghalsig und gewohnt, seinen Willen durchzusetzen. Mit seinem schönen Gesicht, dem spöttischen Charme, den er sich im Lauf der Jahre angeeignet hatte, und seinem Ruf, im Duell tödlich treffsicher zu sein und gefährlich, wenn jemand ihn gereizt hatte, hatte er sich seinen Weg in die Londoner Gesellschaft erspielt und erkämpft. Meist langweilte er sich, außer auf See. Die Tatsache, daß aufgrund seiner Eskapaden sein Name skandalumwittert war – immerhin zur Linderung seiner Langeweile –, machte ihm wenig aus. Er hatte viele Feinde und so wenige Freunde, daß er sie an einer Hand abzählen konnte. Er mochte George Bryan Brummell wegen seines schrägen Humors und Lord Alvanley ob seines Geists. Beide Männer waren Dandys in Reinkultur, aber sie öffneten ihm Türen. Jeder auf Beau Brummells schwarzer Liste wurde sofort von der ganzen Gesellschaft geschnitten, jeder, der in seinen guten Büchern stand, wurde sofort akzeptiert. Sir Anthony Reginald war ein ziemlich tolpatschiger junger Mann, aber seine Streiche garantierten Amüsement. Und Lord Brisbane war Rians engster Freund. Denby und er waren zusammen in Eton gewesen, und Denby quittierte zwar manchmal Rians gefährliche Eskapaden mit Kopfschütteln, war aber selbst auch kein unbeschriebenes Blatt. Diese wenigen Freunde waren bereit, ihr Leben für Rian zu riskieren.

Rian verlangte von keinem Menschen etwas und benutzte Frauen, die dumm genug waren, sich in ihn zu verlieben, und verstieß sie, wenn er mit ihnen fertig war. Er hatte keine Ehefrau und wollte auch keine, er verachtete die schüchternen Schönheiten, mit denen er schlief, als blutsaugende Intrigantinnen und ignorierte die kichernden jungen Damen, die frisch von der Schule kamen. Sie waren es nicht wert, von ihm beachtet zu werden. Die Matronen Londons bezeichneten ihn als hartnäckigen Fall und gefährlichen Verführer, und Mütter mit Heiratsplänen für ihre Töchter waren zum Scheitern verurteilt, wenn sie versuchten, ihn zu ködern (was sie dennoch nicht unterließen, weil er einer der reichsten Männer in London war). Rian entkam all diesen Klauen, seine faule, rastlose Freiheit ging ihm über alles, und geliebt hatte er noch keine.

Nach der Ankunft in seinem Haus am Grosvenor Square setzte sich der Graf an seinen Schreibtisch und verfaßte einen Brief an Morgana, unterschrieb mit dem Namen seines Großvaters und schickte anschließend dem alten Mann eine kurze Mitteilung, in der er die Umstände und sein Handeln erklärte. Der Gedanke, seine Cousine Morgana könnte sich seinen Anordnungen widersetzen, kam ihm überhaupt nicht in den Sinn. Er war Gehorsam gewohnt. Danach goß er sich ein Glas Brandy ein und stieg die Treppe zu seinem Schlafzimmer hoch, ein wölfisches Grinsen im Gesicht bei dem Gedanken, wie sein Großvater auf die Arbeit dieser Nacht reagieren würde.

Der Graf wäre sehr zufrieden gewesen, hätte er die Reaktion Fergus McShanes auf die Briefe seines Enkels in Shanetara miterleben können. Rian respektierte zwar seinen Großvater, aber die beiden Männer waren sich zu ähnlich, hatten beide einen eisernen Willen und versuchten ständig, dem anderen zuvorzukommen. Der Herzog von Shanetara wurde puterrot, seine Wut war grenzenlos. Und wäre der Graf greifbar gewesen, wäre der alte Mann sicher schwer versucht gewesen, ihn die Reitpeitsche spüren zu lassen. So begnügte er sich damit, den ganzen Haushalt wüst zu beschimpfen, ohne auch nur irgendeinen Grund zu nennen. Aber Fergus McShane war durchaus fähig, die komische Seite der Geschichte zu sehen, und informierte alle davon, daß sie demnächst einen weiteren Magen zu füllen hätten. Die Familie McShane mußte sich mit der Tatsache abfinden, daß das Vermögen des alten Mannes mit noch einer Verwandten geteilt werden mußte. Außer Rosamunde sahen daher alle Morganas Ankunft mit Mißfallen entgegen. Fergus' Tochter war ein bißchen verrückt und zählte eigentlich sowieso nicht. Die allgemeine Reaktion entzückte den Herzog, der mit größtem Genuß die Klauseln seines Testaments wie ein Damoklesschwert über den Köpfen seiner Familie schweben ließ und sie zwang, je nach Laune nach seiner Pfeife zu tanzen.

Fergus McShane war in das falsche Jahrhundert geboren. Er war ein glühender Bewunderer jener Zeit, die das übrige England gerne aus dem Gedächtnis gestrichen hätte. Es versetzte ihn in Rage, daß er sein Leben nicht so führen konnte wie William McShane, der die Festung Shanetara gebaut hatte und sich dann zur Zierde ihrer langen Säle einfach eine Braut mit Gewalt geholt hatte. Fergus regierte seinen Besitz wie ein Feudalherr. Außerdem war er ein notorischer Geizhals. Er war voller Bitterkeit über den Tod von vieren seiner Söhne und die Flucht des jüngsten, des fünften Sohnes. Seine Tochter hielt er für eine alberne Gans und drei seiner Enkel für einen Haufen Trottel. Nur Rian und sein Enkel Colin gaben ihm ein bißchen Hoffnung, und nur Rian respektierte und bewunderte er.

Der größte Wunsch des alten Mannes war es, daß sein Lieblingsenkel heiratete und starke, stramme Erben in die Welt setzte. Aber Fergus' Hoffnungen hatten sich bis jetzt nicht erfüllt. Es war auch sein Wunsch gewesen, Rian zum Verwalter des McShane-Besitzes zu machen, aber sein rebellischer Enkel hatte unumwunden erklärt, das wäre Aufgabe und Erbe seines Cousins Trevor und nicht die seine. Weil Fergus Trevor aber für einen aufgeblasenen Trottel hielt, überließ er schließlich widerwillig die Zügel der Verwaltung seinem Enkel Patrick. Ihm blieb der schwache Trost, daß der sich nicht ganz so ungeschickt wie Trevor anstellte.

Fergus hingegen hatte sich nie vor seinen Pflichten gedrückt. Nachdem er nichts mehr gegen die unmittelbar bevorstehende Ankunft seiner Enkelin machen konnte, beschloß der Herzog, sie zu empfangen. Er beruhigte sein angekratztes Ego, indem er sich einredete, er würde sie zum Teufel jagen, falls sie ihm nicht gefiel! Er war zu stolz, sich einzugestehen, wie sehr er unter der Enteignung seines jüngsten Sohnes gelitten hatte und daß er, nachdem sich die erste Wut gelegt hatte, insgeheim gehofft hatte, er könnte auf irgendeine Art und Weise seine übereilten und ungerechtfertigten Handlungen wiedergutmachen.

An den Docks herrschte rege Betriebsamkeit, als Morgana sich zur *Portsmouth* begab. Mister und Mistress Tinsley hatten sich liebenswürdigerweise bereit erklärt, sie zum Hafen zu fahren und dafür zu sorgen, daß sie sicher an Bord kam. Mistress Tinsley mußte noch einige Tränen vergießen, während ihr Mann Morganas Koffer ablud und mit dem Kapitän des Schiffes die letzten Absprachen traf.

»Du paßt doch auf dich auf, nicht wahr, Kind?« Sie streichelte besorgt Morganas Hand. »Ich lass' dich gar nicht gerne so einfach in die Fremde fahren zu Verwandten, die du noch nie gesehen hast.«

»Bitte Susan, machen Sie sich keine Sorgen«, beschwichtigte sie Morgana. »Es wird mir sicherlich gutgehen, und ich schreibe, sobald ich angekommen bin.«

»Aber, aber Susan.« Mister Tinsley kam zurück. »Ich hab' mit dem Kapitän gesprochen, und er hat mir sein persönliches Ehrenwort gegeben, daß er sich um unser kleines Mädchen kümmern wird.«

»Horace, ich weiß nicht, wie ich Ihnen und Susan für all das, was Sie für mich getan haben, danken kann.« Jetzt war auch Morgana den Tränen nahe.

»Du brauchst dich nicht zu bedanken, Kleine.« Der alte Mann räusperte sich energisch. »Das war das wenigste, was wir für Connors liebe Tochter tun konnten.«

Morgana umarmte die beiden herzlich, dann lief sie die Gangway hoch. Sie winkte ihnen zu, bis sie außer Sichtweite waren, dann ging sie in ihre kleine Kabine.

Rian wartete in seiner Kutsche am Pier und beobachtete, wie Morgana an Bord der *Portsmouth* ging. Seine grauen Pferde tänzelten nervös und zerrten an den Zügeln. Sie waren es nicht gewohnt, lange stillzustehen. Er hoffte, sein Großvater würde nicht zu sehr verärgert über das sein, was er getan hatte. Diese Morgana ist wirklich eine Schönheit, dachte er wieder. Sie hatte ihre kupfernen Locken zwar streng zurückgebunden, aber ihre feinen Gesichtszüge konnte sie nicht verstecken. Er wartete, bis das Schiff den Hafen verlassen hatte und die Themse langsam in Richtung offenes Meer hinuntersegelte, dann fuhr er los. Louis, der scharfsichtige Page des Grafen, verstand diesmal nicht, warum seine Lordschaft so lange stehengeblieben war und zu den Docks hinausgestarrt hatte, aber er war an die Launen seines Herrn gewöhnt und stellte keine Fragen.

Zu Hause ging Rian nach oben und öffnete den Schiffskoffer, den er immer bei sich hatte. Darin lag ein Ballen Stoff, der wohl einmal für eine Prinzessin gewebt worden war. Als er sie gegen das Licht hielt, schimmerte die leuchtend grüne Seide, durchzogen von feinsten Goldfäden, schimmerte wie das Licht Tausender Sterne auf den stürmischen Wassern des Ozeans. Er hatte den Stoff eigentlich Madame Leroux verkaufen wollen, die einen der berühmtesten Kleiderläden Londons besaß, weil er wußte, daß sie für so einen Ballen einen astronomischen Preis bezahlen würde. Aber ihm war klargeworden, daß es nur eine Frau gab, die so ein strahlendes Grün tragen konnte. Er seufzte und ließ den Stoff wieder in den Koffer fallen. Morgana würde zauberhaft in dieser chinesischen Seide aussehen, daran bestand kein Zweifel. Hoffentlich kam sie sicher in Irland an.

Später zog er sich um und ließ noch mal seine Kutsche vorfahren. Er hatte eine Verabredung zum Dinner mit Lady Cecily Brooksworth, vor kurzem verwitwet und seit einiger Zeit seine Geliebte. In letzter Zeit irritierten ihn Cecilys ständig wachsende Ansprüche und ihre Schmollerei. Sie kannte unzählige Methoden, einen Mann zu befriedigen, besonders im Bett, aber sie fing an, Rian zu langweilen wie alle anderen Frauen, die sich in seine Arme warfen wie Bienen an den Honigtopf. Sein Mund verzog sich zu einem ironischen Lächeln. Cecily glaubte sicher, sie könnte ihn dazu bringen, sie zu heiraten, obwohl sie ständig schwor, sie würde es nie wieder tun. Aber der Graf schätzte seine Freiheit, das konnten manch gebrochenes Herz und manche Mutter mit heiratsfähigen Töchtern bezeugen.

Cecily schmollte ganz entzückend, als er ihr sagte, er würde für einige Zeit nach Irland zurückkehren, aber sie machte ihm auch keine Szene, wie er zuvor befürchtet hatte. Dazu war Cecily zu raffiniert. Sie sagte nur, er würde ihr fehlen und sie hoffe, er würde sie eines Tages mitnehmen. Sie wußte, daß er andere Frauen hatte, war aber überzeugt, er fände keine so anziehend und befriedigend wie sie, außerdem wußte sie mit Sicherheit, daß er noch keiner so lange den Hof gemacht hatte wie ihr. Sie hatte vor, ihn zu heiraten, und die verwöhnte Cecily Brooksworth hatte bisher alles bekommen, was sie sich in den Kopf gesetzt hatte.

Aber sie war doch etwas beunruhigt, als er ihr Bett vor dem Morgengrauen verließ, was er in den vergangenen Monaten nie getan hatte. Rian sagte ihr nicht, daß er anstatt von ihren dunklen Haaren und Augen von kupfernen Locken und Augen grün wie die Smaragdinseln geträumt hatte. Morgana ging ihm schon jetzt nicht mehr aus dem Kopf.

Die Reise war zwar nicht unangenehm, aber Morgana gingen das schwankende Schiff und die beengten Räumlichkeiten bald auf die Nerven. Sie waren schon seit zwei Wochen auf See, und sie war nur an den allerersten Tagen seekrank gewesen. Der Kapitän war sehr höflich und bat Morgana und die anderen Passagiere, die unterwegs nach Amerika waren, an Deck zu kommen, sobald das Wetter es erlaubte. Von der Gischt, die ihr ins Gesicht sprühte, als sie an der Reling stand, brannte ihr Salz auf den Lippen, und sie wünschte, die Reise hätte bald ein Ende. Wenn sie doch nur endlich wieder festen Boden unter den Füßen hätte!

Morganas Wunsch wurde wenige Tage später erfüllt. Die irische Küste kam in Sicht. Zuallererst fiel ihr ein, wie sehr der Name paßte, denn auf den ersten Blick war die Insel grün wie ein unreifes Weizenfeld. Das Schiff legte in dem kleinen Hafen Kilshannon an, nicht weit von Dingle, im südwestlichen Teil Irlands. In der Ferne ragte Brandon Hill in den Himmel. Aber damals kannte sie dessen Namen noch nicht. Der Kapitän erzählte ihr, Schiffe würden hier nur selten anlegen, aber dieser Hafen wäre ihrem Ziel am nächsten gelegen. Sie ging die Gangway hinunter, denn die Küste fiel hier so steil in tiefes Wasser ab, daß das Schiff direkt anlegen konnte und sie nicht an Land gerudert werden mußte. Sie beobachtete, wie ihr Koffer abgeladen wurde und versuchte nicht zu zeigen, wie nervös sie war. Sie wußte nicht einmal, ob jemand sie abholen würde, da sie auf den Brief ihres Großvaters nicht geantwortet hatte, und hatte noch keine Ahnung, wie sie weiterkommen sollte. Auf der Suche nach einem vertrauten Gesicht wanderte Morganas Blick ängstlich über den Pier, obwohl sie in Irland niemanden kannte.

Das Dorf war zwar klein, aber es herrschte reger Betrieb. Entlang der Docks reihten sich Lagerhäuser, und es gab einen Laden, eine Kirche, die auch als Schule diente, und ein Gasthaus mit Wirtsstube. Einige Pferde und schäbige Einspänner bevölkerten die Straße, aber die meisten Leute stapften zu Fuß durch den Morast der ungepflasterten Wege. Es hatte offensichtlich vor kurzem geregnet. Einige Leute beäugten sie neugierig, aber schließlich hatte der Kapitän ihr gesagt, daß Kilshannon einer der wenigen Häfen in diesem Teil Irlands sei, und da war es bestimmt nichts Ungewöhnliches für die Dorfbewohner, ein Schiff im Hafen vor Anker zu sehen. Morgana war so vertieft in die Betrachtung der kleinen Stadt, daß sie den Mann gar nicht bemerkte, der langsam auf sie zukam.

»Lady McShane?«

Sie drehte sich um, überrascht von der ungewohnten Anrede. »Ja?«

»Ich bin Kerr O'Malley. Lord Shanetara hat mich geschickt, Sie abzuholen.«

»Oh, guten Tag, Mister O'Malley. Ich bin froh, daß Sie gekommen sind«, rief Morgana und streckte ihm die Hand entgegen, die der Mann aber einfach ignorierte. Er wandte sich ab und fragte:

»Ist das Ihr Koffer?«

Sie nickte, etwas befremdet durch sein Verhalten, und er zerrte den Koffer zu einer offenen Kutsche.

»Ich fürchte, er ist ziemlich schwer«, entschuldigte sie sich, während er sich mit dem Koffer abstrampelte, und versuchte, ihm zu helfen. Aber er stemmte ihn ohne viel Mühe in den Wagen. Der drahtige kleine Mann war stärker, als er aussah.

Die Fahrt war nicht gerade bequem, der Wagen holperte und polterte, und Morgana beobachtete ihren abweisenden Begleiter, der vor ihr saß und von dem sie nur den Namen erfahren hatte und daß er schon viele Jahre im Dienste ihres Großvaters stünde. Sein verwittertes Gesicht verriet wenig über sein Alter, er konnte siebzig oder vierzig sein, aber seine Hände an den Zügeln waren ruhig und die Augen scharf und klar.

»Ist es weit?« fragte Morgana und brach zögernd das Schweigen.

»Dort ist Shanetara«, erwiderte er und streckte den Arm nach oben.

Das riesige Haus erhob sich über ihnen dunkel und abweisend auf den felsigen Hängen über dem Ozean. Es sah sehr alt aus und konnte gewiß vielen Menschen Platz bieten.

Der ursprüngliche Bau war im Lauf der Jahre durch Seitenflügel erweitert worden und bot jetzt ein wildes Konglomerat der verschiedensten architektonischen Stilrichtungen. Über die ganze Vorderseite zogen sich lange, schmale Fenster wie Schießscharten oder Augen, die einen hinter einer Maske anblitzen. Mehrere Türme ragten in den Himmel, und ein Balkon zog sich um das ganze Haus. Hohe Bäume überwucherten zum Teil das Dach, und ihr Schatten verschmolz mit den großen, langen Schatten, die Shanetara im Licht der Morgensonne über das Land warf. Einen Augenblick lang hatte Morgana das Gefühl, sie hätten die Arme nach ihr ausgestreckt, und ein eiskalter Schauder lief ihr über den Rücken.

»Es ist sehr beeindruckend«, murmelte sie, fast trotzig.

»Wohl«, sagte Kerr O'Malley und wurde mit einem Mal gesprächig. »Is' seit Generationen das Zuhause von den McShanes, und die sind stolz und stur. Keiner hat je seine Herkunft verleugnet oder seinen Schatten verlassen, erst Ihr Vater.«

Er hielt inne, als hätte er zuviel gesagt, und Morgana mußte den Rest der Fahrt mit unguten Gefühlen sein vorwurfsvolles Gesicht und sein verbissenes Kinn erdulden. Das war also der Grund für sein demonstratives Schweigen. Er gab ihrem Vater die Schuld, als hätte dieser mit seiner jugendlichen, impulsiven Tat die Familie gespalten. Offensichtlich sollte sie nun anstelle ihres Vaters Mister O'Malleys Vorwürfe erdulden. Wenn er sich schon so benahm, was hatte sie dann von ihrem Großvater zu erwarten. Sicherlich wollte sie in dem großen, unheimlichen Haus keiner haben. Sie erschauderte und wünschte, sie wäre nicht gekommen.

Die Kutsche hielt mit Getöse vor der massiven Tür von Shanetara. Kerr O'Malley half Morgana aus der Kutsche, dann widmete er sich ihrem Koffer. Diesmal machte sie nicht den Fehler, ihm ihre Hilfe anzubieten. Er stellte den Koffer auf die Schwelle und betätigte den Messingtürklopfer. Drinnen waren Schritte zu hören, dann wurde die Tür von einer molligen Frau geöffnet, die sich trotz ihres Gewichts sehr lebhaft bewegte.

»Ja, da fall'n mir doch gleich die Augen raus«, rief die Frau, und ihr rundliches Gesicht strahlte. »Sie sind ja Ihrem Vater wie aus'm Gesicht geschnitten. Kommen Sie rein, Lady. Wir haben schon auf Sie gewartet. Haben Sie eine gute Reise gehabt? Sie möchten sicher erst mal Ihr Zimmer sehen und sich gleich ein bißchen frisch machen«, plapperte sie weiter. Eine Antwort schien sie nicht zu erwarten. »Kerr O'Malley, du wirst den Koffer sofort in Lady McShanes Zimmer schaffen. Was ist dir denn über die Leber gefahren, Mann, stehst da und schaust, als hätt' dich ein Pferd gegen den Kopf getreten.« Sie wandte sich mit einem Seufzer an Morgana. »Manchmal is' mir wirklich, als ob mein Bester nich' 'n Funken Verstand im Kopf hätt'!«

»Mister O'Malley ist Ihr Mann?« fragte Morgana und schaute dem alten Mann nach, wie er die schwere Last die lange, geschwungene Treppe hochhievte.

»O ja, und ein wirklich guter Mann ist er, wenn er auch seine Fehler hat. Und Sie können ruhig Mollie zu mir sagen, wie die Buben auch.«

»Die Buben?« fragte Morgana, total überrascht von dieser Frau. Jemanden wie sie hätte sie nie im Leben auf Shanetara erwartet.

»Aber ja, Mylady. Ihre Cousins, fünf an der Zahl, und einer fescher wie der andere, das können Sie mir glauben. Lord Trevor ist verheiratet. Seine Frau ist ein schmächtiges kleines Ding.« Mollie schnaubte verächtlich. »Ganz anders wie Sie«, lachte sie freundlich. Ihrem scharfen Blick war offensichtlich keine Einzelheit an Morgana entgangen. »Sie wer'n se nachher kennenlernen, nehm' ich an, bis auf Lord Rian natürlich. Sein Schiff wird erst in ein paar Tagen erwartet.«

Morgana versuchte das alles zu begreifen. Sie, die fast immer allein gewesen war, schien plötzlich eine große Familie zu haben. Ihre Visionen, auf Shanetara mit einem verbitterten alten Mann hausen zu müssen, wurden plötzlich durch Träume von einem großen fröhlichen Haushalt ersetzt, voll lärmender Kinder und fröhlichem Gelächter. Vielleicht würde es doch nicht so schlimm werden, wie sie geglaubt hatte.

»Gibt es noch andere Verwandte?« fragte sie. Sie wollte nicht neugierig sein, aber es drängte sie, mehr über dieses Haus zu erfahren.

»Da ist Ihre Tante, natürlich. Sie freut sich schon sehr auf Sie. Connor war nämlich ihr Lieblingsbruder, wissen Sie.«

Morgana wußte nichts, aber das wollte sie Mollie nicht eingestehen.

Diese Frau glaubte offensichtlich, ihr Vater hätte ihr alles über Shanetara erzählt, und aus irgendeinem Grund wollte Morgana Mollie nicht merken lassen, daß ihr Vater nur selten von seinem Zuhause gesprochen hatte und daß sie fast überhaupt nichts von seiner Jugend auf Shanetara wußte.

Mollie holte tief Luft, als sie oben angelangt waren. »So, da wären wir.«

Morganas Zimmer waren wunderschön. Tannengrün und Gold leuchteten ihr entgegen. Es gab ein kleines Wohnzimmer und ein größeres Schlafzimmer, das ein massives Himmelbett fast vollständig ausfüllte. Ihr Koffer stand in der Mitte einer runden Wand.

»Ich glaube, wir sind in einem der Türme«, sagte sie, weil ihr die hohen Befestigungen wieder einfielen, die sie von draußen gesehen hatte.

»Ja. Ihr Großvater hat selbst die Zimmer für Sie ausgesucht. Er wird wahrscheinlich nach Ihnen schicken, wenn er bereit ist. Wenn Sie sonst noch was brauchen, klingeln Sie einfach.« Mollie zeigte ihr den Klingelzug. »Ich schick' gleich Tee hoch.«

Sie blieb noch einen Moment stehen, als wartete sie darauf, daß Morgana sich ihr anvertraute, aber das Mädchen schwieg. Ihr bisheriges einsiedlerisches Leben hatte sie schweigsam gemacht, und Mollie war trotz ihres freundlichen Geplappers immer noch eine Fremde. Morgana wollte unter keinen Umständen zum Gerede beim Personal werden, wenngleich das wahrscheinlich unvermeidbar war. Aber erst einmal blieb sie zurückhaltend.

»Danke, Mistress… äh… Mollie, Sie waren sehr liebenswürdig.«

»Das ist doch wohl das wenigste«, sagte die Frau enttäuscht, als sie einsah, daß Morgana das Gespräch nicht fortsetzen wollte.

Als Mollie gegangen war, lief Morgana zum Fenster. Felsige Hügel gingen über in violette Moore und Sumpfgebiete, bis hinunter zum grauen Meer. Es war ein kalter, grausamer, wilder Anblick, aber auf eine seltsame Art voller Schönheit. Sie fragte sich, warum ihr Großvater wohl gerade dieses Zimmer für sie ausgesucht hatte. Wenn er glaubte, sie einschüchtern zu können, dann würde sie ihm bald klarmachen, daß sie Connor McShanes Tochter war und daß sie genauso kalt und hart wie diese felsigen Hügel sein konnte, falls nötig.

Sie machte sich daran, ihren Koffer auszupacken und ihre Kleider in den großen Schrank zu hängen. Ihre wenigen Kleider wirkten darin noch armseliger. Sie legte die Bücher ihres Vaters auf den kleinen Nachttisch und Kamm und Bürste ihrer Mutter auf den Toilettentisch. Dann goß sie etwas Wasser aus dem kleinen Waschkrug in die Schüssel, wusch sich Gesicht und Hände, öffnete ihr Haar, bürstete es und schlang es im Nacken wieder zu einem Knoten. Schließlich blieb nichts mehr zu tun, und sie ging gedankenverloren zurück zum Fenster.

Ein leises Klopfen an der Tür unterbrach ihre Grübeleien. Sie öffnete, und ein zierliches Mädchen mit kurzen, dunklen Haaren und den größten und blauesten Augen, die Morgana je gesehen hatte, stand vor der Tür. Das Mädchen machte einen Knicks.

»Ich bin Bridget, Mylady. Ich bring' Ihren Tee.«

Das Mädchen setzte das Tablett ab und goß Morgana eine Tasse ein, während sie sie mit unverhohlener Neugier musterte.

»Ham Sie eine gute Reise gehabt, Mylady?«

»Ja, danke, hab' ich.« Morgana nippte an ihrem heißen Tee.

»Das ist gut«, das Mädchen lächelte. »Lord Rian hat gesagt, das Meer ist manchmal ziemlich stürmisch und Reisenden, die's nicht gewohnt sind, wird manchmal schlecht!«

»Nein, am Anfang war mir kurz schlecht, aber dann ging es mir gut. Zum Ärger einer dicken Methodistin, die auf dem Weg nach Amerika zu ihrem Mann war.« Morgana gefiel Bridgets kindliches Grinsen, und etwas von ihrer Steifheit löste sich. »Die ist nämlich schon am ersten Tag krank geworden, glücklicherweise, denn dadurch ist mir erspart geblieben, mir ihre religiösen Vorträge anhören zu müssen. Ich bin sicher, sie hat mich sowieso für einen hoffnungslosen Fall gehalten.« Morgana mußte bei dieser Erinnerung selbst lachen und war überrascht, denn seit dem Tod ihres Vaters hatte sie nur selten gelacht.

»Ja, manche von den Leuten haben einen komischen Glauben.« Bridget nickte weise, sie selbst war schließlich Katholikin.

Morgana merkte, wie gerne das Mädchen ihr alle möglichen Fragen gestellt hätte und wie mühsam es sich zurückhielt. Bridget war etwa genauso alt wie sie, und Morgana hatte in London nur wenige Freunde gehabt, es war daher ungewohnt für sie, sich mit einer Gleichaltrigen zu unterhalten.

»Arbeitest du schon lange hier?« fragte sie.

»Ungefähr ein Jahr, Mylady.«

»Wie gefällt dir Shanetara, Bridget?«

»Ist ein wunderschönes, altes Haus, und meine Arbeit is' nich' schwer. Bei Mistress O'Malley funktioniert der Haushalt wie ein Uhrwerk.«

»Kann ich mir denken. Sie scheint eine sehr tüchtige Frau zu sein«, erwiderte Morgana und dachte an Mollies scharfen Blick.

»Das ist sie wirklich«, stimmte Bridget zu. »Ich bin so froh, daß Sie gekommen sind, Mylady«, platzte sie plötzlich raus. »Wir haben zuerst gedacht, Sie nehmen Großvaters Einladung nicht an.«

»Es war nicht gerade eine Einladung, Bridget. Eher ein Befehl, würde ich sagen. Aber das spielt jetzt auch keine Rolle mehr. Nachdem mein Vater gestorben war, konnte ich mir meinen Lebensunterhalt nicht allein verdienen, ich hab' eigentlich keine andere Wahl gehabt.«

»Da kann ich nix zu sagen, Mylady. Muß doch viele Männer gegeben haben, die jemand, der so schön wie Sie is', vom Fleck weg geheiratet hätt'n. Aber ich bin froh, daß Sie nach Irland gekommen sind. Kyla, das andere Dienstmädchen, war sicher, Sie wär'n ganz spießig und sicher ganz hochnäsig mit uns, weil wir bloß arme irische Mädel sind. Nein, hab' ich ihr gesagt, Lady McShane is' sicher eine so feine Lady, wie wir sie uns nur wünschen können, nicht so wie Lady Lindsey Joyce, für die ich drüben in Letterick gearbeitet hab'. Bin ich froh, daß ich recht gehabt hab'.« Sie klatschte fröhlich in die Hände.

»Schön, daß du dich freust, Bridget«, lächelte Morgana. Das kindliche Geplapper und Benehmen des Mädchens amüsierten sie.

»Oh!« Bridget schlug die Hand vor den Mund. »Ich soll Sie ja gleich zu Ihrem Großvater raufbringen, sobald Sie den Tee getrunken haben«, gab sie zu. »Hab's vor lauter Reden direkt vergessen. Mistress sagt immer wieder, meine Zunge läuft mit mir davon. O je. Ich hoffe, der alte Mann nimmt's nicht krumm. Er kann sich aufführ'n wie ein Tatar. Verzeihung, wenn ich so offen red', Mylady.«

»Das überrascht mich gar nicht«, erklärte Morgana spöttisch. Der Brief hatte ihr einen Vorgeschmack darauf gegeben, und sie überging daher Bridgets ungehörige Kritik an ihrem Verwandten. Das Mädchen war schließlich noch sehr jung. Morgana drehte sich um und folgte ihr den langen Gang hinunter.

Sie sah ihren Großvater nicht sofort. Die Vorhänge waren zugezogen, und das Zimmer war dunkel. Ihre Augen brauchten etwas Zeit, um sich an die Dunkelheit zu gewöhnen. Sie erschrak, als eine schroffe Stimme losdonnerte: »Steh nicht einfach rum, Mädel! Komm rein, damit ich dich anschauen kann!«

Morgana orientierte sich an der Stimme und ging zu dem großen Himmelbett in der Mitte des Zimmers. Der Mann, der darin auf Kissen gestützt lag, sah aus wie ihr Vater, nur älter. Er hatte dieselben klaren Augen, aber sein Gesicht war gezeichnet von Jahren des Kampfes und der Bitterkeit. Seine buschigen, weißen Augenbrauen waren drohend zusammengezogen, als er sie musterte.

»So«, sagte er, nachdem er sie eingehend vom Scheitel bis zur Sohle betrachtet hatte. »Du bist also Morgana McShane.«

»Ja«, erwiderte sie und begegnete unerschrocken seinem Blick, obwohl sie seine durchdringenden Augen etwas verunsicherten. Sie wartete, daß er weitersprach. Wenn sie ihn besser gekannt hätte, hätte sie an seinen zuckenden Mundwinkeln erkennen können, wie gut sie ihm gefiel. Aber sie kannte ihn nicht, und das Lächeln war so schnell wieder verschwunden, daß sie glaubte, er amüsiere sich über ihre schäbige Kleidung und ihre Armut. Sie blieb mit stolz erhobenem Haupt vor ihm stehen. Das gefiel dem alten Mann noch mehr. Sie erinnerte ihn mit einem Mal an einen anderen McShane, seinen Enkel Rian, der ihm genauso entgegentrat.

»Hmmf!« sagte der alte Mann. »Ich hätte dich ja nicht anerkannt, wenn's nach mir gegangen wäre, dein Vater hat das Haus aus freien Stücken verlassen. Wie kommst du darauf, zu glauben, ich würde seine Tochter hier willkommen heißen?«

»Nichts lag mir ferner als das«, erwiderte Morgana ruhig und schlug die Augen nicht nieder. Sie fragte sich, ob der alte Mann sie necken wollte, und fühlte sich in seiner Gegenwart sehr unbehaglich.

»Wenn ich mich recht erinnere, waren Sie es, der nach mir geschickt hat.«

»Ja, das könnte wohl sein. Ich kann doch auch keine echte McShane wie eine gewöhnliche Magd auf der Straße betteln gehen lassen. Aber das heißt noch lange nicht, daß ich dich mögen muß!«

Morgana griff in die Falten ihres Kleides, damit er nicht sehen konnte, wie ihre Hände zitterten. Es war furchtbar! Viel furchtbarer, als sie sich vorgestellt hatte. Wie sollte sie hier leben? Sie unterdrückte ihren Wunsch, ihre Wut auch in Worte zu kleiden und sagte kühl: »Es ist mir eigentlich egal, ob Sie mich mögen oder nicht. Wenn Sie mich hier nicht haben wollen, schicken Sie mich doch einfach zurück nach London.« Die Vorstellung erfüllte sie insgeheim mit Hoffnung, aber auch mit Angst. Sie würde in einer dieser fürchterlichen Fabriken arbeiten müssen. Sie sah sich selbst schon zu einer dieser Vogelscheuchen verkommen, die in den Mülltonnen wühlen, mit schrecklichem Husten durch die Arbeit in den dreckigen Londoner Fabriken.

»Wer hat was von Zurückschicken gesagt?« keifte Fergus McShane. »Du bist doch gerade erst angekommen. Ich kann mir nicht leisten, Geld für deine Launen rauszuwerfen! Meiner Treu! Du wirst hierbleiben, bis ich entschieden habe, was mit dir zu tun ist, Mädel, hast du gehört? Ich werd' von dir keinen Widerspruch dulden wie von deinem Vater!«

»Haben Sie mich deswegen hierhergebracht, um sich an meinem Vater zu rächen?« Morganas Stimme war eisig, und sie merkte gar nicht, wie ihre Augen vor Wut sprühten. »Ich werde Euch keine Gelegenheit zu dieser Genugtuung geben. Ich fürchte, wir haben beide einen Fehler gemacht, und ich werde hier so schnell wie möglich wieder abreisen.«

Zu ihrer Verblüffung fing ihr Großvater an zu kichern. »Touché. Es freut mich, daß du nicht so ein feiges Ding wie Fionna bist. Gut zu wissen, daß du wenigstens das irische Temperament der McShanes geerbt hast, selbst wenn es unter der Kälte deines englischen Blutes verborgen ist. Ich kann Weibchen einfach nicht ausstehen!«

»Fionna?« fragte Morgana leise. Sie war durch seinen plötzlichen Stimmungsumschwung verwirrt.

»Trevors Frau. Ein tristes, farbloses Mädchen. Du wirst sie heute abend beim Dinner kennenlernen. Ich glaube schon, du wirst meiner Einschätzung zustimmen.«

Morgana stand völlig ratlos da und hatte plötzlich das Gefühl, sie hätte alle Brücken hinter sich abgebrochen, wenn sie sich auch nicht erklären konnte, was passiert war. Dann holte sie ihr Großvater aus ihrer Starre: »Lauf jetzt, Mädel. Steh nicht rum, als hättest du den Verstand verloren!«

»Hab' ich ganz bestimmt nicht«, erwiderte sie kurz und verließ das Zimmer ohne ein weiteres Wort. Sie war froh, endlich diesen durchdringenden Augen und der scharfen Stimme entkommen zu können.

Die Glocke zum Abendessen hatte geläutet, und Morgana war ein wenig spät dran, weil sie zuerst nicht überlegt hatte, daß sie auch ihr gelten könnte. Sie hatte geschwankt, ob sie sich nicht mit der Ausrede, sie sei müde von der Reise, ein Tablett aufs Zimmer schicken lassen sollte, aber eine innere Stimme sagte ihr, ihr Großvater würde sofort erkennen, daß es Feigheit war. Und das Vergnügen mochte sie ihm einfach nicht gönnen, glauben zu können, er hätte sie bei ihrem ersten Treffen eingeschüchtert. Sie würde zum Dinner gehen und zeigen, aus welchem Holz Connor McShanes Tochter geschnitzt war!

Als sie die Wendeltreppe hinunterging, hörte sie Stimmen, aber schlagartig verstummten sie, sobald sie den Raum betrat. »Du kommst zu spät!« knurrte ihr Großvater, und dann stellte er sie vor.

Ihr Cousin Trevor schien ihr reichlich steif und aufgeblasen. Morgana schätzte ihn auf etwa vierzig. Er war der Haupterbe des Besitzes, der älteste Sohn von Großvaters ältestem Sohn und würde nach dem Tod ihres Großvaters Herzog von Shanetara werden. Augenblicklich war er der Graf von Shaughnessy, eines anderen Gutes der McShane. Er hatte einen ziemlichen Bauch und wenig Haare, sah aber immer noch recht gut aus. Momentan war Trevor zufrieden, Politik spielen zu können, denn er hatte einen Sitz im Oberhaus in Dublin. Er hatte, wie er ihr sogleich erzählte, schon häufig mit Wolfe Tone, Henry Grattan und sogar William Pitt selbst Gespräche geführt.

Seine Frau Fionna war, wie Morgana überrascht feststellte, noch sehr jung, kaum halb so alt wie er. Sie schien ein armes graues Mäuschen zu sein, das wenig zu sagen hatte und auch sonst nicht sehr ansprechend war, aber Trevor ließ sie auch kaum zu Wort kommen. Sie war wahrhaftig keine Schönheit und dabei so unauffällig, daß man bald ihre Anwesenheit vergaß.

Trevors Bruder, Gerald, war etwas jünger, ein kräftiger Mann, sechsunddreißig, unverkennbar Ire und etwas angetrunken. Morgana sollte bald feststellen, daß er das meistens war. Er war als Lieutenant in der britischen Armee während des Peninsula War in Spanien gewesen und nach Hause geschickt worden, nachdem sein Bein durch eine Schußwunde gelähmt geblieben war. Seitdem trank er und war von einer kleinen Pension und der Gnade seines Bruders und Großvaters abhängig.

Ihren Cousin Patrick mochte Morgana sofort. Er hatte ein einnehmendes Wesen und war so fröhlich, daß sie sich bald nicht mehr so fremd fühlte. Er zwinkerte ihr zu und schnitt Grimassen, als wolle er ihr sagen, er wüßte genau, wie sie sich fühlte. Patrick war siebenundzwanzig, nicht so groß wie Trevor oder Gerald, aber gut gebaut. Seine Kleidung war gut geschnitten, zwar nicht so würdevoll und teuer wie die Trevors, aber kein Vergleich zu dem schlampigen Aussehen, das Gerald bot. Patrick war der Viscount von Blackwood, einem Besitz in England, den er von dem letzten Nachkommen, einem Verwandten mütterlicherseits, geerbt hatte. Der Besitz brachte ihm zwar ein bescheidenes Einkommen, war jedoch zum größten Teil mit Hypotheken belastet. Aber Patrick zog es vor, in Shanetara zu leben, er liebte Irland, auch wenn er dort keinerlei Besitz hatte.

An Colin fand Morgana gar nichts Bemerkenswertes. Vielleicht, weil er so still dasaß, fast schwermütig. Er war jünger als sie, neunzehn, und hatte eines dieser schönen Gesichter, die man bei einem Mann nur einem Poeten und Schwärmer zuschreibt. Er hatte helle Haut, deren Blässe noch von seinen wilden, dunklen Locken betont wurde, und tiefbraune Augen mit dunklen Wimpern. Wie sie bald erfahren sollte, hatte Colin praktisch nichts zu erwarten und war völlig von ihrem Großvater abhängig. Er mußte daher wahrscheinlich Priester werden, was ihm gar nicht behagte. Viel lieber wäre er zum Militär gegangen, wie Gerald, aber sein Großvater liebte ihn, und nach Geralds Verwundung hatte er ihm verboten, sich freiwillig zu melden.

Ihre Tante Rosamunde schließlich fesselte sie von Anfang an. Sie war die erste, die ihr mit Herzlichkeit begegnete, sie in den Arm nahm und ihr zuflüsterte, sie hoffe, sie würden Freundinnen werden. Morgana faßte ihre Hand und kämpfte mit den Tränen, weil diese Tante ihrem verstorbenen Vater so ähnlich sah. Rosamunde mußte in ihrer Jugend sehr schön gewesen sein und war auch mit sechzig immer noch eine attraktive Frau, trotz der grauen Strähnen in ihrem roten Haar und den vielen feinen Falten in ihrer weißen Haut. Sie war zart und graziös und jede ihrer Bewegungen war in ihrer Wirkung genau überlegt. Morgana konnte sich gut vorstellen, wie sich Rosamunde in ihrer Jugend stundenlang vor dem Spiegel betrachtet hatte.

Wie Mollie schon berichtet hatte, war nicht die gesamte Familie anwesend. Morganas Cousin Rian, von dem sie glaubte, daß er Kapitän zur See sei, fehlte.

»Das ist nicht seine einzige Beschäftigung«, informierte sie Trevor pflichtschuldigst. »Er ist auch Graf von Keldara. Den Titel hat er auf die verachtungswürdigste Weise gewonnen. Er hat ihn tatsächlich im Spiel gewonnen! Kannst du dir das vorstellen? Ein armer Kerl hat alles, was er besaß, eingesetzt und verloren, also hat König Georg ihm befohlen, seinen Besitz und Titel Rian zur Bezahlung der Schuld zu überschreiben. Es gab einen schrecklichen Skandal, weil der frühere Graf später Selbstmord beging, nachdem er alles verloren hatte. Rian ist ein herzloser Teufel!«

»Das reicht, Trevor!« unterbrach ihn der Großvater schroff. »Nein, Morgana, Rians Schiff hat noch nicht angelegt, aber wir erwarten ihn in Bälde. Schade, daß er deine Ankunft verpaßt hat, aber ich weiß, er würde dich aufs herzlichste begrüßen, wenn er hier wäre.«

Morgana dankte ihrem Großvater. Sein spöttisches Lächeln, das in seinem Gesicht erschien, als Rian erwähnt wurde, machte ihn mit einem Mal vertrauter, und sie fragte sich im stillen, wie lange sie wohl Trevors steifes Geschwafel aushalten könnte.

Bridget ging zufällig genau in diesem Augenblick draußen vorbei, und Morgana sah das Mädchen stutzen, als Patrick ihr zuzwinkerte. Unmittelbar danach wandte er sich wieder Morgana zu und grinste schuldbewußt, als er merkte, daß sie ihn beobachtet hatte.

Die Familie scheute sich nicht, Morgana mit einer Vielzahl von Fragen zu bombardieren. Aus allen Richtungen prasselten sie auf sie ein, aber Morgana versuchte, so viele wie möglich zu beantworten, und fragte sich, ob sie wohl je zum Essen kommen würde.

»Ja, ich kann reiten, Gerald, aber ich hab' noch nie gejagt. Ich bin sicher, es ist ein toller Sport, aber ich glaube, ich möchte das nicht lernen, danke. Ich seh' nicht gerne, wie etwas getötet wird.«

»Ach komm, Cousine«, neckte er sie. »In London gibt es doch sicher auch Fuchsjagden, oder zumindest auf den umliegenden Besitzungen.«

»Ja, ich glaube schon, aber ich hatte nie die Gelegenheit, mit entsprechenden Leuten zu verkehren, also hab' ich ein verhältnismäßig ruhiges Leben geführt.«

»Ihr Vater war doch ein Dichter, nicht wahr, Cousine?« fragte Colin, der bis dahin geschwiegen hatte.

»Wir sprechen in diesem Haus nicht über Morganas Vater, junger Mann«, unterbrach ihn der Großvater wütend.

»Ich glaube, das ist eine sehr unrealistische Vorstellung, Großvater, in Anbetracht dessen, daß Morgana jetzt hier ist und Onkel Connor vor kurzem gestorben ist. Ich finde die Vorstellung lächerlich, daß Sie Ihren Groll auch noch gegenüber einem Toten hegen. Ich würde Morganas Antwort gerne hören, wenn sie es möchte.«

»Natürlich werd' ich dir antworten, Colin«, sagte Morgana hastig. Sie wollte sich die Gelegenheit nicht entgehen lassen, ihren Vater vor ihrem Großvater zu verteidigen. »Mein Vater war ein sehr guter Dichter, wenn auch in England nicht sehr bekannt. Es war wohl so, daß der Erfolg Percy Shelleys und Lord Byrons die Chancen meines Vaters, bekannt zu werden, überschattet hat.«

»Hmmf!« schnaubte Fergus McShane. »Dein Vater war ein totaler Versager. Ab sofort möchte ich kein Wort mehr über ihn hören. Wenn wir uns in diesem Haus vertragen wollen, möchte ich seinen Namen hier nicht mehr hören, basta!« Er wandte sich zu Colin. »Du bist ein ungehorsamer Bengel. Ich wäre dir dankbar, wenn du etwas mehr Respekt vor dem Alter zeigen würdest, besonders, da du von meinem Geld lebst. Du wirst dich jetzt entschuldigen, oder du bekommst den Vorschuß auf deine Apanage nicht, um den du mich heute morgen gebeten hast.«

Colin zitterte und war wegen dieser Abfuhr vor der ganzen Familie offensichtlich sehr wütend, stammelte aber eine Entschuldigung. Nach diesem Vorfall waren alle bei Tisch etwas betreten, und jeder war erleichtert, als Rosamunde das Signal für die Frauen gab, sich zurückzuziehen und die Gentlemen ihrem Portwein zu überlassen.

»Du bist also das Kind vom allerliebsten Connor«, sagte sie, nachdem sie sich um das Feuer im Salon versammelt hatten. Es war zwar Frühling, aber die Abende waren noch immer recht kühl. »Ich bin so froh, daß du gekommen bist. Ich muß mich für das Verhalten meines

Vaters entschuldigen. Seit dem Skandal darf Connors Name in seiner Nähe nicht mehr erwähnt werden. Wir sollten ihn wirklich nicht aufregen. Aber es hat mich schwer getroffen, vom Tod meines Bruders zu erfahren. Ich hatte so sehr gehofft, ich würde ihn noch einmal sehen, aber es hat nicht sollen sein.« Sie griff sich dramatisch an die Brust, und Morgana ahnte, daß ihre Tante auf eine träumerische, vage Art etwas verrückt war. »Ich fürchte, ich war ihm keine sehr gute Schwester, weil ich ein solcher Hasenfuß bin. Ich wollte ihm so gerne schreiben, aber Vater hat es nicht geduldet, nachdem Connor seine Ländereien einfach so im Stich gelassen hat, um Dichter zu werden. Aber komm, wir sollten jetzt von angenehmeren Sachen reden.« Sie klopfte einladend auf das Sofa neben sich. »Setz dich her, Liebes, und laß dich anschauen. Meine Haare hatten einmal dieselbe Farbe. Ah, das ist wahre Traurigkeit, alt werden«, sie lachte verlegen. »Als ich noch jung war...«

Die allgemeine Stimmung wurde mit dem Eintreten der Männer wesentlich lockerer, aber Morgana hatte ganz den Eindruck, sie sei der Mittelpunkt einer lebhaften Diskussion beim Portwein gewesen. Großvater stapfte zu einem wunderbar eingelegten Schachbrett und stellte die schwarzen und weißen Marmorfiguren zum Spiel auf. Trevor wollte sich dem alten Mann gegenübersetzen, aber Fergus winkte ab.

»Nein, Trevor, ich bin heute nicht in Stimmung für deine fantasielosen Schlachtversuche. Mir wäre ein anregender Gegner lieber. Kennst du das Spiel, Mädel?« fragte er und drehte sich zu Morgana um.

»Aber ja«, erwiderte sie, denn sie hatte oft abends mit ihrem Vater gespielt. »Aber ich fürchte, ich kann Ihnen kein interessantes Match liefern. Einer meiner Cousins könnte das sicher besser.«

»Papperlapapp!« Er klopfte mit dem Stock auf den Boden. »Colin überlegt zu lange, bis er zieht, und...«

»Ich versuche nur, richtig zu spielen, Großvater«, verteidigte sich der Junge.

»Unterbrich ältere Leute nicht«, knurrte der alte Mann. »Gerald spielt kopflos, und Patrick konzentriert sich in letzter Zeit nicht aufs Spiel. Komm, Mädel, du hast doch wohl nicht Angst vorm Verlieren«, funkelte er sie an.

»Natürlich nicht«, fauchte sie wütend und setzte sich ihm gegenüber. »Ich werde mein Bestes geben.«

Morgana hatte die schwarzen Figuren gewählt, und sie machten ihre ersten Züge. Der Rest der Familie unterhielt sich leise im Hintergrund, damit die beiden nicht abgelenkt wurden. Zwei Stunden später war Morgana schachmatt.

»Gut gespielt, Mädel, aber nicht gut genug, um zu gewinnen«, schloß Fergus. »Immer wieder erstaunlich, was man über Leute lernen kann, wenn man mit ihnen Schach spielt. Du hast noch nicht gelernt zu opfern, um zu gewinnen. Wenn du deine Königin gegen meine eingetauscht hättest, wärst du im Vorteil gewesen, weil ich nur einen Turm hatte und du zwei. Es wäre interessant zu erfahren, was sonst noch hinter deiner ruhigen Fassade verborgen liegt.« Seine Augen schienen sich förmlich in die ihren zu bohren. »Ich würde dich gerne gegen Rian spielen sehen, Mädel.« Der alte Mann kicherte vor Vergnügen bei diesem Gedanken.

Morgana ging nicht weiter auf seine Bemerkungen über ihren Charakter ein. »Ich gestehe Ihnen zu, daß Sie der bessere Stratege sind und ich vielleicht übereilt spiele, ohne Gedanken an Opfer, aber ich lerne schnell, und eines Tages werde ich gewinnen«, schloß sie.

»Wir werden sehen«, murmelte er leise, und sie spürte, er meinte nicht das Schlachtfeld Schachbrett damit. Er hatte sie geprüft. Er hatte einen scharfen Verstand, wenn auch etwas exzentrisch. Sie mußte auf der Hut sein, bis sie herausgefunden hatte, was er von ihr wollte.

In der Nacht lag sie schlaflos im Bett und ließ sich alles noch einmal durch den Kopf gehen, was sie über den Haushalt erfahren hatte. Trevor und Fionna lebten nicht auf Shanetara, sondern in der Nähe auf Shaughnessy Bay, Trevors Besitz. Dann gab es noch Kilshannon Hall, wo Rosamunde hätte wohnen können, wenn sie gewollt hätte. Offensichtlich war ihr aber die ständige Nörgelei ihres Vaters lieber, als die Tage in Einsamkeit zu verbringen. Patrick und Colin wohnten in Shanetara, genau wie Gerald, nachdem Fergus ihnen keine Besitzungen zugeteilt hatte, nur verbrachte Gerald die Nächte meistens im Gasthaus von Kilshannon und vergnügte sich mit den Barmädchen. Es gab keine Kinder hier, kein Lachen und keine Liebe. Die Aussichten auf eine Zukunft mit dieser Familie waren nicht gerade erheiternd. Morgana fragte sich, ob nicht vielleicht Rian, der Kapitän, der Spieler, der Graf von Keldara, anders als die anderen sein würde.

Kapitel Zwei

Morganas Tage verliefen bald in einem gleichmäßigen Rhythmus. Sie konnte kommen und gehen, wie sie wollte, weil sie keinerlei Pflichten zu erfüllen hatte. Es war genug Personal vorhanden, und zum ersten Mal in ihrem Leben wußte sie nicht, wohin mit ihrer Zeit. Sie nutzte sie, um ihre neue Umgebung zu erkunden und ihre neuen Verwandten besser kennenzulernen. Rosamunde und sie waren bald enge Freundinnen, wenn sie die Dramatisierungen ihrer Tante auch oft etwas anstrengend fand. Sie lernte – wie versprochen – sehr schnell, sich gegen die Verbalangriffe ihres Großvaters zu wehren. Patrick war eine unschätzbare Hilfe für sie beim Versuch, sich in Irland einzuleben. Er war immer gern bereit, sie im Landauer auszufahren und durch das rauhe Land zu führen oder in die Stadt zu bringen, wenn sie es wünschte. Trevor bot sich zwar auch sehr steif an, diese Pflichten zu übernehmen, aber Morgana konnte sein aufgeblasenes Getue nie lange ertragen.

Irland war ein schönes Land, mit seinen wilden Bergen, felsigen Abhängen und sumpfigen Mooren. Lough Donareen war nicht weit von Shanetara, und manche Tage beobachtete sie, wie seine glatte Oberfläche den grauen Himmel widerspiegelte. Einmal fuhr Patrick Morgana nach Shaughnessy, wo die meisten Pächter ihres Großvaters wohnten. Es gab nur eine Hauptstraße, an der schäbige Hütten standen. Die schmutzigen und ungepflegten Bewohner standen teilnahmslos in den Türrahmen.

»Ich wollte dir ein typisch irisches Dorf zeigen«, sagte Patrick auf dem Heimweg, »denn im Vergleich zu den Dörfern hier in der Umgebung sind Kilshannon und Dingle geradezu himmlisch.«

»Aber warum tut Großvater denn nichts für die Leute?« fragte Morgana. »Er könnte ihnen doch sicher helfen.«

»Mein Gott, Morgana! Hast du denn nicht gemerkt, was für ein Geizhals er ist? Er denkt nur an sich selbst, außer vielleicht noch an Colin und Rian. Ja, Rian ist der einzige von uns, der mit dem alten Mann umgehen kann. Er versucht sein Bestes bei Großvater, aber England will uns an die Kehle, und die verfluchten Napoleonischen Kriege dauern noch an, ganz zu schweigen von unseren United Irishmen und anderen radikalen Untergrundorganisationen. Die Katholiken kämpfen für Freiheit, und die Pächter möchten das Land, das sie bebauen, gern besitzen, aber Großvater hat die verrückte Vorstellung, wie ein Feudalherr leben zu müssen, und weigert sich, auch nur einen Zentimeter Grund zu verkaufen! Er hat die Titel unserer Väter nach ihrem Tod geerbt, weigert sich aber, Colin und mir auch nur den geringsten Teil abzugeben, nachdem er Trevor wenigstens widerwillig seinen Titel zugestanden hat. Dem alten Mann gehört das Land, soweit dein Auge reicht.«

»Außerdem können dem Gesetz nach Katholiken kein Land erben«, fuhr er fort. »Wir sind alle Anglikaner, weißt du. Die Pächter haben keine Hoffnungen, keine Träume, sie vegetieren nur vor sich hin. Sie leben vom mageren Ertrag der Kartoffelfelder, die sie in Shanetara County bestellen.«

»Aber Patrick«, fragte sie, »möchtest du denn nicht Irland von englischer Herrschaft befreit sehen?«

»Natürlich möchte ich das, aber es ist Verrat, das zu sagen. Außerdem wird König Georg dem, solange er lebt, nie zustimmen. Er weigert sich sogar, Pitts Vorschläge für Verbesserungen der Lebensbedingungen hier anzuhören. Nachts gehen die Männer nach Kilshannon und trinken Portwein. Sie diskutieren über Freiheit und alles nur Erdenkliche. Dann wird gestritten, und danach gibt es Fraktionskämpfe!«

»Was sind das?«

»Kämpfe zwischen den Clans. Meistens sind's die Kennedys und die O'Haras. Sie hängen eng zusammen, diese Familien. Wenn sich ein Kennedy eine O'Hara-Frau nimmt, entsteht dadurch eine Schuld, und die Familie muß bezahlen, sonst steht die Ehre der Familie auf dem Spiel. Dann wird meistens jemand getötet. Mehr als ein Ire ist nach Amerika geflüchtet, um nicht wegen Mordes aufgehängt zu werden.«

»Aber das ist ja entsetzlich«, stöhnte Morgana. »Wird denn nichts dagegen unternommen?«

»Großvater spielt meist die Rolle des Vermittlers oder Unterhändlers, und die Clans versuchen seine Entscheidungen zu befolgen, aber oft sind die Gemüter erhitzt – und dann gibt es eben Ärger.«

Morgana erschauderte, trotz der Sonne. »Ist es denn überhaupt sicher, hier auszureiten? Was, wenn uns welche von ihnen angreifen?«

Er schaute sie lachend an und merkte erst allmählich, daß sie es ernst meinte, und bat um Verzeihung. »Du brauchst keine Angst zu haben, Cousine. Es gibt keinen Iren im ganzen County, der Hand an dich legen würde. Er wäre bis Einbruch der Dunkelheit tot.«

Daraufhin machte Morgana sich keine großen Sorgen mehr, und weil sie kein Pferd besaß, machte sie sogar alleine Spaziergänge entlang der Moore und Strände. Einmal ging sie zurück nach Shaughnessy, mit einem Korb voller Früchte und kaltem Braten, den sie hatte zubereiten lassen, und versuchte seinen Inhalt unter den armen Familien zu verteilen. Aber die Menschen beäugten sie mißtrauisch und teilten ihr höflich, aber kühl mit, sie würden keine Almosen annehmen. Einer von ihnen, Brendan O'Hara, machte ein paar abfällige Bemerkungen, und Morgana stolperte aus dem Dorf, den Korb fest umklammert, den Tränen nahe. Spätabends klopfte Bridget leise an ihre Tür.

»Ja, Bridget, was gibt's?«

»Ich hab' gehört, was heute passiert ist, M'lady, in Shaughnessy, mein' ich. Ich wollt' mich für meine Familie entschuldigen. Ich weiß, Sie ham es gut gemeint, Mylady, aber es is' 'ne Frage von Stolz. Wenn sie's angenommen hätten, wären sie sich minderwertig vorgekommen. Ich will bloß nicht, daß Sie glauben, wir wär'n nicht dankbar für Ihr Angebot, aber Sie sehen doch, wie's is', M'lady?« Ihr flehender Blick schien zu sagen: Bitte versteh doch! Schließlich bat sie Morgana, ihr zu verzeihen, wenn sie zu vorlaut gewesen wäre. »Ich versuch' doch bloß zu erklären«, schloß Bridget.

»Ja, ich verstehe«, sagte Morgana. »Und es tut mir leid, wenn ich deine Verwandten beleidigt habe. Ich hoffe, du sagst ihnen, wie leid's mir tut, aber ich mein's gut, wie du sagst, und bin eben noch fremd hier und kenn' mich mit den Sitten hier noch nicht aus. Ich werde versuchen, es in Zukunft besser zu machen.«

Bridget nickte. »Und, Mylady«, fügte sie beim Hinausgehen hinzu, »mein Bruder sagt, es tut ihm leid, wenn er Sie heute nachmittag verletzt hat.«

»Dein Bruder?«

»Ja, Brendan O'Hara, Lady.«

»Ah, ja, ich erinnere mich an ihn, aber ich hab' nicht gewußt, daß er dein Bruder ist. Bitte sag ihm, es war nicht von Bedeutung.«

»Ja, Mylady.«

Morgana machte diesen Fehler nie wieder. Sie versuchte danach, einen Bogen um Shaughnessy zu machen, aber wenn sie zufällig doch vorbeikam, wurde sie höflich behandelt, und allmählich war sie überzeugt, daß die Dorfbewohner ihr nichts nachtrugen. Die Familie hatte sicherlich auch von dem Vorfall gehört, verlor aber kein Wort darüber.

Sie schämte sich, weil sie nur ein schwarzes Kleid besaß und immer noch in Trauer war. Sie hatte es jeden Abend ausgewaschen, um es am nächsten Tag wieder anziehen zu können, aber ihr Stolz erlaubte es ihr nicht – ironischerweise genau wie bei den Kennedys und den O'Haras –, ihren Großvater um Geld für ein neues Kleid zu bitten. An diesem Abend bemerkte er, etwas sarkastisch: »Morgana, wenn das dein Lieblingskleid ist, bin ich von deinem Geschmack enttäuscht. Seit du hier bist, hast du noch nichts anderes getragen.«

Die Tischrunde verstummte, und die Familie schaute sie teils mitleidig, teils peinlich berührt an. Colin sah sie überhaupt nicht an.

»Tut mir leid«, erwiderte Morgana so ruhig wie sie konnte. »Aber ich trage noch Trauer für meinen Vater.«

»Dann ist es höchste Zeit, daß du aufhörst!« schimpfte er. »Rosamunde, bring das Mädchen morgen nach Dingle, und sorg dafür, daß die Schneiderin ihr was Anständiges näht.«

»Ich kann mir nicht leisten...« begann Morgana, wurde aber rüde unterbrochen.

»Zum Teufel! Ich werd' doch nicht dulden, daß meine Enkelin in so lumpigen Kleidern rumläuft«, brüllte er Morgana an und schlug mit dem Stock auf den Boden, wie an dem Tag, als er sie das erste Mal als Enkelin öffentlich anerkannt hatte. »Du lebst unter meinem Dach, also werd' ich dich genauso unterstützen wie den Rest deiner unfähigen Cousins«, knurrte er mit drohendem Blick auf die jungen Männer.

Also fuhr Patrick am nächsten Tag Rosamunde und Morgana nach Dingle. Bei der Schneiderin wurde an Morgana Maß genommen und abgesteckt, Stoffe wurden zu ihrer Begutachtung hervorgeholt, ausgesucht oder wieder verworfen und Farben sorgfältig gemustert. Morgana verweilte lange sehnsüchtig bei einigen hübschen Stoffen in hellen Farben, aber dann wollte sie doch nur langweiliges Braun, Grau und Beige, wie sie es gewohnt war zu tragen.

»Aber ich bin doch ledig«, lachte sie, als ihre Tante protestierte. »Und so muß ich auch aussehen.«

Rosamunde mußte feststellen, daß sie ihre Nichte nicht von diesem merkwürdigen Standpunkt abbringen konnte, und gab bald auf.

Mistress Casey zeigte ihnen einige Entwürfe von Kleidern, unter denen sie auswählen sollten. »Natürlich weiß ich, sie sind nicht so fein wie das, was Sie aus London gewöhnt sind«, sagte die Frau besorgt. »Aber ich werd' mein Bestes tun, damit Sie modisch aussehen, und 'ne bessere Schneiderin finden Sie nicht, nicht mal in Dublin.«

Sogar Rosamunde wollte sich ein paar Kleider machen lassen. »Und jetzt kaufen wir am besten gleich noch Hüte, Handschuhe und Unterkleider«, sagte sie. »Und Schatz, du brauchst auf jeden Fall noch Ziegenlederschuhe und Reitstiefeletten. Geld spielt keine Rolle. Mistress Casey, wenn Sie alles in drei Wochen fertig haben, kriegen Sie noch einen Extrabonus.«

»Tante«, flüsterte Morgana. »Das kannst du doch nicht tun. Großvater wird wütend sein.«

»Soll er nur, dieses eine Mal werde ich mich durchsetzen«, verkündete Rosamunde mit kriegerischem Blick. »Er hat Connor so schäbig behandelt, dann kann er wenigstens was für dich tun.«

»Drei Wochen?« rief Mistress Casey entsetzt. Morgana sah, wie sie im Geiste die Verwandten zusammenzählte, die ihr helfen konnten. »Ja«, sagte sie schließlich, »ich glaub', das ist zu schaffen.«

»Gut«, sagte Rosamunde. »Komm jetzt, Kind.«

Als sie sich endlich auf den Heimweg machten, war Morgana total erschöpft, aber insgeheim freute sie sich, weil sie sich nicht von Rosamunde zu bunteren Kleidern hatte überreden lassen. Sie wollte von ihrem Großvater so wenig Almosen wie nur möglich und wußte instinktiv, daß frivole Kleidung ihm mißfallen würde, dem alten Geizhals. Sie hatte recht.

»Ich hoffe, Mädel, du hast nicht den ganzen Laden aufgekauft, wo du so lange in der Stadt warst«, schimpfte er bei ihrer Rückkehr.

»Aber Vater«, warf Rosamunde ein. »Es war doch deine Idee, Morgana neue Kleider machen zu lassen. Außerdem wird dir das, was wir gekauft haben, sehr gefallen.«

»Na hoffentlich«, keifte er und beließ es gnädigerweise dabei.

Morgana gab sich wirklich Mühe, Fionnas Freundschaft zu gewinnen, aber das Mädchen war so verschüchtert, daß Morgana kaum Fortschritte in dieser Richtung machte. Manchmal nahm sie den Landauer und fuhr zu Besuch hinüber nach Shaughnessy Bay. Fionna schien nichts gegen diese Besuche zu haben, Morgana hatte oft sogar das Gefühl, das Mädchen würde sich darüber freuen, aber trotzdem war Fionna ungeheuer ängstlich. Morgana erfuhr, daß sie die Tochter von Lord Andrew Joyce von Letterick war, dem angrenzenden Besitz, wo Bridget vorher gearbeitet hatte. Sie hatte eine Schwester, Lindsey, aber sie standen sich nicht sehr nahe. Die Familie war offensichtlich in Not geraten, sie hatten sich die Gunst des Königs verscherzt, und Trevors Antrag war für sie in einem äußerst günstigen Moment gekommen. Wie Morgana richtig erriet, stand Fionna ganz in Trevors Schatten und hatte Angst vor ihm, aber das Mädchen hatte den Zorn ihres Vaters noch mehr gefürchtet, der über sie hereingebrochen wäre, wenn sie sich geweigert hätte, Trevor zu heiraten. Er hatte anscheinend der Familie im Austausch für die Hand ihrer Tochter eine stattliche Summe überschrieben. Sie waren kaum drei Jahre verheiratet.

»Lindsey hat auch einen Antrag bekommen«, erzählte Fionna ihr leise. »Von Sean Devlin von Devlin's Way, aber sie wollte ihn nicht haben. Sie ist stärker als ich. Sie hat Vater angebrüllt und geschworen, in ganz Irland gebe es nur einen Mann für sie, und dann hat sie Vater gesagt, er könne im Schuldturm verfaulen, bevor sie eine Hand heben würde, um ihn dadurch zu retten, daß sie einen Mann heiratete, den sie nicht ausstehen könnte. Ich glaub', ich bin einfach ein schwacher Mensch«, fuhr Fionna leise fort. »Aber ich war zu Hause nie glücklich, und Trevors Antrag war wie ein Geschenk des Himmels. Wenigstens behandelt er mich gut«, seufzte sie, und Morgana biß sich auf die Zunge, um nicht mit ihrer Ansicht zu diesem Thema herauszuplatzen. »Ich glaube, Lindsey wird nie glücklich werden. Sie wird keine Ruhe geben, bis sie ihren Kopf durchgesetzt hat«, sagte Fionna. »Sie ist verrückt nach deinem Cousin Rian, und ich weiß, daß er sie nie heiraten wird.«

Trevor betrat in diesem Moment das Zimmer, und so hatten sie keine Gelegenheit mehr weiterzureden, und Morgana mußte mit unbefriedigter Neugier wieder gehen. Sie fragte sich wieder, was für ein

Mensch dieser Cousin wohl war, den sie nicht kannte, der einem Mädchen den Kopf so verdrehte, daß es sich dem Willen seines Vaters widersetzte und bereit war, dafür finanziellen Ruin in Kauf zu nehmen. Er sei der Lieblingsenkel ihres Großvaters, behauptete die Familie, ein Spieler und Draufgänger, hatte Trevor gesagt, und trotzdem hatte er versucht, die Lebensbedingungen der Pächter zu verbessern, wie ihr Patrick erzählt hatte. Ein Mann mit vielen Gesichtern, dachte sie.

Im allgemeinen verließ Morgana Shaughnessy Bay, sobald Trevor erschien. Er war immer steif und förmlich, und sie spürte, daß ihm ihre unkonventionelle Art mißfiel. Er war schockiert und entsetzt gewesen, als er erfahren hatte, daß sie unbekümmert in der Gegend herumwanderte, wann immer es ihr in den Sinn kam, ohne auch nur einen Diener oder ein Dienstmädchen zur Begleitung. Aber in London hatte sie das auch nicht gehabt, und sie sah keinen Grund, das jetzt zu ändern. Morgana hörte, wie Trevor eines Abends versuchte, ihrem Großvater in dieser Hinsicht einen Rat zu geben.

»Papperlapapp!« erwiderte der alte Mann und klopfte mit dem Stock auf den Boden. »Morgana ist ein selbständiges Mädel, und jeder Mann im County weiß, daß er sich bei mir zu verantworten hätte, wenn er ihr auch nur ein Haar krümmen sollte. Sie ist vollkommen sicher, und du bist ein Trottel!«

»Ich warne dich, Großvater, das wird noch ein schlimmes Ende nehmen«, erwiderte Trevor beleidigt und verließ sofort das Haus.

Fionna durfte selbstverständlich ohne Begleitung nicht einmal in den Garten. Morgana freute sich insgeheim über die Einstellung ihres Großvaters, weil sie das Gefühl hatte, ihre Bewegungsfreiheit würde sehr darunter leiden, wenn sie ständig von einem Bediensteten verfolgt würde.

Auf einem ihrer Streifzüge durchs Moor stieß sie auf Colin, der im Gras lag und einen Gedichtband las.

»Stör ich dich?« fragte sie zögernd. Sie wollte sich nicht aufdrängen.

»Überhaupt nicht, Cousine«, erwiderte er höflich.

»Wie ich sehe, liest du die neuesten Verse Lord Byrons?«

»Ja, sie sind ausgezeichnet, findest du nicht?«

»Seine ersten Bücher waren es, aber das neue Buch hab' ich noch nicht gelesen.«

»Ich würde es dir gerne leihen, Cousine, wenn ich damit fertig bin.«

»Danke, Colin.«

Sie saßen lange beieinander und unterhielten sich über verschiedene Autoren, die sie beide gut kannten. Colins Verstand war subtil und ungewöhnlich. Er war sehr geschickt darin, Themen zu schildern und versteckte Bedeutungen, die Morgana, weil sie romantischer veranlagt war, gelegentlich übersehen hatte.

Er zeigte ihr einige Gedichte, die er selbst geschrieben hatte, die sie aber beunruhigten, weil sie brutal, grausam und verworren waren. Sie ließ sich vor Colin jedoch nichts anmerken, denn er war offensichtlich sehr stolz auf seine Arbeit. Als Morgana ihn kurz darauf verließ, war er schon wieder völlig in Lord Byrons Gedichtband vertieft.

»Morgana«, rief Rosamunde vom Balkon, als sie sich dem Haus näherte. »Komm rauf, Kind, deine Kleider sind gekommen. Kerr hat sie heute nachmittag abgeholt.«

Das Mädchen lief ins Haus, begierig, alles anzuprobieren, und in kürzester Zeit waren im ganzen Zimmer Hüte, Schuhe, Handschuhe, Unterkleider und Gewänder verstreut.

»Oh, Tante«, rief sie. »Sie sind alle so schön!«

»Schau. Ist das nicht schön geworden?« rief Rosamunde und hielt ein Kleid aus beigem Leinen hoch.

Morgana kam nicht dazu zu antworten, die Tür flog auf, und ihr Großvater stapfte herein.

»Hmmf«, knurrte er. »Einen Haufen Geld für lauter Firlefanz. Zieh das Reitkostüm an, Mädel, und komm raus in den Hof.«

Rosamunde schüttelte den Kopf, weil ihr Vater sich wieder mal schlecht benahm, half Morgana in das dunkelgrüne Kleid und sah zu, wie ihre Nichte sich die hohen schwarzen Stiefel anzog. Zwanzig Minuten später erschien Morgana draußen, wie Fergus es verlangt hatte.

»Hast dir Zeit gelassen«, sagte er. Er wehrte ihre Antwort mit einer Geste ab. »Schon gut, ich will keine Entschuldigung hören.« Er räusperte sich und schien etwas verlegen. »Patrick hat mich darauf hingewiesen, daß du immer zu Fuß oder mit dem Landauer deine komischen Expeditionen machst. Und nachdem deine Cousins und sogar dieser Schluck Wasser, Fionna, Reitpferde haben, hab' ich mir gedacht, es wäre nur angemessen, wenn du auch eins hast.«

Morgana sah mit Staunen, wie eine bildschöne, rote Stute herbeigeführt wurde.

»Deshalb hab' ich dieses Jagdpferd für dich besorgt. Behandle sie mit Respekt, und sorg dafür, daß sie gut gepflegt wird.«

»Großvater! Sie ist wunderschön! Mir fehlen die Worte.« Morgana war so überwältigt, daß sie das zufriedene Lächeln des alten Mannes auf diese Worte verpaßte. Am liebsten wäre sie ihm um den Hals gefallen, unterdrückte aber den Impuls.

»Dann sag nichts«, grummelte Fergus McShane. »Leute, die nicht wissen, was sie sagen sollen, wären besser beraten, den Mund zu halten!«

Er drehte sich um und stapfte zurück ins Haus. Aber nachdem der Stalljunge ihr beim Aufsteigen geholfen hatte, war Morgana sich sicher, ihren Großvater am Fenster gesehen zu haben, wie er ihr nachsah. Sie grinste und winkte, und tatsächlich bewegte sich der Vorhang. Der alte Mann hatte wirklich ein weicheres Herz, als er zugab.

Morgana flog wie ein freigelassener Habicht über die Moore, überglücklich, endlich wieder in einem Sattel zu sitzen. Der Wind löste ihren Knoten, ihr Haar fiel über den Rücken hinab und wehte in einer wilden Mähne hinter ihr her. Was für ein Genuß, einfach drauflos zureiten! Sie lachte laut und rieb ihr Gesicht an der langen Mähne der Stute – fast dieselbe Farbe wie ihr Haar; sie nahm zu Recht an, daß ihr Großvater das Pferd genau aus diesem Grund gekauft hatte. Morgana taufte das Pferd »Copperlady«, Kupferlady, und bald waren die beiden auf Shanetara und in der ganzen Umgebung ein vertrautes Bild.

»Ja, ja.« Die Kennedys und O'Haras schüttelten den Kopf, wenn sie vorbeiritt. »Sie hat den Teufel im Leib, da gibt's keinen Zweifel. Die hat McShane-Blut in den Adern und ist genauso wild wie die alle. Nur eine Hexe kann diese Stute reiten!«

Später erfuhr Morgana, daß Copperlady schon einige Besitzer hinter sich hatte, weil deren Frauen und Töchter dieses stürmische Pferd nicht bändigen konnten. Zuletzt hatte sie Lindsey Joyce gehört, aber die hatte es nicht mal in den Sattel geschafft.

Morgana war es ein Rätsel, wie ihr Großvater hatte wissen können, daß sie dieses Pferd reiten konnte. Die beiden waren wie füreinander geschaffen, das Pferd verhielt sich ihr gegenüber nie bösartig, und sie hatte keinerlei Schwierigkeiten, es im Zaum zu halten. Manchmal bekreuzigten sich einige der Dorfbewohner. Sie hielten sie für eine Hexe und hofften, damit die bösen Geister abzuschrecken. Sie konnte reiten, wohin sie wollte, weil in diesem Teil Irlands die McShanes respektiert und gefürchtet wurden und ihr Wort Gesetz war. Es gab keine Menschenseele im ganzen Landkreis, die gewagt hätte, sie zu beleidigen – der Zorn ihres Großvaters war legendär.

Eines Tages, kurz nachdem sie Copperlady bekommen hatte, war Morgana besonders lange ausgeritten und machte sich nur zögernd wieder auf den Heimweg. Ihre Wangen waren vom Wind gerötet, und ihre Augen strahlten im selben Smaragdgrün wie ihr Reitkostüm. Ihre kupfernen Locken hingen zerzaust bis zu ihrem Gürtel. Bald würde es dunkel sein, und sie würde ziemlich lange brauchen, um sich zum Dinner präsentabel zu machen. Vergnügen hatten immer ihren Preis. Sie gab der Stute zart die Sporen, kam im Galopp in den Hof geprescht und wäre fast mit einem großen, dunkelhaarigen Unbekannten zusammengestoßen, der da stand. Er warf sich in die Zügel, und es gelang ihm, das Pferd zum Stehen zu bringen und dadurch einen Unfall zu vermeiden.

Morgana blickte vom Sattel in Augen, grün wie die ihren. Aber diese Augen waren dunkel und frostig, sie funkelten, aber glitzerten nicht. Die Wimpern waren spitz, und die schwarzen Brauen dick und unregelmäßig gewachsen. Das sonnengebräunte Gesicht, der sinnliche, wissende Mund und eine aristokratische Nase – der Mann mußte ein McShane sein. Sein Kinn war energisch und kantig. Das ungekämmte Haar hing ihm schwarz ins Gesicht, ebenholzfarben wie der Einbruch der Nacht auf der irischen See. Sein Körper war geschmeidig, aber kräftig und muskulös vom jahrelangen Klettern in den Wanten. Er trug enge braune Reithosen, und der Glanz seiner Stiefel machte seinem Leibdiener Ehre. Seine Weste war gut geschnitten, der Seidenschal sorgfältig gebunden, aber er war kein Dandy. Sein lässiges Jagdjackett betonte das. Er war wie ein Musketier aus den goldgefaßten Seiten eines Gedichtbandes, und als sich ihre Blicke trafen, hatte sie das Gefühl, sie würde ertrinken, so stark war sie von diesen grünen Tiefen angezogen. Sie war wie hypnotisiert und dachte plötzlich, er ist gekommen... im Guten wie im Schlechten, er ist gekommen. Es bestand kein Zweifel, der Mann war Rian McShane.

Rian stockte der Atem. Sie war schön, noch schöner, als er sie in Erinnerung hatte, und er spürte den wilden Drang, sie vom Sattel zu reißen und sie zu besitzen, aber er tat es nicht. Begehren durchströmte seinen Körper beim Anblick der kupfernen Mähne, der Smaragdaugen und des kirschroten, vor Überraschung halboffenen Mundes. In diesem Augenblick begehrte er sie und wußte wie immer, wenn er eine Frau das erste Mal sah, daß er sie irgendwann, irgendwie haben würde.

»Du mußt wohl Cousine Morgana sein, die den ganzen Haushalt in Aufruhr gebracht hat.« Seine Stimme klang arrogant und gelangweilt.

»Das bin ich«, erwiderte sie und versuchte, ihre Gefühle unter Kontrolle zu bringen. Eine so unverschämte Begrüßung hatte sie schließlich nicht erwartet. »Und du mußt Rian sein.«

Er lachte. »Ja. Hast du gewußt, daß die goldenen Flecken in deinen grünen Augen, wenn du wütend bist, an die Oberfläche treiben wie goldener Sand in der heranbrausenden Flut?«

Morgana verschlug es den Atem, sie wußte nicht, was sie sagen sollte. Die Worte waren wie Samt, aber wie er sie aussprach, klangen sie auch irgendwie spöttisch; und die Art und Weise, wie sein dunkler, roher Blick sie von oben bis unten musterte, gaben ihr das Gefühl, nackt ausgezogen zu werden. Sie versuchte, ihm die Zügel zu entwinden, aber er ließ sie nicht los. Statt dessen legte er die Hände um ihre Taille und hob sie aus dem Sattel.

»Es ist mir lieber, wenn die Leute zu mir hochschauen«, erklärte er. Sie war zwar groß, aber sie ging ihm nur bis zur Schulter.

»Wenn du mich losläßt, bring' ich mein Pferd in den Stall.«

»Unsinn. Wofür glaubst du, hat Großvater diese Stallburschen? Jim?« Ein kleiner Junge kam angerannt. »Bring Lady McShanes Stute in den Stall und sorg dafür, daß sie gut abgerieben und gefüttert wird. Sie sieht aus, als wäre sie hart geritten worden.« Dann wandte er sich wieder zu Morgana. »Komm, ich bring' dich ins Haus.«

Die plötzliche Veränderung in seinem Verhalten verwirrte sie. Der Großvater bediente sich desselben Tricks. Wie es schien, lernte Rian wohl sehr gut. Er entließ sie am Fuß der Treppe.

»Einen Penny für deine Gedanken, Cousine.«

»Ich... ich hab' mich gefragt, was für eine Art Mann du bist«, stammelte Morgana wahrheitsgemäß.

»Einer, der kriegt, was er will. Denk dran.« Dann schritt er ohne ein weiteres Wort davon.

Seine Worte waren eine Warnung und ein Versprechen, und zitternd lief sie in die stille Zuflucht ihres Zimmers.

Kapitel Drei

An diesem Abend gab Morgana sich große Mühe mit ihrer Toilette, ihre Hände zitterten aber so, daß sie schließlich doch noch Bridget zu Hilfe rufen mußte. Endlich war sie fertig und lächelte zufrieden ihrem Spiegelbild zu. Der üppige, beige Brokat ihres Kleides betonte ihr flammend rotes Haar und die goldenen Flecken in ihren grünen Augen. Im stillen dankte sie ihrem Großvater für die Kleider, die er so widerwillig gekauft hatte. Gut angezogen zu sein gab Selbstsicherheit, die sie, weiß Gott, brauchte.

Sie hatte vergeblich versucht, die seltsame Nervosität loszuwerden, die sich ihrer bei Rians Anblick bemächtigt hatte. Sie fühlte sich auf unerklärliche Weise zu ihm hingezogen und begriff auf einmal, warum Lindsey Joyce sich ihrem Vater widersetzt hatte. Der Mann war verflixt attraktiv!

Mit einem flauen Gefühl im Magen betrat sie das Speisezimmer und setzte sich zwischen Patrick und Colin. Trevor und Fionna waren auch zum Abendessen gekommen, und Morgana mußte zu ihrem Leidwesen feststellen, daß Rian ihr direkt gegenübersaß. Zu einer anderen Zeit, an einem anderen Ort wäre sie sicher erleichtert gewesen. Schließlich galt es als unhöflich, sich über den Tisch zu unterhalten; aber sie hatte sehr schnell gelernt, daß die McShanes derartige Gesellschaftsregeln ignorierten und auch alle anderen, die ihnen nicht in den Kram paßten. An diesem Abend mußte sie allerdings nicht viel reden, weil Rian im Mittelpunkt stand, und so konnte sie ihn eingehend studieren, ohne unhöflich zu erscheinen.

Die übrige Familie bombardierte ihn mit Fragen über seine letzte Reise. Rian war im Orient gewesen und wußte fesselnd darüber zu berichten. Morgana beobachtete ihn heimlich, während er erzählte. Er war sehr versiert, seine Lässigkeit grenzte aber schon fast an Arroganz, und sie hatte das unbestimmte Gefühl, insgeheim würde er sich über alle lustig machen. Er musterte sie alle etwas von oben herab, sein Akzent war dabei pure Londoner High Society. Den irischen Brogue setzte er nur ein, um damit einen besonderen Effekt zu erzielen.

Morgana kam zu dem Schluß, daß ihr gegenüber ein Mann mit vielen Launen und vielen Gesichtern saß, und ließ sich nicht von seiner Lässigkeit täuschen. Er war wie einer der bengalischen Tiger, von denen er aus Indien erzählte, der sich faul in der Sonne aalte, aber allzeit bereit blieb, eine Beute anzuspringen. Ja, von all ihren Cousins war er sicher der gefährlichste Gegner in einem Streit. Sie mußte auf der Hut sein, um nicht seinem Charme zu erliegen, mit dem er jeden in seiner Nähe fesselte, ob freiwillig oder unfreiwillig.

An diesem Abend blieben die Männer nicht lange über ihrem Portwein sitzen, sondern schlossen sich sehr bald wieder den Damen an. Sie setzten sich im Kreis, Kerr O'Malley brachte einen Schiffskoffer herein und stellte ihn vor Rian. Der hatte beim Essen erzählt, er hätte jedem Familienmitglied etwas mitgebracht, und genoß ihre Vorfreude. Er hatte zartbemalte Fächer für Rosamunde und Fionna, einen exquisit geschnittenen Stock für seinen Großvater, reich verzierte Schnupftabakdosen für Trevor und Patrick, ein Buch mit Haikus, japanischen Gedichten, für Colin und eine gräßliche, heidnische Statue für Gerald.

»Aber du hast ja Morgana kein Geschenk überreicht, Rian«, tadelte ihn Rosamunde.

»Aber Tante«, warf Morgana schnell ein. »Cousin Rian konnte doch gar nicht wissen, daß ich hier bin.«

Rians Blick traf den ihren, und ein spöttisches Lächeln umspielte dabei seine Lippen. »Woher weißt du denn, daß ich für dich nichts habe, Cousine. Bei mir mußt du immer auf Überraschungen gefaßt sein.«

Dann griff er in den Koffer und zog einen Ballen Stoff heraus, der zu schimmern begann, als das Licht auf ihn fiel: in tausend Schattierungen von Grün und Gold, wie das Meer, wenn die Sonne darauf spielt. Morgana verschlug es den Atem, als er sie von ihrem Stuhl am Kamin hochzog und die glitzernden Bahnen um sie drapierte. Bei seiner Berührung lief ihr eine Gänsehaut über den Rücken.

»Man erzählt, der Stoff wäre von Meerjungfrauen gewebt, die Schiffskapitäne mit süßen Liebesliedern zwischen die Klippen und damit in den Tod locken. Wagst du es, ihn zu tragen, Cousine?« flüsterte er leise.

»Der Stoff ist traumhaft, Rian.« Sie begegnete kühl seinem Blick, obwohl ihr Herz wie wild hämmerte. »Ich werde ihn mit Freuden tragen.«

Morgana nahm seine Hände von ihrer Taille und faltete behutsam den Stoff zusammen. Rosamunde war entzückt. »Ein wunderbares Geschenk, Rian. Nur Morgana kann dieses seltsame Grün tragen. Aber wie konntest du das wissen?«

Rians Antwort war ein mokantes Lächeln.

Nach diesem Abend behandelte Rian Morgana ausgesucht höflich, wenn sie sich begegneten, aber er bemühte sich nicht um ihre Gesellschaft, was sie irritierte, ohne daß sie wußte, warum. Sie fand ihn zwar arrogant und beleidigend, aber trotzdem faszinierte er sie, und zum ersten Mal in ihrem Leben hatte sie Schwierigkeiten, ihre zwiespältigen Gefühle zu begreifen.

Von Bridget wußte sie, daß er oft über den Besitz ritt und seinem Großvater Vorschläge für eine bessere Verwaltung unterbreitete. Dann saßen Fergus und Patrick und gelegentlich Trevor stundenlang beieinander und besprachen die verschiedenen geschäftlichen Interessen der Familie. Gelegentlich besuchte Rian auch Letterick, um Fionnas Schwester, Lindsey Joyce, zu sehen. Nachts war er oft einer der rauhbeinigen Saufkumpane Geralds im Gasthaus in Kilshannon. Sie hörte Gerüchte von Schlägereien und Frauengeschichten, Kartenspielen und enormen Wetten. Patrick erzählte ihr einmal, Rian könnte mit der Pistole auf fünfzig Fuß genau die Mitte einer Spielkarte treffen und er wäre ein tödlicher Gegner mit dem Degen.

Morgana fühlte sich einsam, wußte aber nicht, warum. Schließlich war sie fast immer allein gewesen, und früher hatte es ihr nie etwas ausgemacht. Ihre Ritte trugen sie immer weiter weg von Shanetara und den Schatten, die drohten, sie zu begraben. Das Meer lockte sie, und sie kam nachts zurück, mit Tau in den Haaren und dem Geschmack der See auf den Lippen. Sie trauerte um ihren Vater und fühlte sich in diesem fremden Land verloren.

Aber Fergus McShanes Blick war scharf und sein Instinkt sehr ausgeprägt. Er weigerte sich zwar, das zuzugeben, aber er hatte seine Enkelin liebgewonnen, und es tat ihm weh, sie so traurig zu sehen. Er kam zu dem Schluß, sie bräuchte Abwechslung, und daher verkündete er eines Abends beim Dinner, er hätte vor, einen Maskenball zu geben.

»Das ist doch hoffentlich nicht dein Ernst, Großvater«, rief Trevor erstaunt.

»Ich finde die Idee toll, Vater.« Rosamunde klatschte begeistert in die Hände. »Stell dir vor, endlich wieder einmal das Haus voller Leute und Lachen. Wir haben ja keine Party mehr gehabt, seit Connor...« Der strenge Blick ihres Vaters ließ sie verstummen.

»Was heckst du denn aus, alter Mann? Warum, zum Teufel, willst du nach zwanzig Jahren plötzlich das Haus wieder aufmachen?« fragte Rian.

»Mir ist in den Sinn gekommen, daß Morgana hier in Irland außerhalb der Familie niemanden von ihrem gesellschaftlichen Stand kennt. Ich werd' nicht dulden, daß sie Umgang mit den Männern aus dem Dorf hier hat. Der Ball wird sie in die irische Gesellschaft einführen und ihr Gelegenheit geben, einige Gentlemen aus ihrer eigenen Klasse kennenzulernen. Es ist an der Zeit für sie, an ihre Zukunft zu denken. Sie findet vielleicht einen standesgemäßen Junggesellen, der sie bei der Hand nimmt, obwohl sie mit ihrer offenen Art die meisten dieser langweiligen Angeber verscheuchen wird. Ich werde aber nicht dulden, daß sie zu einem Blaustrumpf oder einer hysterischen alten Jungfer wie Rosy wird.«

»Und wessen Schuld ist das?« murmelte Rosamunde bissig. Aber Morgana unterbrach sie, denn ihre eigene Zukunft war ihr jetzt wichtiger als die Vergangenheit ihrer Tante.

»Wie könnt Ihr es wagen, mich einfach auszustellen? Du lieber Himmel! Ich lass' mich doch nicht wie eine Sklavin einer Horde Männer zum Kauf oder Tausch anbieten. Ledig bin ich nun mal, Großvater, ob es Euch nun gefällt oder nicht, aber auch zu alt, um wie ein Stück liegengebliebene Ware verramscht zu werden«, erklärte sie und legte bewußt Empörung in ihre Stimme, obwohl sich ihre Mundwinkel belustigt kräuselten.

»Und, Mädel, was hast du denn sonst vor? Der Platz einer Frau ist zu

Hause, mit einem Mann und Kindern.« Ihr Großvater fand ihren drastischen Vergleich überhaupt nicht komisch.

»Das ist absolut nicht wahr«, hielt Morgana ihm entgegen, ohne auf die Zornesröte zu achten, die ihm ins Gesicht stieg. »Sie haben offensichtlich Mary Wollstonecrafts Buch *Vindication of the Rights of Women* nicht gelesen. Ihr Männer wollt uns unwissend, schwach und ängstlich halten, damit ihr eure Vorstellungen von männlicher Überlegenheit bestätigen könnt. Wir werden regiert und können trotzdem nicht darüber bestimmen, was für eine Regierung wir gerne hätten. Erst gestern hab' ich mich dazu entschlossen, Trevor zu begleiten, wenn er das nächste Mal nach Dublin muß, damit ich genau über diesen Punkt im Oberhaus sprechen kann.«

Die ganze Familie war entsetzt, bis auf Rian, der lauthals loslachte und dem sehr überraschten und peinlich berührten Trevor auf die Schulter schlug.

»Hmmf!« schnaubte Großvater, der endlich gemerkt hatte, daß seine Enkelin dabei war, ihn schamlos an der Nase herumzuführen. »Das ist doch nur Gefasel, wenn du mich fragst. Ich habe keine Erben, Mädel, außer dieser Ansammlung undankbarer Enttäuschungen, und bevor ich sterbe, möchte ich Urenkel sehen. Außer Trevor ist keiner von ihnen verheiratet, und Fionna hat noch keinen Nachwuchs und sieht auch nicht so aus, als wäre sie dieser Aufgabe gewachsen!«

Das war selbst Fionna zuviel, sie floh schluchzend aus dem Zimmer. Trevor gefiel offensichtlich Morganas Humor auch nicht. Er schlug wütend seine Serviette auf den Teller und warf ihr einen bitterbösen Blick zu.

»Diese Bemerkung war eine Beleidigung, Großvater«, erklärte er steif und verließ ebenfalls den Raum. Draußen rief er: »Fionna, Schatz, wein doch nicht!«

»Ich gebe einen Maskenball«, brüllte Fergus McShane. »Und du wirst daran teilnehmen!« Dann stapfte er wütend aus dem Zimmer, obwohl er seiner Enkelin für ihre Frechheit am liebsten eine kräftige Ohrfeige gegeben hätte.

Nachdem sich die Tür hinter ihm geschlossen hatte, lachte Morgana fröhlich auf. Sie freute sich, weil es ihr endlich gelungen war, diesem Mann eins auszuwischen. Zu ihrer Überraschung lachte Rian mit und hob anerkennend das Glas. In diesem Augenblick hatte sie das Gefühl, er hätte tatsächlich Respekt vor ihr und würde sich doch etwas intensiver für sie interessieren.

Aber bevor sie darüber nachdenken konnte, taumelte Gerald von seinem Stuhl hoch und fragte, ob etwas passiert sei. Er hatte anscheinend in seiner Trunkenheit kein Wort mitbekommen, und das empörte Rosamunde so, daß sie ihm mit dem Buttermesser auf die Finger schlug. Er brüllte vor Wut und zeigte vorwurfsvoll auf Morgana.

»Das ist alles ihre Schuld! Nichts als Ärger, seit sie hier ist! Die Dorfleute haben recht, sie ist eine rothaarige Hexe!«

»Wie kannst du es wagen, mich Hexe zu nennen?« fuhr Morgana ihn an. »Deine miserablen Manieren werden nur noch von deiner abergläubischen Dummheit übetroffen!«

Das brachte ihn zur Weißglut. Er packte ein Lammkotelett und warf es ihr an den Kopf. Morgana duckte sich geistesgegenwärtig, so daß es Patrick an der Schläfe traf. Ihr sonst so friedfertiger Cousin verlor daraufhin die Fassung, sprang auf und schlug Gerald ins Gesicht. Der schwankte und sank dann bewußtlos zu Boden.

»Beim Zeus, der war nicht von schlechten Eltern, Patrick«, kicherte Rian. »Das hab' ich dir gar nicht zugetraut.«

Morgana konnte einfach nicht anders, sie mußte wieder lachen, was Rosamunde auch wieder erzürnte, die ständig vor sich hin gemurmelt hatte, seit sie ihren Neffen mit dem Buttermesser gezüchtigt hatte.

»Warum hast du mir nicht gesagt, daß das Messer schmutzig war?« fragte sie Morgana und machte einen lächerlichen Schmollmund. »Ich hätte es vorher abgewischt. Es ist nicht nett von dir, über meinen Fauxpas zu lachen.«

Morgana half ihrer Tante zur Tür und mußte sich sehr beherrschen, um nicht wieder herauszuplatzen. Derart unbändige Heiterkeit war sonst eigentlich nicht ihre Art.

»Na, da wird das Personal wieder einen Monat Gesprächsstoff haben.« Rosamunde schüttelte fassungslos den Kopf, als sie mit Morgana vor der Tür stand. »Ich weiß nicht, was in diese Familie gefahren ist. Ihr habt euch wie Idioten aufgeführt«, murmelte sie und überging dabei geflissentlich ihr eigenes ungebührliches Verhalten.

Morgana hielt es für das Beste, sie nicht daran zu erinnern. Zum einen hatte sie sich an diesem Abend schon unbeliebt genug gemacht, außerdem aber wollte sie rasch auf ihr Zimmer, weil sie schon wieder dies unbezähmbare Lachen in sich aufsteigen fühlte.

Kapitel Vier

Am nächsten Morgen konnte Morganas Großvater nicht aufstehen, und bis zum Mittag hatte er sich in totale Hysterie hineingesteigert.

»Rosamunde!« brüllte er aus dem Bett. »Hol diese traurige Entschuldigung für einen Arzt hierher.«

»Ja, Vater«, erwiderte sie und schrieb eine Nachricht, die sofort zu Doktor Kelsey gebracht werden sollte.

Der Rest der Familie saß schweigend um den Frühstückstisch, Gerald mit geschwollener Nase und Patrick etwas verschämt und schuldbewußt. Morgana entschuldigte sich, so schnell es ging, und suchte Zuflucht in einem der Morgenzimmer, die sie besonders gern mochte. Sie waren alle hell und in freundlichen Farben gestrichen und daher nicht so düster wie der größte Teil des Hauses. Colin hatte ihr, wie versprochen, sein Buch mit Lord Byrons Gedichten geliehen, und sie kuschelte sich auf eine Chaiselongue, um sich mit dieser romantischen Lektüre abzulenken.

Eine Stunde später wurde sie durch den Türklopfer an der Eingangstür rüde aufgescheucht. Das Klopfen wiederholte sich, und sie wunderte sich, wieso keiner aufmachte. Wahrscheinlich war Stepplewhite, der hochnäsige Butler, wieder mal im Weinkeller. Morgana wartete noch ein wenig, dann ging sie und öffnete selbst. Ein großer Mann mit lustigen blauen Augen und rotblonden Haaren stand etwas verlegen vor der Tür.

»Sie müssen Lady Morgana sein«, sagte er. »Im Dorf redet man oft von Ihnen. Ich bin Michael Kelsey, der Doktor. Ihr Großvater hat nach mir geschickt.«

»Natürlich. Treten Sie doch bitte ein.«

Er betrat das Haus. »Ich weiß, wo's langgeht. Danke. Ich nehme an,

Ihr Großvater hat wieder einen seiner Anfälle gehabt. Er wird noch einen Herzinfarkt kriegen, wenn er so weitermacht. Er ist ein bemerkenswerter alter Mann und für sein Alter in ausgezeichneter Form. Uns wird er wahrscheinlich alle noch überleben. Ich glaube, er ruft mich nur immer, damit er ein bißchen Aufmerksamkeit bekommt«, sagte Michael Kelsey lächelnd. »Ich bin frisches Fleisch, mal jemand anderes, den er schikanieren kann. Ich will Sie aber nicht aufhalten. Ich geh' mal nach oben und schau' nach dem alten Herrn.«

Morgana sah dem Doktor nach, wie er die Treppe hochstieg. Seine Herzlichkeit hatte ihr gutgetan. Und ihren Großvater kannte er offensichtlich sehr gut. Sie wollte mehr über ihn erfahren und wartete daher unten, bis er zurückkam.

»Darf ich Sie nach draußen begleiten, Doktor?« fragte sie. »Ich würde gerne wissen, ob es Großvater auch wieder bessergeht.«

»Es wäre mir eine Ehre.« Michael Kelsey lächelte. »Es war genau, wie ich vermutet hatte. Kein Grund zur Sorge. Sobald er sich beruhigt und sich etwas ausgeruht hat, wird's ihm bessergehen. Verwöhnen Sie ihn ein bißchen, und sorgen Sie dafür, daß nichts geschieht, was ihn aufregt. Soweit ich ihn verstanden habe, gab es gestern abend eine Auseinandersetzung wegen eines Maskenballs.«

Morgana errötete. »Ja, das stimmt. Großvater scheint zu glauben, ich bräuchte einen Mann, und will mich durch den Ball in die Gesellschaft einführen.«

»Einem so hübschen Mädchen wie Ihnen dürfte das doch keinerlei Schwierigkeiten machen«, erwiderte er.

»Das Problem ist, ich möchte nicht heiraten.«

»Vielleicht begegnet Ihnen jemand, der Ihre Meinung diesbezüglich ändert.« Er lachte auf, als er sah, daß ihr diese Bemerkung offensichtlich unangenehm war.

»Ja, die Möglichkeit besteht natürlich immer«, gab sie schließlich zu.

Sie wurden rüde durch Rian unterbrochen. Er kam auf seinem großen, schwarzen Hengst angeritten, der sogar auf seinem Schiff mitsegelte, wie man Morgana erzählt hatte.

»Hallo, Michael«, rief er. »Irgendwas nicht in Ordnung?«

»Nein, Mylord. Ihr Großvater hat nur wieder einen seiner Anfälle gehabt. Sie sehen gut aus. Wie ist das Leben auf See?«

»Wunderbar. Mein Schiff ist vor einem Monat gelandet, und ich lass' ein paar Dinge überholen.«

»Sie segeln bald wieder los?«

»Ich weiß es nicht«, sagte Rian mit einem Blick auf Morgana. »Man weiß nie, aus welcher Richtung der Wind blasen wird.«

»Ja«, erwiderte der Arzt, der anscheinend auf etwas aufmerksam geworden war, was Morgana nicht mitbekommen hatte. »Zeit, daß auch ich mir in dieser Richtung Gedanken mache. Ich muß aber jetzt wieder los.«

Morgana reichte ihm gnädig die Hand. »Es war mir ein Vergnügen, Sie kennenzulernen, Doktor. Bitte, kommen Sie bald wieder, auch wenn auf Shanetara nicht gerade jemand krank ist.«

»Dazu könnte ich mich direkt durchringen, Lady Morgana.« Er lächelte sie an, nahm ihre Hand und hielt sie etwas länger als nötig in der seinen, bevor er in seinen Wagen kletterte. »Einen schönen Tag, Lady Morgana. Mylord.«

Nachdem Michael Kelsey abgefahren war, musterte Rian Morgana nachdenklich. Sein bohrender Blick ließ sie erröten. Es war, als wüßte er, wie sie ohne Kleider aussah. Sie wollte etwas sagen, ließ es dann aber und wandte sich ab. Die lachende Verbundenheit von gestern abend war völlig vergessen.

Trotz ihrer Einwände fand Morgana schließlich die Aussicht auf einen Kostümball sehr aufregend. Räume wurden geöffnet, die seit Jahren nicht mehr benutzt worden waren. Mollie O'Malley und eine Schar Hausmädchen rissen die Schonbezüge von den Möbeln, daß der Staub nur so herumwirbelte. Die Luft wurde mit Lavendel erfrischt, und beschwingte Fröhlichkeit breitete sich im Haus aus.

Jedes Mitglied der Familie wollte sich wie einer der McShane-Vorfahren verkleiden. Morgana wanderte eines Morgens durch die Porträtgalerie, um sich ein Kostüm zu wählen. Die Bilder faszinierten sie, denn schließlich wußte sie nur sehr wenig über ihre irischen Vorfahren. Sie blieb vor dem Bild eines hart aussehenden, rauhen Gesellen stehen, der große Ähnlichkeit mit Rian hatte.

»Das ist der Ur-ur-ur-ur-Großvater. Der, der Shanetara erbaut hat«, riß eine Stimme hinter ihr sie aus ihren Gedanken. »Er war Pirat.«

»Rian!« rief sie überrascht. Sie hatte ihn nicht kommen hören.

»Dieser McShane war ein Seemann, genau wie ich, nur hat er seine Zeit damit verbracht, andere Schiffe auszurauben und Nachbardörfer. Das war seine Frau.« Rian zeigte auf eine schöne, junge Frau mit einer Mähne roter Haare. »Jetzt weißt du, woher deine feuerroten Zöpfe kommen.« Er strich ihr zart übers Haar.

Wieder lief Morgana dieser leichte Schauder über den Rücken, und sie trat beiseite, damit er die Geste nicht wiederholen konnte. »Wie hieß sie?« fragte Morgana, während sie fasziniert die grünen Augen und den einladenden Mund, rot wie Mohn, musterte. Ihr Kleid war auch grün, genau die Farbe ihrer Augen, wahrscheinlich ein Zeichen für die Kunst des Malers und nicht die echte Farbe, dachte Morgana.

»Katy. Katy McShane. Sie war die Tochter eines feindlichen Fürsten. William, der Pirat, segelte eines Tages die Nordküste von Irland hoch und entführte sie, aus Rache an ihrem Vater. Er hat sie aus dem Schloß geraubt, dessen Graf ich jetzt bin.«

»Wie schrecklich!« Morgana erschauderte. »Sie muß ja entsetzlich gelitten haben!«

»Ach, ich weiß nicht. McShane war ein gutaussehender Teufel. Er wird schon gewußt haben, wie er sie glücklich machen konnte.«

»Aber so gewaltsam aus seinem Elternhaus gerissen zu werden! Durch einen Piraten! Und zu einer Heirat mit einem Mann gezwungen werden, den man nicht liebt, geschändet...« Sie verstummte, weil sie plötzlich merkte, wie direkt und undamenhaft sie sich ausgedrückt hatte.

Rian kam näher auf sie zu, und seine grünen Augen blitzten spöttisch. »Was weißt du denn vom Geschändetwerden?« fragte er, und sein Mund zuckte.

»Ni... nichts«, stammelte sie und versuchte, ihre Fassung zu bewahren. »Ich nehme nur an, daß es eine entsetzliche Erfahrung ist. Bitte, laß uns von etwas anderem sprechen.«

»Aber ich finde dieses Thema äußerst interessant«, murmelte er und stützte seine Arme rechts und links von ihr auf, so daß sie mit dem Rükken zur Wand eingesperrt war. »Ich wette, das ist das erste Mal, daß du mit einem Mann über Vergewaltigung sprichst.«

»Davon kannst du ausgehen«, erwiderte sie mit eisiger Stimme und versuchte sich zu befreien. Die Wendung, die das Gespräch nahm, behagte ihr überhaupt nicht.

»Auch du könntest im Lauf der Zeit lernen, einen solchen Mann zu lieben, genau wie Katy McShane«, lächelte Rian, immer noch mit diesem merkwürdigen Gesichtsausdruck.

»Das halte ich für ziemlich unwahrscheinlich«, entgegnete Morgana trocken.

»Ach ja«, seufzte er und nahm seine Arme weg. »Die alten Methoden hatten schon etwas für sich. Katy fügte sich in ihr Schicksal, und sie lernte es, William zu lieben, als sie begriff, wie sehr er sie begehrte und was er riskiert hatte, um sie zu bekommen. Heutzutage sind Frauen entweder blutsaugende Intrigantinnen oder alberne Gänse!«

»Also das ist deine abschließende Meinung von uns?« Morgana mußte grinsen.

»Vergeben Sie mir, Madam, Anwesende natürlich ausgeschlossen.«

»Was ist mit Katy McShane passiert?« sagte sie hastig, um von ihrer Person abzulenken.

»Oh, Williams Schiff ist gesunken, unmittelbar vor der Küste von Kilshannon, und am Ende ist sie verrückt geworden und hat sich vom Söller Shanetaras auf die Klippen darunter geworfen.« Er fuhr fort, und seine Stimme war fast nur noch ein Flüstern: »Es geht die Sage, wenn der Mond hoch am Himmel steht und das Meer tost, segele Williams Geisterschiff auf dem Ozean vorbei und man könne hören, wie Katy ihn ruft, bevor sie ihn im Tod noch einmal berührt. Es kann natürlich auch nur das wehleidige Heulen des Windes sein, aber die Leute schwören, es sei Katy McShane, die um ihren Geliebten trauert.«

Morgana erschauderte unwillkürlich. Rian sah, wie ihre Augen groß wurden, und lachte. Der Zauber war gebrochen.

»Wenn du als Katy McShane gehst, laß es mich wissen, dann leih' ich dir die Smaragde, die sie auf dem Bild trägt. Sie haben meiner Mutter gehört«, erzählte er ihr.

Dann ging er, und sie blieb allein mit dem Echo seiner Schritte.

Die Einladungen zum Ball waren verschickt, und die Nachricht, Shanetara würde seine Tore nach über zwanzig Jahren wieder öffnen, verbreitete sich wie ein Lauffeuer im County. Am Morgen des Balls trafen von nah und fern die Gäste ein. Die Devlins, die Gallaghers, die Joyces und die O'Briens kamen. Sogar Henry Grattan reiste auf Bitte Fergus McShanes aus Dublin an.

Morgana blieb in ihrem Zimmer, da ihr Großvater sie gebeten hatte, sich vor dem Ball nicht zu zeigen. Sie stand vor ihrem Spiegel und wartete. Immer mehr fühlte sie sich, als wäre sie tatsächlich Katy McShane. Ihr Kleid aus grünem Satin mit feiner Spitze war eine genaue Nachbildung des Kleides auf dem Bild. Sie trug das Haar offen wie Katy auf dem Porträt, und Morgana konnte kaum stillhalten, während Bridget versuchte, ihr kleine, grüne Schleifen in die kupfernen Locken zu binden. Als Morgana wieder in den Spiegel schaute, begegnete sie dem Blick einer Fremden. Sie sah tatsächlich fast hübsch aus! Wer hätte gedacht, daß die Tochter eines bettelarmen Poeten an einem Ball zu ihren Ehren teilnehmen würde, und das in einem Kleid, das selbst eine Königin begehren würde? Sie fragte sich, ob wohl um Mitternacht alles verschwände und Shanetara plötzlich nur noch ein Traum wäre und sie wieder in ihrem eigenen Bett im Haus ihres Vaters erwachen würde.

Schließlich war der Zeitpunkt für Morganas Auftritt gekommen. Es fehlte nur noch das Smaragdcollier, das Rian ihr für den Abend als Leihgabe versprochen hatte. Sie dankte Bridget herzlich für ihre Hilfe, dann nahm sie ihre Maske und ihren Fächer. Sie raffte ihre Röcke und ging den verschlungenen Gang zum Zimmer ihres Cousins entlang. Morgana hatte ihn seit dem verwirrenden Gespräch in der Porträtgalerie nicht mehr gesehen und holte tief Luft, bevor sie vorsichtig an seiner Tür klopfte. Niemand antwortete.

»Rian«, rief sie und klopfte etwas lauter.

Diesmal öffnete sich die Tür, und Rian stand im Türrahmen. Er trug ein Piratenkostüm, wie das Williams, des Entführers von Katy, und es stand ihm fabelhaft.

»Sind Sie bereit, sich entführen zu lassen, Madam?« fragte er mit unverschämtem Grinsen.

»Nicht im geringsten«, erwiderte sie kühl. Unter keinen Umständen wollte sie sich von ihm wieder verunsichern lassen. »Ich hätte wissen müssen, daß du dir ausgerechnet dieses Kostüm aussuchst.«

»Aber natürlich. Kannst du dir einen Besseren für die Rolle vorstellen?«

»Ich bin wegen der Smaragde gekommen«, sagte sie und überging seine Frage einfach. »Du hast gesagt, ich könnte sie tragen.«

»Ah, ich hätte wissen müssen, daß es nicht mein unwiderstehlicher Charme war, der dich so kühn in mein Zimmer gelockt hat. Komm und hol sie dir.«

»Oh, Rian! Die sind ja prachtvoll«, rief sie, als er sie aus einem Kästchen auf seinem Toilettentisch nahm. »Bist du sicher, daß es wirklich in Ordnung ist, wenn ich sie trage? Was, wenn sie verloren gehen oder gestohlen werden? Das wäre mir furchtbar.«

»Unsinn. Ich bin sicher, sie sind bei dir in besten Händen.« Er wehrte ihre Einwände mit einer Geste ab. »Dreh dich um, dann leg' ich sie dir an.«

Sie spürte seine Hände warm auf ihrer Haut, als er den Verschluß zumachte, und sie fühlte bei seiner Berührung wieder die inzwischen vertraute Gänsehaut auf dem Rücken. Er reichte ihr die passenden Ohrringe, und sie legte sie an und warf dann die Haare zurück, um die Wirkung im Spiegel besser sehen zu können.

»Hallo, Katy«, flüsterte sie dem fremden Spiegelbild zu, das so anders war als sie, und merkte erst, daß sie laut gesprochen hatte, als sie Rians Blick im Spiegel begegnete.

Und dieses eine Mal grinste er nicht, wie sie befürchtet hatte, und wieder überkam sie das seltsame Gefühl, er würde sie und ihre Gedanken sehr gut verstehen.

»Komm«, sagte er. »Ich begleite dich hinunter.«

Sie banden ihre Masken fest und gingen hinunter in die Lichter und das Lachen des Ballsaals.

»Ihr kommt zu spät!« rügte sie der alte Mann, nachdem sie am Fuß der Treppe angelangt waren, obwohl Morganas großer Auftritt seine Idee gewesen war. »Ihr kommt immer zu spät.« Er befahl Rian barsch, er solle dafür sorgen, daß sie allen vorgestellt würde.

»Und nimm sie nicht für dich in Beschlag.«

»Keine Sorge. Ich bin sicher, die jungen Kavaliere würden das nicht dulden«, Rian grinste.

»Wird... wird Dr. Kelsey hier sein?« Morgana kam ein bißchen ins Stottern, als sie sich entfernten, und fragte sich, ob sie dieses freundliche Gesicht je wiedersehen würde.

Sie wäre am liebsten im Boden versunken, als Rian sie durch die Schlitze seiner schwarzen Maske spöttisch musterte und sarkastisch erklärte: »Ich glaube kaum, daß Michael Kelsey ein Mann ist, den Großvater als standesgemäßen Junggesellen bezeichnen würde. Der Doktor ist Geschäftsmann, ein Gewöhnlicher.«

»Und du bist auch nur ein Schiffskapitän«, fauchte sie, wütend, weil sie sich überhaupt zu der Frage hatte hinreißen lassen.

»Das ist eine ganz andere Geschichte. Ich bin ein Lord und Aristokrat. Schiffe sind für mich nur ein Freizeitvergnügen. Ich bin nicht gezwungen, meinen Lebensunterhalt damit zu verdienen.«

Morgana wußte darauf nichts zu erwidern und wünschte sich inbrünstig, er würde sie in Ruhe lassen. Trotzdem war sie seltsamerweise etwas beleidigt, als er sie einigen jungen Männern vorstellte und dann verschwand.

Die Stunden verstrichen, und der Lärm begann ihr auf die Nerven zu gehen, das Gelächter, die Lichter und Rosamundes unablässiges »Morgana, darf ich dir... vorstellen?« Morgana war klar, daß ihre Tante es gut meinte, aber sie kam sich allmählich vor wie eine Aufziehpuppe. Sie tanzte, bis sie glaubte, ihre Füße würden sie nicht mehr tragen, und flirtete ein bißchen. Sie war in diesem Spiel noch sehr unerfahren und lächelte, bis ihr Gesicht ganz verkrampft war. Und eines war ihr schnell klar: Von den Männern, die sie heute abend kennengelernt hatte, wollte sie keinen einzigen zum Mann. Sie waren Gestalten ohne Gesichter, alle bestens gekleidet, nicht so gut wie die Männer, die sie in London hatte vorbeireiten sehen, aber trotzdem modisch nach irischen Maßstäben. Sie murmelten alle belanglose Höflichkeiten und Komplimente in ihr Ohr und langweilten sie mit ihrem einfältigen Geplapper. Sie konnten nicht über ihre geistvollen Bemerkungen lachen und verstanden ernsthafte Kommentare schon gar nicht. Ein erstaunter junger Mann versicherte sich ganz offen: »Sie sind doch wohl hoffentlich kein Blaustrumpf?«, nachdem sie ihn um seine Meinung über die politische Lage in Irland gefragt hatte.

Nein, wenn Morgana einen Mann wählen würde, dann einen, der mehr von der Welt kannte als das irische Festland, einen erfahrenen, belesenen Mann mit Kunstverstand, einen Mann, dessen Verstand so scharf war wie der ihre, dessen Blick sie in schweigendem Einverständnis begegnen konnte, wenn keiner sonst ihre Gefühle begreifen konnte, einen Mann, der sie oft besser kannte, als ihr lieb war. Und ungebeten schlich sich Rian in ihre Gedanken. Er war weitgereist, erfahren, intelligent, und obwohl er sie oft auslachte, hatte sie das Gefühl, er würde zumindest ihre Gedankengänge verstehen.

Sie sah ihn mit Lindsey Joyce tanzen und erinnerte sich an die Gerüchte über die beiden. Lindseys Haar war dunkler als Fionnas, und ihre braunen Augen blitzten kokett. Kein Wunder, daß Fionna so im Schatten ihrer Schwester stand. Lindsey Joyce wußte offensichtlich, was sie wollte, und auch genau, wie sie es anstellen mußte, um es zu kriegen.

»Schrecklich langweilig, was, Cousine?«

Morgana drehte sich um: »Colin?«

»Ja, wer sonst. Diese gräßlichen Masken sind furchtbar heiß, nicht wahr?«

»Ziemlich«, erwiderte sie, froh, jemanden gefunden zu haben, der ihr nicht ganz fremd war.

»Ich würde dich ja zum Tanzen auffordern, Cousine, aber deine Tanzkarte ist sicher schon voll und ich bin sowieso kein sehr guter Tänzer. Um die Wahrheit zu sagen, in der besseren Gesellschaft bin ich total verloren. Großvater macht das sehr wütend.«

»Aber Colin, so schlimm kann es doch gar nicht sein«, versuchte sie ihn zu trösten.

»O doch. Ich mag Jagen und Kartenspiele nicht, wie das ein Gentleman sollte. Ich möchte lieber Gedichte schreiben wie dein Vater, aber ich hab' nicht den Mut wie er, mich mit Armut abzufinden. Wenn Großvater mich doch nur zum Militär ließe. Ich weiß, daß ich mich profilieren und einen Mäzen für meine Gedichte finden könnte.«

Morgana konnte ihm nicht mehr antworten, weil in diesem Moment Sean Devlin sie zum Walzer aufforderte. Er war ein netter Kerl, wenn auch ein bißchen dandyhaft. Auf dem Weg zur Tanzfläche wurden sie von Rian aufgehalten.

»Tut mir leid, alter Freund, aber ich glaube, dieser Tanz gehört mir. Ich hoffe, du bist nicht beleidigt. Lindsey lechzt nach einem Glas Champagner.«

»Kein Problem, Rian«, sagte Sean höflich. »Deine Cousine ist sehr charmant. Ich werde Lady Lindsey ihren Champagner besorgen.« Er wandte sich an Morgana. »Den nächsten Tanz vielleicht, Lady Morgana, wenn er nicht schon vergeben ist.«

Sie lächelte charmant, froh, daß er Rians arrogante Einmischung überging. Seans Name stand nämlich deutlich für diesen Tanz in ihrer Karte. »Ich wäre entzückt, Mylord«, versprach sie; Patrick, der als nächster Partner in ihrer Karte stand, würde es sicherlich verstehen. »Das war nicht sehr nett, Rian«, sagte sie, als Sean weg war.

»Sean und ich sind alte Freunde. Ich versichere dir, es hat ihm bestimmt nichts ausgemacht.«

»Woher weißt du das? Er findet mich sehr charmant, auch wenn du nicht der Meinung bist.« Es ärgerte sie, daß Rian wohl meinte, sie wäre die Auseinandersetzung um einen Tanz nicht wert.

»Oh, du irrst dich, Cousine. Ich war ganz wild darauf, mit dir zu tanzen, und deine Karte war voll. Ich hatte keine andere Wahl, ich mußte mich einfach vordrängen. Stell dir vor, wenn Sean was dagegen gehabt hätte, hätten wir uns im Morgengrauen duellieren müssen. Hättest du um mich geweint, Morgana, und über das Risiko, das ich eingegangen bin, um dich an diesem Abend in den Armen zu halten?« neckte er sie.

Morgana biß sich auf die Lippe. »Deine sarkastischen Bemerkungen langweilen mich, Cousin«, konterte sie, plötzlich entschlossen, das Spiel nach seinen Regeln zu spielen, und trat ihm absichtlich auf den Fuß. »Oh, Verzeihung, Cousin«, murmelte sie, gespielt betroffen. »Bin ich dir auf die Zehen getreten?«

Er warf den Kopf zurück und lachte so, daß sich alle Blicke verwundert auf sie richteten. Rian schien sich tatsächlich zu amüsieren. Der gelangweilte Gesichtsausdruck, den er sonst auf Gesellschaften hatte, war verschwunden, und er zog Morgana noch fester an sich.

»Ich hab' doch gewußt, daß es mir irgendwann gelingt, deine Eisschicht zu durchbrechen. Lach, Morgana. Die ganze Welt wartet darauf, ausgelacht zu werden«, sagte er, und sie hatte das Gefühl, er meine das zum Teil zumindest ernst. »Keiner verlangt, daß du dich wie eine Gouvernante aufführst.«

Benahm sie sich wirklich wie eine Gouvernante? Morgana schaute betroffen hoch in Rians spöttisches, schönes Gesicht. Sein wissender Blick ließ sie erröten, und sie schlug schnell die Augen nieder.

Sie beendeten den Walzer schweigend, und Rian tanzte an diesem Abend nicht mehr mit ihr. Sie freute sich nicht sonderlich darüber, daß sie auf dem Ball so großen Erfolg gehabt hatte, obwohl ihr Großvater sehr zufrieden aussah. Aber wenn Morgana den Grund für sein selbstzufriedenes Lächeln erfahren hätte, wäre sie höchst beunruhigt gewesen. Eine unglaubliche Idee war Fergus gekommen, als er zusah, wie Morgana und Rian miteinander tanzten, und je mehr er darüber nachdachte, desto entschlossener war er, diese Idee zu verwirklichen. Die Tatsache, daß keines seiner Enkelkinder sonderlich davon angetan sein würde, bestärkte ihn nur in seinem Entschluß. Fergus McShane hatte in diesem Augenblick beschlossen, Rian müsse Morgana heiraten.

Rian brauchte eine Frau. Dieses Gerede, er sei mit dem Meer verheiratet, war doch nur Unsinn. Ein Mann mußte früher oder später Fuß fassen, und eine bessere Frau als die dickköpfige Morgana konnte der dickköpfige Rian gar nicht finden, eine, deren Verstand genauso scharf war wie der seine. Der alte Mann kicherte vergnügt und rieb sich die Hände. Dabei überlegte er, wie die Sache einzufädeln wäre. Einfach würde es sicher nicht sein. Rian und Morgana würden sich beide dem Plan heftig widersetzen, falls sie davon erfuhren, aber sie würden Erben in die Welt setzen, die das Fortbestehen des McShane-Clans sichern würden, daran hatte Fergus nicht die geringsten Zweifel! Zum Teufel mit der Freiheit von Rian und Morgana! Er, Fergus, würde diesen bedauerlichen Zustand ändern, und seine Enkel würden es ihm danken, wenn sie sich erst einmal mit der Idee abgefunden hatten.

Der alte Mann war so begeistert von seinem Plan, daß er kurz entschlossen seinen Stock ablegte, um mit der Viscountess von Laughlin einen Jig zu tanzen. Diese war höchst überrascht, genau wie die übrige Gesellschaft.

Morgana beobachtete wie alle Gäste erstaunt die plötzliche Behendigkeit ihres Großvaters, dann lenkte Lindsey Joyce sie von dem Spektakel ab.

»Es ist mir eine ungeheure Freude, Sie kennenzulernen, Lady McShane«, erklärte Lindsey scheinheilig. »Sie müssen ja ein wahrer Ausbund von Tugenden sein, soviel hört man über Sie.« Lindsey klang so feindselig, daß Morgana auch sofort in Harnisch war. »Und man erzählt auch noch, daß Sie die teuflische Stute reiten können, die ich vorher hatte. Sie müssen stark wie ein Mann sein. Ich bin so zart, ich konnte kaum die Zügel halten. Das Wandern durch die Landschaft muß Sie kräftiger gemacht haben, als man Ihnen ansieht.« Sie klapperte mit den Augenlidern.

»Sagen wir mal, ich bin eben kein Schluck Wasser«, erwiderte Morgana, der die beleidigenden Spitzen ihres Großvaters wieder eingefallen waren.

»Was seh' ich, sind das denn nicht die McShane-Smaragde?« Lindsey versuchte eine neue Taktik.

»Ja, das sind sie.«

»Ich dachte immer, die gehören Rian. Wie haben Sie ihn bloß dazu gebracht, sie herzugeben?«

»Vielleicht kann ich besser mit ihm umgehen als Sie«, lächelte Morgana spöttisch, mit einem Mal gelangweilt und trotzdem zufrieden, daß sie genausogut Gift verspritzen konnte wie Lindsey.

Dann ließ sie sie stehen, innerlich kochend. Sie mußte sofort weg von diesen Menschenmassen und schlich sich unbemerkt hinaus in den kühlen Garten. Sie drückte ihren Kopf gegen einen Baumstamm und fühlte sich ungeheuer erleichtert. Kein Wunder, daß ihr Vater diese Welt, in die er geboren war, verlassen hatte! Die Snobs der High Society waren auch nur ganz gewöhnliche Leute in Masken, wie an diesem Abend, mit Titeln und dürftig versteckten Beleidigungen. Dieselben Sehnsüchte und derselbe Haß waren trotzdem da. Morgana spürte, wie dringend sie einen Freund und Vertrauten, wie es ihr Vater einmal gewesen war, hier brauchte, jemanden, der kein McShane war oder einer ihrer eitlen Bekannten. Sie dachte an Michael Kelsey. Sie wollte ihn wiedersehen, gleichgültig, was Rian über ihn gesagt hatte. Sie spürte instinktiv, daß der Arzt ein guter Mensch war, ein Mann, dem man vertrauen konnte. Er konnte den Körper heilen, warum nicht auch die Seele? Vielleicht würde sie sich nach einem Gespräch mit ihm besser fühlen. Sie entschloß sich spontan, am nächsten Morgen nach Kilshannon zu reiten und ihn zu besuchen, weil sie das Gefühl hatte, er würde sicher trotz ihrer Einladung nicht so einfach nach Shanetara kommen, wenn niemand krank war. Ja, das brauchte sie, sie mußte mit jemandem reden und alles herauslassen, was sich in ihr seit Monaten aufgestaut hatte. Schon allein bei dem Gedanken fühlte sie sich besser!

»Versteckst du dich vor jemandem oder hast du ein Rendezvous mit einem dieser liebeskranken Trottel da drinnen?«

Morgana wirbelte erschrocken herum. Rian lehnte mit einem lässigen Grinsen an einem Baum.

»Ich glaube nicht, daß dich das etwas angeht!« sagte sie schnippisch. Er machte sie wütend, irritierte sie und machte sich über sie lustig, das Ekel.

»Du bist also wirklich eine Tigerin«, sagte er, »und zeigst endlich deine Krallen? Wirst du mich kratzen? Ich glaube nicht.« Er packte sie plötzlich an den Handgelenken.

»Sagt mir, Mylord«, fragte sie im selben spöttischen Tonfall wie er, »wenn ich Euch kratzen würde, würdet Ihr dann blau bluten, oder wäre das Blut rot wie bei gewöhnlichen Menschen?«

Rians Nasenflügel bebten, und sein Gesicht wurde um den Mund weiß. Morgana sah, wie wütend sie ihn machte, aber das war ihr inzwischen egal. Sie wollte ihm weh tun, sich an ihm und seiner Arroganz rächen.

»Reiz mich nicht zu sehr, Morgana«, warnte er sie mit zusammengebissenen Zähnen, als ihm allmählich dämmerte, worauf sie hinauswollte.

Er zog sie zu sich. In der Ferne schlug eine Glocke Mitternacht.

»Die Geisterstunde«, flüsterte er, und seine Augen waren hart und wintergrün. »Soll ich deine Maske abnehmen und nachsehen, ob du wirklich eine Hexe bist, wie im Dorf behauptet wird?« Bevor sie etwas erwidern konnte, hatte er die Bänder schon gelöst. »Ja«, murmelte er, »du könntest mit diesen Augen einen Mann verzaubern.« Er ließ seine Hand über ihren Hals gleiten, die Schulter entlang und schob die Spitze zurück, um ihre weiße Haut zu entblößen.

Morgana war wie hypnotisiert, doch dann wurde sie mit einem Mal wieder ernüchtert und versuchte sich loszureißen. Bei der plötzlichen Bewegung packte er jedoch fester zu, und sie zuckte zusammen.

»Da werde ich morgen einen blauen Fleck haben«, flüsterte sie. Ihre Wut verblaßte vor dem Feuer in seinen Augen, und der Puls an ihrer Kehle pochte schneller.

»Dann schau's dir an und wisse, wer von uns beiden der stärkere ist.«

»Ich werde ein tiefdekolletiertes Kleid tragen und allen erzählen, wer es war.« Sie zitterte in seinen Armen, wollte sich aber nichts anmerken lassen.

»Ja«, lachte er leise. »Sag ihnen, daß ich dir mein Brandzeichen verpaßt habe, und schau, ob irgendein Mann in Irland es wagt, mir mein Recht streitig zu machen.«

Morgana riß sich los und floh. Sie erschauderte in plötzlicher Angst und spürte, wie sein spöttischer Blick sie verfolgte.

Kapitel Fünf

Morgana hatte am nächsten Morgen tatsächlich einen blauen Fleck auf der Schulter, aber sie machte ihre Drohung, ihn aller Welt zu zeigen, dann doch nicht wahr. Sie zog sich statt dessen ein hochgeschlossenes Kleid an und versuchte die Erinnerung an Rians Verhalten in der letzten Nacht zu verdrängen. Sie hatte starke Kopfschmerzen und mußte gähnen, als sie zum Frühstück nach unten ging. Rian grinste beim Anblick ihres Kleides, was Morgana mit einem eisigen Blick quittierte, und anschließend ignorierte sie ihn. Sie verstand die Regeln des Spiels nicht, das er einleiten wollte, und schwor sich, nicht mitzuspielen.

Anscheinend rechnete keiner der Gäste mit einem frühen Tagesbeginn auf Shanetara, und nur die Familie war am Frühstückstisch versammelt. Gerald, ausnahmsweise nüchtern, jammerte über den Verlust einer stattlichen Summe am Kartentisch, der für all die gelangweilten jungen Männer aufgestellt worden war, die nicht tanzen wollten.

»Ich sag's dir, Großvater, Rian ist ein Teufel. Keiner konnte gestern abend gegen ihn gewinnen. Er hat fast den ganzen Abend die Bank gehalten.«

»Ach, komm jetzt, Gerry«, unterbrach ihn Rian. »Ich bin ein Teufel, und Morgana ist eine Hexe. Als nächstes ist dann Patrick Satans Schüler. Du wirst dir schon eine logischere Erklärung einfallen lassen müssen. Gib's doch zu, Cousin. Ich bin einfach ein besserer Kartenspieler als du.«

»Das würde dir so passen, Rian. Sogar Devlin hat gesagt, du wärst ein Dämon in Maske, und ich kenne keinen vernünftigeren Menschen.«

»Vielleicht hat er es gesagt, weil er gestern abend auch eine größere Summe verloren hat.« Patrick grinste. »Und Johnny Gallagher und Max O'Brien auch, wenn ich mich nicht irre.«

»Wie machst du es, Cousin?« fragte Colin neugierig. »Hast du irgendein System, oder verläßt du dich auf dein Glück?«

»Klar, und außerdem bin ich ein Dämon in Maske«, scherzte Rian sehr zu Colins Mißfallen.

»Ich seh' schon, aus dir ist wieder mal kein vernünftiges Wort rauszuholen«, murmelte er angewidert.

»Sag nie jemandem, wie man beim Kartenspiel oder bei Frauen gewinnen kann, Colin. In neun von zehn Fällen befolgen sie deinen Rat ohnehin nicht, und am Ende verachten sie dich, wenn du Erfolg hast, wo sie versagt haben«, riet ihm Rian.

»Genug von diesem Kartengeschwätz«, befahl Fergus. »Ich möchte wissen, wie Morgana sich gestern abend amüsiert hat und ob ihr irgendeiner der jungen Männer, die sie kennengelernt hat, gefallen hat. Und?« er schaute sie an, obwohl er die Antwort schon zu kennen glaubte.

Insgeheim war er begeistert, und er war sich sicher, daß sein Plan der richtige war. Rians spöttischer Blick auf Morgana war ihm nicht entgangen und auch nicht, daß seine Enkelin vesuchte, den Rabauken mit allen Mitteln zu ignorieren. Um so besser! Wenn sie sich schon zueinander hingezogen fühlten, war seine Arbeit um so leichter.

»Ich fand den Ball wirklich sehr schön«, erwiderte Morgana ruhig. »Aber keiner der Anwesenden hat mich sonderlich interessiert. Wie ich dir schon gesagt habe, Großvater, ich habe nicht vor zu heiraten, für den Heiratsmarkt tauge ich nicht.«

»Verdammt noch mal, Mädel!« fluchte er. »Ich will nicht noch eine alte Jungfer auf dem Hals haben oder eine Gouvernante für einen Haufen Gören, falls du das vorhaben solltest. Aber mir wird schon was für dich einfallen.«

Diese Bemerkung beunruhigte Morgana etwas, und sie fragte sich, was der alte Mann wohl diesmal im Schild führte. Aber davon würde sie sich nicht den Tag verderben lassen. Nach dem Frühstück lief sie nach oben und zog sich ihr Reitkostüm an.

»Jim.« Der Stalljunge kam aus der Tür. »Würdest du bitte Copperlady für mich satteln.«

»Wenn jemand nach mir fragt«, sagte sie, als er das Pferd herausführte und ihr beim Aufsteigen half, »ich bin für den Tag nach Kilshannon geritten. Ich hab' dort was zu erledigen.«

Es war ein wunderbarer Tag. Die Sonne verwandelte den See nahe Shanetara in eine blaue Glasfläche, und die Berge sahen nicht so drohend aus wie so oft nachts, wenn die Schwärze des Himmels sie zu im Schatten lauernden Ungeheuern machte.

Kilshannon war ein geschäftiges, kleines Dorf, trotz der Nähe der größeren Stadt Dingle, weil es näher an Shanetara lag und viele von Großvaters Pächtern dort ihre Vorräte einkauften. Morgana ritt mit Copperlady im Schrittempo durch die verwinkelten Straßen und ignorierte die Blicke der Passanten, bis sie Doktor Kelseys winzige Praxis gefunden hatte.

»Lady McShane«, sagte er, als sie die Tür öffnete. »Welch nette Überraschung. Du kannst jetzt nach Hause gehen, Max«, er wandte sich an einen kleinen Jungen. »Sag deiner Mutter, der Schnitt verheilt gut. Also, was kann ich für Sie tun?« fragte er, nachdem das Kind den Raum verlassen hatte. »Es ist doch hoffentlich niemand krank auf Shanetara?«

»Nein, eigentlich will ich nichts Bestimmtes.« Sie wußte nicht so recht, wie sie das, was sie bewegte, ausdrücken sollte. »Ich glaube, ich habe bloß Heimweh. Haben Sie dafür ein Mittel, Doktor?«

Sein Blick war sehr verständnisvoll. »Warum machen wir denn nicht eine kleine Ausfahrt, und Sie erzählen mir alles, wenn Sie wollen.«

»Sie sind sehr liebenswürdig, Doktor Kelsey, aber ich kann Sie doch nicht einfach aus Ihrer Praxis entführen.«

»Das macht nichts«, sagte er. »Ich hab' heute sowieso nicht viel zu tun.«

»Na schön«, sagte sie etwas schüchtern.

Morgana ließ Copperlady in einem Schuppen neben seiner Praxis, und sie fuhren mit seinem Einspänner hinaus aufs Moor, bis sie einen wunderbaren grasbewachsenen Fleck gefunden hatten.

»Sollen wir hier ein bißchen spazierengehen, Lady Morgana?« fragte er.

»Bitte sagen Sie einfach Morgana«, bat sie impulsiv. »Lady Morgana klingt so förmlich.«

»Nur, wenn Sie mich Michael nennen.«

»Einverstanden. Hier ist ein schöner Platz zum Stehenbleiben.«

Michael half ihr aus dem Wagen, mit seinen starken Händen um ihre Taille.

»Erzählen Sie etwas über sich, Michael«, sagte sie, weil sie nicht wußte, wie sie anfangen sollte.

»Da gibt's nicht viel zu erzählen. Ich wurde vor achtundzwanzig Jahren in Kilshannon geboren. Mein Vater war einer der Pächter Ihres Großvaters, und meine Mutter arbeitete im Großen Haus, wie die Dorfbewohner Shanetara nennen. Ich hatte Glück und war gescheit genug und wurde an der University of Dublin angenommen. Mein Vater ist bei Landarbeiten auf Shanetara durch einen Unfall verletzt worden, und Ihr Großvater hat als Entschädigung für seine Verletzung mein Schulgeld bezahlt. Er hat sich wirklich sehr anständig verhalten. Unglücklicherweise gab es damals keinen Arzt in Kilshannon, und der aus Dingle konnte nicht weg. Mein Vater ist kurz darauf gestorben. Deswegen hab' ich mich für die Medizin entschieden. Als ich mit meinem Studium fertig war, bin ich hierher zurückgekommen und hab' die Praxis eröffnet.«

Morgana dachte kurz über diesen Bericht nach, dann sagte sie: »Mein Vater hätte Sie bewundert, Michael, um die Arbeit, die Sie hier leisten. Jeder andere Mann hätte diesen bettelarmen Pächtern den Rükken gekehrt und wär' nach King's Court in London gegangen. Hier werden Sie nicht reich werden, fürchte ich.«

»Nein, aber ich habe das Gefühl, gebraucht zu werden, was in London bestimmt nicht der Fall gewesen wäre. Diese Leute brauchen mich, und ich bin froh, ihnen helfen zu können.«

»Und Ihre Mutter?«

»Auch tot. Gott möge ihrer Seele gnädig sein. Es gab eine Epidemie. So viele Leute sind hier sinnlos gestorben. Unter anderem verloren einige Ihrer Cousins dadurch ihre Eltern. Niemand wußte, wie man ihnen hätte helfen können.«

»Das hab' ich nicht gewußt«, sagte Morgana leise. »Keiner meiner Cousins hat von der Vergangenheit erzählt. Wie schrecklich! Vielleicht haben sie Gründe, wenn sie sich manchmal danebenbenehmen. Trevor ist so steif und pflichtbewußt, und Gerald ist Alkoholiker. Colin brütet die meiste Zeit schweigend vor sich hin und verbringt seine Tage mit Lesen oder schreibt Gedichte. Rian – nun ja, er ist merkwürdig. Patrick scheint mir der einzig Normale aus dem ganzen Haufen.«

»Ja, Trevor und Gerald haben damals ihre Eltern verloren. Es war entsetzlich, die Leichen lagen nebeneinander auf der Straße aufgereiht, mit geschwollenen Leibern, die Zungen schwarz und dick vor Durst vom Fieber. Gott weiß, wir haben getan, was wir konnten, aber es war nicht genug. Der Gestank ließ Männer würgen, und Frauen sind bei dem Anblick in Ohnmacht gefallen.«

»Wie schrecklich!« war Morganas dürftiger Kommentar.

»Rians Vater war zuvor auf See verunglückt. Seine Mutter hat sich nie von dem Schock erholt und ist drei Wochen später an gebrochenem Herzen gestorben. Vielleicht war es ein Glück, daß sie der Krankheit entgangen sind. Patricks Eltern haben die Pest überlebt, starben aber ein Jahr später, als sich ihre Kutsche auf dem Heimweg von Letterick überschlug. Colins Vater wurde in einem Duell erschossen. Seine Mutter, das arme Wesen, hat das Kind auf die Schwelle von Shanetara gelegt und ist verschwunden. Keiner hat je wieder etwas von ihr gehört.«

»Und mein Vater ist mit meiner Mutter, einer Engländerin, durchgebrannt. Kein Wunder, wenn Großvater manchmal so verbittert ist.«

»Ich glaube nicht, daß er Ihren Vater verstoßen hat, weil Ihre Mutter Engländerin war, Morgana. Patricks Mutter war das auch. So hat er seinen Titel geerbt. Ich glaube, Ihr Großvater war so böse, weil Ihr Vater sich geweigert hat, in Irland zu leben.«

»Und meine Tante Rosamunde, warum hat sie nie geheiratet, Michael?«

»Ich weiß es nicht genau. Es gab Gerüchte über einen Skandal, in den sie und ein Knecht von Shanetara verwickelt waren. Die Leute sagen, sie wäre in ihn verliebt gewesen und wollte ihn heiraten, aber Ihr Großvater hat es nicht erlaubt. Sie sagen, der Mann hätte es nur auf ihr Geld abgesehen gehabt, und ich nehme an, sie hatten recht, weil Ihr Großvater ihn mit Geld bestochen hat. Der Kerl hat Shanetara verlassen, und man erzählt, Ihre Tante hätte danach nie wieder einen Mann angesehen. Sie haben sicher bemerkt, wie sehr sie manchmal in der Vergangenheit lebt oder Selbstgespräche führt. Nachdem das passiert war, hat sie etwas den Bezug zur Realität verloren, obgleich sie zumeist völlig normal wirkt.«

»Danke, Michael«, sagte Morgana und meinte es auch so. »Vielleicht hilft mir das, meine Familie besser zu verstehen.«

Es war schon spät, also fuhren sie zurück nach Kilshannon. Morgana holte Copperlady aus dem Schuppen, und Michael half ihr beim Aufsteigen.

»Ich hoffe, Sie sind mir nicht böse, weil ich Ihren Tag in Anspruch genommen habe«, entschuldigte sie sich beim Abschied.

»Nein, ich bin nicht böse«, sagte er lächelnd. »Bitte kommen Sie wieder, wann immer Ihnen danach ist.«

Morgana schenkte ihm ein herzliches Lächeln. »Das werde ich.«

Der Beginn einer guten Freundschaft war gemacht. Zufrieden lenkte Morgana ihr Pferd in Richtung Shanetara.

An diesem Abend konnte Morgana nicht einschlafen. Schließlich entschloß sie sich, hinunter in die Bibliothek zu gehen und Großvaters Ausgabe von Jane Austens erstem Roman zu holen. Sie warf sich einen Morgenmantel über und ging auf Zehenspitzen nach unten, um niemanden zu wecken. Morgana stellte die Lampe auf den Tisch und suchte die Regale nach dem Buch ab. Großvater hatte wirklich eine bemerkenswerte Sammlung. Sie hatte seit ihrer Ankunft schon vieles davon gelesen. Plötzlich stutzte sie. Da, in einer unübersichtlichen Ecke des unteren Regals, die sie bis jetzt noch nicht beachtet hatte, standen alle Gedichtbände ihres Vaters. Der alte Mann war also doch nicht so hartherzig, wie er immer tat.

»Schau, schau, unser Blaustrumpf hat sich runtergeschlichen, um sich ein Buch zu suchen. Ich dachte, du hättest sie schon alle gelesen.«

Morgana schreckte hoch. Rian stand vor ihr. Sein Hemd war bis zur Taille geöffnet und entblößte die dunklen Haare auf seiner Brust. In einer Hand hatte er ein Glas Whiskey. Sie zog ihren Mantel fester an sich und umklammerte das Buch in ihrer Hand. Es war eines von ihrem Vater.

»Was willst du?« Sie versuchte gelassen zu bleiben.

»Nichts. Ich hab' Licht gesehen und wollte wissen, wer mitten in der Nacht in der Bibliothek meines Großvaters herumschleicht.«

»Jetzt hast du's gesehen. Laß mich bitte vorbei.«

Er machte keinerlei Anstalten, aus dem Weg zu gehen.

»Rian, du versperrst den Gang. Würdest du mich bitte vorbeilassen?«

Statt dessen ging er auf sie zu und drängte sie gegen ein Regal.

»Du hast Michael Kelsey heute in der Stadt besucht, nicht wahr?«

»Das geht dich doch überhaupt nichts an.«

»Ich hab' dir gesagt, du sollst die Finger von ihm lassen«, knurrte Rian.

»Na und? Was ich mache, geht dich nichts an«, wiederholte sie.

»Nein, Mag?« Er gebrauchte den Kosenamen, den ihr Vater ihr als Kind gegeben hatte und den sie seit Jahren nicht mehr gehört hatte. »Aber es wär' doch recht, wenn ich mich dafür interessiere, nicht wahr?«

»Ich weiß nicht, wovon du redest, Rian«, sagte sie kühl.

»Davon.« Er strich mit seiner Hand über ihr Kinn, dann hob er ihr Gesicht zu sich empor.

»Nicht, Rian«, bettelte sie leise, als sie begriff, was er vorhatte. Und mit einem Mal machte er ihr angst.

Er ignorierte ihre Bitte. Das Glas Whiskey schleuderte er gegen die Wand, wo es in tausend Stücke zerbrach und die bernsteinfarbene Flüssigkeit langsam die Eichentäfelung hinuntertroff. Seine Augen verdüsterten sich, und dann trafen sich ihre Lippen. Sein Kuß war zuerst sanft, dann härter, fordernder, seine Zunge teilte ihre Lippen und ergründete das weiche Innere ihres Mundes. Sie erstarrte. Noch kein Mann hatte sie berührt, aber Rian war sehr erfahren. Instinktiv spürte er, daß er der erste war, der ihre Unschuld kostete, und der Gedanke befriedigte ihn. Seine Hände umfaßten ihre Taille unter dem Negligé, er zog sie an seinen harten muskulösen Körper, und sein Mund setzte seine langsame Entdeckungsreise fort, über ihre Wangen, ihren Hals entlang, zu ihren Brüsten.

»Bitte«, flüsterte Morgana, die das Feuer nicht verstand, das sich bei seiner Berührung in ihr regte.

Sie stöhnte leise, unbewußt, ihre Knie gaben nach, und das Buch ihres Vaters fiel vergessen zu Boden. Auf diese Reaktion hatte er gewartet. Langsam trat er zurück und schaute in ihr Gesicht. Er hielt sie nicht zurück, als sie sich abwandte und aus dem Zimmer lief.

Kapitel Sechs

In den Wochen nach dem Ball erhielt Morgana viele Einladungen und hatte wenig Zeit, über Rians Verhalten ihr gegenüber an jenem Abend in der Bibliothek nachzudenken. Gelegentlich schaute sie hoch und merkte, daß er sie beobachtete, und dann spürte sie, wie leichte Röte über ihr Gesicht zog. Aber sie hatten keine weiteren Konfrontationen, sie war zu beschäftigt. Es gab Kartenpartien auf Devlin's Way, wo sie bis in die frühen Morgenstunden Whist und Silver Loo spielten, und Johnny Gallagher veranstaltete mehrere Fuchsjagden auf Laughlin Hall. Morgana ritt zwar immer mit, aber sie weigerte sich, beim Töten dabeizusein, weil sie es grausam fand. Rian war natürlich immer zugegen, aber meist bat sie Patrick oder Colin, sie zu begleiten, wenn sonst niemand da war. Und allmählich heilten die Wunden von Trauer und Einsamkeit, und ihre angeborene Zurückhaltung und Ernsthaftigkeit verblaßte.

Ihr Verhältnis zu Michael Kelsey vertiefte sich zu fast geschwisterlicher Zuneigung, und sie ritt oft in die Stadt, um ihn zu besuchen. Einmal nahm sie einen Picknickkorb mit.

»Was hältst du davon, deinen Medizinflaschen und Mullbinden für eine Weile zu entfliehen?« fragte sie heiter.

»Und woran hast du gedacht?« Er zwinkerte ihr zu, während er sich die Hände abtrocknete.

»Ich habe vor«, sagte sie und stellte den Picknickkorb auf den Tisch, »dich aufs Land zu entführen und dich mit all den Dingen vollzustopfen, die der Mediziner kategorisch verteufelt, mit Brot und Käse, geräuchertem Schinken und einer Flasche Wein, die ich aus Großvaters Keller gestohlen habe, und Apfelkuchen.«

»Mein medizinischer Verstand sagt mir, diese Sachen machen dick und sind zudem noch berauschend, aber heute lasse ich mich von meinem Magen regieren. Übernehmen Sie die Führung, Madam. Ich werde Ihnen mit Wonne folgen.«

Morgana stellte Copperlady wie immer im Schuppen unter, und sie fuhren mit Michaels Einspänner zu dem grasbewachsenen Fleck im Moor, den sie inzwischen als den ihrigen betrachteten. Sie legte die Decke auf den Boden und packte fröhlich plappernd aus.

Sie redeten und lachten, und er schnitt dicke Stücke Schinken und Käse ab und reichte sie ihr mit frischen Brotstücken. Sie tranken den Wein und vertilgten den Apfelkuchen. Morgana schaute zu Michael hinüber und seufzte. Sie fühlte sich warm und wohlig, was sie dem Wein zuschrieb. Sie rollte sich durchs Gras und schaute hinauf zu den weißen Schäfchenwolken am Himmel.

»Hast du dir je gewünscht, eine Wolke zu berühren, Michael? Sie sehen so unglaublich weich aus. Ich hab' das Gefühl, ich könnte einfach hochlangen und meine Hand hineinversenken. Du nicht?«

»Doch«, sagte er leise.

Morgana drehte sich zu ihm und schaute ihm in die Augen, die so blau waren wie der Himmel über ihr. »Ich bin froh, einen Freund gefunden zu haben«, sagte sie schlicht.

Er war gerührt und drückte ihr kurz die Hand, als sie in den Einspänner stiegen.

Am Freitag fuhr ein sehr ordentlich gekleideter Mann in einer eleganten Kutsche in Shanetara vor. Er sprach mit niemandem, nachdem er das Haus betreten hatte, und wurde sofort in aller Stille von Bridget in Großvaters Zimmer gebracht, wobei sie ihn neugierig musterte. Kurz darauf fuhren Trevor und Fionna vor.

»Mein Gott, ich hab' Angus O'Donnell herfahren sehen.« Trevor eilte in den Salon. »Ist Großvater tot?«

»Zähl deine Hühner nicht, bevor sie geschlüpft sind«, sagte Rian. »Der alte Mann ist wohlauf.«

»Was hat O'Donnell dann hier zu suchen?«

»Das weiß ich genausowenig wie du«, grinste Rian. »Aber ich wette meinen Hut, Großvater ändert sein Testament.«

»Das hab' ich auch befürchtet, als ich O'Donnells Wagen sah«, mischte sich Patrick ein.

»Bei Gott«, fluchte Trevor. »Wir werden alle um unser Erbteil betrogen, ich weiß es. Ich hab' gewußt, daß der alte Mann sein Testament ändern würde, seit Morgana hier aufgetaucht ist! Es ist alles ihre Schuld!«

»Ich weiß nicht, weshalb ausgerechnet du dir Sorgen machst«, knurrte Colin bissig. »Du hast ein gutes Einkommen, und der alte Mann muß dir Shanetara hinterlassen. Ich bin der einzige, der das Geld wirklich braucht, und Morgana ist auch arm wie eine Kirchenmaus!«

»Unsinn«, entgegnete Trevor.

Der Mann, über den sie gesprochen hatten, kam just zu diesem Zeitpunkt die Treppe herunter, und es blieb keine Zeit mehr für weitere Diskussionen. Trevor eilte nach draußen, schnappte sich den Mann und versuchte herauszufinden, was passiert sei, aber ohne jeden Erfolg, denn Mr. O'Donnell war verschwiegen wie ein Priester, schüttelte nur den Kopf und fuhr ohne jede Erklärung weg, was alle enttäuschte und ein wenig beleidigte.

»Also, der ist doch wirklich eigenartig, oder?« fragte Gerald. »Ich hoffe, der alte Mann hat mir genug hinterlassen, damit ich mir den Rest meines Lebens Schnaps kaufen kann.«

»Wie ekelhaft.« Colin schnippte sich ein imaginäres Staubkörnchen vom Ärmel.

»Rede nicht in diesem Ton mit mir, du unverschämter Bengel«, warnte ihn Gerald. »Dir kleb' ich lieber eine, als dich anzuschauen.«

»Schweigt! Alle beide«, keifte Trevor nervös. »Wer weiß, was der alte Narr mit seinem Testament gemacht hat.«

»Wir werden uns wahrscheinlich bis zum Abendessen gedulden müssen, um das herauszufinden«, erklärte Rian und verließ das Zimmer. Er hatte damit unzweifelhaft recht, dennoch lagen sich die Cousins munter weiter in den Haaren.

Morgana ahnte nichts von alledem. Sie hatte sich einen warmen Umhang geholt und war spazierengegangen. Lange vor der Ankunft des Anwalts ihres Großvaters war sie aufgebrochen und kam erst nach seiner Abfahrt zurück. Die Luft draußen war kühl und roch feucht, als würde es bald regnen. Sie wanderte nachdenklich in Richtung Brandon

Hill. Sie war so gedankenverloren, daß sie das Pferdegetrappel hinter sich nicht hörte.

»Wohin des Wegs, meine schöne Hexe?« fragte Rian von seinem schwarzen Hengst.

»Weg von dir«, war die schnippische Antwort. Sie ging schneller.

»Es hat keinen Sinn.« Er lachte. »Luzifer wirst du nicht entkommen.«

»Luzifer! Was für ein Name für ein Pferd.« Sie zuckte verächtlich mit den Schultern.

Zu ihrer Überraschung zügelte er den Hengst und sah ihr nach, wie sie davoneilte. Sie wußte es nicht, aber Rian hatte sie oft auf dem Moor beobachtet und sie mehrere Male mit Michael Kelsey gesehen. Er wußte nicht, was für eine Beziehung sie mit dem Doktor verband, und nahm an, er wäre ihr Geliebter. Es ärgerte ihn, daß sie die Küsse dieses gewöhnlichen Doktors den seinen vorzog. Er hatte sich während seines Aufenthalts in Irland lediglich mit ihr amüsieren wollen, denn Lindsey Joyce langweilte ihn längst, aber seit Morgana vor ihm geflohen war und ihn jetzt hartnäckig ignorierte, war seine Leidenschaft zu mehr als einer vorübergehenden Laune geworden. Rians Interesse war geweckt. Er liebte Herausforderung und Jagd, weil er nur zu selten dazu gezwungen worden war, und war entschlossen zu siegen. Der Graf hatte die besseren Karten. Schließlich wußte er genug über ihre früheren Verhältnisse, um zu wissen, was sie empfand. Seine Unverschämtheit beleidigte gewiß ihren Stolz, und trotzdem fühlte sich ihr Verstand von einem angezogen, der ihr überlegen war. Das stürmische Erwachen ihres Körpers mußte neu und beängstigend für eine Frau wie sie sein, die wenig Erfahrung mit Männern hatte.

Als er sie geküßt hatte, waren ihre Lippen weich und zitternd gewesen, und sie hatte nicht gewußt, wie sie ihre eigenen Sehnsüchte handhaben oder auch nur erkennen sollte. Die Herausforderung war eines erfahrenen Mannes würdig, und für Rian bestand kein Zweifel, daß er ihren Widerstand brechen und sie besitzen würde.

Die Tatsache, daß sie seine Cousine war, allein in einem fremden Land mit fremden Verwandten und verarmt, belastete sein Gewissen überhaupt nicht. Er würde ihren Zustand ausnützen. Welche Frau konnte schon schönen Kleidern und Juwelen widerstehen? Er war reich. Er würde ihr als seiner Mätresse eine fürstliche Umgebung schaffen, und wenn er ihrer überdrüssig war, könnte er ihr schließlich ein kleines Gut mit einem bescheidenen Einkommen schenken.

Mit einem Mal grinste er und gab Luzifer die Peitsche. Einige Minuten später erschrak Morgana durch das Geräusch eines herannahenden Pferdes. Sie drehte sich um, im selben Moment packte sie Rian und zog sie vor sich hoch in den Sattel.

»Du Idiot!« keuchte sie. »Du hättest mich umbringen können!«

»Ich glaube nicht!« hauchte er ihr ins Ohr.

»Laß mich sofort runter!« Morgana versuchte, überlegen zu klingen, obwohl sie genau wußte, daß er nur das tun würde, was er wollte.

Er schenkte ihr wie immer keinerlei Beachtung, fuhr mit der Hand unter ihr Cape und zog sie an seine Brust. Es fing an zu nieseln, und Morgana war sicher, daß er spüren konnte, wie heftig ihr Herz pochte. Er ließ die Zügel los, packte ihr Gesicht, und dann ergriff sein Mund rücksichtslos Besitz von ihren weichen Lippen. Morgana stöhnte leise unter seinem Kuß, haßte ihn, weil er sie berührte, gleichzeitig aber spürte sie, wie ein erregendes Feuer bei seinen Liebkosungen durch ihren Körper flackerte. Ihr Widerstand war gebrochen, und sie legte ihren Kopf auf seine Schulter und gab sich endlich seiner Leidenschaft hin. Nach einiger Zeit ließ Rian sie los, zügelte Luzifer und ritt in Richtung Shanetara. Er spürte, wie Morgana zitterte.

»Du bist verachtenswert«, stieß sie schließlich gedemütigt hervor, weil sie sich so hatte hinreißen lassen.

»Komm jetzt, Mag, tu doch nicht so, als hätte es dir nicht gefallen. Du hast meinen Kuß erwidert.«

»Du Biest!« Fast hätte sie vor Scham geheult. »Ich schwöre, wenn du mich je wieder berührst, werde ich es unserem Großvater erzählen. Der wird sehr wütend auf dich sein«, warnte sie.

»Für Sie, Madam, könnte ich den Zorn des alten Mannes ertragen.«

Morgana sagte nichts mehr, bis sie den Stall erreicht hatten. Rian half ihr vom Pferd, und seine Hände hielten ihre Taille länger als nötig, bevor sie mit großem Abstand voneinander zum Haus gingen.

An diesem Abend schien Großvater besonders guter Laune. Morgana kam es vor, als wäre er noch listiger und selbstzufriedener als sonst, was sie etwas beunruhigte. Sie konnte ohnehin kaum einen Bissen hinunterbringen. Rian saß ihr gegenüber und beobachtete sie spöttisch. Sie versuchte seinen vielsagenden Blicken auszuweichen, aber es wurde zusehends schwieriger.

Alle waren natürlich neugierig über Angus O'Donnells Besuch, aber keiner wagte es, Fergus beim Abendessen zu fragen, Morgana wußte also immer noch nichts von der Sache. Fergus wartete, bis er mit den Männern beim Portwein allein war, dann ließ er die Bombe platzen.

»Ihr fragt euch sicher alle, warum Angus heute hier war.« Er räusperte sich. »Ich sag's euch wohl am besten. Ich hab' mein Testament geändert.«

»Ich hab's gewußt«, stöhnte Trevor.

Fergus ignorierte Trevors Ausbruch und fuhr fort. »Morgana hält sich für eine alte Jungfer, zu alt, um noch zu heiraten. Meiner Meinung nach ist dem nicht so, und ich würde es gerne sehen, wenn einer von euch sie heiratet. Ich habe deshalb bestimmt, daß der Mann, der es schafft, sie vor den Altar zu bringen, mein ganzes Vermögen erbt...« Überraschte und entsetzte Rufe unterbrachen ihn. »Laßt mich ausreden! Vorausgesetzt, daß sie einen von euch vor meinem Tod heiratet. Ich bin sicher, das dürfte genug Anreiz für euch sein. Das Mädchen ist ja nicht direkt häßlich. Und keiner von euch, nicht einmal du, Rian, hat ein Vermögen, das so groß ist wie meines.«

Er lehnte sich zurück. Das dürfte ihre Habgier entfacht haben, dachte er, und somit wird das Spiel interessant. Und Rian würde sicherlich gewinnen, sein Lieblingsenkel konnte schließlich keiner Herausforderung widerstehen.

Seine Enkel saßen stumm vor Schreck da und trauten ihren Ohren kaum, bis Trevor herausplatzte: »Das ist der Gipfel! Die Idee allein ist schon unfair, besonders mir gegenüber, der ich verheiratet bin.«

»Ich muß sagen, ganz gerecht ist das nicht, uns so auszubooten«, meldete sich auch Patrick zu Wort.

»Wie soll ich denn leben?« rief Colin. »Ich komm' doch jetzt kaum mit meinem monatlichen Betrag zurecht.«

»Ich erwarte, daß du aufhörst, deine Zeit mit dem Mist, den du liest oder schreibst, zu vergeuden und dich für das Amt eines Priesters interessierst.«

»Poesie ist kein Mist, es ist Kultur, ich will kein verdammter Priester werden!« fluchte Colin.

»Ja, und wovon soll sich ein Mann dann noch einen anständigen Drink kaufen?« mischte sich Gerald ein.

»Wie mir scheint, hast du ohnehin schon mehr als genug gehabt«, erwiderte Fergus sarkastisch. »Ich hätte nie gedacht, daß ich es erleben muß, einen McShane als haltlosen Säufer zu sehen!«

»Darf ich fragen, was du mit deinem Geld tun willst, wenn es keinem von uns gelingt, die Dame zu heiraten?« Jetzt erst meldete Rian sich zu Wort. Diese Entwicklung gefiel ihm überhaupt nicht.

»Du warst immer gewitzter als der Rest.« Großvater kicherte vergnügt. »In diesem Fall habe ich den Bau eines Waisenhauses zum Andenken an mich befohlen. Es wird ›Fergus McShane-Heim für arme Kinder‹ heißen. Das Vermögen wird nicht nur für den Bau verwendet, sondern auch in eine Stiftung verwandelt, aus der der Unterhalt bezahlt wird.«

»Du bist doch schon senil«, rief Trevor laut in Geralds Gelächter. »Das hält vor Gericht nie stand.«

»Angus O'Donnell hat es entworfen. Willst du damit sagen, du wärst ein besserer Anwalt als er?« Fergus durchbohrte ihn mit seinem Blick.

Darauf wußte Trevor keine Antwort, und der alte Mann fuhr fort. »Und noch etwas: Morgana darf nichts von diesem Testament erfahren. Sie hat den Dickkopf der McShanes. Sie würde den Plan vereiteln, wenn sie Wind davon bekommt. Jeder von euch, der den Inhalt des Testaments an sie weitergibt, wird von Shanetara verbannt und kriegt keinen Pfennig. Ist das klar?«

Alle nickten, immer noch schockiert von seiner unerwarteten Verkündung.

»Gut. Ihr soll mit allem einer Dame gebührenden Respekt der Hof gemacht werden, wie es eurer Cousine zusteht.« Er warf Rian einen vielsagenden Blick zu, als hätte er die ungebührlichen Absichten seines Enkels erraten. »Und ich nehme an, keiner von euch vergißt, wie hoch der Einsatz bei diesem Spiel ist.«

Er wandte sich an Trevor. »Trevor, du meintest vorhin, der Plan wäre dir gegenüber unfair, und das ist er auch. Du wirst trotzdem, egal was passiert, Shanetara erben, und die Einkünfte daraus sind nicht zu verachten. Außerdem, wenn es Gerald gelingt, das Frauenzimmer zu heiraten«, er schnaubte verächtlich, »hab' ich keinen Zweifel daran, daß er sein Glück mit dir teilen wird, nachdem du ja all die Jahre für ihn gesorgt hast.«

»Gib doch zu«, warf Rian ein, bevor Trevor etwas sagen konnte. »Das hast du dir doch nur ausgedacht, um all die Jahre Armut, die sie deinetwegen erdulden mußte, wiedergutzumachen. Sie wird keinen von uns nehmen, wegen ihres verdammten Stolzes. Du wirst weich und sentimental auf deine alten Tage.« Rian behagte diese neue Seite an seinem Großvater und die Tatsache, daß damit seine eigenen Pläne über den Haufen geworfen wurden, überhaupt nicht.

»Wenn ja«, erwiderte der Herzog trocken, »dann geht es dich sicherlich nichts an. Es kommt eine Zeit im Leben eines Mannes, in der er etwas zurückgeben muß für all das, was er genommen hat. Vergiß das nicht, und werde damit ein besserer Mann.«

Danach schloß Fergus müde die Augen. Jetzt hatte er endlich das Gefühl, genug getan zu haben.

Kapitel Sieben

Am Samstag traf sich Morgana wie gewöhnlich mit Michael, und sie verbrachten einen angenehmen Nachmittag beim Pflücken wilder Blumen. Aber ihre gute Laune verflog auf dem Heimweg nach Shanetara. Sie begegnete Brendan O'Hara. Morgana hatte den Mann seit jenem schicksalhaften Tag vor einigen Monaten, an dem sie den Dorfbewohnern von Shaughnessy einen Korb Früchte hatte bringen wollen, nicht mehr gesehen. Damals war sie noch fremd in Irland gewesen, und er hatte sie mit seinen kalten, brutalen Kommentaren aus dem Dorf getrieben. Jetzt stellte er sich ihr in den Weg und musterte sie kühl mit blauen Augen, die denen seiner Schwester Bridget glichen. Brendans unverschämte Blicke ließen sie erröten. Nur zu gerne hätte er die rothaarige Hexe besessen, aber selbst sie war die Todesstrafe nicht wert, und die McShanes waren gefährlich. Schlagartig wurde Morgana klar, daß er sie mit Michael gesehen hatte und sie wahrscheinlich schon einige Zeit beobachtete. Hoffentlich würde dieser Mann den Mund halten. Die McShanes würden der Freundschaft mit dem Arzt schleunigst ein Ende bereiten, falls sie davon erfahren sollten.

»Sie stehen mir im Weg, Mister O'Hara«, sagte sie kühl.

»Ach wirklich, Lady Morgana?«

Der Mann war unverschämt und unberechenbar. Jetzt wurde ihr klar, daß sie völlig allein war, nicht einmal ein Diener begleitete sie oder eine Zofe, und sie wünschte sich sehnlichst, sie hätte auf Trevor gehört und eine mitgenommen. Sie gab ihrer Stute die Sporen, und überraschenderweise machte er den Weg frei. Sie ritt unbelästigt weiter, nur seine blauen Augen bohrten sich in ihren Rücken.

Einige Wochen später bemerkte Morgana allmählich, daß das Verhalten ihrer Cousins ihr gegenüber sich entscheidend geändert hatte. Es fiel ihr das erste Mal auf, als Gerald, besonders gut angezogen, sie eines Morgens fragte, ob sie Lust hätte, mit ihm nach Dingle zu fahren.

»Ich dachte, du hättest vielleicht Lust, ein bißchen einzukaufen, die Geschäfte sind dort besser bestückt als die paar, die wir hier in Kilshannon haben, und ich würde mich freuen, wenn du mitkommst«, sagte er.

Morgana schnüffelte mißtrauisch, aber es war kein Alkohol in seinem Atem. Und plötzlich fiel ihr ein, daß Gerald schon mehrere Abende nicht mehr richtig betrunken gewesen war. Also fuhr sie mit ihm nach Dingle. Den ganzen Weg plauderte er höflich und entschuldigte sich sogar, weil er sie eine rothaarige Hexe geschimpft hatte.

»Obwohl du einen wirklich verhexen kannst.« Er warf ihr aus halbgeöffneten Augen einen Blick zu.

Ja, was, der will ja mit mir flirten, dachte sie; gerade Gerald, der sie seit ihrer Ankunft überhaupt nicht beachtet hatte, bis auf jenen Abend, als alles außer Kontrolle geraten war, nachdem Großvater seine Absicht verkündet hatte, einen Maskenball zu halten. Morgana schaute zu ihrem großen, kräftigen Cousin hoch und errötete.

»Du siehst hübsch aus, wenn du so rosa wirst. Fällt mir schon seit einiger Zeit auf.«

Diese Bemerkung ließ sie nur noch mehr erröten. Geralds Blick wurde noch intensiver, und ihr wurde mit Unbehagen klar, daß unterschwellig ein Strom unausgesprochener Gedanken vorhanden war. Dann, weil er die Straße nicht beachtete, brachen sie in ein Schlagloch ein, und Morgana wurde gegen ihn geschleudert. Gerald legte seinen ungeschlachten Arm um sie.

»Hoppla, Mädel. Wir wollen doch nicht, daß du rausfällst und dir weh tust. O nein.«

Er schnalzte den Pferden zu, während sie sich seinem Griff entwand. Aber der Tag wurde wider Erwarten doch noch sehr vergnüglich. Gerald ging mit ihr einkaufen und wartete geduldig, während Morgana sich in aller Ruhe Stoffe ansah. Er kaufte ihr Schmuckbänder für ihr Haar. Nach ihrer Rückkehr nach Hause dankte Morgana ihm für den netten Nachmittag und dachte nicht weiter drüber nach. Aber er ließ nicht locker und umwarb sie immer heftiger, bis sie völlig verwirrt war. Die Männer der Familie registrierten das mit Vergnügen und Mißtrauen, sie hingegen versuchte vergeblich, den Grund für Geralds Sinneswandel zu entdecken.

Eines Morgens ritt sie auf einen Besuch zu Fionna und erlebte ein böses und verwirrendes Erwachen in bezug auf Geralds Absichten. Morgana erspähte ihre Cousine im Garten, stieg ab und wollte der jungen Frau schon einen Gruß zurufen, als laute Stimmen aus dem großen Erkerfenster hinten am Haus sie innehalten ließen. Gerald und Trevor stritten anscheinend. Morgana trat unwillkürlich näher.

»Du gehst zu hastig vor«, hörte sie Trevor sagen.

»Und ich sage dir, ich hab' das kleine Luder bald um meinen Finger gewickelt«, konterte Gerald im Brustton der Überzeugung.

»Verdammt noch mal, Gerald! Sie hat viel mehr im Kopf, als du ihr zutraust. Du mußt dir Zeit lassen, sie verwöhnen und ihr zeigen, daß du nicht bloß ein dummes Muskelpaket bist.«

»›Dummes Muskelpaket‹! So also! Laß dir eins sagen, großer Bruder. Wenn ich nicht wäre, würdest du bei der Geschichte gar keine Chance haben.«

»Das ist mir klar, du Trottel. Siehst du denn nicht, daß ich dir helfen will? Wenn du sie verscheuchst, bevor du sie zum Altar schleppen konntest, kriegen wir das Geld des alten Mannes nie in die Finger.«

Morgana schlich sich mit vor Wut gerötetem Gesicht weg und wollte nichts mehr hören. Die beiden hatten bestimmt über sie geredet. Was hatte das nur zu bedeuten? Welches Geld? Dann fiel es ihr wie Schuppen von den Augen: Die Mitgift natürlich, die ihr Großvater ihr versprochen hatte, falls sie heiraten würde. Aber allein schon die Vorstellung fand sie absurd! Gerald würde sich doch sicherlich nicht so abstrampeln, nur um diese klägliche Summe in die Finger zu kriegen. Schließlich wußte er doch, wie geizig der alte Mann war. Der Gedanke war so lächerlich, daß sie ihn sofort verdrängte. Aber von nun an behandelte sie Gerald mit eisiger Zurückhaltung, immer höflich, aber sehr reserviert. Je mehr er sich um sie bemühte, desto kühler wurde sie, bis der arme Tölpel völlig durcheinander war und ihre übrigen Cousins jubilierten!

Eines Abends, als Morgana gerade in ihrem Schlafzimmer saß und sich das Haar bürstete, kam Bridget und brachte das Wasser für das allabendliche Bad ihrer Herrin. Erst nach einiger Zeit merkte Morgana, daß Tränen lautlos über Bridgets Wangen rollten.

»Aber Bridget!« Sie sprang besorgt auf. »Meine Liebe, was ist denn los? Du hast doch wirklich keinen Grund zu weinen.«

»Oh, Mylady«, stöhnte Bridget, »ich schäm' mich ja so. Ich kann doch einer so anständigen Lady wie Ihnen nicht meine Sorgen erzählen.«

»Natürlich kannst du das. Sind wir denn nicht gute Freunde? Natürlich sind wir das, und dafür hat man Freunde. Jetzt sag mir, was dir Sorgen macht.«

»Oh, Mylady«, stöhnte Bridget wieder. »Ich krieg' ein Baby.«

Damit hatte Morgana nun überhaupt nicht gerechnet. Bridget war so ein liebes Mädchen. Morgana war entsetzt.

»Bist du sicher?«

Bridget nickte verloren.

»Bridget, schau mich an. Weißt du, wer der Vater ist?«

Die Zofe schlug verängstigt die Augen nieder. »Ja«, flüsterte sie kaum hörbar. »Aber ich kann's nicht sagen, wirklich nicht.«

»Aber das mußt du. Er muß wiedergutmachen, was er angerichtet hat. Das siehst du doch ein, oder?«

»Kann er doch nicht, Mylady.«

»Warum denn nicht? Hast du ihm von dem Kind erzählt? Hat er sich geweigert, dich zu heiraten? Großer Gott. Er ist doch nicht etwa verheiratet?«

»Nein«, flüsterte sie.

»Dann muß er gezwungen werden zu bezahlen«, sagte Morgana entschlossen. Für sie bestand kein Zweifel, daß das unschuldige Mädchen herzlos verführt und dann verstoßen worden war. »Liebst du ihn, Bridget?« fragte sie etwas freundlicher.

»Ja«, sagte das Mädchen, »mehr wie mein Leben. Deswegen kann ich ihm die Schande nicht antun. Er... er ist nicht von meinem Stand.«

Das machte Morgana noch wütender.

»Es ist dumm, so zu denken, Bridget. Wir sind alle Menschen, nicht besser und nicht schlechter als die anderen... Liebt dich dieser Mann auch?«

»Ich glaub' schon, sonst hätt' ich nie...« Sie fing wieder an zu schluchzen. »Oh, Mylady, was soll ich bloß machen?«

»Zuallererst mußt du mir seinen Namen verraten. Vertrau mir!« ermunterte Morgana das weinende Mädchen.

»Es... es... ist Euer Cousin Patrick«, sagte das Mädchen schließlich widerwillig.

Morgana holte tief Luft. Natürlich. Sie erinnerte sich, wie Patrick dem Mädchen an ihrem ersten Abend auf Shanetara zugeblinzelt hatte. Wie hatten die beiden es bloß geschafft, ihre Affäre so lange geheimzuhalten?

»Du setzt dich hierher«, befahl Morgana, »bis ich wieder zurück bin. Ich werde Patrick holen.«

»Nein, nein, Lady, das dürfen Sie nicht!«

»Natürlich darf ich das. Sei nicht albern, Bridget. Mein Cousin ist ein Ehrenmann. Wenn er dich liebt, wird er dich akzeptieren.« Sie lief den Gang zu seinem Zimmer hinunter.

»Cousin!« Sie klopfte an die Tür. »Darf ich reinkommen?«

Er schien recht überrascht, sie zu sehen, was nur natürlich war. Aber das war nichts, verglichen mit seinem beleidigten Blick, als sie ihn bat, sofort mit in ihr Zimmer zu kommen.

»Morgana. Was hat das zu bedeuten? Du weißt doch, wie unschicklich das ist.«

»Das ist mir egal«, schnaubte sie. »Ich kann es dir jetzt nicht erklären. Du mußt mitkommen.« Sie zerrte ihn am Ärmel, bereit, ihn mit Gewalt hinzuschleifen, falls notwendig.

Bridget fing wieder an zu weinen, als sie das Zimmer betraten. Patrick ging zu ihr: »Bridget, was geht hier vor?«

»Sie ist schwanger, Patrick«, erklärte Morgana ohne Umschweife.

»Du lieber Gott!«

»Tut mir leid, Paddy. Ich schäm' mich so«, stöhnte das Mädchen.

»Patrick, liebst du sie?« fragte Morgana mit strengem Blick.

»Zum Teufel, ja«, fluchte er. »Tut mir leid, Mädels, nur... mein Gott, was sollen wir denn tun?«

»Ihr werdet natürlich heiraten, wie jedes andere verliebte Paar«, entschied Morgana gelassen.

»Großvater wird das nie zulassen, er wird mich sicher enterben«, fing Patrick an.

»Was bist du, ein Mann oder eine Maus?« fragte Morgana ihn sarkastisch. »Willst du Bridget oder nicht?«

»Natürlich will ich sie.« Patrick nahm die Hände des Mädchens in seine. »Ich liebe dich«, sagte er in ihr verängstigtes Gesicht. »Du hast recht, Morgana. In dieser Sache muß ich meinen Mann stehen. Wir werden uns eine Sonderlizenz besorgen und morgen heiraten. Wie, zum Teufel, ich so was kriegen kann, ist mir allerdings noch ein Rätsel, ich hab' nie was mit Bischöfen und solchen Leuten zu tun gehabt, außer in der Kirche natürlich. Und ich bin sicher, der Priester in Dingle hat soviel Angst vor meinem Großvater, daß er uns nicht hilft.«

Das hatte Morgana nicht überlegt. Bridget nagte an ihrer Lippe.

»Das haut nicht hin, Paddy. Wovon soll'n wir leben? Ich würd' dein Leben für immer ruinieren.«

»Unsinn!« sagte Patrick wutentbrannt. Er hatte also doch viel stürmisches Temperament und Durchstehvermögen, wenn er wollte, ihr konzilianter Cousin. »Ich will solches Geschwätz nicht mehr von dir hören! Irgendwie schaffen wir's schon. Ich hab' ja immer noch den Besitz meiner Mutter in England.«

»Rian!« Morgana schnippte mit den Fingern. »Rian wird wissen, wo man eine Lizenz kriegt. Ich gehe und hole ihn.«

»O nein«, jammerte Bridget. »Der wird Ihrem Großvater alles erzählen, bestimmt.«

»Nein, wird er nicht«, sagte Morgana, obwohl sie auch nicht wußte, woher sie diese Überzeugung nahm.

»Woher, zum Teufel, willst du wissen, was er macht?« schnaubte Patrick verächtlich.

»Ich weiß es einfach. Wartet hier.«

Und wieder lief Morgana den Gang hinunter zum Schlafzimmer eines Cousins.

»Rian«, begann sie, nachdem er an die Tür gekommen war. »Ich brauche deine Hilfe. Würdest du bitte mit in mein Zimmer kommen.«

Im Gegensatz zu Patrick stellte Rian keine Fragen. »Ich hoffe, du revanchierst dich entsprechend«, sagte er nur und lachte.

Sie zog es vor, diese Bemerkung zu ignorieren.

»Ihr wißt sehr wohl, daß der alte Mann hochgehen wird, wenn er das erfährt«, knurrte Rian, nachdem sie alles erzählt hatten.

»Natürlich«, sagte Patrick etwas ungeduldig. »Dem kann nicht abgeholfen werden.«

»Du bist also entschlossen, das durchzuziehen, Patrick?«

»Ja, Bridget und ich, wir lieben uns, und jetzt, wo das Kind unterwegs ist, kann ich sie nicht einfach auf die Straße setzen und sie verhungern lassen.«

»Nein, wohl nicht. Ich hab' einen Freund, der Bischof ist. Er wird mir die Lizenz geben, da bin ich sicher. Ich reite heute abend rüber und hol' sie. Ich hoffe nur, ihr könnt den Priester in Dingle dazu kriegen, euch zu verheiraten, wenn ihr die Genehmigung habt. Ich nehme an, Morgana und ich können morgen als Zeugen mit euch hingehen und dafür bürgen, daß der alte Mann seine Einwilligung gegeben hat, obwohl ihr sie dem Gesetz nach nicht braucht. Ich weiß, daß alle hier vor dem alten Bussard Angst haben.«

»Oh, würden Sie das für uns machen?« fragte Bridget.

»Natürlich«, erwiderte Rian. »Nicht wahr, Mag?«

»Mitgefangen, mitgehangen«, seufzte sie schicksalsergeben.

Sie überließen die besorgten, aber glücklichen Liebenden ihren Hoffnungen und Ängsten. Morgana brachte Rian zurück zu seinem Zimmer, und dort gingen sie alles noch einmal durch, wie Komplizen bei einem Verbrechen. Sie half ihm, in sein Jackett und den Mantel mit den vielen Schulterüberwürfen zu kommen.

»Ich müßte vor dem Morgengrauen zurück sein«, sagte er.

»Ich werd' dafür sorgen, daß Bridget und Patrick dann zum Aufbruch bereit sind. Danke, Rian«, murmelte sie leise und biß sich vor Wut auf die Zunge, als er sie einen Augenblick später damit neckte.

»Keine Sorge, ich werd' mir schon den richtigen Preis für meine Dienste holen«, sagte er und schritt in die schwarze Nacht hinaus.

Eine sehr ängstliche Braut und ein etwas trotziger Bräutigam heirateten am nächsten Morgen in Dingle. Die Trauung vollzog ein sehr nervöser Priester, der nur halbwegs ihren eifrigen Beteuerungen glaubte, die Hochzeit hätte den Segen ihres Großvaters. Glücklicherweise konnte Rian sehr charmant und überzeugend sein, wenn er wollte, und ein kleines Geschenk – für die Kirche natürlich – tat ein übriges. Als die kurze Zeremonie beendet war, wurde Morgana plötzlich die ganze Tragweite dessen, was sie da inszeniert hatte, bewußt, und Angst vor dem Zorn ihres Großvaters ließ ihr die Knie schlottern, obwohl sie wild entschlossen war, sich nicht unterkriegen zu lassen.

»Kommen dir jetzt die Zweifel, Mag?« bohrte Rian amüsiert. »Keine Sorge, ich werde dasein und dir den Rücken decken.«

»Dieses eine Mal bin ich wirklich dankbar für deine Unterstützung«, gab sie widerwillig zu.

Wutanfall ist nicht das passende Wort für das, was Fergus McShane schüttelte, als ihm von der Hochzeit berichtet wurde. Eines mußte man Patrick lassen, er trat dem alten Mann mutig gegenüber, und auch Bridget hielt sich trotz der Tränen in ihren Augen tapfer. Morgana tröstete sich etwas mit dem Gedanken, er habe zumindest nicht die Genugtuung, Patricks Frau als Schluck Wasser zu bezeichnen.

»Verheiratet! Verheiratet!« brüllte Großvater, und die Adern auf seiner Stirn drohten zu platzen, während er mit seinem Stock wie wild auf den Boden hämmerte. »Wie konntest du mir das antun, du undankbarer Bengel? Und du!« Er wandte sich an Bridget. »Du hinterhältiges Luder hast dich in meinen Haushalt eingeschmuggelt. Ich hab' dir vertraut als treue Dienerin, und so dankst du mir! Bei Gott, Patrick! Ich werde dich enterben!«

»Das hast du schon, Großvater«, erinnerte ihn Patrick gelassen und hätte sich am liebsten anschließend die Zunge abgebissen.

»Dann werde ich die Zahlungen an dich einstellen und dich aus diesem Haus verbannen, hast du gehört?« Der alte Mann hatte seinen Versprecher vor lauter Aufregung gar nicht registriert, genauso wie alle anderen. »Packt sofort eure Sachen und verschwindet alle beide aus meinen Augen!«

»Wie du wünschst, Großvater. Komm, Bridget.«

»Ist das nicht etwas übereilt?« fragte Rian. »Mir scheint, den Weg bist du schon einmal gegangen, und du hast dafür gelitten.«

»Bring ja das nicht ins Spiel, du undankbarer Bengel, du warst schließlich ihr Komplize. Und du, Morgana. Ich hab' dich aufgenommen, als dich sonst keiner wollte. Ich habe eine Schlange an meinem Busen genährt. Schau dir an, was du da angerichtet hast!« brüllte er.

»Wenn Patrick geht, geh' ich auch«, sagte Morgana ruhig. »Ich kann nicht mit einem kleinkarierten Heuchler unter einem Dach leben.«

»Ich hab' ohnehin daran gedacht, wieder in See zu stechen. Jetzt ist vielleicht die beste Zeit dazu.« Rian zuckte desinteressiert mit den Schultern.

»Hmmf! Ihr glaubt, ich handle falsch, was? Wollt mich bestrafen, ihr beiden, was?« Es gefiel ihm, daß die beiden gemeinsame Sache gemacht hatten. »Das werd' ich aber nicht zulassen, habt ihr gehört? Beim Zeus! Das Mädchen ist doch nur eine gewöhnliche Hausmagd!« Der alte Mann schnaubte verächtlich.

»Das ändert nichts an der Tatsache, daß sie Patricks Kind unterm Herzen trägt, deinen Urenkel«, erinnerte ihn Rian streng. Sie hatten es nämlich für das Beste gehalten, ihm reinen Wein über den Grund für die übereilte Heirat einzuschenken.

»Mein Urenkel, in der Tat. Wir haben keine Versicherung, daß das Kind tatsächlich von Patrick ist.«

»Es ist mein Kind, Mylord«, sagte Patrick, der gerade mit seinen Taschen ins Zimmer kam und versuchte, sich seine Wut nicht anmerken zu lassen. »Und du wirst meiner Frau dadurch den nötigen Respekt erweisen, daß du diese Bemerkung nie mehr wiederholst. Wenn überhaupt jemand schuld ist, dann ich. Ich liebe Bridget und habe sie überrumpelt und unverzeihlich benutzt, weil ich nicht Manns genug war, mich deinem Zorn zu stellen, und sie nicht gleich geheiratet habe. Ich hoffe, sie liebt mich so, daß sie mir meine Schwäche verzeihen und die

Schritte akzeptieren kann, die ich unternommen habe, um die Sache zu bereinigen.« Er wandte sich zu Rian. »Ich bringe Bridget in das Gasthaus nach Kilshannon, und ich wäre dir dankbar, wenn du dafür sorgst, daß der Rest meiner Sachen morgen früh nachgeschickt wird.«

»Mit Vergnügen, Cousin. Hast du etwas dagegen, wenn ich die Braut zum Abschied küsse?«

»Natürlich nicht.«

Rian beugte sich vor und küßte das Mädchen brüderlich auf die Wange. »Willkommen in der Familie, meine Liebe, das heißt, was noch davon übrig ist. Ich hoffe, du nimmst es uns nicht zu übel.«

»Nein, Mylord«, flüsterte sie dankbar. Auch Morgana umarmte das tapfere Mädchen und wünschte dem Paar viel Glück.

Schweigend lauschten alle im Raum, wie der Einspänner sich in der Dämmerung entfernte. Schließlich stand Morgana auf.

»Ich geh' wohl besser nach oben und fang' an zu packen. Kerr kann mich morgen früh in die Stadt fahren, ich nehm' dann Patricks restliche Sachen mit«, sagte sie zu Rian.

Ein Klappern unterbrach sie. Der Stock des alten Mannes war zu Boden gefallen, und ihr Großvater griff sich an den Hals und gab ein schreckliches, röchelndes Geräusch von sich. Sein Gesicht verfärbte sich blau.

»Großvater!« rief Morgana und lief zu ihm. Rian lockerte bereits die Krawatte des alten Mannes. »Rosamunde, hol Michael.« Morgana merkte gar nicht, daß sie den Arzt beim Vornamen genannt hatte, bis sie Rians prüfenden Blick bemerkte. Aber er sagte nichts, sondern wandte seine Aufmerksamkeit wieder ihrem Großvater zu.

»Bringen wir ihn aufs Sofa«, sagte er.

Sie strengten sich schweigend an und versuchten, es dem alten Mann so bequem wie möglich zu machen. Michael kam nach einiger Zeit und warf der jungen Frau einen kurzen, beschwichtigenden Blick zu, bevor er sich Fergus McShane zuwandte. Rian und Morgana warteten ängstlich im Hintergrund, bis er seine Instrumente zurück in seine schwarze Tasche gepackt hatte.

»Nun, Michael«, ergriff Rian als erster das Wort, »was fehlt meinem Großvater?«

»Er hat einen leichten Schlaganfall gehabt, nichts Ernstes, hoffe ich, aber er muß dazu gezwungen werden, sich auszuruhen. Er braucht völlige Ruhe. Keinerlei Aufregung. Sein körperlicher Zustand ist relativ gut, aber diese Sachen werden mit der Zeit schlimmer, besonders bei einem Mann in seinem Alter. Noch eine solche Aufregung könnte ihn umbringen. Ich schlage vor, Sie versuchen ihn so lange wie möglich im Bett zu halten.«

»Wird er wieder gesund, Doktor Kelsey?« Morgana wurde rot, weil sie ihn jetzt mit seinem Titel anredete, wo er doch Michael für sie war, und sie ärgerte sich, weil sie ihrer Familie etwas vorspielen mußte, obwohl sie sich am liebsten zum Trost an ihn geklammert hätte und allen erzählen wollte, wie gern sie diesen stillen Mann hatte.

»Ich glaube ja, Lady Morgana.« Er war genauso höflich. »Aber es könnte eine kleinere Lähmung geben; es ist noch zu früh, das genauer festzustellen.«

Sie brachte ihn hinaus zu seinem Einspänner, und bevor er losfuhr, drückte er ihr zart die Hand, um sie zu trösten.

Kapitel Acht

Schließlich wurde Patrick doch nicht aus Shanetara verbannt, da der alte Mann mehrere Tage sehr schwach war und sich auch nie mehr ganz erholte und Patrick schon seit einiger Zeit als Aufseher für ihn gearbeitet hatte, der jetzt seine Pflichten nicht einfach vernachlässigen konnte. Niemand sonst hätte gewußt, wie der Besitz zu verwalten sei. Rian war zu lange auf See gewesen, Trevor war in den Jahren, in denen er es hätte lernen können, in Dublin gewesen und hatte Recht studiert und seither zu viel Zeit in Dublin im Parlament verbracht, und Gerald und Colin hatten nie Interesse daran gehabt. Patrick verband eine tiefe Zuneigung mit der guten, fruchtbaren Erde, und seine Entscheidung, in Irland zu bleiben, obwohl er in England ein Gut hatte, hatte ihm unbewußt einen Platz im Herzen des alten Mannes erobert. Großvater brachte es zwar noch nicht fertig, Patrick offiziell die in seinen Augen katastrophale Heirat zu vergeben, aber er ließ die beiden in Kilshannon

Hall einziehen, das Rosamunde gehörte, das sie jedoch nie genutzt hatte.

Insgeheim hielten die McShanes Patrick für einen Trottel, weil er sich mit einem einfachen Hausmädchen zufriedengegeben hatte, wo er doch ein Vermögen hätte gewinnen können, und es wurden Wetten über den Ausgang der Schlacht um Morganas Hand abgeschlossen. Rian und Colin waren jetzt die einzigen, die noch im Rennen waren, da sie Gerald unmißverständlich gezeigt hatte, daß sie ihn ablehnte.

Patrick ritt jeden Tag zum Haupthaus, damit ein reibungsloser Ablauf der Verwaltung gewährleistet war, und Stück für Stück erkämpften er und Bridget sich einen sicheren Platz im Familienkreis.

Rian gab sich viel Mühe und ritt täglich mit Morgana nach Kilshannon Hall, um Bridget beim Aufräumen und Umstellen zu helfen, bis das Haus wie neu aussah. Patrick kam, wenn es ihm seine schweren Pflichten und die Zeit erlaubten, und er und Rian brachten die Mädchen mit Geschichten aus ihrer Jugend zum Lachen, und beide kamen sich näher, als sie es seit ihrer Kindheit gewesen waren. Morgana entdeckte eine fröhliche Seite an Rians Persönlichkeit, die sie seltsam beunruhigend fand. Manchmal gesellte sich auch noch Fionna dazu, und Morgana stellte entzückt fest, daß die junge Frau Bridget nicht verachtete, sondern mit liebenswürdiger Herzlichkeit in der Familie willkommen hieß. Wenn die Arbeit eines Tages erledigt war, fuhren sie zurück nach Shanetara, lachten und unterhielten sich, und dabei stickten die Frauen zarte Kleidchen für das zu erwartende Kind. Die Atmosphäre im ganzen Haus verbesserte sich durch die Aufnahme des früheren Dienstmädchens in den Familienkreis. Morgana beobachtete Bridget und lächelte zufrieden über die Veränderungen, die sie eingeführt hatte.

Aber wie immer war der Frieden auf Shanetara nicht von Dauer. Eines Samstags kehrte Morgana von einem Besuch bei Michael zurück und war ganz in Gedanken versunken wegen einer Geschichte von einem kleinen Patienten, die er ihr erzählt hatte, als ihr Brendan O'Hara, Bridgets Bruder, begegnete. Der Mann war wütend und, was noch schlimmer war, er glaubte, sein Stolz wäre unrettbar verletzt.

»Wieder einmal versperren Sie mir den Weg, Mister O'Hara«, versuchte Morgana möglichst gelassen zu sagen, aber diesmal machte er keinerlei Anstalten, zur Seite zu gehen.

»Sie halten sich wohl für sehr schlau, was?« fragte er höhnisch. »Bridget schnell unter die Haube zu bringen, bevor ich aus Ulster zurück bin.« Ulster? Morgana wußte gar nicht, daß er weggewesen war. »Dann lassen Sie sich eines sagen, große Lady vom Großen Haus, Sie haben die O'Haras zum Gespött des ganzen County gemacht.«

»Ich verstehe nicht ganz, warum Sie so wütend sind, Mister O'Hara«, Morgana versuchte, nicht zu zeigen, wie nervös sie war. »Ihre Schwester hat eine gute Partie gemacht und ist mit dem Mann verheiratet, den sie liebt.«

»Sie hat über ihre Verhältnisse geheiratet und ist auch noch schwanger.« Morgana zuckte zusammen. »Ha! Sie haben wohl gedacht, das weiß ich nicht, was? Ich war heut' früh bei meiner Schwester. Das ganze County glaubt, sie wär' 'ne hinterlistige kleine Schlampe. Ich hab' sie reden hören. ›Die O'Haras halten sich für besser wie wir, Jungs‹, o ja.« Sein Blick war eisig. »Das erzählen sie. Glauben Sie ja nicht, daß wir um irgendwas von den hochnäsigen McShanes betteln!«

»Auf den Gedanken wär' ich nie gekommen, Mister O'Hara.«

»Ha! Halten sich wohl für 'ne ganz feine Dame, was? Das sind Sie aber nicht. Ich hab' Sie mit Michael Kelsey geseh'n, dem armen verliebten Trottel.« Morgana war entsetzt. Der Mann glaubte doch tatsächlich, Michael wäre ihr Geliebter! »Wollen Sie mit Bridget den Platz tauschen?« fuhr er fort. »Oder amüsieren Sie sich bloß? Warum suchen Sie sich nicht einen richtigen Mann, einen Mann, der weiß, wie man mit einem Weibsstück wie dir umgeht?« Er packte sie und riß sie aus dem Sattel.

Der Blick in seinen kalten, blauen Augen machte Morgana jetzt wirklich angst.

»Ja, ich könnt' dir ein paar Sachen beibringen«, Brendan schlang seine Hand in ihr Haar und zog ihr Gesicht zu seinem. »Dein armseliger Cousin hat meine Schwester verführt. Sie war ein unschuldiges Mädchen, bis er angefangen hat, mit ihr zu spielen. Jetzt ist sie zwischen zwei Stühlen. Sie weiß nicht, wie sie mit Leuten wie euch umgeh'n soll. Ich wette, dein Großvater freut sich auch nicht darüber? Und für uns einer weniger, der Geld für die Familie nach Hause bringt«, fuhr er fort, ohne eine Antwort abzuwarten.

»Bridget wird euch kaum verhungern lassen«, sagte Morgana.

»Glauben Sie vielleicht, wir würden jetzt was von ihr nehmen? Wir brauchen keine Almosen, Lady Morgana«, sagte er sarkastisch. »Auch von unserm eig'nen Fleisch und Blut nicht, oder wissen Sie das nicht mehr? Ich glaub', Sie sind mir was für den Verlust meiner Schwester schuldig, meinen Sie nicht auch?«

»Was haben Sie sich denn vorgestellt, Mister O'Hara? Ich bin sicher, mein Großvater wird da etwas arrangieren.«

»Das kann ich mir vorstellen, aber das will ich nicht.« Er grinste sie an. »Ich will, daß Ihre Familie genauso leidet wie meine, Auge um Auge, wie es heißt. Kapiert?«

Morgana verstand nur allzugut, als sein brutaler Mund sich ihrer Lippen bemächtigte. Sie wehrte sich verzweifelt, als seine Hand ihr Kleid packte und das Oberteil wegriß. Sie schrie entsetzlich, als er sie zu Boden warf und sich über sie stellte, grinsend und voller Gier. Morgana stöhnte, als er sich die Lippen leckte und lachte. Seine Hand griff nach seiner Gürtelschnalle, und plötzlich brach er über ihr zusammen. Sie schrie noch einmal, weil sie einfach nicht die Kraft hatte, sich gegen ihn zu wehren, aber irgend etwas stimmte nicht. Er bewegte sich nicht. Und dann war da Blut, überall Blut, warm und rot strömte es über ihr zerrissenes Kleid und tränkte die Erde neben ihr. Sie schrie wieder, diesmal schon in totaler Hysterie. Sie konnte nichts dagegen machen. Die Schreie wurden zu hysterischem Schluchzen, und Tränen liefen wie Regen über ihr Gesicht, und sie starrte in die leeren, kalten, anklagenden blauen Augen von Brendan O'Hara. Er war erschossen worden, von hinten! Sie fühlte das klaffende Loch, als sie versuchte, sich zu befreien. Sie hatte nicht einmal den Schuß gehört. Dann rief jemand: »Mag! Mag!«, und Rian war da und zerrte Brendans Körper von ihr fort. Er kniete sich neben sie, und in ihrer Verwirrung trommelte sie mit den Fäusten gegen seine Brust. Er schüttelte sie, und schließlich gab er ihr eine schallende Ohrfeige. Sie keuchte, noch immer im Schock.

»Tut mir leid, Mag, aber ich wußte nicht, wie ich dich sonst beruhigen sollte«, sagte Rian sanft, nachdem sie sich gefangen hatte. »Alles in Ordnung?«

»Ich... ich glaube schon.« Sie war wie gelähmt.

»Gut.« Er wandte sich dem toten Mann zu. »Wir sollten jetzt wohl besser nach Hause reiten und Brendans Leiche holen lassen.«

»O Gott«, stöhnte Morgana. »Die arme Bridget. Es ist alles meine Schuld!«

»Halt den Mund! Du kannst doch nichts dafür. Ich weiß nicht, welcher Teufel Brendan geritten hat, dich anzugreifen. Er wußte, was das nach sich ziehen würde.«

Morgana schaute zu der Leiche hinüber, und erst jetzt wurde ihr bewußt, daß Rian einen Mann getötet hatte.

»Er wollte sich wegen Bridget an uns rächen.«

Rian half ihr hoch und hob sie in Luzifers Sattel, da Copperlady davongelaufen war. Dann stieg er hinter ihr auf und legte den Arm um sie. Sie schloß die Augen und lehnte sich an seine Schulter. Merkwürdig tröstlich fand sie es auf einmal, daß Rian einen Mann getötet hatte, weil der sie vergewaltigen wollte. Sie fragte sich nicht, wieso er ausgerechnet in diesem Teil des Moors unterwegs war. Sie sollte nie erfahren, daß er sie nur verfolgt hatte, um das zu beenden, was er für ihre Affäre mit Michael Kelsey hielt.

Brendan O'Haras Beerdigungsfeier dauerte drei Tage. Bis auf Patrick und Bridget nahmen die McShanes nicht an der Zeremonie teil. Und auch den beiden zeigten die O'Haras die kalte Schulter. Fergus McShane hatte man so kurz wie möglich geschildert, was passiert war, und Rian warf Trevor kurzerhand hinaus, als der sich brüsten wollte, er hätte sie doch gewarnt. Morgana war dankbar, daß Bridget ihr wegen des tragischen Vorfalls keine Vorwürfe machte, und bald war alles wieder beim alten. Es wurde ihr verboten, noch einmal ohne Diener auszureiten, was ihren Treffen mit Michael ein Ende machte, und sie hatte einen gewissen Respekt vor Rian, den sie vorher nicht gehabt hatte, aber deswegen gefiel er ihr immer noch nicht besser.

Kapitel Neun

Der Winter nahte und die Tage wurden kürzer und kühler. Morgana hätte sich also ohnehin nicht mehr so mit Michael treffen können. Trotzdem fehlte ihr der Freund, denn jetzt hatte sie niemanden mehr, mit dem sie reden konnte. Sie verbrachte immer mehr Zeit mit Rian. Es war eine seltsame Beziehung voller Spötteleien, und jedesmal, wenn sie sich einredete, sie hasse ihn, sah sie beim Umdrehen in sein lächelndes Gesicht, und sie brachte es nicht länger fertig, auf ihn böse zu sein. Außerdem war Colin zu trübsinnig und Rosamunde zu abwesend, als daß man mit ihnen ein geistvolles Gespräch hätte führen können.

Während der Vorbereitungen für eine kleine Gesellschaft, die sie für Silvester geplant hatten, zog Morgana die unterste Schublade ihres Schrankes auf und holte den Stoff heraus, den Rian ihr bei seiner Ankunft geschenkt hatte. Sie würde sich von Mistress Casey etwas ganz Besonderes für die Party machen lassen, vielleicht etwas Orientalisches. Es war ja schließlich auch chinesische Seide. Rian würde sicher eine Idee haben. Morgana raffte daher den schimmernden Stoff zusammen und machte sich auf die Suche nach ihm.

»Also, du möchtest etwas Chinesisches«, sagte er, als sie ihm beschrieb, was ihr vorschwebte. Dann nahm er einen Block und skizzierte etwas: »Solche Kleider tragen die Damen in China.«

Morgana stockte der Atem, als sie die Zeichnung sah. Er hatte ein langes, fließendes Kleid mit Glockenärmeln gezeichnet. Das Schockierende daran aber war, daß es in orientalischer Manier an beiden Seiten fast bis zur Taille geschlitzt war. Sie sah, daß der Stoff sich nach diesem Schnitt an ihren Körper schmiegen und jede Linie ihrer Figur beim Gehen sichtbar machen würde. Es war skandalös, undenkbar, aber Rian forderte sie prompt mit seiner nächsten Bemerkung heraus.

»Was ist? Zu gewagt für dich, Mag?« fragte er ganz unverschämt.

»Überhaupt nicht!« Sie nahm seine Herausforderung kühl an. Diesmal würde sie sich nicht unterkriegen lassen. »Es wird genauso gemacht werden, wie du es gezeichnet hast.«

Morgana verließ das Zimmer. Wenn es ihr doch nur ein einziges Mal gelingen würde, ihn bettelnd zu ihren Füßen liegen zu sehen! Rian seinerseits dachte, wie bezaubernd sie in dem etwas schockierenden Kleid aussehen würde und wie entsetzt alle sein würden. Lindsey Joyce würde vor Eifersucht ersticken! Der Silvesterempfang versprach höchst interessant zu werden! Seiner grünäugigen Cousine gelang es doch immer wieder, Chaos ins Haus zu bringen, wozu er sie natürlich auch gelegentlich anstiftete. Rian grinste. Dann fiel ihm Michael Kelsey ein, und seine Hand verkrampfte sich unbewußt um das Whiskeyglas. Dieser Emporkömmling von Arzt! Mag traf sich heimlich mit ihm, und Rian war sich sicher, daß sie selbst meinte, sie sei in ihn verliebt. Eigentlich sollte er in die Stadt reiten und der Sache ein Ende bereiten, aber das würde Mag sicher herausfinden und dann tobsüchtig werden. War er wirklich ihr Geliebter? Nein, sicherlich nicht. Michaels starke religiöse Überzeugung würde das nicht zulassen. Für einen Mann mit seinen moralischen Grundsätzen war Intimität vor der Ehe einfach nicht denkbar. Armer Trottel! Mag machte Michael wahrscheinlich das Leben zur Hölle. Er war ein Gentleman und würde sie niemals heiraten und sie einem Leben in Armut und Lächerlichkeit aussetzen, und er war zu anständig, im stillen eine Affäre mit ihr zu haben. O Gott! Was für ein hoffnungsloser Schwachkopf, dachte Rian noch einmal. Er selbst hatte glücklicherweise keine Skrupel in bezug auf Frauen. Hatte er nicht erst gestern Lindsey Joyce genommen und benutzt, bis sie ihm Furchen in den Rücken gekrallt hatte und bettelte, er möge aufhören? Ja, sie amüsierte ihn, aber sie erweckte nie die verzehrende Begierde, die schon die leiseste Berührung von Morganas Hand auslöste. Das Weib machte ihn verrückt. Er erinnerte sich an den Tag, an dem er sie geküßt hatte, und an den süßen Geschmack ihrer Lippen. Er wollte sie haben, und das zu seinen eigenen Bedingungen, koste es was es wolle, und trotz des dummen Testaments seines Großvaters. Hatte er nicht einen Mann für sie getötet? Beruhigt und hochmütig strich er Michael Kelsey aus seinen Gedanken.

Das chinesische Seidenkleid wurde fast exakt so genäht, wie Rian es gezeichnet hatte. Morganas Vernunft machte sich aber zuletzt doch noch bemerkbar. Mistress Casey war schockiert gewesen, und Morgana hatte ihr erlaubt, den Schnitt etwas zu verändern und die Schlitze nicht gar so weit hochzuziehen. Jetzt stand sie in dem schimmernden Kunstwerk vor dem Spiegel. Ihr stockte der Atem. Es war fantastisch! Rian hatte wie immer recht gehabt. Trotzdem war das Kleid noch immer etwas schockierend, denn der Stil war der einer anderen Welt; es gehörte nicht in den Ballsaal ihres Großvaters, sondern in ein Bambusbad mit Geishas und bemalten Fächern. Trotzdem war sie entschlossen, es zu tragen. Sie verzichtete auf Schmuck, weil das Kleid allein prächtig genug war, und steckte sich die Haare nach orientalischer Mode hoch. Und dann dachte sie, wenn ich schon verdammt werde, dann gleich richtig, und schminkte sich zart das Gesicht, so daß ihre smaragdgrünen Augen mandelförmig aussahen. Endlich war sie fertig. Sie nahm den zerbrechlichen chinesischen Fächer, den Rian in letzter Minute aus seiner schier unerschöpflichen Seemannstruhe gezaubert hatte, und schritt in Richtung Ballsaal.

Rian wartete am Fuß der Treppe auf sie. »Ich muß zugeben, Mag, ich hab's dir nicht zugetraut«, flüsterte er mit bewunderndem Blick.

»Jetzt weißt du's also besser.« Sie zog eine Augenbraue hochmütig hoch, obwohl die Hand, die sie ihm reichte, etwas zitterte, als er sie in den Saal führte.

Das Kleid war natürlich eine Sensation, und einen Augenblick lang glaubte Morgana, sie könnte die starr auf sie gerichteten Lorgnons und das Geflüster nicht ertragen. Aber Rian war bei ihr, lachte, wenn sie etwas sagte, und benahm sich, als wäre ihr Kleid völlig normal. Zu ihrer Überraschung trug sie alles mit Fassung, zumindest bis Lindsey Joyce sich zu ihnen gesellte.

»Trägt man solche Kleider in chinesischen Bordellen?« fragte Lindsey spitz und musterte Morganas Kleid mit giftigem Blick.

»Lindsey!« fuhr Rian sie erbost an.

»Schatz, ich hab' nur das ausgesprochen, was allen auf der Zunge liegt.« Sie legte den Kopf zur Seite.

»Du bist beleidigend.« Er nahm ihren Arm. »Wie ich sehe, brauchst du eine Lektion in Manieren.«

Morgana sah den beiden nach, und ein merkwürdiges Gefühl fast wie Eifersucht versetzte ihr einen Stich in die Seele. Wie konnte Rian diese Frau ertragen? Das kleine Biest schien ihn doch tatsächlich zu amüsieren. Morgana folgte ganz in Gedanken Colins Einladung zum Tanz.

Rian ärgerte sich, als er Morgana mit Colin sah. Den Kopf nach vorn gebeugt, lauschte sie ihm, während er ihr etwas ins Ohr flüsterte. Der unverschämte Bengel! Colin hoffte zweifellos, Morgana dazu verlokken zu können, ihn zu heiraten. Rians Mund verzog sich verächtlich. Wenn alles nach Plan ging, würde Morgana ihm gehören, noch ehe der Abend zu Ende war, was Colin bestimmt sehr überraschen würde! In finsterer Laune holte er sich einen Whiskey und ging zu den Spieltischen.

»Oh, verflixt, Cousine, ich bin dir aufs Kleid gestiegen«, gestand Colin reumütig. »Ich hab' dir gesagt, daß ich sehr schlecht tanze.«

»Es ist nur ein kleiner Riß. Den kann ich leicht flicken, wenn du mich entschuldigst.«

Morgana schlich sich von der Gesellschaft weg nach oben, um Nadel und Faden zu suchen. Sie flickte den kleinen Riß, ging aber nicht sofort zurück in den Saal, sondern nahm die Hintertreppe, um ein bißchen Luft zu schnappen, obwohl es angefangen hatte, leicht zu regnen. Sie ging ein Stück den Strand entlang und genoß die kühle Nachtluft, bis sie mißmutig feststellte, daß es Zeit war, auf das Fest zurückzukehren. Die kurze Pause hatte ihr gutgetan.

»Wie ich sehe, bist du eine nachlässige Gastgeberin, Mag? Entsprach das Fest nicht deinen Erwartungen?«

Morgana wirbelte herum, und da stand Rian, ohne Jacke und Krawatte, das Hemd bis zur Taille offen. »Du! Was machst du hier?«

»Ich hab' gesehen, wie du dich weggeschlichen hast, und wollte mich dir anschließen. Du bist ein sehr ungezogenes Mädel. Großvater wird sehr verärgert sein.«

»Du bist ja betrunken«, flüsterte Morgana, als er auf sie zuschwankte.

»Das bin ich.« Er packte sie am Arm.

»Laß mich los, du betrunkener Trottel«, sagte sie kühl und bereute schon, daß sie den Lockungen der frischen Luft nicht widerstanden hatte.

»Sei still!« erwiderte er schroff. »Ich bin gekommen, um dir einen Antrag zu machen. Verdammt. Ich will dich«, murmelte er, die flakkernde Begierde in seinen Augen machte ihr angst, und gleichzeitig fand sie sie ungeheuer aufregend. »Ich will dich, seit ich dich zum ersten Mal gesehen habe. Nein, nicht direkt«, verbesserte er sich. »Das erste Mal warst du ungefähr sieben, und ein Kinderschänder bin ich wirklich nicht.«

Morgana runzelte verwirrt die Stirn. Wovon redete er überhaupt? Wie hatte er sie sehen können, als sie noch ein Kind war? Sie tat seine Bemerkung einfach als trunkenes Geschwätz ab.

»Ja, ich will dich haben, meine Liebe, und das werde ich auch«, fuhr er fort, und seine Augen wurden schmal.

Das darf doch nicht wahr sein, dachte Morgana, der arrogante Rian McShane hält doch tatsächlich um meine Hand an. Ein Vorschlag, hatte er gesagt. Sie lächelte siegessicher, weil sie glaubte, das Spiel zwischen ihnen beiden gewonnen zu haben.

»Ich möchte dich nicht heiraten, Rian«, entgegnete sie kühl.

»Heiraten! Heiraten!« Er warf den Kopf zurück und lachte schallend. »Das ist ja wohl der Gipfel! Ich bin mit der See verheiratet, Mädchen. Ich hab' dich gefragt, ob du meine Geliebte werden willst.«

Nicht einmal eine Ohrfeige von ihm hätte Morgana so schockieren können wie dieser Satz.

»Deine Geliebte?« rief sie.

»Ach, komm jetzt, Mag.« Er war schlagartig ernüchtert und bedeckte ihre Hände mit heißen Küssen. »Spiel doch nicht die schockierte Gouvernante. Du weißt, daß du mich genauso begehrst wie ich dich.«

»Du bist verrückt!« Morgana versuchte sich von ihm loszureißen. »Ich hab' dir nie Anlaß gegeben, so mit mir zu reden.«

»Natürlich hast du das. Ich hab' gesehen, wie du mich beobachtet hast und dich gefragt hast, wie es wohl wäre, mit mir ins Bett zu gehen. Alle Frauen haben solche Gedanken.« Er ignorierte ihren entsetzten Aufschrei. »Du brauchst dich dessen nicht zu schämen. Ich richte dir ein eigenes Haus ein, in London. Das würde dir doch gefallen, oder? Ich kauf' dir schöne Kleider und Juwelen. Was sagen Sie, Madam?«

»Laß mich los!« schrie sie. Sie hatte das Gefühl, ihr Kopf würde platzen, wenn sie ihm noch eine Sekunde länger zuhören müßte.

»Verfluchtes Weib!« Sein Gesicht wurde mit einem Schlag bösartig und gemein. »Es ist Michael Kelsey, stimmt's? Bei Gott, ich werd' den Quacksalber lehren, sich einzumischen! Und wenn's das letzte ist, was ich tue! Du glaubst, du bist in ihn verliebt, stimmt's?« Er schüttelte sie brutal.

»Sei bitte nicht lächerlich. Michael und ich sind nur Freunde.«

Einen Moment lang glaubte ihr Rian beinahe. Dann wurden seine Augen schmal, und er sagte verächtlich: »Du glaubst doch nicht etwa, du könntest mich täuschen. Bei Gott, du wirst ihn bald vergessen. Ich werd' dafür sorgen!«

Er preßte seinen Mund auf ihren, und seine Zunge lockte erregend zwischen ihren Lippen. Morgana konnte sich nicht helfen, ihr wurde schwindlig, und sie wäre sicherlich in Ohnmacht gefallen, wenn seine starken Arme sie nicht gestützt hätten.

»Siehst du«, flüsterte er ihr ins Ohr. »Du willst mich, Schatz.«

»Nein, das ist nicht wahr!« keuchte sie, obwohl sie hin und her gerissen war. Hatte sie ihn ermuntert? O ja! Sie hatte ihn geküßt, und er hatte etwas Körperliches, Animalisches in ihr geweckt, das sie noch immer nicht richtig begriff. Hatte sie ihn dazu angestachelt? »Oh, mein Gott«, stöhnte sie, als seine Hände zu ihren Brüsten glitten.

Sie wand sich in seinen Armen und wehrte sich verzweifelt. Er war total betrunken, und sie wußte nicht, was er ihr antun würde. Sie fielen in den Sand, und Morgana packte eine Handvoll und schleuderte sie ihm in die Augen. Er ließ sie sofort los und versuchte wütend, den Sand aus den Augen zu wischen, dabei fluchte er wie ein betrunkener Matrose, und sie floh wie ein erschrecktes Reh vor ihm. Sie schaute nicht zurück, nicht einmal, als er brüllte: »Ich krieg' dich noch, Hexe!« und dann lachte er wieder höhnisch und trunken.

Zitternd und bebend rannte Morgana ins Haus und in ihr Zimmer. Sie ordnete ihr Kleid und ihr zerzaustes Haar und versuchte sich zu beruhigen. Dieser Idiot! Dieser arrogante Idiot! War das das Spiel, das er gespielt hatte? Seine Worte pochten in ihrem Kopf wie Hammerschläge, und es dauerte einige Zeit, bevor sie merkte, daß jemand an der Tür klopfte. Voller Angst, es könnte Rian sein, öffnete sie sie vorsichtig einen Spalt. Aber es war nur Colin.

»Hast du's richten können, Morgana?«

»Was?«

»Den Riß. Es tut mir ja so leid. Hast du's geflickt?«

»Ja, o ja.« Sie lächelte zögernd und gewann allmählich ihre Fassung wieder. »Er war sehr klein, genau wie ich gedacht hatte.«

»Gut, Cousine, ich... ich wollte mit dir reden.« Colin geriet ins Stottern. »Ich möchte dir einen sportlichen Antrag machen.«

»Antrag!« Fast hätte sie laut aufgeschrien.

»Nein, nein, es ist nicht, was du denkst.« Er merkte, daß er einen Fehler gemacht hatte, und redete schnell weiter. »Ich hab' mir gedacht, du würdest mich vielleicht heiraten. Oh, ich weiß, daß du mich genausowenig liebst wie ich dich, aber wir haben viele gemeinsame Interessen, wie zum Beispiel die Poesie, und ich glaube, es spielt keine Rolle, daß du ein paar Jahre älter bist als ich, oder?« Er fuhr fort, ohne eine Antwort abzuwarten. »Ich hab' in letzter Zeit sehr viel darüber nachgedacht, und ich glaube, es ist die Lösung für unser beider Probleme. Mit dem Geld... äh... deiner Mitgift kann ich mich in der Armee einkaufen. Du könntest ungehindert reisen und tun und lassen, was du willst, und ich würde beide Augen zudrücken, was Affären betrifft, solange du es diskret machst. Wir müßten nicht sofort... äh... intim werden, obwohl ich natürlich Erben möchte. Bitte sag ja, Morgana, du wirst keinen Grund haben, es zu bereuen«, schloß er, ganz außer Atem.

Morgana musterte ihn einige Zeit ziemlich erstaunt, ein unmoralischer Antrag und dann dieser Heiratsantrag waren einfach zuviel. Von Colin hatte sie das ohnehin nie erwartet, und so mußte sie das erst einmal verdauen. Ganz langsam kam sie dann zu der Überzeugung, daß die Idee vielleicht gar nicht so schlecht wäre. Er sah nicht übel aus, sie hatte ihn im Griff, und es wäre für den unverschämten Rian die allerschlimmste Beleidigung. Seinen Gesichtsausdruck konnte sie sich lebhaft vorstellen! Und so sagte Morgana – in aller Eile, aus Wut – Colin, sie würde ihn heiraten.

»Du wirst es nicht bereuen, Morgana«, sagte er und packte ihre Hand. »Wann setzen wir den Termin fest?«

»Oh, so bald wie möglich, meinst du nicht?« Ihre Stimme klang sehr kühl, jetzt nachdem sie sich entschieden hatte.

»Oh, ich weiß, daß wir uns wunderbar vertragen werden«, sagte Colin. »Ich besorg' uns eine Sondererlaubnis, und wir können in zwei Wochen heiraten, ist das schnell genug?«

»Wunderbar«, erwiderte Morgana, und ihre Stimme wurde hart, als sie wieder an Rians Gesicht dachte und sie sich fragte, warum sie ihre übereilte Erklärung jetzt schon bereute. Aber sie wußte nicht, wie sie ihre unüberlegte Entscheidung angesichts Colins überschwenglicher Freude widerrufen konnte, und so ließ sie ihn leidenschaftlich ihre Hand küssen, bevor sie zum Fest zurückkehrte.

»Colin«, sagte sie an der Tür zum Ballsaal. »Warten wir bis morgen mit der Ankündigung unserer Hochzeit. All diese Leute. Und der Aufruhr...«

»Natürlich. Du hast recht. Immer so überlegt und gescheit.« Er lächelte. Er hätte in diesem Augenblick alles für sie getan, so sicher war er sich, seines Großvaters Vermögen zu kriegen. »Was immer du willst, meine Liebe.«

Morgana war es ein Rätsel, wie sie den Rest des Abends überstand. Ihr Lächeln war wie eingefroren, und sie schaute die Gäste an, ohne sie zu sehen. Sie klammerte sich an Colin und ignorierte Rian, als er versuchte, mit ihr zu reden. Rian war wütend, vor allem, weil er sich bewußt war, daß es nur seine Schuld war. Jeder der drei dachte »Was für ein teuflischer Silvesterabend!«, wozu jeder seine eigenen Gründe hatte.

Kapitel Zehn

Fergus McShane wurde tobsüchtig. So wütend war er in seinem ganzen Leben noch nicht gewesen. Da stand Rian mit finsterer Miene und ließ jeden abblitzen, der es wagte, ihn anzusprechen. Da war Morgana, die wie versteinert umherirrte und so tat, als wäre sie glücklich. Und da war Colin, der angab wie eine Katze, die den Kanarienvogel verschluckt hat!

Fergus hätte seine Wut am liebsten laut hinausgebrüllt, aber jetzt war es zu spät, die Hochzeit sollte heute stattfinden. Heute! Er stöhnte bei dem Gedanken. Ein Haufen Idioten. Er hätte es nie für möglich gehalten, daß Rian und Morgana sich so dämlich verhalten würden, auch wenn er den Grund für den Bruch zwischen den beiden nicht kannte. Colin hatte die Sonderlizenz besorgt, Rosamunde hatte den Anschlag an der Kirche aufgehängt, Mistress Casey hatte das Hochzeitskleid genäht, und Fergus sollte die Braut zum Altar führen.

Er rückte sich die Krawatte zurecht und schimpfte leise vor sich hin. Alle anderen waren schon in der Kirche und warteten auf den Beginn der Zeremonie. Alle, außer Colin, der dageblieben war, um seinen Großvater zur Kirche zu fahren. Colin! Plötzlich fing der alte Mann an zu kichern. Zu spät? Es war nie zu spät. Er schlich den Gang hinunter zu Colins Zimmer. Sein Enkel war drinnen und summte siegessicher vor sich hin. Colin hörte seinen Großvater nicht und sah auch nicht, wie der alte Mann um die Tür langte und den Schlüssel aus dem Schloß zog. Dann sperrte Fergus McShane von außen die Tür ab, lachte triumphierend und stapfte vergnügt davon.

Er fuhr sich selbst zur Kirche und schaute nicht zurück zum leeren Haus, wo Colin sicher schon verzweifelt versuchte, aus seinem versperrten Zimmer zu kommen. Der alte Mann lachte. Dieser Bräutigam würde bestimmt seine eigene Hochzeit verpassen!

»Großvater!« Morgana lief ihm aus der Kirche entgegen. »Wo ist Colin?«

»Ich weiß es nicht, Mädchen. Ist er nicht hier? Ich konnte ihn nicht finden und dachte, er wär' schon vorausgefahren«, log der alte Mann ohne die geringsten Gewissensbisse.

»Nein, er ist nicht hier.« Sie sah sich besorgt um.

»Mach dir keine Sorgen, Mädel. Wir haben noch genug Zeit.«

Sie gingen in den kleinen Raum, in dem seit Generationen irische Bräute darauf gewartet hatten, den langen Weg zum Altar zu gehen. Durch einen kleinen Spalt in der Wand sah Morgana, daß unzählige Bekannte der McShanes die Kirchenbänke füllten, was sie überraschte, weil doch keine Einladungen verschickt worden waren. Offensichtlich genügten das Aufgebot und die Mund-zu-Mund-Propaganda. Rian, der ironischerweise Trauzeuge sein sollte, und Patrick standen am Altargeländer gegenüber von Bridget und Fionna, die Morgana begleiten sollten. Viele der Anwesenden knieten und beteten, aber die Familienmitglieder standen einfach da und warteten.

Sie warteten und warteten und warteten. Sie warteten fast eine halbe Stunde, und während dieser Zeit versuchte Colin wutentbrannt seine Tür aufzubrechen, aber der solide Eichenrahmen wich keinen Zentimeter. Er überlegte sogar, ob er aus dem Fenster springen sollte, sah aber schnell ein, daß er sich dabei zweifellos den Hals brechen würde. Als er versuchte, den Schlüssel zu angeln, der auf der anderen Seite der Tür noch im Schloß steckte, fiel dieser außer Reichweite auf den Boden. Dann hämmerte er gegen die Wände und schrie, aber vergeblich. Es war niemand mehr auf Shanetara, der ihn hätte hören können.

Schließlich wandte sich Morgana an ihren Großvater. »Er kommt nicht«, sagte sie resigniert. »Er kommt nicht. Es muß ihm etwas passiert sein.«

Fergus McShane packte ihren Arm, nickte dem Organisten zu, den Hochzeitsmarsch zu beginnen, und zerrte seine entsetzte Enkelin dann in Richtung Mittelschiff. Alle erhoben sich erwartungsvoll.

»Was machst du denn?« flüsterte Morgana ihm in Panik zu. »Ohne Bräutigam kann es doch keine Zeremonie geben. Hör auf! Hör sofort auf!«

»Du sollst einen Bräutigam haben, Schatz«, zischte Fergus aus dem Mundwinkel und nickte und lächelte den Gästen im Vorbeigehen zu. »Keine Angst.«

Gemessenen Schrittes führte er sie langsam zum Altar, wo der Priester und die Familie warteten. Fergus zog die verwirrte, verängstigte Morgana nach vorn und nahm dann gelassen Rians Arm und redete so schnell und leise auf ihn ein, daß selbst Morgana nichts verstehen konnte, die direkt neben ihm stand.

»Colin kommt nicht«, sagte der alte Mann. »Ich hab' ihn in sein Zimmer eingesperrt. Du wirst seinen Platz einnehmen müssen. Sag kein Wort! Ich weiß, daß du das Frauenzimmer haben willst. Es stand dir die letzten zwei Wochen im Gesicht geschrieben. Sowieso höchste Zeit, daß du dir eine Frau nimmst, und was Besseres als dein eigenes wildes Blut kannst du nicht finden. Sie ist schön und gesund und wird dir gesunde Söhne gebären. Der Stolz des Namens McShane steht heute hier auf dem Spiel«, fuhr der Großvater fort. Rian stand schockiert und vor Wut sprachlos da: Der alte Mann hatte ihn ausgetrickst. »Colin ist nicht der richtige Mann für sie, und ich wollte ihn nie für sie. Du bist der Mann, den sie braucht, und du bist ein Idiot, wenn du das nicht einsiehst«, schloß Fergus. »Ich will, daß du sie heiratest.«

Rian musterte ihn von oben mit schmalen, eisigen, grünen Augen. »Wie es scheint, hast du das alles geplant«, sagte er. »Aber ich bin nicht geneigt, meine Freiheit zu verlieren.«

»Deine Freiheit. Bah!« Fergus schnaubte verächtlich. »Du wirst noch mehr verlieren, wenn du das Mädel nicht heiratest, und eins versprech' ich dir, ich kann dir das Leben sehr schwer machen, Rian, sehr schwer, vergiß das nicht, Rian!«

Rian nahm wortlos Morganas Hand, obwohl er seinen Großvater

für diese Hinterlist am liebsten zusammengeschlagen hätte. Und Trevor, wie immer bedacht auf Sitte und Anstand, dem anscheinend dämmerte, was da vorging, nahm so unauffällig den Platz des Trauzeugen ein, daß der ganze Vorfall völlig normal schien.

Morgana waren diese wenigen Minuten aber wie eine Ewigkeit vorgekommen, ihre Hand lag eiskalt in Rians, und sie konnte gar nicht fassen, was da mit ihr passierte. Sie war nur unendlich erleichtert, daß sie vor all den Leuten nicht allein am Altar stand. Sie verschwendete keinen Gedanken daran, was nach der Hochzeit auf sie zukommen würde. Eine schmerzhafte Erinnerung an die Vergangenheit kam wieder in ihr hoch. Sie war damals noch ein Kind gewesen und hatte im Mädchenseminar auf ihren Vater gewartet, der vor ihrer Englischklasse über seine Gedichte sprechen wollte. Wie stolz sie gewesen war, sicher, daß keines der anderen Mädchen einen so berühmten Vater wie sie hatte, und überzeugt, sie würden sie danach gern haben! Sie hatte gewartet und gewartet, aber der Termin war ihrem zerstreuten Vater entfallen, und er war nicht gekommen.

»Er kommt nicht! Er kommt nicht!«

Das Gejohle der schrecklichen Mädchen, die diesen Satz immer und immer wieder wiederholten, klang ihr heute noch in den Ohren. Sie hatten sie ausgelacht und verspottet. Sie schaute in Rians hartes Gesicht hoch.

»Du willst mich heiraten?« fragte sie leise.

»Wie kommst du darauf, daß ich dich noch will?« fauchte er zurück, als Fergus zurücktrat. Er hatte seine Pflicht erfüllt und Morganas Hand in Rians gelegt.

Ihr schwirrte der Kopf. Sie würden sie auslachen. Alle würden sie auslachen. Das konnte sie nicht ertragen!

»Bitte«, flehte sie und biß sich auf die Lippe.

Er musterte sie spöttisch von oben bis unten, als wäre sie eine Sklavin. O ja, er wollte sie, das verflixte Weib! Und auf einmal war ihm auch klar, daß er sie auf keine andere Weise kriegen konnte. Bei Gott, dann würde er sie eben zur Frau nehmen, und Großvater und sie würden bis ans Ende ihrer Tage bereuen, was sie heute getan hatten!

Gab es je eine merkwürdigere Hochzeit? Morganas Gesicht war fahl wie ihr Kleid, das die völlig hysterische Mistress Casey in drei Tagen gefertigt hatte. Kein Brautkleid, fuhr es Morgana plötzlich durch den Kopf, ein Totenhemd, ein cremefarbenes Totenhemd, spitzenbesetzt und mit Tausenden von winzigen Orientperlen besetzt. Mit zitternder Stimme wiederholte sie ihre Gelübde, Rians Stimme aber war ruhig und klar, und dann küßte er sie, wütend und besitzergreifend, während der Priester seinen Segen erteilte. Sein glühender Mund versengte ihre Lippen, und sie erschauderte in seinen Armen, als ihr die volle Tragweite dessen, was sie getan hatte, bewußt wurde. Sie war verheiratet! Verheiratet mit Rian McShane, einem Mann, der sie verhöhnt und versucht hatte, sie zu seiner Mätresse zu machen. In diesem Moment verachtete sie ihn. Großer Gott, was hatte sie getan? Was hatte sie getan? Er konnte jetzt mit ihr machen, was er wollte, und sie war machtlos dagegen. Er hatte wohl ihre Gedanken erraten, denn er lächelte ihr grimmig zu, ein verkrampftes, widerliches Grinsen, das die Augen nicht erreichte, dann führte er sie aus der Kirche.

»Gratuliere, Rian!« Sean Devlin gesellte sich zu ihnen, nachdem sie es irgendwie nach draußen geschafft hatten. »Ich muß schon sagen, ich war ganz schön überrascht da drinnen. Ich dachte Morgana sollte Colin heiraten.«

»Colin?« Rian hob kühl die Augenbraue. »Rosamunde muß sich verschrieben haben. Du weißt ja, sie ist ein bißchen verrückt.«

Morgana errötete, aber Rian hatte durch seine gelassene Erklärung die Situation gerettet. Wenigstens hatte er nicht vor, allen den wahren Grund für ihre Heirat mitzuteilen. Dafür mußte sie wirklich dankbar sein!

Nachdem die Gratulationen endlich ein Ende hatten, saß Morgana still neben Rian in der Kutsche, die sie zurück nach Shanetara brachte und die für sie und Colin bestimmt gewesen war. Colin! Was war wirklich mit ihm passiert? Sie drehte den schweren Goldring an ihrem Finger, den Rian sich in aller Eile vom vierten Finger gezogen hatte, um sie als sein Eigentum zu brandmarken. Dann schaute sie hoch in sein wütendes Gesicht und fragte sich, was er wohl dachte, dieser seltsame, arrogante Mann, der plötzlich ihr Ehemann war. Er spürte ihren Blick und schaute hinunter in ihre Smaragdaugen, Augen, gold- und angstgefleckt, und den mohnroten Mund, nach dem er lechzte. Sie gehörte jetzt ihm, mit Haut und Haaren, er konnte mit ihr machen, was er wollte.

Jetzt erst wurde ihm seine Macht über sie bewußt, und er legte ganz beiläufig den Arm um sie und spürte, wie sie unwillkürlich zusammenzuckte. Er fluchte leise und spöttisch.

»Du bist meine Frau«, murmelte er kühl. »Egal unter welchen Umständen, aber du bist meine Frau.«

»Nein«, flüsterte sie, »ich will dich nicht... ich...«

Bevor sie zu Ende sprechen konnte, riß er sie an sich. Seine Augen blitzten wie Stahl. »Da drinnen hast du mich genug gewollt, um mich zu heiraten.« Er schüttelte sie. »Und jetzt, nachdem ich gezwungen worden bin, meine Freiheit zu opfern, hab' ich nicht vor, dich wieder gehen zu lassen.«

»Gezwungen? Wie?«

Er lachte. »Großvater hat Colin in sein Zimmer eingesperrt. Er hat gesagt, wenn ich dich nicht heirate, wird er mir das Leben zur Hölle machen.«

»Nein, das glaub' ich nicht! Keiner könnte dich zwingen, etwas zu tun, was du nicht willst, Rian. Du mußt noch einen anderen Grund gehabt haben.«

Er zog sie mit den Augen aus. »Ich glaube, den kennst du«, sagte er leise.

Sie versuchte sich von ihm loszureißen, aber er zwang seinen Mund hart auf den ihren und drückte sie an sich. Sie spürte das Rascheln der Speziallizenz in seiner Tasche, das Blankoformular, in das der Priester ihre Namen eingetragen hatte. Oh, wenn sie und Colin doch nur gewartet hätten, das Aufgebot angeschlagen, dann wäre das nie passiert! Sie stöhnte leise unter seinen Lippen.

»Laß mich bitte los«, flüsterte sie.

Statt einer Antwort legte er sanft, aber bedrohlich seine Hand auf ihren weißen Hals.

»Du gehörst mir«, murmelte er.

Morgana erschauderte vor Angst, und sein Mund bemächtigte sich wieder ihrer Lippen.

Colin hörte sie kommen und fing erneut an, wütend und frustriert gegen seine Schlafzimmertür zu trommeln.

»Laßt mich raus! Laßt mich raus, hört ihr!«

»Aber das ist ja Lord Colin«, sagte Mollie erstaunt, genauso verwirrt von den plötzlichen Veränderungen wie alle anderen.

Sie lief nach oben und merkte sofort, was los war. Schnell hob sie den Schlüssel auf und befreite den tobsüchtigen Jüngling.

»Aber wer kann denn so was tun, Mylord?« fragte sie überrascht. Colin drängte sie rücksichtslos aus dem Weg.

»Du! Du hast mich eingesperrt!« Er stürzte am Fuß der Treppe wütend auf seinen Großvater zu. »Aber warum? Ich hab' sie fair und ehrlich gewonnen. Du hast meinen Hochzeitstag ruiniert und Morgana zum Gespött des ganzen Countys gemacht. Alle werden glauben, ich bin ihr am Altar davongelaufen! Wie konntest du nur, Großvater? Morgana.« Er wandte sich an das Mädchen, das neben Rian stand und von den Ereignissen des Tages völlig überwältigt war. »Wir werden morgen heiraten, das versprech' ich dir«, schwor er und versuchte sie zu umarmen.

»Nimm deine Hände von meiner Frau«, tönte Rians Stimme gelangweilt in das plötzliche Schweigen.

»Deine Frau! Deine Frau! Das kann doch nicht sein!«

»Oh, doch, mein Lieber, dank deinem Großvater«, erwiderte Rian.

»Bei Gott, Rian, das wirst du mir büßen. Ihr habt das gemeinsam geplant, Großvater und du, damit du das Geld des alten Mannes in die Finger kriegst! Du warst immer sein Liebling, aber bei Gott, du wirst dafür büßen!« fluchte Colin und schüttelte drohend die Faust.

»Geld? Welches Geld?« Morgana hatte sich endlich wieder gefangen und musterte sie alle mißtrauisch.

»Großvater hat sein Testament geändert.« Colin war jetzt alles egal. »Er hat sein ganzes Geld demjenigen von uns hinterlassen, der dich zuerst zum Altar kriegt. Und ich hätte alles gekriegt!« schrie er.

Morgana drehte sich der Kopf, und einen Augenblick lang glaubte sie, sie würde in Ohnmacht fallen. Ihr Gesicht wurde schneeweiß, dann lief sie vor Wut rot an und ging auf Rian los.

»Ist das wahr? Ist das wahr?«

»Ja, Mädel«, sagte Fergus barsch, »es ist wahr, aber ich hab's nur gut gemeint.«

Geld! Rian hatte sie des Geldes wegen geheiratet, und sie hatte gedacht – was hatte sie gedacht? Daß er sie begehrte, vielleicht sogar liebte? Sie hätte lachen und weinen können. Er wollte nicht sie, er wollte nur das Geld des alten Mannes. Ohne ein Wort drehte sie sich um und rannte in ihr Zimmer davon, schlug die Tür zu und drehte zitternd vor Schock und Abscheu den Schlüssel im Schloß. Unten ging die Streiterei weiter, bis nach einigem Türenschlagen das Haus unheimlich ruhig wurde.

Morgana ging nicht zum Abendessen nach unten und schickte das Tablett, das Mollie vorbereitet hatte, unberührt wieder zurück.

»Armes Kind«, murmelte Mollie, als sie das kalte Essen wegtrug. »Armes Kind, war doch wirklich ein sehr verwirrender Hochzeitstag. Kein Wunder, wenn sie nichts ißt.«

Im Dienstbotentrakt versammelte sich das Personal zum Abendessen, um über die seltsame Hochzeit zu reden und mitleidig über das Schicksal der armen Lady McShane den Kopf zu schütteln, die mit einem Mann verlobt und plötzlich mit dem anderen verheiratet war. Sie wußten, daß Rosamunde sich nicht geirrt hatte.

Dunkelheit senkte sich über das Land. Der Haushalt zog sich zur Nachtruhe zurück, und nur einer war mit den Ereignissen des Tages zufrieden. Der alte Mann war sich sicher, Rian und Morgana würden sich mit der Zeit vertragen.

Morgana zog ihr Hochzeitskleid aus, wusch sich das Gesicht, öffnete ihr Haar und bürstete es. Ihre Augen starrten blind in den Spiegel. Sie legte das Negligé an, das für Colin bestimmt gewesen war, und ging zu Bett. Aber sie merkte schon bald, daß sie nicht schlafen konnte, stand wieder auf und lief rastlos im Zimmer hin und her. Was sie brauchte, war ein kräftiger Schluck irischen Whiskey zur Beruhigung ihrer strapazierten Nerven. Der würde ihrem Körper die ersehnte Betäubung bringen. Hatte es schon je einen so grauenhaften Tag gegeben? Sie öffnete die Tür.

»Möchtest du das?«

Im Gang stand Rian in einem schwarzen Morgenmantel, der seine kräftige Brust mit den dichten, dunklen Haaren entblößte und nur lose in der Taille gebunden war. In der Hand hielt er ein Glas Whiskey. Morgana versuchte schnell die Tür zuzumachen, aber er schob sie mühelos auf.

»Los, nimm's«, sagte er »Ich hab' dich rumlaufen hören wie eine Tigerin im Käfig. Das brauchst du, ich weiß das. Verdammt noch mal! Mir ist es egal, wenn du das trinkst, mein Schatz.«

Sie nahm das Glas, zog ihr Negligé fester um sich und zuckte zusammen, als er spöttisch auflachte.

»Ein verteufelter Hochzeitstag war das, nicht wahr?«

»Rian, bitte laß uns vernünftig sein. Keiner von uns beiden will diese Ehe«, sagte Morgana und kippte den Whiskey hinunter. »Du kannst das Geld behalten, das du durch die Heirat mit mir gewonnen hast. Laß mich nur in Ruhe.«

»Aber ich möchte alles, was mir als Ehemann zusteht. Und es ist unsere Hochzeitsnacht, Mylady, oder hast du das vergessen?«

Sie wich vor ihm zurück, bis er sie an eine Wand gedrängt hatte.

»Ich werde schreien, wenn du mich anfaßt«, flüsterte sie.

»Deine Schreie kann ich mit meinen Küssen ersticken«, sagte er leise und zog sie an sich. Er spürte, wie das Feuer in seinem Körper emporloderte. Sie gehörte ihm, und er begehrte sie...

Morgana wehrte sich. Wie sehr sie aber auch gegen ihn kämpfte, sie war ihm nicht gewachsen, denn er war zu stark und entschlossen. Er hob sie hoch, warf sie über die Schulter und trug sie in sein eigenes Zimmer. Dort ließ er sie aufs Bett fallen. Als sie versuchte aufzustehen, zwang er sie wieder nach unten, und seine groben Hände rissen ihr das zarte Hemd vom Leib. Sie schrie auf, als es zu Boden fiel, und er preßte ihr wütend die Hand auf den Mund.

»Halt den Mund«, fauchte er, »oder möchtest du, daß Großvater hört, wie gut sein kleiner Plan funktioniert?«

»Bitte nicht«, bettelte sie. »Ich will von dir nicht angefaßt werden!«

»Warum klopft dann dein Herz so schnell?« Er lachte im Dunkeln.

Sie erschauderte bei seinem Kuß. Seine Zunge bemächtigte sich der Süße ihres Mundes, seine Hände erforschten jede Linie, jede Rundung ihres Körpers, den kein Mann je berührt hatte. Er knabberte an ihren Ohren und streichelte ihr Haar, während sie sich unter ihm aufbäumte und leise stöhnte, denn seine erfahrenen Hände und brennenden Küsse hatten auch in ihr ein Feuer erweckt. Sie bettelte und flehte ihn an aufzuhören, aber ohne Erfolg. Er lehnte sich mit dem ganzen Gewicht seines Körpers auf sie, und die Muskeln in seinen Armen und an seinem Rücken spannten sich unter der Haut. Sie begann leise zu wimmern und versuchte sich zu befreien, aber er packte ihre Hände mühelos und hielt sie fest, während sein Mund feucht und warm langsam zu ihren Brüsten hinunterwanderte. Ihre Brustwarzen wurden unter seiner Zunge harte Knospen. Dann strich seine Hand über ihren Bauch, zwischen ihre Schenkel, und er zog an den weichen Löckchen und liebkoste sie sanft und rhythmisch.

»O Gott, Rian, nein«, flüsterte sie schluchzend.

»Still, Liebes.« Sie spürte seinen Atem heiß auf ihrer Haut.

Auf einmal zog er seine Knie hoch und schob ihre Schenkel auseinander. Sie schrie vor Angst, aber dann war sein Mund wieder über ihrem, und sie wartete auf seinen Angriff. Ihr junger, geschmeidiger Körper verriet sie, brennende Begierde durchströmte sie wie Feuer. Schweiß glänzte im Schein des Feuers, als er sich aufbäumte und langsam in sie eindrang. Sein Rhythmus war gleichmäßig und sanft, und er legte seine Hände unter ihren Rücken und bog ihre Hüften seinen Bewegungen entgegen. Sie wimmerte leise, und er bedeckte ihr Haar und ihr Gesicht mit feurigen Küssen. Morgana merkte gar nicht, daß sie die Arme um seinen Hals legte und ihn an sich zog. Rian flüsterte ihr Worte ins Ohr, die sie nie zuvor gehört hatte, keuchte ihren Namen und stieß sich in ihren Leib, so weit er konnte. Dann konnte er sich nicht mehr länger zurückhalten, erschauderte und blieb reglos liegen.

»Du grünäugige Hexe«, sagte er und streichelte ihr tränenüberströmtes Gesicht. Immer wieder küßte er sie zärtlich und wiegte sie wie ein Kind in seinen Armen.

»Du hast mir weh getan«, schluchzte sie.

»Beim ersten Lieben tut es immer weh.«

»Lieben!« schrie sie haßerfüllt, und ihre Augen sprühten vor Wut. »Ich hasse dich, Rian McShane«, keuchte sie. »Und ich schwöre beim Grab meines Vaters, du wirst den Tag noch bereuen, an dem du mich geheiratet und vergewaltigt hast!«

Er lachte leise im Dunkeln, rollte sich auf sie und zwang ihr wieder seinen Willen auf.

Kapitel Elf

Morgana erwachte am nächsten Morgen mit dem Gefühl, daß dieser Tag irgendwie anders sei. Sie spürte ein sanftes Ziepen, drehte sich um und entdeckte, daß Rians Arm sie umschlungen hielt und seine Hand in ihrem Haar verwickelt war. Natürlich, sie war jetzt verheiratet. Es war schon irgendwie seltsam, mit diesem Mann neben ihr aufzuwachen. Sie beobachtete ihn neugierig im Licht der Morgendämmerung. War dieser Mann, dessen Brust sich friedlich im Schlaf hob und senkte, derselbe Mann, der letzte Nacht so aufregende Dinge mit ihrem Körper gemacht hatte? Er sah wirklich gut aus, das mußte sie ihm lassen. Sein Körper war von der Sonne gebräunt, und seine starken Muskeln spielten unter der Haut, als er sich im Schlaf bewegte, und erinnerten sie daran, wie er gestern Nacht auf ihr gelegen war. Bei dem Gedanken wurde sie rot. Er hatte sie genommen, und sie hatte sich ihm am Ende hingegeben!

Sie zog vorsichtig ihre kupfernen Locken aus seiner Hand, um ihn nicht zu wecken. Dann glitt sie langsam aus dem Bett, zog sich an und ging in den Stall. Es war noch so früh, daß niemand da war, um ihr Pferd zu satteln, aber sie wollte gerne reiten und streifte Copperlady daher einfach ein Halfter über. Geschickt schwang sie sich dann ohne Sattel im Herrensitz aufs Pferd wie vor so langer Zeit, als sie angefangen hatte, reiten zu lernen. Sie ritt zum Strand, um über alles nachzudenken.

Zwei Sachen schienen offensichtlich. Sie war mit Rian verheiratet und hatte sein Bett geteilt. Und zweitens hatte ihr Großvater das anscheinend so geplant. Wenn Rian sie wirklich wegen des Geldes geheiratet hatte und sie nicht wirklich begehrte, warum hatte er sie dann gestern mit Gewalt genommen? Es ergab keinen Sinn. Sie zitterte bei dem Gedanken, wie sie in seinen Armen gelegen hatte und wie ihr verräterischer Körper reagiert hatte. Er würde sie nehmen und sie benutzen, wann immer ihm der Sinn danach stand, da war sie sich sicher, und der Gedanke machte ihr angst. Er hatte etwas in ihr erweckt, das sie nicht kannte und mit dem sie sich auch nicht auseinandersetzen wollte.

Rian reckte sich, streckte den Arm aus, um seine Frau an sich zu ziehen, und griff ins Leere. Erschrocken schlug er die Augen auf. Sie war weg. Das verfluchte Weib! Wo konnte sie denn so früh am Morgen sein? Er sprang aus dem Bett und zog sich in Windeseile an. Zuerst schaute er in ihrem Zimmer nach – ihr ehemaliges Zimmer, dachte er wutentbrannt, er würde Morganas Sachen von Mollie so bald als möglich in sein eigenes Zimmer bringen lassen –, aber es war leer. Unten war sie auch nicht. Schließlich marschierte er zum Stall. Tatsächlich. Copperlady war verschwunden.

»Jim!« Er kletterte auf den Heuboden hoch und rüttelte den Stalljungen unsanft wach. »Wann ist Mylady hier weg?«

»Mylady?« wiederholte der Junge benommen und rieb sich den Schlaf aus den Augen. »Aber außer mir war doch keiner hier, Mylord.«

»Unsinn. Das Pferd meiner Frau ist weg. Du mußt es für sie gesattelt haben.«

»Ich hab' kein Pferd gesattelt, Mylord«, sagte der Junge wahrheitsgetreu.

»Aber ich sag' dir doch, ihre Stute ist weg.« Er riß den Jungen hoch. »Den Sattel kann sie nicht alleine heben.«

Sie gingen nach unten, Morganas Sattel hing noch am Haken. Jim wußte sich aber nicht zu erklären, wieso das Pferd verschwunden war, und seine Lordschaft wurde allmählich sehr wütend.

»Sattle Luzifer, und zwar schnell!« befahl Rian.

Er ritt los, den kleinen Spuren der Stute nach. Sie führten zum Meer, und das machte ihm etwas angst. Morgana würde doch sicherlich keine Dummheiten machen. Er dachte über gestern nacht nach. Sie hatte ihn nicht gewollt, aber er hatte sie mit Gewalt genommen. Vielleicht ist sie wütend oder am Ende ihres Lateins, dachte er und gab Luzifer hart die Sporen. Copperladys Spuren waren ganz deutlich. Er folgte ihnen übers Moor. Endlich entdeckte er sie in einiger Entfernung. Normalerweise hätte es ihn sicher amüsiert, seine Frau ohne Sattel reiten zu sehen, aber er hatte sich Sorgen gemacht und versuchte das mit Wut zu kaschieren. Wütend ritt er hinter ihr her.

Morgana hörte das Trappeln von Hufen im Sand, drehte sich um und sah, daß ihr Mann auf sie zugaloppierte. Der sieht ja richtig wütend aus, dachte sie, und ein Angstschauder lief ihr über den Rücken. Schließlich hatte er sie erreicht.

»Was, zum Teufel, hast du dir dabei gedacht?« tobte er.

»Wieso? Ich wollte doch bloß reiten«, erwiderte sie nervös.

»So früh am Morgen, ohne Sattel, ohne Diener? Dafür sollte ich dich verprügeln.«

Sie duckte sich vor Angst. »Tut mir leid, Rian. Ich hatte Lust zu reiten, und es war keiner da, also bin ich alleine los. Ich bin schon oft so geritten.«

»Du hattest Anweisung, nicht ohne Diener auszureiten. Nehmen wir mal an, einer der O'Haras hätte dich gesehen und sich in den Kopf gesetzt, das zu beenden, was sein Bruder angefangen hat.«

»Tut mir leid«, sagte sie noch einmal. »Ich hab' einfach nicht daran gedacht.«

»Das ist ja dein Problem«, sagte er mit eisiger Stimme. »Du denkst nicht, außer du heckst irgendeine Teufelei aus, die den ganzen Landstrich in Aufruhr versetzt. Runter von dem Pferd.«

Großer Gott, wollte er sie etwa zwingen, zu Fuß nach Hause zu gehen? Nein, er packte Copperladys Zügel und band sie an Luzifers Sattel, dann hob er mit steinerner Miene Morgana vor sich in den Sattel. Sie wollte ihn beschwichtigen, aber ihr fiel nichts ein, was seine finstere Laune heben könnte. Sein Arm war wie Eisen um ihre Taille, und als sie sich noch einmal entschuldigen wollte, packte er sie noch fester, so daß ihr der Atem stockte.

Er überließ Jim wortlos die Pferde. Der junge Mann war sehr erleichtert, weil seine Lordschaft ihn nicht noch einmal beschimpfte. Dann führte Rian Morgana die Treppe hoch, immer noch gefährlich schweigsam. In seinem Schlafzimmer angelangt, warf er die Tür hinter ihnen zu.

»Das wirst du nie wieder tun, sonst schlag' ich dich windelweich. Hab' ich mich klar genug ausgedrückt?«

Sie nickte wortlos. Er sah ihr reuevolles Gesicht und war mit einem Mal gar nicht mehr so wütend. Was für ein Anfang für eine Ehe!

»Morgana, komm her«, sagte er leise.

Ihr Blick war sehr mißtrauisch, aber sie tat, was er verlangte, voller Angst, er würde sie vielleicht doch noch schlagen. Wegzurennen hatte für sie auch keinen Sinn, er würde sie mit Leichtigkeit einholen. Rian zog sie an sich.

»Leg deine Arme um meinen Hals.«

Morgana traute ihren Ohren nicht. Wie konnte er es wagen, um sie zu buhlen, nachdem er ihr Leben bedroht hatte? Sie hob eine schlanke Hand, um ihm eine Ohrfeige zu verpassen, aber er fing sie geschickt ab und drehte sie ihr unsanft auf den Rücken.

»Eines Tages wirst auch du lernen, daß ich die Sachen beherrsche, die ich besitze, Mag«, neckte er sie hochmütig, dann küßte er sie, langsam und intensiv, und den letzten Rest seiner morgendlichen Wut löschte die Süße ihres Honigmundes aus. Seine Augen wurden dunkel vor Leidenschaft, und er zog sie zum Bett.

Morgana schreckte hoch. Das Mädchen hatte an der Tür geklopft. Sie war überzeugt, inzwischen wußte jeder im Haus, daß sie in Rians Schlafzimmer war. O Gott, wenn sie doch nur gestern nacht ihre Tür nicht geöffnet hätte! Sie versuchte sich aus Rians Umarmung zu befreien, aber er hielt sie fest, zog nur das Laken hoch, um ihre Blöße zu bedecken, und ließ dann das Mädchen reinkommen.

»Wir hätten gern ein Frühstückstablett, Kyla«, sagte er dem Mädchen, nachdem sie die Vorhänge geöffnet und das Feuer aufgefrischt hatte. »Ich glaube, mein Großvater wird uns dies eine Mal verzeihen.«

Morgana errötete und wünschte, das Mädchen würde sich beeilen und gehen. Sie schien genau zu wissen, was da passierte.

»Sie weiß es«, schimpfte Morgana wutentbrannt, als das Mädchen endlich die Tür hinter sich geschlossen hatte, was nicht verwunderlich war, so wie sie aussah, mit zerzausten Haaren und nackten Schultern. »Sie wird dem ganzen Personal erzählen, daß du am Morgen mit mir geschlafen hast.«

»Und?« Rian hob fragend die Augenbraue. »Du bist doch meine Frau.«

Darauf wußte Morgana nichts zu erwidern und biß sich hilflos in die Unterlippe, während er sie zurück in die Kissen warf und sie nahm – diesmal brutal, ohne Vorspiel.

Etwas später am Vormittag schlug Rian vor, nach Kilshannon zu reiten, um zu sehen, wie die Arbeit auf seinem Schiff voranging. Morgana fand die Idee großartig, denn sie war sehr neugierig auf sein Schiff. Sie hatte es im Hafen vor Anker liegen sehen, aber war noch nie an Bord gewesen. Außerdem wollte sie weg von den neugierigen Blicken der Familie und Großvaters hinterlistigem Gekicher. Der alte Mann war entzückt, als Rian Mollie befohlen hatte, Morganas Sachen in seine eigenen Zimmer zu bringen. Morgana hatte protestiert, aber Rian bestand darauf.

»Du hast mich geheiratet. In guten und in schlechten Zeiten, Hexe.« Er lachte sie aus. »Und nachdem ich jetzt von deinen Reizen gekostet habe, möchte ich keine getrennten Schlafzimmer.«

Diesmal wurde Copperlady anständig gesattelt, und einen besseren Begleiter als ihren Mann hätte sie wohl nicht finden können. Sie ritten schnell in die Stadt, banden die Pferde am Hafen an und gingen dann an Bord.

Es war ein prachtvolles Schiff. Für Morgana war es das schönste, das sie je gesehen hatte. Es hieß *Sorceress*, ihr Kiel hatte einen wunderbaren Schwung, der Hauptmast ragte stolz in den Wind. Rian stellte sie seinem ersten Maat vor, Mister Harrison, der sichtlich überrascht war, als er erfuhr, daß sie Rians Frau war.

»Schande über Euch, Kapitän, daß Ihr uns nicht benachrichtigt habt. Die Jungs und ich hätten ein Fest vorbereitet! Und erst gestern, nicht wahr? Wenn ich die Lady seh', versteh' ich natürlich die Eile. Sie ist wirklich eine Schönheit, wenn Sie mir erlauben, das zu sagen, Lady Keldara«, sagte er mit einer respektvollen Verbeugung zu Morgana.

Es war ein seltsames Gefühl, Lady Keldara genannt zu werden.

»Selbstverständlich, Mister Harrison«, beruhigte sie ihn.

Rian beriet sich längere Zeit mit Mister Harrison über die Fortschritte der Reparaturen auf dem Schiff, während Morgana sich interessiert das Deck anschaute und versuchte, die neugierigen Blicke von Rians Männern zu ignorieren. Schließlich bot sich Rian an, ihr den Rest des Schiffes zu zeigen.

Auf dem Weg nach Hause trafen sie unvermutet auf Lindsey Joyce.

»Rian McShane, du lausiger Schweinehund! Wie konntest, du diese... diese rothaarige Hexe... und das auch noch hinter meinem Rücken. Du hast gewußt, daß ich mit meiner Tante nach Dublin fahre. Jetzt komm' ich zurück, und dann das«, schrie sie. »Ich war Jungfrau, als du mich das erste Mal genommen hast. Du hast meinen Namen ruiniert und mich wie eine gewöhnliche Schlampe sitzenlassen. Das laß ich mir nicht bieten, hörst du?« Ihre Augen funkelten vor Wut. »Ich werde im ganzen County erzählen, was für ein verachtungswürdiger Schuft du bist!«

Morgana war es, als hätte ihr jemand einen Schlag in die Magengrube versetzt. Lindsey Joyce! Sie war Rians Geliebte gewesen! Morgana sah, daß Rian weiß um den Mund wurde.

»Was du im County erzählst, ist deine Sache, Lindsey«, sagte er mit eisiger Stimme. »Aber bei unserem ersten Treffen warst du keine Jungfrau. Du hast dir große Mühe gegeben in jener Nacht, mir das vorzugaukeln, aber mich hast du nicht getäuscht. Ich wette, Sean Devlin und Johnny Gallagher haben deine Reize auch schon gekostet und wahrscheinlich auch noch einige andere. Du tust dir nur selbst weh, wenn du einen Skandal heraufbeschwörst. Mein Ruf ist seit Jahren kein Geheimnis. Aber ich schwöre dir eins, wenn du irgendwelche Lügen über meine Frau verbreitest, dreh' ich dir persönlich deinen hübschen kleinen Hals um.«

»Aber Rian«, schluchzte Lindsey.

Morgana hatte genug gehört. Sie gab Copperlady die Peitsche und ritt, so schnell sie konnte, nach Shanetara. Sie hörte nicht, wie Rian ihren Namen rief.

Zu Hause angelangt, warf Morgana sich aufs Bett und schluchzte sich die Seele aus dem Leib. Sie wußte nicht, wie sie das ertragen sollte. Lindsey Joyce war nur ein boshaftes, kleines Luder. Wie konnte Rian mit ihr schlafen? Morgana fragte sich nicht, wieso es ihr etwas ausmachte, mit wem Rian schlief. Sie wußte nur, daß sie ihn leidenschaftlich haßte. Sie würde Mollie befehlen, sofort all ihre Sachen zurück in ihr Zimmer zu bringen. Wutentbrannt begann sie, die Kleider aus dem Schrank zu reißen.

»Und was bitte soll das vorstellen?« Rian stürmte, ohne zu klopfen, ins Zimmer.

»Ich zieh' in mein eigenes Zimmer zurück«, erwiderte Morgana schnippisch. Es war ihr egal, wenn er sie dafür verprügeln würde.

»Du wirst nichts dergleichen tun!« Rian riß ihr ein Kleid aus der Hand. »Häng die wieder zurück, und zwar schnell.«

»Das werd' ich nicht!«

»Ich warne dich, Mag.« Er ging langsam auf sie zu.

Sie wich vor ihm zurück. »Du wirst mich nicht mehr anfassen. Geh nach Letterick zu deiner kleinen Schlampe«, schrie sie. »Ich geh' zurück nach England, sobald ich ein Schiff finde, das mich mitnimmt.«

»Und was willst du da tun?«

»Meine Mutter muß Verwandte gehabt haben. Ich werde sie ausfindig machen und sie bitten, mir zu helfen. Sie können nicht schlimmer sein als Großvater und du!« zischte sie.

»Schrei nicht so«, drohte er. »Ich laß nicht zu, daß du den alten Mann aufregst.«

»Warum? Weil er sein Testament ändern könnte und du das Geld dann nicht kriegst, wegen dem du mich geheiratet hast?«

Er packte sie und schüttelte sie, bis sie dachte, die Zähne würden ihr aus dem Mund fallen.

»Halt den Mund! Du weißt ja nicht mehr, was du redest. Jetzt räum hier auf! Es gibt keinen Ort, an den du fliehen könntest, wo ich dich nicht finden würde!«

Damit marschierte er aus dem Zimmer und schlug hinter sich die Tür zu. Zitternd von Kopf bis Fuß begann Morgana die Kleider aufzuheben. Er hatte natürlich recht. Früher oder später würde er sie finden. Sie würde ihr Leben lang nicht mehr von ihm loskommen!

An diesem Abend kämpfte Morgana im Bett wie besessen gegen Rian und schrie hysterisch, bis er ihr mit einer Hand den Mund zuhielt und sie dabei fast erstickte. In dieser Nacht war er nicht zärtlich, er behandelte sie mit grausamer Arroganz. Sie haßte ihn dafür, und als es vorbei war, riß sie sich aus seiner Umarmung und rutschte, soweit es ging, von ihm weg. Er lachte über ihren Zorn.

»Wenn dir kalt ist, wirst du gerne wieder in meine Arme kommen, Schatz.«

Ihre Tage waren endlos und die Nächte noch länger. Rian wurde noch arroganter und abweisender, und oft, wenn sie von einer Stickerei hochschaute, sah sie, wie er sie beobachtete wie ein fauler Tiger. Er schlief jede Nacht mit ihr, obwohl sie sich mit Leibeskräften wehrte und ihren Haß hinausschrie, bis er ihren Mund mit seinen brennenden Küssen verschloß. Er behandelte sie wie eine wilde Stute, die man hart am Zügel ritt und mit einer Peitsche traktierte. An manchen Abenden erfand sie die wildesten Entschuldigungen, um möglichst lange unten bleiben zu können, bis alle schon zu Bett gegangen waren, und an manchen Nächten lief sie sofort nach dem Essen in ihr Zimmer und saß dann stundenlang in nervöser Erwartung des Augenblicks, wenn er durch die Schlafzimmertür kam, um sich zu nehmen, was ihm zustand.

Rian nahm ihr die Reste ihrer Kindheit und zwang sie, sich mit der leidenschaftlichen Frau auseinanderzusetzen, die in seinen Armen heranwuchs, und sie verachtete ihn dafür. Es war, als hätte er etwas Wildes, Elementares in ihr entdeckt und würde versuchen, es aus dem Käfig kühler Zurückhaltung zu befreien, und er veränderte sie. Und wie er sie veränderte! Er lachte sie aus, verspottete sie, zwang sie, genauso aufbrausend zu werden wie er, ihren Verstand zu schärfen und ihn mit seinem zu messen und trieb sie in eine Sturheit, der sich keiner der McShanes zu schämen brauchte.

Sie kämpften wie Fechter, doch war er immer der stärkere, und das reizte sie stets von neuem bis zur Weißglut. Aber immer wich er dann doch zurück, ohne ihr etwas zu tun. Er konnte das Duell beenden, wann immer er wollte, und ihre Deckung brach zusammen, sobald sein Mund den ihren berührte, und dann war sie wieder völlig sein.

Einmal, als sie ihn wieder bis aufs Blut gereizt hatte, gab er ihr die Ohrfeige, von der er schon so oft gesprochen hatte, warf sie dann zu Boden und befriedigte sich dort an ihr, noch halb angezogen. Ein anderes Mal biß er sie in die Schulter, bis sie um Gnade winselte, dann wurde sein Biß zum Kuß, und er stieß sich in sie.

In ruhigeren Augenblicken dachte Rian über sein brutales Verhalten nach und fragte sich, warum er sie beide so quälte, dann sah er wieder ihr verächtliches Gesicht, und sein verletzter Stolz über ihre Abweisung bestätigte ihn wieder in seiner Härte. Er trieb seine Frau und sich fast zum Irrsinn bei dem Versuch, ihren Willen zu brechen, in der Hoffnung, ihr zu entlocken, daß sie ihn genauso begehrte wie er sie. Und wenn sie ihm dann nur wieder auswich, wurde ihm klar, daß er zum ersten Mal in seinem Leben eine Frau gefunden hatte, die ihm gewachsen war. Sie war diejenige, die ihn nicht wollte. Das war natürlich für seinen Stolz und seine Männlichkeit ein schwerer Schlag. Und so beobachtete er sie und wartete in der Hoffnung, in ihrem Gesicht ein Anzeichen für Zuneigung oder Zärtlichkeit für sich zu sehen; und wenn das nicht passierte, lachte er sie aus und verspottete sie und setzte sein einziges Mittel ein, nämlich sie körperlich gefügig zu machen, um irgendeine Reaktion von ihr zu bekommen.

Morgana räkelte sich und gähnte verschlafen, streckte sich wie eine geschmeidige, kleine Katze auf dem großen Bett. Rian wußte, daß seine Frau sich gerne morgens heimlich aus dem Bett schlich, wenn er noch schlief, deshalb hatte er sich angewöhnt, in derselben Sekunde aufzuwachen, in der sie sich regte. Dann nahm er sie fester in den Arm und zog ihren warmen Körper an sich. Sie wehrte sich nicht, weil sie inzwischen gelernt hatte, daß er dann gewalttätig wurde, und er mußte grinsen. Er küßte ausgiebig ihren Mund und spürte, wie er sich langsam öffnete, unwillkürlich, wofür sie ihn noch mehr haßte.

»Guten Morgen, Liebes.«

»Guten Morgen«, flüsterte Morgana.

Er fühlte, wie seine Leidenschaft erwachte, und nahm sich vor, diesmal sanft mit ihr umzugehen. Er legte seine Hand auf ihre Brust, doch plötzlich klopfte es laut an der Tür.

»Wer ist da?« fragte er wütend.

»Kyla, Mylord. Lord Patrick sagt, Sie sollen bitte schnell kommen. Mylady kriegt ihr Baby.«

»Großer Gott«, fluchte Rian. »Sag Patrick, wir kommen so schnell wie möglich.«

Er warf einen Blick auf Morgana und seufzte, weil er wußte, daß sie insgeheim erleichtert war, nicht mit ihm schlafen zu müssen.

»Später, meine Süße«, versprach er leise und wurde mit sanftem Erröten belohnt.

Nachdem er gegangen war, stand auch Morgana auf und hatte wieder dieses leichte Schwindelgefühl, das ihr schon seit zwei Wochen zu schaffen machte. Sie hatte Rian nichts davon erzählt, aus Angst, er hielte es für einen Vorwand, damit sie in die Stadt fahren und Michael sehen könnte. Jetzt aber war ihr nicht nur schwindelig, sondern auch noch elend schlecht. Sie schaffte es gerade noch bis zum Nachttopf, ehe sie sich übergeben mußte. Als es vorüber war, wischte sie sich erschöpft mit einem feuchten Tuch den Mund ab, und plötzlich kam ihr ein entsetzlicher Verdacht. Sie zog sich an und ging ebenfalls nach unten.

Kerr spannte gerade schimpfend die große Kutsche an.

»Was ist los, Kerr?« fragte Morgana und trat neben Rian.

»Mylady, Lord Shanetara sagt, kein Enkel von ihm soll in einem Nebenhaus auf die Welt kommen, und er besteht darauf, daß wir Lady Bridget sofort nach Shanetara bringen.«

»Aber das ist doch Irrsinn«, schimpfte Morgana. »Da kriegt Bridget das Kind womöglich in der Kutsche.«

»Wir wissen nicht, wann die Wehen eingesetzt haben«, sagte Rian nachdenklich. »Vielleicht reicht die Zeit noch.«

»Rian, tu's nicht. Sie hat wahrscheinlich schreckliche Schmerzen, und die Fahrt könnte sie umbringen.«

»Unsinn. Sie ist kräftig, und es ist nicht weit. Beeil dich, Kerr.« Er wandte sich an den alten Mann. »Es hat keinen Sinn, wenn wir rüberreiten«, sagte er, nachdem Kerr nörgelnd abgefahren war. »Geh rein und sag Mollie, sie soll alles fertigmachen. Ich fahr' in die Stadt und hol' Doktor Kelsey.«

Morgana lächelte, als der Name ihres Freundes fiel, und Rian sah es. Er packte sie am Kinn und hob ihren Kopf.

»Vergiß nur nicht, wem von uns beiden du gehörst«, warnte er und ging dann zum Stall.

»Sei doch nicht albern!« Morgana hoffte, daß sie nicht zu scharf reagiert hatte, denn sie hatte immer noch Angst, er könnte Pläne hegen, den Doktor wie angedroht aus der Stadt zu jagen. »Michael und ich sind nur Freunde.«

Rian lachte leise. Er wußte, daß es zwischen Morgana und Michael keine Affäre gegeben hatte. Er war ihr erster Mann gewesen, und er wußte auch, daß sie nicht in den Doktor verliebt war, wie er unvernünftigerweise anfänglich angenommen hatte. Aber er konnte es nicht lassen, sie zu reizen. Besser das Weib ein bißchen einschüchtern, anstatt sich von ihr Hörner aufsetzen zu lassen.

Bridget wurde nach Shanetara gebracht. Ihre Wehen hatten gerade erst eingesetzt, und sie war, genau wie der alte Mann, der Meinung, das Kind müsse im Großen Haus geboren werden. Nach kürzester Zeit hatte man sie im alten Zimmer ihres Mannes untergebracht, und Mollie lief geschäftig hin und her, wobei ihr rotes Gesicht von einem Ohr zum anderen strahlte.

»Mach dir keine Sorgen, Patrick«, sagte der Großvater streng. »Bridget ist ein kräftiges, gesundes Mädel. Sie wird's leicht haben.«

Dann warf er Morgana und Rian einen listigen Blick zu. »Du solltest deiner Cousine und deinem Cousin sagen, sie sollen sich an die Arbeit machen, damit dein Kind Gesellschaft hat«, kicherte er. Er wußte genau, wie es zwischen den beiden stand, die er zur Hochzeit gezwungen hatte. Aber Fergus war ein schlauer alter Fuchs und wußte, daß extremer Haß und Leidenschaft der Anfang von etwas Dauerhafterem sein kann. Es würde nur eine Frage der Zeit sein, bis Rian und Morgana das auch erkannt haben mußten, die stolzen, sturen Idioten.

Rian sagte nichts, schaute aber seine Frau sehr nachdenklich an, und sie errötete und fragte sich, ob er wohl erraten hatte, daß sie eventuell schwanger war.

»Doktor Kelsey ist auch hier«, unterbrach Trevor die nachdenkliche Stimmung.

Rian sah, wie Morgana sofort loslaufen wollte, und Eifersucht durchzuckte ihn wie ein Blitz. Schweigend streckte er den Arm aus und zog sie an sich.

»Der Doktor braucht deine Hilfe nicht«, zischte er in ihr Ohr. Morgana wollte etwas erwidern, tat es dann aber doch nicht. Dies war weder die richtige Zeit noch der richtige Ort zum Streiten. Außerdem hatte Rian recht. Sie hatte keine Ahnung von Geburtshilfe.

Es war schon nach Mitternacht, als sie endlich das zarte, unglückliche Schreien des Babys hörten. Morgana war längst auf der Couch eingeschlafen, den Kopf auf Rians Schulter gebettet, und Mollie brachte es nicht übers Herz, sie aufzuwecken. Bei dem Geräusch wurde sie aber wach. Patrick war schon fast an der Treppe, als sie ihn einholte.

»Warte hier«, sagte Morgana. »Bridget ist vielleicht noch nicht bereit, dich zu sehen.«

Er nickte und ließ sie alleine nach oben gehen, während er nervös unten auf und ab lief. Morgana betrat leise das Zimmer.

Bridgets Gesicht war ganz rot von der Anstrengung, aber sie lächelte.

»Oh, Morgana«, hauchte sie. »Es ist ein Mädchen.«

»Sie ist wunderschön, Bridget.« Morgana zog die weiche kleine Decke zur Seite, um das winzige, verschrumpelte Gesicht des Babys besser sehen zu können.

»Ja«, sagte Mollie stolz. »Sie ist so ziemlich die hübscheste McShane, die ich bis jetzt gesehen habe.«

»Darf ich sie runterbringen? Patrick ist kaum noch zurückzuhalten.« Morgana lachte und begegnete Michaels Blick.

Bridget wollte sich nur ungern von dem Kind trennen, aber der Doktor sagte, sie bräuchte etwas Ruhe. Also reichte sie Morgana das kleine Bündel, aber sie mußte ihr hoch und heilig versprechen, das Baby sofort wiederzubringen, wenn es alle gesehen hatten.

»Und, Morgana«, rief Bridget ihr noch nach. »Ich hab' das Kind Maureen genannt – nach deiner Großmutter.«

Morgana nickte verständnisvoll. Bridget wollte damit auf ihre Art den launischen alten Mann besänftigen, der das junge Paar nach der Hochzeit geschnitten hatte. Michael brachte sie zur Tür. Draußen im Gang wandte er sich an sie.

»Morgana, ich hab' mir solche Sorgen um dich gemacht«, flüsterte er, damit niemand außer ihnen es hören konnte. »Geht's dir gut? Bist du glücklich? Deine Hochzeit war so plötzlich und völlig unerwartet.«

»Ich weiß«, erwiderte Morgana, ebenfalls im Flüsterton. »Tut mir leid, daß ich dich in letzter Zeit nicht besuchen konnte. Mir fehlen die Gespräche mit dir sehr, aber mir geht es den Umständen entsprechend gut. Bitte, Michael, ich muß runtergehen, sonst kommt Rian mich holen. Er ist sehr, sehr besitzergreifend«, stammelte sie.

Er nickte verständnisvoll. »Morgana, solltest du je unglücklich sein oder Hilfe brauchen, ich bin immer für dich da.«

»Danke«, sagte sie. »Du warst immer ein guter Freund.«

»Patrick, du bist der stolze Vater eines kleinen Mädchens«, sagte Morgana, als sie unten im Salon angelangt war, und reichte ihrem Cousin das winzige Bündel.

»Sie ist so klein.« Patrick schaute verwundert auf das winzige Gesichtchen.

»Alle Babys sind klein«, sagte Rian, der ihm über die Schulter gesehen hatte.

»Übrigens, sie heißt Maureen«, teilte Morgana ihnen mit.

»Maureen«, sagte Fergus nachdenklich und sah plötzlich das Gesicht seiner verstorbenen Frau vor sich. »Das gefällt mir.«

Morgana sah, daß sich der alte Mann sehr freute, was Bridget sicher guttun würde.

»Geht es Bridget gut?« fragte Patrick besorgt.

»Es könnte nicht besser sein. Sie braucht nur ein bißchen Ruhe. Warum bringst du nicht Maureen jetzt zu ihr rauf«, schlug Morgana vor und sah ihm nach, wie er vorsichtig die Treppe hinaufstieg.

»Ich glaube, wir könnten alle ein bißchen Ruhe gebrauchen«, murmelte Rian und packte seine Frau an der Hand. »Ich schlage vor, wir ziehen uns für heute zurück.«

In ihrem Zimmer angelangt, schloß Rian die Türe und goß sich einen Schluck aus der Whiskeykaraffe auf der Anrichte ein.

»Ich hoffe bloß, du brauchst nicht so lange, um ein Baby zu kriegen.« Er ließ sich erschöpft in einen Stuhl fallen.

Morgana legte unwillkürlich die Hand auf ihren Leib.

»Du weißt es also?«

»Was?« Er richtete sich auf und sah, wo sie ihre Hand hingelegt hatte.

»Ich... ich glaube... ich bin schwanger.«

»Bist du... bist du sicher, Morgana? Dir war doch nie schlecht.«

»Doch, heute morgen war mir schlecht, und die letzten paar Wochen ging's mir nicht sehr gut. Ich hab's dir nur nicht gesagt, weil du sicher wieder geglaubt hättest, ich wollte bloß Michael sehen«, erklärte sie zögernd.

»Ich verstehe.« Er sprach langsam und fragte sich, ob sie das Kind unter ihrem Herzen haßte, sein Kind. Er war ziemlich betrunken, weil sie praktisch schon den ganzen Tag tranken, aber es war ihm kaum anzumerken. »Komm her«, befahl er leise.

Morgana ging langsam durchs Zimmer und ließ sich vor ihm auf die Knie fallen. Er griff mit einer Hand in ihre fließende Kupfermähne und drehte ihr Gesicht zu sich, damit er ihre Lippen mit seinen berühren konnte. Genüßlich trank er die Süße ihres Mundes. Er stellte sein Glas auf den Tisch, dann knöpfte er ihr das Kleid auf, damit er ihre schwellenden Brüste liebkosen konnte. Ja, sie gehörte ihm, und als er sie heute abend mit Patricks Kind im Arm gesehen hatte, war etwas in ihm erwacht, das jetzt noch stärker wurde, nachdem er erfahren hatte, daß sie sein Kind erwartete. Ja, sein Großvater hatte recht gehabt. Sie würde ihm kräftige Söhne gebären, und ein Mann brauchte Erben, stolze Söhne, die den Namen weiterführen würden.

Morgana stöhnte leise unter seiner Berührung, und ihm stockte der

Atem, und die Begierde entflammte in seinem Körper. Er griff noch einmal nach dem Whiskeyglas und verschüttete versehentlich etwas von der bernsteinfarbenen Flüssigkeit über sie. Sie tropfte über eine nackte Brust, kühl auf ihrer glühenden Haut. Er beugte den Kopf und leckte in zärtlichen Wirbeln die Flüssigkeit von ihrer Satinhaut, dann knabberte er sanft an ihrer harten Knospe.

»Halt mich fest«, flüsterte er, und Morgana folgte seinem Befehl zitternd mit seltsamer Empfindung, die er in ihrem Körper ausgelöst hatte, der Vater ihres ungeborenen Kindes.

Er zog sie zu sich hoch auf die Chaiselongue, zog sie aus und entledigte sich dann seiner Kleider. Diesmal goß er absichtlich den restlichen Whiskey über ihren Körper, und sein Mund in ihren feuchten Schamlocken fing auf, was zwischen ihre Schenkel tropfte. Er hörte, wie sie unwillkürlich seinen Namen stammelte, und dann zog sie seinen Kopf näher heran, seine Zunge drang tiefer in sie ein, dann wanderte sie wieder hoch zu ihrem Mund, damit sie den leicht salzigen Geschmack, gemischt mit Whiskey, auf seinen Lippen kosten konnte, bevor sie seine harte Männlichkeit in sich spürte.

Morgana seufzte, als er einige Zeit später entspannt von ihr ließ und sie wie immer seltsam enttäuscht war, nachdem er sie so erregt hatte. Als gäbe es da noch etwas, etwas, das sie nicht finden konnte, bevor sein Liebesakt vorbei war. Morgana erwachte erst allmählich unter Rians erfahrenen Händen und Lippen, und sie konnte nicht wissen, daß es nur eine Frage der Zeit war, bis sie die Antwort erfahren würde, die sie instinktiv suchte.

Kapitel Zwölf

Maureen war ein entzückendes Kind, selten schlecht gelaunt oder unruhig. Sie hatte große blaue Augen wie Bridget, aber ihre Haare würden, wie jeder sehen konnte, kupferfarben werden. »Wie Cousine Morganas«, lachte Bridget. Selbst der Großvater hatte anscheinend seine anfängliche Ablehnung von Bridget vergessen und saß oft mit ihrem

Kind im Arm im Salon. Bridget hatte auch keine Lust, lange im Bett zu bleiben, und war schon bald wieder auf den Beinen.

Eines regnerischen Nachmittags saßen alle im Salon und spielten Whist. Rian, den das Spiel langweilte, schlug vor, gemeinsam in den Keller zu gehen und die Verliese zu erforschen.

»In diesem Haus gibt es Verliese?« fragte Morgana entsetzt.

»O ja«, berichtete Colin aufgeregt. »Da unten gibt's auch Katakomben. Manche gehen bis zu den Höhlen unter den Felsen am Meer. In alten Zeiten haben die Piraten sie benutzt, um ungesehen im Haus aus und ein gehen zu können. Man erzählt sich, einige bedauernswerte Verwandte hätten sich in ihnen verirrt und man hätte nie wieder etwas von ihnen gehört.«

Morgana wollte eigentlich nicht mitgehen, aber am Ende lachten sie alle aus und sagten, es wäre sicher ein toller Spaß. Also zündeten sie einige Fackeln an und stiegen hinunter in die Keller, zögernd gefolgt von Morgana.

Es war dunkel und unheimlich, und die steilen Stufen waren naß und glitschig. Irgendwo sickerte wahrscheinlich Wasser in die Höhlen und bildete die grünen Moosablagerungen in den Felsspalten. Es dröhnte hohl und hallte, wenn jemand sprach, aber seltsamerweise flüsterten sowieso alle. Sie tasteten sich vorsichtig durch die Gänge. Morgana klammerte sich fest an die Hand ihres Mannes. Im unsteten Licht der Fackeln sah er noch verwegener und barbarischer aus. Ja, vor zweihundert Jahren wäre er plündernd und raubend über die Meere gezogen. Daß das Blut seiner wilden Vorfahren in seinen Adern floß, hatte sie an jenem Abend gesehen, als er sie am Strand angegriffen hatte. Morgana erschauderte bei dem Gedanken.

»Angst, Mag?« neckte er sie leise. »Es ist doch sonst nicht deine Art, dich so an mich zu klammern.«

Sie gab ihm keine Antwort, und er lachte leise, seine grünen Augen musterten unverhohlen begierig ihr Gesicht im flackernden Licht.

Die Verliese waren modrig und feucht, und die schweren Holztüren ächzten und knarzten in ihren rostigen Scharnieren. Ratten flüchteten vor dem Licht, wütend raschelnd über die Störung ihrer Ruhe. Schwere Eisenketten hingen von den Wänden, und in einigen Räumen standen alte Folterinstrumente. Von vielen konnte Rian Morgana die Namen nennen, die Daumenschrauben, das Brandeisen, Streckbank und Stirnzwinge. Er erklärte ihr einige der Foltermethoden, bis Morgana entsetzt schrie: »Ich will nichts mehr hören!«

Rian sah, wie blaß sie geworden war, und ließ es gut sein. Morgana fühlte sich wirklich nicht wohl und wäre am liebsten sofort in den Salon zurückgelaufen. Ihre Schuhe und der Saum ihres Kleides waren naß vom feuchten Steinboden, und die Muskeln in ihren Beinen schmerzten vom Gehen. Sie starrte auf einen Eisenstiefel, den Colin versucht hatte anzuziehen, als sie plötzlich bemerkte, daß die anderen nicht mehr in der Zelle waren. Sie glaubte ihre Stimmen tiefer in den Katakomben zu hören und eilte sofort in diese Richtung. Aber ihre Fackel gab nicht genug Licht, und irgendwo in der Dunkelheit nahm sie eine falsche Abzweigung und schreckte dabei einen Schwarm Fledermäuse auf. Sie flatterten mit schrillen Schreien auf sie zu, mit drohenden, rattenähnlichen Gesichtern und skelettartigen Flügeln. Eine berührte sie am Kopf, und Morgana schrie vor Angst. Alle Geschichten über Vampire und Fledermäuse fielen ihr mit einem Mal ein. Sie drehte sich um, ließ dabei die Fackel fallen und rannte blindlings los. Schließlich stürzte sie durch die erste offene Tür, die sie fand, und sah mit Entsetzen, wie diese hinter ihr zufiel. Sie zerrte verzweifelt daran, aber nichts bewegte sich auch nur einen Zentimeter. Sie schrie und schrie bis zur Erschöpfung, bis ihr klarwurde, daß durch die schweren Holzbohlen niemand ihre Schreie hören konnte. Schließlich sank sie schluchzend zu Boden.

Morgana wußte hinterher nicht, wie lange sie dort zusammengekauert gesessen hatte. Die feuchten Steine durchnäßten ihr Kleid, die Kälte kroch bis in ihr Knochenmark. Das Schluchzen gefror ihr im Hals, als ihr Colins Geschichten über die vielen Leute in den Sinn kamen, die sich in diesen Katakomben verirrt hatten und gestorben waren, und sie fragte sich angsterfüllt, ob sie wohl dasselbe Schicksal erwartete. Sie hörte das Rascheln der Ratten im Dunkeln und drückte sich so nah wie möglich an die Tür, Arme und Beine hochgezogen, nachdem eine über ihren Schuh gehuscht war. Dann nickte sie schließlich ein.

Sie schreckte hoch. Großer Gott, wie lange hatte sie geschlafen, und wovon war sie aufgewacht? Sie lauschte angestrengt in die kühle Stille, und schließlich glaubte sie, wirklich Stimmen zu hören. Oder war es nur wieder Einbildung? Es war ihr egal. Sie stand auf und trommelte erschöpft gegen die Tür und schrie um Hilfe. Es hatte keinen Sinn. Es war nur Einbildung gewesen. Würde sie den Verstand verlieren, bevor sie verhungerte? Waren das schon die ersten Anzeichen? Doch plötzlich hörte sie ein Kratzen und das Ächzen von Scharnieren. Die Tür ging auf, und der Schatten ihres Mannes fiel gegen die Wand.

»Rian«, flüsterte sie, dann schwanden ihr die Sinne.

Morganas Augen öffneten sich langsam. Das Riechsalz, das Rian ihr unter die Nase hielt, tat endlich seine Wirkung. Einen schrecklichen Moment glaubte sie, sie wäre noch in dem modrigen Verlies, dann stellte sie zu ihrer großen Erleichterung fest, daß sie auf dem Sofa im großen Salon lag.

»Mein Gott, Mag.« Rians besorgtes Gesicht beugte sich über sie. »Warum bist du denn weggegangen?«

»Bin ich nicht«, schluchzte sie. »Ich hab' mich umgedreht, und ihr wart alle weg. Ich hab' versucht, euch zu finden, als diese schrecklichen Fledermäuse auf mich losgegangen sind.« Sie tastete nach der Wunde auf ihrer Stirn, wo die eine sie berührt hatte.

»Ich dachte, du wärst direkt hinter mir, Morgana«, sagte Colin. »Tut mir leid.«

»Ist alles in Ordnung?« fragte Rian.

»Ich glaube ja.« Sie zuckte zusammen, als er ihr eine Flüssigkeit auf die Wunde tupfte.

»Du hast Glück, daß wir dich überhaupt gefunden haben«, sagte Patrick. »Wenn Rian nicht die Fackel gefunden hätte, die du fallen gelassen hast, hätten wir nie gewußt, in welchem Gang wir suchen sollen.«

»Das reicht, Patrick«, sagte Rian in scharfem Ton. »Morgana hat genug Strapazen für einen Tag gehabt.«

Er hob sie hoch und trug sie nach oben in ihr Zimmer. Dann befahl er Kyla, das Abendessen auf einem Tablett hochzubringen. Morgana aß sehr wenig, und Rian versuchte, dieses eine Mal nicht mit ihr zu schlafen. Er begnügte sich damit, sie zärtlich in seinen Armen zu halten. Sie schluchzte an seiner Brust eine Weile leise vor sich hin, und er versuchte sie mit sanften, tröstenden Worten zu beruhigen, wie ein kleines Kind, das einen Alptraum gehabt hat.

Morgana wußte nicht, wie lange sie in seinen Armen geschlafen hatte, als sie durch ein Weinen vor ihrer Tür geweckt wurde. Verwundert stieg sie aus dem Bett und zog ihr Negligé an. Sie öffnete leise die Doppeltüren, um Rian nicht zu wecken, der friedlich schlief. Es war Vollmond, und leichter Dunst lag über dem Moor, lange Schatten bewegten sich in der Dunkelheit. Das Weinen schien von einem der Balkone zu kommen, die sich um das ganze Haus zogen. Morgana ging langsam auf das Geräusch zu. Plötzlich stockte ihr der Atem, als sie die geisterhafte Gestalt einer Frau mit langen, roten Haaren sah, die hinaus aufs Meer starrte und herzzerreißend schluchzte. Sie schien beim Gehen zu schweben, ihr fahles, weißes Kleid flatterte wie ein Leichentuch im Dunst. Morgana erkannte sie sofort. Es war die Frau von dem Porträt, Katy McShane. Morgana schaute hinaus aufs Meer und sah die verschwommene, silbrige Silhouette eines Schiffes, eines Geisterschiffes. Sie erschauderte und erinnerte sich an Rians Erzählung. Sie war der Frau jetzt ganz nahe und hätte nur die Hand ausstrecken müssen, um sie zu berühren. Das sanfte Wesen drehte sich zu ihr um, seine leuchtenden Augen glänzten vor Tränen. Dann ging die Frau wieder zum Balkongeländer.

»William, ich komme, William.« Ihre Stimme war zart wie die Musik der Laute, die sie einst spielte.

Dann verblaßte die silbrige Erscheinung langsam im Dunst. Morgana schaute hinaus auf die See und sah das Schiff aufs offene Meer verschwinden, nur noch das fahle Mondlicht schimmerte auf den Wellen.

»Morgana, was machst du da draußen?« rief plötzlich ihr Mann hinter ihr.

»Rian, ich hab' sie gesehen, Rian.«

»Wen gesehen?«

»Katy McShane und das Geisterschiff.«

Seine Stimme tönte leise in der Dunkelheit:

There, in a moment we may plunge our year
In fatal penitence, and in the blight
Of our own soul turn all our blood to tears,

And color things to come with hues of Night
The race of life becomes a hopeless flight
To those that walk in darkness: on the sea
The boldest steer but where their ports invit
But there are wanderers o'er Eternity
Whose bark drives on and on, and anchor'd ne'er shall be.

»Aber Rian«, Morgana drehte sich überrascht um. »Ich hab' nicht gewußt, daß du Lord Byron liest.«

»Komm rein, Mag!« Er nahm ihren Arm. »Es ist spät, und du holst dir den Tod hier draußen.«

Morgana lag noch länger wach und dachte über diese bisher unbekannte Seite ihres Mannes nach. Wie konnte er nur in einem Augenblick so grausam sein und im nächsten wunderbare Gedichte zitieren und genau die Stimmung begreifen, die die schöne Erscheinung hinterlassen hatte. Seine Worte hatten ihr Herz berührt. Verliebte sie sich etwa in Rian?

Am nächsten Morgen war sie überzeugt, sie sei durch einen Zauber jener Erscheinung getäuscht worden. Rian war wieder ganz der alte. Arrogant wie immer zwang er sie zum Liebesspiel, ohne eine Spur des zärtlichen Verständnisses, das er in der Nacht gezeigt hatte. Morgana sagte ihm, sie hasse ihn, was er mit unverschämtem Lachen quittierte, so daß sie ihm die Zunge rausstreckte. Das amüsierte ihn noch mehr, und er riß ihr die Decke weg und kitzelte sie gnadenlos. Es gelang ihr, ein Kissen zu packen, mit dem sie ihm kräftig auf den Kopf schlug. Rian packte sofort das andere, und in kürzester Zeit war eine wüste Kissenschlacht im Gange. Rians Kissen platzte, und sofort war das ganze Schlafzimmer voller Federn, sehr zum Ärger von Kyla, die das Chaos aufräumen mußte und noch den ganzen Tag über die albernen Streiche ihrer Dienstherren schimpfte.

Eines Morgens beschloß Morgana, rüber nach Kilshannon Hall zu reiten, um Bridget und die kleine Maureen zu besuchen. Sie war guter Laune und sang beim Reiten. Sie ließ Copperlady die Zügel und scherzte mit Ben, dem Diener. Das rettete ihr wahrscheinlich das Leben. Die Stute stolperte über einen Kaninchenbau und schleuderte sie aus dem Sattel. In genau diesem Augenblick ertönte ein Schuß, und die Kugel riß ein riesiges Loch in Morganas Sattel. Der Sturz hatte ihr das Leben gerettet. Sie stand zitternd auf und schaute hoch in die Hügel, ob dort ein Jäger zu sehen war. Sie hörte Ben rufen, es wären Leute dort drüben, und dann fragte er, ob alles in Ordnung sei. Sie nickte verschreckt und ließ sich von ihm auf sein Pferd helfen. Copperlady war in Panik zurück nach Shanetara gelaufen.

Rian stand mit der Stute im Hof, als sie hereinritt.

»Was, zum Teufel, geht hier vor?« fragte er.

Morgana war inzwischen den Tränen nahe. »Jemand hat versucht, mich umzubringen. Schau dir nur meinen Sattel an, er ist ruiniert«, jammerte sie.

»Ich besorg' dir einen anderen«, versuchte Rian sie zu beruhigen. »Das war wahrscheinlich nur ein Wilderer, Mag. Ben soll der Sache nachgehen.«

Der Diener suchte den ganzen Landstrich ab und befragte die Pächter, aber ohne Erfolg. Niemand hatte an diesem Morgen einen Jäger gesehen. Morgana fand sich damit ab, daß Rian wahrscheinlich recht hatte und ihre Fantasie wohl mit ihr durchgegangen war. Sicherlich wollte keiner, den sie kannte, ihr weh tun.

Ihr Körper veränderte sich, wurde runder und voller, und das Kind wuchs in ihr. Sie war jetzt fast im vierten Monat, und allmählich war es zu sehen. Morgana war das gar nicht bewußt, bis Bridget sie eines Abends fragte: »Wann ist das Kind fällig, Morgana?« Sie und Rian beschlossen, es wäre an der Zeit, die Familie jetzt davon zu unterrichten.

Großvater war außer sich vor Freude über diese Nachricht und bestand darauf, sie zu feiern. Patrick klopfte Rian fröhlich auf die Schulter und sagte: »Was hat dich denn so lange aufgehalten, Cousin?«, was Morgana vor Scham erröten ließ. Rian warf ihr einen amüsierten Blick zu, aber sie hätte schwören können, seine Augen waren in diesem Moment voller Zärtlichkeit, und sie hoffte, er freute sich auch auf das Baby.

Im allgemeinen Trubel merkte niemand, daß Colin dem Paar nicht gratulierte und sich, so bald es ging, aus dem Staub machte. Sein Haß auf Morgana wuchs täglich, weil sie Rian geheiratet hatte und er dadurch aus dem Testament seines Großvaters ausgeschlossen war. Er wußte nicht, daß Fergus nie wirklich vorgehabt hatte, seine ganze Familie zu enterben. Es war nur eine List gewesen, um Rian dazu zu kriegen, das Mädchen zu heiraten. Nach der Hochzeit hatte Fergus seinem Anwalt, Mister O'Donnell, einen Brief mit der Anweisung geschickt, das neue Dokument zu verbrennen. Unglücklicherweise hatte er es versäumt, seine Familie davon zu informieren.

An diesem Abend wollten Rian und Morgana gerade zum Dinner hinuntergehen, als ihr einfiel, daß sie vergessen hatte, die Balkontüren zu schließen. Es sah nach Regen aus, und sie hielt es für besser, zurückzugehen und sie zu schließen.

»Geh schon vor, Rian«, sagte Morgana. »Ich komm' gleich nach.«

Der Gang schien dunkler als gewöhnlich, als Morgana aus dem Schlafzimmer kam, und sie lief mit einem unguten Gefühl zur Treppe. Sie hatte gerade ihren Fuß auf die erste Stufe gesetzt, als eine Hand ihr einen kräftigen Stoß zwischen die Schulterblätter versetzte. Dann begann sie zu fallen, überschlug sich und fiel und fiel. Das letzte, woran sie sich erinnern konnte, war Rians Gesicht, das sich über sie beugte, dann verschlang sie die Dunkelheit.

Kapitel Dreizehn

Rians Gesicht war vom Schock gezeichnet, als er seine bewußtlose Frau aufhob und um Hilfe rief. Er trug sie die Treppe hoch und legte sie auf ihr Bett. Glücklicherweise atmete sie noch. Alles war voller Blut. Er zog sie aus und sah, warum – aber er hatte jetzt keine Zeit, über das verlorene Kind nachzudenken.

»Mollie, hol mir Tücher und heißes Wasser«, brüllte er. Er arbeitete wie ein Besessener, aber Morganas Gesicht war totenblaß und die Atmung sehr flach.

Bridget und Fionna kamen ihm zu Hilfe, und zusammen badeten sie Morganas kalten Körper und säuberten die Schnitte im Gesicht und auf den Schultern, die beim Sturz gegen die Treppe geschlagen waren.

Patrick war zum Arzt geritten, und Michael Kelsey brach sich fast den Hals auf dem wilden Ritt nach Shanetara, so entsetzt war er von der Nachricht. Das war aber nichts, verglichen mit dem Schock, als er ins Zimmer stürzte und Rian ein Laken über seine Frau zog und ihn anschrie, er solle sofort das Haus verlassen.

»Mein Gott, Mann, ich bin Arzt!« Er schob Rian ohne Rücksicht auf Standesunterschiede zur Seite.

Michael schickte Bridget und Fionna aus dem Zimmer und riß trotz Rians Protesten das Laken zur Seite und begann Morgana zu untersuchen. Er arbeitete schnell und ruhig.

»Sie hat das Kind verloren.« Ein kurzer Blick auf Rians sorgenvolles Gesicht.

Die beiden Männer musterten sich schweigend, in ihren Gesichtern spiegelte sich der Kampf der Gefühle.

»Ich... tut mir leid, Michael.« Rian versuchte sich zusammenzunehmen. »Ich habe mich falsch benommen. Es ist einfach so, ich hab' einmal geglaubt, Sie wären Morganas Geliebter. Ich weiß jetzt, daß es falsch war – aber – großer Gott! Wird sie wieder gesund?«

Michael Kelsey musterte den Grafen und begriff, wieviel Mühe es diesen stolzen Mann gekostet hatte, sich zu entschuldigen. Er nickte kurz.

»Ich war und ich bin immer noch ihr Freund, Mylord.« Er schaute auf Morganas weißes Gesicht. »Wir müssen sie in Eis packen, sonst verblutet sie. Lieben Sie sie, Mylord?« fragte er nach kurzem Zögern.

»Lieben? Ich glaube, ich weiß nicht, was Liebe ist«, sagte Rian verbittert in plötzlicher Selbsterkenntnis, dann ging er Eis holen.

Morgana war über eine Woche bewußtlos, und während dieser Zeit blieb Rian ständig an ihrer Seite und erlaubte keinem anderen, sie zu pflegen. Er magerte vor Sorge ab und verwahrloste aus Schlafmangel. Der Rest der Familie ging in seiner Gegenwart auf Zehenspitzen, denn er war vor Sorge halb verrückt, und alle fürchteten die Wut in seinen Augen. Sein Großvater trauerte offen um das verlorene Kind und Morganas gefährlichen Gesundheitszustand. Er saß oft in ihrem alten Zimmer und führte Selbstgespräche.

Rian verzehrte sich vor Schuldgefühlen und machte sich die bittersten Vorwürfe, weil er seine Frau mit Gewalt genommen hatte und sie ihn dafür hassen mußte. Er schwor sich, wenn sie wieder gesund würde, würde er mit ihr Irland verlassen, sie in die Gesellschaft einführen, ihr hübsche Kleider kaufen und sie wieder zum Lachen bringen. Aber wenn jemand den stolzen Grafen gefragt hätte, warum er das machen wollte, hätte er die Antwort darauf immer noch nicht gekannt oder zugegeben. Er wußte nur, wenn sie sterben würde, würde er sich das nie verzeihen.

»Morgana Shelley McShane, hast du Tinte auf meinem Schreibtisch verschüttet?«

»Nein, Vater.«

»Aber doch – und lügen ist eine Sünde, Kind.«

Das Kind starrte auf den dunklen Fleck, beobachtete fasziniert, wie er zu einer scharlachroten Flut von Blut auf dem Boden neben ihm wurde. Es schrie.

»Lieg still. Du mußt dich ausruhen.«

»Er wird mich vergewaltigen. Jemand muß mir helfen, bitte!«

»Wer?«

»Brendan, nein, Rian.«

»Ich bin hier, lieg still.«

»Er will mich nicht.«

»Wer?«

»Rian.«

»Ich bin hier, Mag, versuch dich zu erholen.«

Das Kind beobachtete, wie der Fleck größer wurde, bis er so groß und schwarz war wie die irische See. Das Wasser war kalt auf seiner nackten Haut. Es schrie wieder voller Angst, als ein Teufel aus dem honigfarbenen Sand aufstieg, ihr winkte und dann seine Hände auf ihre Brüste legte.

»Es ist eine Sünde, Kind.«

»Nein, ich will nicht in die Hölle kommen. Er hat mich gezwungen. Nimm mir mein Baby nicht!«

»Schluck.«

»Morgana mit den Kupferlocken hält sich für besser als die anderen Mädchen.«

Die Klassenkameradinnen bildeten einen Kreis um das Kind. Sie lachten.

»Er kommt nicht.«

Sie weinte. Die Tränen wurden sanft weggeküßt. Von Vater. Nein, Vater war tot. Wer denn? Eine Träne tropfte auf ihre Brust und verwandelte sich in Whiskey, als sie über ihre Haut rollte.

»Laß mich los, du bist betrunken.«

Sie schaute in wintergrüne Augen, die sich in chinesische Seide verwandelten.

»Keiner sonst kann diese Farbe tragen, aber woher hast du das gewußt?«

Ein Pirat stand vor ihr. Er lachte spöttisch, dann zerrten seine Hände an dem zarten Stoff.

»Die Geisterstunde.«

»Sie ist eine rothaarige Hexe.«

»Nein!«

»Lieg still.«

»Es ist eine Sünde, Kind.«

Der Pirat war wieder zum Teufel geworden und jagte sie auf einem großen, schwarzen Pferd. Sie konnte nicht laufen. Ihre Beine bewegten sich nicht.

Sie leckte sich die Lippen.

»Schluck.«

Etwas fühlte sich auf ihrer Stirn kühl an. Ein Schuß. Er fiel. Nein, sie fiel und fiel und fiel…

Sie sah das Silberschiff im grauen Dunst. Die Frau weinte, ihr weißes Kleid wehte wie ein Leichentuch.

»William. Ich komme, William.«

»Die Byron-Verse, Rian, woher kennst du sie:
But there are wanderers o'er Eternity
Whose bark drives on and on, and anchor'd ne'er shall be.«

Die Frau verblaßte in der Nacht. Himmel, es war so dunkel. Ihr Kleid war feucht. Es war kalt auf dem Steinboden. Sie hörte die Ratten über den Boden huschen. Ihre ausgebreiteten Füße wuchsen, und sie wurden zu geflügelten Skeletten. Sie flogen auf sie zu und kreischten. Sie ließ ihre Fackel fallen. Dann lag sie auf der Streckbank. Sie fühlte, wie die Daumenschrauben ihre Haut durchbrachen.

»Gestehe, du bist eine Hexe.«

»Dein Vater ist tot, Kind.«

Sie ließen den Sarg hinunter in die Erde. Sie hörte den dumpfen Aufschlag der Erde, die darauf geschaufelt wurde. Sie war in Schwarz. Nein, in Weiß, es war ein cremeweißes Kleid mit Tausenden von Orientperlen bestickt.

»Wirst du mich heiraten?«

»Wie kommst du darauf, daß ich dich noch haben will?«

Ein schweres Goldband an ihrem Finger. Nein. Es war eine Kette. Sie war an eine kalte Steinwand gekettet.

Es war dunkel. Da, jemand hatte ein Licht gebracht. Sie stellte die Lampe auf den Tisch. Es gab keine Wände, nur Regale über Regale voller Bücher. Es war eine Bibliothek.

»Wer beraubt die Bibliothek meines Großvaters?«

Das Whiskeyglas zersprang in tausend Scherben. Das Buch. Sie ließ das Buch ihres Vaters fallen. Es lag auf dem Boden. Sie lag auf dem Boden, vor dem Kamin. Das Glas schnitt in ihr Fleisch. Nein, es waren Sandkörner. Sie schleuderte die Kiesel auf den Dämon. Er kratzte kleine Furchen in ihren Rücken, aus denen Blut troff. Sie fühlte es naß und klebrig zwischen ihren Schenkeln. Sie schrie.

»Rian!«

Morgana schlug langsam die Augen auf und versuchte sich zu erinnern, wo sie war. Das Zimmer war in großer Unordnung, Kleider und nasse Handtücher lagen auf dem Boden herum, und es war dunkel, die Vorhänge fest geschlossen. Ihre smaragdgrünen Augen richteten sich verwirrt auf den unrasierten Mann in dem Stuhl neben ihrem Bett. Natürlich. Sie war in ihrem Zimmer auf Shanetara, und der unrasierte Mann war ihr Mann, Rian.

Sie fragte sich, warum Kyla nicht aufgeräumt hatte. Sie mußte sofort mit Aufräumen anfangen. Sie versuchte sich zu bewegen, aber sie war steif, und alles tat weh. Da fiel ihr ein, daß sie die Treppe hinuntergefallen war. Nein, nicht gefallen, jemand hatte sie gestoßen, ihr benebelter Verstand klärte sich allmählich. Aber warum wollte ihr jemand was antun? Sie schaute wieder zu Rian, der im Stuhl döste. Tat es ihm leid, daß er sie geheiratet hatte? War Lindsey Joyce eine zu große Versuchung, der er nicht widerstehen konnte? War er zu dem Schluß gekommen, ihr Tod wäre die einzige Möglichkeit, sich aus diesem Hohn von Ehe zu befreien? Er bewegte sich so leise wie ein Panther. Er hätte diesen Schuß im Moor abgeben können. Und er war es gewesen, der vorgeschlagen hatte, in die Verliese zu gehen. War die Tür wirklich von selbst zugefallen? Und woher hatte er gewußt, wo er suchen mußte? Konnte eine Fackel ihm das gezeigt haben? Und als sie am Fuß der Treppe lag, wieso war er da so schnell dagewesen? Hatte er sie gestoßen?

Morgana dachte daran, wie Rian über ihre Ängste gelacht und sie für dumm erklärt hatte. War das alles nur eine List gewesen, damit sie keinen Verdacht schöpfte? Sie versuchte sich an sein Gesicht zu erinnern, als er sich am Fuß der Treppe über sie gebeugt hatte, aber das Bild wurde getrübt von dem Gefühl, Nässe rausche durch sie hindurch. Lieber Gott, nein, flehte sie im stillen, aber sie war sich sicher, daß sie ihr Kind verloren hatte, sein Kind, das Kind, von dem sie nicht wußte, ob sie es überhaupt wollte. Ihr Bauch fühlte sich wieder flach an. War denn überhaupt nichts aus dieser Ehe mit diesem spöttischen Teufel von Mann zu kriegen?

Rian schrak hoch, als hätte er den glasigen Blick seiner Frau gefühlt. Einen Augenblick lang glaubte er, sie wäre noch in ihren Fieberträumen, ihre Augen waren voller Tränen.

»Ich hab' das Baby verloren, nicht wahr?« fragte sie leise.

Er nahm ihre Hände. »Es wird andere Kinder geben, Mag.«

»Nein. Ich will kein anderes Kind. Nicht von dir, niemals. Ich will die Scheidung. Ich will aus diesem Hohn von Ehe raus. Ich will fort von hier, um zu vergessen, daß ich je hierhergekommen bin und dich gesehen habe!«

»Schau, Mag. Du bist aufgeregt durch den Unfall und den Verlust des Kindes.«

»Unfall!« Sie schrie fast. »Das war kein Unfall. Jemand hat mich absichtlich die Treppe hinuntergestoßen.«

Rians Blick wurde nachdenklich, dann sagte er: »Das werden wir später besprechen, wenn es dir besser geht. Ich bring' dich weg von hier, wenn du möchtest. Aber eins mußt du begreifen, Morgana. Du bist meine Frau, und unter keinen Umständen werde ich einer Scheidung zustimmen.«

Morgana begrub ihr Gesicht in den Kissen und schluchzte verzweifelt. Diese Bestie! Dieser Teufel! Sie haßte ihn, und sie war überzeugt, daß er versucht hatte, sie zu töten.

Buch Zwei

Ein großes weißes Segel

Kapitel Vierzehn

Atlantischer Ozean, 1812

Zwei Monate später reiste Rian, wie versprochen, mit Morgana aus Shanetara ab. Sie stachen in Richtung England in See. Rian hatte dem Rest der Familie erklärt, Morgana bräuchte Luftveränderung. Sie selbst war froh, die Schatten Shanetaras hinter sich lassen zu können, und die Tatsache, daß Rian sie begleitete, trübte das plötzliche wilde Gefühl von Freiheit nur unwesentlich. Nachdem sie keinen Grund hatte finden können, aus dem er das Kind hätte töten wollen, hatte sich auch ihr Verdacht allmählich gelegt, er hätte versucht, sie zu töten. Sie beobachtete, wie die grüne Küste Irlands langsam in der Ferne verschwand und ahnte nicht, daß es über vier Jahre dauern sollte, bis sie sie wiedersehen würde.

Morgana genoß die Herzlichkeit von Rians Mannschaft, und nach einiger Zeit verschwand der sorgenvolle, angespannte Ausdruck aus ihrem Gesicht. Rian war merkwürdig gedrückt, aber er spürte auch ihren Stimmungsumschwung und sah nicht mehr so schmal und gehetzt aus. Er war wieder Herr seines Schiffs und seines Schicksals.

Aber er machte immer noch keinerlei Anstalten, seine Frau zu berühren, und Morgana war froh darüber. Er teilte nicht einmal das große, warme Bett, das statt einer Koje in seiner Kabine stand, mit ihr, sondern schlief auf einem kleinen Sofa neben seinem Schreibtisch, das viel zu kurz für ihn war und von dem er oft zu Boden geschleudert wurde, wenn das Schiff schlingerte. Sie hatte Angst, ihm vorzuschlagen, ins Bett zu kommen, er könnte es ja als Einladung zur Wiederaufnahme ihrer ehelichen Beziehungen nehmen.

So lebten sie eine Weile schlecht und recht mit diesem unausgesprochenen Waffenstillstand nebeneinanderher. Rian zeigte ihr, wie man die Karten las, die er nachts immer studierte, und wie man auch anhand der Sterne den Kurs bestimmen konnte, obwohl er normalerweise den

Sextanten benutzte, den sie bei ihrem ersten Besuch an Bord gesehen hatte. Sie spielten abends Schach, und manchmal las sie auf seinen Vorschlag aus den Gedichtbänden ihres Vaters vor. Trotz allem war es ein verkrampftes Arrangement voller Mißtrauen, und Rian hatte immer größere Schwierigkeiten, seiner Frau den Hof zu machen, ohne sie zu gewinnen. Seine Begierde wuchs, je öfter er sah, wie sie sich abends auszog und allein in das große Bett legte.

Morgana beobachtete seine Zurückhaltung mit Angst und Verwirrung und fragte sich, warum er sie nicht wie zuvor wieder mit Gewalt nahm. Sie hätte gerne mit ihm gescherzt, ihn mit ihren Reizen gelockt, aber sie hatte Angst, ihn zu sehr zu reizen. Bei klarem Wetter ging sie oft morgens an Deck spazieren und beobachtete ihn bei der Arbeit. Er hatte ihr aber verboten, das übrige Schiff zu betreten, weil er, wie er sagte, keine Lust hatte, einen seiner Mannschaft zu hängen, weil er sich an ihr vergriffen hatte. »Obwohl das vielleicht eine willkommene Abwechslung von meinen bestialischen Zärtlichkeiten wäre«, sagte er höhnisch, und sie stürmte wutentbrannt in ihre Kabine und war überzeugt, sie müsse ihn wieder hassen.

Eines Morgens ging sie an Deck und mußte feststellen, daß der Himmel grau und verhangen war und der Wind stärker wurde. Sie sah Rians große Gestalt am Ruder und ging zögernd auf ihn zu.

»Wird es Sturm geben, Rian?«

»Sieht so aus. Du gehst am besten in deine Kabine und bleibst da. Es kann sehr gefährlich werden.«

Sie seufzte enttäuscht. Diese Spaziergänge waren ihre einzige Abwechslung, und sie gab sie nur ungern auf. Trotzdem ging sie zurück in ihre Kabine, wie er befohlen hatte. Da das Schiff keine Fracht hatte, die es hätte stabilisieren können, tanzte es am frühen Nachmittag bereits wie ein Blatt im Wind auf den Wellen. Morgana hörte aus dem Laderaum das nervöse Gewieher von Copperlady und Luzifer, die ängstlich in ihren Boxen scharrten.

Plötzlich heulte der Wind auf, und Sturzbäche von Regen ergossen sich aus den wirbelnden Wolken. Morgana duckte sich, als ein Donnerschlag krachte und ein Blitz den Himmel erleuchtete. Das Schiff machte einen Satz und schleuderte sie durch die Kabine. Die Orangen auf dem Tisch purzelten zu Boden wie Kinderspielzeug. Sie hielt sich am Bettpfosten fest und fragte sich, was Rian jetzt draußen machte. Sie hatte entsetzliche Angst vor Gewittern, und durch das Bullauge war vor lauter Regen kaum etwas zu sehen. Großer Gott, wenn Rian nun irgendwo auf dem Mast war oder so was? Sie versuchte ihre Ängste in den Griff zu kriegen. Nein, er war sicher am Ruder. Aber wenn er es nun doch nicht war? Was, wenn er über Bord gespült würde? Was würde sie tun? Wo sollte sie hingehen?

Morgana erschauderte wieder. Ein Donnerschlag wie Gottes Hammer auf dem Amboß. Sie hatte Angst und wünschte sich, ihr Mann würde in die Kabine kommen und ihre Ängste mit seinem spöttischen Lächeln vertreiben. Sie wartete, bis sie es nicht mehr länger ertragen konnte, dann packte sie einen Umhang und stürzte aus der Tür.

Der Wind hätte sie fast umgerissen, als es ihr endlich gelungen war, ins Freie zu kommen, und der Regen prasselte gnadenlos herunter. Sie konnte fast nichts sehen. Sie drückte sich gegen die Wand und tastete sich langsam vorwärts. Ja, da war Rian. Morgana konnte seine große, dunkle Gestalt kaum ausmachen, wie er mit dem Ruder kämpfte und Befehle an seine Matrosen brüllte. Sie verließ das bißchen Schutz der Wand und stolperte über das Deck auf ihn zu. Der Wind peitschte ihren Umhang um ihren geschmeidigen Körper, und eine plötzliche Bewegung des Schiffes schleuderte sie zur Reling. Sie fiel hin und packte eine Leine, die an einem der Masten befestigt war, aber das Schiff schlingerte zu stark, und sie hatte nicht die Kraft, das dicke Tau zu halten. Sie merkte, daß sie anfing, Richtung Steuerbord zu rutschen.

Sie schrie »Rian«, aber der Wind riß ihr die Worte aus dem Mund. Doch dann war er da und zog sie an sich, hob sie in seine Arme und schwankte zur Kabine. Er knallte die Tür mit einem größeren Knall zu als der Donner, der ihr noch vor wenigen Augenblicken soviel Angst eingejagt hatte. Beide waren bis auf die Haut durchnäßt und durchfroren, aber Morgana zitterte nur vor der kalten Wut, die sie im Gesicht ihres Mannes sah.

»Du dummes Ding«, zischte er. »Wir hätten beide tot sein können. Hab' ich nicht gesagt, du sollst in deiner Kabine bleiben?« Er schüttelte sie wutentbrannt trotz ihrer klappernden Zähne und der Angst in ihren Augen.

»Ich hatte Angst vor dem Gewitter!« Auf einmal weinte sie.

Rian starrte fassungslos seine Frau an, die jetzt ihren nassen Umhang zu Boden fallen ließ. Ihr feuchtes Kleid klebte an ihrer Haut und betonte jede Rundung ihres Körpers, den er schon über zwei Monate entbehren mußte. Überwältigende Begierde erfaßte ihn wie ein Waldbrand. Dieses verdammte Weib! Sie haßte ihn mit Hingabe und hatte ihm schon mehr Scherereien gemacht, als sie wert war. Aber jetzt würde sie büßen, bei Gott! Er hatte die Nase voll von ihren Launen und Spinnereien. Die aufgestaute Wut vom Kampf gegen den Sturm brauchte Entladung, und Rian riß sie an sich, vergaß sein Schiff, den Sturm und alles andere, als sein Mund ihren Lippen begegnete. Morgana wehrte sich wie eine Besessene. Die Angst gab ihr übermenschliche Kräfte. Sie versuchte sich aus seinen Armen loszureißen und schlug hysterisch schreiend um sich.

»Du Miststück!« fluchte er. »Ich werde dir eine Lektion erteilen, die du nicht so schnell vergißt, und wenn ich dir in Zukunft einen Befehl gebe, wirst du ihn befolgen, sonst schlag' ich dich windelweich.«

»Du Tier!« keuchte sie. »Du wirst mich nie besitzen, das schwör' ich dir.«

Er gab ihr eine schallende Ohrfeige, dann warf er seine Kleidung von sich. Sie versuchte wegzulaufen, aber er fing sie mit brutaler Umarmung und riß das durchnäßte Kleid von ihrem Körper. Das Schiff schlingerte und schwankte über die wolkenverhangene See und schleuderte sie beide auf das riesige Bett. Sein Mund bemächtigte sich ihrer Lippen, und seine Zunge teilte die weiche Süße. Morgana rang nach Luft, seine Hände glitten über ihre Brüste, reizten sie, packten ihre schneeweißen Rundungen, bis sie vor Leidenschaft schwollen, die er trotz ihres Hasses in ihr entfachte, wie er wußte, und ihre rosa Brustwarzen wurden spitz und hart. Rian öffnete ihre Schenkel mit einer schnellen Bewegung seines Knies und griff mit einer Hand das süße innere Fleisch und streichelte sie da zärtlich und sanft, bis sie vor Aufregung errötete und ihre Augen sich schlossen und sie sich ihm mit einem leisen Schrei öffnete. Da legte er sich auf sie, und Morgana hätte nicht sagen können, ob das Schiff sie so heftig und doch so zärtlich schaukelte oder ihr Mann es war, der die wildesten Begierden in ihr auslöste. Zitternde Wonne strömte durch ihren Körper, bis sie sich schließlich in einer Explosion von Lust und Schmerz entlud, bis sie sich unter ihm aufbäumte wie die tosenden Wellen, die gegen den Kiel donnerten, immer und immer wieder, bis sie still unter ihm lag und Regentropfen und Tränen ihre Wangen zeichneten.

»Rian, Rian«, stöhnte sie. »Ich hab' nicht gewußt, daß es so sein kann.«

Und er wußte, sie hatte endlich die volle tiefe Erfüllung als Frau erlebt. Er lächelte triumphierend und endlich befriedigt und schlief ein.

Als die ersten fahlen Lichtstrahlen der Morgendämmerung den Himmel erhellten, drehte Rian sich um und umarmte seine Frau, und noch einmal erlebten sie die Ekstase der vergangenen Nacht. Sie schlief danach wieder ein, und er ging an Deck, um zu sehen, wieviel Schaden das Schiff genommen hatte. Einer der Masten war von einer Böe entzweigebrochen worden, aber das war alles. Die Reparatur konnte bis London warten.

Er dachte über die vergangene Nacht nach. Würde sich dadurch an den Gefühlen seiner Frau für ihn etwas ändern, fragte er sich. Eins war jedenfalls sicher, wahrscheinlich würde sie sich nie wieder seinen Befehlen widersetzen. Verdammt. Warum begriff das Weib nicht, daß er nur an ihre Sicherheit gedacht hatte? Er dachte an ihre süßen Lippen und den Anblick ihres nackten Körpers in seinem Bett. Verdammt, er war schlimmer als ein brünftiger Hirsch und konnte einfach nicht genug von ihr kriegen. Was zum Teufel war überhaupt los mit ihm – dem Haudegen Rian McShane, der sich immer genommen hatte, was er wollte, und sich ohne einen Gedanken zurück wieder empfohlen hatte. Aber bei seiner grünäugigen Frau fühlte er sich wieder wie jener grüne Junge, der er vor langer Zeit einmal gewesen war. Was war das nur an ihr, was ihn an den Rand des Wahnsinns trieb?

Morgana streckte sich genüßlich im Bett und gähnte. Wie war es nur möglich, daß sie so leidenschaftlich auf einen Mann reagierte, den sie haßte, einen Mann, der sie mißbrauchte, sich an ihr befriedigte und dann seinen täglichen Pflichten nachging, als wäre nichts passiert. Und wie würde er sich verhalten, wenn er zurückkam? Würde er arrogant sein wie immer? Immer wenn sie sich ihm gegenüber behaupten konnte, unterdrückte er sie mit seiner körperlichen Überlegenheit. Würde sie je die Chance haben zu gewinnen? Wollte sie das überhaupt? Wenn sie ehrlich war, war sie sich dessen nicht sicher.

Rian kam erst zum Abendessen. Morgana hatte sich eins ihrer schönsten grünen Kleider angezogen und wartete ungeduldig auf den Augenblick, in dem er zur Tür reinkam. Sie wußte nicht, ob sie auf ihn zulaufen sollte oder warten, bis er zu ihr kam. Sie entschied sich schließlich für einen Kompromiß und ging ihm auf halbem Weg entgegen. Sie fragte ihn nach dem Zustand des Schiffes.

»Nichts Ernsthaftes, nur ein geringfügiger Schaden.«

»Das ist gut«, erwiderte sie.

»Sie sehen heute abend besonders reizend aus, Mylady, schön genug für einen Ball. Darf ich zum Tanz bitten, Madam?«

»Aber es gibt keine Musik«, erwiderte sie.

Rian drehte sich wortlos um und verließ die Kabine. Er war kaum zurückgekehrt, da ertönte schon die sanfte harmonische Melodie einer Gitarre.

»Sie müssen nur drum bitten, und es wird geschehen, Mylady«, sagte Rian und nahm sie in die Arme.

»Aber Rian, woher kommt die Musik?«

»Jeb, einer der Matrosen, spielt draußen vor der Tür nur für uns.«

Schweigend drehten sie sich zu den Klängen der romantischen Melodie. Rians Arme schlangen sich fester um ihre Taille. Morgana legte den Kopf auf seine Brust, und er schaute hinunter in ihre smaragdgrünen Augen, umringt von dichten, schwarzen Wimpern. Sie hatte einen blauen Fleck auf ihrem Kinn, wo er sie geschlagen hatte. Wie konnte er diese wunderbare Haut nur entstellen, aber, zum Teufel, was sollte ein Mann sonst mit einer so sturen Frau machen? Sein Blick fiel auf die süße Rundung ihrer Brüste, und er flüsterte ihr leise ins Ohr: »Süßes, ich glaube, wir sollten jetzt besser essen, wenn du überhaupt essen willst.«

»Was immer du sagst, Rian.« Morganas Stimme war scheu, die Augen niedergeschlagen, aber Rian ließ sich nicht davon täuschen. Sogar jetzt wartete sie wahrscheinlich nur auf eine Gelegenheit, sich an ihm zu rächen. Er mußte auf der Hut sein!

Kapitel Fünfzehn

London summte vor Geschäftigkeit wie ein Bienenschwarm, als sie die Themse zu den Docks hochsegelten. Morgana stand an Deck der *Sorceress* und merkte erst jetzt, als die Stadt in voller Pracht vor ihr lag, wie sehr sie ihr gefehlt hatte. Sie war überglücklich, daß Rian sie hierhergebracht hatte. Sie legten an, und sie lief fröhlich die Gangway hinunter, drehte sich vor Freude im Kreis und scherte sich nicht um die neugierigen Blicke der Passanten, die wohl glaubten, sie wäre verrückt. Rian beobachtete sie lächelnd vom Ruder aus. Sie war eine so seltsame Mischung, halb Kind, halb Frau. Er gab Befehl, das Schiff sicher zu vertäuen, und folgte dann seiner Frau an Land. Mister Harrison wurde sofort zu den Stallungen des Grafen geschickt, um die Kutsche des Grafen mit den grauen Schimmeln zu holen. Während sie auf seine Rückkehr warteten, begaben sich Morgana und Rian in ein nahegelegenes Gasthaus. Sie hatten gerade einen kleinen Imbiß genommen, als Harrison hereinkam, um mitzuteilen, die Kutsche stehe bereit.

»Lord, Meister«, brüllte ein kleiner drahtiger Mann, der die Zügel des Gespanns hielt. »Hab' schon gedacht, die verfluchte grüne Insel hat Sie verschluckt.«

»Bestimmt nicht, Louis. Jetzt versuch dich in Gegenwart der Lady zu benehmen, sonst hält sie dich noch für einen gewöhnlichen Strauchdieb«, sagte der Graf mit einem freundlichen Grinsen für seinen Wagenburschen.

»Strauchdieb! Wirklich, Meister!« Der kleine Mann war sichtlich verletzt. »Wie könn' Se so was von mir sag'n?«

»Ganz einfach, Louis, weil du wiederholt meine Freunde ausgenommen hast wie Weihnachtsgänse. Ich hoffe, du warst in meiner Abwesenheit brav.«

»M'lord!« Louis war zutiefst beleidigt. »Ich hab' nicht mal dran gedacht.«

»Ich hoffe, das bleibt auch so.« Rian wandte sich seiner Frau zu. »Morgana, erlaube mir, dir meinen Diener vorzustellen, Louis. Du mußt in seiner Nähe immer dein Täschchen gut festhalten. Louis, das ist meine Frau, Lady Keldara.«

»Mensch, Meister, Se ham doch nicht einfach geheiratet, ohne Ihr'n Leut'n ein Wort zu sagen. Und so ein hübsches Mädel! Kein Wunder, daß Se se so schnell geschnappt ham.« Er legte respektvoll die Hand an seine Kappe und grinste Morgana zu.

Sie mußte lachen. »Stiehlt er wirklich, Rian?«

»Leider ja, aber hinterher tut's ihm immer leid, und er platzt mit der Geschichte raus, noch bevor wir zu Hause sind. Du hast keine Ahnung, wie viele Uhren, Siegel und Anhänger ich meinen Freunden schon zurückgeben mußte.«

Rian gab den Pferden das Zeichen loszufahren, und Louis, der schon lange in den Diensten des Grafen stand, rannte hastig an seinen Platz.

»Glauben Se ihm kein Wort, Mylady, ich würd' keinen Penny von Ihnen stehlen.«

»Das ist auch besser so, Louis«, warnte Rian ihn. »Oder du mußt dir eine andere Stellung suchen.«

Louis rümpfte die Nase. »Lord Chalmers hat mich erst neulich gefragt, ob ich nicht für ihn arbeiten will.«

Rian lachte. »Der alte Sauertopf. Am besten gehst du zu Lord Brisbane. Er hat ein viel flotteres Gespann und sehr gepflegte Stallungen. Ich geb' dir eine Empfehlung, wenn du möchtest.«

Louis' vorwurfsvoller Blick richtete sich auf den Earl. »Mensch, Meister, Se woll'n mich doch nicht etwa auf die Straße setzen?«

»Bestimmt nicht, Louis. Jetzt halt den Mund, oder ich übergeb' dich den Bow-Street-Gendarmen als Dieb.«

Louis kannte offensichtlich seine Grenzen und schwieg.

»So, meine Süße.« Rian manövrierte die Kutsche geschickt durch die überfüllten Straßen. »Möchtest du direkt nach Hause fahren? Ich fürchte, das Haus wird in hellem Aufruhr sein, um unsere Ankunft vorzubereiten.«

»Ich wußte gar nicht, daß du in London ein Haus hast.«

»Es gibt sehr viele Dinge, die du von mir nicht weißt«, erwiderte er trocken.

»Wenn es dir nichts ausmacht«, sagte sie mit einem schüchternen Seitenblick, »würde ich gerne eine Runde im Hydepark drehen.«

»Dein Wunsch ist mir Befehl.«

Schon bald fuhren sie fröhlich durch den Park, und Morgana genoß den Anblick altvertrauter Sehenswürdigkeiten trotz ihrer unpassenden Kleidung und ihrer zerzausten Erscheinung. Ein Perch-Phaeton rauschte an ihnen vorbei, und sie schaute sehnsüchtig hinterher: »Oh, Rian, ich wünschte, ich hätte so eins.«

»Kannst du denn ein Gespann fahren?«

»Natürlich. Diesen Teil meiner Erziehung hat Vater nie vernachlässigt.«

»Dann zeig doch mal, was du kannst.« Er hielt die Kutsche an.

»Du meinst, ich soll jetzt fahren?« fragte sie, baß erstaunt.

»Warum nicht? Hast du Angst?«

»Selbstverständlich nicht!« sagte sie wütend und tauschte mit ihm den Platz.

»Du lieber Himmel, Meister, Sie lassen doch nicht etwa 'ne Frau fahren?« Louis schien besorgt. »Was werden meine Kollegen denken, ein Diener hinter 'ner feinen Dame am Zügel? Und mein Ruf?«

»Denk nicht dran, Louis«, erwiderte seine Lordschaft.

Louis blies sich auf wie ein Ballon, enthielt sich aber weiterer Kommentare, als Morgana mit der Peitsche schnalzte und das Gespann, das sie noch hart am Zügel gehalten hatte, losgehen ließ. Sie trabten durch den Hydepark, ohne zu registrieren, welchen Aufruhr sie verursachten.

»Großer Gott, Denby!« Sir Anthony Reginald packte seinen Begleiter am Arm, als die Kutsche in die Promenade einbog. »Es ist Keldara.«

»Wann ist der wohl zurückgekommen?« Denby war damit beschäftigt, mit Miss Winwood zu flirten, einer kessen Brünetten, deren Anstandsdame sich ein wenig entfernt hatte, um Rosen zu begutachten.

»Um Himmels willen, Mann!« Anthony war erbost. »Eine Rothaarige fährt seine Kutsche, und ganz was Schnuckliges, oder ich müßte mich sehr irren.«

Das ließ Lord Brisbane aufhorchen. Er schaute zu dem herannahenden Gefährt hoch. Plötzlich pfiff er leise durch die Zähne. »Keldara muß zuviel Mond abgekriegt haben, Anthony. Ich glaube, du hast tatsächlich recht.«

»Das Weib sieht mir verflucht bekannt aus.« Sir Reginald versuchte sich zu erinnern, wo er das Gesicht schon einmal gesehen hatte. »Ich hab's, Brad. Das ist die Tochter des Poeten. Der, bei dessen Beerdigung ich war. Weißt du noch? Ich hab's dir mal beim Kartenspielen erzählt.«

»Das hast du«, stimmte ihm Denby zu. »Aber was, zum Teufel, macht die in Keldaras Wagen und auch noch mit den Zügeln in der Hand?«

Die Neugier plagte sie so sehr, daß sie der Kutsche zuwinkten anzuhalten, was Morgana mit Eleganz bewerkstelligte.

»Brad, Anthony!« Rian begrüßte seine Freunde mit einem amüsierten Grinsen, weil er merkte, daß sie vor Neugier schier platzten.

»Rian, Alter, wann bist du zurückgekommen? Schwör' dir, war richtig fad ohne dich.« Denby beäugte Morgana mit sichtlichem Vergnügen, worauf Miss Winwood sich sehr erbost plötzlich dringend nach ihrer Anstandsdame umsah. Anthony war offensichtlich von Morganas Schönheit wie vom Donner gerührt und bemerkte das Stirnrunzeln seiner Lordschaft gar nicht.

»Erst heute morgen«, antwortete Rian. »Morgana, meine Liebe, darf ich dir Lord Braddington Denby und Sir Anthony Reginald vorstellen. Gentlemen, meine Frau.«

Wenn der Himmel eingestürzt wäre, hätte es die beiden Männer wahrscheinlich auch nicht mehr erstaunt. Morgana sah, wie beiden vor Überraschung die Kinnladen runterfielen.

»Deine Frau, sagst du? Es ist mir ein Vergnügen, Ihre Bekanntschaft zu machen, Lady Keldara. Sie können sich gar nicht vorstellen, wie viele Herzen diese Nachricht brechen wird. Jede Mutter mit heiratsfähigen Töchtern in dieser Stadt versucht seit Jahren, ihn unter die Haube zu bringen«, verkündete Denby entzückt.

»Aber wie ist das passiert, Rian?« Anthony war offensichtlich etwas verwirrt durch dieses plötzliche Ereignis.

»Lady Keldara ist meine Cousine, mein Lieber«, sagte Rian gelassen. »Wir haben uns auf dem Besitz meines Großvaters in Irland kennengelernt. Man könnte sagen, sie ist mir in die Arme gefallen. Wenn auch nicht ganz freiwillig«, setzte er mit einem boshaften Seitenblick auf Morgana hinzu, die einen Augenblick lang befürchtete, er würde ihnen die Wahrheit über ihre Heirat erzählen. Aber er wollte sie offensichtlich nur ein bißchen verunsichern, und nachdem er die Einladung zu einer Partie Karten bei Lord Brisbane für nächste Woche angenommen hatte, sagte er, sie müßten jetzt aufbrechen, und nahm seiner Frau die Zügel ab. Seine Freunde schauten ihnen verwundert nach.

»Du kannst dein Perch-Phaeton haben, meine Süße. Haverill's hat wahrscheinlich genau das richtige«, sagte Rian, nachdem sie die beiden hinter sich gelassen hatten. »Und ich werde zu Tattersall's gehen und dir ein passendes Gespann besorgen.«

Sogar Louis ließ sich dazu herab, anzuerkennen, sie hätte die Zügel wie dafür geboren gemeistert, ein wirkliches Kompliment, wie Rian ihr sagte, und Morgana war sehr zufrieden mit sich, als sie vor dem eleganten Haus des Grafen am Grosvenor Square vorfuhren.

Wie Rian prophezeit hatte, ging alles drunter und drüber, wenngleich seine gut geschulten Bediensteten versuchten, es dem Paar so gemütlich wie möglich zu machen. Das Personal war zwar neugierig auf die Braut seiner Lordschaft, aber keiner war überrascht. Lange Jahre im Dienste des Grafen hatten sie gelehrt, mit allem und jedem zu rechnen. Und Morganas Aussehen bestätigte wieder einmal ihre Überzeugung, daß der Geschmack seiner Lordschaft unfehlbar war, und Bagley, der Butler, überreichte ihr stolz einen Blumenstrauß als Geschenk vom Personal. Sie hielt eine nette kleine Ansprache und ging dann direkt nach oben, um auszupacken, während Rian nach Mister Wright schickte, seinem Verwalter, und wissen wollte, wo Chilham, sein Leibdiener, wäre.

Man informierte ihn, Chilham wäre oben und würde eine Bestandsaufnahme seiner Garderobe machen und wäre entsetzt vom Zustand der Stiefel seiner Lordschaft. Chilham konnte die Strapazen einer Seereise nicht ertragen und weigerte sich strikt, mit Rian irgendwohin zu segeln, seine Lordschaft mußte also immer allein zurechtkommen, wenn er ins Ausland reiste. Und jedesmal wurde Chilham hinterher vom Zustand seiner Kleidung fast genauso schlecht wie vom Seegang. Mit angewidertem Gesicht versuchte er, den Schlamm von den Stiefeln zu kratzen, und bat eines der Zimmermädchen, ihm eine Flasche Champagner zu holen, damit er den berühmten Glanz wiederherstellen konnte, dessentwegen alle Dandy-Freunde Rians ihm Chilham abspenstig machen wollten.

Nachdem Rian Mister Wright gesprochen und den erstaunten jungen Mann informiert hatte, er möge eine Anzeige über die Heirat in der *Morning Gazette* in Auftrag geben, dinierten sie außerhalb, um den Haushalt nicht noch mehr zu belasten. Sie speisten pikantes Krebsfleisch, gefüllte Paprika und Nachtigallenzungen und waren ganz offensichtlich das Stadtgespräch. Morgana mußte die anzüglichen Blicke vieler junger Gecken erdulden und die schmollenden Gesichter der Frauen. Neuigkeiten verbreiteten sich offensichtlich schnell.

»Du meine Güte«, flüsterte sie ihrem Mann zu. »Du hast mir nicht erzählt, daß halb London hinter dir her war. Welche der anwesenden Damen wird wohl zuerst durchdrehen und mir ein Messer in den Rükken stoßen?«

Rian warf den Kopf zurück und lachte, er genoß offensichtlich das Aufsehen und ließ sich das auch anmerken. Insbesondere eine Schönheit mit rabenschwarzem Haar war ganz außer sich. Ihr Name war, wie Morgana später erfuhr, Lady Cecily Brooksworth, und sie war bis jetzt die Favoritin bei Watiers' Brook's und White's gewesen, wo man Wetten abgeschlossen hatte, welcher schönen Dame es schließlich gelingen würde, den Grafen von Keldara einzufangen. Cecily kochte vor Wut, weil er sie zum Gespött gemacht hatte. Sie war in London längere Zeit Rians Mätresse gewesen und hatte geglaubt, ihn fest an der Angel zu haben. Ihn jetzt am Arm einer bezaubernden Braut zu sehen, konnte sie fast nicht ertragen. Wie gerne hätte sie ihr diese wunderschönen smaragdgrünen Augen ausgekratzt und ihr die kupfernen Locken ausgerissen, aber sie war nicht dumm und wußte, daß Rian ihr nie verzeihen würde, wenn sie jetzt eine Szene machte. Sie schwor, sich bei Gelegenheit an ihm zu rächen, und sagte ihrem Begleiter, dem Vicomte Philippe du Lac, sie hätte entsetzliche Kopfschmerzen und müßte sofort nach Hause. Der Vicomte du Lac war rührend besorgt und schickte sofort nach ihrer Kutsche. Cecily ignorierte die schadenfrohen Mienen all der bösartigen Frauen, tat so, als hätte sie Rian gar nicht gesehen, und ließ sich auch nicht von Lady Jerseys lauter Bemerkung aus der Fassung bringen, der Graf von Keldara sei wahrhaftig ein schlauer Fuchs und wäre schon mancher Hundemeute entkommen.

Am nächsten Morgen hatte Rian einige geschäftliche Angelegenheiten zu regeln und sagte Morgana, sie könne das Haus nach Herzenslust neu einrichten. Lord Brisbane werde ihr gewiß gern dabei helfen, sein Geschmack sei fast so exquisit wie der Beau Brummells. Nachdem sie sich versichert hatte, daß Rian zum Dinner mit ihr wieder zurückkäme, bat sie Bagley, Lord Brisbane eine Nachricht zu schicken. Dann kleidete sie sich alleine an. Chilham war es noch nicht gelungen, eine Zofe für sie zu finden. Mistress Cadwalder, die Haushälterin, war hocherfreut, weil die junge Braut keine Änderungen in der Führung des Haushalts wollte, und Mistress Northbridge, die Köchin, strahlte geradezu, als Morgana ihr Anweisung gab, weiterhin die Gerichte zuzubereiten, die seiner Lordschaft am besten schmeckten.

Lord Brisbane kam schon bald, entzückt, die Braut seines Freundes begleiten zu dürfen, und sehr geschmeichelt, weil sein Freund ihm seine Frau anvertraute. Brad, wie er Morgana bat ihn zu nennen, war tatsächlich ein Experte in allen Modedingen und brachte Morgana in die besten Geschäfte Londons. Er führte sie mit untrüglicher Hand bei der Auswahl der Tapeten und der hübschen Meißner Figürchen für ihren Salon. Sie war entsetzt von den Preisen, aber als sie Denby darauf ansprach, lachte er nur und sagte, Rian könne sich das leisten.

Das gab ihr zu denken. Morgana wußte nicht, woher Rians Geld kam, und sie konnte sich nicht vorstellen, daß ihr geiziger Großvater den Unterhalt für ein Stadthaus in London bezahlte. Es war alles sehr verwirrend. Sie war der Meinung gewesen, das Erbe ihrer Cousins wäre bis zum Tod ihres Großvaters festgelegt und den Löwenanteil hätte er ihrem Mann in seinem Testament vermacht. Rian hatte sicherlich Einkünfte aus seinem Besitz in Irland, aber sehr viel konnte das wohl nicht sein. Sie fragte Denby danach.

»Ich weiß es nicht.« Er zuckte gleichgültig mit der Schulter. »Ich glaube, er hat Anteile bei der East India Company, und das Haus hat er im Spiel gewonnen. Verflucht guter Kartenspieler und würfelt wie der Teufel, unser Rian. Ich hab' ihn schon Vermögen am Spieltisch gewinnen und verlieren sehen.«

Diese Erklärung half ihr über die Verwirrung weg. Sie wußte, daß man sich mit Spielen keinen regelmäßigen Lebensunterhalt verdienen konnte, und nahm an, Rian hätte sie geheiratet, um seine Gläubiger mit seinen finanziellen Zukunftsaussichten zu beruhigen. Außerdem, wie Denby ihr geduldig erklärte, wenn man seine Schulden nicht bezahlen konnte, bestellte man einfach noch mehr und versprach, zu einem späteren Zeitpunkt zu zahlen. Damit konnte man die meisten Gläubiger befriedigen, vor allem, weil es als unschicklich galt, von einem Mitglied der Gesellschaft Schulden einzutreiben. Denby erzählte ihr, er würde bei Howard und Gibbs Geld leihen, gab aber zu, daß es ziemlich riskant war, sich mit diesen Haien einzulassen. Manch guter Kerl war schon durch ihre Wucherzinsen in den Bankrott getrieben worden.

Schon bald waren sie des Einkaufens überdrüssig und kehrten nach Hause zurück, wo Rian sie schon erwartete. Da es auch fast Zeit zum Abendessen war, lud Morgana Lord Brisbane natürlich dazu ein, und die drei verbrachten einen sehr angenehmen Abend. Brad unterhielt sie mit den neuesten Londoner Klatschgeschichten.

In den folgenden Wochen führte Rian Morgana zum Tanz in die Vauxhall Gardens und besorgte ihr eine Loge im Drury Lane Theater. Er zeigte ihr die wilden Tiere im Royal Exchange und ging sogar mit ihr in den Pantheon Bazar zum Einkaufen. Im Tower von London stellte sie fest, daß er in englischer Geschichte sehr belesen war. Bald merkte sie auch, daß er Musik liebte und sowohl Mozart als auch Beethoven in Konzerten erlebt hatte.

An manchen Morgen zerrte er sie aus dem Bett und kitzelte sie gnadenlos, in manchen Nächten wickelte er ihre langen roten Haare um seinen Hals und flüsterte ihr ins Ohr, wie sehr er sie begehrte. Sie speisten in den besten Restaurants, spielten bis ins frühe Morgengrauen und gingen im Hydepark reiten.

Rian führte sie im Holland House ein, der gesellschaftlichen Hochburg der Whigs, wo sie Lord Brougham, Louis Philippe, den Duc d'Orléans, Talleyrand, Fürst Metternich, Madame de Staël und Thomas Moore kennenlernte. Sie traf Henry Grattan wieder und war außer sich vor Freude, als ihr Mann sie George Lord Byron vorstellte, der oft in diesen Räumen zu finden war. Hier verkehrte Morgana mit George, dem Prinzregenten, und Lady Jersey, einer der Patroninnen von Almack's. Rian diskutierte über die Hintergründe der augenblicklichen Politik und erzählte ihr, die Whigs, die schon fast fünfzig Jahre an der Macht waren, hätten viel von ihrer Vorherrschaft an die Tories unter William Pitt verloren.

Morgana lernte ihren Mann von den verschiedensten Seiten kennen, und allmählich begriff sie, daß sein Charakter unzählige Facetten hatte, die sie erst ergründen mußte. Sie entdeckte, daß er als Corinthian und Libertine galt. Sie erfuhr alles über ihn, außer was er wirklich war.

Sie bekam zahlreiche Einladungen, und wenn Rian nicht mitkommen konnte, waren Lord Brisbane und Sir Reginald immer bereit, sie zu begleiten. Anfänglich behagte ihr das nicht sonderlich, aber Anthony versicherte ihr, es wäre ganz normal, wenn verheiratete Frauen sich eine Reihe Cicisbeos zulegten, wenn ihr Mann nicht verfügbar war. Viele junge Dandys wären bereit gewesen, ihr auf Schritt und Tritt zu folgen, aber sie bevorzugte Denby und Reginald; Denby, weil er sich nur für sie als Frau seines besten Freundes interessierte, und Reginald, weil er mit sehr aufregenden und unkonventionellen Leuten verkehrte.

Rian und sie vertrugen sich wirklich blendend bis zu dem Tag, an dem Lord Brisbane eine seiner Kartenpartien veranstaltete, eine der begehrtesten Einladungen. Dort hatte Morgana das Pech, Lady Cecily Brooksworth kennenzulernen. Cecily lächelte zuckersüß, als Lord Brisbane mit dem schönen Paar auf sie zukam, und gratulierte ihnen zu ihrem Glück. Morgana hatte aber in der Zwischenzeit Gerüchte über Cecily und ihren Mann gehört und war nicht sonderlich erfreut über das Treffen. Sie bat Lord Brisbane, ihr seine Jadesammlung zu zeigen. Cecily wußte, daß Denby sie haßte und sich unverhohlen über ihre mißliche Lage freute. Sie hätte ihm zu gerne eins mit dem Schürhaken übergezogen, denn sie war überzeugt, er hätte ihre Heirat mit Rian verhindert. Daher war sie froh, als er der Bitte der Braut Folge leistete und sie mit Rian allein ließ.

»Du Schuft«, zischte sie dem Grafen zu, nachdem Denby mit Morgana gegangen war. »Wie kannst du es wagen, mit einer Braut am Arm hier aufzutauchen?«

»Eifersüchtig, Cecily?« Rian hob fragend die Augenbraue. Er hatte keine Lust, sich eine Szene machen zu lassen wie von Lindsey Joyce in Irland. Er hatte die Nase voll von diesen boshaften Frauen und begriff gar nicht, wieso er überhaupt mit ihnen ins Bett gestiegen war. »Aber du hast doch selbst gesagt, eine Ehe wäre unglaublich langweilig und würde den Freiraum so einschränken.«

Cecily biß sich auf die Lippe. Das hatte sie tatsächlich gesagt, aber in der Hoffnung, ihr Desinteresse würde ihn genau dahin locken, wo sie ihn haben wollte. Da es aber noch nie ihre Art gewesen war, eine Niederlage einzugestehen, konterte sie fröhlich.

»Das hab' ich, Schatz. Es muß schrecklich langweilig sein für dich. Und die Haarfarbe! So schockierend! Und das heutzutage, wo dunkle

Haare so modern sind.« Sie strich zufrieden über ihr eigenes Haar. »Die Falle muß sehr geschickt gewesen sein. Wie hältst du das nur aus?«

»Ach, ich komm' schon zurecht«, erwiderte er gelassen. »Im Dunkeln sind alle Katzen grau.«

Cecily stockte hörbar der Atem bei dieser taktlosen Beleidigung.

Rians Lachen war bedrohlich, als er sagte: »Keine Sorge, meine Liebe. Eine reiche Witwe mit deinen unübersehbaren Reizen sollte keine Schwierigkeiten haben, einen Mann zu finden, wenn sie wirklich einen will.«

Er entdeckte seine Frau bei den Spieltischen. Gerade lachte sie und errötete über eine Bemerkung von Anthony, und einen kurzen Augenblick lang verspürte er dieselbe Eifersucht, unter der Cecily litt. Morgana war seine Frau, bei Gott, und die Art und Weise, wie Anthony sich über sie beugte, gefiel ihm gar nicht. Er gesellte sich zu ihr und sah, daß sie ihr ganzes Geld verloren hatte und ihre Smaragdohrringe als Einsatz auf den Tisch geschmissen hatte. Er holte sie mit einer geschickten Bewegung vom Tisch und legte eine Handvoll Pfundnoten an ihre Stelle.

»Ich hab' Geld, meine Liebe. Du brauchst deine Juwelen nicht zu versetzen.«

Morgana war eifersüchtig auf die schöne, junge Witwe und wußte nicht, was die beiden geredet hatten. Sie hatte plötzlich große Lust, diesem Mann, dem sie gehörte, weh zu tun. Außerdem war ihr der Champagner ziemlich zu Kopf gestiegen. Sie murmelte sarkastisch: »Ach wirklich? Ist es nicht etwas früh, deine Erwartungen jetzt schon in bare Münze umzusetzen? Ich dachte, Großvater wäre noch am Leben gewesen, als wir aufgebrochen sind. Oh, übrigens, war das eins deiner berüchtigten gebrochenen Herzen, oder sollte ich sagen: Schlampen?«

Er beugte sich zu ihr und flüsterte ihr ins Ohr: »Wenn das jemand gehört hätte, hätte ich dich umgebracht. Hol jetzt deinen Umhang. Wir gehen nach Hause, bevor du dich total blamierst. Lady Jersey und Prinzessin Esterházy sind beide hier, und sie werden sich weigern, dir Vouchers für Almack's zu geben, wenn du dich weiterhin so ungehobelt benimmst.«

Er entschuldigte sie beide, und sie brachen auf. Keiner von ihnen begriff, wieso es wieder zum Streit gekommen war. Glücklicherweise war niemand etwas aufgefallen – und, wie Lord Brisbane so treffend bemerkte, er wäre wahrscheinlich auch schleunigst nach Hause gegangen, wenn er eine so hübsche Frau wie Morgana hätte. Jeder nahm an, Rian wollte einfach mit seiner Braut allein sein

Das Schweigen in der Kutsche war ohrenbetäubend. Morgana hatte das Gefühl, Tausende von Trommeln würden in ihrem Kopf hämmern. Sie sehnte sich nach ihrem Bett. Rian saß mit grimmigem Gesicht neben ihr. Zu lachen würde sie wohl nichts haben. Er wartete, bis die Schlafzimmertür hinter ihnen ins Schloß gefallen war.

»Ich möchte den Grund für dein unschickliches Benehmen heute abend erfahren«, fauchte er, packte sie und schüttelte sie heftig.

»Mein Verhalten?« schrie sie. »Bei Leuten wie Cecily Brooksworth bemühst du dich um ein Lächeln und tadelst mich für mein Verhalten, wenn andere mich sehr charmant finden, die kein Interesse an dem Geld haben, das du dir durch die Heirat mit mir erhoffst.«

Rian war fassungslos. Er konnte einfach nicht begreifen, warum sie bei jedem Streit mit ihm Großvaters Geld ins Gespräch brachte. Hielt ihn das Weibsbild vielleicht für arm? Seine Augen wurden schmal. Vielleicht war das das Beste. Aber die Bemerkungen über Cecily amüsierten ihn. Seine Frau mußte doch etwas für ihn empfinden, sonst wäre sie nicht eifersüchtig gewesen. Er wandte sich mit gespielter Gleichgültigkeit von ihr ab.

»Aber Morgana, das hört sich ja an, als wärst du eifersüchtig.«

»Eifersüchtig auf diese puddinggesichtige Kuh? Ich wünsche mir nichts mehr, als daß du mit dem Weib durchbrennst und mich in Ruhe läßt.«

Darauf fing er an zu fluchen, aber sie blieb stur und dachte nicht daran, sich zu entschuldigen, selbst als er sie auszog, sie aufs Bett warf und sich seine Befriedigung holte.

Morgana erhielt schließlich doch Vouchers für Almack's und bettelte, Rian möge sofort mit ihr hingehen, obwohl er ihr immer wieder versicherte, es wäre dort entsetzlich langweilig. Zu ihrer Enttäuschung hatte er leider recht: Tanzen war das Hauptvergnügen und das stärkste Getränk Limonade. Aber hier lernte sie Beau Brummell kennen und war deshalb doch ganz zufrieden. Der exquisite Dandy gefiel ihr auf Anhieb. Sie mochte seinen Sinn für Humor und die Tatsache, daß er sich nur dank seiner unverschämten Absurditäten einen Platz in der Geschichte geschaffen hatte. Er machte, was er wollte, und wenn jemand sich weigerte, seinem Beispiel zu folgen, stand er bald als Trottel da. Dadurch zwang er der Gesellschaft seine Exzentrizitäten auf und lachte, wenn sie wie die Schafe eilends seinem Beispiel folgten.

Rian hatte sein Versprechen gehalten und ihr ein Perch-Phaeton und ein Paar braune Pferde besorgt, und bald war Morgana im Hydepark ein gewohnter Anblick, wenn sie mit Rians Diener stolz ihre Runden am Morgen drehte. Es förderte Louis' Ansehen bei seinen Kollegen, denn keiner von ihnen konnte sich mit einer Lady brüsten, die die Zügel im Griff hatte, außer vielleicht Letty Lade, ein schamloses ordinäres Weib, die aber lange nicht so gut fahren konnte wie Morgana. Sie neckte den armen Louis gnadenlos damit und erinnerte ihn ständig daran, wie er reagiert hatte, als sie ihn das erste Mal gefahren hatte.

Rian beobachtete amüsiert, wie seine Frau die Leiter des Erfolgs erklomm, und wartete auf den Augenblick, in dem sie der Frivolitäten und Spiele überdrüssig werden und sie, wie so viele andere, versuchen würde, interessantere Unterhaltungsmöglichkeiten zu finden. Er schlief jeden Abend mit ihr und beobachtete sie genau, damit sie sich unter ihren Cicisbeos keinen Liebhaber nahm. Er glaubte immer noch, daß sie ihn hinter ihrer frivolen Maske haßte und sich bei der ersten Gelegenheit an ihm rächen würde.

Ein paar Tage später wollte Rian gerade zu einer Verabredung mit einigen Freunden in Cribb's Parlour, als zu seiner Überraschung seine Frau in einem besonders aufreizenden Kleid aus Goldcrêpe erschien, das ihre Figur betonte und die Goldflecken in ihren Augen so hervorhob, wie er es schätzte. Sie runzelte die Stirn, und da wurde ihm bewußt, daß bei Almack's niemand in langen Hosen Zutritt hatte, und im selben Moment sagte sie, selbst wenn Lady Jersey ihn für einen listigen Fuchs hielte, wäre sie sicher nicht bereit, die strengen Regeln seinetwegen zu vergessen.

»Almack's?« fragte er ungläubig. »Aber ich bin in Cribb's Parlour verabredet.«

»Rian, du kannst doch nicht vergessen haben, daß wir heute abend mit Brad und Miss Winwood verabredet sind. Ich hab' Annes Mutter ausdrücklich versprochen, heute abend als Anstandsdame für das Mädchen zu fungieren, und es wäre sicherlich sehr unhöflich, Lady Winwood zu beleidigen.«

Er schlug sich mit der Hand gegen die Stirn. »Großer Gott! Kann Brad denn niemand sonst finden, der diese junge Frau begleitet? Das Mädchen ist doch praktisch noch eine Schülerin. Ich kann dieses Spiel heute abend nicht verpassen, verstehst du? Wenn ich mich nicht sehr irre, wird es da einige sehr hohe Wetten geben.«

»Anne Winwood ist ein entzückendes Mädchen, und wenn du ein bißchen aufmerksamer wärst, würdest du wissen, daß Brad um ihre Hand anhalten will. Anne ist die erste Frau, für die er sich seit dem Tod seiner Frau interessiert.«

»Willst du mir damit sagen, daß Brad dieses Kind heiraten will?« Rian traute seinen Ohren nicht. »Lady Winwood wäre nie damit einverstanden. Sie hat seit einiger Zeit den Herzog von Hawthorne im Auge.«

»Anne mag ihn aber nicht. Das hat sie mir neulich erzählt, und ich kann es ihr nicht verdenken. Der Herzog ist doch mindestens siebzig«, sagte Morgana verächtlich. »Aber wenn du mich nicht begleiten willst, werd' ich Anthony eine Nachricht schicken, in der Hoffnung, er ist noch nicht anderweitig engagiert.«

Sie stakste aus dem Zimmer und überließ ihren Mann seinen Flüchen über launische Frauenzimmer. Ziemlich übler Laune ließ er seine Kutsche vorfahren und verließ türenschlagend das Haus.

Voller Ärger mußte Rian feststellen, daß das Spiel in Cribb's Parlour ihm überhaupt keine Freude machte, weil er ständig daran denken mußte, daß Sir Anthony jetzt mit seiner Frau bei Almack's war. Es machte ihn eifersüchtig, daß der junge Baron sie begleitete und mit ihr dort tanzte. Außerdem konnte Rian sich nicht auf das Spiel konzentrieren und verlor dank seiner Unaufmerksamkeit einige Wetten, bis er schließlich einen steifen Whiskey hinunterkippte und den Tisch verließ. Seine Freunde kamen einhellig zu der Feststellung, der Teufel selbst hätte an diesem Abend keine schlechtere Laune haben können.

Auf halbem Weg zu Almack's fiel ihm ein, daß er lange Hosen trug. Wütend lenkte er sein Gespann in Richtung Grosvenor Square und schrie beim Betreten des Hauses ungeduldig nach Chilham. Er zog in Windeseile seine Kniebundhosen an und ruinierte nicht weniger als sieben Krawatten in seiner Eile. Aber alles vergebens. Er traf genau zwölf Minuten nach elf bei Almack's ein, und selbst der Herzog von Wellington hätte nach elf Uhr keinen Einlaß mehr gefunden. Da half kein Fluchen und kein Betteln. Auch Willis, der den Club beaufsichtigte, gelang es nicht, seine Lordschaft zu beruhigen. Dabei gab er sich stets große Mühe, nachdem ein zorniger junger Aristokrat ihn einmal gründlich verprügelt hatte.

Rian kehrte in noch schlechterer Laune nach Hause zurück, und sein Whiskeykonsum tat ein übriges. Seine Laune sank auf den Nullpunkt, als Bageley die Ankunft von Beau Brummell und Lord Alvanley meldete.

George Bryan (Beau) Brummell und die Lords Alvanley, Mildway und Pierrepoint waren die Einmaligen Vier, wie die besten Kreise es bezeichneten. Sie waren die gefürchtete Bow Window Clique, hochnäsige Dandys, die nicht einmal ihre intimsten Freunde grüßten, wenn die am Fenster ihrer Lieblingsclubs vorbeigingen, wo sie am Fenster saßen. Rian gehörte natürlich auch dazu, aber er hatte außer Mode noch viele andere Interessen.

Jetzt musterte er seine Freunde mit gerunzelter Stirn. »Was ist denn los, George? Hast du einen neuen Schneider entdeckt, daß du so spät noch an meiner Tür klopfen mußt?«

»Mein lieber Junge.« Beau entfernte einen imaginären Fussel von seinem Ärmel. »Was ist denn los? Sag bitte nicht, daß du wieder gespielt hast.«

»Wir wollten nur wissen, ob du Lust hast, morgen in Manton's Gallery mit uns zu schießen.« Lord Alvanley war sehr pikiert.

»Du willst doch nicht etwa schießen, Beau?« Rian riß sich mit Gewalt am Riemen.

Der Modezar musterte ihn mit halbgeschlossenen Augen. »Selbstverständlich nicht, aber ich habe mich zu einem kleinen Frühstück überreden lassen, vorausgesetzt, Alvanley will anschließend nicht jagen. Ein so ermüdender Sport. Man bekommt immer schlammige Stiefel.« Er beäugte seine glänzenden Stiefel voller Stolz.

»Ja, das wird mir sicher guttun«, sagte Rian verärgert.

Alvanley war besorgt. »Also wirklich, Alter, du bist heute abend wirklich schlecht gelaunt. Ich hab' deine bildschöne Frau mit Miss Winwood, einem sehr charmanten Mädchen, bei Almack's gesehen. Lady Keldara hat sich viel Mühe mit ihr gegeben. Denby und Reginald waren auch da«, fuhr er fort.

»Das genau ist der Grund für meine schlechte Laune«, knurrte Rian. »Ich meine, woher nimmt Anthony das Recht, meine Frau zu der Veranstaltung zu begleiten?«

»Das ist doch völlig normal«, beschwichtigte ihn Beau. »Er hat sich ausgesucht höflich benommen, das versprech' ich dir.«

»Das mag sein«, sagte Rian mit gerunzelter Stirn. »Trotzdem hätte ich sie selbst dorthin begleiten sollen. Mein Abend ist total ruiniert.«

Seine beiden Freunde versuchten ihr Bestes, ihn aufzuheitern, und nachdem sie seine Brandyvorräte vertilgt hatten, verabschiedeten sie sich Arm in Arm.

Morgana kehrte nach Hause zurück und fand ihren Mann zumindest etwas erheitert. Sie sagte ihm, wie leid es ihr täte, daß das Spiel nicht so gut gelaufen war, wie er gehofft hatte. Er registrierte ihre strahlenden Augen und roten Wangen mit Mißfallen und schwor sich, der Baron würde nie wieder Gelegenheit haben, wie ein mondsüchtiger Schuljunge am Rockschoß seiner Frau zu hängen. Seine Augen wurden dunkel vor Leidenschaft, er zog sie an sich und seine Zunge bohrte sich gierig zwischen ihre Lippen.

Morgana kam gerade aus der Leihbücherei, wo sie sich mit Lord Byrons neuestem Werk eingedeckt hatte. Erfreut sah sie Sir Anthony Reginald auf sich zukommen.

»Anthony«, rief sie ihm zu. »Kann ich dich mitnehmen?«

»Mit Freuden, Morgana, aber nur bis zur Ecke. Ich hab' eine Verabredung in Jackson's Boxing Saloon, und ich fürchte, ich bin schon etwas spät dran.«

»Pfui!« sagte sie angewidert. »Warum betreibt ihr einen so albernen Sport. Rian ist ständig dort und redet dauernd von einer ›harten Rechten‹ und ›jemanden aufs Kreuz legen‹.«

»Morgana!« Anthony lachte betreten. »Was wirst du bloß noch alles sagen? Rian sollte dir diesen Jargon wirklich nicht beibringen.«

»Oh, Tony, sei bitte nicht so spießig. Du hörst dich fast schon an wie der gute alte Brad, der mir ständig sagt, was ich muß und was ich nicht sagen oder tun darf. Außerdem sagt Beau, er findet mich sehr erfrischend, eine willkommene Abwechslung von den verklemmten Mädchen, die sich bei Almack's versammeln, um die Junggesellen der Stadt zu jagen. Sag mir, wie hast du es geschafft, ihren habgierigen Klauen zu entkommen?«

»Ah, nur weil Ihr schon einen Mann habt, Mylady«, sagte er frech und freute sich, weil sie errötete. »Aber genug. Gehen Sie nächste Woche zum Maskenball bei Ranleigh?«

»Leider nein. Mylord behauptet, es wäre zu gewagt für mich, dahin zu gehen.«

»Also wirklich.« Er schnippte einen imaginären Fussel von seinem Ärmel. »Rian ist in letzter Zeit außerordentlich spießig. Früher war er nicht so langweilig.«

»Vielleicht hat er Angst, ich könnte etwas Fürchterliches anstellen. Letzte Woche ist er gerade noch rechtzeitig nach Hause gekommen, um mich daran zu hindern, zum Peerless Pool zu gehen.« Sie seufzte enttäuscht.

»Oh, aber das kann doch nicht Ihr Ernst sein.«

»Doch. Ich hab' nicht gewußt, daß es unschicklich ist, dort gesehen zu werden. Ich war sehr behütet als Kind und bin in gesellschaftlichen Dingen überhaupt nicht bewandert.«

»Na, vielleicht gibt es eine Möglichkeit für Sie, doch zu Ranleigh zu gehen. So schlimm wird es sicher nicht, weil alle maskiert sind«, sagte er und stieg aus der Kutsche, denn sie waren am Ende der Straße angelangt. »Ich werde mir was ausdenken«, versprach er und küßte ihr die Hand.

»Oh, bitte, Tony. Es wäre sicher sehr lustig«, sagte sie sehnsüchtig.

Er verbeugte sich, dann bahnte er sich einen Weg durch die Menge und tat, als würde er sie nicht hören, als sie ihm nachrief, er solle aufpassen und sich keinen Schwinger verpassen lassen. Ein amüsiertes Lächeln umspielte seine Mundwinkel.

Wie es das Schicksal wollte, kam Rians Verwalter, Mister Wright, an einem der nächsten Tage vorbei und teilte dem Grafen mit, es gäbe da einige dringende Angelegenheiten im Landhaus seiner Lordschaft, die

Rian seiner Meinung nach persönlich erledigen sollte. Nachdem der Mann gegangen war, bat Rian Morgana, ihre Koffer zu packen. Obwohl die Saison in vollem Gang war, müßten sie nämlich aufs Land reisen.

»Aber Rian«, jammerte sie. »Du kannst doch Lady Jersey's Soiree morgen abend nicht vergessen haben. Es wäre sehr unhöflich von mir, so spät noch abzusagen, und ich kann mich unmöglich bei all meinen anderen Verabredungen rechtzeitig entschuldigen.«

»Verdammt«, fluchte er. »Zu schade, daß ausgerechnet sie dir die Vouchers für Almack's gegeben hat. Na schön, geh du hin und entschuldige mich, ich muß nach Mandrake Downs und einige Sachen mit den Pächtern klären. Ich werde versuchen, so schnell wie möglich zurückzukommen.«

Rian hatte sich, was die Zeit betraf, sehr verschätzt, denn er mußte sich zahllose Beschwerden der Männer anhören, die seine Äcker bestellten und seine Schafe züchteten. Er betrieb viele geschäftliche Unternehmungen, weil er nicht vorhatte, plötzlich den Ruin vor Augen zu haben, mit seinem Titel als einzigem Vermögen, wie so viele Aristokraten in seiner Zeit. Außerdem mußte er verärgert feststellen, daß sein Aufseher seine lange Abwesenheit dazu genutzt hatte, in die eigene Tasche zu wirtschaften. Und so wurden aus den wenigen Tagen sehr schnell zwei Wochen, und seine trotzige Frau konnte somit Sir Reginald mitteilen, sie würde mit Freuden mit ihm zu Ranleigh gehen.

Der Abend fing harmlos an. Die Leute waren auch nicht schlimmer als bei anderen Festen, und Morgana war nicht mehr so beunruhigt bei dem Gedanken, was Rian tun würde, falls er herausfand, daß sie sich seinen Anweisungen widersetzt hatte. Ein Maskenball konnte doch nichts Schlimmes sein. Sie sah ganz entzückend aus in einem Golddomino, der ihr Kleid verdeckte, und einer passenden Goldmaske. Sie hatte ein kleines Schönheitspflästerchen am Mundwinkel, das jedesmal ganz bezaubernd zuckte, wenn sie dem hingerissenen Anthony ein Lächeln schenkte.

Sie tranken und tanzten und lachten, wenn ein Mädchen von einem galanten Verfolger erwischt und demaskiert wurde. Morgana war auf der Hut, daß sie dieses Schicksal nicht ereilte, und Anthony verteidigte sie pflichtschuldigst gegen einige kühnere junge Rabauken. Mit etwas getrübtem Blick musterte sie die Tanzenden. Der Wein machte sie wie immer etwas schwindelig. Auf einmal kicherte sie etwas beschwipst und rief: »Oh, schau'n Sie, Tony, sind das nicht Denby und Miss Winwood?«

Er sah in die Richtung, in die sie zeigte, und sagte: »Ich glaube, Sie haben recht. Brads Perücke erkenne ich überall.«

»Oh, Tony«, kicherte Morgana. »Was für ein Spaß. Du mußt ihr nachlaufen und Miss Winwood demaskieren. Ich wette, Denby fällt in Ohnmacht.«

»Gemacht.« Er sprang über die Umrandung der Loge und lief dem ahnungslosen Paar nach.

Morgana sah ihm nach, bis er in der Menge verschwunden war, dann drehte sie sich um und fand sich einer großen dunklen Gestalt gegenüber. Einen Moment lang stockte ihr der Atem, bis sie merkte, daß der Eindringling viel zu blaß und schlank war, um ihr Mann zu sein.

»Was haben wir denn da?« fragte er mit einem Hauch von französischem Akzent. »Komm, ma chère, laß sehen, welche Schönheit sich hinter deiner Maske verbirgt.«

»Sir, Sie belästigen mich. Ich muß Sie bitten, sofort zu gehen.« Zu ihrem Leidwesen merkte sie, daß der Wein ihr die Zunge schwer machte.

»Ma jeune fille hat vielleicht ein bißchen zuviel Wein getrunken, nein? Bien, dann kann sie nicht so schnell laufen, wenn ich versuche, sie zu fangen.« Er kam näher.

»Non monsieur, je suis engagée.«

»Aber, ma chère, ich habe votre ami gehen sehen. Er wird eine Weile weg sein. Wir haben genug Zeit.« Er packte sie in Windeseile an der Taille und löste geschickt die Bänder ihrer Maske. »Mon Dieu, Sie sind bezaubernd.«

Und dann beugte er sich zu ihr und küßte sie. Morgana hätte in Ohnmacht fallen müssen, aber sie fand seinen Kuß aufregend und aufreizend, und sie hatte das Gefühl, langsam zu ertrinken. Dann merkte sie, wie betrunken sie war, und riß sich mit einem Schrei von dem maskierten Fremden los und rannte aus der Loge hinaus in die Menge. Mit großer Erleichterung sah sie Anthony auf der anderen Seite des Raumes und kämpfte sich zu ihm durch.

»Morgana, es waren tatsächlich Brad und Miss Winwood. Ich

wünschte, du hättest ihre Gesichter gesehen. Aber was ist denn los? Du bist ja ganz außer Atem.«

»Jemand hat mich verfolgt.« Es gelang ihr zu lächeln, aber sie wollte ihm nicht erzählen, was wirklich passiert war. »Glücklicherweise bin ich entkommen. Trotzdem würde ich jetzt gerne nach Hause gehen, wenn du nichts dagegen hast.«

»Natürlich nicht«, sagte er besorgt. Wenn der Graf das herausfinden würde, hätte er bestimmt nichts zu lachen. »Es ist meine Schuld, ich hätte dich nie allein lassen dürfen.«

»Nein, nein, es ist schon in Ordnung. Sag, war Denby sehr entsetzt?«

Glücklicherweise erfuhr Rian nichts von Morganas kleiner Eskapade bei Ranleigh. Lord Brisbane und Miss Winwood war die Sache so peinlich, daß sie kein Wort mehr darüber verloren, und Sir Reginald hielt es für besser zu schweigen. Schließlich wollte er noch länger leben. Morgana konnte also ohne Angst vor Widerspruch sagen, es wäre ohne ihn sehr langweilig gewesen, als Rian sie nach seiner Rückkehr fragte, wieso sie nicht so fröhlich sei wie sonst. Rian musterte sie daraufhin mißtrauisch, sagte aber zu Morganas großer Erleichterung nichts.

Aber die Wege des Schicksals sind oft geheimnisvoll, und Morgana sollte bald herausfinden, daß ein so kleiner Zwischenfall zu ganz außergewöhnlichen Vorkommnissen führen kann. Wie es der Zufall wollte, beschloß Lady Brooksworth, eine kleine Dinnerparty zu geben, in der Hoffnung, Rian zu zeigen, daß sie ihm nicht nachtrauerte, und ihn durch ihre zahlreichen Verehrer eifersüchtig zu machen. Morgana hatte nicht die geringste Lust, daran teilzunehmen, aber sie gönnte der jungen Witwe die Genugtuung einer Absage nicht, und so fand sie sich neben einem zweifellos senilen alten Mann in Cecilys ziemlich geschmacklosem Salon.

Die Witwe hatte mit einiger Mühe ihre Rivalin in das Gespräch mit Lord Bromley verwickelt, der nicht nur exzentrisch, sondern auch zu allem Übel noch stocktaub war, und jetzt genoß sie schadenfroh die offensichtliche Wut der jungen Braut. Sie wollte sich gerade dem Grafen von Keldara zuwenden, als ein weiterer Kavalier angekündigt wurde.

»Philippe! Mon cher, wie schön, daß du gekommen bist«, rief sie entzückt, mit einem kurzen Seitenblick auf Rian, ob er denn auch ihren gutaussehenden Beau bemerkt hätte. Dabei entging ihr Morganas entsetztes Gesicht. Es war der kühne Franzose, der bei Ranleigh so aufdringlich gewesen war. »Hört alle her, ich möchte euch einen sehr lieben Freund von mir vorstellen, Philippe du Lac, Vicomte de Blanchefleur.« Cecily nahm seinen Arm und führte ihn durch den Salon.

Zu Morganas großer Erleichterung gab er ihr nur einen Handkuß und zeigte in keiner Weise, daß er sie erkannt hatte. Erst beim Abendessen, wo sie sich unglücklicherweise neben ihm am Tisch fand und Rian neben der hinterlistigen Witwe, ließ er Morgana wissen, daß er sie sofort erkannt hatte.

»Schöne Maskierte, wie könnte ich den süßen Geschmack dieser Honiglippen vergessen«, sagte er freudestrahlend.

Sie flehte ihn an zu schweigen, mit ängstlichen Blicken zu ihrem Mann, aber Rian lachte gerade über eine Bemerkung Cecilys und kümmerte sich nicht um sie.

»Ah, Sie haben Angst vor Ihrem Mann, ma chère. Aber sehen Sie, er hat nur Augen für die charmante Witwe. Er ist doch kein Mann, der eine Eifersuchtsszene macht, n'est-ce pas?«

Philippe beschränkte sich aber in der Unterhaltung auf andere Dinge. Er erklärte Morgana, er wäre ein französischer Emigrant und wegen seiner aristokratischen Herkunft auf der Flucht vor Napoleons Soldaten. Nur knapp wäre er mit dem Leben davongekommen.

»Jetzt habe ich nichts. Mein Heim, meine Ländereien und Titel, alles dahin. Das Ungeheuer hat alles an sich gerissen. Aber wir sollten uns über angenehmere Dinge unterhalten. Wie oft waren meine Gedanken bei Ihrem wunderschönen Gesicht seit jener Nacht bei Ranleigh. In den frühen Morgenstunden hab' ich mich oft nach Ihrem Mund gesehnt, Chérie.« Er beobachtete erfreut, wie sie errötete. »Wann kann ich Sie wiedersehen?«

»Das ist unmöglich, Monsieur. Bitte, reden Sie mit keinem Menschen darüber. Mein Mann ist sehr besitzergreifend. Er würde mich töten, wenn er von meinem Besuch bei Ranleigh erfährt.«

»Ich glaube, Sie haben hier ein Sprichwort. Wo ein Wille ist, ist auch ein Weg. Ich werde einen Weg finden, ma petite.«

Morgana versuchte seine kühnen Annäherungsversuche zu ignorieren und sagte Rian trotz Cecilys triumphierendem Lächeln unmittelbar nach dem Essen, sie hätte Kopfschmerzen und müßte sofort nach Hause. Er war nur zu froh, endlich den Andeutungen und gierigen Händen der jungen Witwe zu entkommen, die ihn inzwischen sehr langweilte, und gab Morganas Bitte sofort nach.

Der Franzose stattete ihr am nächsten Morgen einen Besuch ab, aber Morgana empfing ihn nicht, weil sie sich angeblich nicht wohl fühlte. Er ging, ohne seine Karte zu hinterlassen, sehr erzürnt über die Abfuhr. Aber er war unglaublich von sich eingenommen und redete sich schließlich ein, sie hätte nur die Schüchterne gespielt.

Philippe hatte tatsächlich keinen Pfennig und war mit der Absicht nach England gekommen, eine reiche Frau zu finden und zu heiraten. Er war überzeugt, wenn er genug Geld hätte, könnte er nach Frankreich zurückkehren und seinen Besitz und seine Titel wieder zurückgewinnen. Er war kurz davor gewesen, Lady Cecily Brooksworth einen Antrag zu machen, da sie ziemlich vermögend war und ihre Kapriolen im Bett ihn amüsierten. Er hatte aber die Wahrheit gesagt, als er Morgana erzählte, wie sehr er sie begehrte. Der Gedanke an sie hatte ihn tatsächlich seit jener Nacht bei Ranleigh verfolgt, und jetzt mußte er sie haben. Keine Frau hatte sich je dem Vicomte de Blanchefleur verweigert, und das würde er sich auch jetzt nicht gefallen lassen.

Er war hartnäckig und entschlossen, aber seine Manieren waren makellos, und Morgana war gezwungen, höflich zu ihm zu sein, damit Rian nichts von ihrer Eskapade erfuhr. So gelang es Philippe, sich in die Reihen ihrer Cicisbeos einzuschleichen.

Kapitel Sechzehn

»Philippe«, Morgana wandte sich in ihrem Salon an ihn. »Sie müssen sich wirklich etwas im Zaume halten. Wenn Sie mich weiterhin so bedrängen, hab' ich keine andere Wahl, ich muß Sie wegschicken. Es war dumm von mir, Sie überhaupt in mein Leben eindringen zu lassen.«

»Aber, ma chère, nur Ihre atemberaubende Schönheit macht mich so kühn«, murmelte er und versuchte, seine Ungeduld zu verbergen.

Seit der Party bei Cecily waren fast zwei Monate vergangen, und Philippe hatte das wenige Geld, das er retten konnte oder beim Spiel gewonnen hatte, fast vollständig ausgegeben. Noch schlimmer, seine Gläubiger rückten ihm auf den Pelz und drohten, ihn ins Gefängnis von Newgate werfen zu lassen, wenn er nicht zahlte. Außerdem hatte er versucht, Morganas Liebe auf ehrenvolle Weise zu gewinnen, und hatte keinen Erfolg gehabt. Entweder spielte sie einfach mit ihm, was sein Ego nicht akzeptieren wollte, oder sie hatte Angst vor ihrem Mann. Sie hatte ihm ohne Umschweife gesagt, Rian würde nie in eine Scheidung einwilligen.

»Aber, ma petite, wenn Sie ihm sagen, Sie wollen die Scheidung und lieben einen anderen Mann, dann wird er Sie nicht mehr wollen, das versichere ich Ihnen.«

»Nein, er würde mich umbringen. Sie kennen ihn nicht, Philippe. Er...« Nein, diesem Mann konnte sie nicht erzählen, unter welchen Umständen sie ihren Mann geheiratet hatte. Er würde sie noch mehr bedrängen, sich scheiden zu lassen. Sie sagte: »Bitte, gehen Sie. Er wird bald nach Hause kommen, und ich bin sehr müde.«

Morgana saß lange, nachdem er gegangen war, und ließ sich alles noch einmal durch den Kopf gehen. Philippe du Lac liebte sie, da war sie sich sicher. Er war zwar nicht so attraktiv wie Rian, aber trotzdem ein gutaussehender Mann. Er würde sie gut behandeln und ihr Zuneigung und Aufmerksamkeit geben, soviel sie wollte. Wenn nur Rian nicht wäre! Rian würde sie niemals freigeben. Er liebte sie nicht, aber er begehrte sie körperlich, wie Cecily Brooksworth und Lindsey Joyce vorher. Er haßte sie, benutzte sie, mißbrauchte und verhöhnte sie, aber sie gehörte ihm, und Dinge, die er besaß, ließ er sich nicht wegnehmen. Dennoch war er in letzter Zeit oft weggewesen, angeblich war er mit Politik und Glücksspiel beschäftigt, aber Morgana war überzeugt, er würde in Bordelle gehen, wo er willigere Bettgenossinnen fände als sie. Vielleicht war er ihrer überdrüssig. Vielleicht würde er sie freigeben.

An diesem Abend schnitt sie das Thema vorsichtig an.

»Rian, ich möchte mit dir reden. Hast du vor, heute abend auszugehen?«

»Nicht, wenn du meine Gesellschaft wünschst, Süße.« Er grinste unverschämt.

»Du weißt genau, daß ich sie nicht will«, erwiderte sie kühl, »genausowenig wie du in letzter Zeit die meine.«

»Aber Morgana, ich hab' nie gedacht, daß du dich nach mir sehnst.«

»Macht Euch nichts vor, Mylord.« Die Unterhaltung verlief gar nicht so, wie sie sich das vorgestellt hatte. »Ich verabscheue Eure Berührungen.«

Wutentbrannt riß er sie herum. »Deshalb schmilzt du also am Ende immer und kriegst weiche Knie, wenn ich dich küsse, und winselst wie ein verwundetes Tier, wenn ich deinen Körper zu den Sternen und zurück reite?« Er schüttelte sie.

Morgana war zu Tode beschämt. Es war schlimm genug, daß er wußte, was für eine Wirkung seine Zärtlichkeiten auf sie hatten, aber es auch noch aussprechen! Am liebsten wäre sie vor Scham in die Erde versunken.

»Nein, du erweckst in mir keinerlei Gefühl«, log sie und versuchte sich loszureißen.

»Ha! Lüg mich nicht an, du grünäugige Hexe. Soll ich es dir beweisen?« Er riß brutal ihr Kinn hoch.

»Nein, faß mich nicht an«, hauchte sie, und die Wut in seinen Augen machte ihr angst. »Ich will raus aus dieser Ehe. Ich hasse dich.«

Seine grünen Augen waren wie Dolche. »Wirklich, mein Schatz? Oder sehnst du dich nach den Armen eines anderen? Ist es vielleicht der junge du Lac?«

Ihr stockte der Atem vor Angst, und sie lief puterrot an. Großer Gott, woher konnte er das bloß wissen? Spionierte er ihr nach, oder hatte er einfach geraten? Oder war er wirklich ein Teufel, wie seine Freunde behaupteten?

»O ja, ich hab' meine Methoden.« Er lachte höhnisch. »Ich weiß, daß der Franzose wie ein liebeskranker Schuljunge hinter dir herläuft. Ist er mehr nach deinem Geschmack, ein bettelarmer Goldjäger? Sag mir, Mag, hast du dich etwa von ihm lieben lassen?«

»Nein«, brachte sie mit Mühe heraus.

»Vergiß ihn, Süße, ich warne dich. Ich geb' dich niemals frei.« Er ließ seine Hand über ihren Hals gleiten, drückte kurz zu, ließ sie dann los und verließ türenschlagend das Zimmer.

Sie ließ sich zu Boden sinken und weinte wie ein Kind.

Rian mußte nicht lange suchen. Er fand du Lac in einem berüchtigten Spielclub, der von allen möglichen unerfreulichen Gestalten besucht wurde, schlicht gesagt, von Falschspielern.

»Abend, du Lac.« Er ließ beiläufig eine Hand auf die Schulter des jungen Mannes fallen. »Wie läuft das Spiel?«

»Die Schicksalsgöttinnen waren mir heute hold, Mylord.« Philippe schaute mißtrauisch zum Grafen hoch.

»Was dagegen, wenn ich mich anschließe?«

»Ganz im Gegenteil, es wird mir ein Vergnügen sein, Lord Keldara«, murmelte du Lac.

In der Tat, dachte du Lac, welch ein Vergnügen, den Mann auszunehmen, der zwischen ihm und der einzigen Frau, die er begehrte, stand – und, wenn er das getan hätte, würde er seiner Lordschaft vielleicht auch noch die Frau abnehmen.

Rian war aber ein ausgezeichneter Kartenspieler und legte sich den Franzosen wie eine Ente auf dem Teich zum Abschuß zurecht. Zuerst verlor er heftig, bis nur noch Philippe und er am Tisch waren. Der Graf studierte die Karten genau, und nach kurzer Zeit hatte er den Code auf den Rückseiten geknackt. Dann begann Rian zu gewinnen.

»Wie es scheint, hat sich das Glück zu Euren Gunsten gewendet, Mylord«, bemerkte Philippe verärgert.

Innerhalb kurzer Zeit hatte sich ein ordentlicher Stapel Schuldscheine vor Rians Whiskeyglas angesammelt. »Na denn, du Lac«, sagte er leise. »Es ist schon spät, und zu Hause wartet meine Frau auf mich. Ich würde gerne die Schulden klären, bevor ich gehe.«

»Aber, Mylord, ich kann unmöglich eine solche Summe heute abend aufbringen. Es ist eines Gentlemans nicht würdig, das zu verlangen. Sie müssen mir Zeit geben, die Scheine einzulösen. Ich verspreche, das so bald als möglich zu regeln.« Philippe war entsetzt.

»Ich bin kein Gentleman, Philippe.« Rians Lächeln war bedrohlich, und du Lac liefen Kälteschauer über den Rücken. »Aber Sie sind Falschspieler. Nein, Sie Idiot, erheben Sie ja nicht die Stimme. Wenn es sonst noch jemand merkt, sind Sie ruiniert, und Madame Frampstead wäre gezwungen, die Bow-Street-Gendarmen zu rufen, was sie nur sehr ungern tut, weil es ihrem Spielclub einen schlechten Ruf gibt. Wirklich, du Lac, ich hätte Sie für gescheiter gehalten. Die kleine Pistole, die Sie verstecken, wird Ihnen auch nichts nützen. Meine ist bereits auf Sie gerichtet. Zwingen Sie mich nicht, sie zu gebrauchen, es gibt einen unschönen Anblick, finden Sie nicht auch?« Rian nahm die Schuldscheine. »Ich werde sie wohl am besten mitnehmen, man kann nie wissen, wofür sie gut sind, besonders wenn Sie weiterhin meine Frau mit glühenden Liebesschwüren verfolgen. Oh, ja«, er lachte boshaft über den überraschten Blick des Franzosen. »Ich weiß alles. Ich passe auf die Sachen, die mir gehören, sehr gut auf. Sie sind wirklich ein Idiot, du Lac. Kein Wunder, daß Napoleon die Franzosen wie Schafe abgeschlachtet hat. Seien Sie vorsichtig, daß Sie nicht ein schlimmeres Schicksal ereilt als die Guillotine. So gnädig bin ich nicht.«

Damit verschwand der Lord wortlos in die Nacht.

Morgana saß unten und trank, als Rian nach Hause kam. Trinken war, wie sie festgestellt hatte, das einzige, das sie für kurze Zeit den Teufel in Menschengestalt vergessen ließ, den sie zum Mann hatte. Beim Zuschlagen der Tür sprang sie erschrocken auf. So früh hatte sie ihn noch nicht zurückerwartet.

»Warum bist du denn schon zu Hause?« sagte sie und erhob sich schwankend.

»Ertränkst du deinen Kummer, Schatz? Da weiß ich aber wirklich was Besseres.«

Rians aufgestaute Wut gegen den Franzosen und seine Frau explodierte mit einem Schlag, und er packte sie brutal. Trotz ihrer Trunkenheit war Morgana schneller und war wie der Blitz auf der anderen Seite des Sofas. Sie umkreisten es wie Jäger und Wild, bis sie zur Tür rannte und die Treppe hochstürzte. Wenn sie es nur bis zu ihrem Zimmer schaffen würde, könnte sie ihn vielleicht aussperren. Nach wenigen Stufen stolperte sie und rutschte rückwärts bis vor seine Füße.

»Steh auf«, sagte er ungerührt.

»Nein.«

Fluchend packte er sie, hievte sie über die Schulter und trug sie nach oben, stieß die Schlafzimmertür mit dem Fuß zu und warf sie aufs Bett. Jeder Zentimeter ihrer Haut glühte, wo er sie berührte. Sanft, sehnsüchtig, sogar liebevoll wanderte sein Mund über ihre Brüste und ihren Bauch. Gegen ihren Willen schrie Morgana auf, als das vertraute Feuer ihren Unterleib durchströmte.

»Dein Körper sagt, er will mich, Liebes.« Seine Hand war zwischen ihren Schenkeln. »Was sagst du?«

»Ich hasse dich«, keuchte sie, aber nicht einmal sie selbst glaubte es.

Er lachte. »Wirklich, Süßes?«

»Nein«, stöhnte sie und gab sich der Wonne hin, noch bevor er tief in sie eingedrungen war, schloß die Augen und ließ sich zum Rand des Himmels entführen.

Am nächsten Morgen wurde der Graf von Keldara durch einen weiteren Besuch von Mister Wright dazu veranlaßt, sein Stadthaus zu schließen und sich auf seinen Landsitz zurückzuziehen. Die Saison in London war praktisch beendet, und Morgana hatte keine Einwände. Sie war sich sicher, er würde ein Wiedersehen mit Philippe zu verhindern wissen, und außerdem war es sicher gut, der Hektik der Stadt eine Weile zu entrinnen. Sie mußte zugeben, daß ihr das Landleben fehlte, an das sie sich in Irland gewöhnt hatte.

»Aber, Rian«, sagte sie am Frühstückstisch. »Ich versteh' nicht, warum das Gut dir so viele Probleme macht.«

»Es ist in Sussex, Schatz.« Er bestrich sich ein Muffin. »Und viele der Männer dort sind Schmuggler. Wie es scheint, haben die Zöllner wieder Fragen gestellt. Wenn sie meine Männer verhaften, hab' ich keinen, der das Land bestellt oder die Schafe hütet.«

»Du hast Schafe?« Sie mußte bei dem Gedanken kichern.

»Das ist ein sehr einträgliches Geschäft, Süße.«

»Und Schmuggeln, ist das auch einträglich?«

Rians Blick wurde nachdenklich. »Ich habe es nicht nötig, diese Art von Geschäften zu machen.«

Zwei Wochen später fand sich Morgana in der holpernden großen Kutsche, die Rian für diese Zwecke gekauft hatte, neben ihrer neuen Zofe Penney und Chilham. Louis und zwei weitere Kutscher begleiteten sie, da der Graf keine Lust hatte, von Räubern überfallen zu werden, die die Landstraßen verunsicherten.

»Aber sie würden uns doch sicher nichts tun, Rian«, sagte Morgana, etwas verängstigt.

Rians grüne Augen begegneten ihren, glitten über ihre schneeweiße Haut und ihre Kupferlocken, und einen Augenblick lang sah er sie in den Armen dieser Räuber. Der Gedanke ließ ihn erschaudern, und er heuerte noch einen Kutscher an. Seine Vorsicht veranlaßte Penney, loszujammern, sie würden alle ermordet werden, bevor sie ihr Ziel erreicht hätten.

»Keine Sorge, Penney«, beruhigte sie Morgana. »Seine Lordschaft wird nicht zulassen, daß uns etwas passiert.«

Die Reise nach Mandrake Downs verlief ohne Zwischenfall, und alle waren heilfroh, als sie endlich das letzte Mal aus der Kutsche stiegen. Sie war zwar gut gefedert, aber auf den schlechten Straßen trotzdem nicht sonderlich bequem.

Zurück blieb der sehr erboste Philippe du Lac, der vor Begierde nach Morgana halb verrückt war und die wildesten Rachegelüste gegen den Grafen hegte. Philippes Wut steigerte sich noch mehr, als er das Stadthaus des Grafen geschlossen fand, den Türklopfer abgeschraubt. Er vermutete richtig, daß der Graf Morgana so schnell wie möglich aus seiner Nähe bringen wollte, was seinen Zorn noch steigerte. Ihm blieb keine andere Wahl, als sich so schnell wie möglich erneut die Gunst Lady Cecily Brooksworths zu sichern.

Er sprach bei ihr vor, und zu seiner Erleichterung ließ sie ihn zu sich bitten. Sie wollte ihn zwar nicht gleich wieder als Freier einsetzen, aber sie hatten ein großes gemeinsames Interesse: Beide wollten unbedingt ihre Wut an den McShanes auslassen.

»Eins versteh' ich nicht, Cecily«, sagte Philippe, »deine Leidenschaft für Rian McShane. Der Mann ist ein Ungeheuer.«

»Er hat den Reiz des Unerreichbaren, nehm' ich an. Seine Hexe von Frau reizt dich aus demselben Grund, mein lieber Junge. Wie gerne würde ich sie am Boden sehen, das stolze Luder.« Plötzlich kam Cecily ein Gedanke. »Philippe«, fragte sie, »nachdem du das Haus geschlossen vorgefunden hast, bist du da zum Hafen und hast nachgesehen, ob Rians Schiff noch da ist?«

»Nein. Warum fragst du?«

»Nun, wenn Rians Schiff noch im Hafen ist, sind sie sicherlich nach Mandrake Downs, ihrem Landsitz in Sussex.«

»Was nutzt mir das? Ich kenne dort niemanden.«

»O doch, Philippe. Mein lieber, verblichener Mann, Lord Brooksworth, hat mir dort ein wunderbares kleines Cottage hinterlassen, nicht weit von Rians Besitz. Ich glaube, es ist höchste Zeit für uns beide, ein bißchen Landluft zu schnuppern. London ist um diese Jahreszeit oft sehr stickig.«

So kam es, daß ein untersetzter kleiner Gastwirt innerhalb einer Woche nicht nur ein aristokratisches Paar, sondern zwei beherbergte.

Morgana war von Mandrake Manor völlig hingerissen. Es war, als wäre sie in eine andere Zeit und an einen anderen Ort versetzt worden. Rian bewahrte dort die meisten seiner Schätze auf, und das Haus ähnelte mit seinen gewebten Teppichen, den Ming-Vasen und chinesischen Drachen einem orientalischen Palast. Es gab prachtvolle Jadeschnitzereien, Elfenbeinstatuen und Tigerfelle, afrikanische Speere und Schilde. Das ganze Haus hatte eine fremde, exotische Atmosphäre, und ein würziger intensiver Duft zog durch alle Räume. Rian erklärte, das käme von den Räucherstäbchen, die er oft abends anzündete. Sie war besonders fasziniert von einer geschnitzten Schatulle, die, wie Rian sagte, eine chinesische Puzzle-Box wäre. Sie hatte viele Schlösser, hinter denen sich Schachteln in Schachteln verbargen. Stundenlang probierte sie die winzigen Klappen, machte irgendwann aber einen Fehler und kam nicht mehr weiter. Es frustrierte sie, aber sie war entschlossen, den Schlüssel zu finden. Rian lachte über ihre Ausdauer und erzählte ihr, er wäre nie bis in die Mitte der Schachtel vorgedrungen.

»Was glaubst du, ist da drin?« fragte sie ihn eines Abends.

»Die alte Chinesin, von der ich es gekauft habe, hat gesagt, sie enthält den Schlüssel zum Glücklichsein.« Rians Stimme war leise. »Sie sagte, wer bis zur innersten Schachtel vordränge, würde das Geheimnis ewiger Liebe erfahren.«

»Ich frage mich, was das wohl sein wird.« Morgana beobachtete ihn neugierig.

»Du wirst schon die Schachtel öffnen müssen, um das rauszufinden«, erwiderte er und streichelte zärtlich ihr Haar.

An den Abenden, die sie mit diesen Versuchen verbrachten, das Geheimnis der Schachtel zu lüften, kamen sich Morgana und Rian näher als je zuvor. Zum ersten Mal seit ihrer Hochzeit genossen sie es, völlig allein zu sein und wie Liebende die versteckten Facetten am anderen zu entdecken. Beide waren sehr verärgert, als sie erfuhren, daß Cecily und

Philippe ihnen nach Sussex gefolgt waren. Bei einer Fuchsjagd, die ihr Nachbar Squire Johnston veranstaltete, der ersten Einladung, die die McShanes seit ihrer Ankunft in Mandrake Downs annahmen, jagte Cecily schamlos hinter Rian her, während er Luzifer durch das schwierige Gelände manövrierte, und Philippe ritt so dicht an Morganas Stute heran, daß die Stute einen Absprung verpaßte und ihre schöne Reiterin in einen Teich schleuderte.

»Sie Idiot«, fauchte Morgana ihn an, als er ihr aus dem Wasser half. »Es war Irrsinn, hierherzukommen. Rian hat mir erzählt, was bei Madame Frampstead passiert ist. Er wird Sie ruinieren.«

»Es wäre die Sache wert, wenn Sie mir nur sagen, Sie lieben mich, ma chère.« Du Lac reichte ihr sein Taschentuch. »Tut mir ja so leid, daß Ihre Stute Sie abgeworfen hat.«

»Das hätte sie nicht, wenn Sie nicht so dicht aufgeritten wären. Jetzt verschwinden Sie. Ich muß raus aus diesen nassen Kleidern.«

Philippe schaute ihr nach, wie sie davonritt. Brennender Haß auf Lord Keldara loderte in ihm, und er schwor sich, diesen Gegner mit allen Mitteln auszuschalten. Ein paar Wochen später gab das Schicksal ihm Gelegenheit dazu.

Squire Johnston war ganz aus dem Häuschen, weil so viele noble Leute praktisch Tür an Tür mit ihm wohnten, und er ließ sich dazu hinreißen, einen privaten Hahnenkampf zwischen seinen beiden besten Hähnen zu veranstalten, um dadurch mit den heiratsfähigen gutsituierten jungen Herren der Umgebung besser bekannt zu werden. Schließlich hatte er ständig das Gekeife seiner Frau in den Ohren, er hätte drei Töchter zu verheiraten. Das Ereignis sprach sich in Windeseile herum, und am Nachmittag des Kampfes war seine untere Weide voller Pferde und Kutschen. Wetten wurden abgeschlossen, und der Squire stand im Mittelpunkt des Geschehens, schüttelte jedem greifbaren Viscount die Hand und klopfte jedem ansehnlichen Baron auf die Schulter.

Rian war es gelungen, seine Kutsche irgendwie hineinzuzwängen, und er setzte große Summen auf einen rostfarbenen Hahn. Er war überhaupt nicht erfreut, als Baron Linton, dessen Gut an seines angrenzte, plötzlich die Verhandlungen unterbrach und rief: »Großer Gott, schaut Euch das an!«

Der Graf drehte sich um und sah, wie Lady Brooksworth mit Schirm und großer Toilette sich gerade von dem Franzosen aus ihrer Barouche helfen ließ. »Frauen haben bei einem Hahnenkampf nichts zu suchen«, knurrte er. »Los, machen wir weiter, Ned.«

Der Kampf war ziemlich ausgeglichen, und der Squire hatte zögernd zugestimmt, zwei Tiere auf Leben und Tod kämpfen zu lassen. Mit glänzenden Sporen umkreisten und behackten sich die Hähne wie besessen, angetrieben vom Geruch des Blutes, das innerhalb kürzester Zeit ihre stolzen Federn verklebte. Niemand, auch nicht Rian, bemerkte Philippe, der sich von hinten an den Wagen des Grafen anschlich und eines der Räder lockerte.

Zwanzig Minuten später neigte sich der Kampf seinem Ende zu. Der graue Hahn war schwer angeschlagen und wartete nur noch auf den Todesstoß durch die blutigen Sporen des roten. Und dann, sehr zum Mißfallen der Zuschauer, die auf den roten Hahn gesetzt hatten, brach mit einem plötzlichen Donnerschlag ein Sommergewitter über sie herein. Bauern und Aristokraten rannten zu ihren Wagen, und das Feld verwandelte sich in einen Schlammsee. Squire Johnston sammelte seine beiden Kampfhähne voller Erleichterung ein, nun doch keinen verlieren zu müssen. Rian drehte seinen Wagen und versuchte so schnell wie möglich aus dem Durcheinander zu kommen und hätte fast Lady Cecily umgefahren, die ihn anflehte, sie nach Hause zu fahren, weil sie Philippe im Gedränge verloren hatte und das Gespann nicht selbst fahren konnte.

»Hab' ich nicht vor dem Gespann von Bixby gewarnt?« brüllte er wütend. Ihm blieb aber keine Wahl, er mußte sie mitnehmen.

Sie gab keine Antwort und versuchte, sich so gut es ging mit ihrem durchnäßten Sonnenschirm vor dem Wolkenbruch zu schützen.

Der Lord, ohnehin berüchtigt für sein schnelles Fahren, schnalzte mit der Peitsche und trieb seine Pferde zu halsbrecherischer Geschwindigkeit an, was bei diesem Regen an Wahnsinn grenzte. Unter normalen Umständen hätte er das auch eingesehen, aber Cecily hatte ihn zur Weißglut gebracht, und er konnte nicht mehr klar denken. Ihr Gewinsel, doch langsamer zu fahren, machte ihn nur noch wütender, und sogar Louis, der sich verzweifelt hinten festhielt, konnte ihn nicht zur Vernunft bringen. In einer scharfen Kurve schoß das von Philippe gelockerte Rad von der Achse, und der Wagen schleuderte in einen Graben. Rian versuchte verzweifelt, die verängstigten Pferde unter Kontrolle zu bringen, aber die nassen Zügel glitten ihm aus der Hand, und der schreckliche Unfall war nicht mehr zu vermeiden. Einen kurzen Moment lang sah er Cecilys entsetztes Gesicht, dann wurde alles schwarz.

Louis richtete sich vorsichtig auf. Sein Kopf tat weh, und ein stechender Schmerz in der Seite verriet gebrochene Rippen. Er wußte nicht, wie spät es war, aber der Regen hatte aufgehört, und die Nacht umfing ihn. Er stolperte blindlings auf die Kutsche zu, von der er heruntergeschleudert worden war, und als sein Blick sich allmählich klärte, sah er, daß sie den Hügel hinuntergerollt war und tief in den Bäumen steckte. Er kämpfte sich schmerzvoll dorthin. Lady Cecily war noch im Wagen. Er versuchte, mit ihr zu sprechen, bekam aber keine Antwort. Nur der Wind rauschte im Geäst. Ihr Sonnenschirm und ihr hübsches Genick waren gebrochen. Er suchte den Grafen, konnte aber seinen Herrn nirgends entdecken und gab schließlich auf, denn in der Dunkelheit würde er seinen Herrn nie finden. Schluchzend machte er sich auf den Weg nach Mandrake Downs.

Morgana hörte sich gefaßt den Bericht des Dieners an. Sie hatte sich danach gesehnt, ihren Mann loszuwerden, aber nicht so. Dann fing sie an, lautlos zu schluchzen. Tränen kullerten ihr übers Gesicht, aber sie brachte keinen Ton heraus.

Im ersten Licht der Morgendämmerung machte Louis sich mit allen Männern, die er hatte auftreiben können, auf die Suche. Sie durchkämmten das ganze Gebiet, fanden aber keine Spur von Rians Leiche. Die Sussex-Bauern waren überzeugt, er wäre in den Fluß gestürzt und ertrunken und seine Leiche in den Kanal hinausgetrieben. Erst als sie Cecilys traurige Überreste aus der Kutsche hoben, entdeckte Louis die Kratzer an der Hinterachse und fragte sich, ob da wohl jemand nachgeholfen hätte. Er sagte nichts, denn der Lord hatte viele Feinde, aber insgeheim schwor er sich, die Augen offenzuhalten und herauszufinden, ob einer dem Lord nach dem Leben getrachtet hätte.

Cecily wurde zur Bestattung nach London überführt. Morgana blieb in Mandrake Downs, die meiste Zeit vollgepumpt mit Laudanum, das ihr der Arzt zur Beruhigung verschrieben hatte. Sie magerte ab, und ihre Augen waren rot vom ständigen Weinen; sie war fast verrückt vor Trauer. Die Nachbarn bemitleideten sie. Schließlich konnten sie nicht wissen, daß Schuldgefühle sie an den Rand des Wahnsinns trieben. Die Erlösung, die Rians Tod ihr gebracht hatte, war keine Freude. Mandrake Downs war wie eine Gruft. Sie verbot, die Vorhänge zu öffnen, und das Haus blieb in Dunkelheit gehüllt. Sie weigerte sich, die vielen Besucher zu empfangen, die ihr ihr Beileid ausdrücken wollten, und als Chilham sie ängstlich auf die Bestattungsvorbereitungen ansprach, befahl sie ihm, keine zu machen, weil ohne Leiche keine Beerdigung stattfinden könnte.

»Vielleicht ist er überhaupt nicht tot, Chilham.« Ihre Stimme jagte dem Diener Kälteschauer den Rücken hinunter, und er vertraute Penney an, ihre Herrin hätte mit Sicherheit den Verstand verloren. Sie saß stundenlang im Dunkeln und versuchte, das Geheimnis des chinesischen Puzzles zu finden. Wenn es ihr dann wieder nicht gelang, schleuderte sie die Schachtel weinend in die Ecke. Rians Gesicht erschien ihr und verfolgte sie mit Worten, und sie hatte irgendwie das Gefühl, sie würde nie erfahren, was in dem Irrgarten lag. Ihr Körper sehnte sich nachts nach seinem Gewicht auf ihr, und das Begehren zwischen ihren Schenkeln fand keine Erleichterung. Sie konnte nicht schlafen und wanderte nachts im Haus umher und sprach flüsternd mit den chinesischen Masken an den Wänden.

Die Dienerschaft war von ihrem Verhalten so verängstigt, daß sie Philippe zu ihr ließen, nachdem er am dreiundzwanzigsten Tag nach dem Unfall das dreiundzwanzigste Mal vorsprach. Er war so schokkiert von ihrem Aussehen, daß es ihm im ersten Augenblick die Sprache verschlug, aber er fing sich und ging schnell auf sie zu.

»Mon Dieu, ma chère, warum haben Sie mich nicht eher empfangen? Sie sind ja nur noch ein Schatten Ihrer selbst.«

Ihre glasigen Augen starrten durch ihn hindurch. »Warum bist du gekommen, Philippe?«

»Morgana.« Er begriff plötzlich, daß sie unter Medikamenten stand. »Ich bin gekommen, um dich zu pflegen, Liebes. Ich bring' dich nach oben.«

»Rian wird sehr böse sein. Du mußt sofort gehen.«

»Rian ist tot, ma fille. Du erinnerst dich sicher.« Er war vorsichtig, um sie nicht zu erschrecken. »Er ist bei einem Kutschenunfall ums Leben gekommen.«

»Ja, jetzt erinnere ich mich«, sagte sie langsam. »Mein Kopf tut so weh, und ich krieg' alles durcheinander. Ich will mich hinlegen.«

»Das sollst du, meine Liebe.« Er half ihr auf und führte sie zur Treppe.

Ihr Schlafzimmer war abgedunkelt. Philippe schaute sie an und spürte, wie die Leidenschaft in ihm erwachte, und dann begann er, die Kerzen anzuzünden, eine nach der anderen, und mit jeder wuchs seine Begierde, bis schließlich hundert brannten, den Raum mit flackerndem Licht erfüllten und unheimliche Schatten auf die Wände zeichneten. Jetzt gehörte sie ihm. Er hatte für sie getötet, und er wollte sie haben. Morgana schwieg, als er auf sie zukam. Sie war in tiefen betäubten Schlaf verfallen, als er ihr das Hemd auszog und triumphierend Besitz von ihr ergriff.

Einen kurzen Augenblick lang hörte Morgana das Geratter der Kutschen auf den kopfsteingepflasterten Straßen vor dem kleinen Haus, in dem sie mit ihrem Vater gewohnt hatte, und die Händler, die weiter unten ihre Waren anpriesen, dann drehte sie sich um und sah den dunklen Kopf neben sich auf den Kissen. Sie war in Shanetara in dem großen Himmelbett, mit dem Mann, der jetzt ihr Ehemann war. Sie seufzte und schaute in die braunen Augen, die sich plötzlich öffneten. Erinnerungen an die vergangenen Wochen durchfluteten sie. Nein, sie war nicht in Irland, und der Mann neben ihr war nicht Rian. Sie riß sich mit einem Schrei aus Philippes Umarmung.

»Wie kommst du denn hierher? Mein Gott, was hast du getan?«

»Still, ma chère. Es ist alles vorbei, und ich bin jetzt hier, um für dich zu sorgen. Ich liebe dich und werde es nicht zulassen, daß dir je irgend jemand wieder weh tut«, murmelte er beschwichtigend. »Komm, ma fille, ein Leben zusammen liegt jetzt vor uns. Letzte Nacht war nur der Anfang.« Sie war wieder in seinen Armen, er bedeckte ihren Hals und ihr Haar mit weichen, feuchten Küssen.

Langsam drehte er seinen Körper, bis er auf ihr lag, dann spürte sie, wie er sanft in sie eindrang. Er war sehr zärtlich und schien zu wissen, daß Rian hart und brutal mit ihr gewesen war. Er tat sein Bestes, und seine Hände fanden all die richtigen Stellen, aber sie spürte nicht das brennende Verlangen durch ihren Körper toben, und er brachte sie auch nicht an jenen Abgrund der Lust, in den sie mit Rian immer und immer wieder getaumelt war. Morgana spürte gar nichts. Ihr Fleisch war kalt wie das einer Marmorstatue, wenn Philippe es berührte. Er zog sich zurück, nachdem er sich befriedigt hatte. Er wußte, er mußte ihr Zeit lassen, und sagte klugerweise nichts.

Morganas Zofe war nicht da, was bedeutete, daß der ganze Haushalt wußte, daß Philippe in ihrem Schlafzimmer war. Sie ließ sich noch einmal von ihm küssen, dann stand sie auf, zog sich ein Negligé an und klingelte nach dem Mädchen. Sie spürte, wie seine Augen jeder ihrer Bewegungen folgten, aber sie hatte nicht das Bedürfnis zu erröten, bis er liebevoll sagte, sie wäre die schönste Frau, die er je gesehen hätte. »Du würdest selbst den Teufel verlocken, ma chère«, sagte er in vollem Ernst, und ihr fiel dazu nur ein, das hätte sie schon.

Und so kam es, daß Philippe ohne Gewissensbisse und ohne große Anstrengung Morganas Liebhaber wurde. Sie zog es vor, nicht darüber nachzudenken, weil sie wußte, daß sie nie wieder das fröhliche, lachende Mädchen sein würde, das seinem Vater entgegenlief, wenn es seine Schritte im Gang hörte, um ihn zu küssen. Brendan O'Hara hatte sie mit seinen schmutzigen Händen berührt, und seine bösen Absichten hatten sie erniedrigt und sie in den Dreck gezogen. Rian hatte sie mißbraucht, die zarten Schleier ihrer Kindheit zerrissen und sie gezwungen, sich der leidenschaftlichen Frau zu stellen, die sie war. Was bedeutete schon ein Mann mehr?

Die Tage vergingen langsam. Morgana schien gegen den Klatsch ihrer Umgebung immun und gegen Louis, der kein Blatt vor den Mund nahm und ihr ins Gesicht sagte, ihr Mann wäre noch nicht mal unter der Erde.

Die Nächte vergingen ebenso langsam, endlos wie die vielen Kerzen, die Philippe anzündete, bevor er wieder seinen sanften Angriff auf ihre Sinne und ihren Körper begann. Manchmal beunruhigte sie seine Besessenheit mit den flackernden Lichtern, weil sie, wenn sie in seine Augen schaute und wußte, daß er sie ansah, immer etwas anderes oder jemand anderen sah.

Sie versuchte nicht einmal, ihn zu verstehen, so fremd war er ihrer Natur. Er verspottete sie nicht und zwang sie nicht, sich gegen messerscharfe Bemerkungen zu wehren, wie Rian das getan hatte. Er machte sich nichts aus Poesie, bis auf ein paar hübsche Phrasen, die er aufgeschnappt hatte, um irgendeiner dummen Magd zu imponieren. Wenn sie stritten, hüllte er sich in eisiges Schweigen und zog sich eine gewisse Zeit in seine Einsamkeit zurück, bis er dann wieder an Vorherigem anknüpfte, als wäre nichts geschehen.

Zu ihrer Überraschung mußte Morgana feststellen, daß ihr Rians unverschämtes Grinsen und seine unerträgliche Arroganz fehlten, und sie erwischte sich oft dabei, wie sie Philippes knabenhafte Schönheit mit der harten, maskulinen Attraktivität ihres Mannes verglich. Sie hatte sich danach gesehnt, Rian aus ihrem Leben zu verbannen, und doch, jetzt wo er nicht mehr da war, wünschte sie sich seltsamerweise, er möge zurückkommen.

Philippe spürte ihre Unruhe, und ihm wurde klar, daß er alle Dinge, die sie verfolgten und durch die Schatten ihrer Vergangenheit jagten, aus ihrem Umfeld verbannen mußte. Er hatte einige Kontakte entlang der Küste, und mit Hilfe einer stattlichen Summe von Morganas Geld gelang es ihm, sie beide nach Frankreich schmuggeln zu lassen.

Morgana saß, durchgefroren und naß, mit ihrem Geliebten in einem winzigen Boot und sah, wie die Küste Englands immer kleiner wurde und dann im Dunst verschwand.

Kapitel Siebzehn

Der Graf von Keldara war nicht tot. Er war tatsächlich in den Fluß gefallen, wie Louis annahm, und wäre wahrscheinlich auch ertrunken, wenn nicht ein Ast seinen Kopf über Wasser gehalten hätte, während er flußabwärts trieb. Er blieb in sehr unaristokratischer Haltung mit dem Gesicht im Schlamm am Ufer im Dickicht liegen. Dort fand ihn ein Bauernmädchen namens Bess, das trotz der strengen Warnungen seiner Mutter wieder einmal nackt gebadet hatte.

So kam es, daß Rian, als der erste dumpfe Schmerz sein Erwachen aus der Ohnmacht ankündete, sich nicht wie erwartet in den Schrecken der Hölle, sondern in einem wunderbar weichen Federbett fand.

»Sind Sie endlich wach. Ich hatte schon Angst, Sie hätten vor, ewig weiterzuschlafen.«

Rian erschrak. Er hatte geglaubt, er wäre allein im Zimmer. Seine Augen richteten sich auf ein recht hübsches Mädchen mit großen blauen Augen und honigfarbenen Zöpfen. Sie war noch jung, aber das harte Leben hatte schon seine Spuren hinterlassen, wie er benebelt feststellte.

»Wo bin ich?«

»Se sind in 'ner kleinen Hütte auf dem Land von Ma. Wir ham ein kleines Gasthaus, weiter oben, den Blue Boar, hamse vielleicht schon gehört?«

»Nein.« Er schloß ermattet die Augen, sein Kopf tat höllisch weh, und er sah nicht, wie enttäuscht das Mädchen war.

»Wie heißt du denn?« Rians Schmerzen interessierten das Mädchen nicht, Bess wollte zuerst einmal ihre Neugier befriedigen.

Er schlug die Augen auf und sah sie fassungslos an. Er konnte sich nicht erinnern. Er sah seine schlammverkrusteten Stiefel in der Ecke stehen, erinnerte sich dumpf daran, daß jemand über ihren Zustand sehr böse sein würde, und sagte das erste, was ihm in den Sinn kam: »Jack.«

»Und, Jack, hast du Hunger?«

Er nickte. »Wie lang bin ich denn schon hier?«

»Oh, fast drei Wochen sind's wohl. Ich komm' jeden Tag und manchmal auch nachts, wenn ich mich davonschleichen kann, ohne daß Ma 's merkt. Die würd' mir die Haut abzieh'n, wenn sie was merkt.«

Das Mädchen brachte ein dickes Stück Brot und Käse. Rian schlang alles gierig hinunter. Drei Wochen. Er war drei Wochen bewußtlos gewesen. Und davor? Er konnte sich nicht erinnern, und wenn er es versuchte, fing sein Kopf an zu schmerzen.

»Wie heißt du denn?« fragte er schließlich und wischte sich den Mund ab.

»Elizabeth. Nach der Königin. Aber die meisten sagen Bess. Du schaust nicht aus wie einer von hier. Deine Kleider war'n auch nicht so grobes Zeug wie die von den Leuten, die ich kenn'. Richtig feines Leinen war das. Bist du so 'ne Art Gentleman?«

»Woher weißt du denn, daß ich sie nicht gestohlen habe?« Es gelang ihm zu grinsen. Was wußte er denn, vielleicht hatte er es wirklich getan.

»Gentleman Jack, der Räuber.« Bess mußte kichern. Dann wurde sie plötzlich wieder ernst. »Wer ist Morgana?«

Wie ein Gespenst flatterte eine rothaarige, grünäugige Hexe kurz durch sein Bewußtsein und verschwand wieder wie Morgendunst. »Warum fragst du?«

»Einfach so.« Bess zuckte mit den Schultern. »Du hast bloß immer den Namen gerufen, wie du bewußtlos warst.«

»Hab' ich das?« Er schloß erneut die Augen und schwieg.

Es dauerte weitere vier Tage, bis Rian aufstehen konnte, und auch dann schmerzte sein Kopf noch schrecklich. Beim ersten Stehversuch verlor er das Gleichgewicht. Bess hatte ihm erzählt, wie sie ihn am Flußufer gefunden und in die Hütte gezerrt hatte, aber sie wußte genausowenig wie er, wie er da hingekommen war. Jetzt stand er vor dem Spiegel und sah nur einen Fremden, Gentleman Jack, wie Bess ihn nannte. Er war sehr ungepflegt, zerzauste ebenholzschwarze Locken und ein dichter Vollbart verdeckten sein Gesicht. Eine häßliche Wunde zog sich über seine linke Wange. Es mußte erst vor kurzem passiert sein, denn die Kruste war noch frisch. Die Narbe würde ihm den Rest seines Lebens bleiben. Bess hatte seine Kleidung gewaschen und geflickt, er zog sie an und fragte sich, wer er wohl wirklich war. Im Augenblick war das egal. Er mußte seinen Lebensunterhalt verdienen, denn er konnte nicht weiter von Bess' Almosen leben.

»Ach, Jack.« Er hörte sie kommen. »Du sollst doch noch nicht aufstehen. Du warst doch viel zu krank.«

Er ignorierte das einfach. »Glaubst du, du könntest mir eine Pistole und einen Degen besorgen?«

»Das wird nicht leicht sein, Jack, ich werd's aber versuchen«, erwiderte sie. Einen so schönen Mann hatte sie nie zuvor gesehen. Selbst die Narbe änderte nichts daran. Sie war in ihn verliebt und hätte alles getan, um seine Zuneigung zu gewinnen.

An diesem Abend, ausgerüstet mit den Waffen, die Bess von einem

Besucher im Gasthaus ihrer Mutter gestohlen hatte, beging Jack seinen ersten Raub als Gentleman Jack, der Bandit, der monatelang Sussex terrorisieren sollte. Bess wartete atemlos in der kleinen Hütte, bis er zurückkam. Sie war fast verrückt vor Angst, er könnte getötet werden, aber hingerissen vom aufregendsten Abenteuer, das sie in ihrem unglücklichen Leben mitgemacht hatte.

»Hier.« Er warf ihr einen Beutel Goldstücke in den Schoß. »Geh morgen in die Stadt und kauf mir ein besseres Pferd. Das, was du geliehen hast, ist fast blind.«

»Tut mir leid, Jack, was Besseres hab' ich nicht aufgetrieben. Tim, der Knecht, wollt' mir gar keins geben. Hat Angst gehabt, sie hängen ihn wegen Pferdediebstahl.«

»Räuber werden auch gehängt.« Er lachte unverschämt. »Und kauf dir um Gottes willen ein anständiges Kleid. Ich habe es satt, dich in Lumpen zu sehen!«

»Meinst du das ernst, Jack?« fragte sie aufgeregt. »Soll ich wirklich ein neues Kleid kriegen?«

Er musterte sie abschätzend. Sie war recht hübsch mit ihren großen blauen Augen und wenn ihre Wangen wie jetzt gerötet waren. Keine wilde Schönheit wie die Hexe, die ihn in seinen Träumen verfolgte, aber attraktiv in ihrer bäuerlichen Art.

»Sicher, Mädel«, sagte er und nahm sie in die Arme.

Bess hielt ganz still, um den Mann nicht zu wecken, der friedlich neben ihr schlief. Sie beobachtete ihn im Mondlicht. Sie hatte schon mit vielen Männern geschlafen, aber noch keiner hatte sie so befriedigt wie er. Leise stand sie auf und zog sich an. Morgen würde sie Ma sagen, daß sie von zu Hause weggehen würde, sie konnte nach heute nacht keine Stunde mehr ohne ihn sein.

»Du dämliche Schlampe«, brüllte ihre Mutter, als sie ihr das mitteilte. »Hast 'n Kerl gefunden, was?«

»Ja, Ma, und ich komm' nie mehr wieder.«

»Ist das der Dank dafür, daß ich dich jahrelang aufgezogen hab'? Du weißt ganz genau, daß ich das hier nicht ohne dich schaff'!«

Bess wandte sich ab. »Du bist doch froh, wenn ich weg bin, dann hast du ein Maul weniger zu stopfen. Hier«, sie reichte ihr eines der Goldstücke. »Das is' reichlich bezahlt für das, was du gemacht hast.«

Sie sah, wie ihre Mutter gierig auf das Goldstück biß, um zu sehen, ob es echt war, dann schlug sie die Tür zu. Die Mutter hörte sie gar nicht gehen, das Goldstück war ihr viel wichtiger.

Bess ging das kurze Stück in die Stadt und kaufte nicht eins, sondern zwei Pferde und gab sich große Mühe, sich nicht betrügen zu lassen. Der Schmied sagte sogar, sie wäre eine gute Geschäftsfrau. Er war neugierig, woher sie das Gold hatte, aber sie sagte, das ginge ihn gar nichts an. Sie bestieg die kleinere Stute und führte den Hengst am Zügel hinter sich her. Dann ging sie in einen Kleiderladen und kaufte sich das hübscheste Kleid, das ihr paßte. Zuletzt kaufte sie noch Essen und Wein, dann ritt sie zurück zur Hütte, wo Jack auf sie wartete.

»Ich bin von zu Haus' weggelaufen«, erzählte sie ihm schüchtern. »Desweg'n könn' mir hier nicht mehr bleiben. Wird jetzt eh' nimmer sicher sein. Die Schmuggler kennen's und verstecken sich manchmal hier.«

Rian hörte schweigend zu. Er hatte ohnehin vorgehabt, die Hütte zu verlassen, aber er hatte nicht damit gerechnet, auch noch das Mädchen auf dem Hals zu haben. Aber es wäre gemein gewesen, sie einfach hierzulassen, sie hatte ihm schließlich das Leben gerettet.

Am Ende entschloß er sich, sie doch mitzunehmen. Nach einigen Tagen Suche mieteten sie ein winziges Haus von einem Bauern, der keinerlei Interesse an seinen Mietern hatte, wenn sie nur pünktlich ihre Miete bezahlten. Rian setzte sein verbrecherisches Leben fort, aber immer allein. Bess flehte ihn an, sie doch mitzunehmen, aber er weigerte sich strikt, und mit jedem Raub wurde er kühner. Es war ihm ein perverses Vergnügen, die Kutschen der Adligen aufzuhalten und »Geld oder Leben« zu brüllen und sich dann von den Insassen ihre fetten Börsen, Uhren und Siegel aushändigen zu lassen. Er genoß es, den Frauen ihren Schmuck abzunehmen, und hinter jeder sah er das Gesicht der grünäugigen Hexe, die ihn in seinen Träumen verfolgte. Morgana, sagte Bess, hätte er sie genannt, und er rächte sich jedesmal an dem schönen Gespenst, wenn er wieder ein armes Mädchen dazu brachte, vor Angst in Ohnmacht zu fallen. Nach jedem Raubzug kehrte er zurück zu Bess und schlief mit ihr. Sie lachte und klatschte in die Hände, wenn er sie küßte und ihr erzählte, wie er diesmal die Dragoner aufs Kreuz gelegt hatte.

Rian fragte sich oft, wer er wohl sei und woher er kam, aber er konnte sich nicht erinnern, und die Versuche enttäuschten ihn nur. Manchmal zogen vage, schemenhafte Gestalten durch sein Bewußtsein, aber keine war so klar wie Morganas. Nachts warf er sich rastlos im Bett hin und her und sah ein hohes, weißes Segel auf einem schönen Schiff, so deutlich, daß er fast die Gischt auf seiner Haut spüren konnte. Bruchstücke von Bildern lockten ihn und versickerten dann wieder wie Sand im Stundenglas. Er sah die grünäugige Hexe, angetan in schimmernde chinesische Seide. Sie weinte. Er wickelte sich ihr langes, rotes Haar um den Hals, ihre mohnroten Lippen schmollten, und dichte, schwarze Wimpern umkränzten schräge Augen. Er erwachte schweißgebadet, und ein Verlangen verzehrte ihn, das Bess nicht stillen konnte. Und er fragte sich erneut, wer dieser Spuk wohl sei und warum sie ihn so verfolgte.

Lord Chalmers reiste nur ungern nachts, besonders in Sussex, wo ein kühner, gutaussehender Räuber namens Gentleman Jack sein Unwesen treiben sollte. Seine Lordschaft würde heilfroh sein, wenn er endlich sein Ziel erreicht hätte, je eher desto besser, auch wenn am Ende der Reise das Risiko genauso groß war wie unterwegs, da machte er sich nichts vor. Geschäfte mit Schmugglern wurden mit Tod durch den Strang bestraft. Nicht nur das, die Schmuggler waren ein gefährlicher Haufen, verschlagen und gefährlich, und er konnte nie sicher sein, ob ihm nicht einer ein Messer in den Rücken jagen würde, wenn die Gelegenheit günstig war. Er zahlte sie gut und machte auf dem Schwarzmarkt reichlich Profit mit den Sachen, die er von ihnen kaufte. Französische Seiden und Cognac waren besonders profitabel. Trotzdem hatte Chalmers beschlossen, das müßte seine letzte Reise sein. Er hatte in den letzten paar Jahren ein Vermögen zusammengetragen und hatte es nicht mehr nötig, gemeinsame Sache mit gewöhnlichen Verbrechern zu machen, deren Zahlungsforderungen immer dreister und bedrohlicher wurden. Lord Chalmers rückte seine stattliche Gestalt in der Kutsche in eine bequemere Stellung und döste ein.

Rian sah sich die herannahende Kutsche mit großem Interesse an. Das Wappen an der Tür zeugte von Aristokratie, und im Inneren wartete eine fette Taube darauf, gerupft zu werden. Spöttisch grinsend stellte er sich in die Mitte der Straße, zog seine Pistolen und brüllte seine übliche Aufforderung.

Lord Chalmers mußte niesen und wachte auf. Großer Gott! Seine Kutsche wurde überfallen! Warum leistete seine Dienerschaft keinen Widerstand? Dafür würde er sie morgen feuern! Er wagte nicht, den Kopf aus dem Fenster zu stecken, um nachzusehen, was los war. Wenn er sich auf den Boden kauerte, würde er vielleicht übersehen werden. Seine Lordschaft hievte seine Massen zwischen die Sitze, was die Kutschfedern knarzen ließ. Aber es half nichts, die Tür wurde aufgerissen und der Lauf einer Pistole gegen seine Nase gedrückt.

»Gib die Klunker her, Dickerchen, und zwar schnell«, sagte Rian.

Chalmers sah das vernarbte Gesicht und die kalten Augen und wußte, daß Widerspruch keinen Sinn hatte. Er zog, so schnell es ging, die Ringe von seinen feisten Fingern und verfluchte insgeheim seine feigen Diener und den arroganten Räuber.

»Das nehm' ich auch, Kumpel«, sagte Rian und deutete auf die schwere Börse an Chalmers Gürtel.

»Jetzt hör'n Sie mal«, sagte Chalmers erbost. Wie sollte er die Schmuggelwaren bezahlen? Diese Halsabschneider würden ihn, ohne mit der Wimper zu zucken, töten, wenn sie glaubten, er würde sie hinters Licht führen. »Sie brauchen doch meine Börse nicht auch noch. Ich muß heute abend stattliche Schulden bezahlen.«

»Ach was? Ist aber nicht mein Problem, Dickerchen. Außerdem schadet's dir nicht, wenn ich dich ein bißchen erleichtere.« Rian grinste ihn frech an und stieß ihm den Pistolenlauf unsanft in den Bauch.

Lord Chalmers hatte keine Lust, sich ermorden zu lassen, schon gar nicht für ein paar Goldstücke. Daher übergab er die Börse. Innerlich stöhnte er, denn jetzt hatte er die weite Reise umsonst gemacht und würde ohne Waren nach London zurückkehren. Er prägte sich das Gesicht des Räubers gut ein und nahm sich vor, den Vorfall schleunigst zu melden. Irgendwas an diesen kalten grünen Augen kam ihm bekannt vor. Er erschauderte. Das ist der Teufel und kein Gentleman, dachte er und war sehr erleichtert, als der Räuber ihm für seine Gastfreundschaft dankte und in der Nacht verschwand. Seine Lordschaft wischte sich den Schweiß von der Stirn, beschimpfte seine Diener und befahl ihnen, die Kutsche sofort umzudrehen.

Rian ritt nach Hause. Er hatte für eine Nacht genug erbeutet. Grinsend dachte er an den alten Bock, der versucht hatte, sich zwischen den Sitzen zu verstecken, und den Hintern in die Luft gestreckt hatte. Bess würde sich kaputtlachen, wenn er ihr das erzählte. Plötzlich warnte ihn Pferdegetrappel vor nahender Gefahr. Fluchend spornte er sein Pferd zum Galopp an. Diese Dragoner! Mit jedem Raubzug rückten sie ihm näher auf den Pelz. Er mußte vorsichtiger sein. Er lenkte den Hengst von der Straße in die Bäume. Äste klatschten ihm ins Gesicht. Er beugte sich tief über den Hals und ritt wie der Teufel. Er hörte, wie die Wachen sich Befehle zubrüllten und die Verfolgung aufnahmen. Ein Schuß knallte und dann noch einer. Rian zuckte zusammen, als der letzte Schuß ihn in die Schulter traf, aber er jagte weiter, ohne Rücksicht auf das Blut, das seinen Mantel durchtränkte, und den brennenden Schmerz. Es gelang ihm, die Dragoner abzuhängen. Ein wenig kurzatmig und müde vor Schmerzen ritt er vor das kleine Haus, das er mit Bess teilte. Voller Entsetzen besah sie seine Wunde.

»Jack, wir müssen jetzt damit aufhören«, sagte sie verängstigt. Was sollte sie tun, wenn er getötet würde? »Wir ham genug Geld für 'ne kleine Farm, da könn' mir uns niederlassen wie anständige Leut'.«

Diese Äußerung verärgerte Jack. Überhaupt hatte Bess in letzter Zeit viel zu oft vom Heiraten und von einer Familie geredet. Er versuchte sie abzulenken, indem er den fetten Lord Chalmers beschrieb, was ihm auch gelang.

Vielleicht hätte Rian sich nie mehr daran erinnert, wer er eigentlich war, aber eine unvorhergesehene Wendung des Schicksals half ihm dabei. Lady Winwood hatte Lord Brisbane die Zustimmung zur Heirat mit ihrer Tochter Anne versagt. Brisbane sah sich gezwungen, seine Geliebte zu bitten, mit ihm durchzubrennen. Sie stimmte bereitwillig zu, denn sie liebte ihn und war in Panik, weil ihre Mutter sie mit dem schrecklichen Lord Hawthorne verheiraten wollte. Anne war zwar noch nicht volljährig, aber Brisbane hatte ihr versichert, ihre Mutter würde die Heirat, wenn es erst einmal passiert war, sicher nicht annullieren lassen. Sie würde keinen Skandal heraufbeschwören wollen und außerdem wäre er ja auch keine schlechte Partie. Die beiden hatten sich also entschlossen, nach Sussex zu reisen, wo Brisbane einen Bischof kannte, der die Zeremonie sicher durchführen würde.

Wie es das Schicksal wollte, überfiel Rian die beiden. Lord Brisbane hatte solche Angst, der Räuber könnte die Sonderlizenz stehlen, daß er seinen besten Freund nicht erkannte. Obwohl man zu seiner Entschuldigung sagen konnte, daß wahrscheinlich nicht einmal Morgana diesen bärtigen Fremden, der Nacht für Nacht als Gentleman Jack die Gegend in Angst und Schrecken versetzte, erkannt hätte. Erleichtert fuhr Brad weiter, der vernarbte Mann mit der Maske hatte glücklicherweise seiner zukünftigen Braut nichts getan, die hysterisch schluchzend an seiner Schulter hing. Irgendwie verfolgte aber das unverschämte Lachen des Räubers Brisbane weiter. Es kam ihm seltsam vertraut vor, aber er verdrängte den Gedanken und versuchte seine geliebte Anne zu trösten.

Es fing an zu regnen, bevor Rian das kleine Haus erreicht hatte, und später wußte er nicht mehr, ob es Brisbane gewesen war oder der Ruck, als sein Pferd ausrutschte, der seine Erinnerung wachgerüttelt hatte. Er wußte mit einem Schlag, wer er war und was bis zu dem Zeitpunkt passiert war, als er in den Fluß gestürzt war.

Bess spürte sofort, daß etwas passiert war, als Rian zur Tür hereinkam, aber er reagierte nicht auf ihre Fragen und sagte, er wäre müde, und damit mußte sie sich zufriedengeben. Rian lag noch lange wach, nachdem sie in seinen Armen eingeschlafen war, und ließ den schrecklichen Unfall noch einmal an sich vorbeiziehen. Jetzt sah er zwar ein, daß er zu schnell gefahren war, aber das alleine konnte nicht der Grund gewesen sein. Er wußte nicht wieso, aber irgendwie hatte er das Gefühl, der Franzose wäre schuld daran. Philippe haßte ihn wirklich so sehr, daß er ihm nach dem Leben trachtete. Hatte er Morgana irgendwie dazu überredet, bei dem Komplott mitzumachen? Lag sie jetzt in du Lacs Armen, wie Bess jetzt in seinen? Verfluchte Morgana! Was wohl aus ihr geworden war?

Morgana war zu dieser Zeit unterwegs nach Paris. Philippe behauptete, dort viele Freunde zu haben, die ihm helfen würden. Sie waren in Dieppe gelandet, und die lange Fahrt war kein Vergnügen. Frankreich war voller Strauchdiebe und Räuber, die Bevölkerung suchte nach den letzten Aristokraten, und Napoleons Regime neigte sich dem Ende zu. Die Neue Allianz (bestehend aus Rußland, Preußen, Großbritannien, Schweden und Österreich) hatte den kleinen Kaiser bei Leipzig besiegt, und er verlor in Windeseile die Kontrolle über sein Reich. Sie jagten ihn jetzt sogar schon in Frankreich.

»Es war idiotisch, in Rußland einzumarschieren«, sagte ihr Philippe auf dem Weg nach Süden. »Wir werden das Ungeheuer bald los sein.«

Letztes Jahr hatte Napoleon Rußland überfallen, den letzten noch verbliebenen Rivalen auf dem Kontinent. Es war ihm gelungen, in Moskau einzumarschieren, aber nach dem Brand Moskaus war er gezwungen, den Rücktritt anzutreten. Die Russen hatten ihn mit der Taktik der verbrannten Erde ausgehungert. Napoleon mußte nach Hause zurückkehren. Auf dem Rückzug griffen die Russen die geschwächte Armee an, und die Große Armee wurde fast ausgelöscht. Napoleon war daraufhin nach Paris geeilt, um eine neue aufzustellen. Jetzt, fast ein Jahr später, hatte er eine weitere schwere Niederlage erlitten.

»Er kann nicht mehr lange durchhalten, chère«, verkündete Philippe freudestrahlend.

Paris war auch nicht besser als Dieppe, und Morgana war froh, daß Philippe sie gewarnt hatte, Juwelen zu tragen, und darauf bestand, daß sie nur ihre schlichtesten Kleider trug. Paris mochte ja vielleicht einmal eine fröhliche Stadt voller Romantik gewesen sein, aber der Krieg hatte seine Spuren hinterlassen. Die Schrecken der Bastille und der Guillotine würden noch lange nicht vergessen werden. Totenkarren voller Leichen rumpelten bei ihrer Ankunft durch die Straßen. Es war schon spät, als Philippe sie schließlich durch die engen gewundenen Straßen zu einer winzigen Wohnung im dritten Stock führte. Er trommelte ein Signal an die Türe, die sich vorsichtig öffnete.

»Philippe!« Die junge Frau, die die Tür geöffnet hatte, warf sich ihm, weinend und lachend zugleich, an den Hals.

»Gabrielle.« Er umarmte sie liebevoll. »Ich hab' gebetet, daß ihr noch hier seid und noch am Leben nach all dieser Zeit.«

»Es war nicht leicht, mon ami, aber komm herein und laß dir alles erzählen. Claude wird entzückt sein, dich wiederzusehen.«

»Gabrielle«, sagte Philippe und drehte sich zu Morgana um, die vergessen im Schatten stand, »das ist Lady Morgana McShane. Ich hoffe sie überreden zu können, meine Frau zu werden.«

Die junge Frau ging langsam auf sie zu und musterte sie fragend, dann küßte sie Morgana auf beide Wangen.

»Meine Liebe, ich bin ja so glücklich für euch beide.«

Sie gingen in die Wohnung, und Gabrielle machte etwas zu essen. »Es ist nicht viel, Philippe, aber was wir haben, werden wir immer mit Freunden teilen. Komm, erzähl mir, warum du wieder nach Frankreich zurückgekehrt bist.«

Sie unterhielten sich stundenlang, Philippe begann mit dem Tod seiner Eltern auf der Guillotine. Gabrielle und Claude, ihrem Mann, war es gelungen, ihn vor demselben Schicksal zu retten, und sie hatten ihn auf ein Boot nach England geschmuggelt, und irgendwie war es ihnen gelungen, sich ruhig zu verhalten und selbst auch gerettet zu werden.

»Sie sind Engländerin«, wandte die Frau sich an Morgana, »Sie machen sich keinen Begriff, wie schrecklich es unter dem Großen Komitee war. Robespierre war verrückt. Er benutzte das Regime zum Versuch, Rousseaus Theorien zu verwirklichen. Er hat einige der brillantesten Männer Frankreichs hingerichtet: Hébert, Danton und Desmoulins. Wir haben in Todesangst gelebt. Saint-Just und Couthon, seine Leutnants, waren genauso schlimm. Als Saint-Just die Köpfe einer weiteren Gruppe sogenannter Verräter forderte, raffte sich die Nationalversammlung endlich zur Selbstverteidigung auf. Robespierre wurde vor Gericht gestellt und zur Guillotine verurteilt. Ironie des Schicksals. Wir haben auf dem Platz gestanden und zugesehen, wie das Beil auf den Mann fiel, der für den Tod von so vielen unserer Freunde und Verwandten verantwortlich war. Und ich schäme mich nicht zu sagen, ich habe mich gefreut.«

Eine Weile lang schwiegen alle, verloren in ihren Erinnerungen, bis Philippe ihnen seine Absicht erklärte, er wolle versuchen, seine Ländereien und den Titel zurückzugewinnen.

»Es wird nicht einfach sein, Philippe.« Gabrielle schüttelte langsam den Kopf. »Ich möchte dir nicht den Mut nehmen, aber die Zeiten hier waren hart. Vielleicht wäre es das Beste, wenn du vergißt und ein neues Leben beginnst. Ich werde nie mehr die Comtesse Creux-Gai sein, die mit Louis XVI. getanzt und Marie Antoinette ihre Aufwartung gemacht hat. Nein, jetzt bin ich nur die einfache Bürgerin St. Ville«, sagte Gabrielle traurig. »Oui, vergiß, mon ami.«

»Vergessen, Gabrielle? Du hast zugesehen, wie unsere Eltern geköpft wurden, und hast neben mir gestanden, als ma pauvre Françoise, deine

Schwester, in deinem eigenen Heim verbrannt ist. Wie kannst du vergessen? Françoise war meine Frau, und ich konnte sie trotzdem nicht retten. Das werd' ich, solange ich lebe, nicht vergessen.«

»Du hast dein Möglichstes getan, Philippe. Du hast keine Schuld an ihrem Tod. Du wärst selbst umgekommen, wenn wir dich nicht daran gehindert hätten, dich ins Château zu stürzen.«

Morgana dachte: Endlich weiß ich, warum er diese krankhafte Besessenheit mit Kerzen hat und warum er mich ansieht, ohne mich zu sehen. Armer Philippe, er ist genau wie ich verrückt vor Schuldgefühlen und Schmerz.

Ihre Erinnerungen wurden von der Ankunft Claude St. Villes unterbrochen, eines gutaussehenden Mannes, der sich etwas von seinem heiteren Gemüt bewahrt hatte. Aber wie seine Frau hatte auch er sich mit dem Schicksal abgefunden.

»Wir können die Zeit nicht zurückdrehen, mon ami«, sagte er leise zu Philippe, voller Trauer über die stolze Entschlossenheit seines Freundes.

Er erklärte Philippe, Napoleon hätte versucht, Überlebende der alten Aristokratie als Gegenpol zur Beruhigung der revolutionären Jakobiner zurückzuberufen, aber die Emigranten verachteten ihn als Emporkömmling und Usurpator. Sie machten sich lustig über ihn, seine Manieren, sein Aussehen und seine Politik. Aber im Lauf der Zeit waren einige von ihnen zurückgekehrt, die Montmorencys, Montesquious, Turennes, und hatten einen Teil ihrer alten Besitztümer zurückerhalten.

»Merde!« rief Philippe. »So viele alte Freunde. Wie konnten sie das tun?«

»Wenn du wirklich wissen willst, was los ist, geh in den Salon von Juliette La Récamier. Ihre Schönheit und der Reichtum ihres Mannes sind Anziehungspunkt für viele, die keine Angst haben, zu sagen, was sie denken.«

Sie blieben einige Tage bei den St. Villes. Bei der Abfahrt war Morgana sehr traurig. Das Paar hatte soviel mitgemacht und soviel verloren, aber sie waren tapfer und schauten nach vorn, nicht so wie Philippe, der nur im Gestern lebte.

Er bestand darauf, nach Ille-et-Villaine zu reiten, außerhalb von Rennes, wo die Güter seiner Familie gewesen waren, und Morgana hatte keine andere Wahl, sie mußte ihn begleiten. Unterwegs gaben sie sich als Mann und Frau aus, und Philippe gab vor, ein armer Bauer zu sein, eine Maske, in der er, wie sie merkte, sicher schon oft unterwegs gewesen war. Kaum einer interessierte sich für sie, und weil Morgana nur wenig Französisch sprach, sagte Philippe den Leuten, sie wäre von Geburt an stumm gewesen.

Seltsamerweise stand das Château, in dem Morganas Geliebter geboren worden war, immer noch, war aber offensichtlich seit längerer Zeit verlassen. Sie näherten sich vorsichtig, aber dann sah Philippe Guillaume, seinen alten Stallknecht, vergaß alle Vorsicht und ritt im Galopp auf den alten Mann zu.

Guillaume war außer sich vor Freude. Sein verwittertes Gesicht strahlte, und Tränen liefen ihm übers Gesicht.

Der alte Mann ließ sie ins Château. Philippes seltsame Rückkehr schien ihn nicht weiter zu verwundern, und Morganas Anwesenheit nahm er wie selbstverständlich. Das Haus war verstaubt und voller Spinnweben. Morgana konnte sich gar nicht vorstellen, daß Philippe hierbleiben wollte, aber er fand es selbstverständlich. Also machte sie sich daran, zumindest sein altes Schlafzimmer und einen der Salons bewohnbar zu machen.

»Ma chère«, sagte Philippe am Abend. »Ich bin ganz sicher, daß mir die Ländereien zurückgegeben werden, wenn Napoleon erst einmal vertrieben wird. Wir werden einige Zeit hierbleiben und sehen, was passiert.«

Und nachdem Morgana keinen Grund hatte, nach England zurückzukehren oder auch nach Irland, stimmte sie zögernd zu. Sie führten ein ruhiges, fast verstecktes Leben. Philippe und Guillaume jagten und fischten, und Morgana bestellte ein kleines Gemüsebeet. Oft sah sie ihre verarbeiteten Hände an und fragte sich, wie sie, die Tochter eines irischen Barons, die Frau eines berüchtigten Grafen, eine Frau, die bei Almack's mit Beau Brummell getanzt hatte, der der Prinzregent die Hand geküßt hatte, dazu kam, in einem verlassenen französischen Château wie eine Bäuerin zu arbeiten. Trotzdem fand sie hier einen inneren Frieden, den sie seit dem Tod ihres Vaters nicht gekannt hatte, und war zumindest für einige Zeit zufrieden.

Philippe behandelte sie weiterhin sanft, zärtlich, fast knabenhaft, und nur wenn das Zimmer im Licht zahlloser Kerzen strahlte, sah sie wieder den seltsamen Ausdruck in seinen Augen, der sie etwas beunruhigte und der Realität entrückte.

Rian saß im Schatten der Bäume und beobachtete neugierig Mandrake Downs. Alles schien wie gewohnt, aber von Morgana sah er keine Spur. Er kniff die Augen zusammen. Da war Louis und polierte die Räder der Kutsche, also war sie anscheinend nicht nach London zurückgekehrt. Wo aber war sie dann? Er überlegte, ob er sich zu erkennen geben sollte, entschied sich aber dagegen. Erst wenn er den Aufenthaltsort seiner Frau und des Franzosen kannte, würde er sie wissen lassen, daß er noch lebte. Du Lac würde den Schock seines Lebens bekommen! Er lenkte das Pferd langsam in Richtung Taverne. Vielleicht konnte er dort etwas fahren.

Er hatte Glück. Squire Johnston und Baron Linton saßen vor einem Krug Bier. Rian nahm sich einen Stuhl in der Ecke, ignorierte die Annäherungsversuche der Kellnerin und versuchte unauffällig zu lauschen. Der Baron und der Squire unterhielten sich über einen bevorstehenden Hahnenkampf. Fast eine Stunde lang sprachen sie von nichts anderem, und Rian wollte schon aufgeben, als ihn eine Bemerkung von Baron Linton aufhorchen ließ.

»Schlimm, was da bei Ihrem letzten Hahnenkampf passiert ist, Squire«, sagte der Baron. »Und so ein Pech, daß Keldara so sterben mußte.«

Der Squire schüttelte den Kopf. »Ja, war schon sehr merkwürdig, wie der Wagen umgestürzt ist. Ich glaube, er war ein Mitglied des Four Horses Club. Muß am Zügel fabelhaft gewesen sein. Der Diener hat gesagt, das Rad hätte sich von der Hinterachse gelöst.«

»Ja, das rechte. Und die Kutsche ist zerstört worden. Ich hab' an Lady Brooksworths Beerdigung in London teilgenommen, aber Lady Keldara hat sich geweigert, mich zu empfangen, als ich ihr mein Beileid ausdrücken wollte.«

»Kaum zu glauben.« Der Squire schüttelte noch mal den Kopf. »Läuft einfach weg nach Frankreich mit diesem Emigranten. Der Mann war mir nie recht geheuer. Armes Ding. Sie war vor Schmerz verrückt.« Der Squire senkte die Stimme, so daß Rian sich anstrengen mußte, ihn zu verstehen. »Die Dienerschaft sagt, sie wäre nachts herumgeirrt, hätte mit den Porträts geredet und mit irgendeiner chinesischen Schachtel gespielt.«

»Was Sie nicht sagen!« Baron Linton war beeindruckt.

»Ja, aber ich bin ja kein Klatschmaul.« Der Squire warf ein paar Münzen auf den Tisch. »Werden wir Sie Samstag abend zum Dinner sehen?«

»Natürlich. Ich muß da etwas mit Ihnen besprechen.«

Der Squire lächelte. Wie es aussah, würde er endlich doch eine seiner Töchter loswerden.

Rian ritt sehr nachdenklich zu seinem Häuschen zurück. Seine Frau war also mit du Lac nach Frankreich gegangen. Verrückt vor Schmerz, ha! Sie hatte es kaum erwarten können, ihn loszuwerden. Und die arme Cecily. Er war ihrer überdrüssig gewesen, aber den Tod hatte er ihr nicht gewünscht. Was sollte er jetzt tun? Es war lächerlich, ihnen nach Frankreich nachzureisen. Sie konnten inzwischen weit weg sein. Er mußte einfach abwarten. Ja, er würde abwarten und Mandrake Downs beobachten. Falls sie zurückkam, konnte er handeln. Inzwischen würde Gentleman Jack sein verbrecherisches Leben weiterführen. Aber er mußte in Zukunft vorsichtiger sein. Vielleicht hatten Lord Chalmers und Denby ihn doch erkannt. Aber eigentlich schien das ziemlich unwahrscheinlich. Er gab dem Pferd die Sporen und galoppierte los.

Morgana und Philippe hätten ihr Leben wie im Traum vielleicht endlos weitergeführt, wenn sich nicht ein schicksalhafter Unfall ereignet hätte. Schuld war Philippes Besessenheit von Kerzen. Sie waren schon seit drei Monaten in Blanchefleur und warteten auf Nachricht von Napoleons Abdankung. Aber bis jetzt hatte es der Kaiser geschafft, seinen wackligen Thron noch zu halten.

Morgana saß vor dem Spiegel und bürstete ihre kupfernen Locken, als Philippe das Schlafzimmer betrat und mit dem allnächtlichen Ritual des Kerzenanzündens begann. Danach stellte er sich hinter sie, ließ eine Hand in ihr Dekolleté gleiten und liebkoste ihre schneeweiße Brust. Dann führte er sie zum Bett und stellte einen der Kandelaber daneben. Morgana wußte nicht, wie lange sie sich schon liebkosten, als plötzlich einer der Vorhänge Feuer fing, neben dem Philippe in der Eile den Kerzenleuchter abgestellt hatte. In kürzester Zeit brannte das ganze Zimmer lichterloh. Mit einem Schrei befreite sie sich aus seinen Armen und zog sich an, so schnell es ging.

»Los, komm, Philippe«, schrie sie. »Wir müssen hier raus.«

»Françoise, Françoise«, hörte sie ihn flüstern, und er streckte die Arme nach ihr aus.

Keuchend vor Angst und Rauch gelang es ihr, ihn aus seinem Zimmer zu zerren. Es gelang ihnen, sich nach unten durchzukämpfen, aber das ganze Haus stand inzwischen in Flammen, der Feuersbrunst war kein Einhalt mehr zu gebieten. Sie taumelten ins Freie, wo sich eine Gruppe Zuschauer angesammelt hatte.

»Bitte, helft mir doch!« schrie sie in ihrer Panik in Englisch. Sie hatte vergessen, wo sie war.

Und merkte sofort, was für ein entsetzlicher Fehler das gewesen war. Die Franzosen haßten die Engländer, und einige hatten jetzt auch Philippe erkannt. Ein Geflüster von »englischer Hure« und »Aristokrat« ging wie ein Lauffeuer durch die Reihen. Diese Leute würden ihnen nie helfen, sie würden sie allerhöchstens umbringen.

»Guillaume«, flüsterte sie erleichtert, als sie den alten Mann entdeckt hatte, »du mußt uns helfen, so schnell wie möglich zu fliehen.«

Mit seiner Hilfe schaffte sie es, eines der Pferde aus dem Stall zu holen. Zum Satteln blieb keine Zeit, weil der Mob ihnen nachgelaufen war. Philippe schluchzte hysterisch immer wieder Françoise' Namen. Morgana erinnerte sich plötzlich an jenen Tag, an dem Rian Brendan O'Hara erschossen hatte und sie auch völlig hysterisch gewesen war, und wie er sie mit einer Ohrfeige wieder zu sich gebracht hatte. Sie schlug Philippe mit aller Kraft ins Gesicht. Das brachte ihn zum Schweigen, und mit Guillaumes Hilfe zerrte sie ihn aufs Pferd, bedankte sich bei dem alten Mann und galoppierte in die Nacht davon.

Sie wußte nicht, wie lange sie so ritten. Philippe hielt ihre Taille wie ein müdes Kind umklammert. Sie ritt in Richtung Norden, zur Küste, entschlossen, eine Überfahrt nach England zu finden. Endlich fühlte sie sich wieder frei, Herr ihrer selbst und ihres Lebens, wie sie so durch den Wind galoppierte. Ihr Verstand war das erste Mal seit Monaten wieder klar.

Mit all ihrem restlichen Geld und dem Pferd als Dreingabe gelang es ihr, einen jungen Franzosen zu bestechen, der sie nach England brachte. In dem kleinen Boot, zitternd vor Nässe und Kälte, wurde ihr das erste Mal bewußt, was für ein kranker Schwächling er war. Sein Anblick füllte sie mit Verachtung, und sie schwor sich, ihn so bald wie möglich zu verlassen.

»Philippe«, erklärte sie ihm gelassen im Salon von Mandrake Downs. »Ich werde nach London gehen und versuchen, ein neues Leben anzufangen. Mir ist klargeworden, daß ich mir nur etwas vorgemacht habe. Ich kann dich niemals heiraten.«

Sie waren seit zwei Wochen zu Hause, und mit jedem Tag wurde er Morgana noch mehr zuwider. Er tat ihr leid, ja, aber sie wollte nicht den Rest ihres Lebens mit jemandem aus Mitleid verbringen.

»Morgana, ma chère«, versuchte er zu lächeln. »Wir können von vorne anfangen. Ich verspreche dir, ein besserer Mann zu werden. Ich liebe dich.«

»Tut mir leid, Philippe, aber ich kann deine Liebe nicht erwidern«, sagte sie ruhig, aber ihre Augen waren hart wie Glas. »Dein Verhalten hätte uns beide fast das Leben gekostet. Rian hätte nie so die Kontrolle verloren.«

Der Franzose erschauderte. Vielleicht war sie wirklich eine Hexe. Ihr Blick bohrte sich in seine Seele, und er gefiel ihm nicht. Er hatte Augen wie diese beiden Aristokraten gesehen, die kühl ihrem Henker ins Auge sahen, bevor sie den Kopf unter die Guillotine legten.

»Laß mich wenigstens mit dir nach London fahren«, bat er in der Hoffnung, sie umzustimmen, und verfluchte im stillen den toten Grafen. »Du weißt, daß die ganze Gegend in Angst und Schrecken vor diesem Räuber, Gentleman Jack, lebt. Louis und Joe sind da nicht genug Schutz.«

»Das stimmt«, gab sie zögernd zu. Sie hatte das andere Personal nach London geschickt, bevor sie nach Frankreich abgereist war. »Gut, aber versprich mir, mich nicht mehr zu belästigen. Ich habe mich entschieden.«

Sie brachen trotz Louis' Protesten, der Räuber würde sie sicher überfallen, bei Einbruch der Dämmerung auf, weil Morgana so schnell wie möglich fortkommen wollte. Sie lachte über die Warnungen und sagte, sie würde jeden erschießen, der versuchen sollte, ihre Kutsche aufzuhalten. Trotzdem zitterte sie, als sie nach mehreren Meilen plötzlich den Befehl »Geld oder Leben« hörte.

Rian hatte die Kutsche sofort erkannt. Sein Wappen zierte die Tür, und er wußte, daß der Franzose und seine Frau darin sitzen mußten. Er war begierig, sie nach so vielen Monaten endlich wiederzusehen, in denen sie ihn ständig in seinen Träumen verfolgt hatte.

»Tut mir leid, Louis«, sagte er leise zu dem völlig überraschten Lakaien und schlug ihn mit der Pistole nieder, danach fällte er Joe, den Knecht, auf dieselbe Weise.

»Ihr da drinnen, kommt raus, oder ich erschiess' euch«, sagte er hochmütig, um seiner Frau Angst einzujagen, und wie erwartet stieg Philippe aus der Kutsche.

»Du Lac«, fauchte Rian.

Philippe entgegnete hochnäsig: »Ich fürchte, da sind Sie im Vorteil. Ich bin mir nicht bewußt, einen gewöhnlichen Räuber zu kennen.«

»Besser ein Räuber als ein Mörder, meinen Sie nicht?« fragte Rian kühl und überlegte fieberhaft. Ja, die beiden hatten es gemeinsam geplant, er sah ihr verängstigtes Gesicht am Fenster. Offensichtlich sorgte sie sich um Philippe. »Wie hast du es angestellt, das Rad an meinem Wagen zu lösen?« knurrte er ohne Warnung.

Philippe zuckte zusammen. »Mon Dieu«, flüsterte er »Sie sind noch am Leben, ich kann es nicht glauben.« Endlich hatte er den Grafen von Keldara erkannt.

»Zieh dein Schwert, du feiger Hurensohn.« Rians Stimme war gefährlich. »Ich werde dich töten.«

Morgana kauerte in der Kutsche und beobachtete wie hypnotisiert das Drama, das vor ihren Augen ablief. Sie hatte nichts gehört, weil die beiden sehr leise gesprochen hatten, aber sie wußte, daß es Gentleman Jack sein mußte, der Räuber. Er war so elegant gekleidet, wie man es ihr geschildert hatte. Die beiden Männer würden sich duellieren. Himmel! Wenn sie doch nur auf Louis gehört hätte! Er würde sie alle umbringen. Louis und Joe waren wahrscheinlich schon tot. Und sie machte sich Vorwürfe, weil sie glaubte, Philippe wolle sich für sie jetzt als Mann beweisen. Sie erschauderte bei dem Gedanken, was mit ihr geschehen würde, wenn er den Räuber nicht töten könnte.

Die beiden Männer salutierten kurz, dann kreuzten sich ihre Klingen. Die Schwerter blitzten, und im Mondlicht funkte Stahl auf Stahl.

»Meine Frau, du Lac, war sie Ihre Komplizin?« Rian sprach mit zusammengebissenen Zähnen.

»Vielleicht war sie Ihrer Gesellschaft überdrüssig«, brachte Philippe keuchend heraus, und die Klinge des Lords schlitzte seinen Arm entlang. Keiner hielt inne. Es war ein Zweikampf auf Leben und Tod.

Wieder und wieder blitzten die Klingen, unaufhörlich und gnadenlos, Forte auf Forte, Finte auf Finte. Das Blut troff langsam von Philippes Arm, aber er beachtete es nicht. Er atmete heftig, und allmählich dämmerte ihm, daß er dem Grafen nicht gewachsen war. Rian spielte nur mit ihm. Immer und immer wieder griff er an und verhöhnte Philippe. Philippe versuchte seine Deckung zu durchbrechen, aber ohne Glück, Rian konterte blitzschnell. Er lachte brutal, als Philippe der Schweiß in die Augen lief und ihn momentan blendete. Rian wich zurück, und du Lac wußte, er hatte ihn nur noch einmal verschont.

Morganas Herz pochte bis zum Hals, und sie schluchzte bei jedem vergeblichen Stoß von Philippe laut auf. Sie fragte sich, warum der Räuber kein Ende machte.

»Wie haben Sie es geschafft, meine Frau zu verführen?« fragte ihn Rian.

»Ich bin ein Gentleman. Ich prahle nie mit meinen Eroberungen«, keuchte Philippe.

»Bastard! Schau sie dir noch mal gut an, weil sie das letzte ist, was du auf dieser Welt sehen wirst«, schrie Rian den Franzosen an.

Philippe wandte sich kurz Morganas verängstigtem Gesicht am Kutschenfenster zu, und dieser Blick kostete ihn das Leben. Er senkte seine Deckung, und Rian bohrte ihm den glänzenden Stahl ins Herz.

»Morgana«, röchelte du Lac, ließ den Degen fallen und hielt sich die Hand übers Herz.

Er streckte seine sterbende Hand nach ihr aus, dann erschauderte er und lag still.

»Philippe«, schrie sie in Panik, riß die Tür auf und rannte zu ihm. »Mon Dieu«, flüsterte sie tränenüberströmt. »Laß ihn am Leben sein. Ich kann es nicht ertragen, noch einen Tod auf meinem Gewissen zu haben.«

Rian ertrug es nicht, seine Frau um den Franzosen weinen zu sehen. Fluchend riß er sie hoch.

»Laßt mich los!« schrie sie. Sie erkannte ihren Mann nicht, und Rian sah keinen Grund, sie aufzuklären.

Er schleifte sie von der Straße weg und schleuderte sie ins Gras. Morgana schrie und schrie, aber er dräute über ihr wie ein Dämon. Die Narbe in seinem Gesicht schimmerte weiß im Mondlicht. Er warf den Kopf zurück und lachte höhnisch, bevor er ihr die Kleider vom Leib riß und sie mit Gewalt nahm. Morgana wimmerte und stöhnte unter seinen rauhen Händen. Sein Mund brannte auf ihren Lippen, dann biß er sie in den Mund und küßte sie wieder. Das Blut schmeckte bittersüß. Ihre Brüste schmerzten und brannten und erbebten unter seiner Berührung. Sie starb tausend Tode, als er brutal in sie eindrang, tief in ihre innere Weichheit. Dann, mit wachsendem Entsetzen, spürte sie, wie ihr Körper sich ihm entgegenbäumte, ihre Schenkel bebten und zitterten, schmolzen an seinem Leib, bis ihr ganzer Körper loderte und explodierte, und ihre Seele stürzte in den schwärzesten aller Abgründe, weder Himmel noch Hölle, eine Schlucht, wo sich die Sinne begegneten und zu einem flüchtigen Augenblick der Ewigkeit verschmolzen.

Einen schrecklichen Moment lang glaubte Rian, sie wäre tot, er hätte sie dadurch getötet, daß er sie zu sehr verängstigt hatte. Dann sah er mit Erleichterung, daß sie noch atmete, seine Frau hatte le petit mort erlebt, den kleinen Tod im Orgasmus. Er küßte sehnsüchtig ihre geschwollenen Lippen, dann zog er sich an, bestieg sein Pferd und galoppierte in Richtung Norden, nach London. Er hoffte inbrünstig, sie würde ihn nicht zu sehr hassen.

Weit weg wartete Bess geduldig auf die Rückkehr des Räubers. Sie wartete sechs Tage, dann nahm sie ein Schlachtermesser und schnitt sich die Pulsadern auf.

Kapitel Achtzehn

Morgana kehrte langsam zurück zur Erde, immer noch Reste des beseeligenden Schmerzes zwischen den Schenkeln. Sie stöhnte leise und versuchte sich aufzurichten. Der Tau war feucht auf ihrer Haut. Sie zog sich an, so gut es ging, und versuchte nicht mehr an das zu denken, was gerade passiert war. Hoffnungslos. Sie sah den lachenden Dämon vor sich und die weiße Narbe über der Wange. Die würde sie nie vergessen, nicht, solange sie lebte. Und sie würde auch nicht vergessen, welche Gefühle er in ihrem Körper ausgelöst hatte und wie lüstern sie sich seinen Küssen und seinen Zärtlichkeiten hingegeben hatte. Schon bei dem Gedanken allein wurde sie rot! Ihr ganzer Körper schmerzte von der leidenschaftlichen Reaktion, die er in ihr ausgelöst hatte. Sie machte sich auf die Suche nach den anderen.

Louis und Joe waren nicht tot, sondern bewußtlos geschlagen worden. Sie erwachten gerade, als sie an der Kutsche anlangte. Sie rieben sich vorsichtig die Köpfe und richteten sich mit Hilfe der Räder auf. Sie vermied es, Philippes Leiche anzusehen.

»Alles in Ordnung bei euch?« fragte sie einigermaßen gelassen.

»Ich glaub' schon, Mylady«, murmelte Joe.

»Beim lieben Gott.« Louis sah sie betroffen an. »Ich schwör', das war kein Räuber. Das war der Graf selber, von den Toten auferstanden.«

»Das ist doch lächerlich, Louis«, sagte Morgana in schärferem Ton, als sie eigentlich gewollt hatte. »Der Schlag hat dir wohl den Kopf verdreht.«

Sie wandte sich wie betäubt ab und wagte es nicht, ihm ihr Gesicht zu zeigen. Gentleman Jack konnte nicht ihr Mann sein. Die Vorstellung war grotesk. Selbst wenn Rian noch am Leben wäre, würde er nicht als gemeiner Räuber durchs Land ziehen.

»Würdest du... würdest du dich bitte um Philippe kümmern? Ich fürchte, er ist tot«, sagte sie.

Jetzt erst sahen die beiden Männer den Franzosen.

»Ich glaub', der Fischfresser hat's gehabt.« Louis kniete sich neben die Leiche. »Hat sich mit dem Räuber duelliert, was?«

Morgana nickte stumm.

»Fürchte, wir müssen ihn zu Ihnen in die Kutsche tun, außer Sie wollen ihn hierlassen.«

»Nein«, murmelte sie mit erstickter Stimme. »Das hat er nicht verdient.«

Sie fuhren die ganze Nacht und einen Teil des nächsten Tages, bis sie London erreicht hatten, Morgana bestand darauf, nicht anzuhalten. Sie konnte den Anblick von Philippes anklagenden glasigen Augen kaum ertragen, und er wurde bei Unebenheiten in der Straße immer wieder gegen sie geworfen. Reglos wie er saß sie in der Ecke bis zum Ende der Reise.

Rian war innerhalb weniger Stunden in London angelangt. Er betrat sein Haus am Grosvenor Square, ohne die Diener zu wecken, und ging nach oben in das Schlafzimmer, das er mit Morgana geteilt hatte. Er badete und rasierte sich, fiel darauf sofort ins Bett und schlief wie ein Toter. Im Morgengrauen wurde er durch einen schrillen Schrei und splitterndes Glas geweckt.

»Oh, mein Gott, Graf Keldara, bitte nicht spuken. Hab' Ihnen nie was getan, wie Sie noch gelebt ham.« Penneys Zähne klapperten wie Castagnetten.

»Um Himmels willen, Penney«, fluchte er verärgert. »Ich bin kein Geist. Jetzt räum das auf und verschwinde.«

»Ja – ja, Mylord.« Sie bückte sich und hob die Scherben des Kruges auf, den sie fallen gelassen hatte. Dann rannte sie aus dem Zimmer, so schnell sie ihre Füße trugen. »Mein Gott, Bagley«, rief sie, ohne sich zu entschuldigen, als sie mit dem Butler zusammenstieß. »Seine Lordschaft lebt und liegt oben im Schlafzimmer.«

»Wirklich, Miss Simpson, machen Sie sich nicht lächerlich. So früh am Morgen kann ich solche Spielchen noch nicht ertragen.« Bagley musterte sie verächtlich. Schließlich wußte jeder in London, daß seine Lordschaft bei einem Kutschenunfall ums Leben gekommen war und Mylady vor Trauer verrückt geworden und mit einem bettelarmen Franzosen durchgebrannt war.

»Ich mach' kein Scherz, Sir. So wahr mir Gott helfe. Ich schwör's.« Penney bekreuzigte sich.

Das veranlaßte Bagley zumindest, nach Chilham zu schicken, den Mylady behalten hatte, obwohl er, wie Bagley das ausdrückte, »eine absolute Null« war.

Chilham wurde sofort nach oben geschickt, um die unglaubliche Geschichte der Zofe zu überprüfen, weil Bagley es unter seiner Würde fand, dem Geschwätz dieser albernen Gans nachzugehen. Chilham würde Klarheit schaffen. Er war zwar eingebildet, aber wenigstens hatte er alle fünf Sinne beisammen.

Die Bemühungen des Dieners wurden mit einigen sehr verletzenden Worten und einem präzis an seinen Kopf geworfenen schlammigen Stiefel quittiert, und somit konnte er berichten, seine Lordschaft wäre ganz ohne Zweifel sehr lebendig. Die Nachricht versetzte den ganzen Haushalt in Angst und Schrecken, die Köchin bekam einen hysterischen Anfall, weil sie die Zeit damit verbracht hatte, den Weinkeller seiner Lordschaft durchzukosten, anstatt sich um den Einkauf zu kümmern, und somit kein Frühstück servieren konnte. Einer der Küchenburschen wurde sofort losgeschickt, ein paar Lammkoteletts und frische Erdbeeren zu holen, die seine Lordschaft immer gern zum Frühstück bestellte.

»Und mach schnell, sonst zieh' ich dir eins über'n Schädel«, drohte die Köchin mit dem Kochlöffel.

Aber der Schock, den Grafen wohlauf zu sehen, war nichts im Vergleich zu dem, der den Haushalt packte, als sie Morgana hereintaumeln sahen, die etwas hereinzerrte – wie die Katze aus dem Regen –, und ihnen die Leiche des Franzosen vor die Füße werfen ließ. Penney fiel schnurstracks in Ohnmacht und mußte mit Riechsalz wiederbelebt werden, und selbst Bagley wurde etwas grün. Chilham hielt sich ein seidenes Taschentuch vor die Nase und sagte, das wäre ja wirklich eine schreckliche Geschichte.

»Ich weiß nicht, was seine Lordschaft dazu sagen wird, Lady Keldara.« Er spürte es genau. Eine seiner gefürchteten Migränen war im Anzug.

»Sind Sie etwa übergeschnappt, Chilham?« Sie drehte sich zu ihm um.

Der Diener begriff plötzlich, daß sie noch nicht wußte, daß der Graf am Leben war, und murmelte verlegen etwas vor sich hin.

»Na, hab' ich's nicht gesagt, das war der Graf selber, der uns gestern überfallen hat?« Louis triumphierte und legte seine schmutzigen Füße auf das Sofa.

»Bitte entfern deine Füße vom Sofa, wenn sie das sein sollten«, knurrte Bagley mit angewidertem Blick auf Louis' schlammige Stiefel. »Ich bin sicher, Lord Keldara würde so etwas niemals tun.«

»Oh, was sind wir heute wieder foin.« Louis zog eine gezierte Grimasse. »So foin bist du auch nicht. Ich weiß, daß dein Vater Kaminkehrer war.« Er spuckte gezielt ein Stück Kautabak in den Messingspucknapf neben Bagleys Fuß.

»Wirklich?« kicherte Chilham, der sich freute, endlich mal etwas zu haben, womit er den hochnäsigen Kerl ärgern konnte.

»Also wirklich, Lady Keldara, das muß ich mir nicht bieten lassen.« Der Butler schwoll an wie ein Täuberich.

»Würdet ihr bitte alle den Mund halten und mir endlich einer sagen, was in aller Welt hier vorgeht?« schrie Morgana sie an.

»Gerne, Liebes.«

Alle im Raum verstummten. Morgana wirbelte herum, und da stand ihr Mann. Der Bart war weg, aber die Narbe, die Narbe würde sie nie vergessen. Das Zimmer drehte sich, und sie hatte das Gefühl, in Ohnmacht zu fallen, dann fing sie sich wieder.

»Du!« zischte sie. »Du warst es!«

Dann stürzte sie sich quer durchs Zimmer auf ihn und krallte sich in sein Gesicht, bevor Rian reagieren konnte.

»Ich hasse dich, ich hasse dich«, schluchzte sie schreiend und trommelte mit den Fäusten auf ihn ein.

Er packte sie, drehte ihr die Arme hinter den Rücken und sagte über ihre Schulter: »Ich fürchte, Lady Keldara hat einen schweren Schock erlitten. Bagley, Sie und Louis arrangieren die Beisetzung dieses Franzosen. Ich werde mich um Lady Morgana kümmern.«

Er hob seine tobsüchtige Frau auf und trug sie in ihr Schlafzimmer.

»Du Bastard«, keuchte sie, nachdem er sie aufs Bett geworfen hatte. »Wie kannst du es wagen, mich glauben zu lassen, du wärst tot, und als berüchtigter Räuber in der Gegend herumzustreunen?«

»Und du, mein süßes Weib, konntest es kaum erwarten, mit diesem Habenichts von Franzosen ins Bett zu steigen. Nein, ich will deine dämlichen Erklärungen nicht hören. Ich bezweifle nicht, daß ihr beide mein Hinscheiden sorgfältig geplant habt. Warst du es, die das Rad gelockert hat? Nein, wie ich sehe, war es doch du Lac. Wie schade, mein Schatz, daß du jetzt sehr lebendig und dein französischer Liebhaber so tot ist«, sagte er leise voller Hohn.

Kälteschauer liefen ihr über den Rücken. Gütiger Gott, hatte Philippe so etwas Schreckliches getan?

»Ich hab's nicht gewußt«, schluchzte sie. »Du mußt mir glauben. Ich hab's nicht gewußt.«

Rian schaute in ihr betroffenes Gesicht und wußte, daß sie nicht log. Trotzdem konnte er nicht vergessen, daß sie in den Armen des Franzosen gelegen hatte, daß du Lacs Lippen ihren mohnroten Mund berührt hatten, die Süße gekostet, die nur Rian gekannt hatte, und daß ihr Körper Erfüllung bei einem anderen Mann erlebt hatte.

»Du Miststück«, fauchte er. »Hast du es genossen? War er ein besserer Liebhaber, daß du mich so schnell vergessen hast?«

»Nein, Rian«, flüsterte sie verängstigt. »Er war nichts, ich schwör's dir.«

»Lüg mich nicht an.« Er schüttelte sie.

Morgana wich vor ihm zurück. »Faß mich nicht an«, stöhnte sie, dann gab er ihr eine schallende Ohrfeige und ließ sie vergessen, daß sie je das Bett mit Philippe geteilt hatte.

Buch Drei

Keine sanfte Liebe

Kapitel Neunzehn

London, England, 1814

Morgana räkelte sich. Wie seltsam war es doch, wieder neben dem friedlich schlafenden Rian aufzuwachen. Sie schaute sich seine Narbe neugierig an und fragte sich, woher er sie wohl hatte. Wahrscheinlich von dem Unfall. Sie wollte ihn hassen für das, was er ihr angetan hatte, mußte aber zu ihrem Leidwesen feststellen, daß sie es nicht konnte, denn nach seinem vermeintlichen Tod hatte sie das schlechte Gewissen zu sehr geplagt. Jetzt, wo er wieder da war, entdeckte sie Freude an seinem höhnischen Lachen und geistvollen Bemerkungen. Dann packte sie wieder die Wut.

Zum Teufel mit ihm, dachte sie. Er läßt mich glauben, er wäre tot, dann taucht er ohne ein Wort der Erklärung wieder auf. Treibt sich wie ein gewöhnlicher Räuber in Sussex herum und erschreckt mich fast zu Tode. Ich sollte ihn hassen für den Angriff auf mich und dafür, daß er Philippe getötet hat. Hatte der Franzose wirklich Rians Kutsche präpariert? Ihre innere Stimme sagte ihr, daß er das getan haben mußte, denn er war verzweifelt genug gewesen. Sie schaute wieder zu ihrem Mann. Warum kann er mich so leicht erregen? Er schaut mich nur an, und ich zittere und schmelze dahin. Ich liebe ihn nicht. Warum brennt mein Körper dann vor Sehnsucht, wenn er mich berührt, und gieren meine Lippen nach seinem Mund? Ich bin verrückt vor Sehnsucht nach einem Mann, den ich verabscheue. Er nimmt mich einfach, und wenn er befriedigt ist, wendet er sich ab, als wäre ich nur ein Spielzeug, an dem er seine Lust austoben kann? Ja, er beobachtet mich. Ich habe ihn gesehen, wie er, wenn er sich unbeobachtet glaubt, mich ansieht und in meinem Gesicht etwas sucht. Was will er denn von mir? Manchmal hab' ich das Gefühl, er wird mir sagen, wie's in seinem Herzen aussieht, und dann ist der Moment wieder vorbei. Und was suche ich bei ihm? Ich weiß nicht einmal das. Sie schloß erschöpft die Augen.

London schien die Nachricht von der wundersamen Rückkehr des Grafen von Keldara mit Gelassenheit zu tragen. Sie hätte vielleicht mehr Beachtung gefunden, wenn nicht sofort nach Rians Heimkehr der König wieder einen seiner Anfälle gehabt hätte und das Gerücht wie ein Lauffeuer durch die Stadt ging, der Prinzregent würde doch endlich den Thron besteigen.

»Meine Liebe, haben Sie gehört?« wandte sich Mistress Drummond Burrell eines Abends bei Almack's an Morgana. »Sie sagen, der alte Knabe ist diesmal völlig hinüber. Es sieht so aus, als wird Prinny doch endlich gekrönt.«

Aber die Aufregung war umsonst, der König erholte sich wieder, und der Prinzregent sagte Morgana bei einer Tasse Punsch im Piazza, seine Hoffnung läge wieder ganz darnieder. Er bestand darauf, sie nach Brighton einzuladen, wo er den Pavillon orientalisch umdekorieren lassen wollte. »Mandrake Downs hat mich nämlich bei meinem letzten Besuch sehr beeindruckt«, vertraute er ihr an, und sie versprach, ihn sobald wie möglich zu besuchen.

Natürlich ließ sich ein Skandal nicht völlig vermeiden. Aber Rian stand hinter seiner Frau wie ein Tiger, und viele, die ihre Neugier über Morganas Eskapade mit dem Franzosen befriedigen wollten, bekamen nur hochnäsige Kälte zur Antwort. Keiner wollte durch einen direkten Angriff auf die Ehre seiner Frau ein Duell mit dem Grafen Keldara riskieren. Und so verstummten die bösen Zungen bald, und die Wahrheit blieb ein Geheimnis. Morgana mußte boshaftes Geflüster und Blicke erdulden, aber nachdem Beau Brummell sie weiterhin unbeirrbar anerkannte, wagte niemand, sie direkt zu schneiden.

Rian erwähnte die Geschichte ihr gegenüber nie mehr, und Morgana hatte manchmal sogar Schwierigkeiten, sich an die Farbe von Philippes Augen zu erinnern, und war sehr erleichtert, daß ihr Mann sie nicht wie befürchtet damit verhöhnte. Aber er beobachtete sie so kühl und doch intensiv, daß sie manchmal das Gefühl hatte, offener Spott wäre leichter zu ertragen als diese schweigenden, abschätzenden Blicke.

»Warum schaust du mich immer so an? Es ist sehr unangenehm«, beklagte sie sich.

Rian senkte die Lider, um seine Gedanken zu verbergen, und lachte spöttisch. »Was ist denn los, Mag? Es ist doch kein Geheimnis, daß ich deine Schönheit schätze.« Sein kühner Blick streifte über sie. Und sie war tatsächlich ein entzückender Anblick, wie sie da bis zum Hals im Schaum saß in der großen, reichverzierten Wanne. Sie rutschte noch tiefer ins Wasser. »Ist es denn unschicklich, wenn ein Mann seine Frau ansieht, Süße?«

»Es ist sehr unziemlich, denn ich bin genausowenig deine Frau, wie du mein Mann bist. Es ist dumm, sich das vorzugaukeln. Hättest du deine Leidenschaft gezähmt, würde ich nicht diesen Goldring tragen, der mich an dich bindet und mich als dein Besitz brandmarkt«, sagte sie schnippisch. »Es ist nur ein Symbol dafür, daß ich deine Gefangene bin.«

»Ah, Süße.« Er strich durch ihre Locken, die sie hochgesteckt hatte, über ihren Nacken und ihre seidigen Schultern entlang, sanft und zärtlich, aber sie erstarrte bei seiner Berührung. »Es war wirklich unfair, wie ich dich genommen habe, aber ich war verzaubert von deiner Schönheit, und du wolltest aus freien Stücken nicht zu mir kommen. Ich schwöre dir, kein Gefangener hat je einen solchen goldenen Käfig und so einen ergebenen Wärter gehabt.«

»Ja, du hältst mich in einem goldenen Käfig, aber meine Schönheit war es nicht, die dich gereizt hat«, sagte Morgana verbittert. »Versuche bitte nicht, mich für dumm zu verkaufen. Du wolltest Großvaters Geld, deshalb hast du mich geheiratet. Geschieht dir ganz recht, wenn er sein Testament noch mal ändert. Was wird dir dann die Saat einbringen, die du so kühn gesät hast?«

»Dann bleibst immer noch du mir, Liebes.« Seine Hände griffen zärtlich nach den rosigen Brüsten unterm Schaum.

Er zog sie an sich, das Wasser durchtränkte sein gerüschtes Hemd und troff auf den Boden, seine Lippen streiften ihre Schläfen und bemächtigten sich mit unstillbarer Gier ihrer Lippen. Seine Hände krallten sich schmerzhaft in ihre kupfernen Flechten, damit sie ihr Gesicht nicht abwenden konnte, ihre Haarnadeln klapperten zu Boden. Sein Mund wanderte zu ihren Brüsten, die Zähne nagten sanft am weichen Fleisch und den geröteten Spitzen, dann glitt eine Hand über ihren Bauch nach unten und streichelte sie zärtlich zwischen den Schenkeln. Er küßte ihre Haare, ihre Lippen und den kleinen Puls, der in der Kuhle ihres Halses pochte, leise Zärtlichkeiten murmelnd, sein Atem heiß auf ihrer Haut, bis das Blut wie Feuer durch ihre Adern rauschte. Sie wimmerte vor Wonne, als er sie zum Bett trug und sich die Kleider abstreifte.

»Ja, dich werd' ich immer noch haben, Liebes«, flüsterte er. Dann teilte er ihre Schenkel mit seinem Knie, und sie spürte seine harte Männlichkeit in sich eindringen, ihr die Sinne raubend. Seine Küsse wurden heftiger, glühender, und sein Körper bäumte sich gegen ihren, bis das vertraute Wonnegefühl in ihr aufstieg. Tausend Sonnen erstrahlten in ihr, gleißend hell, flammend, während Rian sie in Besitz nahm und ihr doch wieder gab und gab mit den schnellen Stößen, die sie in den siebten Himmel versetzten.

Hinterher holte er den Schwamm, mit dem sie sich gewaschen hatte, und wischte zärtlich den Schweißfilm von ihrem Körper. Das laue Wasser war kühl auf ihrer Haut, und sie musterte ihn und rätselte über seine blitzartigen Stimmungswechsel. Ja, ihr Mann war viel hintergründiger, als sie ihm zugetraut hatte. Morgana merkte auch allmählich, daß er wesentlich mehr Geld hatte, als er sich so nebenbei erspielte. Auf jeden Fall war er nicht arm. Warum hatte er sie dann geheiratet? Seine spöttischen Worte von vorhin verfolgten sie. Dann bleibst mir ja immer noch du, hatte er gesagt. Was wollte er denn überhaupt von ihr?

Einige Tage später erhielt Morgana zu ihrer übergroßen Freude einen Brief von Bridget. Sie hatte oft an ihre Familie in Irland gedacht und sich gefragt, wie es ihnen wohl ginge. Die ironischen Bemerkungen ihres Großvaters fehlten ihr und das wütende Gehämmer seines Stockes auf den Boden. Sie öffnete den Brief und las ihn begierig am Frühstückstisch.

Kilshannon Hall, 22. Januar 1814

Meine allerliebste Morgana – Ich kann dir gar nicht sagen, wie sehr ihr uns fehlt, Rian und du. Sogar Großvater beklagt sich ständig, das Haus wäre ohne euch wie ein Mausoleum. Weihnachten war einfach nicht so schön wie letztes Jahr.

Du würdest Maureen gar nicht mehr erkennen, so ist sie gewachsen. Erst vor kurzem hat sie ihre ersten Schritte gemacht und kann schon ein paar Worte plappern. Sie ist ein so glückliches Kind, und Paddy ist ganz verliebt in sie.

Es freut mich, dir mitteilen zu können, daß Fionna endlich in anderen Umständen ist. Das Baby soll irgendwann im Sommer kommen. Trevor stolziert vor lauter Freude herum wie ein Pfau. Er ist jetzt noch unerträglicher. Gerald trinkt immer noch. Ich wünschte, er würde sich eine Frau suchen und eine Familie gründen.

Lindsey Joyce hat endlich Sean Devlin geheiratet. Die Hochzeit war ein paar Tage vor Weihnachten, aber ich glaube, sie passen nicht sonderlich gut zusammen, Sean ist jetzt schon kaum mehr zu Hause, und die Diener sagen, Lindsey wird immer launischer.

Ich mache mir große Sorgen um Colin. Er wird immer verschlossener, brütet vor sich hin und schreibt. Er verschwindet oft bis in die frühen Morgenstunden und weigert sich zu sagen, wo er war. Rosamunde behauptet, er hätte sich den irischen Rebellen angeschlossen, aber, wie du weißt, kann man ihr nicht glauben. Patrick glaubt, er hätte irgendwo eine Frau. Großvater ist fast krank vor Sorge um den Jungen, und Colin weigert sich, Ratschläge anzuhören.

So, jetzt wird's spät, und ich muß schließen. Ihr fehlt uns, und wir freuen uns auf eure Rückkehr. Bitte schreibt. In Liebe

Bridget

Morgana reichte Rian den Brief, und er las ihn mit großem Interesse.

»Wenn du antworten möchtest, ich frankier' dir gern einen Brief«, sagte er, nachdem er sich die Krumen vom Mund gewischt hatte.

»Ja, ich möchte ihnen gerne schreiben. Darf ich ihnen nicht schreiben, wann wir vorhaben zurückzukehren, Rian? Ich möchte nicht, daß sie sich unnötig Sorgen machen.«

»Aber Mag, ich hab' ja nicht geahnt, daß du dich nach Irland sehnst. Ich hatte eigentlich geplant, noch eine Fahrt in den Orient zu machen. In nächster Zeit können wir keinesfalls dahin zurückkehren«, sagte er.

»In den Orient? Oh, Rian, meinst du damit, ich kann tatsächlich all die Plätze sehen, wo du diese wundervollen Kuriositäten gekauft hast?«

»Ja, ich wollte es dir eigentlich erst später sagen, aber warum nicht jetzt. Ich möchte im Herbst lossegeln.«

Die Aufregung, Afrika, Indien und China zu sehen, verdrängte alle Gedanken an zu Hause aus Morganas Kopf. Nachdem sie Bridget einen Brief geschrieben hatte, lief sie nach oben und fing an zu planen, obgleich sie, wie Rian lachend sagte, noch fünf Monate Zeit dafür hätte. Sie bombardierte ihren Mann mit Fragen, was sie anziehen sollte, was für Leute sie kennenlernen würde und was für Wetter zu erwarten wäre. Er gab geduldig Antwort und versuchte sein Bestes, ihr den Orient so genau wie möglich zu beschreiben. Am Ende war er froh, daß er es ihr bereits erzählt hatte, denn jetzt hatte sie etwas, mit dem sie sich beschäftigen konnte, und sie war fröhlicher als seit Wochen.

Einige Tage später schlug Rian vor, sie sollten für Lord Brisbane und seine neue Frau eine kleine Party geben. Morgana fand das wunderbar, sie hatten nämlich seit ihrer Rückkehr nur wenige Freunde gesehen, und niemand sollte glauben, sie würden sich wegen des Klatsches verstecken. Sie schickte die Einladungen ab und freute sich, als alle akzeptierten.

Die Luft prickelte vom Frühling, das Haus war erfüllt vom Duft von Gardenien, Jasmin und Nelken. Es war ein schöner Abend, der Himmel war klar, eine gewisse Feuchtigkeit kündete von leichtem Regen. Die Lampen warfen warme, leuchtende Kreise an die Wand, als Morgana die Treppe hinunterstieg. Sie hatte an diesem Abend ein elfenbeinfarbenes Kleid gewählt, das ihre weiße Haut betonte und ihr rotes Haar wie Flammen lodern ließ. Ihre grünen Augen tanzten, als sie die Hand auf den Arm ihres Mannes legte. Zwei Stränge Perlen umschlossen ihren schlanken Hals. Der Duft von Flieder und ihre Nähe ließen ihn die Party verfluchen.

»Du bist in der Tat ungewöhnlich schön, Morgana«, flüsterte er, dann streifte er kurz mit seinem Mund ihre Lippen.

Er ließ sie zögernd los, als das Rattern von Kutschenrädern die Ankunft der ersten Gäste ankündigte.

Die Gesellschaft war ein großer Erfolg. Morgana hätte sich gar keine Sorgen zu machen brauchen. Nur ihre engsten Freunde waren geladen, und alle vermieden es taktvoll, über den Skandal zu sprechen, der in illustren Kreisen Tagesgespräch war.

Morgana fand, daß Brisbanes Frau Anne sehr gut aussah. Sie war ein bescheidenes Mädchen mit dunklen Locken und einem Hauch von Sommersprossen, die, wie sie Morgana kichernd anvertraute, ihrer Mutter große Sorgen gemacht hatten.

»Aber Mylord mag sie, also ist es mir auch egal«, sagte sie fröhlich. »Mama war sehr enttäuscht, daß wir durchgebrannt sind, und hat erklärt, sie würde keinen Finger mehr für mich rühren, wofür ich außerordentlich dankbar war. Du kannst dir nicht vorstellen, wieviel Angst ich hatte, ihr würde es tatsächlich gelingen, mich mit diesem ekligen Lord Hawthorne zu verheiraten.«

Das konnte Morgana gut verstehen. Des Herzogs gichtige grapschende Hände hatte auch sie schon einige Male energisch von ihrer Person entfernen müssen, und der Gedanke, dieses süße Mädchen mit ihm verheiratet zu sehen, war widerlich.

»Aber Lady Winwood wird sich schon wieder beruhigen, Anne. Brad ist doch auch eine ganz gute Partie, und offensichtlich liebt er dich sehr«, sagte Morgana.

»Ja, er ist ein wunderbarer Schatz. Er hat soviel Geduld mit mir, ich bin nämlich noch sehr unerfahren und mach' ständig Fauxpas. Aber er lacht einfach nur darüber. Er hält übrigens große Stücke auf dich und Lord Keldara. Er sagt, Rian hat ihm schon oft aus der Patsche geholfen.«

»Und er ihm sicherlich auch«, sagte Morgana und schaute zu den beiden Männern, die in eine Unterhaltung vertieft waren.

»Oh.« Anne klatschte plötzlich in die Hände. »Hab' ich dir erzählt, daß uns dieser furchtbare Räuber, Gentleman Jack, überfallen hat?«

»Nein.« Morgana war gar nicht mehr so wohl in ihrer Haut.

»Also, stell dir vor. Es war auf unserer Flucht, um zu heiraten.«

Anne plapperte fröhlich vor sich hin und merkte gar nicht, wie still Morgana plötzlich wurde. Das Gesetz würde Räuberei mit aller Schärfe ahnden, selbst wenn sich nur ein Lord einen Scherz erlaubt hatte. Sie fragte sich, wieviel Freunde Rian noch überfallen hatte.

Genau dasselbe fragte sich Lord Brisbane. Er war sich nach reiflicher Überlegung sicher, daß Rian und Gentleman Jack ein und dieselbe Person waren. Er senkte die Stimme:

»Rian, mein Lieber, ich weiß nicht, welcher Teufel dich geritten hat, aber in London gibt es einige Leute, die Gentleman Jack zu Tode erschreckt hat. Die können sich sicher an die Narbe erinnern. Sei vorsichtig, mein Freund, damit du nicht dem Henker in die Arme fällst.«

»Ja, Brad. Danke für die Warnung. Das macht mir schon seit einiger Zeit Sorgen. Trotzdem gibt es keinen, der das beweisen kann, und jeder, der so ein Gerücht verbreitet, bekommt es mit mir zu tun. Ich hab' nach diesem Unfall einige Zeit das Gedächtnis verloren, und obwohl's keiner glauben will, es ist die Wahrheit.«

»Ich glaube dir, Rian, denn ich kann mir sonst nicht vorstellen, daß du so eine schandbare Tat begehst, wenn du bei Sinnen bist. Du kannst versichert sein, daß dieses Gespräch unter uns bleibt. Ich werde auch Anne nichts davon sagen. Ich glaube allerdings, sie war so verängstigt, daß sie sich an dein Gesicht nicht mehr erinnern kann.«

»Du warst immer ein guter Freund, Brad.« Rian klopfte dem anderen auf die Schulter. »Ich melde mich, wenn ich deine Hilfe brauche.«

»Der kannst du immer versichert sein«, sagte Brad ernst. Er würde Rian nie vergessen, daß er als einziger Mann in London zu ihm gestanden hatte, als er nach dem Tod seiner ersten Frau fast verrückt geworden wäre.

Der Graf von Brisbane würde nie den Tag vergessen, an dem er nach Hause kam und seine geliebte Sally brutal erschlagen vorfand, aus welchem Grund stellte sich nie heraus. Er war verrückt vor Schmerz gewesen und hätte sich fast umgebracht, wenn Rian ihn nicht zur Räson gebracht hätte und ihm begreiflich gemacht hätte, Sally hätte nicht gewollt, daß er seinem Leben so ein Ende machte. Trotzdem hatte er keine andere Frau auch nur eines Blickes gewürdigt, bis die kesse, sommersprossige Anne, so anders als Sally, ihm über den Weg gelaufen war und sein Herz gewonnen hatte, das er tot geglaubt hatte.

»Sie ist ein gutes Mädchen«, sagte Rian, als er merkte, daß sein Freund zu den beiden Frauen hinüberschaute.

»Ja, es war, als würde die Sonne mit ihr wieder aufgehen«, lächelte Brad. Anne und Morgana gaben ein bezauberndes Bild ab. »Die Schönheit deiner Frau paßt gut zu dir, Rian. Ihr seid ein schönes Paar.«

»Ja«, murmelte Rian, den Annes liebevoller Blick auf ihren Mann mit Neid erfüllte. Wenn Morgana ihn nur einmal so ansehen würde.

Warum kann ich ihre Liebe nicht gewinnen? Bin ich denn so häßlich, daß ein bloßer Blick sie schon abschreckt? Vielleicht liegt es an der Narbe, aber davor war es auch nicht anders. Sie stellt ihren Busen und ihren Hintern zur Schau und erwartet, daß ich das ignoriere. Glaubt sie, ich wäre nur ein halber Mann? Sie reizt mich wie eine Hexe mit diesem Augenaufschlag und diesem einladenden roten Mund. Sie schreit vor Wut und Haß, um meine Leidenschaft zu zügeln, und merkt nicht, daß mich das noch mehr reizt. Nur im Dunkeln, wenn ich sie mit Gewalt nehme, wimmert sie und gibt sich hin und zeigt, wie sehr sie mich braucht. Das wird zwischen uns immer sein, wenn auch sonst nichts.

Morgana spürte den finsteren Blick ihres Mannes und fragte sich, warum er sie so lüstern anstarrte. Warum muß er seine Leidenschaft nur so öffentlich zeigen, dachte sie. Schlimm genug, wenn er es macht, wenn wir alleine sind. Wie kann er es wagen, mich so vor all den Leuten anzusehen?

Um ihn abzulenken, bat sie Anne, etwas auf dem Klavier zu spielen. »Ich hab' gehört, wie wunderbar du Bachs Fuge in c-moll spielst.«

Anne spielte tatsächlich sehr gut. Ihre Finger flogen über das Instrument, und bald folgte eine Melodie der anderen. Bei »Greensleeves« stellte Morgana sich zu ihr, denn es war eines ihrer Lieblingslieder. Sie begann leise zu singen:

I cared for thee when thou wast down,
I Served thee with humility;
Thy foot might not once touch the ground,
And yet thou wouldst not love me.

Greensleeves was all my joy,
And Greensleeves was my delight.

Greensleeves was my heart of gold
And who but my lover, Greensleeves.

Morgana verstummte. All ihren Schmerz und ihre Sehnsucht hatte sie in diesem Lied offenbart. Zu ihrer Überraschung applaudierten alle, und sie wurde mit einem angenehmen Ruck in die Wirklichkeit zurückbefördert. Himmel, wie hatte sie dieses schreckliche Lied singen können. Sie schaute zu ihrem Mann. Was er wohl denken würde? Sie versuchte spöttisch zu grinsen, als er den Arm um ihre Taille legte und ihr zuflüsterte, sie wäre eine Quelle angenehmer Überraschungen.

Glücklicherweise brach Anne den Bann, indem sie ein lustiges Lied aus The Rape of Lucrece anstimmte, einem Stück von Thomas Heywood. Rian und Brad verschränkten die Arme und tanzten und sangen dazu.

Dann hob Rian Morgana aus dem Stuhl, in den sie sich zurückgezogen hatte, und zog sie zurück in den Kreis. Er hatte einen sehr angenehmen Bariton und sang ihr zu:

I took her out and spent my pay
Mark you well what I say,
I took her out and spent my pay,
And then this maiden just faded away.
I'll go no more a-roving with you, fair maid.
A-roving, a-roving, since roving's been my ruin
I'll go no more a-roving with you, fair maid.

Alle lachten und freuten sich. So konnte Morgana auch nicht ernst bleiben. Selbst Beau Brummell vergaß sich und schlug vor Lachen Sir Anthony Reginald auf den Rücken und war nicht einmal böse, als dieser ihm unabsichtlich Wein über die neuen Hosen kippte.

Das Fest blieb noch wochenlang Tagesgespräch in gesellschaftlichen Kreisen, und alle, die nicht eingeladen waren, ärgerten sich, weil sie eine Gesellschaft verpaßt hatten, die laut Beau Brummell einer der Höhepunkte der Saison gewesen war. Der Skandal war vergessen, und alle versuchten so schnell wie möglich, wieder in die Gunst von Morgana und Rian zu gelangen.

»Stell dir vor«, lachte Rian, als sie nach oben gingen. »Normalerweise wäre Beau vor Schreck gestorben, wenn ihm jemand Wein über die Hose gegossen hätte. Er muß beschwipst gewesen sein, das schwör' ich dir.«

»Er wird sicher morgen früh darüber weinen«, sagte Morgana, eine sehr genaue Prophezeiung, wie sie über Gespräche zwischen Beaus Diener und Chilham später erfuhren.

Die Aprilregen zogen übers Land, der Boden war naß und üppig, und die Blumen funkelten. Morgana brachte der Frühling in fiebrige Beschwingtheit. Sie konnte nicht stillsitzen und sticken oder lesen. Sie sehnte sich nach frischer Luft, hatte aber keine Lust, im Hyde Park auszufahren, weil die Federn ihres Hutes dabei ruiniert würden. Sie war sehr erleichtert, als der Regen endlich aufhörte und die Sonne wieder hinter den Wolken vorspitzte.

Eines Morgens sah sie, daß Rian seine Pistolen reinigte, und fragte ihn sofort, ob er sich mit jemandem gestritten hätte.

»Nein, Schatz, ich bin mit Anthony zum Schießen bei Mantons verabredet.«

»Könnte ich mitkommen, Rian? Ich hab's so satt, im Haus rumzuhocken, und heute ist der erste schöne Tag seit zwei Wochen.«

»Damen gehen nicht in Schießgalerien, Süße. Tut mir leid, da kann ich dich nicht mitnehmen.« Er sah, wie enttäuscht sie war. »Aber, wenn du möchtest, fahren wir morgen aufs Land, und ich zeige dir, wie man schießt.«

Dieser Plan fand Morganas Zustimmung, und am nächsten Tag hielt Rian sein Versprechen. Er kaufte ihr eine kleinere Pistole, weil seine eigene zu schwer war. Damit könnte sie nicht genau zielen, wie er sagte. Sie nahmen einen Picknickkorb mit und fuhren zu einem Platz kurz außerhalb der Stadtgrenze. Rian steckte einige leere Flaschen auf einen leeren Zaun und zeigte ihr dann, wie sie die kleine Waffe laden und spannen sollte. Man konnte zweimal schießen, ohne nachzuladen.

Er reichte sie ihr vorsichtig und sagte: »Glaub ja nicht, daß du sie je gegen mich verwenden kannst, Schatz.« »Nein!« Er packte ihre Hand. »Ziel damit auch nicht auf deinen Fuß. Du könntest aus Versehen abdrücken. Ziel nie auf etwas, auf das du nicht schießen willst.«

Er stellte sich hinter sie, legte seine Hände auf die ihren und zeigte ihr, wie man anlegt. Morgana lief ein wohliger Schauer über den Rükken, und sie konnte sich nur schwer konzentrieren.

Schließlich versuchte sie so abzudrücken, wie er erklärt hatte, aber sie war das Gewicht einer Pistole nicht gewöhnt und riß sie unbewußt hoch. Der Schuß ging mit lautem Getöse los, und die Kugel bohrte sich in einen Baumstamm. Der Rückschlag warf sie gegen Rians Brust. Er hielt sie mit einer Hand fest und versuchte mit der anderen zu verhindern, daß sie die Pistole noch einmal versehentlich abschoß.

»Nein, Schatz, nicht schnell, sondern langsam abdrücken.« Sein Mund hätte zu gerne ihre Schläfen liebkost. »Komm, versuchen wir's noch mal.«

Diesmal war sie auf die Explosion und den Rückschlag gefaßt. Sie hielt sich an Rians Anweisungen und wurde mit lautem Glassplittern belohnt. Dann durfte sie es alleine probieren. Dabei traf sie zwar nur drei der übriggebliebenen sieben Flaschen, aber er sagte, fürs erste Mal hätte sie gar nicht schlecht geschossen.

»Können wir wieder hierherfahren, Rian?« fragte sie mit vor Aufregung glühenden Wangen.

»Ja, Süßes, wann immer du möchtest.« Er freute sich, weil ihr der Tag gefallen hatte. Er hoffte nur, sie würde die tödliche, kleine Waffe nicht gegen ihn einsetzen.

Er nahm sie wieder mit zum Schießen und lehrte sie auch fechten, das er bei Angelo trainierte. Die Diener fanden das sehr unschicklich.

»Das ziemt sich nicht, Mylady«, sagte Penney. »Sie sollten nicht mit solchen Hosen rumlaufen.« Rian hatte nämlich darauf bestanden, da sie im Kleid nicht fechten könnte, und hatte zu diesem Zweck einige alte Hosen aus der Zeit, bevor er nach Eton ging, vom Speicher geholt. »Was sollen denn die Leute denken?«

»Keiner sieht mich, außer dem Personal und meinem Mann, Penney. Außerdem macht's Spaß. Und Rian hat die Spitzen der Degen stumpf gemacht, also kann mir nichts passieren, obwohl er in Wirklichkeit nur Angst hat, ich könnte ihn durch meine Unerfahrenheit verletzen.«

Sie setzte sich ihren federgeschmückten Hut auf und lief in den Garten.

»Nun, wie seh' ich aus, Mylord?«

Rian grinste. Die Hosen waren wirklich sehr eng und betonten ihr Gesäß und die schlanken Beine in den kniehohen Stiefeln. Die lose Bluse brachte ihre Brüste unter dem dünnen Material sehr gut zur Geltung. Ihr Haar hatte sie unter den Hut gestopft, den sie ganz keß schräg aufgesetzt hatte.

»Ich glaube, ich hatte noch nie einen Gegner, der mich optisch so herausgefordert hat«, sagte er.

Morgana packte einen Degen. »En guarde, Mylord!« Sie salutierte und griff an.

Sie hatte gelernt, daß Rian sie mit roher Kraft schlagen konnte, wenn notwendig, und sie am besten gegen ihn kämpfen konnte, wenn sie flink mit den Füßen war und sich verteidigte, bis er seine Deckung fallen ließ. Das passierte aber selten, und außerdem hatte er den Vorteil, daß seine Arme viel länger waren und er ihr nicht zu nahe kommen mußte, um einen Treffer zu landen. Aber sie konterte sehr geschickt und konnte ihn gelegentlich täuschen und schnell einen Treffer landen, bevor er zurückfallen konnte.

Morgana atmete schon schwer, Rian kaum merklich schneller. Die Degen klirrten gegeneinander, sie zog sich zurück und wollte dabei zustoßen. Das Manöver ging schief, und Rian landete einen direkten Treffer auf ihrer Brust. Die Spitze verfing sich in den Bändern, die das Hemd zusammenschnürten. Fluchend riß er die Klinge los und zerriß dabei die Bluse. Morgana stockte der Atem, als ihre Brüste plötzlich entblößt waren. Sie versuchte, die Fetzen zusammenzuhalten. Rian sah seine Chance und schlug ihr den Degen aus der Hand. Dann legte er die Spitze seiner Waffe auf ihren Hals.

»Ein gutgespieltes Spiel, Lady, aber ich bin der Sieger und muß meinen Preis fordern.«

»Und was darf es sein, Mylord?« versuchte sie, ebenfalls in scherzendem Ton, zu sagen.

Rian freute sich, weil sie das Spiel mitspielte. »Was ist Euch Euer Leben wert, Madam? Streift das Hemd ab und zeigt mir, was der Preis ist.«

»Versucht Mylord etwa, mich mit einer and'ren Art Degen anzugreifen? Er weiß sehr wohl, was unter dieser Bluse ist. Möchte er, daß die Diener es auch wissen?« Ein gehetzter Blick in Richtung Haus.

»Nein.« Er warf seinen Degen weg und packte sie. »Ich weiß einen Platz, wo wir sicher vor neugierigen Blicken sind.«

Er führte sie zu einem Gartenpavillon, der vom Haus durch das dichte Geäst vieler Bäume geschützt war, und zwang sie dort ohne Rücksicht auf ihre halbherzigen Proteste zu Boden. Mit lüsternem Blick zog er ihre Hände weg und labte sich an dem Anblick. Sein Mund umschloß gierig eine harte Brustwarze, seine Hände versuchten ihre Hosen und ihre Stiefel abzustreifen. Bald waren sie beide nackt.

»Kämpf nicht gegen mich, mein Schatz«, flüsterte er. Morgana war in Panik, jemand könnte sie sehen.

Er bog ihr die Arme hinter den Rücken, dann zog er ihre Knie über seine Schultern, sein Mund suchte das weiche Nest zwischen ihren Schenkeln und seine Zunge drang in die Süße dort ein. Ihr Hut fiel zu Boden, und ihr gelöstes Haar ergoß sich zerzaust über ihre Schultern und Brüste. Sie schrie wie ein wildes Tier, das Feuer breitete sich mit seiner Zunge aus, und die Erlösung kam wenige Augenblicke später. Dann ließ er sie los und zog sie an sich, sein Atem wie Drachenfeuer auf ihrer Haut. Er flüsterte ihr ins Ohr.

»Jetzt mach das für mich, Schatz.«

»Ich kann nicht«, schluchzte sie.

»Doch, du kannst.«

Er schlang seine Finger in ihre kupfernen Locken, küßte ihr Haar, Schläfen, Mund, Hals und Brüste, dann drückte er ihren Kopf nach unten. Er stöhnte vor Lust, als ihre geschwollenen Lippen sich um seinen erhitzten Stolz schlossen. Als er ihre sanfte Berührung nicht mehr länger ertragen konnte, zog er ihren Körper an den Hüften zu sich und half ihr mit jeder Bewegung. Sie grub ihr Gesicht leise stöhnend in seine Schulter, als sie seinen Erguß in sich spürte und die ebbende Flut noch einmal ihren Körper durchströmte.

Rian und Lord Brisbane hatten sich an diesem Tag genug Blue Ruin in Cribbs' Parlour hinter die Binde gegossen, um das Mittelmeer füllen zu können, und hatten zur Begeisterung von Sir Anthony und Lord Alvanley eine Wette abgeschlossen, die, wenn sie sie in ihrem augenblicklichen Zustand durchführen würden, nur Ärger machen würde. Aber die beiden Kontrahenten waren nicht zu bremsen. Beide waren exzellente

Fahrer und hatten gewettet, bei mindestens fünf Kutschen von London nach Brighton die Räder zu streifen. Lord Alvanley und Sir Reginald Anthony entschlossen sich aus verständlichen Gründen, lieber mit dem eigenen Wagen hinterherzufahren.

»Ich schwöre dir, Anthony, das gibt eine Katastrophe, und Rian hat sich doch gerade erst von einem Kutschenunfall erholt.« Lord Alvanley hatte überhaupt kein Verständnis für solche Albernheiten.

»Ja, aber ich hab' keine Lust, meinen Hals zu riskieren, um die beiden aufzuhalten. Selbst Keldaras Diener hat Angst, mit ihm zu reiten, wenn seine Lordschaft einen seiner Anfälle hat.«

»Aber Denby müßte doch wirklich vernünftiger sein, wo er doch auch gerade erst geheiratet hat.«

Sie blieben mit ihrer Kutsche auf einer Seite der Straße und beobachteten den Lauf der Dinge mit ungutem Gefühl. Jedem der beiden gelang es, drei Kutschen zu streifen, ohne sie umzustürzen, obwohl die Insassen nicht gerade begeistert waren und sie wüst beschimpften. Ein alter Mann bedrohte sie sogar mit einem Vorderlader. Das steigerte ihre Begeisterung natürlich noch mehr, und Lord Brisbane erhöhte die Wettsumme noch einmal, als Rian sich anschickte, die nächste Kutsche aufs Korn zu nehmen.

»Die Wette gilt, Brad«, schrie er und raste auf das nahende Gefährt zu.

Rians Räder streiften die Kutsche, aber der Fahrer konnte die verschreckten Pferde nicht mehr unter Kontrolle bringen, und der Wagen stürzte in den Graben. Weder Insasse noch Diener waren verletzt, aber beide sehr erbost über den üblen Streich. Rian wendete, um sich zu versichern, daß keinem etwas passiert war, und wurde mit einem vor Wut tobsüchtigen Lord Chalmers konfrontiert.

»Wirklich, Keldara«, sagte seine Lordschaft entrüstet. »Was haben Sie sich dabei gedacht? Sie hätten mich umbringen können!«

»Tut mir leid, Mylord, nur eine Wette zwischen Denby und mir. Ich hoffe, es ist Ihnen nichts passiert.«

»Nein, gar nichts«, sagte Lord Chalmers und blickte plötzlich gebannt auf Rians Narbe. Er lächelte boshaft.

Verdammt! Das war doch tatsächlich Keldara gewesen, der ihn in Sussex ausgeraubt hatte! Der Mann hatte exzentrische Launen, genau wie diese kleine Eskapade hier. Lord Chalmers fuhr davon und legte sich eine angemessene Rache in seinem feisten, kahlen Kopf zurecht.

»Sag, war das nicht Chalmers?« Denby bremste neben ihm.

»Ja, Hände wie Klötze an den Zügeln, nicht wahr? Aber komisch«, sagte Rian nachdenklich, »er ist einfach losgefahren, obwohl ich im Unrecht war. Seltsam. Ich weiß, daß er mich haßt, aber er hat mich kaum beschimpft, obwohl er Grund dazu gehabt hätte.«

»Vielleicht will er sich im Duell mit dir messen.« Lord Brisbane langweilte das ganze Unternehmen inzwischen. »Auf jeden Fall hast du die Wette verloren und schuldest mir fünfhundert Pfund.«

»Sehr merkwürdig«, murmelte Rian und schaute der Kutsche nach.

Lord Alvanley und Sir Reginald amüsierten sich königlich, weil sie Lord Chalmers beide nicht ausstehen konnten. Sie wendeten und machten sich zufrieden auf den Weg zurück. Dort erzählten sie die Geschichte bei Watier's und machten Lord Chalmers noch mehr zum Gespött, der sich schwor, Keldara für alles büßen zu lassen.

Morgana fand den Vorfall überhaupt nicht witzig und sagte, er hätte sich den Hals brechen können. Er lachte nur und sagte, es wäre ja nichts passiert.

»Ja, aber wie konntest du das überhaupt wagen, nach dem letzten Unfall?«

»Ah, der Unfall war nicht meine Schuld, Süße«, erinnerte er sie verbittert.

Sie biß sich auf die Unterlippe, damit er nicht sah, wie die Tränen ihr in die Augen schossen. Wie konnte sie nur so dumm sein und das wieder hervorzerren?

Am nächsten Morgen erwachten sie durch lautes Pochen an der Tür. Morgana streifte schnell ein Negligé über und fragte sich, wer das wohl sein mochte, so früh am Morgen. Auf halbem Weg die Treppe hinunter traf sie auf einen sehr verstörten Bagley.

»Mylady, es sind die Männer des Königs. Sie wollen seine Lordschaft sprechen.«

»Wo sind sie, Bagley?« Sie überlegte fieberhaft. Sie konnten Rian doch nicht verhaften, weil er eine Kutsche umgeworfen hatte. Aber was, wenn sie entdeckt hatten, daß er Gentleman Jack war? Er mußte Zeit haben zu fliehen.

»Ich hab' sie in den Salon geführt, Mylady.«

»Ich bin die Gräfin von Keldara«, sagte sie, als sie mit eisiger Hochmütigkeit in den Salon rauschte. »Was kann ich für Sie tun? Ich bin es nicht gewohnt, um diese Stunde aus dem Bett geholt zu werden.« Morgana musterte sie kühl.

Die Wachen waren verunsichert von ihrem Anblick, die Haare über Schultern und Brüsten offen, das zarte Gewand, das ihre Umrisse erkennen ließ. Ein junger Mann mit rötlichem Haar und nettem Gesicht trat vor und räusperte sich.

»Ich bin Captain Summersby, Mylady. Wir möchten Ihren Mann in einer Angelegenheit des Königs sprechen.«

»Mein Mann schläft, wie jeder vernünftige Mensch um diese Stunde. Was wollen Sie?«

»Mylady«, stotterte der junge Mann, dem das offensichtlich alles sehr peinlich war, »Sie sollten sich besser setzen. Ich fürchte, es handelt sich um eine besonders delikate und ernste Geschichte.«

»Stehen Sie nicht mit offenem Mund herum, Captain«, keifte Morgana, »offensichtlich sind Sie doch derjenige, der einen Stuhl braucht. Raus damit, was hat mein Mann getan, daß Sie mich so früh am Morgen so rüde wecken?«

»Mylady...« Captain Summersby schluckte. So energische Frauen war er nicht gewöhnt. »Ich fürchte, Lord Keldara steht unter Arrest.«

»Wie lautet die Anklage?« fragte Rian von der Tür. »Ich schwöre, Lord Chalmers war nach unserem Zusammenstoß gestern unverletzt.«

»Lord Chalmers? Davon weiß ich nichts.« Der Kapitän erschauderte vor Rians eindringlichem Blick. Jetzt wünschte er, er hätte sich nie freiwillig für diesen Auftrag gemeldet. »Sie stehen unter Arrest wegen Mord an einem britischen Offizier und als mutmaßlicher Anführer der radikalen United Irishmen in Dublin im letzten November.«

»Aber das ist ja lächerlich«, schnaubte Morgana verächtlich. »Lord Keldara war doch vor sieben Monaten überhaupt nicht in Irland.«

»Er wird eine faire Chance bekommen, das zu beweisen, wenn er vor Gericht steht. Kommen Sie friedlich mit, Mylord, oder müssen meine Männer Gewalt anwenden?«

»Wohin mitkommen? Wohin?« Morgana starrte sie ungläubig an. Das war doch alles sicherlich ein schrecklicher Scherz.

»Tut mir leid, Mylady. Ich habe Order, Lord Keldara ins Gefängnis von Newgate zu bringen, wo er bis zum Prozeß verbleiben wird.« Captain Summersby tat die schöne Frau des Grafen unheimlich leid. Es war sicherlich ein furchtbarer Schock für sie.

»Oh, Rian«, schluchzte sie und warf sich in seine Arme. »Wie kann das sein?«

»Keine Sorge, Liebes.« Er küßte sie beruhigend auf die Stirn. »Ich bin sicher, das ist alles nur ein schrecklicher Irrtum. Es wird nicht lange dauern, der Sache auf den Grund zu gehen.«

Morgana schaute verängstigt ihrem Mann nach, als er abgeführt wurde.

Danach schickte sie sofort Lord und Lady Brisbane eine Nachricht mit der Bitte, sofort zu ihr zu kommen. Sie kamen sofort.

»Meine liebe Morgana!« Anne stürmte ins Zimmer. »Was ist denn passiert, bist du krank?« Sie war blaß vor Sorge um ihre Freundin.

»Oh, Anne«, Morgana brach in Tränen aus. »Die Dragoner haben Rian heute morgen verhaftet.«

»Was?« fragte Denby entsetzt. »Doch nicht etwa wegen diesem Streich von gestern? Das ist doch lächerlich!«

»Nein, es ist viel ernster. Sie sagen, er wäre mit diesen irischen Revolutionären verbündet und er hätte letzten November einen irischen Offizier ermordet.«

»Aber du und ich, wir wissen doch, daß Rian letzten November...« Er verstummte.

»Ja, Brad, und was ist das für eine Verteidigung? Dafür hängt man ihn höchstens.« Morgana wischte sich die Augen ab.

Anne schaute von einem zum anderen. »Wenn ihr damit meint, daß Rian als Gentleman Jack durch Sussex stolziert ist, das weiß ich schon«, sagte sie leise.

»Wirklich?« Denby war höchst überrascht. »Aber du hast mir gegenüber nie ein Wort gesagt.«

»Eine solche Narbe läßt sich nicht leicht kaschieren, aber mich ging das ja nichts an. Ich bin sicher, Rian hatte seine Gründe, Kutschen zu überfallen. Ich halte ihn nicht für dumm.«

»Oh, Anne, er hatte sein Gedächtnis verloren. Der Unfall hatte etwas mit seinem Verstand gemacht. Er wußte nicht mehr, wer er war, und als er sich wieder erinnerte, hatte er all die schrecklichen Verbrechen schon begangen.« Morgana begann wieder zu weinen. »Was soll ich bloß tun?«

»Komm, komm, weinen wird nicht helfen, das ist nicht gut für deinen Teint«, sagte Anne ganz logisch. Ihr Mann fragte sich, ob er sie wohl unterschätzt hatte. »Brad wird so bald wie möglich mit Prinny sprechen. Ich bin sicher, George möchte einen seiner besten Freunde nicht im Gefängnis verrotten sehen. Dann werden wir herausfinden, wer diese Anklage vorgebracht hat und was für Zeugen sie gegen Rian haben. Danach werden wir entscheiden, was am besten zu tun ist.«

Kapitel Zwanzig

Die Dragoner eskortierten Rian ausgesucht höflich ins Gefängnis von Newgate. An der schweren Eisentür wurde er dem Gewahrsam eines Wärters überstellt, der ihm Handschellen anlegte und ihn dann durch die feuchten, verschlungenen Gänge zu seiner Zelle, einem dunklen, stinkenden Raum, führte. Nachdem sich seine Augen an das Dämmerlicht gewöhnt hatten, sah Rian, warum es so stank. Der Notdurfteimer war anscheinend seit Wochen nicht mehr geleert worden, und sein Vorgänger war offensichtlich krank gewesen. Überall waren Spuren von Erbrochenem und noch Schlimmerem.

»Einzelhaft ist befohlen worden.« Die gelben Zähne des Wärters glänzten im flackernden Lampenlicht. »Wenn Se kein Ärger machen, gibt's kein Problem. Wenn ja, hier biste kein großer Lord. Nur ein drekkiger Krimineller.« Er kicherte und schloß dann die Tür, deren rostige Scharniere knirschten, und drehte den Schlüssel im Schloß.

Rian warf sich auf die Strohmatte in der Ecke. Sie starrte vor Dreck und war sicher voller Ungeziefer. Die Handschellen scheuerten an seinen Gelenken, und der Magen drehte sich ihm um von dem Gestank. Wie konnte so etwas passieren? Lord Chalmers war hinterlistig, aber so eine Anklage konnte er sich nicht aus den Fingern saugen. Woher kamen also diese Anschuldigungen? Er dachte an Morganas verängstigtes

Gesicht. Sie konnte das nicht gewesen sein. In den letzten Wochen war sie zärtlich, ja fast liebevoll gewesen, und ihr Entsetzen war nicht gespielt. Er wußte nicht, wie lange er im Dunkeln lag und dem Geraschel der Ratten lauschte. Irgendwann mußte er doch eingedöst sein, denn er schreckte hoch, als der Schlüssel sich plötzlich im Schloß drehte.

»Wach, ha?« der Wärter musterte seinen neuesten Schützling interessiert. »Se ham mir erzählt, du hast einen Offizier umgebracht und bist irischer Rebell. Da!« Er hielt ihm vorsichtig eine Schale mit dünnem Brei hin, irgend etwas an diesem Gefangenen machte ihm angst. »Du wirst wahrscheinlich eine Zeitlang hier sein, wenn du keine Verwandten hast, die dafür sorgen, daß es dir bessergeht.«

»Ich hab' Verwandte«, sagte Rian, »die dafür sorgen werden, daß du für all deine Dienste gut belohnt wirst. Glaubst du, du könntest was mit diesem Eimer da machen? Der Geruch belästigt mich sehr.«

»Nicht an sowas gewöhnt, was? Die wer'n Mittwoch und Sonntag ausgeleert, eher nicht.«

»Also Mister...«

»Mister Crotchetts heiß' ich.«

»Mister Crotchetts, Sie sehen doch, daß dieser bestimmt schon einen Monat nicht mehr ausgeleert worden ist und bestimmt nicht am Mittwoch.«

»Ja, und was krieg' ich dafür, wenn ich mir jetzt die Arbeit mach' und ihn ausleer', statt bis Sonntag zu warten?«

»Ich hab' Ihnen schon gesagt, ich hab' Verwandte. Meine Frau entschädigt Sie gerne für alle Dienste, die Sie mir erweisen.«

»Und wer is' denn das kleine Frauchen, Mylord?«

»Die Gräfin von Keldara«, sagte Rian leise.

Crotchetts wich zurück, wie von der Tarantel gestochen. Mein Gott, er hatte schon die wüstesten Geschichten über den Grafen von Keldara gehört. Der Mann war ein Corinthian, ein berüchtigter Spieler und Abenteurer, tödlich mit Pistole und Degen. Da mußte er auf der Hut sein. Man konnte nie wissen. Der Gefangene würde ihn womöglich mit bloßen Händen erwürgen. Er schien wirklich dazu fähig, so kalt und grün waren seine Augen. Er fuchtelte mit seinem schweren Stock.

»Sie bleiben da drüben in der Ecke, wenn ich das raushol'.« Er packte den nassen, klebrigen Eimer und ging rückwärts aus der Zelle.

Rian warf einen Blick in die Schüssel mit Brei, die Crotchetts ihm gegeben hatte. »Unappetitlich« war nicht das passende Wort. Ein großer Kakerlak schwamm in der trüben Brühe. Er schob sie angewidert weg. Er mußte Morgana eine Nachricht zusenden, daß sie ihm Geld schikken sollte. Crotchetts kam mit dem Eimer zurück. Der stank zwar immer noch, war aber zumindest leer.

»Was is denn los, Mylord? Mundet uns das Menü heute abend nicht?« höhnte er.

»Wohl kaum. Kakerlaken eß' ich seit längerer Zeit nicht mehr. Wenn Ihnen das schmeckt, Crotchetts, tun Sie sich keinen Zwang an, seien Sie mein Gast.«

»Hier unten nehmen Se, was Se kriegen können.« Der Wächter nahm den Käfer aus der Suppe und zerdrückte ihn.

Rian beobachtete, wie er gierig die Schale ausschlürfte und wie ein Hund die letzten Tropfen leckte. Dann schmatzte er begeistert.

»Se sollten bißchen schlafen, morgen wer'n Se wahrscheinlich verhört.«

Er drehte noch einmal den Schlüssel und ließ Rian im Dunkeln zurück. Der Graf von Keldara zitterte vor Kälte. Der feuchte Steinboden war kalt, und nur eine mottenzerfressene Decke gab ihm Wärme, kein Vergleich mit den Daunenbetten und der Wärme von Morganas Körper zu Hause. Wo war sie jetzt, seine schöne Frau? Vermißte sie ihn in dem riesigen Bett, das sie noch heute morgen geteilt hatten?

Am nächsten Tag kam auch niemand. Nur Crotchetts mit seinen anzüglichen Bemerkungen und dem dünnen Haferbrei, und Rian begann bald an der Treue seiner Frau zu zweifeln. Fast eine Woche lang aß er fast nichts, wurde hager und eingefallen, weil er das meiste von dem Essen, das er mit Mühe hinunterwürgte, wieder erbrach. Er sah schlimmer aus als zu seiner Zeit als Gentleman Jack, verdreckt und voller Ungeziefer. Hatte sie ihn vergessen, seine bezaubernde Hexe von Frau?

Crotchetts öffnete die Tür. »Aufsteh'n. Damenbesuch.«

Rian starrte fassungslos Morgana an, wie sie zur Tür hereinkam. Er sah das Entsetzen über sein Aussehen in ihrem Gesicht. Erbost fuhr sie den Wärter an.

»Du feiger Hurensohn«, zischte sie. »Hast du dich so um meinen Mann gekümmert für das Geld, das ich dir gegeben habe? Du schmutzige Kreatur! Der Prinzregent selbst wird von deinem Betrug erfahren. Hol sofort etwas Anständiges zu essen und Kleider und etwas Brandy. Du stinkst danach, also wirst du wohl Brandy dahaben. Und mach schnell!« Crotchetts bekam von ihrem Blick vor Angst Gänsehaut. »Oder du wirst am Galgen baumeln!«

Crotchetts rannte los. Es war wohl ein großer Fehler gewesen, das Geld von diesem Weibsstück einfach einzusacken. Er hätte nie gedacht, daß sich eine Frau in diesen Kerker wagen würde. Und jetzt würde er deswegen ganz schön Ärger kriegen.

»Rian«, wandte sich Morgana an den Mann, der ihr so fremd schien. »Es tut mir leid! Ich habe nicht gewußt, daß er dich schlecht behandelt.«

»Das ist doch nicht deine Schuld, Morgana.« Er war sehr erleichtert, daß seine Frau ihn nicht verlassen hatte. »Ich hätte wissen müssen, daß der Dieb das Geld behält.«

Sie ging auf ihn zu, aber er winkte sie weg.

»Faß mich nicht an, Liebes, ich bin voller Ungeziefer. Wie kommt es, daß du hier bist? Das ist kein Platz für eine Frau.«

»Ich hatte keine Ruhe, vor lauter Angst, du könntest an diesem schrecklichen Ort verhungern, und Brad und Anthony haben sie nicht hereingelassen. Du siehst ja entsetzlich aus. Der kleine Affe soll sich ja beeilen mit dem Brandy, sonst bring ich ihn selbst um.«

Seine Frau war tatsächlich so besorgt um ihn gewesen, daß sie in diese Hölle herabgestiegen war, um nach ihm zu sehen. Hoffnung, daß noch nicht alles verloren war, durchströmte Rian.

»Morgana, Schatz, was passiert da draußen? Warum hat mich noch keiner verhört?«

»Ich weiß es nicht. Sowohl Brad als auch Sir Anthony haben mit Prinny gesprochen. George sagt, die Beweise gegen dich wären erdrükkend. Du sollst in zwei Wochen vor Gericht gestellt werden. Sie haben Zeugen, englische Soldaten, die so etwas nicht einfach erfinden. Ich fürchte, der Prinzregent hält dich für schuldig«, schluchzte sie.

»Warum weinst du? Um mich, Morgana? Wenn sie mich hängen, bist du mich endlich los.«

»Nein, Rian. Ich habe dir nie den Tod gewünscht. Es war soviel zwischen uns, und dein Geist würde mich ewig verfolgen.«

Er konnte ihr keine Fragen stellen, weil Crotchetts mit dem Essen und dem Brandy kam. Rian trank die feurige Flüssigkeit, und die Hitze erweckte seinen Körper wieder zum Leben. Dann stürzte er sich wie ein Wolf auf das Brot, das Fleisch und die Käsestücke.

»Mylady«, winselte Crotchetts, »bitte sin' Se nicht so hart mit mir. Ich hab' selbst 'ne Frau und Kinder, und das Geld, was ich krieg', reicht nicht.«

»Ihre Frau tut mir leid«, sagte Morgana giftig. »Sie stinken, daß einem übel wird.«

»Mylady, ich hab' für seine Lordschaft ein Bad und eine Rasur arrangiert.« Crotchetts war starr vor Angst. Die Frau war eine Hexe und ihr Mann ein Teufel. »Und ich hab' nach seinen Kleidern geschickt.«

»Gut, aber ich warne Sie, ich werde mich nicht scheuen wiederzukommen, und es kostet Sie den Kopf, wenn ich ihn noch einmal so vorfinde.«

»Ja, Mylady. Danke, Mylady.«

»Und sorgen Sie dafür, daß seine Ketten abgenommen und die Schürfwunden versorgt werden. Sonst fangen sie an zu eitern.«

»Ja, Lady Keldara, alles was Sie sagen.«

»Hoffentlich.« Morgana hörte sich an wie ihr eisenharter Großvater. »Rian, ich muß jetzt gehen. Ich werde tun, was ich kann. Ich weiß, daß du unschuldig bist.«

Rian schaute seiner Frau nach, wie sie hocherhobenen Hauptes energisch davonschritt. Eine tolle Frau, wirklich. Nur wenige hätten das, was sie heute getan hatte, gewagt. Er mußte widerwillig zugeben, wie glücklich er sich schätzen mußte, sie zu haben. Aber, dachte er verbittert, wahrscheinlich hätte sie sogar einen Hund bemitleidet, wenn er in diesem Zustand gewesen wäre.

Morgana entdeckte, wie unangenehm es war, ohne Rian aus dem Haus zu gehen. Sobald sie irgendeinen Raum betrat, verstummten die Gespräche und fingen später abrupt und laut wieder an. Sie wußte natürlich, daß alle über sie geredet hatten. Sie konnte die mitleidigen Blicke der Frauen und die Männer nicht ertragen, die sie in der Überzeugung umgarnten, sie wäre schon bald eine reiche Witwe. Außer seinen engsten Freunden hielten alle Rian für schuldig. Er war trotz seines gesellschaftlichen Rangs ein vollblütiger Ire. Er hatte sie ausgenutzt, um Informationen für die Revolutionäre zu kriegen, er war doch schließlich mit Henry Grattan ständig im Holland House, und der frühe Tod von Cecily Brooksworth war auch seine Schuld gewesen. Alle wußten doch, daß Rian McShane der Teufel in Menschengestalt war. Sein berüchtigtes Glück beim Kartenspiel, sein gutes Auge beim Duell. Jede Kleinigkeit aus Rians Vergangenheit wurde ausgegraben und dem verzerrten Bild von ihm zugeordnet, das bereits entstanden war. Selbst die Tatsache, daß sein schwarzer Hengst Luzifer hieß und sein Schiff *Sorceress*, wurde als Beweis für seinen Bund mit dem Teufel ausgelegt.

Morgana bekam dunkle Ringe unter den Augen von den schlaflosen Nächten, den Ängsten und der Sehnsucht nach ihm. Oft wachte sie auf schweißgetränkten Laken auf und griff in die Dunkelheit, bis sie sich wieder erinnerte, daß er ja in Newgate war.

Ein strenger Richter in weißer Perücke mit kleinem Zopf führte den Vorsitz beim Prozeß. Er trug eine lange, schwarze Robe und betrachtete durch eine Drahtbrille den Gerichtssaal. Morgana wurde schwer ums Herz, als sie seinen grimmigen, schmalen Mund und die Hakennase sah. Er wirkte nicht gerade wie ein Richter, der Rechtsbrechern gegenüber Gnade walten läßt. Sie hatte sich ein einfarbiges, rostrotes Kleid ohne allen Firlefanz angezogen und die Haare zu einem Knoten geschlungen, um möglichst würdig zu erscheinen. Das war ihr leider nicht gelungen. Das Rostrot betonte ihre weiße Haut, wie auch der Richter bemerkte, und die strahlend grünen Augen mit den dichten schwarzen Wimpern. Er registrierte mit Wohlgefallen ihr energisches Kinn, die schmale, aristokratische Nase, die zart geröteten Wangen und den üppigen, mohnroten Mund. Lady Keldara war wirklich eine beachtenswerte Frau.

Der Gerichtsdiener führte jetzt Rian herein, und es blieb keine Zeit mehr, sich die Frau noch genauer anzuschauen. Morgana sah, daß ihr Mann zumindest standesgemäß gekleidet war und daß Mister Crotchetts offensichtlich eingeschüchtert genug gewesen war und seinen Gefangenen besser behandelt hatte. Rians Blick schweifte durch den Raum. Er schenkte seiner Frau ein aufmunterndes Lächeln.

Der Saal wurde zur Ordnung gerufen, und der Staatsanwalt hielt seine Eröffnungsrede.

Verrat. Ein häßliches Wort. Morgana schloß entsetzt die Augen. Himmel! Was für einen Skandal dieser Prozeß heraufbeschwor! Es passierte nicht jeden Tag, daß ein Mitglied des House of Lords eines so ernsten Verbrechens angeklagt wurde. Und wenn sie Rian hängen würden? Sie schaute in das versteinerte Gesicht ihres Mannes und fragte sich, was er wohl dachte. Zwei britische Offiziere hatten ihn bereits als den Mann identifiziert, der ihren Major erschlagen hatte. Jetzt schickte sich ein dritter an, die Zeugenbank zu betreten. Der Staatsanwalt, Honorable Lloyd Danfield, blätterte diskret in den Papieren in seiner Hand.

»Also, Lieutenant Vickers, würden Sie uns bitte mit eigenen Worten schildern, was genau in der Nacht des 12. November 1813 passiert ist?« Mister Danfield warf die Papiere auf den Tisch.

Stück für Stück kam die schmutzige kleine Geschichte ans Licht – wie die Rebellen versucht hatten, in das Parlament in Dublin einzudringen, offensichtlich mit der Absicht, Lord Melford zu ermorden, einen britischen Würdenträger auf Staatsbesuch. Das Komplott war aber fehlgeschlagen, da eine kleine Gruppe Lords, die sich an diesem Abend dort getroffen hatten, von einem unbekannten Informanten rechtzeitig gewarnt worden war und fliehen konnte. Nachdem sie versucht hatten, das Gebäude in Brand zu stecken, waren die Rebellen in die Nacht geflohen, dicht gefolgt von den pflichtbewußten Offizieren.

»Einer der Rebellen, offensichtlich ihr Anführer, feuerte auf uns und tötete dabei Major Durand. Unglücklicherweise senkte sich kurz darauf dichter Nebel übers Land, und wir konnten keinen von ihnen dingfest machen«, berichtete Lieutenant Vickers verbittert.

»Ich bin sicher, Sie haben Ihr Bestes getan, Lieutenant«, sagte Mister Danfield mit einem Lächeln für den jungen Mann. »Würden Sie mir bitte sagen, ob der Mann, den Sie für den Führer der irischen Rebellen halten, sich heute in diesem Gerichtssaal befindet.«

»Ja, das ist schwer zu sagen.« Der junge Offizier räusperte sich nervös. »Der Graf von Keldara sieht dem Mann, den ich gesehen habe, sicherlich ähnlich, aber mit allem Respekt, Euer Lordschaft, seine Lordschaft sieht wesentlich älter aus als der Rebellenführer, und an die

Narbe kann ich mich nicht erinnern, obwohl die schwer zu übersehen ist. Aber es war dunkel, und ich könnte mich irren.«

Erstauntes Raunen ging durch den Saal, und Morgana schöpfte wieder ein bißchen Hoffnung. Zumindest waren da doch noch einige Zweifel. Mister Danfield schien von diesem Geständnis etwas pikiert zu sein und befahl dem Lieutenant mit eisigem Blick, den Zeugenstand zu verlassen. Der Ankläger rief noch einmal zwei Zeugen, von denen sich einer ebenfalls weigerte, den Grafen als den Mann, den er gesehen hatte, zu identifizieren.

Danach konnte Honorable Tyrone Cambridge, Rians Verteidiger, mit seinen Verhören fortfahren. Der Mann hatte keine andere Wahl, als seinen Klienten in den Zeugenstand zu rufen. Im Gegensatz zu den britischen Offizieren schien der Graf von Keldara lässig entspannt. Er beantwortete offen alle Fragen, und Morgana merkte, daß der Magistrat von der Art ihres Mannes beeindruckt war. Er erklärte mit ruhiger Stimme den Kutschenunfall, den anschließenden Gedächtnisverlust und seine langwierige Genesung. Die Maskerade als Gentleman Jack erwähnte er jedoch nicht. Rians Geschichte war zwar nicht sehr glaubhaft, aber zumindest vorstellbar, und der Richter gab zu, schon seltsamere Geschichten gehört zu haben, die dennoch wahr waren.

Der Richter war in der Zwickmühle. Er hatte in diesem Amt viele Männer verurteilt und war stolz darauf, ein guter Menschenkenner zu sein. Er musterte den Grafen. Ja, der Mann war ein arroganter Teufel, das stand außer Zweifel, aber irgendwie war Rian nicht der Typ eines Rebellenführers. Nein, er konnte sich nicht vorstellen, daß der Graf diese Rolle gespielt hatte. Er würde eine solche Operation nie so vermasseln, geschweige denn überhaupt an so einem idiotischen Unterfangen teilnehmen. Lord Melford wäre bestenfalls ein unbedeutendes Ziel gewesen, denn sein Tod hätte wenig Interesse erregt, höchstens den Zorn der britischen Soldaten. Trotzdem, das Alibi seiner Lordschaft war an den Haaren herbeigezogen, und er hatte selbst zugegeben, das Gedächtnis verloren zu haben. Vielleicht hatte er die Taten in diesem Zustand begangen. Drei von fünf Zeugen hatten ihn einwandfrei identifiziert. Auf jeden Fall war das Hängen eines so prominenten Mitglieds der Gesellschaft keine leichte Entscheidung. Wenn im Zweifel, dann verzögern, beschloß der Richter.

»Ich bin in dieser Angelegenheit zu einer Entscheidung gekommen.« Der Richter schlug mit seinem Hammer auf das Pult. »Ich verordne hiermit, daß der Graf von Keldara für einen Zeitraum von drei Monaten wieder zurück nach Newgate gebracht wird. Wenn sich innerhalb dieser Zeit keine neuen Beweise gefunden haben, wird er zum Tod durch den Strang als Verräter gegen die Krone Englands verurteilt. Gott schütze den König.«

Drei Monate! Und dann an den Galgen! Morgana dachte, sie würde in Ohnmacht fallen. Rian schien davon kaum berührt. Seine grünen Augen wurden schmal, aber das war alles. Morgana hatte keine Gelegenheit, ihn zu sprechen, bevor die Wachen ihn wegbrachten. Schluchzend ließ sie sich von Lord und Lady Brisbane nach Hause bringen.

In der kleinen Zelle lief Rian ruhelos auf und ab wie ein Tier. Der Kerzenstummel flackerte unheimlich in der Dunkelheit und warf ständig sich verändernde Schatten an die Wand. Soweit er festgestellt hatte, gab es keinen Fluchtweg aus diesen Mauern. Er konnte höchstens den winselnden Wärter erwürgen, aber die Handschellen schränkten seine Bewegungsfreiheit ein, und nach seiner Rückkehr ins Gefängis hatten sie ihm auch an den Füßen Ketten angelegt. Zwei Monate. Zwei Monate saß er jetzt in diesem Loch, und immer noch keine Nachricht über eine Entlassung oder neue Beweise, die den Lauf des Schicksals ändern könnten. Aber er war entschlossen, sich nicht für etwas hängen zu lassen, dessen er nicht schuldig war. Sein Verstand war durch die lange Haft genauso geschärft worden wie sein Überlebensinstinkt. Er hatte eine eigene Vorstellung, wie es zu dem Verbrechen, dessen er bezichtigt wurde, gekommen war, aber er hatte keine Möglichkeit, das zu beweisen. Ja, wenn er durch irgendeinen Trick des Schicksals dem Henker entrinnen konnte, dann würde er den Schurken ausfindig machen, der für diese Tat verantwortlich war. Ihm wurde bei dem Gedanken schwindlig. Oh, die Belohnung würde süß sein, und all die Erniedrigung und Demütigung, die er hatte erleiden müssen, würde er sich reichlich entgelten lassen. Aber zumindest hatte Morgana dafür gesorgt, daß er anständig gekleidet war und reichlich zu essen bekam. Sie hatte ihn oft besucht und sein verwüstetes Gesicht betrachtet. Er mußte grinsen. Sie war entsetzt von der nackten Bestie, die er geworden war.

In letzter Zeit schien sie sich allmählich mit dem unausweichlichen Schicksal abgefunden zu haben, das ihn erwartete. Wußte sie denn, wie sehr sie ihn verhöhnte? Wie ein unerlangbarer Preis stolzierte sie vor ihm herum, jetzt, wo er hilflos war und ihn ihre weiße Haut bis zum Irrsinn lockte und ihn unsanft an sein erzwungenes Zölibat erinnerte. Der Duft ihres Parfums – Flieder, immer Flieder – reizte seine Nase, der starke Geruch durchdrang ihn bis in die Seele. Ja, sie gehörte ihm, die grünäugige Hexe. Würde er sie je wieder besitzen können?

Er schwelgte in Erinnerungen. Ihre kupfernen Flechten, die grünen Augen, der einladende Mund! »Morgana!« Der Name hallte durch alle seine Gedanken. Morgana zitternd am Strand. Morgana, wie sie über das violette Moor galoppierte, Morgana lachend bei Almack's. Sie würde ihn mit Sicherheit noch im Tod verfolgen. Sie war wie eine Droge, eine Krankheit des Gehirns, die er nicht abschütteln konnte. Er würde auch im dunklen Grab keine Ruhe finden, und bis ans Ende der Welt wandern, um die Wärme ihrer Berührung, den Schatten ihres Lächelns und das Zittern ihrer Lippen unter den seinen zu suchen, selbst wenn es nur der eisige Kuß des Todes wäre. Ja, sie war sein und würde es bis in alle Ewigkeit bleiben.

Mit einem zufriedenen Lächeln auf den Lippen schloß er die Augen und schlief ein.

Lord Chalmers schob langsam seinen Stuhl vom Tisch zurück, ein zufriedenes Lächeln auf seinem fetten, habgierigen Gesicht. Alles verlief viel besser, als er es geplant hatte. Der Graf von Keldara würde für ein Verbrechen hängen, das er überhaupt nicht begangen hatte! Es mußte ihn zum Irrsinn treiben, ein Alibi zu haben und es nicht zum Beweis anführen zu können. Chalmers leckte sich die Lippen. Die Ente war vorzüglich gewesen. Das Bild der Frau des Grafen stand ihm plötzlich vor Augen. Ja, wenn alles gutging, würde er das Weibsstück schon bald an die Kandare bekommen. Die Vorstellung, wie sie um Gnade betteln und ihn anflehen würde, ihrem Mann doch das Leben zu schenken, amüsierte ihn. Nur er konnte den Kerl vor dem sicheren Tod retten, aber sein Preis würde sehr hoch sein. Wie süß war doch die Rache. Tod am Galgen war für den Grafen nicht gut genug. Der arrogante Bastard sollte leiden, im Dreck um Gnade flehen. Und welche Rache konnte besser sein, als ihn mit der eigenen Frau zum Hahnrei zu machen? Er wollte, daß der Graf lebte und wußte, daß er, Lord Chalmers, Lady Keldara gefangenhielt und sich ihrer jede Nacht zu seiner Befriedigung bediente.

»Maria!« rief er.

Madame Frampstead beäugte ihren maßlosen Bruder mit Mißfallen. »Was willst du, Harry, noch mehr zu essen?«

»Nein.« Er klopfte sich seinen Bauch und rülpste zufrieden. »Ich möchte, daß du eine kleine Mission für mich erledigst.«

»Was für eine Mission? Wenn es was mit diesen Schmugglern zu tun hat, werd' ich es nicht tun. Ich hab' dich oft genug gewarnt, dich nicht mit diesem Gesindel einzulassen. Du wirst uns noch alle ruinieren, Mylord.«

»Aber Maria!« Die kleinen Augen verschwanden fast in den überhängenden Fettfalten und starrten sie böse an. »Ich hab' kein Wort der Klage gehört, als ich dir mit dem Gold aus diesen Geschäften das Hurenhaus hier gekauft habe.« Er zeigte in Richtung der Räume der Spielhölle.

»Ich hab' nicht gewußt, daß das Geld nicht legal verdient war.«

»O doch. Woher sonst hätte ich so eine Summe kriegen können? Der Besitz war verschuldet und sollte verkauft werden, verschwendet von dem trunkenen Schwein, unserem Vater. Ich mußte uns retten.« Er packte ihre Hand. »Sonst wären wir ruiniert gewesen.«

»Besser als das, was aus uns geworden ist.« Sie riß sich ängstlich von ihm los.

»Im Herzen warst du immer eine Hure, Maria.« Seine verschlagenen Augen bohrten sich grausam in ihre. »Ist mein Glück, daß keiner weiß, daß wir verwandt sind.«

»Was soll ich machen?«

»Nur eine Botschaft für mich überbringen.« Er zuckte mit der Schulter.

»Was für eine Botschaft und an wen?«

»Das geht dich nichts an. Mach nur, was dir gesagt wird«, sagte er wütend.

»Nein, Harry, ich werde dir nicht bei einem deiner bösen Pläne helfen. Du lügst, und du bist abgrundtief böse.« Sie erschauderte.

Er verbog ihr grausam den Arm. »Du wirst es tun, Maria, oder ich werde dir das Geld streichen, mit dem du die Seiden und Parfums kaufst, die du so liebst.«

»Ha!« Sie schnaubte ihm verächtlich ins Gesicht. »Glaubst du, ich hab' dein Geld jetzt noch nötig? Mein Spielclub ist gut besucht und bringt Gewinn. Mit Armut kannst du mir nicht drohen, Mylord.«

»Du vergißt, Maria, daß mein Name für dieses Haus eingetragen ist. Ich kann das Haus schließen, wann immer es mir paßt. Und was wirst du dann tun, meine ach so liebende Schwester? Dich einem dieser alten Trottel an den Hals werfen, mit denen du so gern ins Bett steigst?«

»Nein, Harry, du bist derjenige, der etwas vergessen hat. Muß ich dich daran erinnern, daß ich die einzige bin, die weiß, daß du Sally Denby ermordet hast? Der Graf von Brisbane würde ein stattliches Sümmchen Gold bezahlen, um das Geheimnis zu erfahren, das ich seit Jahren hüte.«

Lord Chalmers schlug ihr ins Gesicht. »Reiz mich nicht, sonst passiert dir dasselbe, Maria. Es war ein Unfall. Du weißt genau, daß ich das Luder nicht töten wollte. Ich hab' sie geliebt. Ich hab' sie nur bitten wollen, mit mir durchzubrennen. Aber sie hat mir ins Gesicht gelacht und mich ein fettes, dummes Schwein genannt. Ich konnte es nicht ertragen! Solche Beleidigungen aus dem süßen Mund meiner Geliebten! Ich hab' zugeschlagen. Ich wollte ihr nicht weh tun, aber sie ist hysterisch geworden, hat angefangen nach den Dienern zu schreien. Ich mußte sie zum Schweigen bringen.« Chalmers schluchzte. »Sie ist hingefallen und hat sich am Bettpfosten gestoßen. Der Schlag muß sie sofort getötet haben. Ich hab' gesehen, wie ihr Blut aus Mund und Nase gelaufen ist, und bin gerannt. Was hätte ich sonst tun sollen?«

»Nichts, Harry. Aber vergiß nicht, daß ich diejenige war, die dir in dieser Nacht geholfen hat. Wie oft hab' ich dir gesagt, daß du das Luder in Ruhe lassen sollst? Sie hat deine Avancen nicht begrüßt und wollte nichts mit dir zu tun haben.«

»Egal. Ich hab' einen Engel gefunden, der ihren Platz einnehmen wird. Ja, einen Engel«, murmelte er. »Unvergleichlich. Sie wird sich nicht von mir abwenden wie meine geliebte Sally.«

»Was soll das dumme Geschwätz, Harry?« Maria Frampstead bekam plötzlich Angst.

»Ihr sollst du die Botschaft überbringen. Sie wird zu mir kommen, da bin ich mir sicher.«

»Wer ist es, Harry, wer ist diese Frau?« Sie sah die obszöne Lust in seinem Blick.

»Morgana McShane.«

»Lord Keldaras Frau? Du bist verrückt, Harry. Was sollte sie denn an dir finden? Einem Mastschwein, das anfängt zu sabbern beim bloßen Gedanken an sie. Ich werd's nicht tun. Das sag' ich dir.«

»Du wirst, Maria, genau wie du immer getan hast, was ich wollte, außer natürlich, du möchtest ihren Platz in meinem Bett einnehmen.«

»Nein, Harry, nur das nicht!« Sie versuchte sich loszureißen. Uralte Erinnerungen tauchten wieder auf.

Damals war sie Lady Maria Chalmers gewesen, ein hübsches, vierzehn Jahre altes Mädchen. Schon damals hatte sie gespürt, daß etwas mit ihrem lüsternen Bruder nicht stimmte. Ständig hatte sie seinen bösen, widerlichen Blick gespürt, wie er gierig ihre knospenden Brüste angestarrt hatte.

Als ihr Vater wieder einmal besinnungslos betrunken war, war Harry eines Nachts in ihr Zimmer gekommen. Er hatte über ihr ängstliches Gesicht gelacht. Sein Atem stank nach Bier, und seine roten Augen hatten sie verschlungen. Sie hatte sich, weiß Gott, gewehrt, aber vergeblich. Mit neunzehn war er schon ein schwergewichtiger Mann gewesen. Er hatte ihr ein Taschentuch in den Mund gestopft, damit sie nicht schreien konnte, und ihr die Hände mit seiner Krawatte an die Bettpfosten gebunden. Nie würde sie seine gierigen Hände auf ihren Brüsten vergessen, das Gewicht seines schwammigen Körpers auf ihr, als er ihr mit seinem fetten, steifen Organ die Jungfernschaft geraubt hatte.

Maria Frampstead ließ verzweifelt und beschämt den Kopf hängen. »Also gut, Harry, ich werde tun, was du verlangst.«

Kapitel Einundzwanzig

»Komm, Morgana, es wird dir guttun, ein bißchen rauszukommen. Du kannst doch nicht den Rest deines Lebens hier rumsitzen und dich um Rian grämen.«

»Oh, Tony, es ist so schrecklich, wegzugehen. Alle starren mich an und flüstern hinter meinem Rücken, wenn sie glauben, ich seh's nicht. Es ist grauenhaft. Ich kann es nicht ertragen.« Morgana erschauderte.

»Das sollten sie in meiner Gegenwart besser nicht tun«, sagte Anthony erbost. »Ich schwöre, derjenige, der sich über dein Los lustig macht, stirbt.«

»Du bist viel zu gut zu mir, Tony.« Sie streichelte dankbar seine Hand. »Also gut, wenn du es für das beste hältst, werde ich heute abend mit dir ausgehen.«

»Gut. Ich hol' dich gegen sieben Uhr ab. Bitte versuch, etwas fröhlicher zu sein. Ich mag es nicht, wenn du so traurig aussiehst.« Er hätte sie gerne geküßt und ihre Trauer mit seiner Liebe erstickt.

»Das werd' ich, Tony, ich versprech' es.«

»Braves Mädchen.«

Sir Anthony Reginald pfiff fröhlich beim Verlassen des Hauses. Er konnte sich nicht helfen. Er hatte sich Hals über Kopf in Morgana McShane verliebt. Er wollte den frühen Tod des Grafen natürlich nicht, aber er kam ihm schon sehr gelegen. Er machte sich große Hoffnungen, daß Morgana, wenn sie erst einmal Witwe war, seinem Antrag nicht abgeneigt wäre. Es hatte natürlich keinen Sinn, sie zu bedrängen. Er mußte ihr Zeit lassen. Er wußte, daß sie ihn mochte, und hoffte, im Laufe der Zeit würde mehr daraus werden.

Morgana gab sich an diesem Abend besondere Mühe mit ihrem Aussehen. Sie wollte der Gesellschaft keine Gelegenheit geben, sich über sie lustig zu machen. Sie trug ein goldfarbenes Kleid, das die goldenen Flecken in ihren Augen betonte. Es war tief ausgeschnitten und enthüllte den Schwung ihrer gerundeten Brüste, den schlanken Hals und ihre Schultern. Dazu trug sie Topas-Schmuck, den Rian ihr zum Geburtstag geschenkt hatte. Penney machte ihr eine Frisur mit kleinen Löckchen über der Stirn und ein paar Strähnen im Nacken.

Morgana streifte sich goldene Netzhandschuhe über, nahm ihren Fächer und ließ sich von Anthony den glitzernden Schal umlegen. Sie hatte das Gefühl, er hätte sie zart aufs Haar geküßt, aber das hatte sie sich wohl eingebildet. So etwas würde er doch nicht machen. Er half ihr in die Kutsche, und sie fuhren los zum Licht und Gelächter des Drury Lane Theaters.

An diesem Abend wurde Shakespeares Sommernachtstraum gespielt. Morgana kannte die Geschichte sehr gut. Sie setzte sich neben Anthony in die Loge, nachdem sie Lord und Lady Brisbane begrüßt hatte. Schon nach kurzer Zeit bereute sie, ins Theater gekommen zu sein. Immer wieder sprachen die Schauspieler auf der Bühne vom Hängen.

Sie lächelte Anthony etwas mühsam zu und wünschte inbrünstig, das Thema auf der Bühne würde bald wechseln. Sie schaute ins Publikum und sah eine gutangezogene Frau in einer Loge gegenüber. Zu ihrer Überraschung nickte sie Morgana zu und erwiderte ihren Blick. Sie erwiderte das Nicken und war verwirrt. Die Frau mußte eine Bekannte von Rian sein, sie kannte sie aber nicht. Sie beobachtete die Frau heimlich. Sicher war sie schon um die vierzig, aber sie hatte sich gut gehalten. Ihr Kleid war aus feinster französischer Seide, ein zartes Rosa, das ihr blondes Haar raffiniert unterstrich, und ihr Schmuck war ebenfalls recht ausgesucht. Obwohl sie hübsch war, hatte sie einen traurigen Zug um die Augen, den Morgana nicht verstand. Und sie hatte, soweit sie sich erinnern konnte, die Frau weder bei Almack's noch sonstwo gesehen. Sie hätte Anthony gerne gefragt, ob er die Frau kannte, wagte aber nicht, ihn während der Vorstellung anzusprechen, da er offensichtlich völlig vernarrt war in die kleine Schauspielerin, die die Rolle der Elfenkönigin Titania spielte.

Morgana konnte sich nicht auf die Bühne konzentrieren. Immer wieder wanderte ihr Blick zu der Frau auf der anderen Seite. Sie macht dasselbe mit mir, dachte Morgana erschrocken. Vielleicht hat sie von dem schrecklichen Skandal gehört und will nur ihre Neugier befriedigen. Aber es ist schon sehr unhöflich, mich so anzustarren, und dann auch noch mit dem Lorgnon! Morgana warf energisch den Kopf zur Seite.

In der Pause bat sie Anthony, ihr ein Glas Punsch zu holen, fächelte sich heftig zu und versuchte einen Blick auf diese provozierende Frau zu erhaschen. Verärgert mußte sie feststellen, daß die Frau nicht mehr in ihrer Loge war. Wahrscheinlich versucht sie in der Lobby weitere Informationen über meine berüchtigte Person zu ergattern, dachte Morgana wütend. Sie sah so böse aus, daß ein paar junge Dandys, die ihr lediglich leidenschaftlich die Hand küssen wollten, zu dem Schluß kamen, ihr Mann könnte sich glücklich schätzen, daß er gehängt wurde!

Sie war allein in der Loge. Brad und Anne flanierten ein wenig auf und ab, und zu ihrer Überraschung stand plötzlich die blonde Frau hinter ihr.

»Lady Keldara?«

»Ja.« Morgana musterte sie mit einem eisigen Blick.

»Sie kennen mich nicht, und mein Name tut nichts zu Sache. Ich soll Ihnen diese Botschaft übergeben. Hier.« Sie reichte Morgana einen Brief. »Ich muß jetzt gehen. Es wäre unziemlich, wenn man mich in Ihrer Loge sehen würde.«

Und sie verschwand genauso leise wieder, wie sie gekommen war. Morgana faltete den Brief auseinander. Vielleicht von einem heimlichen Bewunderer? Sie lächelte bei dem Gedanken, was Lord Chalmers, der sie aus dem Schatten beobachtete, mit Zufriedenheit registrierte.

»Gut gemacht, Maria«, grinste er selbstzufrieden.

»Gut gemacht, von wegen«, keifte sie. »Ich bitte dich, Harry, überleg dir das noch mal. Könnte sein, daß du dich da auf einen sehr gefährlichen Feind eingelassen hast. Ich glaube, diese Frau wird sich dir nicht flehend vor die Füße werfen.«

Morgana überflog den Inhalt, dann faltete sie den Brief mit zitternden Händen zusammen, die Worte waren in ihr Gedächtnis eingebrannt. Der Brief lautete:

Meine liebe Lady Keldara – ich bin im Besitz von Neuigkeiten, die für einen gemeinsamen Freund, Gentleman Jack, von großem Interesse sein könnten. Wenn Sie ihm ein sehr unangenehmes Schicksal ersparen wollen, kommen Sie in Madame Frampsteads Spielclub, diesen Freitag abend. Ziehen Sie etwas Schlichtes an, und tragen Sie einen Schleier. Ich werde Sie erkennen.

Die Botschaft trug keine Unterschrift, und sie hatte keine Ahnung, wer sie geschickt haben könnte. Und wer war jene Frau gewesen? Madame Frampstead selbst? Die Loge gegenüber war noch leer. Morgana beschloß, die Verabredung einzuhalten. Sie konnte sich auch nicht die kleinste Chance entgehen lassen, ihrem Mann zu helfen. Sie stopfte den Brief in ihr Täschchen.

Erst am Applaus merkte Morgana, daß das Stück zu Ende war. Sie hatte von den drei letzten Akten kein einziges Wort aufgenommen. Trotzdem lächelte sie dem besorgten Anthony zu und sagte, es hätte ihr ausgezeichnet gefallen.

Sie konnte es kaum erwarten, zurück nach Hause zu kommen, um dort in aller Ruhe den Brief noch einmal durchzulesen. Trotzdem versuchte sie ihre Ungeduld zu verbergen, als Anthony darauf bestand, ein kleines Abendessen im Piazza einzunehmen. Sie speisten Hummer in Buttersauce mit Broccoli in Hollandaise und gingen anschließend in Vauxhall Gardens tanzen.

Als sie zu Hause angelangt waren, kam er mit ins Haus und goß sich ein Glas Whiskey aus einer von Rians Karaffen ein. Morgana stöhnte innerlich. Jetzt will er noch bleiben, dachte sie und wünschte sich inbrünstig, er würde gehen.

»Tony, sei mir bitte nicht böse, aber ich bin ziemlich müde«, sagte sie.

»Natürlich bist du das«, erwiderte er beschwichtigend. »Warum nimmst du nicht ein Glas Brandy, dann wirst du dich besser fühlen.«

Sie wollte nicht unhöflich sein und ließ sich gähnend auf die Couch fallen, in der Hoffnung, er würde den Wink verstehen. Der Brief brannte förmlich ein Loch in ihr Täschchen.

Anthony setzte sich neben sie. »Morgana, ich – ich weiß nicht, wie ich es dir sagen soll«, stotterte er, dann schleuderte er alle Vorsicht in den Wind, beugte sich über sie und küßte sie auf den Mund.

Sie wich entsetzt zurück. »Oh, Anthony, wie konntest du? Ich hab' immer gedacht, du wärst ein Freund, und jetzt hast du alles zerstört.«

»Tut mir leid«, murmelte er, denn plötzlich war ihm sein Verhalten fast genauso peinlich wie ihr. »Ich konnte nicht anders. Ich weiß nicht, was in mich gefahren ist.«

»Oh, wie ist das furchtbar!« Sie hielt sich ihre brennenden Wangen.

»Ich hab' doch gesagt, daß es mir leid tut«, schmollte er. Sie war doch schließlich eine verheiratete Frau und war noch dazu mit diesem verfluchten Franzosen durchgebrannt. Wer hätte gedacht, daß sie so entsetzt sein würde?

»Bitte, geh jetzt. Und erwähn in meiner Gegenwart nie wieder diesen Abend.« Morgana hatte sich wieder einigermaßen gefangen.

»Du bist mir nicht böse?« fragte er besorgt.

»Nein, aber bitte geh jetzt.«

Ohne ein weiteres Wort verschwand Sir Reginald aus dem Haus, sehr erleichtert, daß der Graf in Newgate war. Der hätte ihm, ohne zu zögern, eine Kugel verpaßt, wenn er erfahren hätte, daß er seine Frau bedrängt hatte.

Morgana zog sich ein hellgraues Kleid an, um so wenig wie möglich aufzufallen. Es hatte ein mit Schwanenfedern gefüttertes Cape, das sie bis zum Hals zuknöpfen konnte. Darunter hatte das Kleid ein tiefes Dekolleté. Sie schminkte sich zart, da sie wußte, was für ein Etablissement Madame Frampstead's war. So würde sie weniger auffallen. Sie befestigte auch ein auffälliges Schönheitspflästerchen am Mundwinkel. Dann machte Morgana etwas, das sie in ihrem ganzen Leben noch nie getan hatte. Sie puderte ihr Haar. Es war zwar unangenehm, aber es mußte sein. Diese kupfernen Locken würden ihre Identität verraten. Schließlich war sie jetzt eine berüchtigte Gestalt in London – die rothaarige Frau des Grafen von Keldara.

Endlich war sie fertig. Sie ließ sich eine Droschke rufen. Das Wappen auf ihrer Kutsche würde sie sonst verraten, und sie konnte sich gut vorstellen, was die Leute sagen würden, wenn man die Kutsche vor Madame Frampstead's sehen würde.

Der Abendnebel hing tief über der Stadt, und es roch nach Regen. Die Droschke fuhr langsam durch die engen, kopfsteingepflasterten Straßen. Keiner kümmerte sich um die Kutsche mit der verschleierten Insassin. Trotzdem lehnte Morgana sich weit in die Polster zurück, um ja nicht erkannt zu werden.

Hoffentlich kam sie nicht zu spät. In dem Brief war keine bestimmte Zeit angegeben. Die Droschke setzte sie vor Madame Frampstead's ab, und sie bezahlte den Kutscher und sagte ihm, er brauche nicht zu warten. Er fuhr wortlos ab, denn er kannte die zweifelhaften Damen, die dort verkehrten. Diese hier war vielleicht ein bißchen besser angezogen gewesen und verschleiert, aber das war auch schon alles.

Morgana holte tief Luft und hob den schweren Messingklopfer an der Tür. Einen Moment lang glaubte sie, der Löwenkopf hätte sie boshaft angegrinst, aber das lag vielleicht am flackernden Licht. Auf einmal ging die Tür auf. Ein dünner Mann mit einem nervösen Zucken an einem Auge und einer spitzen Nase stand im Rahmen.

»Ihre Karte bitte«, sagte er steif.

Karte? Natürlich. Man mußte für ein solches Etablissement eine Mitgliedskarte haben. So konnte man die Besucher überprüfen, damit nicht aus Versehen ein Bow-Street-Gendarm eingelassen wurde.

»Ich fürchte, ich habe keine«, stammelte sie verlegen.

»Dann sagen Sie mir bitte Ihren Namen und mit wem Sie hier den Abend verbringen wollen.« Diese Ausrede kannte der Türsteher wohl schon.

»Schon in Ordnung, Sammy.« Die blonde Frau aus dem Theater war plötzlich erschienen. »Ich kümmere mich um die Dame.«

»Gut«, sagte die Spitznase mit dem zuckenden Auge.

»Wenn Sie mir bitte folgen«, wandte sich die Frau an sie.

Morgana war nie zuvor in einer Spielhölle gewesen und war trotz allem neugierig. Sie schaute sich interessiert die Räume an, die sie passierten, bemerkte die teuren Möbel und Gardinen und dicken Teppiche, in denen man fast versank. Überall waren Goldspiegel und viele nackte Marmorstatuen. Sie erkannte viele Aristokraten und einige der Frauen von der Bühne des Drury Lane. Aber keiner würdigte sie eines Blickes, denn alle waren zu sehr in ihr Spiel vertieft. Sie folgte der Frau, von der sie annahm, daß sie Madame Frampstead war. Viele Männer hatten ihre kleinen Freundinnen für einen Abend dabei, sie saßen auf ihren Knien und wetteten eifrig mit. Sie hörte die Würfel rollen und erinnerte sich, daß Rian so das Haus am Grosvenor Square gewonnen hatte.

Schließlich führte sie Madame Frampstead über eine geschwungene Treppe in den zweiten Stock. Wie Morgana bald erriet, waren die Räume hier oben für die besser bezahlenden Kunden, die dem Glücksspiel ohne Zuschauer frönen oder sich mit ihren Affären in aller Ruhe vergnügen wollten.

»Ich hoffe, es tut Ihnen nicht leid, Mylady«, sagte die Frau und verschwand, nachdem sie die Tür zu einem der Boudoirs geöffnet hatte. Zögernd betrat Morgana den Raum.

»Kommen Sie rein und schließen Sie die Tür«, ertönte eine Stimme aus dem Schatten.

Zögernd folgte Morgana der Aufforderung und versuchte ihre Augen an das flackernde Dämmerlicht der Kerzen zu gewöhnen. Unten war es viel heller gewesen.

»Wer sind Sie, und was für Informationen haben Sie für mich?« fragte sie.

Lord Chalmers trat aus den Schatten. Morgana stockte der Atem. Sie erkannte ihn sofort. Er musterte sie aufgeregt mit kleinen Schweinsaugen.

»Du kannst mich Harry nennen, Morgana«, sagte er leise. »Dein Haar gefällt mir in seinem natürlichen Zustand besser.«

»Mylord, ich bin sicher, Sie haben mich nicht hierherkommen lassen, um über mein Aussehen zu diskutieren. In Ihrem Brief schrieben Sie, Sie könnten eventuell das Leben meines Mannes retten. Bitte, sagen Sie mir, wie Sie das bewerkstelligen wollen?«

»Ich habe da meine Möglichkeiten. Aber Geduld, Geduld«, wiederholte er. »Ich werde davon berichten. Wollen Sie nicht Platz nehmen?« Er zeigte auf einen Stuhl. »Möchten Sie vielleicht einen Sherry oder einen Brandy?«

»Nein, nichts«, erwiderte sie. »Bitte, kommen Sie gleich zur Sache. Ich habe nicht das Bedürfnis, in diesem Etablissement länger als nötig zu verweilen.«

»Die Sache ist die«, murmelte er und umkreiste sie langsam. Dabei musterte er sie bewundernd, als wäre sie eine Sklavin oder ein Pferd, das gerade versteigert wurde. »Ich weiß sehr wohl, daß Ihr Mann im November nicht in Irland war. Ah, Sie fragen sich, woher ich das weiß. Ich weiß es, weil er mich ungefähr um diese Zeit in Sussex überfallen hat, wenn ich mich recht entsinne. Nein, es hat keinen Sinn, es zu leugnen, Morgana. Sie wären nicht hier, wenn Sie Gentleman Jack nicht gekannt hätten.« Chalmers lachte. »Ja, die Narbe hat mich darauf gebracht.«

»Dann wissen Sie doch sicherlich auch, daß diese Verteidigung unmöglich ist. Dann würden Sie meinen Mann statt dessen als Räuber hängen.« Morgana verlor allmählich die Geduld.

»Nicht unbedingt, meine Liebe. Ich habe Freunde, die dazu überredet werden könnten, ein milderes Urteil zu fällen, besonders angesichts der Tatsache, daß der Graf offensichtlich das Verbrechen, dessen er angeklagt ist, nicht begangen haben kann. Verrat ist ein so häßliches Wort.« Seine Schweinsäuglein blinzelten ihr zu.

Er sabberte förmlich vor obszöner Gier, ihr so nahe zu sein. Dieser Duft, Flieder mußte das sein, war hinreißend. Er wünschte, sie würde ihren Schleier und ihr Cape abnehmen.

»Was für ein Urteil könnten Sie denn erwirken?« fragte Morgana. Chalmers wußte, daß sie interessierter war, als sie zugab.

»Oh, wahrscheinlich würden sie seine Lordschaft in der Marine zwangsverpflichten. Das ist üblich. Der Graf ist an das Leben auf See gewöhnt. Auf jeden Fall ist es sicher angenehmer als der Galgen.«

»Ich verstehe.« Morgana stieß die Art ab, wie er sie ansah. »Und was ist Ihr Preis für diese gute Tat, Mylord, Geld?«

Lord Chalmers warf den Kopf zurück und lachte. Sein fetter Bauch wabbelte. »Oh, nein, meine Liebe. Ich bin ein sehr reicher Mann. Ihr Gold brauche ich nicht.«

»Was begehren Sie dann?«

Sein Blick wurde lüstern. »Dich natürlich, meine Liebe. Ich bewundere seit langem deine Schönheit.«

Morgana stockte der Atem. Der Gedanke allein war schon abstoßend. Und außerdem war das Ganze lächerlich.

»Ich sehe mich leider außerstande, einen solchen Handel abzuschließen, Mylord«, sagte sie steif und machte sich fertig zum Gehen.

»Nicht einmal, um das Leben deines Mannes zu retten, Morgana? Wie schade. Ich bin sicher, dein Mann fände es sehr schade, wenn du es nicht tust. Besonders, wenn er die Schnur um den Hals spürt.« Er zog ihr den Schleier vom Gesicht. »Darf ich.« Er knöpfte ihr mit zitternden Händen das Cape auf.

Morgana zuckte zusammen, als seine fetten Finger ihre Schultern berührten und ihre Brüste streiften. Sie dachte an Rian. Würde er es wollen, daß sie sein Leben auf diese Weise rettete? Sicher würde er lieber zur Hölle fahren, als das befürworten. Sie wurde sich wieder des gierigen Blicks von Lord Chalmers bewußt und erschauderte vor Ekel. Nein! Sie konnte es nicht. Nicht einmal, um Rians Leben zu retten, konnte sie die Hände dieses fetten Schweins ertragen. Mit Entsetzen sah sie, daß er bereits eine Erektion hatte, und wich angewidert zurück.

»Und, meine Liebe?«

»Wenn Sie mich berühren, schrei' ich«, fauchte sie ihn an. »Sie brutaler Schuft! Haben Sie geglaubt, ich ließe auch nur ein winziges Stück der Haut von Ihnen besudeln, die er geküßt und geliebt hat? Sie sind ja nicht einmal würdig, ihm den Schlamm von den Stiefeln zu putzen!«

Lord Chalmers lief vor Wut puterrot an und schlug ihr mit der Faust ins Gesicht. »Bei Gott, du Luder! Du wirst so nicht mit mir reden, mit mir, der dich von weitem verehrt und angebetet hat. Dein Mann kennt ja nicht einmal die Bedeutung des Wortes. Bei Gott, du wirst mich nicht abweisen wie Sally!«

Morgana kauerte am Boden, benommen von dem Schlag. Der Mann war ja wahnsinnig. Er kannte nicht mal ihren Namen. Wie hatte er sie genannt? Sally? Er trat sie in die Rippen, und sie krümmte sich vor Schmerz.

»Steh auf, Hure! Steh auf, Sally Denby, damit ich dich auf den Knien winseln sehen kann.«

Großer Gott, das war der Mann, der Sally Denby ermordet hatte, Brads Frau. Morgana sah mit Entsetzen, daß er auch sie töten wollte. Er riß sie vom Boden hoch, seine Hände zerrten an ihrem Kleid und entblößten ihre Brüste seinen obszönen Augen. Stöhnend preßte er seinen Mund auf ihre gewölbten Rundungen und biß schmerzhaft zu. Morgana riß sich mit einem Schrei los. Er packte sie an den Haaren und riß sie wieder zurück. Sie stolperte und fiel hin und riß ihn dabei mit zu Boden. Lord Chalmers versuchte, ihr das Kleid und die vielen Unterröcke über die Schenkel hochzuschieben. Morgana gelang es, ein Bein frei zu bekommen, und sie trat ihm mit aller Kraft in den Unterleib. Mit einem Schmerzensschrei fiel er nach hinten. Sie versuchte aufzustehen, aber er packte sie erneut, riß sie wieder zu Boden und warf sich auf sie. Sie spürte seinen heißen, keuchenden Atem an ihrem Hals. Sie konnte ihn nicht wegstoßen, sie war nicht stark genug. Sie sah, wie er an seinen Hosen nestelte, und glaubte sterben zu müssen. In seiner Hast, sich zu entkleiden, ließ er sie los, und es gelang ihr, sich wegzuschlängeln. Sie zog sich an einem Stuhl hoch, und ihr Täschchen fiel ihr in den Schoß. Schluchzend vor Erleichterung öffnete sie es und zog die kleine Pistole heraus. Lord Chalmers sah sie nicht in ihrer Hand. Er stolperte auf sie zu, die Hosen um die Knie. Morgana kniff die Augen zu und drückte ab. Der Knall war ohrenbetäubend.

Chalmers starrte sie ungläubig an, dann fiel er langsam zu Boden, eine Hand über dem Loch, das sie in seinen fetten Wanst geschossen hatte.

»Du Hure, du hast mich ermordet«, flüsterte er, stöhnte und war still.

Morgana bebte am ganzen Körper. Jeden Moment konnte die Tür aufgehen, dann würden die Bow-Street-Gendarmen hereinstürmen und sie verhaften. Doch schnell wurde ihr bewußt, daß es unten so laut war, daß wahrscheinlich niemand den Schuß gehört hatte. Mit bebenden Händen steckte sie die Pistole in ihre Tasche zurück und dankte im stillen ihrem Mann für seine weise Voraussicht. Sie knöpfte sich zitternd ihr Cape zu und legte den Schleier an, dann ließ sie noch einmal den Blick durchs Zimmer schweifen, um sicherzugehen, daß sie nichts liegengelassen hatte. Sie öffnete vorsichtig die Tür, ohne Lord Chalmers feiste Leiche mit dem offenen, speicheltriefenden Mund noch eines Blickes zu würdigen.

Der Korridor war leer. Es hatte wohl tatsächlich keiner etwas gehört. Was jetzt? Sie konnte den Weg, den sie gekommen war, nicht wieder zurückgehen, nicht so zerzaust und derangiert, wie sie jetzt war. Sie lief schnell zum anderen Ende des Korridors. Ein Haus wie dieses mußte irgendwo einen Hinterausgang haben. Und sie hatte recht. Hastig lief sie die kleine Wendeltreppe hinunter und verschwand draußen in der Nacht.

Kapitel Zweiundzwanzig

Morgana rannte die Staße hinunter, als wäre der Teufel hinter ihr her. Auf die Richtung achtete sie dabei nicht. Schließlich konnte sie nicht mehr und lehnte sich keuchend an die Wand eines Gebäudes. Sie rang nach Luft und merkte plötzlich, daß sie keine Ahnung hatte, wo sie war. In diesem Teil der Stadt war sie noch nie gewesen und hatte nicht daran gedacht, sich den Weg zu merken, den die Droschke genommen hatte. Einen Moment stiegen ihr Tränen der Verzweiflung in die Augen, dann raffte sie die traurigen Reste ihres Muts zusammen. Eine Droschke hatte sie hierhergebracht, und eine Droschke würde sie auch wieder nach Hause bringen. Sie ging vorsichtig weiter, wobei sie bei jedem Schatten, den die flackernden Lampen in die Dunkelheit warfen, zusammenzuckte.

Sie war noch nicht weit gegangen, als sie plötzlich zwei Männer aus einer kleinen Gasse ansprangen.

»Mensch, Charlie, is' 'ne Vornehme. Und 'ne schöne noch dazu«, sagte einer von ihnen mit bewunderndem Blick.

»Nee, Peter, is' keine Vornehme. Eher 'ne Dame der Nacht, tät' ich sagen. Wie wär's, Schatz? Gönnst du uns 'ne kleine Runde Spaß, bevor du heimgehst?«

Morgana war so erleichtert, daß sie nicht dem Gesetz in die Hände gefallen war, daß sie keinen Ton herausbrachte.

»Was denn los? Katze die Zunge erwischt?« fragte der mit Namen Peter. »Mensch, Charlie, die hat ja nicht mal Klunker an.« Er schnaubte verächtlich.

»Vielleicht hat sie Geld in dem Beutel«, meinte Charlie. »Zeig mal her, Schätzchen.«

Morgana war plötzlich hellwach. Diese Männer versuchten sie auszurauben, und das mit reichlich wenig Geschick. Sie richtete sich arrogant auf und starrte sie hochmütig an.

»Ich geb' euch mein Geld, wenn ihr mich dann in Ruhe laßt.«

Die zwei Männer stießen sich erfreut gegenseitig in die Rippen. Das Lachen verging ihnen schlagartig, als sie ihre kleine Pistole herauszog und sagte, sie sollten sich besser aus dem Staub machen, solang das noch möglich sei. Sie schaute ihnen nach, wie sie nörgelnd abzogen, und hätte fast gelacht. Zu jeder anderen Zeit wäre der Vorfall komisch gewesen.

Glücklicherweise entdeckte sie kurz darauf eine Droschke und hielt sie an. Sie gab die Adresse am Grosvenor Square an, lehnte sich in die Kissen zurück und überlegte, was zu tun sei. Zu Hause konnte sie keinesfalls bleiben. Madame Frampstead wußte, wer sie war, und würde das den Bow-Street-Gendarmen melden, wenn sie es nicht schon getan hatte. Der Gedanke, daß sie vielleicht schon auf sie warteten, ließ Morgana die Knie weich werden. Aber das war nicht sehr wahrscheinlich. Madame Frampstead hatte sicher noch nicht einmal das Zimmer betreten. Ihre Kunden schätzten Störungen bestimmt nicht. Ihr würden wahrscheinlich ein paar Stunden bleiben, bis das Verbrechen entdeckt würde. Wohin sollte sie gehen und wie da hinkommen? Sie konnte natürlich nach Mandrake Downs fahren, aber da würden sie wahrscheinlich auch nach ihr suchen. Außerdem war das ein Ort mit unangenehmen Erinnerungen. Das beste wäre natürlich, ins Ausland zu fliehen. Ein zufriedenes Lächeln umspielte ihren Mund. Genau das würde sie tun. Sie besaß ein Schiff, die *Sorceress*, und die lag im Londoner Hafen vor Anker. Sie konnte überallhin fahren.

Aber eigentlich gehörte die *Sorceress* Rian, auch wenn sie seine Frau war. Was, wenn der erste Maat Harrison sich weigerte, ohne den Grafen den Hafen zu verlassen? Vielleicht konnte sie ihn dazu zwingen. Aber würde sie mit diesen Männern fertigwerden? Sie erinnerte sich, wie sie auf ihre Schönheit reagiert hatten. Was, wenn sie sie nicht kontrollieren konnte? Sie hatte keine Lust, sich von einer Bande Matrosen vergewaltigen zu lassen.

Wenn doch nur Rian hier wäre! Er würde ihr helfen zu entkommen und wahrscheinlich mit ihr gehen. Wie albern. Wenn Rian hier wäre, würde sie sich nicht in dieser mißlichen Lage befinden. Sie bekam plötzlich fürchterliche Sehnsucht nach seinem spöttischen Lächeln. Er war ein sehr geübter Drachentöter. Ganz allmählich nahm ein gewagter Plan in ihrem Kopf Gestalt an.

»Warte hier auf mich«, sagte sie zu dem Kutscher, als sie in der Nähe ihres Hauses angelangt waren. »Ich bin gleich wieder da.«

Sie lief nach oben und brachte ihr Haar in Ordnung. Es blieb keine

Zeit zum Umziehen, aber das Cape verdeckte sowieso das zerrissene Kleid. Um sicherzugehen, warf sie noch einen langen Umhang über. Dann holte sie ein paar Koffer und Taschen hervor und stopfte sie mit Kleidern von sich und Rian voll. Schließlich holte sie noch die chinesische Rätselschachtel, schrieb schnell einen Brief und eilte nach unten.

»Bagley!« Der Butler kam ihr unten entgegen. »Jemand soll sofort Louis holen. Lady Brisbane ist krank, und ich muß sie ein paar Tage pflegen.« Diese Ausrede erklärte das Gepäck.

»Sofort, Lady Keldara. Und Lady Brisbane meine besten Wünsche. Ich hoffe, es ist nichts Ernstes.«

»Nein, ich glaube, sie ist vielleicht in anderen Umständen«, erfand Morgana. Hoffentlich war Anne nicht böse. Das Gerücht würde sich sicher wie ein Lauffeuer verbreiten. Die Lüge hatte aber den gewünschten Effekt, Bagley fiel die Kinnlade runter, und er wurde rot.

»Was Sie nicht sagen.«

Das erklärte natürlich das seltsame Verhalten der Lady mitten in der Nacht. Sie würde sicher einige Tage bei den Denbys bleiben. Deshalb war sie auch so aufgeregt. Er hatte noch keine Frau erlebt, die Babys nicht aufregend fand.

Morgana sah Louis mit einer Kutsche vor dem Haus stehen, wünschte dem Butler »Gute Nacht« und ging nach draußen.

»Louis«, sagte sie, als er das Gepäck in die Kutsche hievte. »Du hältst doch große Stücke auf meinen Mann, richtig?«

»Ja, Mylady«, sagte er, neugierig, was diese Frage wohl zu bedeuten hatte.

»Würdest du etwas für mich tun und keinem etwas davon sagen?«

»Ja, wenn's dem Grafen hilft, werd' ich das tun.« Er musterte sie nachdenklich.

»Gut, ich möchte, daß du dieses Gepäck zur *Sorceress* bringst und Mister Harrison informierst, er möchte die Mannschaft zusammentrommeln und sich bereit machen, noch heute abend in See zu stechen. Dann muß diese Nachricht Lord und Lady Brisbane überbracht werden.« Sie reichte ihm den Brief, den sie geschrieben hatte. Darin erklärte sie, was bei Madame Frampstead passiert war und was sie in dieser Nacht zu erreichen hoffte. »Du mußt es ihnen persönlich übergeben, Louis, keiner sonst darf erfahren, was darin steht. Danach wirst du wieder hierher zurückkommen und diesem hochnäsigen Butler berichten, daß du mich sicher bei Lady Brisbane abgeliefert hast. Ist das klar?«

»Ja, Mylady.« Louis grinste über ihre Bemerkung betreffs des Butlers. Er wäre fast vor lauter Stolz geplatzt, weil sie ihm vertraute.

»Und, Louis«, sagte Morgana und drehte sich noch einmal um, »ich möchte, daß du weißt, egal was passiert, ich hab' dich immer gemocht. Einen besseren Wagenburschen gibt es nicht.«

»Danke, Mylady.« Louis sah, daß sie den Tränen nahe war, und fragte sich, was wohl passiert sei.

Er sah ihr nach, wie sie in der Mietdroschke davonfuhr, und schüttelte nachdenklich den Kopf. Dann schickte er sich an, ihre Befehle auszuführen.

Morgana war besorgt, aber ihr blieb keine andere Wahl. Ihr Plan war verrückt, aber sie hoffte, er würde gelingen.

»Wohin jetzt, M'lady.« Der Kutscher brachte sie mit einem Schlag zurück auf den Boden der Wirklichkeit.

»Newgate-Gefängnis.«

Der Mann wendete und fuhr in Richtung Gefängnis. Er warf ihr einen kurzen Blick zu. Die war wirklich seltsam, aber solange sie bezahlte, würde er sie notfalls zur Hölle und zurück fahren. Er wußte nicht, wie nahe er daran war, genau das zu tun. Endlich erreichten sie das Gefängnis.

»Sind Sie sicher, daß ich nicht hier auf Sie warten soll, M'lady?« fragte er besorgt. So einfach konnte man sie doch hier nicht allein lassen, eine so hübsche Person.

»Ja.« Sie warf ihm einige Münzen zu. »Behalt den Rest.«

»Danke, M'lady.«

Morgana wartete, bis die Hufschläge in der Dunkelheit verhallt waren, dann hämmerte sie gegen das Haupttor des Gefängnisses.

»Wer da? Was wollt Ihr?« kam schließlich eine verschlafene Stimme.

»Lady Keldara. Ich will meinen Mann besuchen.«

»Geh'n Sie weg. Ist schon zu spät.«

»Machen Sie auf. Ich habe dringende Geschäfte mit seiner Lordschaft. Wenn Sie nicht sofort aufmachen, hol' ich Ihren Vorgesetzten«, drohte Morgana.

Der Wächter öffnete mit sauertöpfischem Gesicht, aber Morgana beachtete ihn nicht.

»Sie brauchen mich nicht zu begleiten. Ich kenn' den Weg«, sagte sie mit eisiger Stimme.

»Ah!« grunzte er. »Soweit mir bekannt ist, werden Sie ihn sowieso nicht mehr oft besuchen müssen.«

Sie warf ihm einen vernichtenden Blick zu, dann ging sie los, die schmalen, dunklen Gänge entlang, bis zu der Zelle ihres Mannes. Mister Crotchetts beäugte sie giftig.

»Ich möchte meinen Mann sehen. Öffnen Sie die Tür.«

Der Wärter grummelte vor sich hin, nahm aber den Schlüsselring von seinem Gürtel und schloß die Zelle auf. Rian schrak beim Ächzen der verrosteten Scharniere auf und warf schützend den Arm vors Gesicht. Das grelle Licht der Laterne blendete ihn.

»Morgana!«

Sie zog die winzige Pistole aus ihrer Tasche. »Keinen Laut, Crotchetts, sonst blas' ich dir den Kopf weg«, sagte sie leise zu dem Wärter.

Der Wärter und Rian starrten fassungslos die Waffe an, die sie so entschlossen hielt, und Crotchetts' Augen traten vor Angst fast aus den Höhlen. Er brachte keinen Ton heraus.

»Genau, Crotchetts«, fuhr sie mit derselben leisen Stimme fort. »Und jetzt nimmst du die Schlüssel und sperrst die Fesseln auf.«

Ohne einen Mucks befolgte er ihren Befehl. Rian rieb sich die Hand- und Fußgelenke, um die Blutzirkulation wieder in Schwung zu bringen.

»Rian, nimm diesem Schweinestallbewohner die Schlüssel weg.« Sie hätte beinahe gegrinst. »Dich muß ich sicher nicht ermahnen, dich aus der Schußlinie zu halten.«

»Morgana, was hast du denn vor?« fragte er, nachdem er Crotchetts seinen Schlüsselring abgenommen hatte. »Bist du verrückt geworden?«

»Nein, Mylord. Ich befreie dich natürlich aus dem Gefängnis.« Dann wandte sie sich an Crotchetts. »Ich fürchte, du wirst wohl eine sehr unangenehme Nacht in diesem schmutzigen Loch verbringen müssen. Paß auf, daß dir die Ratten nicht die Zehen wegnagen, während du schläfst«, verspottete sie den entsetzten Wärter, der sich auf die Knie warf und sie anflehte, ihn nicht dazulassen.

»Herzloses Weib«, sagte Rian mit kühlem, abschätzigem Blick, nachdem sie den winselnden Wärter eingesperrt hatten. »Und was schlägst du als nächstes vor?«

Der Plan war simpel und unverschämt, so kühn und schlicht, daß er, wie auch Rian zugeben mußte, wahrscheinlich funktionieren würde. Nachts waren nur wenige Wachen im Gefängnis, und die Gänge waren so dunkel, daß Morgana hoffte, ihren Mann unerkannt hinausschmuggeln zu können.

»Komisch, wie Leute nicht sehen, was direkt vor ihrer Nase passiert«, flüsterte Rian. »Los, komm!«

Sie passierten eine Reihe von Gängen ohne Zwischenfall, dann entdeckte Morgana einen weiteren Wärter.

»Versteck dich«, zischte sie. Ihr Mann verschwand im Schatten. »Guten Abend«, sagte sie, als der Wärter bei ihr angelangt war.

»He, was machst du hier?« fragte er.

Morgana wechselte den Jargon. »Hab 'nen Gefangenen besucht. Wollte 'n bissel Spaß ham, und dem Wächter war's recht. Wahrscheinlich gut geschmiert wor'n. Hätt'st du doch auch, was?« Sie zwinkerte ihm zu und gab ihm einen Stoß in die Rippen. Ihr Cape ließ sie von der Schulter gleiten, damit er das zerrissene Kleid sehen konnte. »Mein Kleid is' kaputt. Jetzt muß ich aber los.« Sie sah, wie gierig seine Augen funkelten und bekam Angst, er könnte auf dumme Gedanken kommen. Hastig erzählte sie weiter: »Würd' mich nicht wundern, wenn der Kerl mir die Seuche verpaßt hat. Der war vielleicht dreckig!«

Der Wärter wich entsetzt zurück, und sie mußte sich mühsam das Lachen verkneifen. Zu ihrer Empörung hörte sie leises Keuchen. Rian hatte wohl dieselben Schwierigkeiten. Sie hustete laut, damit der Wärter keinen Verdacht schöpfte, und erklärte dem entsetzten Mann, sie hätte wohl auch die Schwindsucht. Er drängte sie weiter, dann verschwand er, so schnell ihn seine Füße trugen.

»Rian?« rief sie leise.

»Hier, Schatz«, kicherte er aus dem Schatten.

»Halt den Mund«, keifte sie. »Das war nicht komisch. Wegen dir hätten sie uns fast geschnappt.«

»Tut mir leid. Es wird nicht mehr passieren.«

Sie erreichten ohne weitere Zwischenfälle das Haupttor, und es gelang Morgana, den Wärter so lange abzulenken, bis Rian sich unbemerkt vorbeigeschlichen hatte. Sie atmete erleichtert auf, als sich die schweren Tore hinter ihr schlossen.

»Morgana, du bist eine ständige Quelle des Erstaunens für mich.« Rian küßte ihr galant die Hand.

»Mylord, wenn Sie hier rumstehen und mich anhimmeln, werden wir nie entkommen. Los jetzt!«

Sie rannten durch die engen verschlungenen Gassen, bis das Gefängnis außer Sicht war. Beim Anblick des Galgens erschauderte Rian. In London wurden Hinrichtungen öffentlich durchgeführt, und er fragte sich, wie viele wohl bei seiner Hinrichtung gejubelt hätten. Schließlich mußten sie kurz rasten, Morgana rang keuchend nach Luft, und Rian lehnte sich erschöpft an eine Mauer. Jeder Knochen im Leib tat ihm weh. Die Monate der Gefangenschaft hatten ihren Preis gefordert.

Er warf einen Blick auf Morganas Gesicht, dann beugte er sich stöhnend vor Sehnsucht über sie und küßte sie gierig. All die Wochen des Wartens verflogen beim süßen Geschmack ihrer Lippen.

»Du weißt nicht, wie ich dich vermißt habe«, flüsterte er heiser.

Zu seiner Überraschung warf sie ihre Arme um seinen Hals und erwiderte leidenschaftlich seinen Kuß, und unter ihrem Stöhnen suchte ihre kleine Zunge die seine.

»Mag«, keuchte er, »ich kann dich nicht hier auf der Straße nehmen, du bist doch keine Hure, aber lange halte ich das nicht mehr aus.«

Sie hielten eine Droschke an und fuhren den restlichen Weg zu den Docks. Ihr Kopf ruhte auf seiner Schulter, und sie kuschelten sich müde in die Polster. Es war alles so einfach gewesen. Morgana konnte kaum fassen, daß sie damit durchgekommen waren.

Falls Mister Harrison schockiert war, sie zu sehen, kaschierte er sein Erstaunen ausgezeichnet. Aber er gab seiner Freude Ausdruck, daß der Graf doch nicht hängen mußte.

»Ich hab' immer gewußt, daß Sie unschuldig sind, Captain«, sagte er stolz. »Und meine Jungs und ich werden Sie ans Ende der Welt segeln, wenn Sie das wünschen.«

Rian dankte ihm, dann befahl er ihm zu verschwinden. Grinsend brüllte der erste Maat die Befehle zum Ablegen und Segelhissen.

»Immer frisch an die Arbeit, Jungs«, rief er ihnen zu. »Wir segeln zu den Eßstäbchen und den chinesischen Püppchen!«

»Segeln wir nicht nach Irland?« fragte Morgana Rian, der den Arm um ihre Taille gelegt hatte. Wie gut es doch war, den Kopf auf seine Schultern zu legen und ihm wieder die Last der Entscheidungen zu überlassen.

»Nein, Schatz. Über die Sache muß erst mal wieder Gras wachsen, bevor wir nach Hause zurückkehren. Dann können wir uns in Ruhe überlegen, wie wir meinen Namen reinwaschen.«

»Und meinen«, murmelte sie besorgt. Der Tod von Lord Chalmers lag schwer auf ihrer Seele.

»Was soll das heißen?« Rian musterte sie besorgt.

»Ich werd's dir in der Kabine erzählen, Mylord. Fremde Ohren dürfen das nicht hören.«

»Wie du meinst, Süße.« Er fragte sich, was ihr Sorgen machte. Wenn es ihm gelang, die Anschuldigungen gegen seine Person aus der Welt zu schaffen, bestand kein Grund, sie wegen Fluchthilfe zu belangen.

Morgana stand leise zitternd auf dem Deck der *Sorceress*, den Arm ihres Mannes um die Schulter, und schaute, wie das Schiff langsam, schweigend aus dem Hafen die Themse hinabglitt und England im Dunst verschwand.

Kapitel Dreiundzwanzig

Die Nachtluft wurde bald kühl. Winzige Tröpfchen bildeten sich und wirbelten in den grauen Dunst, der wie ein blasses, stilles Leichentuch über den Wassern hing. Die Wellen plätscherten sanft gegen den Kiel, während das Schiff die Dunkelheit durchschnitt. Morgana erschauderte, als der Wind sie mit eisigen Fingern berührte. Trotz des warmen Umhangs wurde ihr bald kalt, und sie war froh, daß Rian vorschlug, in die warme Kabine zu gehen.

Er zündete die Lampen an und ließ sich dankbar in die Wanne warmes Wasser fallen, die der umsichtige Harrison vorbereitet hatte. Er schrubbte sich ausgiebig von Kopf bis Fuß, um sich vom Ungeziefer zu befreien. Dann rasierte er sich auch noch.

Morgana musterte vorsichtig sein Gesicht. Das Gefängnis hatte neue, harte Falten hinterlassen, und seine Narbe lief wie ein weißer Strich durchs Gesicht. Sein Haar, dunkel wie die sonnenlosen Abgründe der Welt, war ungepflegt und kräuselte sich im Nacken. Das Gefängnis hatte ihn verändert. Vorher hatte er sich lässig, langsam bewegt, jetzt tigerte er wie ein Panther im Käfig hin und her.

Seine grünen Augen bohrten sich voller Leidenschaft in ihre Haut und ließen ihr kleine Wonneschauer über den Rücken laufen. Wie würde es wohl sein, dachte sie, wenn ich mich ihm willig hingeben würde? Würde er mich später wegen meiner Schwäche verspotten und mich demütigen? Ja, er würde mein Herz in Ketten legen und mich zur Gefangenen seines Willens machen; dann könnte er nämlich sicher sein, das verrückte Spiel zwischen uns gewonnen zu haben. Diese Herausforderung schürt seine Leidenschaft für mich und die Gewißheit, daß er mich zwar körperlich besitzt, aber diesen Teil von mir noch nicht in seiner Gewalt hat. Meine Seele gehört ihm nicht, und die begehrt er.

Wie immer war sie von seinem Blick hypnotisiert, und sie protestierte nicht, als er ihre Hand nahm und sie zu sich zog. Ihre Lippen erzitterten unter seinem Kuß, sie war einer Ohnmacht nahe. Sie wußte gar nicht, wie sehr die Berührung seines harten, fordernden Mundes ihr gefehlt hatte.

Rian ließ sich Zeit und genoß ihren süßen Geschmack und stillte seinen Durst nach ihr. Er konnte es kaum fassen, daß er sie wieder in den Armen hielt. Morgana! Sie erzitterte unter seiner Berührung. Er knabberte sanft an ihrem Ohr und merkte, daß seine Hände vor Aufregung und Sehnsucht zitterten, als er die winzigen Knöpfe ihres Capes öffnete. Dann sah er wutentbrannt ihr zerrissenes Kleid und die Bißspuren auf ihrer Brust. Welcher Lüstling hatte es gewagt, sein geliebtes Territorium zu schänden? Seine Augen suchten Morganas, suchten in ihren Smaragdtiefen nach einem Anzeichen von Verrat. Er berührte sanft die verwundete Brust.

»Wie ist das passiert, Liebes?«

Sie erschauderte in seinen Armen und konnte ihm nicht in die Augen sehen. »Oh, Rian, es war entsetzlich. Deshalb wollte ich unter vier Augen mit dir reden. O Gott!« Sie entwand sich seiner Umarmung. »Rian, ich... ich habe einen Mann getötet.«

Schluchzend erzählte sie die widerliche Geschichte. Er bezweifelte keine Sekunde, daß sie wahr war. Chalmers war also tot. Rian bedauerte, daß Morgana den Mann selbst töten mußte. Den Bastard hätte er zu gerne mit bloßen Händen erwürgt. Aber im Lauf ihres Berichts verhärtete sich sein Herz gegen sie. Himmel, wie dumm er gewesen war! Sie hatte ihn nicht aus Liebe vor dem Galgen gerettet, wie er gehofft hatte. Nein, er hätte es wissen müssen. Sie hatte nur sich selbst vor demselben Schicksal retten wollen und hatte seine Hilfe gebraucht. Er verfluchte sich selbst für seine Naivität.

Morgana beendete die Geschichte und warf sich an seine Brust. Aber sie fand keine Zärtlichkeit. Seine Arme waren wie Granit und die Augen kalt wie Stahl.

»Rian, du hast keinen Grund, böse zu sein. Wirklich, Chalmers hat mich nicht...« Sein spöttischer Blick ließ sie verstummen.

»Oh, ich bezweifle nicht, daß du dich bewundernswert gerettet hast, meine Liebe.« Seine Stimme war unfreundlich. »Ich verstehe nur nicht ganz, wozu du mich überhaupt brauchst. Du hättest genausogut über dieses Schiff stolzieren können und die Mannschaft mit einer Peitsche im Zaum halten. Sie wären sicher auch machtlos gegen deine Wut gewesen«, sagte er verächtlich.

Sie wich verwirrt vor ihm zurück. »Rian, ich wollte nicht...«

»Versuch nicht, mich für dumm zu verkaufen, Morgana. Ich weiß sehr genau, daß zwischen uns nichts ist, gar nichts. Außer dem.«

Sein Mund bemächtigte sich brutal des ihren. Er riß ihr die Reste des Kleides vom Leib, dann schleuderte er es zu Boden, zerfetzte ihre restlichen Kleidungsstücke und warf sie dann aufs Bett, außer sich vor Begierde durch seine erzwungene Enthaltsamkeit. Er war wie ein Wahnsinniger, wild, hemmungslos, und tat ihr weh. Sie schrie vor Angst und Schmerz.

»Nein, Rian! Nicht so, bitte«, bettelte sie vergeblich.

Er hielt ihr mit einer grausamen Hand den Mund zu. »Bettelst du um Gnade, mein Schatz, oder trügt mich mein Ohr. Kann es sein, daß du mich vermißt hast, dich nach meinen Küssen gesehnt hast?« Er lachte. »Jetzt hast du sie und verweigerst dich mir doch. Was für eine Teufelei ist das?«

»Ich hasse dich!« zischte sie, als seine Hand ihre Brust umfaßte und sie unter der Berührung hart wurde. »Wie kannst du es wagen, mich so zu behandeln? Ich hätte dich dem Henker lassen sollen!«

»Du wärst zweifelsohne eine sehr lustige Witwe geworden. Wie das letzte Mal, als du geglaubt hast, ich wäre tot«, murmelte er ihr ins Ohr. »Welcher arme Tropf hat denn diesmal in den Kulissen gewartet, Süße?«

»Ein besserer Mann als du«, log sie höhnisch.

»Verrat's ruhig, mein Schatz!« Er packte sie am Hals. »Du hast ein so zartes Genick«, flüsterte er. »Weißt du, daß ich es dir mit bloßen Händen brechen könnte?« Er preßte drohend die Finger zusammen. »Wie viele Liebhaber sind denn auf dir gelegen, während ich im Gefängnis geschmachtet habe?«

Morgana hatte jetzt wirklich Angst. Großer Gott, wollte er sie umbringen? Die schwarzen Augenbrauen waren zusammengezogen, und im flackernden Lampenlicht sah er fast dämonisch aus. Einen verrückten Augenblick lang kam er ihr tatsächlich vor wie ein Teufel.

»Keiner«, keuchte sie. »Keiner, Mylord, ich schwöre es. Ich hab' das nur gesagt, um dir weh zu tun.«

»Mir weh tun, Mag? Die kleinen Wunden, die du meiner Seele ständig zufügen willst, langweilen mich.« Sein Mund zeichnete feuchte Kreise um ihre Brüste.

Sie stöhnte und wehrte sich unter seinem Gewicht. Er war zu stark. Sie konnte ihn nicht wegstoßen. Sie schlug ihm ins Gesicht, und ihre Nägel zeichneten fünf blutige Spuren über seine weiße Narbe.

»Du Luder!« hauchte er, packte ihre Hände und drückte sie ihr über den Kopf. »Hast du nichts dazugelernt? Ich hab' dir schon einmal gesagt, daß ich die Dinge, die mir gehören, beherrsche, und das hab' ich auch so gemeint.«

»Ich bin kein Ding, Mylord«, zischte sie. »Und du wirst mich nie beherrschen.«

»Ha!« höhnte er. »Ich werde dich jetzt nehmen, und du kannst es nicht verhindern.« Seine Hand glitt zwischen ihre Schenkel und streichelte sie sanft. Vergebens versuchte sie, die Beine zusammenzukneifen.

»Du hast kein Recht«, flüsterte sie.

»Kein Recht, Mag? Dem englischen Gesetz nach bist du meine Frau, und durch dasselbe Gesetz gehörst du mir. Ich kann mit dir machen, was ich will.« Er unterstrich die Bemerkung mit seiner Hand. »Ja, was ich will.«

»Nein, Rian, bitte.« Tränen strömten ihr übers Gesicht, und sie fühlte, wie die Lust ihren Körper durchströmte.

»›Nein, Rian‹, was?« murmelte er leise und rollte seinen Körper auf den ihren. Seine Knie öffneten ihre Schenkel für sein Eindringen. Sein Schaft durchbohrte sie und ließ ihr Blut in heißen Wellen erbeben. »Antworte mir, Süße«, keuchte er. »Sag, daß du mich willst!«

»Nein, ich...«

»Sag's, oder ich...«

Was er getan hätte, würde sie nie erfahren, denn gerade in diesem Augenblick erzitterte sie, die Erde erbebte und barst in ihr und schickte Wellen köstlicher Lust durch ihren Körper, immer und immer wieder.

»Ja, ich will dich«, keuchte sie und gab sich der süßen Übermacht der tiefen, langsamen Stöße hin.

Madame Frampstead schlich vorsichtig nach oben und legte ihr Ohr an die Tür ihres Bruders. Es war still, fast zu still. War Harrys widerlicher Plan doch gelungen? Ängstlich klopfte sie an die Tür und erwartete seine laute, bellende Stimme zu hören. Aber Schweigen war die einzige Antwort. Sie drehte leise den Knopf und ging hinein. Der Anblick der feisten Leiche ihres Bruders in der Lache stockenden Blutes erfüllte sie mit Abscheu. Sie schloß schnell die Tür und eilte zu ihm. Ja, er war tot, kalt und steif wie ein Stein. Seine leeren Augen starrten vorwurfsvoll in ihre Richtung, der Mund hing offen. Maria Frampstead schaute zu ihm hinunter, warf den Kopf zurück und lachte schallend.

Lord und Lady Brisbane waren nicht sehr erfreut, mitten in der Nacht geweckt zu werden. Sie waren erst spät von Almack's gekommen und waren gerade erst zu Bett gegangen. Aber als das Mädchen sagte, Louis würde im Salon mit einer dringenden Botschaft von Lady Keldara warten, zogen sie sich an, um nachzusehen, was passiert sei.

»Tut mir leid, daß ich Sie geweckt habe«, sagte der Page, »aber Lady Keldara hat darauf bestanden, daß ich diesen Brief nur Ihnen persönlich übergebe.« Er reichte ihnen den versiegelten Brief.

Brad riß ihn auf, Anne las über seine Schulter mit.

London, England, 5. September 1814

Liebster Brad, liebste Anne – ich schreibe diese Zeilen in höchster Eile in der Hoffnung, daß ihr mir helfen werdet. Heute abend hat Lord Chalmers mir in einer schrecklichen Spielhölle eröffnet, er wüßte, daß Rian Gentleman Jack war. Er sagte, er könnte sein Leben retten, und versuchte mir ein verabscheuungswürdiges Geschäft vorzuschlagen. Als ich mich weigerte, versuchte er mich mit Gewalt zu nehmen, und ich tötete ihn. Während des Kampfes ließ er mich wissen, er hätte Sally ermordet. Ihr müßt zu Madame Frampstead gehen, ich bin sicher, sie steckt bis zum Hals in der Geschichte mit drin. Mir bleibt keine andere Wahl, als außer Landes zu fliehen, sonst wird mir der Prozeß gemacht. Wenn alles gutgeht, werden Rian und ich auf hoher See sein, wenn ihr diese Botschaft erhaltet. Bitte versucht, mir zu helfen. Ich bin verzweifelt!

In Liebe

Morgana

Das junge Paar las die etwas merkwürdige Nachricht mit zunehmender Verwirrung.

»Sie sagt tatsächlich, sie hätte Lord Chalmers umgebracht, Brad.« Anne war entsetzt. »Und er hätte Sally ermordet. Wie kann das sein?«

»Louis, wo ist Mylady jetzt?« Brad sah den Diener mißtrauisch an.

»Ich weiß es nicht, Mylord. Sie hat mir befohlen, Gepäck auf die *Sorceress* zu bringen und Euch dann die Nachricht zu bringen. Sie ist in einer Droschke weggefahren. Ist es wahr, daß sie einen Lord umgebracht hat? Die hat aber nicht so ausgeschaut, als hätt' sie grad einen umgebracht.«

»Louis«, befahl Brad in scharfem Ton. »Du mußt sofort die Bow-Street-Gendarmen holen. Sag ihnen, sie sollen direkt zu Madame Frampstead gehen, du hättest Grund zu der Annahme, da wäre heute abend ein Verbrechen begangen worden. Wir treffen uns dort. Und um Himmels willen, sag keinem was davon. Wenn es Morgana irgendwie gelungen ist, Rian zu befreien, müssen sie Zeit zur Flucht haben.«

»Ja, Mylord. Sofort, Mylord.«

Brad zog sich in Windeseile an, und Anne half ihm in den Mantel.

»O Brad, du wirst doch vorsichtig sein, nicht wahr? Ich weiß, wieviel Sally dir bedeutet hat.« Sie biß sich auf die Lippe. »Aber wir wissen ja nicht einmal, ob diese unglaubliche Geschichte wahr ist.«

Er schaute in ihr sorgenvolles Elfengesicht und lächelte beschwichtigend. »Ich werde mich bemühen, so bald als möglich zurück zu sein, Anne.«

Und damit mußte sie sich zufriedengeben.

Brad war fast so gut am Zügel wie Rian, und die Kutsche schwankte in waghalsigem Tempo durch die schmalen, verwinkelten Straßen. Schlamm und Wasser spritzte, es hatte angefangen zu regnen. Louis hatte Wort gehalten und die Bow-Street-Gendarmen waren schon in Madame Frampsteads Spielclub.

Der Butler versuchte, ihm den Weg zu versperren, aber Lord Brisbane schob ihn einfach zur Seite. »Wo ist Madame Frampstead?« fragte er.

»Oben, Mylord, aber...«

Brad hatte genug gehört. Er rannte die Treppe hoch und wäre fast in das überfüllte Zimmer gefallen. Er traute seinen Augen nicht. Maria Frampstead kniete hysterisch lachend neben der Leiche von Lord Chalmers. Sie schien die Bow-Street-Gendarmen, die sie verhören wollten, gar nicht zu sehen.

»Sie können hier nicht reinkommen. Wer sind Sie überhaupt?« fragte einer von ihnen.

»Lord Braddington Denby, Graf von Brisbane.« Denby musterte den Mann kühl. »Vielleicht kann ich Ihnen helfen. Ich war es, der nach Ihnen geschickt hat.«

»Wirklich? Dann könnten Sie uns vielleicht sagen, woher sie von diesem scheußlichen Vorfall wußten«, sagte der Gendarm.

»Ich habe heute abend eine etwas rätselhafte Botschaft von Lady Keldara erhalten.«

»Der Frau des irischen Rebellen?«

»Lord Keldara ist kein irischer Rebell«, sagte Brad kühl.

»Haben Sie diese Nachricht bei sich?« Mister Smythe, der Gendarm, hielt es für das beste, ihm jetzt noch nicht zu widersprechen.

»Unglücklicherweise nicht. Aber das spielt keine Rolle. Lady Keldara hat mich informiert, Lord Chalmers« – er zeigte auf die Leiche – »hätte versucht, ihr Gewalt anzutun, und sie hätte ihn in Notwehr getötet. Sie behauptete auch, derselbe Mann wäre für den brutalen Mord an meiner Frau vor einiger Zeit verantwortlich.«

»Oh, hat sie das?« Mister Smythe schien sehr skeptisch.

»Das ist die Wahrheit, so wahr mir Gott helfe«, jammerte Maria Frampstead plötzlich los. Aller Augen richteten sich auf sie, und sie fuhr mit plötzlich tränenüberströmtem Gesicht schluchzend fort. »Harry war verrückt. Er hätte nach Bedlam gehört. Er hat Ihre Frau geliebt. Er wollte sie nicht töten, aber er war nicht bei Sinnen. Er ist eines Abends in ihr Haus gegangen und hat sie angefleht, mit ihm zu fliehen, und sie hat ihn ausgelacht. Sie hatte in keiner Weise seine Gefühle erwidert. Sie hat angefangen zu schreien, und er hat sie geschlagen und versucht, sie zum Schweigen zu bringen. Sie ist hingefallen und hat sich am Bettpfosten angeschlagen. Der Schlag hat sie sofort getötet. Er ist zu mir gekommen, und ich hab' ihm geholfen.« Sie schlug sich die Hände vors Gesicht.

Mister Smythe gab ihr Zeit, sich zu sammeln, dann sagte er: »Bitte fahren Sie fort, Madame Frampstead. Warum hat Lord Chalmers bei Ihnen Hilfe gesucht?« Er half ihr zu einem Stuhl.

Sie hatte sich wieder gefaßt und antwortete mit beinahe heiterer, gelassener Miene: »Er war mein Bruder. Er hat... er hat mir dieses Haus gekauft und mir ständig damit gedroht, es zu verkaufen, wenn ich mich seinen Befehlen widersetze.« Sie schloß die Augen und schickte ein Stoßgebet zum Himmel, daß sie ihr glauben würden; sie konnte diesen strengen Männern einfach nichts von ihrer inzestuösen Beziehung erzählen. »Dann hat er mir vor ein paar Tagen befohlen, Lady Keldara einen Brief zu überbringen, in dem er sie bat, ihn heute abend hier zu treffen. Er war verrückt, das sag' ich Ihnen. Harry hat sich eingebildet, die Lady hätte sich in ihn verliebt. Es war wieder genau dasselbe.« Madame Frampstead fing leise an zu weinen.

»Aber warum sollte Lady Keldara überhaupt in Betracht ziehen, sich mit ihm zu treffen? Besonders in Ihrem Etablissement? Nichts für ungut, Madame Frampstead.« Mister Smythe hüstelte verlegen.

»Harry sagte, er könnte beweisen, daß Lord Keldara nicht der Führer der irischen Rebellen wäre, weil er ihn im November in Sussex gesehen hatte, und er wollte mit der Lady einen Handel machen.«

»Und was für einen Handel?« Mister Smythe platzte fast vor Neugier. Einen so skandalösen Fall hatte er überhaupt noch nicht gehabt.

Maria Frampstead schluckte. »Er sagte, er könnte vor Gericht aussagen, er hätte den Grafen gesehen, wenn... wenn Lady Keldara seine Mätresse würde. Sie muß sich geweigert haben, da hat er sie angegriffen. Sie sehen, daß ein Kampf stattgefunden hat. Harry hat gerne zugeschlagen. Er war sehr grausam.«

»Ich fürchte, ich muß Sie in Gewahrsam nehmen, Madame Frampstead«, sagte Mister Smythe streng, aber sein Gesichtsausdruck war sanft. Die Frau tat ihm leid. Er wandte sich an Lord Brisbane. »Ich kann mir nicht vorstellen, daß Lady Keldara angeklagt werden wird, aber sie wird eine Aussage machen müssen. Sich vom Schauplatz eines Verbrechens zu entfernen ist ein ernstes Vergehen, aber es ist ein klarer Fall von Notwehr, und ich bin sicher, der Richter wird ihre Aufregung in Betracht ziehen. Mit Madame Frampsteads Aussage dürfte sie keinerlei Schwierigkeiten haben«, meinte er. »Übrigens, wissen Sie, wo Sie sich befindet?«

»Nein«, log Brad. »Ihre Botschaft klang einfach so verworren, daß ich direkt hierhergeeilt bin. Ich habe keine Ahnung, wohin sie gegangen sein könnte. Ich bin sicher, sie hat sich nur an mich und meine Frau gewandt, weil ihr Mann im Gefängnis ist. Und das auch noch unschuldig, wie es aussieht«, fügte er noch hinzu.

»Ich werde dafür sorgen, daß es an befugter Stelle zur Sprache kommt«, versprach Mister Smythe.

Der Bow-Street-Gendarm mußte dieses Versprechen nicht einhalten, denn am nächsten Morgen verbreitete sich die Nachricht von der Flucht des berüchtigten Grafen von Keldara aus Newgate wie ein Lauffeuer in der Stadt. Er und seine Frau waren verschwunden.

Morgana erwachte langsam. Ihr tat alles weh, und ihr Hals und ihre Brüste waren voller blauer Flecken. Warum, fragte sie sich, war ihr Mann mit einem Mal so grausam und grob geworden? Was hatte ihn so provoziert? Sie konnte sich nicht erinnern, etwas gesagt zu haben, was ihn so wütend machen konnte. Er konnte ihr doch wohl den Vorfall mit

Lord Chalmers nicht vorhalten? Es war nicht ihre Schuld gewesen, und außerdem hatte er schon viele Männer getötet. Sie selbst hatte gesehen, wie er zwei getötet hatte. Nein, das konnte nicht der Grund sein. Was denn? Sie wußte es nicht.

Seine Finger waren in ihren kupfernen Flechten verstrickt, und sie versuchte sich vorsichtig zu befreien, aber er schlug die Augen auf und packte sie beim Handgelenk.

»Nein, flieg noch nicht weg, mein Täubchen«, flüsterte er leise.

»Bitte, Mylord. Das tut mir weh.«

Er stützte sich auf einen Ellenbogen und schaute sich mißmutig ihre blauen Flecken an. Es tat ihm weh, ihre cremige Haut so entstellt zu sehen, aber er machte sich deshalb keine Vorwürfe. Das Frauenzimmer hatte es verdient.

»Ich werde sanft sein, meine Liebe, wenn du lernst, mir zu gehorchen.« Er zog mit dem Finger zarte Kreise auf ihrem Bauch.

Morgana lag ganz still da, die Angst und den Haß deutlich im Gesicht geschrieben. »Ich werde nicht noch einmal um Gnade flehen oder mich deiner Umarmung hingeben, Rian«, sagte sie mit eisiger Stimme.

»Ah, aber das wirst du doch, Süße, das wirst du.«

Er befriedigte sich, aber es war kein Vergnügen für ihn, denn sie hielt Wort und lag steif wie eine Statue da. Angewidert zog er sich von ihr zurück, stand fluchend auf, zog sich an und stürzte aus der Kabine.

Morgana lächelte zufrieden. Wenigstens hatte sie ein kleines Scharmützel gegen ihn gewonnen.

Später zog sie sich an und nahm das leichte Frühstück ein, das Harrison servierte, dann ging sie zu ihrem Morgenspaziergang an Deck. Rian beobachtete sie mißmutig und mußte einen Befehl an Timmons, den Bootsmann, zweimal wiederholen. Morgana warf hochmütig ihre Locken zurück, und er ballte die Fäuste vor Wut. Dann schritt er ohne ein Wort davon.

»Guten Morgen.« Sie blieb kurz bei Jeb stehen. Er war ihr einer der liebsten der Mannschaft, seit er für sie Gitarre gespielt hatte.

»Morgen, Mylady.« Er grinste, und seine Augen verschwanden in unzähligen Lachfältchen.

»Ich hoffe, wir hören heute abend die melodischen Klänge Ihrer Gitarre«, sagte sie fröhlich.

»Wenn es Mylady Freude macht«, erwiderte er.

Bald waren auch die anderen Mitglieder der Mannschaft um sie versammelt. Alle mochten sie gerne und waren zu dem Schluß gekommen, eine Frau an Bord wäre doch kein schlechtes Omen, im Gegensatz zum gängigen Aberglauben. Sie wollten hören, wie sie den Grafen aus dem Gefängnis befreit hatte, und sie erzählte ihnen die Geschichte. Rian hörte mit sauertöpfischer Miene zu. Verdammtes Weib! Mußte sie ihn vor seiner Mannschaft auch noch zum Narren machen. Er ging zu der kleinen Gruppe.

»Habt ihr Männer denn keine Arbeit?« knurrte er.

Sie waren etwas überrascht von seinem wütenden Gesicht und machten sich schleunigst an die Arbeit, nachdem sie sich kurz bei Morgana entschuldigt hatten.

»Halt dich von meiner Mannschaft fern«, sagte er kühl, dann marschierte er schnell davon, ohne einen Blick zurückzuwerfen, wodurch er verpaßte, wie Morgana ihm ihre kleine rosa Zunge rausstreckte. Mit gerunzelter Stirn ging sie zurück in die Kabine und verfluchte ihn, weil er ihr den Spaß verdorben hatte.

Er ist der widerlichste Mann, den ich kenne, dachte sie und warf sich in einen Stuhl. Wie kann er es wagen, mich wie eine Sklavin herumzukommandieren? Ich lass' mir das nicht gefallen! Er stolziert da oben rum wie ein Gockel im Hühnerhof, und ich soll buckeln und mir jede Laune gefallen lassen. Zum Teufel mit ihm! Sie nahm die chinesische Schachtel und probierte wieder an den verteufelten Schlössern herum. Ich schwöre, ich werde ihn dazu bringen, den Tag zu bereuen, an dem er mich geheiratet hat. Ich werd' heiß und kalt, bis er völlig durcheinander ist, lächeln oder böse sein, wie es mir gefällt. Ich werde meine kleine Rache an ihm haben für das Katz-und-Maus-Spiel, das er mit mir spielt. Bei dem Gedanken mußte sie laut lachen. Er wird darum betteln, gehenkt zu werden, wenn ich mit ihm fertig bin.

An diesem Abend begann Morgana ihren Plan in die Wirklichkeit umzusetzen. Sie ignorierte Rians finstere Blicke. Sie durfte nicht gleich freundlich sein, sonst würde er den Braten riechen. Nach dem Essen strafte sie ihn mit einem vernichtenden Blick, legte ihren Umhang an und lief aus der Kabine, bevor er sie aufhalten konnte. Sie folgte den Klängen von Jebs Gitarre.

»Jeb«, sagte sie leise. »Würdest du mir das Spielen beibringen?«

Der alte Seemann sagte, er würde sie mit Freuden unterweisen. So kam es, daß Rian, als er zwanzig Minuten später seine Frau suchte, sie mit Jebs Gitarre in den Händen fand, mit der sie gerade die einfachsten Griffe übte. Er blieb irritiert stehen. Eigentlich hatte er damit gerechnet, sie in einer Gruppe Matrosen zu finden, mit denen sie flirtete. Er fand keinen Grund, sie zu tadeln, so konzentriert versuchte sie das richtige Zupfen und Schlagen zu lernen, während Jeb sie geduldig korrigierte. Er wirkte fast väterlich; schließlich war er gute zwanzig Jahre älter als seine Schülerin. Keiner der beiden bemerkte Rian im Schatten, und nach ein paar Minuten entfernte er sich ohne ein Wort. Wenn das Weib Gitarre spielen lernen wollte, sollte ihm das recht sein. Vielleicht hatte sie dann eine Beschäftigung auf der langen Reise.

Morgana konnte so mit schweigendem Einverständnis ihres Mannes die Lektionen fortsetzen. Sie war eine willige und geschickte Schülerin und machte schnelle Fortschritte. Jeb genoß die abendlichen Unterrichtsstunden. Er hatte in der Karibik Frau und Tochter verloren, und die hübsche Frau des Kapitäns füllte eine Lücke in seinem Leben. Er strahlte vor Stolz, als sie ihr erstes Lied spielen konnte, wenn auch etwas zögernd und mit ein paar kleinen Fehlern. Die Freude in ihrem Gesicht, als er sie lobte, war Entschädigung genug für die langen Stunden. Die Mannschaft neckte ihn gnadenlos und machte sich über ihn lustig, aber Jeb betrachtete Morgana nach wie vor nur wie eine Tochter.

Es regnete grau und ekelhaft, wie salzige Tränen troff es aus den tiefhängenden Wolken. Morgana sah nachdenklich aus dem Kabinenfenster. Die Anstrengung der Reise machte sich allmählich bemerkbar. Rian war in letzter Zeit noch verschlossener geworden und redete kaum noch mit ihr. Selbst seine spöttischen Bemerkungen waren besser als dieses eiskalte Schweigen, das sie ertragen mußte. Wenn sie mit ihm reden wollte, fuhr er sie an wie ein knurrender Wolf, begierig, die Schuld für ihren Haß gegen ihn auf sie abzuwälzen, dann packte er sie wieder und versuchte seine Leidenschaft mit ihren zitternden Lippen und ihrer weißen Haut zu stillen. Mit finsterer Miene erledigte er seine täglichen Aufgaben und war selbst mit der Mannschaft kurz angebunden, die sich fragte, warum er so düsterer Laune war.

Morgana biß sich auf die Unterlippe. Es hatte keinen Sinn, darüber nachzugrübeln. Vielleicht war es doch keine so gute Idee, ihn zu provozieren. Sie hatte allmählich das Gefühl, mit einem gefährlichen Tier gespielt zu haben, das jeden Moment die Ketten, die es hielten, sprengen konnte, sich auf sie stürzen und ihren schlanken Hals zerfetzen würde. Sie erinnerte sich, wie Rian sie gewürgt hatte, und fragte sich, ob er es wohl gewesen war, der in Shanetara versucht hatte, sie zu töten. Es war so lange her, so weit weg, daß sie es fast vergessen hatte. Und Rian?

Kapitel Vierundzwanzig

Morgana planschte fröhlich in der Wanne. Wie nett von Harrison, das Regenwasser für sie in Eimern zu sammeln und es für ein Bad zu sparen. Das Salzwasser auf der Haut hatte ihr wirklich zu schaffen gemacht. Das Wasser war weich und seidig, der Geruch frisch und sauber und mischte sich betäubend mit dem Fliederparfum, das sie immer benutzte. Sie schrubbte sich heftig, ihre Haut prickelte und glühte im Schein der Lampe. Rian war über seinen Schreibtisch gebeugt und fluchte, als er einen großen Tintenfleck auf sein Logbuch gemacht hatte. Das verfluchte Weib! Mit ihr in der Nähe konnte er sich nicht konzentrieren. Wie sie sich da in der Wanne lümmelte und das Wasser auf den Boden troff! Der Duft ihres Parfums kitzelte aufreizend in seiner Nase. Morgana mußte grinsen, als er das Buch zuschlug und die Feder zurück ins Tintenfaß stellte.

Er schob den Stuhl zurück und musterte sie spöttisch. Das Wasser umspielte ihre rosigen Brüste ganz bezaubernd, und am Nacken hatte sich eine Locke aus ihrem Knoten selbständig gemacht. Sie rieb sich genüßlich mit ihrer parfümierten Seife ein, hielt den Schwamm ganz hoch und drückte die Tropfen über ihren Hals und ihre Brüste, ohne Rian eines Blickes zu würdigen. Sie hob graziös ein Bein, ihre Brüste schnitten einen Bogen durchs Wasser, sie streckte die Arme und wusch sich die Zehen. Sie wandte sich von seinem Blick ab, damit er das triumphierende Lächeln in ihren Mundwinkeln nicht sah. Schau mich nur gut an,

Dummkopf, dachte sie sich, ich bin eine Frau und kein Ding, wie du mich nennst.

Langsam, genüßlich stieg sie aus der Wanne und hüllte ihren seidig schimmernden Körper in ein Leinenhandtuch. Es schmiegte sich einladend um ihre Rundungen. Sie löste ihr Haar, und es fiel über ihren Rükken bis zur Taille. Dann nahm sie eine Bürste und strich durch die flammenden Locken, die grünen Augen schräg, als sie Rians Blick im Spiegel begegnete.

Sie produziert sich vor mir, als wären wir Liebende, dachte er. Will sie mich etwa verführen? Warum plötzlich diese Meinungsänderung?

Er nahm ihr die Bürste aus der Hand und kämmte die zerzausten Locken selbst. Morganas Gesicht wurde zu einer reglosen Maske. Brillant, dachte sie, als sie sich im Spiegel betrachtete. Ich hätte Schauspielerin werden sollen. Sie entzog sich seiner Berührung.

»Ich bin sehr wohl fähig, mich allein zu pflegen, Mylord«, sagte sie kühl.

Er war verwirrt. Was war passiert? Gerade war sie noch so zugänglich, so einladend gewesen, das hätte er beschwören können.

Was ist denn das für ein Spielchen, fragte er sich. Weiß sie denn nicht, daß ihr Anblick mich ungeheuerlich erregt? Sie lockt mich mit ihren Brüsten und wird zur Marmorstatue, wenn ich sie berühre. Will das Weibsstück mich zum Wahnsinn treiben? Ja. Ein spöttisches Lächeln umspielte seinen Mund. Sie will mich mit ihren Reizen locken und dann wie eine Statue unter mir liegen, damit sie lachen kann, wenn ich in ihren Armen keine Befriedigung finde.

Er warf die Bürste auf den Tisch, packte sie an den Handgelenken und zog sie an sich. Morgana schloß die Augen und wartete auf seine grobe, gewaltsame Annäherung. Zu ihrer Überraschung war sein Kuß sanft, lockend, die Zunge teilte zärtlich ihre Lippen. Er packte sie an den Haaren und drehte ihr Gesicht zu seinem. Er hielt sie fest, und seine Lippen wanderten über ihre Schläfen und Ohren, dann hinunter zu ihren Brüsten. Er löste das Handtuch und ließ es zu Boden fallen. Er küßte sie lange, genüßlich, gierig, bis sie glaubte, er würde nie wieder aufhören, bis ihr Mund unter seinem erzitterte und sie spürte, wie die Begierde ihren verräterischen Körper durchströmte. Sie stöhnte. Seine Hände umschlossen ihre schwellenden Brüste, dann ließ er sich auf die

Knie fallen, und seine Zunge suchte sie auch hier, zwischen den Schenkeln, seine Hände streichelten die Rundungen ihres Gesäßes.

Morgana war machtlos. Sie packte ihn an den Haaren, zog ihn an sich. Seine Küsse wanderten ihren Bauch hoch, ließen sie erzittern, fordernd, unbefriedigt schrie ihr Körper sein Bedürfnis nach ihm. Himmel! Was machte er nur mit ihr?

Und dann war sie in seinen Armen, und er trug sie zum Bett, streifte sich die Kleider ab, legte sich zu ihr und öffnete ihre Schenkel. Schluchzend legte sie die Arme um seinen Hals und vergaß alles andere, als er ihr in die Augen lächelte, seltsam, triumphierend, und sich in sie stieß.

Morgana erwachte von krachendem Getöse, das wie Donner klang. Es wird wieder regnen, dachte sie, und versuchte sich aus Rians starker Umarmung zu befreien. Er hatte eine Hand in ihrem Haar und das Knie zwischen ihren Schenkeln. Sie war entsetzt, als ihr Mann sich plötzlich wie ein Wahnsinniger aus dem Bett stürzte, sich in großer Hast die Hosen anzog und dann aus der Kabine rannte und ihr zurief, darin zu bleiben. Sie zog das Laken um ihre Blöße und krümmte sich vor Angst. Was hatte sie nur getan, um diesen Ausbruch zu provozieren?

Wieder ein Donnerschlag. Sie sprang aus dem Bett und zog sich an. Rian wußte, daß sie schreckliche Angst vor Gewittern hatte. Wie konnte er sie jetzt allein lassen? Sie hörte seine gebrüllten Befehle an die Mannschaft und das Getrappel von Füßen auf Deck. Sie erinnerte sich an seinen Wutausbruch, als sie sich das letzte Mal einem Befehl widersetzt hatte. Trotzdem machte Morgana sich auf die Suche nach ihrem Mann.

Aber der Himmel war ja blau, keine einzige Wolke in Sicht. Dann sah sie eine weiße Rauchwolke und wieder hallte Donner, die *Sorceress* geriet ins Schlingern, und Morgana wurde von Kopf bis Fuß mit Gischt besprüht. Als der Rauch verflog, sah sie in der Ferne ein Schiff, und plötzlich wurde ihr mit Entsetzen klar, daß man auf sie feuerte.

Großer Gott! War die britische Armee so weit gefahren, um sie zu verhaften? Die Männer luden die Kanonen der *Sorceress*, sie wollten also kämpfen. Die erste Kanone ging mit Getöse los, Flammen und Rauch spuckten aus dem Rohr, während die Kugel ihr Ziel suchte. Das angreifende Schiff erwiderte das Feuer, und der Besanmast der *Sorceress* wankte, das Segel ging in Fetzen. Morgana hielt sich an der Reling fest und duckte sich unter den umherfliegenden Trümmern, als Rian sie erspähte und ihr wütend zubrüllte, sofort unter Deck zu verschwinden.

Unten in der Kabine lief sie rastlos auf und ab und fragte sich, was wohl an Deck passierte. Bei jedem Schuß duckte sie sich, und die *Sorceress* schlingerte beängstigend auf den rollenden Wogen. Nach einer Ewigkeit, wie es ihr schien, hörte sie die Mannschaft jubeln und schloß daraus, sie hätten gewonnen.

Einen Augenblick später kam Rian in die Kabine, verschwitzt und müde, schwarz vom Pulver, der Schweiß troff langsam seine Brust hinunter.

»Du kleine Närrin. Du hättest getötet werden können.«

»Ich hab' nicht gedacht, daß wir angegriffen werden.« Sie erwiderte seinen kühlen Blick. »Ich hab' gedacht, es wäre ein Gewitter, und da hab' ich Angst gekriegt. War es... war es die britische Armee, Rian, die uns verhaften wollten?«

Er sah, wie verängstigt sie war, und seine Stimme wurde sanft: »Nein, Schatz, aber das wäre dir sicher lieber gewesen, wenn sie uns geentert hätten. Es war ein Boot der Berber. Ich darf gar nicht daran denken, was diese Piraten mit jemandem wie dir gemacht hätten.«

Morgana erschauderte. Sie hatte Geschichten von den maurischen Piraten gehört, daß sie Frauen in die Sklaverei verkauften und Männer zu Eunuchen machten.

»Kein Grund zur Sorge, Süßes.« Rian legte seinen Arm um sie. »Die *Sorceress* ist gut bewaffnet, und wir haben schon schlimmeren Angriffen widerstanden. Ich wollte sowieso in Cádiz anlegen, um Vorräte einzukaufen. Das hält uns zwar länger auf, als mir lieb ist, aber ich möchte den Mast reparieren lassen, es geht nicht anders.«

Morgana war so erleichtert, daß er wegen ihres Ungehorsams nicht wütender wurde, daß sie überhaupt nicht protestierte, als er sie zum Bett führte und nasse, verschwitzte Spuren von Pulver auf ihr hinterließ.

Cádiz wimmelte von Menschen. Sie war eine der wenigen Städte, die sich der französischen Belagerung im Peninsula War erfolgreich widersetzt hatten, und war der Sitz der spanischen Cortes, der Repräsentantenversammlung aus Klerus, Adel und dem Bürgertum. Morgana war nie in Spanien gewesen und war entzückt von den dunkelhaarigen Bewohnern und den komischen kleinen Eseln, die, wie Rian ihr erzählte, Burros genannt wurden. Sie stapften mit schweren Körben beladen durch die schmalen Gassen, die Augen gegen die Hitze halb geschlossen und offensichtlich immun gegen den Lärm, der um sie tobte. Hier und dort spielten zerlumpte Kinder mit weißem Grinsen in braunhäutigen Gesichtern. Straßenhändler priesen lautstark ihre Waren in schrillem Spanisch an, und ein blinder Mann bettelte an der Ecke der Kathedrale um Almosen. Rian warf ihm im Vorbeigehen ein paar Münzen zu.

Harrison war beauftragt worden, sich um die Reparaturen zu kümmern, die übrige Mannschaft bekam Landurlaub. Auch sie wollten endlich wieder mal was Richtiges zwischen die Zähne bekommen.

Morgana hing fröhlich an Rians Arm, ignorierte die neugierigen Blicke der Passanten und genoß die Sehenswürdigkeiten. Sie gingen an einer Gruppe Bauersfrauen vorbei, die ihre Kleider in einem der Brunnen an einem Platz wuschen und fröhlich beim Arbeiten schwatzten. Gelegentlich bot sich ein kleines Kind an, ihnen die Stadt zu zeigen. Rian gab jedem eine Münze und sagte ihnen, er bräuchte ihre Hilfe im Augenblick nicht. Morgana sah, wie sie strahlten, wenn ihre schmutzigen Fäustchen die Münze packten und sie dann schnell in der Menge verschwanden.

Ihr Mann hatte ihr versprochen, sie zum Markt zu führen. Sie wandelte durch die dichtgedrängten Buden und prüfte die Früchte. Rian handelte dann mit den Verkäufern, da er fließend Spanisch sprach. Morgana hingegen verstand kein Wort. Sie wunderte sich, wie zwanglos er mit den Bauern umging. Bald war ihr Korb bis zum Rand gefüllt, und Rian sagte einem Kind, das sich anbot, es dürfe die Einkäufe von La Señora tragen. Der Junge strahlte übers ganze Gesicht und sagte: »Gracias, Señor.« Dann schleifte er die schwere Last behutsam hinter ihnen her.

Sie blieben vor einer Bude mit bunten Röcken und Serapes stehen, und Morgana ließ sich nicht nehmen, mehrere zu kaufen und dazu einige gerüschte, tief ausgeschnittene Blusen.

»Weißt du, ich habe in der Eile nicht viele Kleider mitgenommen, und die paar, die ich hatte, hast du mir zerrissen.«

Er lachte nur spöttisch und sagte, sie müßte eben lernen, sich schneller auszuziehen. Trotzdem bezahlte er, und der spanische Junge bekam ein weiteres Bündel.

»Rian«, sagte Morgana besorgt. »Glaubst du nicht, du solltest ihm helfen oder zumindest noch ein Kind anheuern, das ihm tragen hilft?«

»Nein, Schatz. Er wäre zutiefst beleidigt. Außerdem, wenn wir so weitermachen, geht uns eher das Geld aus, als daß er müde wird.«

Morgana warf beleidigt den Kopf zurück. »Es gibt ohne Zweifel hier in der Stadt irgendwo eine Spielhölle, wo du ohne Probleme deine Börse wieder füllen kannst.«

»Hast du es denn so eilig, mich loszuwerden, Süße?« Er legte den Arm um ihre Taille und küßte sie aufs Ohr.

»Hör auf, Rian, die Leute schauen schon.« Sie versuchte sich loszureißen, und er lachte und ließ los.

Er kaufte ihr ein paar Armreifen, obwohl er sagte, sie wären billig und würden sich schnell verfärben, aber ihr gefiel das Klirren an ihrem Handgelenk, und sie sagte ihm, das wäre ihr egal. Aber er weigerte sich, ihr einen Käfig mit zwei Kanarienvögeln zu kaufen, mit der Begründung, er hätte keine Lust, sich während der ganzen Reise den Krach anzuhören, und daß die Vögel eine Seereise ohnehin nicht überstehen würden.

Schließlich schlug er vor, in ein Hotel zu gehen und sich frisch zu machen, da es bald Zeit zum Dinner wäre. Sie stimmte erfreut zu, weil sie ihre neuen Kleider probieren und ein Bad nehmen wollte. Und schon bald hatten sie ein Zimmer in einem drolligen weißen Haus mit schmiedeeisernen Balkons.

»Und, wie gefällt dir Spanien?« fragte er, nachdem er den kleinen Träger bezahlt hatte, der Morganas Bündel auf dem Bett abgestellt hatte.

»Oh, ich finde es wunderbar, Rian«, sagte sie und kramte in den Päckchen. Endlich fand sie das gewünschte und nahm es mit ins Badezimmer, wo zwei kichernde Zimmermädchen Wasser für ihr Bad bereitet hatten.

Ihre dunklen Augen musterten sie neugierig, und Morgana versuchte ihnen zu erklären, sie bräuchte ihre Hilfe nicht mehr, aber sie konnte sich nicht verständlich machen. Sie hakten ihr das Kleid auf und steckten ihr die Haare mit viel Geplapper und Gelächter hoch. Sie schienen entzückt von ihren kupfernen Locken und sagten: »Su pela rojo es muy bonito, Señora.«

Nachdem sie ihre Toilette beendet hatte, halfen sie ihr, einen der bunten Röcke und eine weiße Bluse anzulegen, zeigten ihr, wie sie ihre neuen Sandalen schnüren mußte. Sie nickten und strahlten, bedeuteten ihr, wie gut ihr das neue Kostüm stehen würde, und Morgana dankte ihnen mit ihrem einzigen spanischen Wort: »Gracias.«

Endlich gingen sie, und Morgana ging ins andere Zimmer zu Rian. Er lümmelte in einem Stuhl und rauchte eine Zigarre. Sie sah ihn erstaunt an, weil sie ihn noch nie hatte rauchen sehen, er nahm nur gelegentlich eine Prise Schnupftabak.

»Du siehst aus wie eine Zigeunerin, Schatz«, sagte er mit bewunderndem Blick. Der gerüschte Rock zeigte ihre wohlgeformten Knöchel, und das Dekolleté der Camisa war atemberaubend. »Ich werde heute Abend meine Pistolen mitnehmen, damit kein heißblütiger Spanier den Kopf über deinen Reizen verliert.«

Er zog sie auf seinen Schoß, sein Kuß schmeckte nach Tabak und Wein, sie lachte verlegen und wand sich aus seiner Umarmung. Sie sagte, sie wollte nicht noch einmal baden müssen, und außerdem wäre sie am Verhungern.

Sie speisten im Garten eines beliebten Restaurants. Es gab Maistortillas mit würzigem Fleisch gefüllt und mit Käse überbacken und Reis mit Jalapeno-Paprika, der Morgana hastig nach dem Weinglas greifen ließ, um das Brennen in ihrem Mund zu stillen. Die Nachtluft war still, erfüllt vom betäubenden Duft exotischer Blumen und dem Gezwitscher der vielen Vögel, das sich mit den Klängen einer Flamenco-Gitarre mischte, die jemand in der Dunkelheit spielte.

Rian nippte an seinem Wein und zündete eine weitere Zigarre an. Er inhalierte tief und beobachtete, wie Morgana sich eine weiße Blüte abbrach und hinters Ohr steckte. Sie schaute über den Tisch zu ihm, und einen kurzen Moment lang trafen sich ihre Blicke, und etwas flackerte, regte sich, beiden stockte der Atem – aber dann zerstörte das Klappern von Castagnetten den Zauber, und zwei Tänzer begannen die traditionellen Schritte des Flamenco. Morgana wandte sich ab, und Rian fluchte leise.

Sie gingen ein Stück am Strand spazieren, aber beide belastete die Erinnerung an jene Nacht am Strand in Irland, und so gingen sie schließlich ins Hotel zurück.

Am nächsten Morgen bewegten sie ihre Pferde. Louis hatte nämlich außer Morganas Gepäck auch noch Luzifer und Copperlady an Bord gebracht.

Vier Tage später waren sie wieder auf See, und Morgana hatte nur noch die wunderschöne mit Perlmutt eingelegte Ebenholzgitarre, die ihr Rian als Überraschungsgeschenk am letzten Abend in Cádiz gekauft hatte, zur Erinnerung an den verführerischen Zauber Spaniens.

Der Wind ließ sanft die Segel schwellen, als sie Cádiz verließen. Morgana stand an der Reling, die Gischt des Salzwassers lag kühl und erfrischend auf ihrer Haut. Sie atmete tief durch, fuhr sich mit der Zunge über die Lippen und genoß den Geschmack der See. Sie segelten nach Afrika, umrundeten vorsichtig die Küstengebiete der Berberpiraten, der dunkelhäutigen Mauren, die sie schon einmal angegriffen hatten. Die Tage und Nächte verstrichen in regelmäßigem Rhythmus, und Morgana ließ sich dahintreiben wie das Schiff, wartete und wunderte sich. Rian schien seltsam bedrückt, aber sie wußte nicht, warum.

Sie wagte nicht, ihn zu fragen, aus Angst, er würde spöttisch und verbittert reagieren. Sie dachte über seine vielen Launen nach, wenn sie abends mit Jeb an der Reling der *Sorceress* saß und die Melodien ihrer Gitarren durch die Stille des Abends tönten. Zum ersten Mal spürte Morgana, wie der Mann, den sie geheiratet hatte, wirklich war. Aber sie erkannte weder den Dämon, der ihn trieb, noch wurde ihr bewußt, warum sie ihr Verständnis für ihn mit Haß bewußt kaschierte.

Nur wenn sie in der Dunkelheit beieinanderlagen, akzeptierte sie, daß sie ihn brauchte.

Sie warf ihr Buch auf den Tisch, auf dessen Inhalt sie sich ohnehin nicht konzentrieren konnte. Was war nur los mit ihr? Sie hörte, wie Rian oben an Deck rastlos wie ein Tiger im Käfig auf und ab lief. Morgana spielte eine Weile mit der chinesischen Puzzleschachtel, aber es gelang ihr wie immer nicht, das Geheimnis zu ergründen, und sie gab auf. Schließlich nahm sie ihren Umhang, ging an Deck und stellte sich in den Schatten der hohen Masten.

Ah, da war er, er beobachtete die Sterne. Seine schwarze Silhouette zeichnete sich vor dem silbernen Mond am Himmel ab. Sie ging nicht zu ihm, sondern beobachtete ihn lieber heimlich. Er war wie die chinesische Schachtel, nicht greifbar. Sie zitterte, als die Nachtluft mit kühlen Fingern ihren Mantel streifte, und auf einmal bemerkte Rian sie auch.

»Was machst du hier draußen, Mag?«

»Ich schau' die Sterne an, genau wie du.« Ihre Stimme war sanft, fragend.

»Sie sind schön, nicht wahr?«

»Ja«, erwiderte sie.

Er zeigte ihr einige Sternbilder, deren Namen sie an die romantischen, griechischen Mythen erinnerten.

»Es wird behauptet, jeder von uns ist unter einem bestimmten Stern geboren, und das bestimmt unser Schicksal«, sagte Morgana.

»Ja«, erwiderte er. »Wir sind beide unter dem Zeichen der Fische geboren.«

»Aber du bist elf Jahre älter als ich. Ich bin dreiundzwanzig und du vierunddreißig. Ich verstehe nicht, wie eine kleine Gruppe von Sternen zwei so weit auseinanderliegende Leben so beeinflussen kann.«

»Ich weiß es auch nicht, Schatz, aber es stimmt doch, nicht wahr? Das Schicksal hat dich nach Irland gebracht und dich zu meiner Frau gemacht.« Er schaute zu ihr hinunter.

»Nein, es waren der eiserne Wille eines alten Mannes und deine eigenen Leidenschaften, die das bewerkstelligt haben, Rian. Etwas anderes glaub' ich nicht.« Sie zog ihren Umhang enger um sich.

»Wer kann schon sagen, Schatz, ob wir uns selbst zu dem machen, was wir sind oder werden, oder ob das Schicksal es so vorgesehen hat?«

»Du bist ein Mann, Mylord. Du machst deine eigenen Gesetze, ignorierst die, die die Gesellschaft für uns festgelegt hat. Ist das Schicksal oder deine eigene Arroganz?«

»Vielleicht ein bißchen von beidem. Ich nehme mir die Sachen, die ich begehre, und kein Mann wird mir das verweigern.« Er legte seine Hände auf ihre Schultern. »Aber vielleicht liegt es daran, daß ich schon so lange lebe und weit gereist bin und deshalb begreife, daß man manchmal etwas riskieren muß, gleichgültig, wie hoch der Preis ist. Andere sitzen und warten im Schatten und sehen zu, wie das Leben vorbeiläuft, sind aber zu feige, die Chance zu ergreifen. Ja«, sagte er leise, »mein Stolz und meine Arroganz mögen für dich unerträglich sein, aber genau das sind die Eigenschaften, mit denen ich überlebe. Mein Verstand und mein Mut sind oft das einzige, worauf ich mich verlassen kann. Ich weiß nicht, wohin unsere Seelen gehen, Morgana, wenn die Körper Staub sind, aber ich möchte am Jüngsten Tag nicht vor einem Gott stehen und sagen, ich hätte mein Leben verschwendet.«

»Und glaubst du, daß es einen solchen Gott gibt, Mylord?«

»Ich weiß es nicht, Schatz«, erwiderte er ehrlich. »Ich hab' dir schon einmal gesagt, daß ich nur für das Heute lebe und für das Erbe, das ich hoffe eines Tages meinen Kindern hinterlassen zu können.«

»Vielleicht werden wir nie welche haben, Rian.« Seine Nähe brachte Morganas Herz zum Flattern.

»Dann, Mylady, wird keiner dasein, die Saat zu ernten, die ich gestreut habe, und Fremde werden Keldara besitzen und über die grünen Lande hinausschauen, die jetzt mir gehören.«

»Das würde dir wehtun, Rian?«

»Soll ich die Frage beantworten, Madam?« Er riß sie plötzlich grob an sich. »Versuchst du, eine neue Möglichkeit zu finden, mich zu verletzen? Glaubst du, es schmerzt mich nicht, eine Frau zu haben, die mich verachtet und kein Kind von mir will?«

»Es war dein Wunsch, mich zu heiraten, Mylord. Du kannst mich von diesen Banden der Bitterkeit befreien.« Sie wandte sich ab.

»Nein, Morgana, du selbst hast den Schlüssel zu dem goldenen Käfig, in den ich dich angeblich gesteckt habe. Du brauchst nur die Tür aufzuschließen.«

»Du sprichst in Rätseln, Rian. Ich versteh' nicht.«

»Dann ist das dein Pech.« Er ließ sie los.

Sie schaute sein finsteres Gesicht an und fragte sich, was er ihr wohl damit sagen wollte, dann lief sie zu ihrer Kabine.

Einige Tage später kam die Küste Afrikas in Sicht, wo sie anlegen wollten. Die Sklavenküste war markiert von einer wilden, ungebrochenen Brandungslinie entlang eines Strandes, der sofort in dichten Dschungel überging, mit Palmen, Tamarinden und Mangrovensümpfen.

Die *Sorceress* ankerte in einiger Entfernung vom Strand, und Rian sagte, sie müßten zum Landen in die Langboote umsteigen, und die Pferde müßten an Bord bleiben, der Biß der Tsetse-Fliege könnte sie töten.

»Morgana, geh in die Kabine und zieh dir dein bequemstes Kleid an, kein Korsett, keine Unterröcke. Du wirst ohnehin merken, wie schwer es ist, in dieser feuchten Luft zu atmen. Und zieh dir deine festesten hohen Stiefel an«, befahl Rian.

Sie tat, wie ihr geheißen, und war froh, daß sie nicht an Bord bleiben mußte. Aber dann lief ihr doch ein Kälteschauer über den Rücken, als er ihr einen schmalen Dolch reichte und sagte: »Afrika ist ein wildes Land, Mag. Vielleicht brauchst du das.« Sie schnallte sich das Messer um den Schenkel, was ihr ein gewisses Gefühl von Sicherheit gab.

Eines der Landeboote wurde zu Wasser gelassen, und sie kletterte hinein, unterstützt von den willigen Händen der vielen Männer, die sie begleiten würden. Harrison blieb zurück beim Schiff. Sie ruderten auf die Küste zu, auf die Mündung des riesigen Flusses, der sich hier ins Meer ergoß. Sie folgten seinem verschlungenen Bett tief in die dampfende Vegetation. Die dunkle Stille wurde vom Schnattern der Affen, die sich über ihren Köpfen von Ast zu Ast schwangen, unterbrochen. Wolken von bunten Vögeln stiegen kreischend in den Himmel. Und einmal durchbrach ein Schrei die feuchte Finsternis, er klang wie der einer Frau. Rian sagte aber, es wäre ein Leopard gewesen.

Morgana hatte noch nie einen schwarzen Menschen gesehen, und ihre erste Begegnung bot keinen angenehmen Anblick. Er trieb mit dem Gesicht nach unten im Fluß, halb verwest, der krause Kopf voller Ästchen und Blätter. Ihr drehte sich der Magen, und sie schaute hoch zu ihrem Mann.

»Das waren Sklavenhändler. Entweder war der Mann krank, oder die Kreuzer haben sie gesichtet«, antwortete er in ihr fragendes Gesicht. »Sklavenhandel ist illegal, Mag. Aber das Gesetz kann nichts dagegen machen, wenn es die Sklavenhändler nicht auf frischer Tat ertappt. Also schmeißen sie die Beweise zumeist über Bord.«

»Aber – aber das sind doch Menschen«, stammelte Morgana.

»Nicht für die Sklavenhändler, Süßes.«

Rian schien recht gehabt zu haben, denn unterwegs trieben noch einige Leichen im Wasser. Im Fluß neben den Leichen schwammen viele schuppige Baumstämme, die zu Morganas Entsetzen plötzlich mit klaffenden Mäulern zum Leben erwachten, mit kalten, glänzenden Augen.

»Krokodile, du mußt auf deine Hände aufpassen, Mag«, warnte sie Rian. Ihn schienen sie aber nicht sonderlich zu stören.

Das dicke Moos, das über manchen Teilen des Flusses wucherte, setzte sich als grüner Schleim an den Rudern ab. Die Männer ruderten vorwärts. Das stete Klatschen der Riemen und die seltsamen Rufe der wilden Tiere waren die einzigen Geräusche in der bedrohlichen Stille.

»Da ist es, Captain, Bobosanga.« Ein Mann hob die Hand.

Morgana schaute in die Richtung, in die er gezeigt hatte, und sah zu ihrer Überraschung eine Ansammlung niedriger Hütten am Flußufer. Die Gebäude waren ganz aus Bambus, und einige von ihnen waren mit dickem, getrocknetem Lehm bedeckt. Einige Langboote bewegten sich zwischen dem Ufer und einem vor Anker liegenden Schiff, der *Dragon Queen*. Morgana sah, daß ihre Fracht Schwarze waren, die zusammengekettet waren wie Tiere.

»Rian, du handelst doch nicht mit Sklaven. Warum sind wir hierhergekommen?«

»Außer Sklaven gibt es hier noch vieles zu kaufen, Schatz. Das wirst du später sehen.«

Sie legten an und wurden sofort von einer Schar Afrikaner begrüßt, die nach Geschenken schrien und ihre Hände zur Begrüßung zusammenschlugen. Viele musterten Morgana mit unverhohlener Neugier. Eine weiße Frau war ein seltener Anblick. Sie sah, wie Rian ihnen Glasperlenketten zuwarf und einige Ballen bunter Stoffe, die er zu diesem Zweck in Cádiz gekauft hatte. Die Geschenke wurden mit großer Freude angenommen, dann traten alle ein paar Schritte zurück und machten Platz für einen riesigen Mann mit gelblicher Haut. Er mußte ein Mulatte sein, denn in seinem feisten Gesicht mischten sich negroide und spanische Züge.

»Captain McShane!« Sein Englisch war perfekt. »Erneut willkommen in Bobosanga.« Der Mann warf einen fragenden Blick auf Morgana.

»Ich grüße Sie, Don Mojades.« Rian stieg aus dem Landeboot, schüttelte dem Mulatten die Hand und half dann Morgana an Land.

Sie starrte den Riesen genauso neugierig an wie er sie. Die krausen Haare und wulstigen Lippen standen in scharfem Kontrast zu seiner Hakennase und den hohen Backenknochen.

»Don Mojades«, unterbrach Rian das Schweigen. »Erlauben Sie mir, Ihnen meine Frau, Lady Keldara, vorzustellen.«

»Oh, das ist aber wirklich eine Freude.« Er beugte sich tief über Morganas Hand. »Sie müssen entschuldigen, daß ich Sie angestarrt habe, aber der Anblick einer weißen Frau ist hier so selten, besonders einer so schönen wie sie. Bitte, hier entlang.«

Er führte sie zu einer der größeren Hütten, zog einen Fellvorhang zur Seite und bat sie einzutreten. Der Boden war mit Fellen bedeckt und großen Kissen aus feinster Seide. Dazwischen standen kleine Bambustische. In einer Ecke lag eine Schlafmatte aus Gras.

»Setzen Sie sich, setzen Sie sich.« Don Mojades wedelte ungeduldig mit der Hand. »Sie wollen also mit mir Geschäfte machen?« fragte er Rian, nachdem sie sich gesetzt hatten und ein schwarzes Mädchen ihnen einen erfrischenden Fruchttrunk gebracht hatte.

»Ja, wie immer.«

»Wenn ich recht verstehe, wollen Sie also immer noch keine Sklaven kaufen?« Der Mulatte wischte sich die Stirn mit einem großen Taschentuch ab.

Morgana spürte, wie ihr Hemd von der hohen Luftfeuchtigkeit am Körper klebte und der Schweiß in die Kuhle zwischen ihren Brüsten troff. Die hohen Stiefel wetzten ihr die Beine auf, und sie verfluchte Rian insgeheim, weil er sie gezwungen hatte, sie anzuziehen.

»Sie haben recht verstanden, Don Mojades. Schwarze Vögel zu jagen ist ein mieses Geschäft.«

»Aber ein sehr profitables, nicht wahr?« Der Mann lachte, und sein Bauch schwabbelte vor Vergnügen. »Aber wenn Ihnen der Magen dazu fehlt, reden wir nicht weiter darüber. In einigen Tagen wird eine Karawane erwartet. Diese Hütte steht Ihnen zur Verfügung solange Sie wollen. Ich erwarte Sie natürlich zum Abendessen als Gäste. Das ist Bawku«, stellte er das Mädchen vor, das die Drinks gebracht hatte. »Meine dritte Frau. Sie spricht Englisch und steht Ihnen zu Diensten.«

Nachdem der seltsame Mann gegangen war, streckte Morgana sich erschöpft auf der Matte aus. Die Hitze machte sie schläfrig. Rian sagte, er müsse sich um die Unterkunft der Mannschaft kümmern und verließ kurz darauf die Hütte. Sie wußte nicht, wie lange sie geschlafen hatte, als sie durch ein merkwürdiges Kichern geweckt wurde. Sie drehte sich um und sah mehrere schwarze Frauen durch einen Spalt in die Hütte schauen. Eine von ihnen kicherte wieder. Morgana setzte sich auf, und die Frauen wichen angstvoll zurück. Sie rief ihnen zu und bedeutete ihnen hereinzukommen, was sie nach kurzem Zögern auch taten. Dann starrten sie sie aber nur schweigend an. Anscheinend sprach keine von ihnen Englisch.

Bawku kam in diesem Augenblick zurück und unterhielt sich in einer gutturalen Sprache mit ihnen. Dann wandte sie sich an Morgana.

»Sie wollen wissen, ob Ihr Haar echt ist«, erklärte sie etwas ängstlich. »Bitte entschuldigen Sie ihre schlechten Manieren. Ich werde sie wegschicken, wenn Sie wünschen. Ich hab' nicht gewußt, daß sie Sie belästigen.«

»Nein, laß sie ruhig hier.« Morgana war auch neugierig auf die Frauen, die den Oberkörper entblößt hatten und nur Grasröcke trugen. Einige von ihnen hatten hellhäutige Babies an der Brust, es waren Mulattenkinder, wahrscheinlich der Nachwuchs der Sklavenhändler. Sie versuchte sich mit Bawku als Dolmetscher mit ihnen zu unterhalten, aber nach der Rückkehr ihres Mannes verschwanden die Frauen schleunigst, kichernd und ohne ihn anzusehen.

Das Dinner an diesem Abend war ein Fest. Es gab Huhn mit Mandeln und Reis gedämpft, ganze Spanferkel mit Weintrauben und Tamarinden gefüllt, Süßkartoffeln in Ziegenmilch und Honig getränkt, frische Kokosnüsse, und Rian zeigte Morgana, wie man die harte Schale knacken und das weiße Fleisch herauslöffeln konnte. Es gab alle möglichen süßen Schnäpse – Palmwein, Creme de Cacao und Absinthe.

Hinterher unterhielten sie afrikanische Musiker mit seltsamen Instrumenten – Trommeln aus Tierhäuten und Instrumenten, die Gitarren ähnelten. Solche Musik hatte Morgana noch nie gehört. Die Gesänge waren ungeheuer eindringlich. Ein kohlschwarzes Mädchen mit geschmeidigem Körper und dunkler Haut tanzte im Feuerschein, schlängelte sich wie ein Reptil zu den sinnlichen Rhythmen. Sie hatte langes ebenholzschwarzes Haar, das offen herunterhing. Es war seltsam glatt, im Gegensatz zu den krausen Köpfen der meisten anderen

Frauen. Ihre Augen waren dunkel und mandelförmig, und ihre Lippen waren mit irgendeinem Beerensaft dunkelrot geschminkt. Sie war praktisch nackt, bis auf eine weiße Schärpe, die gerade ihre Weiblichkeit verdeckte. An Armen und Beinen trug sie glitzernde Reifen, und an ihren durchbohrten Ohren baumelten große, goldene Reifen. Eine Seite ihres Gesichts war vernarbt, die Haut bildete kleine Tropfen, die ein kompliziertes Muster auf ihre Wange zeichneten.

Ihr Bauch vibrierte, als hätte er Eigenleben, und ihre Hüften schwangen sich sinnlich im flammenden Licht. Sie war groß, mit langen schlanken Beinen, und schwebte in ihrem Tanz barfuß über dem Boden.

»Meine zweite Frau, Talorza«, murmelte Don Mojados in der Dunkelheit. »Ihr Vater war Maure und ihre Mutter aus Dahome. Sie ist vielleicht nicht so gescheit wie Bawku, kann kein Englisch und weigert sich zu lernen, aber, wie Sie sehen können, hat auch sie ihre Reize.«

Morgana konnte sich nicht an den Gedanken gewöhnen, daß Don Mojades fünf Frauen hatte. Sie fand das etwas geschmacklos und fragte sich, ob seine Bräute nicht eifersüchtig auf ihn waren. Daß überhaupt so viele ihn hatten heiraten wollen, war ihr ohnehin ein Rätsel.

Die Musik hörte mit einem Schlag auf, und Talorza ließ sich graziös auf den Boden fallen. Sie bekam viel Applaus, erhob sich bald, nickte stolz mit dem Kopf und verließ wortlos die Hütte. Alle schienen erleichtert, als sie ging, und Morgana sah Schweißperlen auf den Stirnen der anwesenden Männer, auch bei ihrem Mann.

Nachdem sie sich zur Nacht in die Hütte zurückgezogen hatten, zog sie sich ganz aus und wusch sich mit einem Schwamm mit lauwarmem Wasser ab, das Bawku umsichtig bereitgestellt hatte. Sie ignorierte Rians begehrliche Blicke, streckte sich auf der Schlafmatte aus und ließ das Netz gegen die Insekten wieder an seinen Platz fallen. Rian rauchte eine Zigarre, zog sich dann ebenfalls aus und wusch sich, dann legte er sich neben sie, was beide wieder zum Schwitzen brachte, küßte sie und nahm sie.

In den folgenden Tagen lernte Morgana mehr über die Afrikaner und ihre Art zu leben. Sie entdeckte, daß die Sklavenhändler nicht in den Dschungel gingen, um die schwarzen Männer zu jagen, wie sie sich das vorgestellt hatte, sondern einfach herumsaßen und auf die Karawanen warteten. Die Schwarzen verkauften nämlich ihre eigenen Leute in die Sklaverei, sie verschacherten Gefangene von feindlichen Stämmen oder gelegentlich eine boshafte Frau, deren Geschwätz sie nicht länger ertragen konnten, oder einen überehrgeizigen Sohn, der vor dem Tod seines Vaters Häuptling werden wollte.

Sie lernte die übrigen Frauen Don Mojades' kennen: Nako, fast noch ein Kind, die der Mulatte aus Mitleid geheiratet hatte, damit sie nicht von einer Gruppe trunkener Sklavenhändler vergewaltigt wurde; Lakhamané, die vierte Frau, die Bawku ähnelte, liebenswürdig und gescheit, vom Stamm der Fulani, mit einer Haut wie Honig, und Kolokani, die erste Frau, die alle im Dorf fürchteten, weil sie eine Voodoo-Priesterin war und Stunden mit dem Juju-Mann verbrachte, Tränke braute und Damballa und Legba anrief, damit sie ihr halfen.

Kolokani warnte Morgana vor den bösen Geistern, die einem das Gehirn oder den Atem wegfressen und das Licht hinter den Augen ausblasen könnten. Der Mamaloi machte Morgana ein kleines Ouanga-Päckchen und sagte, sie müsse es immer tragen, um sich vor dem Bösen zu schützen. Morgana hängte es sich um den Hals, so daß der Lederbeutel zwischen ihren Brüsten baumelte. Rian lachte sie aus und sagte, es wäre albern, und außerdem stanken die Wurzeln, die er enthielt, aber sie wollte Kolokanis Religion nicht auf die leichte Schulter nehmen und weigerte sich, es abzulegen. Nach einiger Zeit hörte er auf, sie damit zu necken. Aber Morgana fand nach wie vor den Juju-Mann, Gberia, unheimlich. Sie wußte nicht, wieso Don Mojades ihn duldete. Er bezichtigte häufig einen der Schwarzen eines Verbrechens, und dann bestand er darauf, daß die Angeschuldigten eine Schale Sassywood tranken, um festzustellen, ob sie schuldig oder unschuldig waren. Da aber der Saft dieser Rinde giftig war, starb der Angeklagte zumeist. Sie erzählte Rian, wie entsetzlich sie es fände, daß Don Mojades ihn weiterhin gewähren ließ.

»Er kann nichts dagegen machen, Süßes. So leben sie eben«, erklärte Rian.

Trotzdem ignorierte Morgana den Juju-Mann, wenn sie ihn sah, und hatte immer ein ungutes Gefühl, wenn er sie durch die Schlitze seiner gefiederten Maske betrachtete.

Einige Tage nach der Ankunft der McShanes rollten Trommelwirbel durch den Dschungel, die die Ankunft einer Karawane signalisierten. Don Mojades schickte sofort Essen und Wein und Geschenke los, um die Führer der Karawane zu seinen Gunsten zu beeinflussen, bevor das Handeln losging.

Bawku erzählte Morgana, es würde ein großes Palaver geben, sobald der Trupp angekommen sei. Zu Morganas Erstaunen stimmte tatsächlich, was man ihr berichtet hatte, die Schwarzen verkauften einander selbst.

Bei den Ankömmlingen waren einige Frauen, die große Körbe mit Waren auf dem Kopf trugen. Morgana fand erstaunlich, wie sie diese großen Körbe unterm Gehen so perfekt balancieren konnten. Sie enthielten offensichtlich all das, was Rian zu kaufen hoffte.

Kaum war die Karawane in Sicht gekommen, liefen Don Mojades' Männer auf sie zu und begannen nach dem Brauch das Dashen. Mit klatschenden Händen begrüßten sie einander.

Morgana war froh, daß die Karawane endlich da war. Rian konnte das bekommen, weswegen sie hier waren, und sie konnten auf die *Sorceress* zurückkehren. Dieses dunkle Land hatte etwas Bedrückendes, das sie zu verschlingen drohte, wenn sie noch viel länger hierblieb. Je schneller sie hier wegkamen, desto besser.

Sie hatte aber nicht mit der Liebe der Afrikaner zur Show gerechnet. Zuerst schilderte der Häuptling lang und breit den genauen Grund seines Besuchs in Bobosanga. Getränke und Zigarren wurden gereicht, Don Mojades lehnte geduldig in seinem Stuhl und lauschte, obwohl er und der Häuptling genau wußten, was für Geschäfte getätigt werden würden. Dann begannen die üblichen Festivitäten, und Talorza tanzte wieder. Die Feier dauerte bis tief in die Nacht, und Morgana war bald erschöpft. Sie lehnte ihren Kopf an Rians Schulter. Ihr war klar, daß heute abend nicht mehr um Waren gefeilscht werden würde.

»Wie lange dauert das?« gähnte sie mit der Hand vorm Mund. Sie schaute sich rasch um, ob es keiner bemerkt hatte. Die Afrikaner waren anscheinend unermüdlich.

»Es kommt im allgemeinen darauf an, wieviel der Häuptling glaubt für sein Coffle kriegen zu können«, informierte sie Rian. »Outtaye ist gescheit und ein harter Geschäftspartner. Das kann Tage dauern.«

Morgana merkte erst, daß sie eingeschlafen war, als Rian sie wachrüttelte. »Komm schon«, zischte er in der Dunkelheit.

Sie stolperte blindlings hinter ihm drein und wäre gefallen, wenn er sie nicht aufgefangen hätte. In der Hütte fiel sie auf die Schlafmatte, ohne sich auszuziehen.

»Steh auf«, befahl er.

»Nein! Laß mich in Ruhe.« Der Palmwein, den sie getrunken hatte, war wohl schlimmer als eine Droge, so erschöpft war sie davon.

Er lachte. »Willst du, daß ich dir die Kleider ausziehe, Mylady?«

Sie erhob sich mühsam und zog sich aus. Sie hatte nur wenig Kleidung mitgebracht und konnte es sich nicht leisten, sie sich von ihm zerreißen zu lassen, was er sicher tun würde, wenn sie nicht schnell gehorchte.

»Vielleicht hätte ich dich eher hierherbringen sollen, Mag. Sonst gehorchst du nicht so schnell.« Das schien ihn zu amüsieren.

»Das ist ein schrecklicher Ort. Er hat so etwas Böses, Unheilvolles. Ich hab' das Gefühl, der Dschungel frißt mich bei lebendigem Leib auf.«

»Still, Mag.« Er nahm sie in die Arme und küßte sie sanft. »Ich hab' dieses Gefühl auch. Es ist wie eine langsame Zersetzung des Gehirns. Kein weißer Mann kann hier länger leben. Das ist das Geheimnis von Afrikas Überleben. Wir werden bald aufbrechen.«

Er streichelte ihr Haar und fragte sich, ob Kokolani seiner Frau noch mehr Voodoozauber gepredigt hätte. Mag hatte trotzdem recht. Irgend etwas Bedrohliches lag in der Luft.

Rian küßte ihren Mund, und zu seiner Überraschung erwiderte sie den Kuß sanft. Wahrscheinlich lag es an dem starken Palmwein, den sie getrunken hatte, aber er war trotzdem seltsam berührt, und als sie nicht protestierte, führte er sie zur Schlafmatte und legte sich neben sie.

Seine Hände wanderten über ihren Leib, streichelten die sanften Kurven, und wie immer war er in Minuten durch ihren Duft und ihre Berührung hart. Er öffnete ihre Schenkel und streichelte sie, bis er merkte, daß auch sie erregt war. Sie stieß einen leisen Schrei aus, als er in sie eindrang, bäumte ihm ihre Hüften entgegen. Er stieß tiefer in sie und flüsterte ihr leise ins Ohr. In diesem kostbaren, flüchtigen Augenblick erfuhr Rian die schönste Freude auf Erden und stimmte in ihren

Schrei ein, dann lag er reglos da, küßte ihr Gesicht und ihren Hals, begrub seine Lippen in ihren weichen, wolkenähnlichen, feurigen Lokken.

Rian schlug langsam die Augen auf. Das strahlende Gold der afrikanischen Sonne dampfte wie geschmolzenes Erz durch die Ritzen der Hütte, aber das hatte ihn nicht geweckt. Er lauschte. Da war es wieder, ein lautes, hektisches Rufen und das harte Getrappel nackter Füße. Er zog sich die Hose an und hielt kurz inne, um Morganas schlafendes Gesicht zu betrachten, so kindlich unschuldig ohne die Maske von Härte. Er fragte sich, ob er das Rätsel seiner Frau je begreifen würde. Letzte Nacht war sie in seinen Armen fast liebevoll gewesen.

Don Mojades stand schon auf dem Platz, als Rian hinauskam. Eine Gruppe Schwarzer hatte sich versammelt und auch seine eigene Mannschaft. Sie lauschten den etwas zusammenhanglosen, gestammelten Bitten eines jungen Weißen, der in der Mitte des Kreises kniete. Es war ein Priester, wie Rian überrascht feststellte.

»Sie müssen kommen, Don Mojades«, sagte der Geistliche. »Wir sind verzweifelt und fürchten um unser Leben.«

»Was geht hier vor?« fragte Rian und drängte sich durch die Menschenmenge.

»Vergebt mir. Ich bin Pater John, und ich bin hier, um Don Mojades' Hilfe zu erbitten.«

»Ich bin der Graf von Keldara«, stellte Rian sich vor. »Was gibt's denn für Probleme, Pater?«

»Vergeben Sie mir, Mylord«, sagte der Geistliche. »Aber ich bin aus einer Mission weiter nördlich. Pater Samuel hat mich gebeten zu kommen, er ist zu alt für eine solche Reise. Die Eingeborenen sind in letzter Zeit immer aufsässiger geworden, und Pater Samuel fürchtet, sie könnten die Mission überfallen. Wir können uns nicht selbst verteidigen und brauchen Hilfe, um den Aufruhr im Keim zu ersticken. Mylord, wir haben zwei Nonnen bei uns.« Die Augen des jungen Priesters flehten ihn angstvoll an.

»Sie sagen, bis jetzt hätte noch kein Angriff stattgefunden, Pater?« fragte Rian.

»Nein, Mylord. Aber die Eingeborenen waren in letzter Zeit so anders. Wir haben ausgezeichnete Fortschritte gemacht, aber plötzlich haben die meisten aufgehört, zur Messe zu kommen, und die kleinen Kinder kommen nicht mehr in die Schule, die die Schwestern gegründet haben.«

»Alte Sitten sterben langsam, Pater. Vielleicht sind Damballa und Legba zu stark, um von Ihrem Gott vertrieben zu werden.« Rian wandte sich an den feisten Mulatten: »Don Mojades, haben Sie vor, der Mission Hilfe zu schicken?«

»Captain McShane, ich bin ein guter Mann, aber ich kann keine Männer losschicken, wenn's womöglich nur ein Fehlalarm ist. Ich hab' ein Geschäft zu führen. Outtaye wird seine Sklaven anderswo verkaufen, wenn ich Bobosanga jetzt verlasse.«

»Wie Sie wünschen. Ich werde meine Mannschaft in die Mission bringen. Kann ich mich darauf verlassen, daß Sie die Waren, die ich möchte, aussuchen und Sie auf mein Schiff liefern lassen?«

»Aber natürlich, Captain McShane.«

»Oh, danke, Mylord.« Der Priester ergriff dankbar Rians Hand. »Möge Gott Sie segnen.«

»Sparen Sie sich Ihre Gebete für jemanden, der sie braucht, Pater. Ich bin der Teufel in Person, oder haben Sie das noch nicht gewußt?«

Damit ging Rian weg und rief seine Männer. Der Priester fragte sich, was für ein Mann der Graf wohl wäre, der sein Leben für Leute riskierte, die im Dienste eines Gottes standen, den er nicht verehrte.

Morgana stützte sich auf einen Ellbogen und blinzelte in das grelle Sonnenlicht, das in die Hütte strahlte, als Rian zurückkam. An seinem grimmigen Gesicht erkannte sie sofort, daß etwas passiert war. Sie zog das Laken hoch, um ihre Blöße zu bedecken.

»Was ist los, Mylord?«

Rian schilderte ihr kurz die Situation, während er hastig ein Bündel packte. »Ich muß gehen, Mag. Vielleicht ist es gar nichts, aber ich habe gesehen, was diese Schwarzen mit ihren Gefangenen machen. Es ist widerlich.«

»Aber du kannst mich doch nicht einfach hierlassen!« rief sie. »Das kannst du nicht, Rian. Du hast versprochen, daß wir abfahren.«

»Ich weiß, Süße, und es tut mir leid, aber in der Mission sind zwei

Nonnen. Ich kann sie nicht einfach im Stich lassen. Du bist hier in Sicherheit, Morgana.« Er streifte sanft ihren Arm ab. »Samson bleibt hier und wird dich mit seinem Leben beschützen.«

Der Matrose wurde wegen seiner abnormen Größe Samson genannt. Die Männer behaupteten, er hätte Leute mit bloßen Händen getötet. Morgana erschauderte.

»Bitte, Mylord, mir wird etwas passieren, ich weiß es, verlaßt mich nicht.« Sie biß sich auf die Lippe.

Rian lachte. »Mag, ich hab' dir schon hundertmal gesagt, deine Fantasie geht mit dir durch. Ich bin zurück, eh' du dich zweimal umschaust.«

Er ging mit dem jungen Priester los, und die Mannschaft folgte in einer Reihe. Sie schaute ihnen nach, bis sie im dichten, dampfenden Dschungel verschwunden waren. Dann fiel sie auf die Schlafmatte und weinte bitterlich. Diese Bestie! Läßt mich hier mit diesen Wilden allein, mit diesem fetten Mulatten und seiner Frau, der Voodookönigin. Sie schämte sich. Die Leute waren so nett zu ihr gewesen. Plötzlich bekam sie Angst. Vielleicht will er mich loswerden.

Sie versuchte sich zu beruhigen und schickte nach Bawku, die sollte ihr Wasser zum Schwammbad bringen. Sie war etwas beschwichtigt, als sie Samsons riesige Gestalt direkt vor der Tür sah, mit einem Schwert in der Hand.

»Schau mich nur an, Bawku«, tobte sie vor ihrem Spiegel. »Ich seh' aus wie eine häßliche alte Vettel. Kein Wunder, daß Mylord sich nach neuen Ufern umsieht.«

Ihre roten Haare waren zerzaust, ihr Gesicht brannte und schälte sich von der Sonne.

»Aber, aber, Mylady. Das ist es sicher nicht«, beruhigte sie Bawku. »So zarte Haut. Viel zu zart für unsere Sonne. Ich kenne eine Pflanze, die gibt Ihrer Haut Feuchtigkeit. Und Sie können Ihr Haar waschen. Dann werden Sie sich besser fühlen, ja?«

»Ja, vielleicht.« Morgana war immer noch voller Selbstmitleid.

Bawku wusch ihr wunderbar die Haare, und ein geheimnisvolles Mittel von Bawku kühlte ihre Haut. Danach wickelte Bawku Morganas Kopf in ein weißes Handtuch und massierte ihren Körper mit einem dicken Saft, den sie aus einer Pflanze gewonnen hatte.

»Hmm, das tut gut, Bawku«, schnurrte Morgana und schloß die Augen.

»Warten Sie nur ab, Mylady. Damit macht Talorza ihre Haut glänzend.«

»Sie ist so seltsam, Bawku. Ich hab' sie noch nie reden hören.«

»Bah, die! Sie hält sich für was Besseres. Sie tanzt und raucht das träumerische Gras. Sie ist meistens nicht hier. Ihr Körper ist hier, aber Geist nicht in Schale. Sehr schlecht. Legba eines Tages kommen und ihren Atem essen, wenn nicht aufpassen«, prophezeite Bawku düster.

»Träumerisches Gras? Was ist das?«

»Bangi. Bringt Geist zum Wandern, wie zuviel Palmwein, Schale bleiben leer. Legba eines Tages kommen und Licht hinter Auge ausblasen. Kolokani sagen, ist wahr.«

»Nein, Bawku. Das muß eine Art Droge sein, sonst nichts.« Morgana wurde wieder müde. Sie schloß erschöpft die Augen.

Die Luft war heiß und still, schwer wie vor einem drohenden Sturm. Rian hackte mit seinem Dolch die überhängenden Zweige mit den breiten Blättern weg. Schweiß lief ihm in die Augen, und die Moskitos plagten ihn und seine Männer ohne Unterlaß. Nur den wenigen Schwarzen, die sie begleiteten, schienen sie nichts auszumachen. Der Pfad, dem sie zur Mission folgten, war fast nicht zu erkennen, so überwuchert war er. Er fragte sich, wie der Priester den Weg nach Bobosanga gefunden hatte. Sicher kannte der Mann die Gegend sehr gut. Er hatte gesagt, er würde schon fünf Jahre hier leben und versuchen, Afrikaner zum christlichen Glauben zu bekehren. Rian hielt das für eine zumindest sehr undankbare und schwierige Aufgabe, wenn nicht noch anderes. Er hatte noch nie schwarze Christen gesehen, aber – er grinste – eigentlich kannte er auch keine christlichen weißen Männer.

Sie schlugen ihr Lager am Flußufer auf, wo sie ein Feuer entzündeten, um die wilden Tiere abzuschrecken, die rastlos durch die Nacht schlichen. Jeder Mann hatte seine Waffen griffbereit, und Rian überprüfte seine Duellpistolen, um sicherzugehen, daß sie einsatzbereit waren. Degen und Dolch lagen dicht neben ihm.

Er schloß die Augen und merkte nicht, wie ihn der junge Priester beobachtete und sich fragte, was in diesem ungewöhnlichen Mann wohl vorging. Rian hatte vor langer Zeit gelernt, mit einem offenen Ohr für unerwartete Gefahren zu schlafen. Morganas wütendes Gesicht erschien ihm in Gedanken. Sie war unglücklich gewesen, als er fortging, fast schien es, als würde es ihr tatsächlich etwas ausmachen. Aber sie würde ihm bei seiner Rückkehr sicher wieder eine Kostprobe ihrer scharfen Zunge geben.

Sie schlugen sich noch zwei weitere Tage durch den Busch, bis sie die Mission erreichten. Das heißt, was davon übrig war. Sie kamen zwei Tage zu spät. Die Gebäude waren niedergebrannt worden. Die beiden Nonnen waren mit ausgestreckten Armen und Beinen mit Lanzen durch Hände und Füße am Boden festgespießt worden. Rian wußte, was sie durchgemacht haben mußten, ehe sie starben. Das geronnene Blut hatte Millionen von Ameisen angelockt, die wie eine winzige Armee über die Leichen wanderten.

»Oh, mein Gott!« stöhnte Pater John und mußte sich übergeben.

»Wo war Ihr Gott, als das passiert ist, Pater John?« zischte Rian verbittert und stieß mit dem Fuß gegen einen Rosenkranz im Staub.

Ein Stück weiter fanden sie Pater Samuel an einen Baum gebunden. Man hatte ihm die Eingeweide herausgerissen und die Kehle durchschnitten. Er hielt immer noch die Bibel in seinen steifen, verfaulenden Händen.

Die wenigen Schwarzen, die der Mission treu ergeben waren, waren ebenfalls tot, enthauptet und auf einen Haufen geworfen, der von Geiern umringt war.

Rian schrie auf sie ein, und sie flogen ein Stück weg und lauerten.

»Los, Männer, fangt an zu graben, wir müssen die Leute beerdigen.« Rian wandte sich an die Mannschaft.

»Aber Captain«, fing einer der Männer an, mit entsetztem Blick auf die verwesenden Leichen.

»Ich hab' gesagt, die Leichen müssen unter die Erde.« Rians Augen wurden gefährlich schmal.

»Ja.« Die Männer machten sich verdrossen ans Werk.

Mit gespitzten Bambusrohren gelang es ihnen, einige flache Gräber auszuheben, und Pater John las ein paar Worte aus der Bibel. Rian arbeitete Seite an Seite mit ihnen und fluchte innerlich. Narren! Sie hätten es besser wissen müssen, dachte er wutentbrannt.

Der Dschungel war seltsam still währenddessen, nur gelegentliches Schnattern der Affen und das Rauschen der Bäume durchdrang die Stille. Dann brach das Gewitter los, mit wirbelnden schwarzen Wolken, aus denen sich eine Sturzflut von Regen ergoß. Die Männer hatten ihre Arbeit beendet und Steine auf die Gräber gestapelt, damit die wilden Tiere die Leichen nicht ausgraben konnten. Danach kauerten sie sich zum Schutz unter die breiten Palmblätter. Rian wurde mit einem Mal von einem dunklen Gefühl der Vorahnung erfaßt.

Kapitel Fünfundzwanzig

Morgana war in der Hütte, als die heulenden Ashanti-Krieger, halbnackt und bemalt, mit gespitzten Speeren und Pfeilen über Bobosanga hereinbrachen. Sie hörte die Schreie und lief zum Vorhang, um hinauszusehen. Sie ließ ihn sofort wieder fallen, als sie sah, was passierte. Ihr Herz hämmerte bis zum Hals.

Niemand war mehr überrascht als Don Mojades. Er lümmelte in einer Hängematte und trank Fruchtsaft aus einer Kokosschale, eine Zigarre im Mund. Die kleine Nako fächelte ihm langsam Luft zu. In seinem ganzen Leben war er noch nie so erstaunt gewesen. Bobosanga wuchs und gedieh schon seit drei Jahren am Ufer des afrikanischen Flusses, und so etwas war noch nie passiert. Er fiel aus seiner Hängematte, die kleine Nako ließ ihren Palmwedel fallen und rannte schreiend davon.

Don Mojades brüllte seinen schwarzen Dienern Befehle zu. Diese versuchten schreiend in den Dschungel zu fliehen. Die Krieger schlachteten sie ab wie Vieh und schrien triumphierend bei jedem gefällten Opfer. Die Ashanti steckten das Dorf in Brand, und die trockenen Bambushütten flammten auf wie Zunder. Outtaye wehrte sich tapfer, ebenso die anderen Mitglieder der Karawane, aber wie alle anderen waren auch sie völlig unvorbereitet auf einen Angriff gewesen.

Morgana lief aus der brennenden Hütte und stand wie durch ein Wunder unverletzt auf dem Platz. Tränen liefen ihr übers Gesicht. Samson, der verzweifelt kämpfte, rief ihr etwas über die Schulter zu. Ein Speer durchbohrte seine Brust, und tödlich getroffen sank er zu Boden.

Die Schlacht war bald vorbei. Überall lagen Tote und Leichenteile herum. Einige der Frauen waren schon den Kriegern zum Opfer gefallen. Morgana sah, wie Bawku mit zweien von ihnen rang. Ohne zu überlegen, eilte sie ihrer Freundin zu Hilfe.

»Hört auf! Ihr Monster«, schrie sie und kratzte und schlug auf sie ein.

In diesem Augenblick näherte sich ein schwarzer Mann, größer als die anderen, prächtig angetan mit einer beinernen Brustplatte und Lendenschurz, das Gesicht bunt bemalt und mit einem gefiederten Stirnband ums Haupt. Das ganze Dorf verstummte schlagartig.

Morgana schaute in seine wilden schwarzen Augen und fühlte, wie ihr ein Kälteschauer über den Rücken lief. Der Krieger betrachtete sie prüfend, dann streckte er die Hand aus und berührte ihr langes rotes Haar. Er murmelte etwas Unverständliches, dann kamen zwei andere Krieger mit Lianenranken angelaufen. Der Häuptling flocht sie zusammen und wickelte sie um Morganas Hals, dann wurden Don Mojades' fünf Frauen der Reihe nach daran festgebunden. Keine konnte sich bewegen, ohne die andere mitzuzerren. Outtaye wurde gesondert gefesselt. Er war der Häuptling eines feindlichen Stammes und sollte gegen Lösegeld freigelassen werden. Don Mojades selbst wurde von den Ashanti langsam gefoltert. Er brauchte sehr lange zum Sterben.

Eine scharfe Speerspitze stieß unsanft gegen Morganas Seite, und sie marschierte schluchzend los. Die Lianen schnitten ihr ins Fleisch. Nako und Lakhamané schluchzten und schrien zusammenhanglos. Kolokani rief leise ihre Voodoogötter an und verfluchte mit Inbrunst die Krieger. Bawku zitterte, und Tränen strömten über ihr Gesicht. Nur Talorza schwieg, stolz und reglos wie eine Statue, ihr Gesicht zeigte keinerlei Gefühlsregung.

Als sie durch die Reste des Dorfes marschierten, vorbei an den enthaupteten Leichen und der Leiche Don Mojades', dessen Eingeweide in einem kleinen Haufen auf dem Boden lagen, öffneten sich die Schleusen des Himmels.

Buch Vier

Die bitteren Erinnerungen

Kapitel Sechsundzwanzig

Afrikanischer Busch, 1815

Der prasselnde Regen trommelte auf Morganas Gesicht und vermischte sich mit ihren bitteren, angstvollen Tränen. Den Eingeborenen schien er nichts auszumachen, sie trieben ihre Gefangenen mit den Spitzen ihrer Speere unsanft vorwärts, weiter und immer weiter durch die nassen Blätter der Palmen. Morgana fiel auf dem glitschigen Boden oft hin und wurde grob wieder hochgerissen. Ihre langen roten Flechten troffen vor Nässe und klebten am Kopf. Sie war bis auf die Haut durchnäßt, und die Lianenranken scheuerten ihr den Hals wund.

Sie beobachtete Bawkus triefenden Kopf vor sich. Weiter konnte sie ohnehin nicht sehen. Einmal versuchte sie an den dicken Ranken zu zerren, aber sie waren sehr kräftig, und es gelang ihr nicht, sie zu lokkern. Nach einiger Zeit war auch das egal. Das einzig wichtige war, einen Fuß vor den anderen zu setzen, ohne auszurutschen oder zu fallen, ohne Bawku aus den Augen zu verlieren, damit sie sich nicht gegenseitig erwürgten. Sie spürte den Regen nicht mehr, auch die würgenden Lianen um ihren Hals nicht oder ihre schmerzenden Beinmuskeln. Diese Abstumpfung war sicher eine Art Selbstschutz, diese dumpfe, leere Benommenheit hatte ihr schon in früheren Krisen geholfen.

Bei Anbruch der Nacht stoppte die Prozession und versuchte Schutz unter den Bäumen zu finden. Der Regen prasselte ohne Unterlaß. Die Ashanti versuchten nicht einmal, Feuer zu machen. Als Morgana sah, wie sie Früchte aus mitgebrachten Körben holten, wurde ihr plötzlich bewußt, wie hungrig sie war. Der Große, wie sie den Häuptling für sich nannte, bot ihr die Reste seines Mahles an, als er fertig war, aber sie brachte es nicht fertig, die halbgegessenen Früchte anzufassen, und er warf sie mit einem Grunzen ins Unterholz.

Sie schlief ein, wurde aber ein paar Stunden später wieder wach. Der Regen prasselte unaufhörlich weiter.

Sie fragte sich, wo ihr Mann wohl sei, und sah sein spöttisches Grinsen vor sich. Er hätte sich nicht gefürchtet. Er hätte ihre Ängste mit seinem brennenden Mund weggeküßt und der Gefahr ins Gesicht gelacht. Der Gedanke richtete sie wieder auf, wenn sie auch nicht wußte, warum; sie hob stolz den Kopf und marschierte weiter.

Aus den Stunden wurden Tage, aus den Tagen Wochen, und immer noch kam der Regen vom Himmel. Morgana konnte sich nicht mehr erinnern, wann sie das letzte Mal warm und trocken gewesen war, nicht ohne Unterlaß gelaufen war, nicht mit dem Rücken an einem Baum geschlafen und Obstreste gegessen hatte, für die sie auch noch dankbar sein mußte.

Keiner redete. Sie verstand die Sprache der Ashanti nicht. Die schien hauptsächlich aus drohenden Gebärden und Grunzern zu bestehen. Sie wußte nicht, daß sie ein intelligenter, stolzer Stamm waren, der für seine hohe Goldschmiedekunst bekannt war. Die Gefangenen waren zu müde, zu abgestumpft und verängstigt, um sich zu unterhalten. Morgana vergaß beinahe, daß sie eine Stimme besaß, eine Stimme, die lachen, weinen und singen konnte.

Sie war einmal eine dumme, egoistische Frau gewesen, die alles selbstverständlich fand, was Rian ihr so großzügig schenkte. Jetzt merkte Morgana, daß alles, worauf sie Wert gelegt hatte, nur billiger Tand gewesen war, Dinge, die ihre Bedeutung verloren, sobald man sie besaß. Sie verstand jetzt, warum Rian sie für unwichtig hielt und ebenso alle, die soviel Wert darauf legten, sie zu besitzen. Was hatte Rian noch gesagt? Das einzig Besitzenswerte seien die Dinge, die einem keiner wegnehmen könne, nämlich das Herz und die Seele? Warum konnte sie sich nicht an seine Worte erinnern? Aus irgendeinem Grund war es ihr plötzlich ungeheuer wichtig, sich an seine Worte zu erinnern. Es war nicht möglich. Damals hatte sie nur mit halbem Ohr hingehört, ihr Haß hatte sie taub gemacht gegen das, was er gesagt hatte.

Schwach und erschöpft marschierte sie weiter, zu welchem Ziel wußte sie nicht. Hatten diese afrikanischen Wilden vor, sie zu töten? Warum hatten sie es dann noch nicht getan? Die Blicke des Großen jagten ihr Kälteschauer über den Rücken. Diesen Blick erkannte jede Frau von Anbeginn der Zeit an. Rohe, nackte Begierde. Männer und Frauen töteten dafür, starben dafür, bauten Weltreiche und zerstörten sie dafür. Und Morgana war noch am Leben, weil der große schwarze Afrikaner diese Begierde im Blick hatte.

Sein Name war Kassou, aber das sollte Morgana nie erfahren, und er war in der Tat ein stolzer Häuptling, wie sein Vater und sein Großvater vor ihm. Der Prinz eines Volkes, das die Briten fast ein Jahrhundert lang bekämpfen mußten, um es zu besiegen und das selbst dann nicht völlig unterworfen war. Kassou war ein schöner Mann mit königlichem Auftreten, feiner dunkler Haut, und er war stolz. Er hatte sieben Frauen und viele Kinder. Insgeheim dachte er oft, sie würden mehr Ärger als Freude machen, und manchmal fragte er sich, ob die Auffassung der Weißen, nur eine Frau zu haben, nicht doch am besten sei. Ständig waren sie am Nörgeln und wehe, er nahm sie nicht in ihnen zustehenden Wochen mit auf seine Schlafmatte. Nie hatte er seine Ruhe.

Legba! Diese Frau mit Haaren wie Feuer faszinierte ihn. Er hatte nie zuvor eine weiße Frau gesehen. Bis auf die beiden Nonnen, aber das waren seltsame Kreaturen gewesen, mit ihren Perlen in den Händen. Was mußte das für ein Gott sein, der sich mit einer Perlenschnur zufriedengab? Armselig, wenn er kein Essen und keine Geschenke bekommt, dachte er.

Die Haare der weißen Frau klebten feucht an ihrem Kopf, und er hatte mit großem Interesse die schwellenden Brüste unter der dünnen Bluse entdeckt. Ein dummer Brauch. Wie konnte ihre Haut atmen? Wie gelangten die Strahlen der Sonne dahin? Anscheinend gar nicht, und deswegen war sie so blaß. Aber sie hatte Ausdauer, das mußte er zugeben. Sie schrie und weinte nicht wie die anderen, sie schwieg wie die große, die arabisch aussah. Die hatte bis jetzt keinen Laut von sich gegeben. Er würde sie vielleicht seinem Freund Djibasso geben, dem sie anscheinend gefiel. Aber die Weiße würde Kassou für sich selbst behalten. Alle Ashanti würden ihn beneiden. Keiner hatte so eine Frau. Vielleicht würde er sie auch dem König in Kumasi schenken. Ein solches Geschenk würde ihm die Gunst des Monarchen sichern. Die anderen würde er natürlich an die Rabenfänger, die Sklavenhändler, verkaufen.

Kassou seufzte, als sie weitermarschierten, immer im strömenden Regen. Bald würde die Regenzeit vorbei sein, und er fragte sich, ob das, was danach kam, nicht noch schlimmer war. Der Sommer würde heiß und feucht sein, und die Hitze macht seltsame Dinge mit Menschen und

Tieren. Kassou erinnerte sich an die Zeit kurz vor den Ashanti-Ritualen, die ihn zum Mann machten.

Er war mit Djibasso auf der Jagd gewesen, als sie plötzlich den durchdringenden Schrei eines Leoparden gehört hatten. Sein Dorf war seit Wochen ohne Fleisch und ernährte sich nur von den Gemüsen und Früchten, die sie dem Wald abjagen konnten. Der Leopard mußte auch hungrig sein, sonst würde er sich nicht so nahe an menschliche Behausungen wagen. Kassou spürte fast wieder den Schweiß auf seiner Stirn, wie damals, als er mit Djibasso dem Leoparden gegenübergestanden war. Seine weichen Tatzen machten ein leises Geräusch, als er wie ein Tier in einem Käfig auf und ab rannte. Kassou blieb reglos stehen und machte Djibasso ein Zeichen, sich nicht zu bewegen, aber der Wind stand ungünstig, und das Tier witterte die Angst. Es drehte sich um und sprang los. Kassous Jagdinstinkt löste in diesem Moment seine Angststarre, und er spießte die Bestie im Flug mit seinem Speer auf und tötete sie.

Wie stolz sein Vater auf ihn gewesen war! Kassou, noch nicht einmal ein Mann, hatte eine so tapfere Tat begangen. Das Fell hing heute noch in Kassous Hütte, ein Symbol für seine Tapferkeit.

Kassous Blick wanderte wieder zu der rothaarigen Frau. Würde sie das beeindrucken? Morgana spürte seinen Blick und erschauderte. Sie mußte fliehen. Und das bald!

Rian trieb seine Männer schnell und mit einer Wut durch den strömenden Regen, die sie nicht begriffen. Er wußte nicht einmal selbst, warum er sie so antrieb. Da war nur dieses Gefühl von Angst. Er verfluchte alle ohne den geringsten Anlaß, was den Priester bewog, für die verlorene Seele des Grafen zu beten.

Sie brauchten wegen des Regens fast eine Woche zurück nach Bobosanga, und als sie dort ankamen, waren die Reste des Dorfes fast nicht mehr erkennbar. Die verkohlten Überreste der Hütten waren kleine Schlammhaufen, und die aufgedunsenen Leichen waren bereits in Verwesung übergegangen.

Rian sah die Katastrophe und drehte völlig durch. Er warf sich auf die Knie und trommelte sich laut brüllend auf die Brust. Seine Männer starrten ihn fassungslos an. So hatte ihr Captain sich noch nie aufgeführt, und sie fürchteten um seinen Verstand. Sie tauschten vielsagende Blicke und fingen an, der Reihe nach die Leichen auf ein Anzeichen roter Haare abzusuchen. Sie fanden nichts und erzitterten vor Angst, als sie Samsons Leiche entdeckten. Keiner wollte dem Captain sagen, daß sie glaubten, die Ashanti hätten seine Frau gefangengenommen oder sie würde irgendwo tot im Busch liegen.

»Besser tot, als von diesen Tieren gefangen«, meinte einer der Männer. »Armes Mädel.«

»Ja, war ein hübsches Ding, unsere Lady«, sagte ein anderer. »Und so tapfer. Die hat's dem Captain in gleicher Münze heimgezahlt.«

Rian hörte das alles nicht, obwohl die Männer wegen des prasselnden Regens brüllen mußten. Er hörte nur Morganas flehende Stimme: »Verlaß mich nicht«, hatte sie gesagt. Und ich hab' gelacht, dachte er verbittert. Ich hätte nie geglaubt, daß sich die Ashanti so weit vorwagen und Bobosanga angreifen würden. Sie war tot. Seine reizende, lachende, schmollende, sinnliche Frau war tot, und er konnte nur sich selbst die Schuld daran geben. Sich selbst und seiner verfluchten Arroganz. Er hatte sie auf dem Gewissen, so als hätte er selbst den Speer geschwungen.

Er weinte heiße, bittere Tränen, aber das konnten seine Männer nicht sehen. Rian fühlte eine Hand auf seiner Schulter und schaute hoch. Es war Pater John.

»Mein Sohn.« Der Priester räusperte sich und wünschte, er müßte nicht so schreien. »Reißt Euch zusammen. Eure Frau kann noch am Leben sein.«

»Nein, ich hab' sie getötet.« Rian erstickte fast an den Worten, und der Priester konnte ihn kaum verstehen.

Aber er verstand sehr wohl das Feuer der Rache, das in den Augen des Mannes schwelte.

»Ich werde sie töten, jeden einzelnen von ihnen.« Rians Augen wurden schmal. »Ich werde sie wie Hunde jagen und sie töten, und wenn ich mein ganzes Leben dazu brauche. Ich verspreche Euch, Pater, ihr Tod wird nicht ungesühnt bleiben.«

Seine Männer konnten ihn auch nicht davon überzeugen, daß Morgana vielleicht noch am Leben wäre, und ihn auch nicht dazu überreden, im Dorf zu bleiben und sich ein wenig auszuruhen. Er war wie besessen, und nichts, was sie sagten, konnte ihn davon abhalten, sofort die Verfolgung der Ashanti-Krieger aufzunehmen.

»Aber Captain, wir wissen doch gar nicht, welche Richtung sie eingeschlagen haben, und außerdem sind wir erschöpft«, sagte einer.

»Für mich besteht kein Zweifel, daß die Ashanti in ihre Hauptstadt, nach Kumasi, zurückkehren. Diejenigen, die mir nicht folgen wollen, können aufs Schiff zurückkehren.« Rians Stimme war hart und kalt.

Aber keiner ging aufs Schiff. Der Gedanke daran, was Harrison mit ihnen machen würde, wenn sie ohne den Captain unter diesen Umständen auf die *Sorceress* zurückkehren würden, ließ das nicht zu. Sie stöhnten insgeheim und schleppten ihre müden Körper hinter Rian her, fest überzeugt, der Tod seiner Frau hätte den Captain um den Verstand gebracht.

Dem genauen Pfad von Kassous Kriegern konnten sie nicht folgen, da der Regen alle Spuren verwischt hatte, aber Rian wußte ungefähr die Richtung, die sie eingeschlagen haben mußten, und ließ sich von seinen Instinkten leiten. Er war wie ein toter Mann, obwohl er sich bewegte. Er kannte keine Gnade für seine Mannschaft und war selbst unermüdlich. Er fragte sich hundertmal, warum er nicht zur *Sorceress* zurückkehrte. Rache wäre doch sinnlos. Sie würde ihm Morgana nicht wieder zurückbringen. Er sah ihr verängstigtes Gesicht hinter jedem Baum und jedem Strauch, und der Klang ihrer Stimme quälte ihn ohne Unterlaß. Er verachtete sich selbst.

Denn jetzt, als er sie tot glaubte, konnte er sich eingestehen, daß er sie wirklich liebte, sie wider jede Vernunft liebte, und der Schmerz war fast unerträglich. Und ja, er hatte Angst gehabt, es zu sagen, Angst, sie könnte ihm weh tun, ihn verhöhnen, wie er das so oft mit ihr gemacht hatte. Ja, er begehrte sie und liebte sie mit einer Leidenschaft, die ihn fast zum Wahnsinn getrieben hatte, weil sie seine Liebe nicht erwiderte, und deshalb hatte er versucht, ihr weh zu tun. Du bist ein Narr, Rian McShane, verfluchte er sich selbst und schwor sich, falls sie doch noch am Leben wäre, ihr zu sagen, was sein Herz bewegte.

Kassous Dorf war von Kumasi etwas entfernt, und dorthin brachte er seine Gefangenen. Morgana kauerte sich zusammen, als er die Liane von ihrem Hals schnitt und sie in eine Hütte schob und von den anderen trennte. Ein Feuer brannte im Inneren, sie stolperte darauf zu und versuchte, die Kälte des Regens aus ihrem Körper zu treiben. Sie sank erschöpft zu Boden und schlief sofort ein. Einige Zeit später erwachte sie vom Geräusch der Trommeln und den Gesängen des Stammes. Es war Nacht, und sie war immer noch allein in der Hütte. Sie hob verängstigt das Fell über der Tür, spähte hinaus und ließ es sofort wieder fallen, weil draußen zwei Krieger mit Speeren Wache standen. Sonst war niemand zu sehen, und sie konnte feststellen, daß der Lärm aus einer großen Hütte in der Mitte des Dorfes kam.

Morgana kroch zitternd zurück zum Feuer. Sie hatte entsetzliche Angst und fragte sich, was die Wilden wohl mit ihr vorhatten. Sie erinnerte sich an den lüsternen Blick des Großen und erschauderte. Allmählich konnte sie wieder klar denken, und ihr Selbsterhaltungstrieb regte sich. Sie mußte fliehen, solange die Eingeborenen noch feierten. Ein zweite Chance würde sie vielleicht nie haben. Aber wie? Morgana durchsuchte die Hütte, aber sie fand nichts, was als Waffe zu gebrauchen war. Dann spürte sie plötzlich den Dolch an ihrem Oberschenkel unter ihrem Rock. Sie riß die Klinge aus der Scheide und überlegte, ob sie die beiden Wachen angreifen sollte. Aber sie würde es nicht schaffen, beide zu töten, ohne das ganze Dorf zu alarmieren. Sie schaute sich die Wände der Hütte an. Sie waren aus Bambusstangen, die mit Lianen verbunden waren. Morgana lehnte sich prüfend gegen eine Wand, die sich unter ihrem Gewicht sofort durchbog. Mit einem Seufzer der Erleichterung nahm sie den kleinen Dolch und machte sich an die Arbeit. In kürzester Zeit hatte sie so viele Lianen durchschnitten, daß sie zwischen den Stäben hinauskriechen konnte. Mit pochendem Herzen trat Morgana hinaus in die Dunkelheit und den Regen.

Sie zögerte nur kurz, dann ging sie los, auf das dichte Unterholz zu. Sie wagte nicht einmal daran zu denken, ob sie in dieser Wildnis allein überleben konnte. Sie rannte blindlings davon, um sich so schnell wie möglich aus dem Umkreis des Dorfes zu entfernen. Das tagelange Gehen hatte ihre Beinmuskeln gestärkt, und sie bewegte sich schnell durch den Busch. Sie hatte keine Ahnung, ob sie verfolgt werden würde, wenn man ihre Flucht entdeckte.

In der ersten Nacht schlief sie kaum. Sie war auf einen Baum geklettert, den sie mit ein paar wütenden Affen teilen mußte. Sie schnatterten sie böse an, aber ließen sie nach einigen drohenden Gesten in Ruhe und schwangen sich höher hinauf, von wo aus sie sie neugierig beobachteten. Sie döste immer wieder nur kurz ein, und bei Tagesanbruch war sie wieder unterwegs, ohne sich zu schonen. Sie aß im Gehen einige Früchte, die sie unterwegs abgerissen hatte. Ihr einziger Gedanke war, den Fluß durch den Dschungel zu finden und seinem Lauf zum Ozean zu folgen. Sie wagte zu hoffen, die *Sorceress* wäre vom Ufer aus erkennbar.

Jetzt war Morgana dankbar für den stetig herunterprasselnden Regen. Kaum etwas bewegte sich im Busch. Sie hatte jetzt einigermaßen die Richtung geortet und wandte sich gen Süden, denn sie glaubte, dort irgendwann sicher die Küste Afrikas zu erreichen.

Kassou war sehr wütend, als er ihr Verschwinden entdeckte, aber er versuchte nicht, ihr zu folgen. Das war im Regen unmöglich. Er schüttelte traurig den Kopf. Die rothaarige Frau würde mit Sicherheit sterben. Drei Tage später schlachtete er alle Gefangenen außer Talorza. Er konnte ihren Anblick nicht ertragen, weil sie ihn an die Weißhäutige mit den grünen Augen erinnerten.

Nach einigen Tagen ihrer Wanderung atmete Morgana auf. Jetzt war sie sicher, die Krieger würden ihr nicht folgen. Aber sie war immer noch auf der Hut, da sie keine Lust hatte, einem anderen Stamm in die Hände zu fallen. Sie war froh, daß Rian sie gezwungen hatte, die hohen Stiefel anzuziehen. Die waren ein guter Schutz gegen Schlangenbisse. Als sie das erste Mal eine in den Schuh biß, wäre sie vor Schreck fast in Ohnmacht gefallen, aber dann packte sie einen Stock und schlug die schuppige Kreatur tot. Sie riß sich den Stiefel herunter und stellte mit großer Erleichterung fest, daß die Zähne nicht durch das Leder gegangen waren. Jetzt verschwendete sie keinen Gedanken mehr daran. Sie hielt sich nur nicht länger unter überhängenden Zweigen auf, da sie schnell gelernt hatte, daß sich darin Pythons verbergen konnten, die sich herunterfallen ließen und ihre Opfer erwürgten.

Eines Morgens erwachte sie und merkte, daß etwas anders war. Es war still im dichten Unterholz, und plötzlich wurde ihr bewußt, daß es aufgehört hatte zu regnen. Die goldene afrikanische Sonne breitete sich wie geschmolzene Butter über das Land. Sie war froh und glaubte, jetzt würde alles einfacher sein, aber bald mußte sie feststellen, daß das leider ein Trugschluß war. Die wilden Kreaturen krochen aus ihren Verstecken und machten sich auf die Suche nach Beute. Leoparden schrien nachts, und mehr als einmal sah Morgana ihre seltsamen, schrägen Augen im Mondlicht blitzen.

Ihre blasse, verbrannte Haut wurde in der Sonne honigfarben, und ihre Kleidung war so zerfetzt, daß sie das meiste wegschnitt und den langen Rock hochband, damit er sie beim Gehen nicht mehr behinderte. Sie fragte sich oft, wieso sie noch am Leben war, was nur ihrer Zähigkeit und ihrem unwahrscheinlichen Glück zuzuschreiben war.

Sie aß nur das, was die schnatternden Affen verzehrten, weil sie Angst hatte, sich aus Unwissenheit zu vergiften. Sie verlor viel an Gewicht, und ihre weichen Kurven wurden spitz und kantig.

Einmal sah sie ihr Spiegelbild in einem Fluß, als sie sich zum Trinken bückte, und erkannte ihr eigenes Gesicht kaum, so schmal war es geworden, und so riesig und verloren sahen ihre grünen Augen aus. Ihr stockte der Atem, als sie plötzlich noch ein Gesicht neben sich entdeckte. Sie wirbelte herum, und ein Eingeborener stand vor ihr. Er streckte eine dunkle Hand nach ihr aus, und ohne zu überlegen, zog sie den kleinen Dolch aus der Scheide und stieß ihn in seine Brust. Er gab keinen Laut von sich und stürzte tödlich getroffen zu Boden. Morgana riß ihm das Messer aus der Wunde, wischte das Blut ab, steckte es zurück in die Scheide und floh ins Unterholz. Der Vorfall hatte sie zwar erschüttert, aber die langen afrikanischen Nächte und ihr Überlebenskampf hatten sie abgehärtet. Sie bereute ihre Tat nicht im geringsten. Nicht einmal die Schreie der kreisenden Geier rührten sie.

Morgana schlug wütend nach den Moskitos, die häßliche rote Bisse auf ihrer zarten Haut hinterließen, aber gegen die anderen Insekten, die in ihre Kleider krochen, konnte sie praktisch nichts machen, außer ab und zu alles auszuschütteln.

Ihre Augen schwollen an und tränten von den vielfältigen Reizungen, und gerade als sie glaubte, es könnte nichts Schlimmeres passieren, brachen die Heuschrecken ein. Sie kamen in Schwärmen, verdüsterten den Himmel mit ihren Millionen summender Körper. Sie waren überall, im Wasser, in den Früchten, in ihren Augen, ihrem Mund, und sie konnte nichts dagegen machen. Sie erbrach Teile von Insekten, die sie versehentlich verschluckt hatte, und es kamen immer noch mehr. Die Vögel starben, weil sie zuviel davon fraßen, und verfaulten auf dem Boden.

Sie weinte, als sie in die offene Savanne hinausstolperte und merkte, daß sie im Kreis gelaufen war. Sie fiel zu Boden, und gnädige Dunkelheit umfing ihr Bewußtsein.

Rian schaute erleichtert in den sich klärenden Himmel. Jetzt würde er den Ashanti wesentlich schneller folgen können. Der Regen hatte ihn deprimiert und verbittert. Aber er gönnte seinen Männern und sich keine Gnade. Zu einer anderen Zeit hätte er sich über die traurige Truppe Männer mit dem Priester im Schlepptau, die sich da durch den afrikanischen Busch kämpfte, gelacht. Und je mehr er sich das überlegte, desto komischer fand er es wirklich, und schließlich mußte er laut lachen; das heisere Gelächter hallte seltsam durch den Urwald. Die Mannschaft schüttelte die Köpfe. Alle waren überzeugt, der Captain wäre übergeschnappt.

Rian hörte aber weder auf die Bitten, doch endlich Rast zu machen, noch gab er eine Erklärung für seinen seltsamen Ausbruch. Aber er riß sich innerlich zusammen und versuchte, seine Gefühle unter Kontrolle zu bringen. Er durfte nicht die Beherrschung verlieren. Seine Männer könnten sonst meutern und sich weigern, ihm zu folgen. Er brauchte ihre Hilfe noch. Vielleicht hatten sie sogar schon drüber geredet, so böse und stumpfsinnig wie sie aussahen. Seufzend schlug er vor, ein frühes Lager aufzuschlagen. Das schien ihre Lebensgeister wieder etwas zu heben, aber Rian verbrachte eine unruhige Nacht mit geladenen Pistolen und Degen und Dolch griffbereit.

Und tatsächlich versuchte während der Nacht einer seiner Männer, ihm die Kehle durchzuschneiden. Nach kurzem Kampf tötete ihn Rian und wandte sich wütend an seine Mannschaft: »Gibt es noch jemanden, der meine Position als Captain in Zweifel stellen will?«

Die Männer kehrten schweigend zu ihren Schlafstätten zurück, keiner wagte es, dem Captain in die Augen zu sehen. Keiner hatte Lust, dasselbe Schicksal wie Thompson zu erleiden.

Einige Tage später sichteten sie das Ashanti-Dorf. Rian schlängelte sich auf dem Bauch vor, um einen besseren Überblick zu bekommen. Er entdeckte keine Spur von seiner Frau, aber er sah Talorza, das Tanzmädchen, und wußte, daß er an den richtigen Ort gekommen war.

Zu Rians Vorteil waren die Ashanti von dem Angriff völlig überrascht. Obwohl ihre Krieger fast dreimal so viele waren, gelang es ihm, fast alle Gebäude gleichzeitig anzustecken, und in der Verwirrung wegen des Brandes drangen seine Männer im Dorf ein und töteten so viele Krieger wie möglich. Die Schlacht war lang, blutig und schonungslos, aber am Ende siegten Rian und seine Mannschaft durch den Vorteil der Feuerwaffen, vor denen viele Ashanti entsetzt in den Busch flohen.

Grimmig stellte Rian die restlichen Gefangenen auf und versuchte mit Hilfe von Pater John, sie zu verhören. Wenn sie sich weigerten zu antworten, schnitt er ihnen die Kehle durch. Drei Krieger starben auf diese Weise, bis er sich dem vierten näherte. Der Mann war größer als die anderen und schaute ihm direkt in die Augen, ohne ein Anzeichen von Furcht. Ja, dachte Rian, das ist ihr Anführer. Er wandte sich an den Priester.

»Sag ihm, ich weiß, daß er der Häuptling ist. Sag ihm, ich bin unter meinen Leuten auch Häuptling und habe großen Respekt vor seinem Mut. Sag ihm, ich fordere ihn zum Zweikampf. Wenn ich gewinne, wird er mir sagen, was mit der rothaarigen Frau passiert ist; wenn ich verliere, bekommen seine Leute freies Geleit.«

»Aber, Mylord«, protestierte der Priester.

»Sag's ihm!«

Das Dorf war ein Inferno aus Sonne und brennenden Hütten. Rian wischte sich den Schweiß von der Stirn, zog sich das Hemd aus und griff sich einen Ashanti-Speer und -Schild. Er stellte sich seinem Gegner. Diese eine Schlacht in seinem Leben mußte er um jeden Preis gewinnen. Er mußte wissen, ob sie lebte, und wenn diese Wilden sie getötet hatten, würde er jeden einzelnen von ihnen umbringen. Der Ashanti-Häuptling umkreiste ihn vorsichtig, und beim ersten Aufeinanderprallen wurde Rian bang. Der Kampf würde nicht leicht sein. Das war kein verweichlichter Dandy, sondern ein starker, mutiger Mann, ein Mann, dessen Körper gestählt war im Überlebenskampf des afrikanischen Dschungels.

Immer und immer wieder traf Speer auf Schild, zogen sie sich zurück und stießen wieder zu. Rian merkte, wie seine Kräfte nachließen, aber sein Stolz und sein Herz hielten ihn auf den Beinen, und er ließ die dunklen Augen des Häuptlings nicht los.

Die Männer waren nervös und hielten ihre eigenen Waffen bereit. Sie würden trotz des Versprechens ihres Captains die Wilden alle umbringen, falls er starb.

Rian gewann durch eine seltsame Wendung des Schicksals, und selbst Jahre später behauptete er nie, gesiegt zu haben. Eine der brennenden Hütten gehörte dem Medizinmann. Er hatte sich dort eine Viper im Korb gehalten, der es gelang, dem Feuer zu entrinnen. Plötzlich schlängelte sie sich auf den Dorfplatz. Beide Männer blieben bei ihrem Anblick stehen, dann versuchte jeder, den Gegner vor ihre giftigen Fänge zu drängen. Die Viper schlug zu und traf Kassous Knöchel. Der Häuptling stolperte und stürzte zu Boden, die Schlange biß noch einmal zu. Rian spießte die Kreatur mit seinem Speer auf, dann schleuderte er sie ins Unterholz. Er kniete sich neben den sterbenden Ashanti-Krieger.

»Was sagt er, Pater?« Er versuchte zu verstehen, was der Mann flüsterte.

Der Priester eilte zu Rian. »Ihr seid der Auserwählte. Damballa hat es gesagt. Die Rothaarige ist geflohen, in den Busch. Inzwischen wird Legba das Licht hinter ihren Augen ausgeblasen haben.«

Kassou stöhnte und lag still, und Rian schloß die dunklen Augen für immer. Jetzt gab es keinen Zweifel mehr, daß Morgana tot war. Wenn sie geflohen war, hatte sie in der afrikanischen Wildnis nicht überleben können. Legba würde in der Tat das Licht hinter ihren schönen smaragdgrünen Augen ausgeblasen haben, wie der Häuptling gesagt hatte.

Er machte keinerlei Anstalten, seinen Männern Einhalt zu gebieten, als sie die restlichen Krieger abschlachteten und die schreienden Frauen zu Boden zwangen, sich mit ihnen vergnügten und sie dann für immer zum Schweigen brachten und das, was vom Dorf noch übrig war, ausplünderten.

Rian fühlte sich leer. Sein Mund war so trocken, daß er nicht schlukken konnte. Er kniete immer noch neben dem toten Ashanti, als die Stimme des Priesters ihn in die Wirklichkeit zurückholte.

»Mein Sohn, das sind menschliche Wesen, die Ihre Mannschaft vergewaltigt und tötet. Sie müssen das unterbinden.«

Rian streifte die Hand des Mannes ab und schritt wutentbrannt davon. Einige seiner Männer sahen ihn gehen und eilten ihm nach. Keiner sah sich noch einmal nach dem Ashanti-Dorf mit den blutigen Leichen um. Ein kleines Kind wanderte laut weinend durchs Dorf und verstand nicht, warum keiner sein Rufen hörte.

Kapitel Siebenundzwanzig

Irgendwo in den dämmrigen Nischen ihres Verstandes hatte Morgana beschlossen, sie wäre gestorben und in den Himmel gekommen. Sie glaubte einen großen blonden Engel zu sehen, der sich über sie beugte, die kristallblauen Augen voller Mitleid. Doch dann verblaßte das Bild, und sie verlor wieder das Bewußtsein. Ihre Vision war aber kein Engel gewesen.

Sein Name war Taylor Jones, und er war sehr lebendig. Er war Trapper und Händler aus Überzeugung, ein im allgemeinen sehr stiller und umgänglicher Mann. Er war mit einigen Eingeborenen auf der Jagd gewesen und hatte mit allem gerechnet, nur nicht mit einem halbtoten Weibsbild mit verfilzten Haaren und einem so von Insekten zerstochenen Gesicht, daß es kaum mehr erkennbar war. Er hatte sie vorsichtig hochgehoben und sich von den Eingeborenen die Trage bringen lassen, die eigentlich für das Wild vorgesehen war. Er legte sie darauf, ohne viel Hoffnung, daß sie die Nacht überleben würde, ließ sie aber trotzdem in das Eingeborenendorf bringen.

Dort zog er sie aus und wusch sie vorsichtig, entsetzt vom Zustand ihres Körpers. Er bereitete eine Salbe und rieb sie damit ein, dann wikkelte er sie in Tabakblätter, die das Insektengift herausziehen würden. Er blieb die ganze Nacht neben ihr sitzen, ihren Kopf in seinem Schoß, und fragte sich, wer sie wohl war und was sie in einem solchen Zustand draußen in der Savanne verloren hatte. Er kühlte ihre fiebrige Stirn mit einem nassen Tuch und befeuchtete ihr von Zeit zu Zeit die aufgesprungenen Lippen. Es schien die Schmerzen zu lindern, sie wurde ruhiger, schrie aber immer noch gelegentlich auf.

Bewundernd betrachtete Taylor ihren stummen Kampf ums Überleben. Sie klammerte sich entschlossen an ihren sehr dünnen Lebensfaden. Bei Anbruch des Morgens war er sicher, sie würde es schaffen.

Morgana lag noch mehrere Tage im Koma, und während der ganzen Zeit saß Taylor neben ihr und beobachtete sie, versorgte sie wie ein kleines Kind. Er hielt ihr die Hand, wenn sie laut weinte, und redete mit seiner weichen Stimme auf sie ein und fragte sich, wieso er soviel Wert darauf legte, daß dieses arme Mädchen überlebte.

Aber Taylor war ein Mann, der Vögel mit gebrochenen Flügeln mit nach Hause nahm und pflegte, bis sie wieder fliegen konnten. Er konnte es nicht ertragen, eine Kreatur leiden zu sehen, und hatte Mitleid mit dieser rothaarigen Frau. Mit ungeheurer Erleichterung sah er, wie ihre Augen sich ein paar Tage später langsam öffneten. Einen Augenblick lang glaubte er, in ihren smaragdgrünen Tiefen zu ertrinken. Sie waren unglaublich hypnotisierend, und Taylor spürte, wie sich längst totgelaubte Gefühle in ihm regten. Dann lächelte sie, und ihr Lächeln war so schön wie ihre Augen, sanft und liebreizend zeigte sie weiße gerade Zähne.

»Bin ich im Himmel? Sind Sie ein Engel?« fragte sie mit schwacher Stimme.

Beinahe hätte er über die Frage gelacht. »Nein, aber eine Zeitlang hat's fast so ausgesehen, als wär' das dein Schicksal.«

Morgana betrachtete ihn schweigend. Er war groß, wie ein kuscheliger Stoffbär mit seinen zerzausten Haaren und dem Bart. Seine kristallblauen Augen waren ruhig und ernst, als hätte er schon viel Leid erfahren. Er begegnete ihrem Blick gelassen. Sie schätzte ihn auf etwa zwanzig Jahre älter als sich.

»Hast du einen Namen, Mädel?« fragte er schließlich.

»Morgana.«

»Das ist aber ein echt hübscher Name, Morgana. Ich heiße Taylor Jones. Aber was rede ich denn mit dir, du bist müde und mußt dich ausruhen.«

Morgana errötete unter seinem Blick. Ihr war plötzlich bewußt geworden, daß sie unter dem dünnen Laken nackt war, ihre Haut mit einer Salbe eingeschmiert und sie ganz mit Blättern eingewickelt war. Es fühlte sich gut an. Das Stechen und Jucken war weg. Sie schloß die Augen und dämmerte wieder weg. Wer war dieser große Mann, der so nett zu ihr war, und wo war sie?

Nach einigen Tagen konnte sie sich schon aufsetzen und die leichte Brühe trinken, die Taylor ihr anbot.

»Und wie geht's uns heute?« fragte er beim Betreten der Hütte.

»Viel besser, danke«, erwiderte sie und schlürfte das heiße Gebräu.

Sie erfuhr, daß er aus Amerika war. Er besaß eine Plantage in Virginia, die sein Bruder verwaltete. Und seit dem Tod seiner Frau zog er es vor, sein Leben mit Reisen zu verbringen.

»Ja, das Haus war irgendwie so leer ohne sie, und mein Bruder hat gesagt, er kümmert sich um alles, wenn ich 'ne Weile weg will. Das war vor sieben Jahren. Hab' ein schönes Schiff, die *Lucky Lady* heißt sie. Ich segle um die ganze Welt und leg' ungefähr einmal im Jahr in Virginia an, um zu sehen, wie's läuft, und um die Waren zu verkaufen. Aber genug von meinen Geschichten.« Er sah ganz erstaunt aus, als könne er nicht fassen, daß er einfach so frei erzählt hatte.

Es war auch schon lange her, daß Taylor so viele Worte auf einmal gesprochen hatte. Er war normalerweise sehr einsilbig und hörte lieber den anderen beim Reden zu.

»Und was ist mit dir, Morgana? Wie bist du denn halbtot in dieses Land gekommen? Das ist kein Platz für eine Frau.«

Sie erzählte ihm die Geschichte von ihrer Gefangennahme und Flucht. Es war eine wilde, kaum glaubhafte Geschichte, aber er bedrängte sie nicht mit Details und gab ihr Zeit, sich zu fangen, wenn die Erinnerungen Tränen brachten. Am Ende fragte er:

»Und dein Mann, du weißt nicht, wo er ist?«

»Nein, ich fürchte, er glaubt, ich bin tot. Er ist sicher zu seinem Schiff zurückgekehrt. Es hat nicht... es stand nicht sonderlich gut zwischen uns«, endete sie verlegen.

»Morgana, ist dir vielleicht der Gedanke gekommen, er könnte selbst auch tot sein?«

»Ja, ich hab' darüber nachgedacht, aber ich glaub' es einfach nicht. Ich weiß es nicht, ich bin müde.«

Er strich sich nachdenklich über den Bart. Er war kurzzeitig enttäuscht gewesen, als er von Morganas Ehe erfuhr, aber wie es jetzt schien, war es keine sehr gute Verbindung gewesen. Dennoch hatte sie, als sie bewußtlos war, den Namen ihres Mannes gerufen. Das machte ihn stutzig, und er wußte nicht genau, was er mit ihr machen sollte. Insgeheim war er überzeugt, ihr Mann wäre tot. Er hatte gesehen, was diese mörderischen Ashanti-Krieger anrichten konnten. Taylor nahm ihr die leere Schüssel ab.

»Braves Mädchen. Morgen werden wir versuchen, ein paar anständige Kleider für dich aufzutreiben, und überlegen, was in dieser äußerst bemerkenswerten Situation zu tun ist.«

Er wandte sich ab, weil sie vor Scham errötete, und verließ die Hütte. Morgana blieb lange liegen, nachdem er gegangen war, ganz verwirrt von diesem seltsamen, sanften Yankee, der ihr das Leben gerettet hatte. Ein Mann wie er war ihr noch nie begegnet, und sie begriff ihn nicht und wußte auch nicht, wie sie auf ihn reagieren sollte. War Rian möglicherweise doch tot? Ihr Herz zuckte vor Schmerz zusammen. Nein, er war wie eine Katze, er landete immer auf den Füßen.

Am Morgen brachte Taylor ihr, wie versprochen, einige Kleidungsstücke.

»Mehr hab' ich nicht aufgetrieben, Morgana«, entschuldigte er sich, als er ihr die Teile reichte. »Sie sind nicht gerade das Richtige für eine Frau, aber doch besser als nichts. Sie sind von einem jungen Burschen aus meiner Mannschaft.«

Morgana nahm die Hosen und das Hemd, bedankte sich höflich, aber er war schon wieder weg. Sie sah, daß er auch Wasser zum Baden gebracht hatte, was sie, wenn auch etwas zittrig, gleich tat. Sie zupfte sich die Blätter vom Körper und wusch die Salbenreste ab. Sie war noch etwas wacklig auf den Beinen, aber sauber. Verwundert stellte sie fest, daß er sogar die Sohlen ihrer Stiefel geflickt hatte, wo das nasse Leder weggefault war.

Die Hosen waren recht eng, wie sie merkte, als sie sich bückte, um sie in die Stiefel zu stecken, und das Leinenhemd spannte sich um ihre Brüste. Aber das machte ihr eigentlich nichts aus. Inzwischen hatte sie sich an die Vorstellung gewöhnt, daß Taylor alles gesehen hatte, als er sie ausgezogen und ihre Wunden gepflegt hatte. Kamm oder Bürste waren nicht zu finden, also versuchte Morgana, ihr zerzaustes Haar, so gut es ging, mit den Fingern zu ordnen. Dann ging sie nach draußen.

Sie schloß sofort die Augen vor der gleißenden afrikanischen Sonne.

Es dauerte einige Zeit, bis sie sich an die Helligkeit gewöhnt hatte und etwas sehen konnte.

»Na, wie ich sehe, bist du ja auf den Beinen.« Taylor kam auf sie zu.

»Ja, dank dir, ich bin dir so dankbar!«

»Ach Quatsch.« Ihre Dankbarkeit schien ihm peinlich zu sein. »Ich hab' doch nur ein bißchen geholfen. Du hast so tapfer durchgehalten.«

»Trotzdem verdank' ich dir mein Leben, Taylor.« Sie lächelte ihn an.

»Ach, übrigens, ich hab' da deinen kleinen Dolch. Eine recht gefährliche Waffe.« Er schien überrascht, daß sie so etwas besaß.

»Und manchmal recht nützlich«, sagte Morgana trocken, mit einer leichten Gänsehaut bei dem Gedanken, was sie damit gemacht hatte.

»Ja, vielleicht«, gab er zu. »Aber nicht gerade das, was man bei einer Frau erwarten würde.«

»Ja, aber wenn ich sie nicht gehabt hätte, wär' ich nicht hier. Ereignisse verändern Menschen. Ich bezweifle, daß ich je wieder wie andere Frauen sein werde oder mich je wieder wie andere Frauen verhalten werde«, warnte sie ihn.

Er gab keine Antwort, schaute sie nur kurz an und ging dann weg. Sie wunderte sich über sein Verhalten. Die Wahrheit war: Taylor hielt sie für eine bemerkenswerte Frau, und als er sie jetzt so aufreizend angezogen sah, wurde ihm unsanft bewußt, daß sie auch eine sehr schöne Frau war. Selbst die leichten Flecken, die die Insektenbisse hinterlassen hatten, konnten darüber nicht hinwegtäuschen, und die würden im Laufe der Zeit auch noch vergehen.

Als Morgana ihm nacheilte, ging er etwas langsamer, sie war noch nicht ganz genesen und hätte Schwierigkeiten gehabt, mit ihm Schritt zu halten, und er wollte sie nicht ermüden.

»Warum läufst du mir nach, Mädchen? Du solltest in der Hütte sein und dich ausruhen«, sagte er mürrisch.

»Warum nicht? Ich hab' es satt, eingesperrt zu sein, und ich will sehen, was du den ganzen Tag machst.«

Er seufzte, ließ sie aber mitgehen. Von da an begleitete sie ihn jeden Morgen, und die Eingeborenen waren sehr verwundert über dieses seltsame Paar. Taylor zeigte ihr, wie man Felle häutet, säubert und trocknet, was Morgana bald sehr gut beherrschte. Sie hatte zwar keine sonderliche Freude beim Abkratzen und Spannen der Tierhäute, aber sie war immer bereit, Neues zu lernen, und sie war der Meinung, das Wissen könnte ihr nützen, falls sie sich noch einmal in der Wildnis verirren sollte. Sie lernte Goldarbeiten und Elfenbein begutachten und auf ihre Echtheit prüfen. Taylor war ein Experte im Handel mit den Eingeborenen. Aber wenn Morgana etwas gefiel, kaufte er es einfach, ohne lange um den Preis zu feilschen.

Morgana kam nur langsam wieder zu Kräften, und als sie dazu fähig war, lernte sie von den Eingeborenenfrauen, die Taylors Mahlzeiten zubereiteten, kochen. Sie zeigten ihr, welche Pflanzen gut zum Würzen waren und welche giftig. Schon bald konnte sie Affeneintopf genausogut wie sie kochen, obwohl sie sich standhaft weigerte, die Köpfe auszukochen, und die Hände und Füße verwendete sie auch nicht, weil sie zu menschlich aussahen. Sie erschauderte, als Taylor ihr erzählte, einige Buschstämme würden tatsächlich Menschen essen.

Taylor ließ von seinem Schiff einige Stoffballen schicken, aus denen Morgana abends Kleider für sich nähte. Manchmal schaute sie von ihrer Arbeit hoch und dachte sich, wie häuslich das doch war, sie nähend und Taylor zufrieden an seiner Pfeife paffend. Wir sind fast wie ein altes Ehepaar, dachte sie amüsiert.

Eines Tages schleuderte er plötzlich beim Abendessen einen Teller durch die Hütte. »Um Himmels willen, Frau, mußt du ständig arbeiten wie eine Indianersquaw? Das ist für eine Frau in deiner Stellung unschicklich.«

»Ich wollte dir nur eine Freude machen«, sagte Morgana völlig erstaunt, »weil du so nett zu mir warst. Aber wenn du nicht möchtest, daß ich für dich koche, werd' ich es nicht mehr machen.«

Sie ging hocherhobenen Hauptes zur Schlafmatte und setzte sich schmollend mit dem Rücken zu ihm. Es war so still im Raum, daß sie dachte, er wäre in die andere Hütte gegangen, die er seit ihrer Ankunft mit den anderen Männern teilte. Dann spürte sie seine starken Hände auf ihrer Schulter.

»Tut mir leid, Mädel. Es ist nur... o Gott, Morgana, was soll ich bloß mit dir machen? Meine Geschäfte hier sind fast beendet, und ich muß bald in See stechen. Ich kann dich nicht einfach hierlassen, und ich kann dich unmöglich zurück nach Irland bringen. Ich segle von hier aus nach China.«

»Dann nimm mich mit. Ich find' schon eine Möglichkeit, nach Hause zu kommen«, sagte sie leise.

Die Meeresbrise kühlte die heiße Luft, als sie sich langsam von der afrikanischen Küste entfernten. Morgana stand an Deck und suchte den Horizont nach der *Sorceress* ab, aber da war nichts zu sehen, und sie mußte voller Trauer feststellen, daß Rian sie verlassen hatte. Vielleicht würde sie ihn nie wiedersehen. Kristalltränen rollten über ihre Wangen. Er hatte sich wahrscheinlich nicht einmal die Mühe gemacht, nach ihr zu suchen. Sie wischte die salzigen Tropfen aus ihrem Gesicht, als Taylor sich näherte. Wenigstens war er nett zu ihr, und er hatte noch nicht einmal versucht, sie zu berühren.

»Deine Kabine ist fertig, Morgana«, sagte er barsch. »Ich hab' arrangiert, daß ich das Quartier des ersten Maats übernehme, ich bin also in der Nähe. Ein Teil der Mannschaft ist abergläubisch, sie denken, Frauen an Bord bringen Pech. Ich möchte nicht, daß dir etwas passiert, solange du in meiner Obhut stehst.«

»Danke, Taylor«, sagte sie und folgte ihm in die Kabine.

Sie war nicht so geräumig wie die auf der *Sorceress*, hatte nur eine schmale Koje, war aber ansonsten komfortabel. Es gab einen Spiegel, und auf dem Toilettentisch lagen Kamm und Bürste.

Morgana stieß einen Entzückensschrei bei diesem Anblick aus, und als Taylor die Tür hinter sich schloß, saß sie vor dem Spiegel und kämpfte mit ihren widerspenstigen Locken. Er mußte grinsen. Er war sich immer noch nicht sicher, ob es richtig gewesen war, sie mitzunehmen. Aber er sagte sich auch zum hundertsten Mal, er hätte schließlich keine andere Wahl gehabt.

In den folgenden Tagen entwickelte sich eine gut funktionierende Routine, die Taylors Zweifel allmählich auslöschte. Zu seiner Überraschung fügte Morgana sich sehr leicht ein. Sie hatte auf der *Sorceress* die Regeln des Bordlebens gelernt und wußte, wann sie morgens an Deck spazierengehen konnte, ohne die Männer bei ihrer Toilette zu stören, und daß einige Teile des Schiffes einfach unter allen Umständen tabu waren. Sie war immer höflich und stellte nicht ständig Fragen, und sie war zwar immer freundlich zu den Matrosen, flirtete aber nicht mit ihnen. Sie verband Schnitte und Schürfwunden und gab dem

Koch Ratschläge für neue Zubereitungsmethoden, damit das Essen nicht mehr ganz so monoton war. Die Mannschaft akzeptierte und respektierte sie bald.

Abends aß sie mit Taylor und manchmal mit dem ersten Maat, Matthews, und dem Bootsmann, Richardson. Sie unterhielt sie mit Geschichten über das Leben in London, und sie erheiterten sie mit Geschichten von Amerika, über das sie nur wenig wußte.

»Aber ich hab' gedacht, es wäre eine große Wildnis voller wilder Indianer«, sagte sie mit großen, unschuldigen Augen. »Ich war sehr überrascht zu erfahren, daß Taylor dort eine Plantage hat.«

Das erntete großes Gelächter, und Taylor erklärte ihr geduldig, ein Großteil des Landes wäre genauso zivilisiert wie London, und die Gesellschaft in Virginia wäre in der Tat noch versnobter. Sie mußte über ihr eigene Unwissenheit lachen, und Taylor beobachtete sie, und in seinem Herzen wuchs eine Leidenschaft, die er seit vielen Jahren nicht mehr erlebt hatte.

Er hätte Morgana gern den Hof gemacht, aber er konnte nicht vergessen, daß sie verheiratet war. Er kämpfte mit sich, sagte sich, in Virginia würde das keiner wissen; er konnte also auf seine Plantage zurückkehren, heiraten und eine Familie gründen. Er war sich sicher, daß Morgana eine Witwe war, obwohl sie sich weigerte, diese Tatsache anzuerkennen. Keiner konnte eine Schlacht mit den Ashanti überleben, insbesondere nicht mit nur einer Handvoll Männer. Aber dann mußte er auch zugeben, daß er gar nicht wußte, was die Frau für ihn empfand. Sie war so wenig greifbar wie ein Komet. Ihre Augen versteckten sich hinter ihren schwarzen Wimpern, wenn er versuchte, in ihrem Blick eine Antwort zu finden.

Morgana ihrerseits lag jede Nacht wach oder wachte immer wieder schweißgebadet auf. Ihr fehlte die süße Entspannung, die sie in Rians Armen gefunden hatte. Wo war ihr Mann? Wahrscheinlich hatte er längst eine andere gefunden. Er hielt sie ja für tot. Sie wußte nicht einmal, ob sie noch Gräfin von Keldara war. Wie bizarr das wäre, wenn sie nach Irland zurückkäme und dort eine andere an ihrer Stelle vorfände.

Er verfolgte sie ständig in Gedanken: sein höhnisches Lächeln, das Gefühl seiner Hände auf ihrer Haut, wie er ihr das Geständnis entlockt hatte, sie bräuchte ihn. »Verdammt sollst du sein, Rian McShane!«

fluchte sie leise. Sein Lachen hallte in ihren Ohren, er knabberte langsam an ihrem Ohr, dann wickelte er ihre langen roten Haare um seinen Hals und flüsterte heiser in der Dunkelheit.

Das wird uns immer verbinden, hatte er gesagt, und du wirst dich an alles, was ich bin, erinnern, solange du lebst. Ich kenne dich so, wie dich kein andrer Mann kennen kann, Liebe.

Liebe, Liebe, Liebe...

Das Wort hämmerte in ihrem Kopf, bis sie es nicht mehr ertragen konnte. Sie versuchte verzweifelt, sich das Kissen über die Ohren zu ziehen und das Geräusch zu verdrängen. Es dauerte sehr lange, bis sie endlich Schlaf finden konnte.

Lächelnd beobachtete Taylor, wie seine Mannschaft versuchte, eine Wäscheleine zwischen zwei Masten aufzuhängen, und sich stritt, wie das wohl am besten zu bewerkstelligen sei. Morgana beobachtete das mit einem Korb nasser Wäsche auf der Hüfte. Endlich war es gelungen, und Morganas Kleider flatterten im Wind. Die Männer wandten sich mit roten Gesichtern von der flatternden Unterwäsche ab, und Taylor konnte sich nur mit Mühe das Lachen verkneifen. Dann wurde er wieder ernst. Er überlegte, ob Morgana den Antrag, den er ihr heute abend machen wollte, annehmen würde. Er dachte schon seit einiger Zeit darüber nach. Himmel, wie süß sie mit dem Knoten auf dem Kopf aussah. Sie bat einen der schüchterneren Matrosen, ihr den schweren Korb zu halten, was fast eine Schlägerei gegeben hätte, weil ihr jeder helfen wollte. Der Auserwählte grinste die Unterlegenen triumphierend an.

Taylor schüttelte den Kopf, aber insgeheim war er sehr stolz darauf, wie sie sich an sein Schiff gewöhnt hatte und wie die Mannschaft sie anbetete. Und sie war gescheit und würde sicherlich keinerlei Schwierigkeiten haben, den riesigen Haushalt auf der Plantage zu führen, gesetzt den Fall, sie würde seinen Antrag annehmen.

Der Wind bauschte die Segel auf und trieb sie schnell in Richtung Süden, zum afrikanischen Kap. Gelegentlich begegneten ihnen Sklavenhändler. Taylor versuchte immer, einen möglichst weiten Bogen um sie zu schlagen. Er verabscheute die Sklaverei, und auf seiner eigenen Plantage arbeiteten freie Arbeiter, was sein Bruder, wie er Morgana erzählte, sehr verurteilte.

»Das ist eine schlimme Sache, Morgana, dieser Menschenhandel. Aber wir haben alle unsere Meinungsverschiedenheiten, und mein Bruder ist ein guter Mann, auch wenn er will, daß ich mit Sklaven handle. Er ist jung und begreift nicht, wie fürchterlich diese armen Teufel von den Sklavenhändlern behandelt werden, zu Tausenden in Schiffe gestopft, mit wenig Essen und Wasser. Die Luft da unten ist ohnehin faul, und mit Hunderten schwitzender Körper gibt es kaum noch Luft zum Atmen. Krankheiten und Seuchen florieren, und wenn sie das nicht umbringt, macht es die Mannschaft mit Prügeln, und die armen Frauen müssen jede Nacht herhalten – aber genug, einer Dame sollte man so etwas nicht erzählen«, schloß er, als er sah, wie entsetzt sie war.

An diesem Abend schob Morgana seufzend ihren Stuhl vom Tisch weg und nippte langsam an ihrem Wein. Alles war so friedlich. Sie beobachtete, wie Taylor sich die Pfeife stopfte, anzündete und genüßlich daran sog. Sie war etwas überrascht, als er sich über den Tisch beugte und ihre Hand nahm.

»Morgana, ich hab' gründlich über deine Situation nachgedacht«, begann er. »Ich weiß, du glaubst mir nicht, aber ich fürchte, dein Mann ist tot. Ansonsten hätten wir längst sein Schiff sichten müssen. Nein.« Er hob abwehrend die Hand. »Laß mich fortfahren. Nach allem, was du mir erzählt hast, war deine Ehe ohnehin nicht glücklich. Wie du weißt, lebe ich seit vielen Jahren allein, seit dem Tod meiner Frau. Aber es kommt eine Zeit, wo sich ein Mann zur Ruhe setzen will. Ich möchte, daß du nach Fairoaks mit mir kommst, Morgana, als meine... als meine Frau.«

Morgana war sprachlos. »Aber Taylor, wir wissen doch nicht bestimmt, daß Rian tot ist.« Sein Vorschlag erfüllte sie mit Unbehagen. »Es wäre nicht legal.«

»Darüber hab' ich auch nachgedacht, und es spielt keine Rolle. Wir können in der Kirche in Norfolk heiraten, und keiner wird es je erfahren. Du brauchst mir nicht gleich zu antworten. Laß es dir durch den Kopf gehen. Ich... ich habe mich in dich verliebt, Morgana. Ich verspreche, du wirst es nicht bereuen, wenn du dich für mich entscheidest. Das ist alles.« Er ließ ihre Hand los.

Sie blieb lange Zeit, nachdem er die Tür hinter sich geschlossen hatte, sitzen und dachte darüber nach, was er gesagt hatte. Gab es denn wirklich einen Grund, nach Irland zurückzukehren? Und wenn Rian nun doch tot war? Und wenn sie nach Hause käme und er sie nicht mehr wollte? War sie denn überhaupt je mit ihm glücklich gewesen? Hier war die ideale Gelegenheit, von der Bildfläche zu verschwinden, ohne sich vor jemandem verantworten zu müssen. Morgana McShane konnte hier und jetzt sterben, und Morgana Jones konnte nach Virginia reisen und Herrin von Fairoaks werden, einer der größten Plantagen im Land. Sie würde sich ihr ganzes Leben lang um nichts mehr sorgen müssen. Wenn die Ereignisse somit ihr Schicksal endlich entschieden hatten, war es so vielleicht am besten.

Eine Woche später sagte Morgana Taylor, sie würde ihn heiraten. Er nahm die Nachricht äußerlich gelassen auf und küßte sie auf die Wange. Unmittelbar danach fragte sie sich, ob sie die richtige Entscheidung getroffen hatte. Aber je länger sie darüber nachdachte, desto besser fühlte sie sich. Es war, als wäre ihr eine schwere Last von der Seele genommen.

Sie und Taylor verbrachten viele Abende mit der Planung der Hochzeit, und Morgana ließ sich die Vorfreude von gelegentlichen Gewissensbissen nicht trüben. Sie bat Taylor, ihr alles über Fairoaks zu erzählen, was er mit Freuden machte, da er sehr stolz auf das Haus und seine Geschichte war. Morgana kuschelte sich wie ein Kind in seinen Schoß, ziepte ihn manchmal am Bart, wenn er zu ernst wurde, und lachte dann herzlich über sein entsetztes Gesicht. Sie sagte ihm, er würde sie an einen großen, wuscheligen Bären erinnern, und er meinte, sie sollte auf der Hut sein, um nicht gebissen zu werden.

Er war immer sehr korrekt und höflich, versuchte nie, sie zu verführen, und sie brachte es auch nicht fertig, wenn sie nachts unbefriedigt wach lag, die wenigen Schritte zu seinem Zimmer zu gehen.

Nur ein einziger Streit warf einen Schatten über ihr junges Glück. Es passierte, als Morgana versuchte, Taylors Vermögensverhältnisse zu ergründen, denn sie wollte auch jetzt wieder die Freiheit haben, ihr eigenes Geld zu verwalten, wie Rian ihr das zugestanden hatte. Taylor sagte, sie solle sich darüber nicht den Kopf zerbrechen.

»Aber, Taylor, ich hab' ein Recht, diese Dinge zu erfahren, ich bin sehr wohl imstande, meine eigenen Angelegenheiten zu regeln«, sagte sie, etwas irritiert von seinem steinernen Gesicht.

»Nein. Die Pflicht einer Frau ist es, ihr Heim zu pflegen und ihre Kinder zu versorgen. Über Geschäfte brauchst du dir nicht den Kopf zu zerbrechen. Ich werde mich um all deine Bedürfnisse kümmern.«

»Aber, Taylor, ich bin es gewohnt, diese Sachen selbst zu machen.«

»Ja, und schau, wo dich das hingebracht hat. Mein Gott, Morgana, wenn die Leute zu Hause von deiner ziemlich farbigen Vergangenheit erfahren würden!« Er schüttelte wieder den Kopf.

Jetzt wurde sie wirklich wütend. »Du hast sicherlich nicht vor, es ihnen zu erzählen«, tobte sie. »Stell dir bloß vor, was sie sagen würden, wenn sie wüßten, daß wir nicht legal verheiratet und all deine Kinder Bastarde sind?«

»Morgana! Du sollst solche Sachen nicht sagen«, warnte er sie ernst.

»So, soll ich nicht?« Sie riß sich von ihm los. »Ich habe nicht vor, meine Zunge im Zaum zu halten und so zu tun, als hätte ich keine eigene Meinung, wenn ich genausogut, wenn nicht besser, als manche Männer denken kann.«

»Wir reden später darüber.« Er wollte aus dem Raum gehen.

»Nein, wir reden jetzt darüber. Was würdest du denn tun, wenn durch Zufall mein wirklicher Mann auf deiner Plantage auftauchen und dein friedliches Leben stören würde?«

»Das wird kaum passieren. Du hast selbst gesagt, er hält dich wahrscheinlich für tot, was du auch sicher wärst, wenn ich nicht vorbeigekommen wäre. Außerdem hat es keinen Sinn, sich den Kopf über Dinge zu zerbrechen, die vielleicht gar nicht passieren.«

Morgana verfluchte ihn innerlich, nachdem er gegangen war. Wie konnte er es wagen, so zu tun, als wäre sie nicht fähig, ihre eigenen Finanzen zu regeln? Sie hätte ihn zu gern am Bart gezogen und ihm gesagt, was für ein engstirniger Idiot er sei. Zumindest hatte Rian sie so nie behandelt. Er hatte immer ihre Ansichten respektiert und sie ermutigt, sie zu äußern. Rian hatte eine Menge guter Qualitäten, die sie nie zu schätzen gewußt hatte. Sie schnitt sich selbst im Spiegel eine Grimasse und biß sich verärgert auf die Unterlippe. Aber wenn sie erst mal in Virginia waren und Taylor die Hände gebunden waren, würde sie ihm schon zeigen, daß sie nicht wie eine bescheidene, kleine graue Maus zu Hause sitzen würde.

Beinahe hätte sie laut gelacht bei dem Gedanken an Taylors Gesicht, wenn sie bei ihm zu Hause den Gästen die Wahrheit über ihre Beziehung sagen würde. Sicherlich würde die Hälfte der anwesenden Frauen schon allein bei dem Gedanken in Ohnmacht fallen! Dann tadelte sie sich selbst für solche Gedanken. Taylor hatte das wirklich nicht verdient, nachdem er so nett zu ihr gewesen war. Aber sie hätte ihn doch zu gerne in seiner Sturheit ein bißchen schockiert.

Na gut. Wenn sie ihn erst mal da hatte, wo sie ihn haben wollte, würde sie die Gesellschaft von Virginia in Angst und Schrecken versetzen und genau das machen, was sie wollte. Zum Teufel mit ihnen allen. Sie zog eine Flasche aus Taylors Privatvorräten und goß sich einen steifen Brandy ein. Dann spülte sie sich schnell den Mund mit Lavendelwasser aus, weil er immer etwas entsetzt war, wenn er sie beim Trinken ertappte.

Als er zum Abendessen kam, fragte sich Taylor, warum Morgana grinste wie eine Katze, die gerade den Sahnetopf ausgeleckt hat. Aber wenigstens war sie nicht mehr böse mit ihm, wie er befürchtet hatte. Sie schien damit zufrieden zu sein, auf seinem Schoß zu sitzen und ihn unschuldig mit ihren großen grünen Augen zu betrachten. Es beunruhigte ihn aber, daß eine Frau mit einem so scharfen Verstand gesegnet war. Es war ihm unangenehm, als sie ihn neckisch am Bart zupfte und ihm sagte, sie könne es kaum erwarten, nach Fairoaks zu kommen.

Sie machte Scherze über den langsamen Südstaatenakzent, aber Taylor verstand sie nicht.

»Das genügt, Morgana. Dieses Benehmen paßt nicht zu dir.«

Angesichts seiner traurigen Miene seufzte Morgana reumütig. »Tut mir leid, Taylor, ich möchte mich nur deinen Freunden anpassen und allem sonst«, log sie. »Was glaubst du, werden die denken, wenn du mit einer Braut am Arm nach Hause kommst und zu allem Überfluß noch einer irischen Tory? Sie werden mich alle mit deiner Frau vergleichen. Vielleicht kann ich ihren Platz gar nicht einnehmen. Die Leute dichten den Verstorbenen gerne Tugenden an, die die Nachfolger nie einhalten können.«

Taylor sah sie mit einem Mal sehr verständnisvoll an. Das war es also. Sie machte sich nur Sorgen, ob sie seine Freunde akzeptieren würden und ob er noch in seine Frau verliebt war. Damit konnte er fertig werden.

»Jetzt zerbrich dir nicht dein hübsches Köpfchen. Janet haben die Leute dort gar nicht so lange gekannt, daß sie sich eine Meinung von ihr bilden konnten. Sie ist kurz nach der Fertigstellung der Plantage gestorben und hat kaum ein Jahr dort gelebt. Und ich bin vernünftig genug, keine Vergleiche zwischen dir und ihr zu ziehen, du kannst also beruhigt sein.«

Morgana schlug die Augen nieder, damit er ihre Gedanken nicht erkennen konnte. Rian hatte immer gesagt, ihre Augen würden ihre Gedanken verraten. Wie einfach es doch war, Taylor hinters Licht zu führen. Sie würde ihn bald um den kleinen Finger gewickelt haben. Dann lächelte sie ihn scheu an, murmelte ihren Dank, gab ihm einen Kuß und sprang von seinem Schoß.

»Komm, wir spielen Karten«, sagte sie.

Und damit er nicht zu sehr überlegte, wie klug sie wirklich sei, ließ sie ihn dreimal gewinnen.

Die Wogen plätscherten leise gegen den Rumpf der *Lucky Lady*, während sie durchs Wasser pflügte, durch die Dunkelheit, vorbei am Kap von Südafrika. Morgana schloß die Augen und kuschelte sich in das Laken, nicht ahnend, daß Rians Schiff im Hafen von Kapstadt vor Anker lag, so nah und doch so weit.

Kapitel Achtundzwanzig

Rian starrte trübsinnig in sein Whiskeyglas, und warf der verschlampten Barfrau, die ihm zugezwinkert hatte, einen so angewiderten Blick zu, daß diese sofort zurückwich und sich für die Störung entschuldigte. Noch ein böser Blick, dann wandte er sich wieder der Betrachtung der bernsteinfarbenen Flüssigkeit zu. Er war krank vor Trauer gewesen, aber allmählich fing er sich wieder. Himmel, wie verrückt er gewesen war...

Er hatte sich seinen Weg durch die zähen Lianen des afrikanischen Busches gehackt und sich nicht einmal umgedreht, ob seine Männer ihm auch folgten. Er war jetzt überzeugt, daß Morgana tot war. Er hatte sich so an diesen Hoffnungsfaden geklammert, bis ein sterbender Mann ihn mit Gewalt durchschnitten hatte. Er würde sie nie wieder besitzen. Nie wieder ihr helles, trillerndes Lachen hören, ihren süßen Honigmund kosten und in die Tiefen ihrer smaragdgrünen Augen schauen. Die einzige Frau, die er je gewollt, ja, und geliebt hatte, war tot.

Sein Suchtrupp hatte sich zurück zum Fluß gekämpft und von da aus zum Schiff. Die Ashanti hatten die in Bobosanga verankerten Boote verbrannt, also mußten sie am Strand ein Feuer anzünden, um die Leute an Bord der *Sorceress* auf sich aufmerksam zu machen. Harrison hatte sofort ein Dinghy losgeschickt. Sie waren halb tot vor Erschöpfung gewesen und übersät mit Insektenstichen. Ein Mann blutete von einem Zusammenstoß mit einem hungrigen Leoparden. Er starb kurz nach ihrer Rückkehr, und Harrison ließ ihn über Bord werfen. Die übrigen schickte er auf die Krankenstation. Aber er konnte nichts gegen den Blick voller Tod im Gesicht seines Captains tun.

Die Männer, die Rian gefolgt waren, erzählten Harrison heimlich, was passiert war, und berichteten, daß der Captain kein Wort gesprochen hatte, seit sie das Ashanti-Dorf verlassen hatten. Mister Harrison schüttelte sorgenvoll den Kopf.

»Ja, ja, ich hab's gewußt, daß es schlecht ist, wenn er das Mädel zu diesen Wilden mitnimmt. Das arme Ding. Gott sei ihrer Seele gnädig. Sie ist tot, und wir können ihr nicht mehr helfen«, sagte er. »Aber den Captain hab' ich noch nie so erlebt. Ich fürchte, er hat den Verstand verloren.«

Die anderen nickten schweigend.

»Wir müssen alle für ihn beten, Mister Harrison«, sagte Pater John.

Er war mit an Bord gekommen, weil ihm keine andere Wahl blieb. Er wollte in Kapstadt von Bord gehen, dort kannte er eine Mission.

»Laßt uns hoffen, daß er schnell wieder zur Vernunft kommt«, fuhr der Priester fort. »Ich glaube, er gibt sich die Schuld an Lady Keldaras Tod. Er muß sie sehr geliebt haben.«

»Ja, nun, wir müssen unser Bestes versuchen«, sagte der erste Maat.

Rian saß in der Kabine und sah ständig Morganas Gesicht vor sich. Er trank und trank, aber selbst die Unmengen Schnaps konnten ihr Bild nicht verdrängen. Er spielte stundenlang mit der Rätselschachtel. Er schickte seine Mahlzeiten unberührt zurück in die Küche. Er badete weder, noch rasierte er sich, und die Falten in seinem Gesicht wurden tiefer, die Narbe brannte weiß in seinem braunen Gesicht. Wenn Harrison kurz nachschauen wollte, beschimpfte Rian ihn wüst und sagte, er würde den ersten Mann, der noch mal sein Gesicht hier zeige, grußlos erschießen.

Der erste Maat schlich sich besorgt davon. Unter Deck wurde die Mannschaft immer unruhiger und frecher, weil Rian kein Interesse am Schiff hatte. Einige von ihnen wagten es, sich direkten Befehlen von Harrison zu widersetzen, und murrten aufsässig, als er sie auspeitschen und in Ketten legen ließ. Dem ersten Maat wurde mit einem Mal bewußt, wie dunkel die Gänge des Schiffes waren und wie leicht ihm jemand ein Messer zwischen die Rippen jagen konnte. Er befürchtete, sie würden bei der ersten Gelegenheit revoltieren. Die Männer schlossen ihn aus ihren Unterhaltungen aus und verstummten, wenn er in die Nähe kam.

Er und Timmons, der Bootsmann, unterhielten sich abends beim Essen über die Möglichkeit einer Meuterei.

»Ich sage dir, Timmons, mir gefällt das gar nicht. Der Koch sagt, jemand wäre in die Kombüse eingebrochen und hätte den meisten Proviant gestohlen und die Wasserrationen.«

»Ja, wir sollten uns auf einen Angriff vorbereiten.« Timmons' Gesicht war sehr ernst. »Zuerst sollten wir sofort die Gewehre wegsperren, die der Captain an Bord hat.«

Aber es war zu spät. Jemand hatte den Gewehrschrank schon aufgebrochen und den Inhalt gestohlen.

»Die werden nachts angreifen«, überlegte Harrison. »Wenn sie glauben, wir schlafen. Ich übernehme die erste Wache.«

»Glaubst du nicht, wir sollten den Captain informieren, Harrison?« fragte Timmons ängstlich.

»Ich hab' dir gesagt, er will den ersten Mann, der sich in der Kabine zeigt, erschießen. Ich glaub' ihm das. Du hast diesen Blick nicht gesehen, als wär' sein Herz tot und ihm völlig egal, was mit ihm passiert. Er hat die Duellpistolen geladen und hat sie ständig griffbereit. Selbst betrunken schießt der Captain noch besser als die meisten Männer nüchtern. Ich hab' keine Lust, den Bauch voll Blei gepumpt zu kriegen. Ich bin schon lange beim Captain, aber so hab' ich ihn noch nie erlebt. Ich weiß nicht, was ich tun soll.« Harrison war ratlos.

»Ja, die Mannschaft ist ein habgieriger Haufen. Die wollen das Schiff unter Kontrolle bringen und mit der Ladung des Captains reich werden. Sein Pferd allein muß ein Vermögen wert sein. Ich glaube, mit Jeb können wir rechnen, der hilft uns«, meinte Timmons. »Er war ziemlich mitgenommen vom Tod der Lady. Du weißt, für ihn war sie wie eine Tochter, auch wenn wir uns immer über ihn lustig gemacht haben. Er hat seine Gitarre seither nicht mehr angefaßt.«

»Und der Koch auch. Dem gefällt auch nicht, was hier passiert«, sagte Harrison. »Er war schon einmal auf einem Schiff, auf dem gemeutert worden ist. Er hat gesagt, das wird er nie vergessen. Nach dem Gemetzel sind die meisten der Überlebenden verhungert, weil irgendein Idiot den ganzen Proviant und das ganze Trinkwasser über Bord gehievt hat.«

»Du lieber Himmel!« Timmons erschauderte. »Ich hoffe, keiner der Jungs war so dumm, das zu tun. Viele sind zu krank, um zu kämpfen, vielleicht gelingt es uns, die anderen in Schach zu halten. Ruf mich zur Wachablösung, wenn deine Schicht rum ist.«

»Das werd' ich«, versprach Harrison.

Die Meuterer griffen an, leise Stimmen, dann plötzlich hastige Schritte, aber Harrison war auf sie vorbereitet. Er hatte seine eigenen Pistolen geladen und weckte sofort die treuen Männer. Er, Timmons, Jeb, der Koch und Pater John verbarrikadierten sich in der Kabine des ersten Maats. Jeder, der sie angreifen wollte, mußte durch die Tür kommen. Und das taten sie. Ohne Rücksicht auf die sterbenden Kameraden unter ihren Füßen griffen sie an. Die Männer im Raum konnten ihre Pistolen nicht schnell genug nachladen, und bald war die meuternde Mannschaft ins Zimmer eingedrungen. Sie zogen ihre Waffen, und die Schlacht wurde noch blutiger.

Rian erwachte aus seinem trunkenen Schlaf. »Was zum Teufel?« brüllte er und rollte mit seinen blutunterlaufenen Augen. Er packte seine Pistolen und stürmte aus dem Zimmer, fest entschlossen, jeden zu ermorden, der diesen fürchterlichen Lärm veranstaltete. Es dauerte einige Zeit, bis er begriffen hatte, was passiert war. Die Mannschaft hatte nicht daran gedacht, ihn in sein Quartier einzusperren, weil sie meinten, er wäre verrückt vor Trauer. Jetzt stürzte er sich wie ein Berserker auf sie, was ihr Urteil eigentlich nur bestätigte. Er streckte zwei der Meuterer mit seinen Pistolen nieder, dann zog er seinen Degen und stürzte sich ins Getümmel. Schon nach kurzer Zeit mußten die Meuterer sich ergeben und standen nun verstockt ihrem bärtigen Captain gegenüber.

»Was, zum Teufel, soll das bedeuten, Harrison? Warum haben Sie mich nicht unterrichtet, daß meine Männer meutern wollten?« Rian wischte sorgfältig seine Klinge ab und fixierte den Maat wütend.

»Verzeihung, Captain, aber Sie haben gesagt, Sie würden jeden erschießen, der Ihre Kabine betritt. Sie waren nicht Sie selbst, Captain«, fügte Harrison noch hastig hinzu.

»Legt diese Männer in Ketten«, knurrte Rian.

»Verzeihung, Captain«, sagte Harrison und schluckte. »Aber wenn ich all die Männer in Eisen lege, gibt's keinen Mann mehr auf dem Schiff.«

»Dann hängt die Rädelsführer auf. Laßt sie hängen, bis sie verfault sind, und die restlichen Männer müssen an die Arbeit! Jeder, der sich beklagt, wird kielgeholt. Ist das klar?«

»Aye, aye, Captain.« Harrison hätte beinahe gegrinst. Der Captain war schon fast wieder ganz der alte.

Seine Befehle wurden schleunigst ausgeführt, die Rädelsführer hingerichtet und der Rest der Männer wieder zurück an die Arbeit geschickt. Nachdem alles erledigt war, meldete sich Harrison in Rians Kabine.

»Ich hab' alles erledigt, Captain. Hier, lassen Sie mich mal die Wunde sehen.« Er schaute sich einen Schnitt in Rians Arm an und sagte: »Da gießen Sie am besten etwas Whiskey drauf. Vorsicht kann nicht schaden.«

»Hör auf, dich wie eine Gluckhenne zu benehmen!« Rian riß ungeduldig seinen Arm weg. »Ich werd' ein bißchen Alkohol drauftun, wenn ich noch was übriggelassen hab'.«

»Wäre ein Wunder, wenn ja«, sagte der erste Maat leise.

»Was war das?« Rian zog eine Augenbraue hoch.

»Ich hab' gesagt, wär' ein Wunder, wenn noch was da wär'«, schrie Harrison. »Sie haben's ja in sich reingeschüttet, als wär's Wasser. Ist ein Wunder, daß Sie überhaupt noch leben. Ich hab' schon viel mit Ihnen erlebt, aber eins noch nicht, daß Sie rumhocken und vor lauter Selbstmitleid vergehen.«

»Das reicht«, sagte Rian knapp. »Jetzt raus hier!«

»Aye, aye, Captain.« Der erste Maat schlug die Tür hinter sich zu.

Nachdem Harrison gegangen war, blieb der Graf lange nachdenklich sitzen. Harrison war einer seiner ältesten Freunde, und er hatte großen Respekt vor ihm. Und er hatte recht. Rian war von sich selbst angewidert. Er hatte sich wochenlang nur vollaufen lassen, Meuterei heraufbeschworen, sich weder gebadet noch rasiert. Er schaute in den Spiegel und traute seinen Augen nicht. Morgana hätte ihn nicht einmal in ihre Nähe kommen lassen.

Morgana! Der Gedanke an sie trieb ihn zum Wahnsinn. Er mußte sie vergessen. Fluchend brüllte er nach Harrison, er solle ihm Wasser bringen. Der erste Maat gehorchte mit Freuden, er hatte nämlich gerade entdeckt, wo der gestohlene Proviant versteckt war.

Im frühen Morgengrauen erschien Rian auf Deck, sauber und frisch rasiert. Sein Anblick begrub alle restlichen Gedanken der Mannschaft an Meuterei. Er übernahm das Ruder und informierte Harrison, sie würden in Kapstadt anlegen, um den Proviant aufzustocken und Pater John in der Mission abzusetzen.

Harrison sagte schlicht »Aye, aye, Captain«, aber Rian sah, daß er im Wegdrehen grinste.

Der Graf beförderte sich mit einem Ruck in die Gegenwart zurück und warf ein paar Münzen für den Whiskey auf den Tisch, bevor er die Bar in Kapstadt verließ. Er runzelte die Stirn. Es hatte keinen Sinn, sich eine Hure zu suchen, um den Rest der Nacht mit ihr zu verbringen. Keine Frau hatte diese kupfernen Haare und die Smaragdaugen. »Verdammt sollst du sein, Morgana!« fluchte er leise in die Dunkelheit. Er blieb einen Moment am Hafen stehen und schaute den weißen Segeln eines Schiffes nach, das draußen in der Ferne vorbeisegelte. Im Mondlicht konnte er gerade noch den Namen des Schiffes entziffern. Die *Lucky Lady*. Hoffentlich war der Name genauso passend wie *Sorceress*.

»Sichere Fahrt wünsch' ich Euch, Madam«, rief er höhnisch in die Nacht hinaus, dann ging er an Bord seines eigenen Schiffes.

Indien! Der bloße Name allein schimmerte schon wie die Kleider der dunkelhäutigen Eingeborenen. Die Frauen trugen Schleier über dem Gesicht, und einige hatten strahlende Juwelen auf der Stirn. Morgana genoß die Atmosphäre in vollen Zügen, nachdem ihr Taylor erlaubt hatte, von Bord zu gehen. Viele der Männer trugen weiße Roben, und einige hatten Turbane auf dem Kopf.

»Komm, Taylor, gehen wir einkaufen oder Sehenswürdigkeiten anschauen«, Morgana zerrte ihn am Arm und versuchte ihn mitzuziehen.

»Morgana, hör auf! Bitte! Ich muß mich um Geschäfte kümmern, und du kannst nicht durch die Straßen laufen wie ein gewöhnliches Frauenzimmer. Ich hab' dem Maharadscha Bhavnagar eine Nachricht geschickt, und er hat uns heute abend zum Dinner eingeladen. Möchtest du das nicht lieber machen?« Er schaute ängstlich in ihr schmollendes Gesicht.

»Na schön, aber wenn ihr den ganzen Abend über Geschäfte redet, werd' ich vor Langeweile schreien«, sagte sie trotzig.

Taylor seufzte: »Ich dachte, meine Geschäfte interessieren dich. Hast du dir's anders überlegt?«

Sie gab keine Antwort, und er mußte lächeln. Natürlich langweilten sie die Finanzen, genau wie die meisten Frauen. Doch kein Grund zur Sorge.

Zu Morganas Überraschung lebte der Maharadscha in einem eindrucksvollen Palast mit Kuppeln, hohen Türmen und Minaretts.

»Irgendwie erinnert es mich an den Pavillon in Brighton«, hauchte sie, als sie die langen Gänge entlanggeführt wurden. »Du weißt, daß Prinny alles im orientalischen Stil umbauen läßt?«

»Ja, woher sollte ich denn so etwas wissen?« Taylor rollte ungläubig die Augen. »Wirklich, Morgana, manchmal sagst du die komischsten Sachen. Ich flehe dich an, halt beim Essen den Mund.«

»Na ja, wenn du versprichst, mich nicht mehr so schäbig zu behandeln«, schmollte sie und ziepte ihn am Bart, was ihn sehr verstimmte. »Ich könnte mir vorstellen, daß der Maharadscha mich amüsant findet, auch wenn du das nicht tust.«

»Mein Gott, Morgana! Meine meisten indischen Geschäfte laufen über ihn. Wenn du irgend etwas Unschickliches machst, wird er mich nie wieder empfangen.«

Morgana errötete. Also wirklich! Taylor hatte überhaupt keinen Sinn für Humor. Sie versprach, ihr bestes Benehmen an den Tag zu legen, dann warf sie hochmütig ihre Locken zurück und verfluchte ihn insgeheim. Manchmal war er wie ein spießiges altes Weib. Wenn er doch nur ein bißchen unternehmungslustiger wäre!

Der Maharadscha Bhavnagar war ein äußerst faszinierender Mann, gar nicht der Wilde, den sie erwartet hatte. Er sah sehr distinguiert aus, und sein Englisch war makellos. Dunkle Haare, olivfarbene Haut und sehr charmant, schien er von ihr genauso angetan wie sie von ihm, und er konnte sich gar nicht an ihr satt sehen, als sie sich auf den Satinkissen um einen reich geschnitzten Bambustisch versammelt hatten.

Morgana sah bezaubernd aus in einem Kleid, das sie aus einem Stoff von Taylors Schiff genäht hatte. Der Schnitt war einfach, sie war ja schließlich keine Näherin, aber das seidige Schwarz betonte ihre weiße Haut perfekt und ließ ihre grünen Augen funkeln wie Juwelen. Ihre feurigen Flechten glühten wie poliertes Kupfer.

Taylor runzelte die Stirn. Wie die beiden miteinander lachten! Morganas Wangen waren gerötet, als der Maharadscha sich zu ihr beugte, um ihr eine Frucht zu reichen. Sie biß lustvoll zu und bemerkte, wie seine Augen vor Freude über ihren sinnlichen Mund und ihre weißen Zähne glühten. Als er vorschlug, einen Spaziergang durch die Palastgärten zu machen, nahm sie bereitwillig an und ignorierte Taylors vorwurfsvollen Blick. Ihr silberhelles Lachen hallte durch die offenen Bögen aus dem Garten, und Taylor fragte sich, was der Maharadscha und seine Braut da draußen wohl machten. Sie hatten ihn nicht gebeten mitzukommen. Er seufzte. Wenn er sie nur endlich in Virginia, in Fairoaks hätte. Er war sich sicher, dort würde alles anders werden.

Die Nacht war erfüllt vom Parfüm exotischer Blumen. Morgana spürte den herausfordernden Blick von Sirsi, wie der Maharadscha von ihr genannt werden wollte, und ihr Puls beschleunigte sich. Er stand im Schatten, und einen Moment lang stellte sie sich vor, er wäre Rian. Rian im Garten von Shanetara, der von der Geisterstunde sprach. Eine Uhr schlug. Ja, du kannst einen Mann mit diesen Augen verhexen. Sie zuckte zusammen. Da werde ich morgen einen blauen Fleck haben. Ja, ich hab' dir mein Brandzeichen aufgedrückt. Sieh zu, ob einer es wagt, mir das Recht streitig zu machen.

»Morgana, du hast kein Wort von dem, was ich gesagt habe, gehört.« Sirsis dunkle Augen brachten sie mit einem Schlag in die Gegenwart zurück.

»Tut mir leid, Sirsi. Ich fürchte, ich war mit meinen Gedanken in einer anderen Zeit, an einem anderen Ort«, entschuldigte sich Morgana betroffen.

»Es spielt keine Rolle. Ich habe lediglich gefragt, ob es dir Freude machen würde, während deines Aufenthalts hier im Palast zu wohnen?«

»Aber ja, das wäre wunderbar, aber du mußt Taylor fragen. Ich fürchte, er mag es nicht, wenn ich alleine Entscheidungen treffe.«

»Aber das ist doch selbstverständlich. Ein Mann hat das Recht, seine Domäne zu verteidigen.« Sirsis weiße Zähne blitzten in der Dunkelheit.

»Und wenn er nicht fähig ist zu herrschen?« sagte Morgana im Scherz, aber ihre Stimme hatte einen ernsten Unterton.

»Dann sollte ein anderer seinen Platz einnehmen.« Der Maharadscha brach eine Blüte ab und steckte sie ihr hinters Ohr.

Durch diese Bewegung ergoß sich ein Regen von Blütenblättern über seine Kleidung, die wie Sterne im Mondlicht funkelten. Morgana lief ein wohliger Schauer über den Rücken bei seiner Berührung, und sie lächelte ihm zu. Wenn doch nur seine Augen grün und nicht braun wären.

»Dämonen verfolgen mich, Sirsi. Sollten wir jetzt nicht reingehen?«

Der Maharadscha folgte ihr langsam und fragte sich, was wohl diesen plötzlichen Stimmungsumschwung ausgelöst hatte. Man hatte ihm erzählt, Engländerinnen wären gefühlskalt, aber in Morgana spürte er ein Feuer, das er nur zu gerne zur Leidenschaft entfacht hätte.

Taylor war verärgert, als er die Blume in Morganas Haar sah und die Blütenblätter auf Sirsis Anzug, und mit geradezu perverser Freude wies er den Maharadscha sarkastisch darauf hin.

Sirsi lächelte und klopfte sich die Blütenblätter ab. »Ihre Verlobte ist äußerst charmant, Captain Jones. Ich habe ihr gesagt, meine Stallungen stehen ihr für die Dauer ihres Aufenthalts zur Verfügung, und ich bitte Sie, hier im Palast meine Gäste zu sein.«

Taylor hatte keine andere Wahl, er mußte annehmen. Die Gastfreundschaft des Prinzen abzulehnen, wäre äußerst unhöflich gewesen, und es war nicht ratsam, den Maharadscha zu beleidigen.

In den folgenden Tagen begleitete Morgana Sirsi oft auf seinen Ritten durch die Ländereien seiner kleinen Provinz. Er stellte sie seinen Frauen Jind, Dhoraji und Amreli vor, und wenn sie nicht beim Reiten war, verbrachte sie viele Stunden im Trakt der Frauen. Sirsis Frauen waren entzückt von ihr und bemühten sich neugierig um sie, ähnlich wie die Frauen Don Mojades'. Morgana entdeckte, daß sie sich immer noch nicht an den Gedanken gewöhnen konnte, daß ein Mann mehrere Frauen hatte. Es schien so heidnisch und primitiv, aber die Frauen behandelten sie so höflich, daß sie einfach nett zu ihnen sein mußte.

Jind war die jüngste, schmal und sinnlich, mit einem Mund wie roter Wein und geheimnisvollen, schrägen Augen. Sie hatte langes, dunkles Haar und trug einen kleinen Diamanten an ihrem Nasenflügel. Alle drei hatten Löcher in den Ohren und wollten unbedingt Morganas Ohrläppchen durchbohren, aber sie weigerte sich standhaft.

Dhoraji war älter und gelegentlich etwas anstrengend. Sie war die Mutter des Prinzen, der eines Tages Sirsis Königreich erben würde, und das ließ sie die beiden anderen Frauen, die nur Töchter geboren hatten, nie vergessen.

Amreli hatte ein Gesicht wie ein Raubvogel, nicht sonderlich hübsch, aber eine Art von Sinnlichkeit, die Männer wie Sirsi anziehend fanden.

Sirsi. Wie leicht ihr der Name über die Zunge rollte. Er verhielt sich sehr kühl, aber sie spürte, daß hinter seinem wirklich königlichen Äußeren wesentlich mehr steckte. Eines Tages bekam sie eine Kostprobe seines Temperaments, als eine Unberührbare auf dem Marktplatz versuchte, den Stoff ihres Kleides anzufassen. Er hätte das Mädchen auspeitschen lassen, wenn Morgana sich nicht eingemischt hätte. Es war schwer für sie, das Kastensystem in Indien zu begreifen. Bis auf ihr Kleid hätte die Frau auch eine von Sirsis Frauen sein können.

Er bewirtete sie fürstlich, sehr zu Taylors Leidwesen. Der Captain verlor allmählich die Geduld mit dem Maharadscha und wollte endlich seine Geschäfte abwickeln, damit er wieder in See stechen konnte, aber der Prinz verzögerte immer wieder die Verhandlungen und sagte, es wäre später noch genug Zeit für Geschäfte. Taylor vermutete, daß Morgana der Grund für diese Verzögerung war, aber er konnte nichts dagegen machen. Wenn er das Thema anschnitt, lachte sie nur und sagte, er solle doch nicht so spießig sein.

Ein alter Mann weissagte ihr die Zukunft aus der Wölbung ihrer Stirn. Seine Worte brachten sie so durcheinander, daß sie unter der heißen indischen Sonne vor Kälte zitterte und schnell weglief, nachdem sie ihm ein paar Münzen zugeworfen hatte. Aus den Haufen bunter Stoffe am Markt suchte sie sich einige Saris aus. Und dann schaute sie sich etwas ängstlich die Kobras an, die sich aus den Körben der Flötenspieler hochschlängelten.

Einige Tage später schlug der Maharadscha eine Reise nach Agra vor, zur Besichtigung des Taj Mahals, und sie brachen mit einer großen Eskorte von bewaffneten Wächtern vom Palast auf. Jind und Amreli begleiteten sie in Sänften, weil sie nicht gerne ritten. Dhoraji zog es vor, im Palast zu bleiben, nachdem sie schon einige Male dort gewesen war. Morgana kam mit ihrem kleinen Pferd sehr gut zurecht. Sie hatte sich im Lauf der letzten Wochen an das Temperament des Tieres gewöhnt und stellte überrascht fest, daß Taylor im Sattel genauso zu Hause war wie an Bord eines Schiffes. Sie war dankbar für den wallenden Burnus, der ihre Haut vor der Sonne und dem Staub schützte, nur gelegentlich war sie etwas neidisch auf die Bequemlichkeit, die Jind und Amreli genossen. Aber es war ihr doch lieber, an Sirsis Seite reiten zu können.

Er sah sehr gut aus auf seinem weißen Hengst, und wenn seine heißen Blicke sie mehr als einmal während des Tages streiften, errötete sie ganz bezaubernd. Er war wirklich ein Bild von einem Mann und ließ ihr keine Ruhe mehr, besonders nachts, wenn die riesigen Seidenzelte aufgestellt und Teppiche und Kissen auf dem Boden ausgebreitet wurden. Sie wälzte sich schlaflos herum und stellte sich vor, sie wäre eine indische Prinzessin. Manchmal, wenn sie nicht schlafen konnte, wanderte sie durch den Wüstensand und beobachtete die Sterne. Einmal sah sie den Maharadscha im Schatten seines Zeltes stehen und sie beobachten, und sie lief pochenden Herzens schnell zu ihrem Zelt.

Einige Tage später erreichten sie endlich den Taj Mahal, und Morgana war hingerissen. So ein schönes Gebäude hatte sie noch nie gesehen. Es war ein perfektes, weißes Marmorjuwel, so filigran, so majestätisch, daß es ihr den Atem verschlug. Sie stand im Torbogen und betrachtete die Pracht. Selbst Taylor war beeindruckt.

»Erzähl mir, Sirsi. Erzähl mir die Geschichte dazu. Wer hat es gebaut und warum?«

»Es wurde von Liebe inspiriert«, sagte der Prinz und erzählte ihr dann die schönste Geschichte, die sie je gehört hatte.

»Der Bau des Taj Mahal dauerte achtzehn Jahre, und er wurde im Jahr 1648 beendet. Der König, der es schaffen ließ, Shah Jahan, herrschte dereinst über ein großes Moslemreich in Indien, dessen Hauptstadt Agra war. Er lud Künstler und Architekten aus allen Ländern zum Bau ein. Er besaß riesige Truhen voller Gold und Rubine, und in seinen königlichen Stallungen standen Tausende von Pferden und Hunderte von Elefanten. Aber ein Schatz bedeutete dem König mehr als alles andere: seine schöne Frau, Mumtaz-i-Mahal, was ›Die Auserwählte des Palastes‹ heißt.« Sirsis Stimme war ganz zärtlich.

»Wie du weißt, Morgana, ist es unsere Sitte, viele Frauen zu haben, aber für Shah Jahan gab es nur eine. Es wird erzählt, er und Mumtaz-i-Mahal wären während ihrer achtzehnjährigen Ehe keinen Tag getrennt gewesen. Aber das Schicksal griff mit grausamer Hand ein und machte aus dieser Romanze eine Tragödie. Die Königin wurde von einem tödlichen Fieber befallen und starb. Tagelang fürchtete der Palast, der König würde auch sterben, denn er verweigerte die Nahrungsaufnahme, und nicht einmal seine Kinder wagten es, ihn anzusprechen. Schließlich ließ er seinen besten Architekten kommen, Ustad Isa, einen Perser, und befahl dem Mann, ein Grab für die sterblichen Überreste seiner geliebten Königin zu erbauen. Der König gab einen Großteil seines Schatzes für den Taj Mahal aus, was ›Die Krone des Mahal‹ bedeutet«, übersetzte Sirsi. »Und all seine Trauer, seine Tränen und Liebe strömten in diesen Bau.«

Tief bewegt lauschte Morgana, als der Maharadscha fortfuhr.

»Es wird erzählt, in diesem Grabmal wohnt eine Seele, und wenn zwei Liebende in einer Vollmondnacht in diesem Garten wandeln, können sie das Grabmal im Dunst verschwinden sehen und einen atemberaubenden Augenblick lang das strahlende Bildnis von Königin Mumtaz-i-Mahal erkennen, bevor sie wieder eins wird mit den Mondstrahlen, die in den Brunnen schimmern.«

»Und Shah Jahan, was ist mit ihm passiert?« fragte Morgana angesichts des Baldachins aus zehntausend Perlen über dem Katafalk der Königin.

»Oh, das ist auch eine traurige Geschichte. Unmittelbar nachdem das Grabmal vollendet war, führte der Sohn eine Rebellion gegen den Vater und ließ ihn ins Gefängnis stecken. Dort blieb Shah Jahan sieben lange Jahre und wartete auf seinen Tod. Als er schließlich im Sterben lag, bat er die Soldaten, ihn bei Sonnenaufgang auf den Balkon des Gefängnisses zu tragen, damit er den Taj Mahal noch einmal sehen konnte, bevor er starb. Seine Bitte wurde erfüllt, und der alte Mann schloß die Augen für immer, beruhigt, weil er bald mit seiner Liebsten vereint sein würde«, endete Sirsi.

Morgana fühlte sich plötzlich ungeheuer leer und mußte weinen, um die unglücklichen Liebenden und um sich selbst.

»Aber Morgana, ich hab' dich ja zum Weinen gebracht.« Der Maharadscha war untröstlich. Irgendwie hatten sie sich von Jind, Amreli und Taylor entfernt und waren in diesem Teil des Grabmals ganz allein. »Du darfst nicht traurig sein. All das ist schon viele Jahre her. Ich wollte dich nicht erschrecken.«

»Tut mir leid, Sirsi. Ich kann einfach nicht anders«, schluchzte sie und nahm das Taschentuch, das er ihr anbot.

Sie trocknete sich die Augen und wehrte sich nicht, als sein Arm sie umfing und er sie zum Trost an sich zog. Sie fragte sich, ob Rian je das Grabmal gesehen hatte. Er hätte genau verstanden, was sie in diesem Moment empfand, was sie andererseits auch wieder seltsam fand. Er hatte es aber auch verstanden, als sie damals in Shanetara die Erscheinung gesehen hatte und er von ihrer Liebe füreinander gesprochen hatte. Schritte näherten sich, und Sirsi ließ sie los, als die anderen sich näherten.

»Wir haben euch überall gesucht«, schmollte Jind.

»Aber Morgana, hast du etwa geweint?« Taylor schaute sie mißtrauisch an.

»Es war meine Schuld«, erklärte Sirsi. »Ich hab' ihr die Geschichte des Grabmals erzählt, und das hat sie aufgeregt. Fühlst du dich jetzt besser?« Er wandte sich zu Morgana.

»Ja, danke.«

Jind war sichtlich erleichtert. »Ja, sie ist sehr traurig, nicht wahr? Ich hab' auch geweint, als ich die Geschichte zum ersten Mal gehört habe. Kommt, verlassen wir diesen Ort des Todes. Ich hab' schrecklichen Hunger.«

Morgana war so in Gedanken, daß sie auf der Reise nach Hause kaum ein Wort sagte. Taylor versuchte, sie zu erheitern, konnte sie aber nicht von ihrer Melancholie befreien.

Eines Nachts erwachte sie schweißgebadet. Sie wußte, was ihr fehlte, weigerte sich aber, sich einzugestehen, daß ihr Rians Zärtlichkeiten fehlten, das Gefühl seines schlanken Körpers neben dem ihren, die Berührung seiner glühenden Lippen. Er hatte ihre natürliche Leidenschaft geweckt, und jetzt hungerte sie nach Erfüllung. Jind und Amreli schliefen unbekümmert weiter, als sie den Zeltvorhang zur Seite schlug und hinausging. Der Eunuch, der die Frauen bewachte, regte sich kurz, nickte aber lediglich, als er sah, daß es nur die Engländerin war. Die kühle Wüstenbrise strich angenehm über Morganas Haut, und der Sand unter ihren bloßen Füßen fühlte sich kalt an. Sie schien im Mondlicht zu schweben, als sie durch das schweigende Lager wanderte. Eine Bewegung im Schatten erregte ihre Aufmerksamkeit, und Sirsi trat aus der Dunkelheit.

Sie sagte leise: »Sirsi... ich...«

Morgana mußte nicht mehr sagen. Sein Mund auf ihrem ließ sie verstummen. Sie schlang ihre Arme um seinen Hals, und er trug sie in sein Zelt. Er bettete sie zärtlich in die Kissen, und seine Hände waren sanft und geduldig. Er löste die Bänder ihres Negligés. Sie fühlte keine Scham, als er ihre Brüste küßte, leise ihren Namen stöhnte und seine Hand zwischen ihren Schenkeln spielte. Sie erzitterte unter seiner Berührung, zog ihn an sich, zerrte an der Schnur, die seine Kleidung hielt. Endlich gelang es ihr, sie zu lösen, und ihre Hand tastete nach seiner harten Männlichkeit. Sie drängte ihn weiterzumachen. Sie stöhnte, als er in sie eindrang, dann paßte sie seinen Rhythmus ihrer Begierde an und redete sich ein, es wäre nur das Mondlicht, das seine Augen grün blitzen ließ.

Morgana seufzte am nächsten Tag zufrieden, als die ersten Strahlen der Morgensonne den Himmel erhellten. Sie gähnte, streckte sich und ließ ihre Hände über ihren befriedigten Körper gleiten. Sie badete in der weißen Marmorwanne und war froh, daß Jind und Amreli noch schliefen. Sirsi war ein guter Liebhaber. Seltsam, daß ausgerechnet er der erste Mann war, dem sie sich willig hingegeben hatte. Sie zog einen leichten Sari an und wanderte durch die Gärten des Palastes. Unterwegs pflückte sie eine Blume. Sie drehte sie langsam zwischen den Fingern.

Sie hatte nichts zu tun, was Bedeutung hatte. Später würde sie einen der Diener um ein Glas Fruchtsaft schicken und dann einige Zeit im Patio verweilen. Jetzt zählten nur die Nächte, wenn sie sich aus den Frauenräumen in Sirsis Arme schleichen konnte, vorbei an den streng abgewandten Augen der Eunuchen. Sie mußte nicht mehr wach liegen und sich nach Liebe sehnen.

Sirsi verliebte sich mit jedem gestohlenen Augenblick mehr in sie und erfand ständig neue Gründe, sie an der Abreise zu hindern.

»Du kannst doch nicht wirklich vorhaben, Captain Jones zu heiraten, Morgana«, flüsterte er eines Abends. »Wenn ich daran denke, wie du in den Armen dieses alten Mannes...«

»So alt ist er nicht, Sirsi, und er hat auch keine drei anderen Frauen«, neckte sie ihn.

»Ah, Morgana, du weißt, ich kann sie nicht deinetwegen verstoßen, aber ich schwöre dir, wenn du bleibst, werde ich nicht mehr in die Frauenräume gehen. Ich werde dich wie eine Königin behandeln. Du wirst deine eigenen Räume und Diener bekommen, was du begehrst.«

»Aber ich wär' ja doch kaum besser als eine Konkubine, Sirsi«, protestierte sie, dann gab sie sich wieder seinem suchenden Mund hin.

Die Luft war durchzogen vom schweren Duft des Jasmins und dem süßen Aroma anderer Blumen. In der Hitze war es überwältigend. Morgana schloß die Augen und sog das Parfum ein.

»Die Blumen sind schön, aber Sie, meine Liebe, sind die schönste Blume im Garten.«

Morgana wirbelte herum, und hinter ihr stand plötzlich ein großer Mann, der seinen Blick mit Genuß über sie schweifen ließ.

»Wer seid Ihr? Was macht Ihr hier?« Sie schaute sich hilfesuchend um, aber es war keiner da. Sie war ganz allein mit dem Fremden.

»Ein Nomadenbandit. Wie ich höre, sind Sie die neueste Mätresse des Maharadschas, und ich habe vor, Sie zu entführen und nur gegen Lösegeld wieder freizulassen.« Seine weißen Zähne blitzten.

Sie wich zurück. »Wache! Wache!«

Innerhalb von Minuten waren sie von Soldaten des Palastes umringt. Zu ihrer Überraschung verhafteten sie aber den Eindringling nicht, sondern ließen sich vor ihm auf die Knie fallen.

»Seid ihr verrückt? Verhaftet diesen Mann sofort«, sagte Morgana wütend.

Der Fremde klatschte lachend in die Hände. »Laßt uns allein.«

»Ja, Herr.« Die Soldaten verbeugten sich und verschwanden.

Morgana schaute ängstlich zu dem Mann hoch, der die Wachen einfach weggeschickt hatte. »Wer seid Ihr?« fragte sie noch mal und schaute sich ängstlich nach einem Fluchtweg um.

Der Eindringling lachte wieder. »Tut mir leid, war vielleicht ein schlechter Scherz. Ich bin Hassan, der Bruder des Maharadschas.«

Morgana fiel ein Stein vom Herzen, dann wurden ihre Augen schmal. »Das war nicht komisch. Warum haben Sie das nicht gleich gesagt, anstatt mich halb zu Tode zu erschrecken?«

Hassan zuckte mit der Schulter. »Ich wollte nur wissen, ob Sie wirklich so ein feuriges Frauenzimmer sind, wie alle behaupten.«

»Und, bin ich es?« Wie es schien, hatte Sirsis Bruder auch den Charme der Bhavnagar geerbt.

»Vielleicht. Wollen wir reingehen?« Er reichte ihr seinen Arm.

»Wie Sie wünschen, Mylord.«

Am Eingang erwarteten sie Sirsi und Taylor.

»Hallo, Hassan. Ich hab' nicht gewußt, daß du zurück bist.«

»Eine sehr unwillkommene Überraschung, wie mir scheint«, sagte Hassan trocken.

Sirsi ignorierte die Bemerkung seines Bruders. »Morgana, was war das für ein Aufruhr im Garten?«

»Nichts, Sirsi. Nur ein Mißverständnis. Ich dachte, Hassan wäre ein Bandit.«

»Dir ist nichts passiert?« fragte Sirsi erbost.

»Nein, nein.« Sie nickte.

»Gut. Captain Jones, wenn Ihr mich bitte entschuldigt, ich hab' Verschiedenes mit meinem Bruder zu besprechen. Ich erwarte Sie und Ihre Verlobte, wie immer, zum Abendessen.«

Taylor nahm Morganas Hand, und sie gingen. Auf halbem Weg den Korridor hinunter fiel ihr plötzlich ein, daß er sie als die neueste Mätresse des Maharadschas bezeichnet hatte. Er wußte es. Irgendwie hatte er es erfahren!

»Und, Hassan? Was bringt dich nach Indien? Ich dachte, du hast noch ein Semester in der Schule?« Sirsis Stimme verriet nicht, daß er innerlich kochte. »Bist du wieder hinausgeworfen worden?«

»Ja, aber das ist doch vollkommen egal, oder? War sowieso schrecklich langweilig.« Hassan ließ sich in einen Stuhl fallen, Sirsis Ärger schien ihn überhaupt nicht zu berühren.

»Hassan, das ist das dritte Mal, daß du aus einer Akademie fliegst. Ich mag es nicht, wenn mein Geld verschwendet wird. Was war es diesmal? Frauen?«

»Wie immer, Bruder. Was sonst.« Sirsi würde anscheinend Schwierigkeiten machen. »Es gibt andere Universitäten.«

»Ich werde nicht noch einmal eine Schule für dich suchen.« Sirsis Stimme war kalt. »Du wirst immer ausschweifender, mit deinen Weibern und der Spielerei. Mein Buchhalter berichtet mir, du wärst schwer verschuldet.«

»Ja, aber das krieg' ich schon wieder hin. Es ist unwichtig.«

»Für mich ist es wichtig. Du ziehst den Namen des Bhavnagar-Palastes in den Schmutz, und die Leute verlieren ihren Respekt vor uns. Das werd' ich nicht dulden, hast du verstanden?« Er wartete auf das kurze Nicken seines Bruders. »Na schön. Ich bin in der Sache zu einem Entschluß gekommen. Die Angriffe der Nomadenstämme auf meine Karawanen werden immer dreister. Ein Schmuckstück, das mir sehr teuer war, wurde gestohlen.« Das Collier aus Feueropalen hatte er Morgana geben wollen. »Deshalb wirst du mit einer Einheit in den Norden der Provinz reiten. Ich erwarte, daß du diese Gewalttätigkeiten niederschlägst und den Frieden in meinem Königreich wiederherstellst. Du wirst in zwei Wochen abmarschieren. Vielleicht entspricht das Leben in der Armee mehr deinem Geschmack. Das wäre alles.«

Hassan stockte der Atem. »Und vielleicht werd' ich getötet. Das würde dir doch gefallen, nicht wahr, Bruder? Du findest immer wieder einen Weg, mich vom Palast fernzuhalten. Hast du Angst vor mir, Bruder? Hast du Angst, ich könnte dir den Thron entreißen?«

»Nein, Hassan.« Sirsi fixierte seinen Bruder. »Aber ich bin sicher, du würdest es versuchen, und ich habe keine Lust, dich wegen Hochverrats zu hängen. Geh und bereite deine Abreise vor. Ich spreche nicht als dein Bruder mit dir, sondern ich befehle es dir als dein König.«

Hassan wandte sich an der Tür noch einmal zu ihm. »Oh, übrigens, deine neue Mätresse ist bezaubernd, Bruder. Captain Jones ahnt natürlich nichts von dieser Affäre?«

»Eines Tages, Hassan, wirst du meine Geduld zu stark auf die Probe stellen.«

Hassan lachte boshaft, dann glitt er schweigend durch die Tür. Sirsi schaute ihm wutentbrannt nach. Verfluchter Hassan! Woher konnte er immer wissen, was innerhalb der Palastmauern passierte?

Taylor räusperte sich nervös. »Möchtest du vielleicht zum Markt gehen, Morgana? Ich habe gerade etwas Zeit und würde mich sehr über deine Gesellschaft freuen.«

Sie wollte schon ablehnen, aber dann fiel ihr ein, daß sie in letzter Zeit nur sehr wenig mit Taylor zusammengewesen war. »Aber ja, gerne.« Sie lächelte ihn an, und sein liebevoller Blick entschädigte sie.

Das schlechte Gewissen plagte sie. Welch ein Chaos! Sie wußte nicht, wie das alles passiert war. Sie schlief mit einem Mann, war mit einem anderen verlobt und mit einem dritten verheiratet. Wie brachte sie es nur immer wieder fertig, sich in solche Situationen zu verrennen? Und jetzt wußte es Sirsis Bruder, dieser schreckliche Mann. Sie fragte sich, ob er wohl den Mund halten würde.

Taylor nahm ihren Arm, um ihr aufs Pferd zu helfen, und Morgana mußte sich zusammenreißen, um nicht bei dieser Berührung zusammenzuzucken. Er schien aber nichts bemerkt zu haben. Großer Gott, wie sollte sie das bloß machen? Ihn heiraten und in Virginia auf einer Farm irgendwo hinter Gottes Rücken leben, nachdem sie in den Armen eines Prinzen gelegen war? Sie konnte nicht umhin, seinen untersetzten Körper mit Sirsis schlanker Gestalt zu vergleichen, und erschauderte. Taylor würde es ohne Zweifel als seine Pflicht betrachten, mit ihr ins Bett zu steigen, aber mehr auch nicht. Ihre Leidenschaftlichkeit würde ihn sicher schockieren. Zum ersten Mal tat ihr leid, daß sie seinen Antrag so übereilt angenommen hatte. Wenn sie nur nicht so schrecklich einsam gewesen wäre! Sie hätte sich die Sache gründlicher überlegen müssen.

Taylors besorgte Stimme brachte sie zurück in die Wirklichkeit. »Morgana, wir müssen zurück in den Palast.«

Jetzt erst bemerkte sie die drängenden Menschenmassen auf dem Marktplatz. Vom Rücken ihres Hengstes aus gelang es ihr nach einiger Zeit, den Grund für den Auflauf zu erkennen. Ein Galgen war errichtet worden, und ein Trupp Soldaten schickte sich augenscheinlich an, eine öffentliche Hinrichtung durchzuführen. Ein Gefangener mit verbundenen Augen wurde gerade nach vorn geschubst.

»Morgana, wir müssen weg hier«, sagte Taylor. »Das ist kein Platz für eine Frau.«

Sie ignorierte einfach sein Bitten, gab ihrem Pferd die Sporen und ließ es die Menschenmassen beiseite drängen. Sie hatte noch nie eine Hinrichtung gesehen und wollte ihre morbide Neugier stillen. Es gelang ihr, bis zum Fuß des Galgens vorzudringen, Taylor versuchte, so gut es ging, ihr zu folgen. Die Soldaten legten dem Gefangenen die Schlinge um den Hals, und plötzlich war es kein indischer Bauer mehr, sondern Rian. Rian im Gefängnis von Newgate. Mit lautem Krachen fiel die Klappe unter den Füßen des Opfers, und die Schnur zog sich fest; ein leiser Knacks, und das Genick des Mannes war gebrochen. Morgana merkte gar nicht, daß sie geschrien hatte, aber Taylor hörte ihren Ruf und resignierte. Klar und deutlich hatte sie »Rian, Rian« gerufen.

»Kein sehr angenehmer Anblick, nicht wahr? Es überrascht mich, daß Sie sich so etwas ansehen.«

Morgana drehte sich um, und da war Hassan auf einem wunderschönen braunen Pferd.

»Ich... ich weiß auch nicht genau, warum, ich kannte nur jemanden, der gehängt werden sollte. Ich wollte sehen, wie es ist«, erklärte sie ihm verlegen und lenkte ihr Pferd weg vom Galgen.

»Und, haben sie ihn gehängt, Ihren Freund?« Hassans Blick war bohrend.

»Nein.«

»Dann hatte er sehr viel Glück. Kehren Sie jetzt in den Palast zurück?«

»Ja, wahrscheinlich. Taylor war... oje.« Sie suchte ängstlich die Menge ab. »Ich hab' ihn verloren.« Er war nirgends zu sehen.

»Das macht nichts. Ich werde mit Ihnen zurückreiten, wenn Sie wollen.«

Morgana dankte ihm und war froh um seine Begleitung. Die Menge wurde immer aufsässiger, und sie bekam Angst vor den indischen Bauern. Aber in Gesellschaft des Bruders des Maharadschas würden sie es nicht wagen, sie anzugreifen.

Hassan beobachtete sie aus den Augenwinkeln. Die Hinrichtung schien sie nicht sonderlich aufgeregt zu haben. Die meisten Frauen wären in Ohnmacht gefallen, aber wahrscheinlich hatte sie in ihrem Leben schon viel Schlimmeres gesehen. Kein Wunder, daß sein Bruder so in sie vernarrt war. Diese grünen Augen mit den rabenschwarzen Wimpern, der schmollende rote Mund, der förmlich danach lechzte, geküßt zu werden, der schlanke, weiße Hals und eine Taille, die er leicht mit den Händen umfassen konnte. Ja, wahrhaftig eines Prinzen würdig, vielleicht sogar eines Königreichs. Er grinste wölfisch bei dem Gedanken, der ihm plötzlich gekommen war.

»Warum sehen Sie mich so nachdenklich an, Hassan?«

Er sah, wie kalt ihre Augen waren, wie Eis, und daß sie ihn genauso abschätzig gemustert hatte. Das Weibsbild war nicht dumm, hinter diesem unschuldigen Gesicht verbarg sich ein scharfer Verstand. Im Gegensatz zu den meisten indischen Männern hatte Hassan Respekt vor Frauen mit Verstand.

»Ich hab' mich gefragt, was eine Frau wie Sie an einem Mann wie meinem Bruder findet?«

»Vielleicht dasselbe, das ich an Ihnen finde«, erwiderte sie, sehr befriedigt, weil ihn das offensichtlich überraschte. Spielchen spielen konnte sie mindestens genausogut wie er.

Sie gab ihrem Pferd die Sporen und galoppierte durch die schmalen, verwinkelten Gassen, die Bauern stoben entsetzt zur Seite. Als sie an den Stallungen des Palastes ankam, war Hassan schon da, amüsiert lächelnd. Seine Hände waren warm um ihre Taille, als er sie vom Pferd hob, und ihre Blicke trafen sich für einen kurzen Moment, bevor er sie absetzte. Sie gingen in den Palast, und Sirsi kam ihnen mit besorgter Miene entgegen. Morgana entschuldigte sich und ging schnell weiter zu den Räumen der Frauen. Sie hörte nur noch seinen ersten Satz.

»Laß die Finger von ihr, Hassan«, hatte Sirsi gesagt.

Beim Abendessen entschuldigte sich Morgana bei Taylor für ihr Verschwinden. Er nahm die Entschuldigung schweigend an und strich sich mit einer schwieligen Hand über den Bart. Allmählich gewöhnte er sich an ihre Launen und Eskapaden. Trotzdem war er etwas schockiert, als sie erzählte, Hassan hätte sie nach Hause begleitet. Der Prinz war ihm vom ersten Augenblick an unsympathisch gewesen.

»Du solltest in Zukunft vielleicht nicht so dickköpfig sein, Morgana. Ich hab' dir gesagt, eine Hinrichtung ist nichts für eine Frau.«

»Ganz richtig, Captain Jones.« Sirsi nippte an seinem Wein und warf seinem Bruder einen vernichtenden Blick zu.

»Ach was, es ist doch nichts passiert«, sagte Morgana und aß weiter.

Morgana plätscherte in der geräumigen weißen Marmorwanne und genoß den Duft des Fliederparfums, das Taylor von einem der Schiffe im Hafen aufgetrieben hatte. Jasminblüten trieben auf dem Wasser, und ihr Geruch vermischte sich mit dem nach Flieder. Sie rief nach mehr heißem Wasser, und Ajmer, ihre Dienerin, goß noch einen dampfenden Eimer nach. Schließlich entschloß sie sich seufzend, allmählich doch aus dem Bad zu steigen. Es wurde schon dunkel, und Sirsi erwartete sie wie gewöhnlich. Sie stieg die Marmorstufen hoch und ließ sich von Ajmer mit einem Leinenhandtuch abtrocknen. Dann legte sie sich auf eine Bank zur Massage mit duftenden Ölen, und ihre Muskeln entspannten sich unter den erfahrenen Händen der Dienerin. Am Ende erhob sie sich und ließ sich von Ajmer einen feurroten Sari anlegen. Im flackernden Licht der Öllampen schimmerte die rote Seide mit den Goldfäden wie ihr Haar, und sie wirkte wie eine Feuersäule, lodernd in der Nacht.

»Danke, Ajmer, das wäre alles.« Das Mädchen zog sich für die Nacht zurück.

Morgana nahm eine der Jasminblüten aus der Wanne, steckte sie hinters Ohr, und ging hinaus auf die Veranda. Hinter sich hörte sie Sirsis Frauen, die gerade vom Essen kamen, und fragte sich, ob sie wohl von Sirsi und ihr wüßten. Sie lachten und riefen sie, sie sollte für sie spielen. Sirsi hatte ihr eine Sitar geschenkt, und da dies Instrument ihrer Gitarre nicht unähnlich war, hatte sie schnell gelernt, sie zu spielen.

Sie sang ein altes Hindu-Lied, das Jind sie gelehrt hatte, die ihr abends Unterricht in Hindi gab. Ihre Stimme schwebte hinaus in den Garten, wo Hassan an einem Baumstamm lehnte, den Korridor entlang, wo Sirsi unter einem reichverzierten Torbogen ihrer harrte, und weiter zu Taylor, der in seinem Zimmer Buchhaltung machte.

Und sein Schiff segelte hinaus auf See,
Sie stand am Strand und weinte;
Und seufzend hob sie eine Hand
Und winkte dem Geliebten zum Abschied zu.

Morganas Stimme schwebte durch die Nacht, und jeder der drei Männer war aus den verschiedensten Gründen sehr unzufrieden.

Morgana wußte nicht, wie es passiert war. Sie war aus Sirsis Umarmung im Morgengrauen enteilt und über die Veranda zu den Räumen der Frauen gegangen, als ihr plötzlich jemand den Mund zuhielt und sie dabei fast erstickte. Sie wehrte sich heftig, aber vergeblich gegen den Angreifer, sie wurde in einen Sack gesteckt und über ein Pferd geworfen. Dann war er mit ihr durch die Wüste geritten, wie sie am gedämpften Hufschlag der Pferde merkte. Nach Stunden fühlte sie, daß die Sonne aufgegangen war; es wurde unerträglich heiß, und sie bekam kaum Luft. Schweiß lief ihr übers Gesicht und brannte in den Augen. Ihr Kopf schmerzte, weil er nach unten hing, und dann umfing sie gnädige Nacht.

Sie kam wieder zu Bewußtsein und spürte etwas Kühles auf ihrer Stirn. Einen Augenblick lang glaubte sie, im Salon von Shanetara zu sein und Rian hätte sie gerade aus dem Verlies gerettet. Sie schlug die Augen auf und sah Hassans amüsiertes Gesicht.

»Sie! Mein Gott! Was haben Sie getan? Sie müssen verrückt sein.« Morgana versuchte aufzustehen.

»Geduld, meine kleine Lotosblüte.« Er grinste boshaft, nahm ihre Hände und fesselte sie.

Morgana versuchte sich loszureißen, aber er war sehr stark. Sie sah, daß sie nicht in einen Sack gesteckt, sondern in einen Teppich gerollt gewesen war. Kein Wunder, daß sie fast erstickt war. Der Mann war verrückt! Was hatte er nur mit ihr vor?

»Ich werde dir nichts tun«, sagte er, als hätte er ihre Gedanken gelesen.

»Mir nichts tun?« Ihre Stimme klang hysterisch, obwohl sie versuchte, sich zu beherrschen. »Du Idiot! Du hast mich fast umgebracht! Warum machst du so etwas Wahnsinniges?«

Er ignorierte ihre Frage einfach, riß sie hoch, und das nasse Tuch fiel von ihrer Stirn. »Ich fürchte, du mußt im Herrensitz reiten. Ein Damensattel hätte zu viele unliebsame Fragen heraufbeschworen.«

Er warf sie in den Sattel, band ihre Zügel an seinem Sattel fest und galoppierte los. Morgana hielt sich verzweifelt am Sattelknauf fest. Er war verrückt!

Sie blieben nur zweimal kurz stehen, Hassan gab ihr einen Schluck Wasser und schüttelte sie heftig, als sie versuchte, mehr zu trinken.

»Da wird dir nur schlecht«, sagte er wütend und schloß die Feldflasche wieder.

Sie schaute ihn nur mit haßerfüllten Augen an und sagte nichts. Er suchte den Horizont ab, schien zufrieden mit dem, was er sah, und stieg wieder auf.

Spät abends erreichten sie endlich das Nomadenlager. Morgana zitterte von der nächtlichen Kälte der Wüste. Sie war sehr froh, als Hassan sie aus dem Sattel zog und in ein Zelt schob. Sie ließ sich mit einem Seufzer in die Kissen fallen. Mit den herbeieilenden Männern wechselte er einige Worte in Hindi, die sie nicht verstand, dann kniete er sich zu ihr.

»Müde?«

»Natürlich. Das müßtest du doch wissen«, sagte sie wütend.

»Arme Lotosblume. Es war wohl nicht sehr lustig für dich?«

»Hassan, warum hast du das getan? Du weißt doch, wie wütend Sirsi sein wird.«

»Das hoff' ich doch sehr. Ich möchte nämlich eine sehr stattliche Summe Lösegeld für dich.«

»O Hassan«, sagte sie erschöpft. »Nicht wieder einen deiner Witze.«

»Ich versichere dir, das ist kein Scherz, Morgana«, sagte er mit sarkastischem Lächeln.

Entsetzt sah sie, daß er es ernst meinte, und fing an zu weinen.

»Hör auf!« fauchte er sie an. »Soll es der ganze Stamm hören?«

»Das ist mir egal«, schluchzte sie. »Du Bestie.«

Zu ihrer Überraschung lachte er nur und schnitt die Fesseln von ihren Handgelenken. Kurz darauf erschien eine junge Frau, die auf einem Tablett einige Stücke Fleisch und Früchte brachte. Sie musterte Morgana grimmig und sagte etwas in Hindi zu Hassan. Schließlich lächelte sie und ging, nachdem sie das Tablett abgestellt hatte.

»Das war Krishna«, erklärte er. »Mein Weib.«

»Aber sie ist eine Nomadin«, stotterte Morgana. »Ich dachte, das ist bei euch verboten.«

»Das stimmt«, sagte Hassan ganz ernst. »Aber ich wollte sie. Außerdem kann ich es nicht dulden, daß mir meine Religion bei meiner Thronbesteigung im Weg steht. Man sucht sich seine Freunde, wo man kann.« Er zuckte mit den Schultern. »Mit dem Geld, das ich für dich kriege, werde ich endlich den Aufstand finanzieren, mit dem ich meinen Bruder vom Thron stoßen werde.«

»Aber du mußt doch selber Geld haben«, sagte Morgana verwirrt. »Du bist doch schließlich auch ein Prinz.«

»Nein.« Das klang sehr verbittert. »Ich bin finanziell völlig abhängig von Sirsi. Es war der Wunsch meines Vaters. Außer dem, was mein Bruder mir gibt, besitze ich nichts. Als ich letzte Woche in Bhavnagar ankam, war er sehr böse auf mich. Er sagte, ich sollte für ihn eine Truppe anführen, die den Aufstand eines Nomadenvolkes im Norden der Provinz niederschlägt. Er ist ein Narr! Die Nomaden greifen seine Karawanen auf meinen Befehl an. Glaubt er, ich werde das unterbinden?«

»Das klingt nicht wie der Sirsi, den ich kenne.« Morgana nahm sich noch ein Stück Fleisch und versuchte, möglichst ruhig zu bleiben, obwohl ihre Angst vor ihm von Minute zu Minute größer wurde. Sie mußte irgendwie fliehen und Sirsi vor den Plänen seines Bruders warnen.

»Ah, du kennst ihn nicht so wie ich, Lotosblume. Er ist skrupellos und grausam und sieht mich als Bedrohung seiner Macht.« Und das mit Recht, dachte Morgana. »Ihm wäre jedes Mittel recht, mich loszuwerden.«

»Sirsi ist nicht so, glaube mir.« Sie ließ nicht locker.

Hassan lachte nur gehässig und band sie wieder fest. »Tut mir leid, kleine Lotos, aber ich kann dich nicht entkommen lassen«, sagte er und verschwand.

Sie wälzte sich einige Zeit hin und her und versuchte, die Knoten an ihren Handgelenken zu lösen, aber vergeblich, und schließlich schlief sie ein, Hassan in Gedanken verfluchend. Aber Sirsi würde sicher sofort nach ihr suchen lassen.

Tage verstrichen, und der Maharadscha hatte immer noch kein Lösegeld für Morgana geschickt. Ihre Angst wuchs stündlich. Hassan lief mit finsterer Miene herum und wurde wütend, wenn sie versuchte, ihm Fragen zu stellen.

»Natürlich muß mein Bruder erst einmal versuchen, dich zu finden, Lotos.« Er bestand darauf, sie bei diesem albernen Namen zu nennen. »Aber am Ende wird er zahlen. Er weiß, daß er mich hier in der Wüste nicht finden kann. Er wird zahlen«, wiederholte Hassan.

Aber Morgana war sich dessen nicht mehr so sicher.

Kapitel Neunundzwanzig

Amreli lachte sich ins Fäustchen. Der ganze Palast war in hellem Aufruhr wegen der verschwundenen Engländerin. Was das für ein Aufstand gewesen war, als der Bote mit Hassans Lösegeldforderung gekommen war! Wie der Maharadscha getobt hatte! Und der arme Captain Jones. Er war ganz krank vor Sorge, aber das beeindruckte Amreli nicht. Jind und Dhoraji sind Närrinnen, dachte sie, sie merken nicht, was direkt vor ihrer Nase passiert. Wissen sie denn nicht, daß der Maharadscha mit dieser rothaarigen Frau schläft? Sie war womöglich schon auserkoren, die vierte Frau im Haushalt zu werden. Jind war das egal und Dhoraji auch, deren Sohn eines Tages Bhavnagar regieren würde. Aber ihr, Amreli, war das nicht egal. Sie würde nicht tatenlos mit ansehen, wie der Maharadscha in das Netz dieser Engländerin gezogen wurde.

So kam es denn, daß Amreli, als der Prinz seine Frauen wegen des Verschwindens von Morgana befragte, ihn mit unschuldigen, großen Augen ansah und sagte: »Aber, Eure Hoheit, ich war wach, als Hassan kam. Er hat die Engländerin nicht gezwungen mitzugehen. Sie ist freiwillig mit.«

Sirsi schüttelte seine Frau, bis sie glaubte, ihr würden die Zähne ausfallen. »Was sagst du da, Frau?« fragte er wütend.

»Ich hab's Euch gesagt.« Sie warf stolz den Kopf zurück. »Hassan hat sie geholt. Es tut mir leid, wenn das schmerzlich für Sie ist, Captain

Jones« – ein mitleidvoller Blick –, »aber Lady Keldara ist aus freien Stücken mit Hassan mitgegangen. Ich hab' gesehen, wie sie sich an ihn geschmiegt hat. Sie... sie hat ihn auf den Mund geküßt, und dann sind sie weggeritten.«

Taylor versuchte tapfer, sich nichts anmerken zu lassen. »Ich kann es nicht glauben. Sie lügen!«

»Warum sollte ich lügen?« sagte sie hochnäsig.

Der Captain wußte keinen Grund zu nennen und gab sich für den Augenblick geschlagen. Er wandte sich an Sirsi. »Eure Hoheit, Sie werden doch diese Geschichte nicht glauben. Meine Verlobte ist entführt worden. Ich verlange, daß das Lösegeld sofort gezahlt wird.«

»Sie vergessen sich, Captain Jones«, sagte Sirsi kalt. »Ich bin hier der Herr. Mein Bruder haßt mich. Vielleicht ist es ihm irgendwie gelungen, Morgana zu überreden, ihm bei diesem lächerlichen Plan zu helfen. Ich kann es mir auch kaum vorstellen, aber die Möglichkeit können wir nicht ausschließen.«

Sirsi war verwirrt. Hatte sie ihm das tatsächlich angetan? Vielleicht hat Hassan versprochen, sie zu heiraten... ihr ein Königreich für ihre Hilfe angeboten? Welche Frau würde sich eine solche Chance entgehen lassen? Amreli hatte recht. Seine eigene Frau hatte keinen Grund zu lügen.

Er schickte einen Trupp Soldaten auf die Suche nach den beiden und teilte Captain Jones mit, er hätte nicht vor, das Lösegeld zu zahlen, bis er nicht weitere Beweise für die Geschichte erhalten hätte. Taylor tobte, aber ihm waren die Hände gebunden.

Die Tage verstrichen, aber die Soldaten fanden keine Spur von Hassan oder Morgana. Eine zweite Botschaft mit einer kupfernen Locke kam. Sirsi hätte bei dem Anblick fast geweint. Hatte er sich geirrt und Amreli tatsächlich gelogen? In dem Brief drohte Hassan an, mit der nächsten Nachricht einen abgeschnittenen Finger von Morgana zu schicken. Taylor flehte ihn an, bettelte und bot sich schließlich an, das Lösegeld selbst zu zahlen.

»Ich glaube kaum, daß Sie einen solchen Betrag aufbringen können, Taylor. Er will in Ihrem amerikanischen Geld fünfhunderttausend Dollar.«

Taylor verschlug es den Atem. So eine Summe konnte er nie im Leben aufbringen, selbst wenn er seine Plantage und sein Schiff verkaufen würde.

»Was können wir dann tun? Haben Ihre Soldaten etwas herausbekommen?«

»Nein, gar nichts. Hassan kennt die Wüste gut und ist mit einigen Nomadenstämmen befreundet. Ich fürchte, es ist meine Schuld. Ich hab' ihn nach Frankreich und nach England zur Schule geschickt. Und dort hat er gelernt, unser Kastensystem zu verachten. Er würde genauso mit einer Unberührbaren ins Bett steigen wie mit einer Prinzessin, so unwahrscheinlich das auch klingen mag.«

Sechs Tage später erhielt der Maharadscha ein weiteres Päckchen. Es enthielt einen kleinen, blutigen Finger.

Morgana wich zurück, als Hassan mit einem Messer auf sie zukam. »Was hast du vor?«

»Ich möchte dir nur eine Locke abschneiden. Mein Bruder scheint nicht zu glauben, daß du in Gefahr bist, kleine Lotos.«

»Und, bin ich es?«

»Hab' ich dir nicht versprochen, es wird dir nichts passieren? Ich halte immer meine Versprechen, Morgana.«

Einige Tage später kam Hassan ins Zelt und fragte Morgana, ob sie bereit wäre für ihr Bad. Er begleitete sie jeden Tag zu einem nahen Teich, damit sie sich waschen konnte. Das erste Mal war sie sehr wütend gewesen, weil er sich trotz aller Bitten weigerte, sich umzudrehen. Aber ein Blick auf ihr Spiegelbild im Wasser hatte genügt, sie sah aus wie eine Wilde, verdreckt und zerzaust. Sie riß sich wütend den Sari vom Leib, marschierte ins Wasser und schrubbte sich gründlich ab, wohlwollend grinsend von ihm beobachtet. Zu ihrem Erstaunen ließ er sie in Ruhe, obwohl sie fest damit gerechnet hatte, vergewaltigt zu werden.

Inzwischen war es ihr egal. Sicher hatte er mit Krishna genug zu tun. Sie zog sich aus, badete und zog sich wieder an, immer grinsend von ihm beobachtet. Sie konnte zwar kommen und gehen, wie sie wollte, aber es war immer jemand bei ihr. Nur nachts fesselte Hassan sie immer noch und ließ sie allein im dunklen Zelt. Wie sie wußte, verbrachte er seine Nächte mit Krishna, und sie fragte sich, wessen Zelt wohl das ihre wäre. Hatte Hassan es für sie aufgegeben? Sie zuckte desinteressiert mit der Schulter. Hauptsache, er ließ sie in Ruhe.

Hassan beobachtete Morgana im sanften Licht innerhalb des Zelts. Sein Blick fiel auf ihre langen, schmalen Hände. Er konnte doch nicht einfach einen dieser zarten Finger abschneiden. Er nahm das Messer. Aber er mußte es tun, sonst würde sein Bruder das Geld nicht schicken. Er ging langsam auf sie zu.

»Was willst du, Hassan? Noch eine Locke?«

»Nein, kleine Lotos. Ich fürchte, das hat nicht genügt.«

Morgana wich zurück. »Was denn, Hassan? Du hast es versprochen. Du hast versprochen, mir nichts zu tun.« Plötzlich hatte sie Angst.

»Ich weiß, Morgana, aber ich muß Sirsi etwas schicken, was ihn überzeugt. Ich will dir nur einen kleinen Finger abschneiden. Es wird nicht weh tun, ich versprech' es dir.«

Sie schrie und wollte wegrennen. Er packte sie, und sie fielen auf die Kissen, ihr loses Gewand öffnete sich, und ihre cremig-weißen Brüste wurden entblößt. Hassan spürte plötzlich, wie die dargebotene Schönheit ihn erregte. Ja, sie war schön und hatte das Bett mit seinem Bruder geteilt. Hassan hielt ihr das Messer an die Kehle.

»Sei still«, murmelte er, dann preßte er seinen Mund auf die weichen Rundungen, knabberte an den rosa Spitzen, bis sie anschwollen. Mit der freien Hand schob er die Falten ihrer Kleidung beiseite, streichelte ihre Schenkel und ließ seine Finger zwischen ihre Beine wandern.

»Nein, Hassan, bitte.«

»Meinem Bruder hast du dich freiwillig hingegeben. Verweigerst du mir das?«

»Du haßt ihn, nicht wahr?«

»Ja, ich verachte ihn. Dich zu nehmen wird ein Vergnügen sein, kleine Lotos.« Er nestelte an seiner losen Hose.

Sie schrie einmal auf, als er kühn zwischen ihre Schenkel eindrang, dann war sein Mund über dem ihren. Sie versuchte zu protestieren, aber die scharfe Klinge an ihrem Hals ließ sie verstummen.

Nachdem er sich befriedigt hatte, rollte Hassan zur Seite, drückte sie aber immer noch mit einem Bein auf die Erde. Er war rot vor Wut.

»Ich kann nicht glauben, daß du so reglos und kalt unter meinem Bruder liegst, Morgana.«

»Vielleicht solltest du zu deinem Weib gehen, wenn ich dir mißfalle«, sagte Morgana sarkastisch. Ihr ganzer Leib schmerzte von seinem brutalen Angriff.

»Krishna? Sie bedeutet mir sehr wenig, aber ich muß sie bei Laune halten, oder der Nomadenstamm folgt mir nicht. Außerdem ist ihr Bruder sehr mächtig und kann eine Armee aufstellen, wann immer ich es wünsche. Der Preis ist doch gering. Eine Frau ist wie die andere.«

Morgana erschauderte. Ihr wurde klar, er ging über Leichen. Plötzlich war lautes Wehgeschrei von draußen zu hören. Hassan suchte fluchend seine Kleidung zusammen.

»Was ist denn, zum Teufel? Versuch ja nicht wegzulaufen, Lotosblume.« Er strich noch einmal mit der Hand über ihre Brüste und zwischen ihre Schenkel. »Ich werde bald zurück sein, und dann werden wir feststellen, warum mein Bruder so wild nach dir ist.« Er verschwand.

»Abu, was ist los?« rief Hassan einem seiner Männer zu.

»Pali ist tot.«

Hassan folgte ihm ins Zelt. Pali war die Frau eines seiner besten Männer, Shivpuri. Sie hatte seit einigen Tagen Fieber gehabt, aber mit ihrem Tod hatte keiner gerechnet. Krishna und die anderen Frauen wuschen und kleideten ihren Körper für die Beerdigung. Und Hassan beugte sich zum Entsetzen aller vor und schnitt teilnahmslos einen von Palis leblosen Fingern ab. Shivpuri hatte es vor Schock und Wut die Sprache verschlagen, aber dann sprang er auf und wollte seinen Anführer angreifen. Hassan hielt ihm das Messer unter die Nase.

»Sei kein Narr! Sie ist tot, und dieser kleine Finger wird uns das Geld bringen, das wir brauchen, um den Thron zu erlangen«, zischte er. Er reichte den Finger Abu, der bei dem Anblick würgen mußte.

»Geh jetzt zu meinem Bruder. Sag ihm, das nächste Mal kriegt er die ganze Leiche. Sag ihm, ich bin des Wartens müde.«

Hassan kehrte in sein Zelt zurück und grinste die verängstigte Morgana an.

»Kleine Lotosblüte, es wird doch nicht notwendig sein, einen deiner Finger abzuschneiden. Was für ein Glück für dich.« Er verschlang ihren nackten Körper mit den Augen. »Du bist unglaublich schön. Ich frage mich, warum ich diese Reize nicht schon früher genossen habe.« Dann zwang er sie, ihm ganz zu Willen zu sein.

Sirsi verschlug es die Sprache beim Anblick des verfaulten kleinen Fingers. Himmel! Wie konnte Hassan nur so grausam sein? Sein finsterer Blick fiel auf den Nomaden, der ihn gebracht hatte.

»Dafür sollte ich dich töten«, zischte er.

»Wenn Ihr das tut, Eure Hoheit, wird die rothaarige Frau dasselbe Schicksal erleiden. Für den Fall, daß ich nicht zurückkehre, hat Hassan ihr einen sehr langsamen und qualvollen Tod versprochen.«

»Bitte, Hoheit«, rief Taylor verzweifelt, »gebt Eurem Bruder das Geld. Ihr habt gehört, was der Junge gesagt hat. Sie werden sie töten.«

»Sie werden sie zweifelsohne in jedem Fall töten, Captain Jones.« Sirsis Stimme war leise und resigniert. Er rief einen Diener. »Bring mir meine Juwelentruhe.«

Abu stockte der Atem beim Anblick des funkelnden Inhalts. Die Truhe selbst mußte aus purem Gold sein. Hassan würde sehr zufrieden sein, und Shivpuri würde ihm vielleicht die Sache mit dem Finger seiner Frau verzeihen. Er nahm die Truhe und machte sich schleunigst auf den Weg.

Morgana schluchzte leise vor sich hin. Hassan war verrückt. Er würde sie sicherlich umbringen. Jede Nacht mußte sie ihm zu Willen sein, unter grausamem Gelächter, weil sie sich nicht gegen ihn wehren konnte. Zweimal hatte er sie schon geschlagen. Sie würde hier in dieser schrecklichen indischen Wüste sterben.

»Still, Närrin.«

Sie schaute hoch und sah Krishna mit einem Finger auf dem Mund.

»Was willst du?« fragte Morgana.

»Ich bin gekommen, um dir fliehen zu helfen, aber du mußt tun, was ich sage«, flüsterte die Nomadin.

Morgana nickte verwirrt. Ihre Augen begannen vor Hoffnung zu strahlen.

»Hassan ist mit einer Truppe auf Raubzug unterwegs. Wir müssen uns beeilen«, erklärte Krishna, während sie Morganas Fesseln durchschnitt. Hassan hielt sie jetzt ständig angebunden.

Morgana folgte der kleinen Frau aus dem Zelt, so leise es ging, um ja nicht die Aufmerksamkeit der zurückgebliebenen Männer zu erregen. Bei den Pferden am Ende des Lagers band Krishna eins von ihnen los.

»Ich kann dir keinen Sattel holen. Los, reite schnell. Ich werd' die übrigen Pferde loslassen und sie verjagen, damit die Männer abgelenkt sind.«

»Warum machst du das, Krishna?« fragte Morgana beim Aufsteigen.

»Warum? Glaubst du, ich weiß nicht, was hier vorgeht, wenn es Nacht wird? Warum Hassan nicht mehr in mein Bett kommt? Er ist verrückt nach dir. Ich habe keine Lust, ihn zu verlieren, milchgesichtiges Weib! Geh.« Sie schlug dem Hengst mit der flachen Hand auf die Flanke.

Das Pferd sprang an und hätte Morgana fast abgeworfen. Es galoppierte durch die Wüste und wirbelte Wolken von Sand auf. Morgana schaute kurz über die Schulter. Krishna hatte Wort gehalten: Die anderen Pferde zerstreuten sich in alle Richtungen. Sie machte sich so flach wie möglich, damit die Nomaden nicht sehen konnten, daß ein Pferd einen Reiter trug, und ritt dann in Richtung Süden, wo Bhavnagar lag.

Der Ritt war nicht leicht, aber das hatte Morgana auch nicht erwartet. Sie hatte keine Nahrung und kein Wasser, außer sie stieß zufällig auf eine der kleinen Oasen. Aber alles war besser, als von Hassan eingesperrt zu sein, und sie hatte in Afrika und durch Taylor genug gelernt, um nicht in Panik zu geraten, und Rians Lektion über die Sterne half ihr, den richtigen Weg zu finden. Als einige Tage später dann Bhavnagar am Horizont auftauchte, grinste sie vor Stolz.

Eine Wache erkannte sie, und bis sie an den Palasttoren angelangt war, standen Sirsi und Taylor schon auf den Stufen. Sie sprang vom Pferd und warf sich, schmutzig und müde wie sie war, in Sirsis Arme. Sie lachte und weinte und wiederholte immer wieder seinen Namen. Zu spät sah sie Taylors verletzten Blick, als er seine ausgestreckten Arme fallen ließ und ging. Sie wollte ihm folgen, aber Sirsi gebot ihr Einhalt. »Laß ihn gehen, Morgana.«

Er küßte sie vor allen Leuten, dann schob er sie ein bißchen weg, um sie besser anschauen zu können, liebevoll, herzlich. Plötzlich aber wurden seine dunklen Augen kalt und eisig.

»Was ist denn los, Sirsi?« fragte sie nervös.

Er gab keine Antwort, drehte nur ihre Hände hin und her: klein, schmal und vollkommen. Er verfluchte sie und stieß ihre Hände weg.

»Du Hure! Warum bist du zurückgekommen? Hat Hassan deine Erwartungen nicht erfüllt oder dich rausgeworfen, weil er dich nicht mehr braucht?«

»Sirsi, ich verstehe nicht. Was meinst du damit?«

»Aus meinen Augen!«

Der Maharadscha wandte sich wortlos ab, und sie blieb schluchzend stehen und fragte sich, was passiert war. Schließlich ging sie langsam die Treppe hoch und in das Frauenquartier. Sirsis Frauen hatten die Neuigkeit schon gehört und beäugten sie mißtrauisch.

»Englisches Schwein!« Amreli spuckte vor ihr aus. »Wie kannst du es wagen, dein Gesicht hier zu zeigen?«

Sie hätte sich auf Morgana gestürzt, wenn Jind und Dhoraji sie nicht aufgehalten hätten.

»Würde mir bitte jemand sagen, was hier überhaupt los ist?« schluchzte Morgana erschöpft.

»Ich werde dir sagen, was los ist«, sagte Amreli haßerfüllt. »Wie kannst du es wagen, aus den Armen deines Liebhabers Hassan hierherzukommen und dem Maharadscha einen so üblen Streich zu spielen? Hat Hassan dich hinausgeworfen, nachdem unser Herr ein Vermögen für dich bezahlt hat? Ich spucke auf dich, englische Hure!«

Amreli spuckte tatsächlich Morgana mitten ins Gesicht. Morgana stürzte sich wie eine Katze auf die Inderin und packte sie an den langen schwarzen Haaren.

»Du verlogenes Luder!« Sie schlug Amreli ihre Nägel ins Gesicht und sah befriedigt die fünf blutigen Furchen, die sie hinterlassen hatte.

Die beiden Frauen wälzten und prügelten sich am Boden, und Jind und Dhoraji konnten sie nicht trennen. Beide schrien um Hilfe. Inzwischen waren Sirsi und Taylor eingetroffen, aber die beiden Kämpferinnen merkten gar nichts, bis die Palastwachen sie mit Gewalt trennten.

»Was geht hier vor?« fragte der Maharadscha kühl.

»Diese englische Hure hat versucht, mich zu töten«, zischte Amreli.

»Du verlogenes Luder«, sagte Morgana mit zusammengebissenen Zähnen. »Kein Wunder, daß ausgerechnet du Sirsi solche Flausen in den Kopf setzt.«

»Was für Flausen? Was willst du damit sagen?« wandte er sich an sie.

»Sie behauptet, Hassan wäre mein Liebhaber und wir hätten alles zusammen geplant. Das ist eine Lüge! Augenblicklich versucht er, die Nomadenstämme zu bewaffnen und den Palast anzugreifen. Er hat mich benutzt, dein Schwein von Bruder, mich entführt, und irgendwann hätte er mich getötet, wenn ich nicht geflohen wäre.«

»Hör nicht auf ihre falsche Zunge, mein Herr«, unterbrach sie Amreli. »Sie will nur ihren Hals retten. Willst du dich jetzt noch einmal hinters Licht führen lassen?«

»Schweig, Weib! Ich bin hier der Herr.«

»Wie ist sie denn entkommen? Und warum fehlt ihr kein Finger?« Amreli war nicht zu bremsen.

»Ja, Morgana, das würde mich auch interessieren«, sagte Sirsi.

Morgana erzählte die ganze Geschichte. Daß Hassan ihr jede Nacht seinen Willen aufgezwungen hatte, davon sagte sie allerdings nichts.

»Und warum sollte dir diese Nomadin zur Flucht verhelfen, wenn sie Hassans Frau ist?« fragte Amreli hinterlistig.

»Nun, Morgana?« Sirsi musterte ihr ausdrucksloses Gesicht. »Warum schweigst du, Weib? Rede!«

»Weil er... er hat mich vergewaltigt. Krishna hatte Angst, er würde mich zur Frau nehmen.« Sie sprach so leise, daß Sirsi sie kaum verstand.

»Siehst du«, rief Amreli triumphierend. »Er war die ganze Zeit ihr Liebhaber.«

Sirsis Blut kochte vor Wut. Amreli hatte recht. Morgana hatte ihn getäuscht. Sie hatte das Lager seines Bruders geteilt und gab es sogar zu.

»Captain Jones, schaffen Sie sie sofort aus dem Palast, oder ich kann nicht für die Konsequenzen garantieren. Ich erwarte, daß Sie innerhalb einer Stunde Bhavnagar verlassen haben.«

Der Maharadscha wandte sich ab und ging ohne ein weiteres Wort.

Morgana schaute nicht zurück, als die Küste Indiens am Horizont verschwand. Sie saß in ihrer Kabine und schluchzte bitterlich. Wie konnte nur alles so schieflaufen? Sie konnte sich nicht mit der Tatsache abfinden, daß Sirsi ihr nicht geglaubt hatte. Wie konnte er sie so grausam verstoßen? Und dieses Miststück Amreli. Morgana wünschte, sie hätte sie umgebracht.

Taylor hatte seinen Männern Order gegeben, sie in Ruhe zu lassen, und er selbst ging auch nicht in ihre Kabine. Sie fühlte sich vollkommen verlassen und isoliert. Wie gerne wäre sie auf Taylors Schoß gesessen und hätte sich von ihm beruhigen lassen. Aber dann erinnerte sie sich an sein trauriges, anklagendes Gesicht. Vielleicht hatte er ihr auch nicht geglaubt. Dieser verfluchte Hassan! Er hatte alles verdorben. Sie hoffte inbrünstig, er und Sirsi würden sich gegenseitig umbringen und Bhavnagar würde zerstört werden. Würde ihnen ganz recht geschehen.

Sie legte sich mit einem feuchten Tuch über den Augen aufs Bett. Wenn sie doch nur ein bißchen schlafen könnte. Aber ihre Sorgen ließen sie nicht einschlafen. Schließlich siegte aber die Erschöpfung, und sie verfiel in tiefen Schlaf.

Taylor lief nachdenklich an Deck hin und her. Die Gerüchte über Morgana und Sirsi waren also doch wahr gewesen. Sie war in die Arme des Maharadschas gelaufen und nicht in seine, nie in seine. Er hatte sich geweigert, es zu glauben, aber jetzt konnte er sich nicht mehr länger etwas vormachen. Sie hatte ihn betrogen. Hatte Amreli womöglich die Wahrheit gesagt? Mein Gott, sie hatte sich beiden hingegeben, den indischen Brüdern, und ihm hatte sie die scheue, respektable Witwe vorgespielt und ihm nur gelegentlich einen keuschen Kuß erlaubt. Glaubte sie, er wäre kein Mann? Wußte sie denn nicht, wie sehr er sie begehrte? Er hatte ihr die Ehe und die beste Plantage in ganz Virginia versprochen. Aber was war das gegen das Königreich, das Hassan oder Sirsi ihr versprochen hatten? Welche Frau konnte so einem Angebot widerstehen? Nein, eine solche Gelegenheit würde Morgana sich sicherlich nicht entgehen lassen. Taylor erinnerte sich nur zu gut an ihre klugen, berechnenden Augen und die scharfen Fragen.

Sie hatte gelogen. War es das erste Mal? Was wußte er denn schon von dieser Schönheit, die er in der afrikanischen Savanne aufgelesen hatte? Vielleicht waren es alles Lügen gewesen. Er wußte ja nicht einmal, ob sie wirklich Morgana hieß. Sie konnte genausogut eine gewöhnliche Verbrecherin sein, die aus einer Strafkolonie entflohen war. Morgana hatte nur sehr wenig von ihrer Vergangenheit erzählt, nur gesagt, sie wäre mit ihrem Mann von England losgesegelt. Ein mythischer Mann auf einem mythischen Schiff? Taylor hatte keine Spur von einer *Sorceress* gefunden. Ein mythischer Name, möglicherweise?

Er fluchte leise in seinen Bart. Er liebte sie trotz allem. Er beschloß, heute abend mit ihr zu reden und dieses traurige Durcheinander zu entwirren. Er konnte es nicht ertragen, sie schluchzen zu hören, und seine Mannschaft schaute ihn auch schon an, als wäre er ein Unhold.

An diesem Abend klopfte er zu Morganas Überraschung leise an der Kabinentür und sagte, er würde sich sehr freuen, wenn sie ihm beim Abendessen Gesellschaft leisten würde. Sie hatte den ganzen Tag verängstigt im Bett gelegen, sich elend gefühlt und sah schrecklich aus. Aber Taylor erwähnte das mit keinem Wort, und Morgana konnte daraus nur schließen, daß ihm ihre Gefühle gleichgültig waren. Aber sie stimmte trotzdem zu, mit ihm zu Abend zu essen. Besser, als mit den Gedanken allein zu sein, war es auf jeden Fall.

Sie wollte sich an diesem Abend für ihn besonders schön machen und keinen der Saris anziehen, die ihr Sirsi geschenkt hatte. Sie nahm sich ein grünes Kleid, das sie aus einem der Stoffe von Taylors Schiff genäht hatte. Sie bürstete sich die Haare zurück und schlang einen Knoten im Nacken. Jetzt sah sie wirklich wie ein braves englisches Fräulein aus. Vielleicht würde sie Taylor davon überzeugen können, daß Amreli gelogen hatte.

Der Koch hatte anscheinend die Geschichte gehört und Mitleid mit ihr bekommen, denn er hatte eine seiner Spezialitäten für sie zubereitet, um ihr eine Freude zu machen. Das Essen war aber eine etwas mühsame Angelegenheit, weil weder Morgana noch Taylor wußten, was sie sagen sollten. Schließlich schob Taylor seinen Teller zurück und zündete sich eine Pfeife an. Die Zeit der Abrechnung war gekommen.

Er räusperte sich. »Morgana, ich habe lange darüber nachgedacht, was in Indien passiert ist. Ich weiß nicht, was die Wahrheit ist, und will es auch gar nicht wissen. Du bist jung, und du hast Fehler gemacht. Ich möchte nur, daß du weißt, daß ich dich liebe und immer noch zur Frau haben will. Wir werden nach Virginia gehen und vergessen, was hier passiert ist.«

Morgana fühlte, wie ihr die Tränen kamen. Sie schämte sich ja so. Was für ein guter, lieber Mann Taylor doch war. Oh, was sollte sie bloß tun?

»Ich bin schlecht, Taylor«, schluchzte sie. »Siehst du das denn nicht? Ich gerate ständig in Schwierigkeiten. Nicht einmal du weißt, was du mir glauben sollst. Ich weiß überhaupt nicht mehr, was los ist. Ich krieg' Kopfweh, wenn ich nur daran denke, was alles passiert ist. Bitte, hab' Geduld mit mir. Ich möchte jetzt noch keine Entscheidungen treffen.«

»Ich verstehe. Wir werden bald in China sein. Dann kannst du mir deine Antwort geben.« Und damit verließ er die Kabine.

Kapitel Dreißig

Das Verhältnis zwischen Taylor und Morgana blieb ziemlich gespannt. Beide waren ausgesucht höflich, aber sie blieben nach dem Abendessen nicht zusammen sitzen, und sie saß auch nicht mehr auf seinem Schoß und zupfte ihn am Bart. Und von Tag zu Tag kam sie immer mehr zu der Überzeugung, sie könnte ihn nicht heiraten, weil sie sich nur etwas vorgemacht hatte. Sie fühlte sich unendlich einsam, aber sie konnte Taylor jetzt nicht heiraten, und sie konnte auch nicht zurück nach Irland zu dieser Farce von Ehe mit Rian McShane. Nach England konnte sie auch nicht – da müßte sie sich für Mord verantworten. Morgana war so aufgewühlt und ruhelos wie die See, auf der sie segelten.

Sie kam zu dem Schluß, Männer taugten nichts, und schwor sich, zeit ihres Lebens mit keinem mehr etwas zu tun zu haben. Mit Taylors Mannschaft war sie so kurz angebunden, daß es an Unhöflichkeit grenzte, und alle beobachteten sie verwirrt und mitleidig und versuchten zu begreifen, was ihr so zu schaffen machte.

Als das Schiff schließlich in Macao landete, dem von Portugiesen besetzten chinesischen Hafen, war Morgana durch die ständigen Sorgen abgemagert und wirkte seltsam bedrückt. Die Geschäftigkeit der Docks machte ihr keine Freude. Sie bemerkte die hin- und herlaufenden Kulis kaum und auch nicht die zahllosen Dschunken und Sampans im Hafen. Sie hatte keine Ahnung, wo sie wohnen würden, und nickte nur, als Taylor ihr sagte, sie würden bei einem Colonel Davis und seiner Frau zu Gast sein. Sie ließ sich von Taylor in eine Rikscha helfen und starrte auf der Fahrt stumm vor sich hin.

Colonel Davis war um die fünfzig, mit Bauch und Glatze, und so von sich selbst eingenommen, daß er Morgana fatal an ihren Cousin Trevor erinnerte. Deshalb mußte sie sich allergrößte Mühe geben, zumindest einigermaßen höflich zu ihm zu sein.

Seine Frau, Prudence, war eine Klatschtante und war offensichtlich entzückt, eine echte Gräfin im Haus zu haben, gleichgültig, wie hochnäsig und abweisend die Dame war. Sie begrüßte Morgana herzlich und musterte mit scharfen, neugierigen Augen jedes Detail ihrer Erscheinung auf dem Weg zu ihrem Zimmer.

»Wie schön, zur Abwechslung mal wieder jemanden im Haus zu haben, mit dem man reden kann. Sie haben keine Ahnung, wie einsam ich mich hier unter all diesen entsetzlichen Chinesen fühle. Barbaren, hab' ich zum Colonel gesagt. Ich verstehe nicht, wie er diesen Posten annehmen konnte. Es ist so entsetzlich langweilig, nur mit den Frauen der anderen Militärs.« Mistress Davis fächelte sich heftig zu, dann riß sie die Rolläden auf, um ein bißchen Licht hereinzulassen. »Ich nehme an, Sie werden sie heute nachmittag kennenlernen. Ich serviere hier jeden Tag um vier Uhr Tee. Wie ich dem Colonel gesagt habe, bloß weil wir hier in diesem unzivilisierten Land sind, ist das noch lange kein Grund, sich selbst auch primitiv zu verhalten. Nein, wirklich nicht. Wir müssen doch den Schein wahren, nicht wahr, Lady Keldara?«

Morgana nickte benommen und wünschte, die Frau würde weggehen, damit sie sich ein feuchtes Tuch auf die Stirn legen konnte. In letzter Zeit hatte sie fast ständig Kopfschmerzen.

»So, das ist besser«, seufzte Mistress Davis, nachdem sie die Kissen aufgeschüttelt hatte. »Ich muß wirklich ein ernstes Wörtchen mit Draya reden. Ein so schlampiges Mädchen, aber es ist so schwer, hier gutes Personal zu finden.«

»Das ist es sicher«, sagte Morgana desinteressiert.

»O ja, wirklich«, strahlte Mistress Davis, als hätte sie ihr ein Kompliment gemacht. »Kein Wunder, mit den Opiumhöhlen und den Bordellen! Ich hab's dem Colonel nicht nur einmal, sondern hundertmal gesagt, da müßte etwas dagegen unternommen werden. Erst letzte Woche ist ein junger Matrose im Hafen unten erstochen worden. Einfach schockierend! Aber Sie möchten sich jetzt sicher ein bißchen frisch machen und ein bißchen ausruhen. Seereisen sind ja so schrecklich erschöpfend! Nichts zu tun, außer den ganzen Tag aufs Meer hinauszuschauen. Schrecklich, hab' ich zum Colonel gesagt, und Stürme und so was auch noch. Ich war bei der Überfahrt richtig grün. Sie können sich gar nicht vorstellen, wie sehnlich ich mir den Tod gewünscht habe.«

Insgeheim wünschte sich Morgana, Mistress Davis' Wunsch wäre erfüllt worden, und wenn sie noch einmal das Wort schrecklich hören müßte, würde sie wahrscheinlich laut schreien.

»Ich bin furchtbar müde«, sagte sie, um das Gespräch zu beenden. »Ich glaube, ich muß mich ein bißchen hinlegen. Könnten Sie mich rechtzeitig zum Tee wecken?«

»Natürlich, Mylady. Da können Sie ganz sicher sein. Eins muß man nämlich diesen Barbaren lassen, ihr Tee ist nicht zu verachten.« Mistress Davis machte ein spitzes Mündchen.

Endlich schloß sich die Tür, und Morgana ließ sich mit einem Seufzer der Erleichterung aufs Bett fallen.

Die Tage verstrichen langsam. Morgana ging nur selten aus dem Haus, obwohl Taylor ihr häufig seine Begleitung anbot, was Mistress Davis zu der Bemerkung veranlaßte, sie müßte dankbar sein, einen so fürsorglichen Verlobten zu haben. Aber Morgana war egal, was sie dachten. Sie nahm alle Mahlzeiten, ausgenommen das Abendessen, allein auf ihrem Zimmer ein. An Mistress Davis' Teeparties nahm sie aber pflichtschuldigst teil.

Wie es schien, hatten die Chinesen sehr strenge Regeln im Umgang mit Europäern und ließen sie nur in Kanton oder Macao wohnen; also siedelten sich dort einige englische Militaristen, ihre Frauen und viele Matrosen und Geschäftsleute an. Die letzteren durften nur mit den Monopolinhabern in China Geschäfte machen und hatten deshalb keinerlei Einfluß auf die exorbitanten Preise für die Waren. Aber sie hatten schnell gelernt, daß gegen Opium alles zu kriegen war, und diejenigen, die keine Geschäfte mit den Händlern in Kanton machen wollten, steuerten ihre Schiffe einfach nach Hongkong.

»Meine liebe Lady Keldara«, sagte Mistress Atherton und beugte sich in ihrem Stuhl vor. »Wie glücklich Sie sein müssen, einen Mann wie Captain Jones zu haben. Mein Mann sagt, er wäre einer der gutmütigsten Männer, die er je kennengelernt hat.«

»Ja.« Morgana nippte an ihrem Tee und fragte sich, ob es weise gewesen war, sich als Witwe vorzustellen, aber was hätte sie sonst sagen sollen?

»O ja«, mischte sich Mistress Langley ein. »Schiffskapitäne sind sonst immer so harte Männer. Erinnern Sie sich noch an diesen dunklen, gutaussehenden Captain, der hier immer vor Anker gegangen ist? Wie hieß er noch, Prudence? Kann mich einfach nicht mehr daran erinnern. Er war sehr attraktiv auf eine etwas dämonische Art, wenn man das mag.«

»Oh, ich weiß, wen du meinst, Captain O'Shea, Shannon oder so etwas, Beatrice«, erwiderte Mistress Davis.

»War er es nicht, der sich dieses chinesische Mädchen im Haus der Red Lady gehalten hat?« warf Mistress Granger ein, »und einen Offizier in einem Duell um sie getötet hat?«

»Genau der, Elvira.« Mistress Langley blies auf ihren heißen Tee, um ihn abzukühlen. »Was wohl mit ihm passiert ist? Er war schon ein paar Jahre nicht mehr hier.«

»Das weiß der Himmel.« Mistress Atherton langweilte das Thema. »Wahrscheinlich bei irgendeiner Schlägerei im Hafen umgekommen. Lady Keldara, haben Sie vor, uns beim Offiziersball nächste Woche die Ehre zu geben?«

»Oh, bitte, kommen Sie doch«, flehte Mistress Granger. »Gertrude und ich, wir würden uns so freuen.«

Morgana war sehr dankbar für die Frage und setzte ganz vorsichtig ihre Teetasse ab, damit keiner sah, wie ihre Hand zitterte. Captain O'Shea, Shannon, meinten sie vielleicht McShane? Rian war schließlich sehr oft hier in Macao gewesen. Hier hatte er die chinesische Seide gekauft, den schimmernden, grünen Stoff, den er ihr in jener Nacht am Strand hatte vom Leibe reißen wollen. Was hatten sie gesagt? Er hätte eine chinesische Mätresse gehabt. Es gab eine Zeit, da hatte ich eine Mätresse in jedem Hafen und die werde ich auch wieder haben, wenn du dich weiterhin so benimmst, hatte er einmal spöttisch gesagt.

»Meine liebe Lady Keldara. Ist Ihnen nicht gut?« fragte Mistress Atherton. »Sie sind ja ganz blaß.«

»Tut mir leid, aber ich hab' mich immer noch nicht ganz von meiner Reise erholt. Was bitte hatten Sie gesagt?«

Sie beantwortete die Fragen der Damen zu ihrer Person und wich denjenigen, die sie nicht beantworten wollte, elegant aus. Aber mit den Gedanken war sie schon wieder woanders. Es gab Dutzende irischer Kapitäne. Es gelang ihr schließlich, den Gedanken zu verdrängen.

Der Offiziersball war eine sehr langweilige Angelegenheit, und Morgana bereute, daß sie gekommen war. Keiner der anwesenden jungen Männer interessierte sie im geringsten, und sie war froh, als Taylor ihr vorschlug, eine Runde im Garten spazierenzugehen. Wenigstens konnte sie dadurch den neugierigen Blicken dieser Frauen für eine Weile entrinnen. Es roch nach Herbst. Sie zupfte lustlos an Blüten herum und schaute sich die Statuen der Drachen und anderen Kreaturen an, die den Garten schmückten. Wie es schien, war ganz China von Drachen bewohnt. Die Musik klang seltsam in ihren Ohren, und dank Jebs Training konnte sie feststellen, daß sie auf einer Fünftonleiter basierte. Sie sagte nichts und wartete, bis Taylor anfing zu sprechen. Er hatte sie wahrscheinlich nach draußen gebracht, um zu erfahren, ob sie ihn heiraten würde. Sie seufzte nachdenklich. Sie wußte nicht, was sie tun sollte. Wenn er doch bloß nicht so still, so liebenswürdig, so rücksichtsvoll wäre. Warum brüllte er sie denn nicht an oder schlug sie, damit hätte sie viel leichter fertig werden können.

Sie dachte daran, wie Rian gedroht hatte, ihr den Hals umzudrehen. Wenigstens hatte sie das begriffen, seine Wutanfälle, seinen harten, fordernden Mund. Taylor verstand sie überhaupt nicht. Wie konnte er sie, nach allem was passiert war, noch wollen?

»Morgana«, sagte er schließlich. »Bist du schon zu einer Entscheidung gekommen?«

»Ja, Taylor, bin ich«, sagte sie leise, sehr wohl bewußt, daß sie ihm jetzt weh tun mußte. »Ich... ich kann dich nicht heiraten. Wir passen nicht zusammen. Wir haben völlig verschiedene Ansichten und Gefühle.«

»Aber Morgana«, flehte er. »Wir werden uns im Lauf der Zeit aneinander gewöhnen, das versprech' ich dir.«

»Taylor, es hat keinen Sinn. Im Lauf der Zeit wirst du wütend auf mich werden und mich hassen. Ich würde dich nur unglücklich machen. Ich komme aus einer anderen Welt. Ich brauche...«

Was brauchte sie denn? Sie erinnerte sich an die Zeit in London, als sie sechzehn war. Damals hatte sie gewußt, was sie wollte. Einen Corinthian, einen Frauenhelden, ja, dunkel und verwegen, einen Mann, der sich gut kleidete, der in der Gesellschaft verkehrte, einen Mann, der mit ihr ausging, der einen Vierspänner fuhr und Mitglied des Four Horses Club war. Einen Teufel, einen Abenteurer, der ihr Herz zum Klopfen brachte und ihr die Sinne verwirrte. Rians Gesicht schlich sich in ihre Gedanken, sein fordernder Mund und seine grünen Augen, die im Dunkeln glänzten. Ja, er war alles gewesen, was sie sich von einem Mann erträumt hatte, stolz, leidenschaftlich, hart und stark. Warum war sie dann nicht mit ihm zufrieden gewesen?

»Wünsch dir nie etwas, Taylor«, sagte sie plötzlich. »Du könntest es bekommen.«

Dann drehte sie sich um und lief ins Haus.

»Ich versteh' Sie einfach nicht, Morgana«, sagte Mistress Davis und goß ihr Tee ein. »Ein so guter Mann wie der Captain Jones. Wie konnten Sie ihm nur so einen Korb geben und dann auch noch zum Offiziersball? Ich schwöre, er hat den Rest des Abends wie ein Geist ausgesehen.«

»Ich liebe ihn einfach nicht, Prudence.« Morgana sah aus dem Fenster.

»Liebe? Mein liebes Mädchen, Sie könnten es wesentlich schlechter treffen«, tadelte sie Mistress Atherton. »Was in aller Welt wollen Sie denn jetzt tun?«

»Ich weiß es noch nicht. Ich hab' eigentlich noch nicht darüber nachgedacht. Ich krieg' sofort Kopfweh, wenn ich daran denke. Ich nehme an, ich werde nach Irland zurückkehren müssen, aber das erfüllt mich nicht unbedingt mit Freude, Gertrude.«

»Wißt ihr was, ich hatte gerade eine wundervolle Idee.« Mistress Langley klatschte fröhlich in die Hände. »Möchten Sie denn vielleicht Gouvernante werden? Das ist natürlich weit unter Ihrer gesellschaftlichen Würde, aber es wäre genau das richtige, wenn Sie eine Weile in China bleiben wollen. Und Sie können ja immer noch nach Hause fahren, wenn es Ihnen nicht gefällt.«

»Natürlich, Beatrice, ich hätte selbst darauf kommen müssen«, mischte sich Mistress Granger ein. »Die liebe Sung Lü ist ganz verzweifelt über den Verlust von Mistress Whiteby.«

»Bitte«, bat Morgana neugierig. »Erzählen Sie mir, was Sie damit meinen. Ich möchte vielleicht wirklich gerne Gouvernante werden. Das hatte ich auch damals vor, als mein Vater starb.«

»Nun ja«, fuhr Mistress Langley fort. »Einer der chinesischen Händler, Sung K'ang Nan, hat ein Haus in der Nähe. Sie müssen es gesehen haben, diese riesige Pagode mit den monströsen Drachen davor. Seine Frau war auch beim Offiziersball und hat sich beklagt, Mistress Whiteby, die Gouvernante, hätte einfach die Koffer gepackt und wäre gegangen, ohne sich zu verabschieden. Sung Lü war außer sich. Ihr Mann besteht darauf, daß ihre Kinder von einer englischen Gouvernante erzogen werden, und der Himmel weiß, die sind hier in Macao rar genug. Er glaubt, es würde seinem Sohn helfen, wenn er das Seidengeschäft einmal übernimmt.«

»Das klingt ja vielversprechend, Beatrice«, rief Morgana aufgeregt. Da war endlich eine Möglichkeit, aus diesem Dilemma rauszukommen. »Glauben Sie, ich hab' eine Chance?«

»Eine Chance? Mein liebes Kind, wenn Sie lesen und schreiben können, gehört der Job Ihnen. Ich schick' ihr gleich heute noch einen Brief.«

»Es freut mich sehr für Sie, Morgana, aber ich halte es immer noch für einen schrecklichen Fehler, daß Sie Captain Jones so grausam abgewiesen haben«, sagte Mistress Davis, die wie immer das letzte Wort hatte.

Morgana fuhr am nächsten Morgen sehr früh mit einer Rikscha zu dem chinesischen Haus. Taylor war entsetzt von ihrem Plan und wütend, weil die Frauen ihr bei dieser Geschichte geholfen hatten, aber Morgana war fest entschlossen, sich nicht davon abbringen zu lassen. Sie hatte das Gefühl, die Drachen würden sie beim Vorbeigehen boshaft angrinsen, aber da war wohl mal wieder ihre Fantasie mit ihr durchgegangen. Sie klopfte, und nach einiger Zeit öffnete ihr ein Hausboy. Er führte sie in einen kleinen Salon voller Seidenkissen und Bambustische, beladen mit Elfenbein und Jade, das meiste sehr wertvoll, wie sie dank Taylors Schulung feststellen konnte.

Sie mußte eine Ewigkeit warten – zumindest kam es ihr so vor –, bis eine kleine Frau mit pechschwarzen Haaren, die im Licht fast blau glänzten, hereinkam.

»Sie sind Lady Keldara?«

»Ja.«

»Ich bin Madame Sung Lü. Mistress Langley hat mir alles über Sie erzählt. Wie ich höre, sind Sie an der Stellung als Gouvernante interessiert, die ich zu vergeben habe.«

»Ja, ich bin an der Stellung interessiert.« Auf Sung Lüs Bitte setzte Morgana sich.

Sie musterte die Orientalin neugierig. Die Frau schätzte sie auf Ende Dreißig, obwohl Morgana immer noch die größten Schwierigkeiten hatte, bei den Chinesen das Alter zu erraten. Sie hatte mandelförmige Augen und hohe Backenknochen. Sie war makellos gekleidet, und ihr Gesicht blieb völlig undurchschaubar.

»Lady Keldara, mein Mann besteht darauf, daß mein Sohn englisch unterrichtet wird. Ich fürchte, er ist ein schwieriges Kind. Ihre Aufgabe wird nicht einfach sein.«

»Ich fürchte harte Arbeit nicht, Madam. Mein Vater war der Meinung, eine gute Ausbildung wäre von äußerster Wichtigkeit. Ich spreche Englisch, Französisch, etwas Spanisch und Hindi und das bißchen Chinesisch, was ich mir jetzt angeeignet habe. Ich bin versiert in englischer Literatur, griechischer und römischer Geschichte, und ich kann lesen, schreiben und Algebra. Wenn das die Dinge sind, die ihr Mann sich vorstellt, dann kann ich Ihren Sohn gut unterrichten.«

»Sehr schön. Sie können Montag anfangen. Da wäre auch noch ein kleines Mädchen, meine Tochter. Ich möchte, daß sie auch am Unterricht teilnimmt. Sie werden selbstverständlich hier wohnen und werden monatlich bezahlt werden.«

Sung Lü nannte eine Summe, die weit höher lag als das, was Morgana erwartet hatte, und verabschiedete sich. Morgana verließ das Haus, sehr erleichtert, daß die Frau sie nicht über ihre Vergangenheit ausgefragt oder Referenzen verlangt hatte. Aber wie Mistress Langley schon gesagt hatte, waren gebildete Frauen in Macao Mangelware, die meisten waren Offiziersfrauen. Sie fuhr in Sung Lüs Kutsche zurück zu den Davis'.

Sung Lü hoffte, daß sie die richtige Entscheidung getroffen hatte. Das Mädchen war doch noch sehr jung. Aber sie wirkte sehr entschlossen. Außerdem würde sie wahrscheinlich sowieso nicht lange bleiben. Wie alle anderen. Ihr Sohn haßte Unterricht und fand meist schnell eine Möglichkeit, seine Gouvernanten wieder loszuwerden. Die letzte hatte eine tote Schlange in ihrem Bett gefunden. Sie war harmlos, aber der Gouvernante hatte es gereicht. Sie war am selben Tag gegangen. Sung Lü seufzte und ging, um ihrem Mann die Sache zu berichten.

»Sie haben also die Stellung bekommen?« fragte Prudence, als Morgana wieder zu Hause angelangt war.

»Ja, es war nicht sonderlich schwierig.«

»Das habe ich auch nicht erwartet. Aber Captain Jones ist sehr betroffen. Gehen Sie doch raus in den Garten und reden Sie mit ihm.«

Morgana hatte sich bald in dem chinesischen Haushalt eingelebt. Ihr Zimmer war klein, aber sehr komfortabel. Sie hatte einige sehr anstrengende Auftritte mit Taylor gehabt und war froh, endlich von ihm wegzukommen. Er hatte aber darum gebeten, sie besuchen zu dürfen, und sie hatte zögernd zugestimmt, eigentlich mehr aus Mitleid.

Sung Lü zeigte ihr das Schulzimmer und stellte ihr die Kinder vor. Das kleine Mädchen, Sung Ni Yüan, beäugte Morgana neugierig und machte einen hübschen Knicks. Aber der Junge, Sung Hsi Wei, starrte sie bockig an und verbeugte sich erst, als seine Mutter es ihm befahl. Morgana seufzte. Das würde sicherlich nicht einfach werden. Zu ihrer Überraschung sprachen beide Kinder englisch, wenn auch etwas gebrochen. Sie hatten die größten Schwierigkeiten, ihren Namen auszusprechen, und sie schlug vor, sie sollten Lady Mag zu ihr sagen, nicht ahnend, wie schmerzlich es für sie werden würde, ständig jenen Kosenamen von ihren Lippen zu hören, den Rian ihr gegeben hatte.

»Nun denn, Lady Mag.« Sung Hsi Wei beobachtete sie verstohlen, nachdem Sung Lü gegangen war. »Wissen Sie, wie viele Gouvernanten ich schon gehabt habe? Sieben«, sagte er, ohne ihre Antwort abzuwarten. »Ich hab' sie alle vertrieben, und Sie werd' ich auch los«, prahlte er.

»Warst du je in Afrika?« fragte sie. Der brauchte wirklich eine gute Tracht Prügel. Ein verwöhntes Balg, dachte sie.

»Nein«, erwiderte der Junge bockig.

»Aber ich. Weißt du, was sie dort mit frechen kleinen Jungen machen?« Sie wartete auch nicht auf eine Antwort. »Irgendwann erzähl' ich's dir.«

Er schaute sie ungläubig an. »Sie wissen es nicht«, zischte er. »Sie können mir gar nichts beibringen.«

»Du wirst schon sehen«, warnte sie. »Und jetzt setz dich.«

Fast hätte sie lachen müssen, weil er einen Moment lang tatsächlich etwas verängstigt schien, aber es gelang ihr, die strenge Miene zu wahren. Schweigend blätterte sie kurz das Buch durch, das ihr gestellt worden war. Sie hatte noch nie unterrichtet und wußte eigentlich nicht, was sie als nächstes machen sollte, aber vor dem kleinen Tyrannen durfte sie sich um keinen Preis eine Blöße geben.

»Zuallererst möchte ich, daß ihr mir beide etwas vorlest, damit ich feststellen kann, wie weit ihr seid, und dann werden wir ein bißchen rechnen. Sung Ni Yüan, du zuerst«, sagte sie zu dem kleinen Mädchen, das bis jetzt überhaupt noch nichts gesagt hate.

»Sie können mich Ni nennen, Lady Mag«, sagte das Mädchen mit einem verlegenen Lächeln, was ihren Bruder sehr erboste.

Morgana erwiderte das Lächeln. »Na schön, Ni.«

Das Kind stolperte über viele Wörter und war den Tränen nahe, als es die Seite nicht zu Ende lesen konnte.

»Sehr schön, Ni«, sagte Morgana. »Du wirst es mit der Zeit schon lernen.« Sie reichte Sung Hsi Wei das Buch. »Hier, versuch's du, Hsi.«

»Mein Name ist Sung Hsi Wei«, sagte er kühl. »Und ich weiß schon alles, was ich wissen muß, Lady Mag.«

»Weißt du, was wir in England mit kleinen Buben machen, die nicht lernen wollen? Wir helfen mit dem Lineal nach.« Sie nahm einen Elfenbeinstock, der auf dem Pult lag. Der Kleine machte sie wirklich wütend.

»Das wagen Sie nicht. Ich werde es meinem Vater sagen, wenn Sie mich auch nur anfassen.«

»Sperr die Ohren auf, Hsi. Wenn du den Regen Englands überstanden hast, die Klippen Irlands und in Afrika Affeneintopf gekocht hast und den Taj Mahal in Indien gesehen hast, dann kannst du mir sagen, was ich zu tun habe, aber nicht vorher, hast du das kapiert?«

»Haben Sie das wirklich alles gemacht?« Er sah schon fast interessiert aus.

»Ja, hab' ich. Wie du siehst, weißt du noch lange nicht alles. Jetzt lies die Seite, bitte.«

Er machte einen Schmollmund, aber las wie verlangt. Und so kam es, daß Sung Lü, der die verdächtige Ruhe im Gegensatz zu sonst im Klassenzimmer auffiel, und die daher vorsichtig ins Zimmer lugte, sah, wie ihre beiden Kinder ganz brav an ihren Pulten saßen und das Einmaleins aufsagten. Sie schloß leise die Tür, um sie nicht zu stören, und konnte kurz darauf ihrem Mann berichten, daß sich die neue Gouvernante sehr gut mache.

Morgana merkte bald, daß sie in diesem chinesischen Haushalt nicht zum Personal gerechnet wurde und mit Sung Lü und Sung K'ang speisen sollte. Die Kinder waren bei den Mahlzeiten nicht anwesend, aber zu Morganas Erstaunen wurde eine gebrechliche ältere Dame hereingetragen. Sie saß in einem Bambusstuhl, ihr weißes Haar war meisterhaft frisiert, die gelbe Haut faltig, und ihre Augen waren durchdringend blau.

»Lady Keldara, das ist meine Mutter, Madame Sung«, stellte Sung K'ang Nan sie vor. »Mutter, das ist die neue Gouvernante.«

»Ah, Sie sind also der kühne Tyrann, der meinem Enkel mit Schlägen gedroht hat.« Der Blick der alten Frau war listig.

Morgana lief puterrot an. »Ich hätte das nicht wirklich gemacht, Madam«, begann sie, wurde aber durch eine abweisende Handbewegung unterbrochen.

»Entschuldigen Sie sich nicht, Lady Keldara. Soweit ich informiert bin, bräuchte das Kind wirklich gelegentlich eine Tracht Prügel. Mein Sohn verwöhnt ihn zu sehr.« Ein strenger Blick auf Sung K'ang Nan. »Ich sehe, Sie wundern sich über mein ausgezeichnetes Englisch.« Morgana erschrak, weil sie das wirklich gerade gedacht hatte. »Meine Mutter war Engländerin. Sie hat ihr Volk verlassen, um meinen Vater zu heiraten.«

Deshalb also die blauen Augen der Frau. Madame Sung war sehr geradeheraus. Im Gegensatz zu den meisten Orientalen sagte sie, was immer ihr gerade in den Sinn kam. Wie Morgana sah, war das ihrem Sohn und ihrer Schwiegertochter sehr peinlich, aber sie konnten nichts dagegen machen. Die Chinesen respektierten die Alten ihrer Gesellschaft offensichtlich sehr und unterwarfen sich ihren Entscheidungen. Nach dem Abendessen bat Madame Sung Morgana in ihr Zimmer und ließ sich von zwei Hausboys hochtragen. Sie konnte anscheinend nicht laufen. Den Grund dafür erfuhr Morgana später, nachdem Sung Lü sie zum Zimmer der alten Frau begleitet hatte. Ihr Gesicht verriet wie immer nicht, was sie dachte.

Madame Sungs Füße waren winzig und deformiert. Morgana war entsetzt und fasziniert zugleich.

»Ein abscheulicher Brauch, nicht wahr? Man hat sie mir mit sieben Jahren gebunden. Es galt als Schande für Damen von edler Herkunft, laufen zu können. Das gibt es heute noch in vielen Teilen Chinas. Sung Lü ist Siamesin. Deswegen sind ihre Füße gesund und nicht verkrüppelt wie meine. Und wir weigern uns, Nis Füße binden zu lassen.«

»Aber warum hat man das gemacht?« Morgana erschauderte schon allein bei der Vorstellung.

»Damit sich Frauen keine Liebhaber nehmen konnten. Solange sie nicht laufen konnten, war es für sie unmöglich, geheime Rendezvous zu arrangieren. Kein Diener wagte es, ihnen bei einem solchen Unternehmen zu helfen. Wie ich sehe, sind Sie schockiert, Lady Keldara. Erzählen Sie mir von England. Es ist lange her, daß ich mit jemandem aus der Heimat meiner Mutter gesprochen habe, und noch länger, seit ich es gesehen habe. Ein sehr kaltes, feuchtes Land, wenn ich mich recht erinnere, aber interessant.«

Sie unterhielten sich eine Weile und tranken Tee, bis die alte Dame sagte, sie wäre müde. »Sie müssen mich wieder besuchen, Morgana.« Die alte Frau lächelte erschöpft.

»Das werde ich, Madam«, versprach Morgana.

Die Red Lady lehnte sich in ihrem Stuhl zurück, ein boshaftes Grinsen in ihrem zahnlosen, gelben Gesicht. Nach fünf Jahren war Rian also endlich nach China zurückgekehrt. Taian würde sicherlich glücklich sein. Dummes Mädchen, dachte Madame Kiangsu, so lange auf ihn zu warten. Sie hätte besser einen der dummen Matrosen geheiratet, die sie ständig anbettelten, mit ihnen wegzulaufen, oder Fang Lai, den Schwertmacher, dem es egal war, daß das Mädchen ein Prostituierte war. Na ja, jetzt würde es einige Zeit wieder sehr interessant werden.

Rians Schiff hatte noch nicht im Hafen angelegt, aber Madame

Kiangsu wußte, daß er der Küste nicht mehr fern war. Ihre Spione waren überall. Es gab nichts, was sie nicht wußte, aber sehr wenig davon gab sie preis. Einer ihrer Agenten hatte vor einer Stunde die *Sorceress* gesichtet. Sie paffte nachdenklich an ihrer Opiumpfeife und wartete.

Der Graf von Keldara stand an Deck der *Sorceress* und sah, wie die Küste am Horizont größer wurde. Er war zwar immer noch unglücklich, aber er hatte sich mit Morganas Tod abgefunden. Er wollte jetzt nur diese Reise zu Ende bringen und nach Hause gehen und das Chaos, das er veranstaltet hatte, wieder in Ordnung bringen. Manchmal war er noch sehr verbittert, besonders abends in seiner leeren Kabine mit ihren vielen Erinnerungen.

Er vermißte ihren warmen Körper nachts neben dem seinen und das Gefühl ihrer weichen Haare um seinen Hals. Er schlief schlecht und lief oft nachts an Deck umher und beobachtete die Sterne. Keine der Dirnen, die er unterwegs in den Häfen aufgelesen hatte, konnte den Schmerz in seinem Herzen lindern, zumindest brachten sie ihm aber körperlich Entspannung.

Es war schon spät, als das Schiff in Macao einfuhr und einen Ankerplatz zwischen den Sampans im Hafen suchte. Seufzend erteilte er der Mannschaft letzte Befehle, ging dann von Bord und rief eine Rikscha. Er sagte dem Mann die Adresse, lehnte sich in die Kissen zurück und würdigte die umhertorkelnden Matrosen keines Blickes. Am chinesischen Bordell angelangt, zahlte er den Kuli und ging hinein.

Es war rauchig wie immer, und die Luft war schwer vom Duft der Räucherkerzen. Einige orientalische Mädchen mit reglosen bemalten Gesichtern lümmelten herum. Mit leisem Rascheln öffnete sich ein Vorhang, und eine ältere Frau erschien. Sie war im ganzen Hafenviertel als Red Lady bekannt. Madame Kiangsu war eine Respektsperson. Viele waren überzeugt, sie wäre ein Mitglied der Gesellschaft des Himmlischen Gesetzes, der Organisation, die einmal versucht hatte, den Mandschukaiser Jen Tsung zu ermorden. Ihr konnte aber nie etwas bewiesen werden, obwohl sie immer noch die Narben an den Händen hatte, wo die Schergen des Kaisers ihr Bambussplitter unter die Nägel getrieben hatten, um sie zum Reden zu bringen. Rian kannte sie schon sehr lange.

»Willkommen, Captain McShane.« Sie schien von seiner Ankunft nicht im geringsten überrascht. Sie hatte natürlich längst von seiner Ankunft in Macao erfahren. Ihre Spione waren angeblich überall.

»Guten Abend, Madame Kiangsu.« Er verbeugte sich tief und nahm das angebotene Glas Wein.

Sie würden sich eine Weile unterhalten, und wenn sie dann seiner Gesellschaft überdrüssig war, durfte er nach oben zu seiner chinesischen Mätresse gehen, zu Taian. Auf dieses Ritual hätte er heute abend gerne verzichtet, aber er wollte die Red Lady keinesfalls beleidigen und wartete, bis sie anfing zu reden. Sie schaute ihn an, ohne zu blinzeln. Er wußte, daß es vom Opiumrauchen kam, aber es war trotzdem eigenartig. Er erwiderte den Blick und wurde schließlich mit einem langsamen, zahnlosen Grinsen belohnt. Eine Stunde später durfte er sich zurückziehen.

Taian war sehr zart und kleinwüchsig. Ihr schwarzes, glattes Haar ging bis zur Taille, und ihre scharlachrot bemalten Lippen kräuselten sich zu einem Lächeln, als er das Zimmer betrat. Sie warf sich ihm nicht an den Hals, sondern wartete, bis er sie ansprach. Aber er befahl ihr lediglich, ihm ein Bad einzulassen, und sie wandte sich ab, damit er ihre Enttäuschung nicht sehen konnte. Sie war immer sehr traurig, wenn er ging, und immer sehr traurig, wenn er kam. Sie liebte ihn über alles und hoffte, er würde sie eines Tages doch mitnehmen, weg von diesem sündigen Leben, dem sie auf Gedeih und Verderb ausgeliefert war. Aber er hatte nie gesagt, er liebe sie, und nie gesagt, sie hätte ihm gefehlt, obwohl manchmal Jahre zwischen seinen Besuchen lagen. Die anderen Mädchen lachten sie aus und sagten, sie wäre dumm, auf ihn zu warten, wenn ein anderer Matrose sie mitnehmen wollte.

Ihre kleinen Hände waren sehr geschickt, schrubbten ihn ab und massierten ihn da, wo die Muskeln am verspanntesten waren. Immer noch schwieg Rian. Taian spürte, daß er keine Unterhaltung wollte, also schwieg sie, bis auf einen schrillen Schrei, als er sie plötzlich an sich riß und ihren Kimono öffnete, um ihre hohen festen Brüste zu enthüllen.

Beim Aufwachen wußte er einen Moment lang nicht, wo er war. Dann sah er auf Taians Gesicht auf dem kleinen geschwungenen Brett, das sie als Kissen benutzte. Er schüttelte sie wach und sagte ihr, sie solle Frühstück holen. Dann schaute er ihr mit leicht gerunzelter Stirn nach, wie sie davonlief. Er fragte sich, was für Gedanken wohl hinter dieser Fassade lagen, die sie so unverrückbar aufrecht erhielt. Sie erinnerte ihn immer an eine undurchschaubare Puppe, die nur das tat, was ihre Mechanik bestimmte. Sie war nie wütend, schrie nie, obwohl er ahnte, daß er sie oft unglücklich gemacht hatte. Aber sie war eine Meisterin der Kunst, einen Mann zu befriedigen, und seine Begierde war für einige Zeit gestillt. Taian war dreizehn gewesen, als er das erste Mal mit ihr geschlafen hatte. Vielleicht würde er später mit ihr einkaufen gehen. Das schien ihr zu gefallen, obwohl ihr Gesicht immer ernst blieb, wenn sie ihm dankte.

Nach dem Frühstück ging er tatsächlich mit ihr zum Markt und kaufte ihr ein wunderschönes Jadearmband. Der Preis schien ihm sehr gering, aber Taians Augen strahlten. Dann brachte er sie zum Bordell und ging seinen Geschäften nach. Als er weg war, zeigte Taian mit großem Stolz ihr Geschenk den anderen Mädchen, die keinen so feinen Kavalier hatten.

»Seht ihr«, sagte sie, »er kommt immer wieder zurück und nur zu mir.«

»So stolze Worte für ein Straßenmädchen.« Pengpu schnaubte verächtlich. »Er wird wieder wegfahren, wie jedesmal, dann wirst du nicht mehr so hochnäsig sein.«

Taian lächelte nur und drehte das Armband um ihr Gelenk.

Morgana starrte die Eidechse in ihrem Bett an. Die Zunge zuckte hin und her, und sie beobachtete sie mit runden Knopfaugen. Die Haut war glatt und bunt, erinnerte sie aber an die afrikanischen Schlangen. Sie suchte sich langsam einen Handschuh, zog ihn an, packte die Kreatur und ging mit vor Wut sprühenden Augen den Korridor hinunter. Sie wußte, wer dafür verantwortlich war. Erst letzte Woche hatte sie eine Kröte in ihrer Seetruhe gefunden. Dieser verfluchte Junge! Würde er denn nie begreifen, daß sie mit solchen Tricks nicht zu verjagen war?

»Hsi!« sie riß wütend seine Tür auf. »Hab' ich dir nicht gesagt, du sollst besser auf deine Haustiere aufpassen. Ich hab' diese Kreatur in meinem Bett gefunden.«

Der Junge war baß erstaunt. Er war so sicher gewesen, es würde mit der Eidechse funktionieren. Einige seiner Gouvernanten waren bei dem

Anblick schreiend aus dem Haus gelaufen. Gab es denn gar nichts, mit dem man diese hier erschrecken konnte?

Morgana warf ihm die Eidechse zu, und er fing sie geschickt, bevor sie entwischen konnte. Morgana schlug die Tür hinter sich zu. Er seufzte. Im Augenblick fiel ihm nichts mehr ein, wie er sie verscheuchen könnte.

Sie klopfte an Madame Sungs Tür und trat auf ihr Geheiß ein.

»Ich schwöre, Madam, wenn das so weitergeht, werd' ich mich eines Tages bei dem Jungen vergessen«, rief sie ganz außer sich.

»Was um Himmels willen hat er denn jetzt wieder gemacht, Morgana?«

»Mir eine Eidechse ins Bett gelegt und letzte Woche eine Kröte in meine Seetruhe. Madam, er braucht eine Tracht Prügel, und das nicht zu knapp.«

Madame Sung lachte. »Morgana, ich fürchte, mein Enkel hat in Ihnen seinen Meister gefunden«, sagte sie, und ihre Augen zwinkerten vergnügt.

Morgana sah die alte Frau liebevoll an, dann mußte auch sie lachen.

»Man möchte doch eigentlich meinen, daß er inzwischen gelernt hätte, daß ich mich nicht vertreiben lasse. Jetzt bin ich doch schon drei Monate hier, und die anderen Gouvernanten waren alle höchstens drei Wochen hier.«

»Ja, man würde meinen, dieses lästige Kind hätte es allmählich begriffen.« Madame Sung und Morgana waren inzwischen die besten Freundinnen. »Vielleicht sollte ich einmal mit ihm reden.«

»Nein, dann meint er nur, ich werde schwach. Aber ich werde eine neue Taktik versuchen müssen. Wie mein Cousin Gerald, ein alter Soldat, immer zu sagen pflegte: Wenn man die Schlacht nicht gewinnen kann, muß man sich eine neue Angriffsstrategie überlegen.«

»Sehr weise, meine Liebe.«

»Nun, ich muß zugeben, das war das einzig intelligente, was Gerald jemals gesagt hat. Wie geht es Ihnen? Kann ich etwas für Sie tun?«

»Nein, meine Liebe, mir geht es gut. Sie haben mir erzählt, Captain Jones war heute wieder hier.«

»Ja, der arme Taylor. Er will sich einfach nicht mit dem Nein abfinden. Ich fürchte, ich hab' ihm sehr weh getan.«

»Er wird's überleben. Ich hab' noch keinen erlebt, der an gebrochenem Herzen gestorben ist.«

»Ich schon«, sagte Morgana und erinnerte sich an die Geschichte von Rians Mutter und dem Geist von Katy McShane. »Zu Hause, in Shanetara, haben wir zwei Erscheinungen, die manchmal sichtbar werden, wenn Nebel aufkommt und leichter Regen fällt.« Sie erzählte der alten Frau die Geschichte von William und Katy McShane.

»Was für eine wunderbare Geschichte«, seufzte Madame Sung, als Morgana fertig war.

»Einer meiner Cousins hat sie mir erzählt«, sagte Morgana, geplagt von Gewissensbissen. Sie hatte niemandem hier im Haus erzählt, daß der Mann, den sie geheiratet hatte, vielleicht noch am Leben war. Sie waren ohnehin schockiert genug von ihrem Benehmen und verwirrt von ihrer gelösten Verlobung mit Taylor.

»Es fehlt Ihnen, nicht wahr, Morgana? Shanetara?« fragte Madame Sung mit mitleidigen Augen.

»Ja, manchmal schon. Es ist alles so weit weg, fast wie ein Traum.«

In diesem Augenblick war sie schwer versucht, dieser alten Frau, die sie so liebgewonnen hatte, alles anzuvertrauen, aber sie wollte Madame Sung nicht mit ihren Sorgen belasten.

»Madam, möchten Sie morgen mit mir im Garten sitzen? Ich hab' etwas Zeit und würde mich über Ihre Gesellschaft freuen. Außerdem wird Ihnen die frische Luft guttun.«

In letzter Zeit ging es der alten Frau nicht sonderlich gut, und Morgana fürchtete, daß dieser dunkle, freudlose Haushalt auch nicht besonders gut für ihre Gesundheit war.

»Natürlich, mein Kind. Ich freue mich über jede Unterhaltung mit Ihnen, und der Garten ist um diese Jahreszeit so hübsch. Es wird mir ein Vergnügen sein.«

»Gut, dann bis morgen«, versprach Morgana und schloß leise die Tür hinter sich.

Wie sie gehofft hatte, war der nächste Tag kühl, aber heiter, und Morgana beauftragte zwei Hausboys, Madame Sungs Stuhl an einen Platz zu bringen, wo sie die Sonne genießen konnte. Sie legte der alten Frau einen Schal um.

»So, Madam, jetzt wird es Ihnen gleich bessergehen.«

»Danke, mein Kind.« Madame Sung streichelte Morganas Hand. »Ich weiß gar nicht, was ich ohne Sie gemacht habe. Ich schwöre, das ganze Haus hat seither eine andere Atmosphäre. Sogar Lü hat es schon erwähnt.«

Morgana war hocherfreut, denn Sung Lü sprach nur selten ein Kompliment aus. Sie war viel zu sehr damit beschäftigt, ihren Mann von den Badehäusern fernzuhalten und von den Geishas, wenn auch mit sehr mäßigem Erfolg. Morgana kam allmählich zu der Überzeugung, daß in China Frauen Bürger zweiter Klasse waren. Sie seufzte.

»Madam, glauben Sie, daß je der Tag kommen wird, an dem Frauen den Männern nicht mehr untertan sind und man uns erlauben wird, selbst Berufe auszuüben?«

»Aber Kind! Machen Sie die Augen auf. Es sind die Frauen, die die Welt regieren, auch wenn sie zu dumm sind, es zu begreifen. War es wirklich Caesar, der Rom regiert hat? Nein, Kleopatra hat ihm den Kopf verdreht und ihn dazu gebracht, ihre Wünsche zu erfüllen. Marc Anton war ihr auch hörig. Und warum hat Columbus die Neue Welt entdeckt? Doch um Isabella von Spanien seinen Preis zu Füßen zu legen. Und Anna Boleyn? Heinrich der Achte hat die katholische Kirche gespalten, um sie zu kriegen. Ja, unterschätze nie die Macht einer Frau, Morgana«, Madame Sung nickte weise. »Es gibt keinen Mann auf dieser Welt, der nicht Macht angestrebt, Königreiche erobert oder ein Vermögen gewonnen hat, nur aus Liebe zu einer Frau, sei es nun Mutter, Geliebte, Frau, Tochter oder Schwester. Wenn Frauen anfangen, sich wie Männer zu verhalten und wie sie zu denken, wird es ihr Untergang sein. Die beiden sind so verschieden wie Tag und Nacht und sollten es auch sein.«

»Wahrscheinlich haben Sie recht.« Morgana lächelte der alten Frau nachdenklich zu.

»Natürlich hab' ich recht. Wenn Sie einmal so lange wie ich gelebt haben, werden Sie verstehen, was ich meine. Ach, holen Sie mir doch einen Zweig Jasmin. Ich möchte gern daran riechen. So ein wundervoller Duft.«

Morgana stand auf und ging zu dem Strauch. Sie wollte sich gerade bücken und einen Zweig abbrechen, als sie Taylor kommen sah. Sie richtete sich auf und wartete, bis er bei ihr angelangt war.

»Ja, Taylor, was gibt's?«

»Sie haben mir im Haus gesagt, du wärst hier draußen. Ich habe vor«, flehte er sie an, »ich habe vor, heute in See zu stechen. Ich bin hier schon viel zu lange. Ich bin gekommen, um dich ein letztes Mal zu bitten. Überleg's dir noch mal. Komm mit nach Virginia, bitte. Ich liebe dich.«

»Oh, Taylor. Warum kann ich dir das nicht begreiflich machen? Ich kann einfach nicht.«

»Du meinst, du willst nicht. Mein Gott, Morgana!« Er packte sie plötzlich und wollte sie küssen. »Ich ertrag' es nicht. Wie kann ich dich hier zurücklassen?«

»Taylor!« Sie riß sich los, eine Hand vor dem Mund. »Sie vergessen sich, Sir.«

»Morgana, bitte...«

Sie hörte ihn nicht mehr. Sie lief zum Haus, und zu ihrer Überraschung weinte sie bitterlich. Madame Sung, die alles mit angesehen hatte, hatte sie vollkommen vergessen. Ihr Anblick ließ Morgana abrupt stehenbleiben.

»Madam, ich bitte um Verzeihung.« Sie reichte der alten Frau den Blütenzweig und versuchte, ihre Tränen zu trocknen.

»Mach dir keine Gedanken, Kind. Ich hab' gesehen, was passiert ist. Du weinst, Morgana, aber dein Herz geht nicht mit ihm.« Sie zeigte auf Taylor, der sich rasch entfernte.

»Nein, Madam, mein Herz geht nicht mit ihm«, erwiderte Morgana. Dann warf sie sich plötzlich Madame Sung zu Füßen und schüttete ihr Herz aus.

Sie begann mit ihrem Treffen mit Rian und erzählte die ganze Geschichte, ersparte sich nichts, verschwieg nichts. Die alte Frau lauschte ihr schweigend und streichelte das rote Haar auf ihrem Schoß, das Gesicht mit den tränenüberströmten Augen. Madame Sung hörte ihr über eine Stunde lang zu und unterbrach sie kein einziges Mal. Sie begriff, daß Morgana das alles viel zu lange in sich eingesperrt hatte. Das Kind mußte reden, um es aus seinem Herzen und Verstand zu kriegen. Als sie fertig war, schluchzte Morgana leise weiter.

»Mein Kind«, sagte Madame Sung langsam, nachdenklich. »Ich habe noch nie eine so traurige, dumme Geschichte gehört. Das ist vielleicht ein Durcheinander. Und es hat dich sehr unglücklich gemacht. Mehr hab' ich von Rian McShane auch nicht erwartet. So ein verbohrter Mann, von so dummem Stolz erfüllt.«

»Sie kennen meinen Mann?« Morgana hob neugierig den Kopf.

»Ja, ich kenne den Captain. Er kommt manchmal hierher und macht mit meinem Sohn Geschäfte, einen so arroganten Filou gibt es kein zweites Mal.« Sie lächelte. »Er liebt Sie wahrscheinlich sehr.«

»Wirklich?« fragte Morgana ungläubig.

»Ja. Lassen Sie sich eins sagen, mein Kind. Vor sehr langer Zeit kannte ich einen sehr arroganten, sehr stolzen Mann, genau wie Ihr Rian. Es war mein Mann. Verstehen Sie mich nicht falsch, ich hatte bei meiner Ehe nichts mitzureden, sie wurde von meinen Eltern arrangiert, das war damals üblich. Ich habe Sung Tsingtao an meinem Hochzeitstag das erste Mal gesehen. Ich war vierzehn und unschuldig in jeder Beziehung, aber Tsing war sehr sanft mit mir. Er war achtundzwanzig und ein sehr stattlicher Mann. Ich schäme mich nicht zu sagen, daß ich mich sehr glücklich schätzte. Einige meiner Freundinnen wurden mit Männern verheiratet, die so alt waren, wie ich es jetzt bin.« Sie zwinkerte Morgana ironisch zu. »Aber, wie ich schon sagte, ich war sehr jung und leicht zu beeindrucken. Ich habe mich sofort in meinen Mann verliebt.

Aber er war auch ein stolzer Mann, und irgendwann, irgendwo hatte man ihm beigebracht, ein Mann dürfte keine Gefühle haben, und wenn er sie hätte, sollte er sie unterdrücken. Er war sehr sensibel, verletzlich und hatte Angst, ausgelacht zu werden, Angst davor, nicht alles zu sein, was ein Mann sein sollte. Er machte gewagte, skandalöse Sachen, und ich hielt ihn für den verwegensten Mann der Welt. Ich hab' nicht verstanden, daß er diese Dinge machte, um mich zu gewinnen, weil er nicht sagen konnte, was sein Herz bewegte. Erst als er im Sterben lag, wurde mir klar, wieviel ich ihm immer bedeutet habe. Du mußt wissen, Kind, er hat mich weggeschickt.«

»Aber warum, wenn er Sie geliebt hat, Madam...«

»Ah, Madam, er hat mich weggeschickt, weil er nicht ertragen konnte, daß ich die Schmerzen mit ansehen mußte, die er zum Ende hin hatte. Er wollte, daß ich ihn als den stolzen, mutigen, verwegenen Krieger in Erinnerung behalte, der mein Herz gewonnen hatte. Und irgendwie hat mir das all die Jahre genügt, dieses Gefühl, daß er mich geliebt hat, obwohl er es nie ausgesprochen hat. Ich habe nie wieder geheiratet.«

»Danke, Madam«, sagte Morgana leise.

»Ich habe einmal die Worte eines weisen alten Mannes gelesen«, seufzte Madame Sung. »›Schau in dein Herz, und du wirst immerwährende Freude erfahren, selbst wenn der Pflaumenbaum im Schnee blüht.‹ Schau in dein Herz, Morgana.«

Kapitel Einunddreißig

Taylor hatte alles geregelt. Die Ladung war an Bord, der Proviant geladen. Er verfluchte im stillen Morgana, als er das letzte Mal die Gangway hochging. In der Dunkelheit sah er einen eleganten Klipper neben seinem Boot liegen. Wirklich, nicht schlecht. Er fragte sich, wem er wohl gehöre. Er versuchte in der Dunkelheit den Namen zu erkennen, und da stockte ihm der Atem. Der Name *Sorceress* stand am Bug. Fluchend drehte er ihr den Rücken zu und gab Befehl zum Ablegen.

Taian musterte Rian mit ernstem Gesicht. »Captain Rian ist unglücklich, ja?« fragte sie schüchtern.

»Ja, Captain Rian ist sehr unglücklich.«

»Er wird mit der Zeit heilen, nicht wahr, dieser Schmerz in Ihrem Herzen? Es ist eine große Traurigkeit, ich sehe es in Ihren Augen«, flüsterte sie.

»Ja, vielleicht. Wenn man je aufhört zu lieben, wird es mit der Zeit heilen«, erwiderte Rian leise.

»Captain Rian liebt?« Taian hatte das Gefühl, jemand hätte ihr ein Messer in den Leib gestoßen. Der Schmerz war entsetzlich.

»Ja«, erwiderte er ein drittes Mal. »Captain Rian liebt sehr.«

»Und diese Frau, wer ist sie?«

»Meine Frau, Taian.«

Das Messer bohrte sich tiefer.

»Und wo ist diese Frau?« fragte sie und kämpfte mit den Tränen.

»Tot. Und sie war wie der Himmel selbst, Taian, meine Morgana. Ihr Haar war wie poliertes Kupfer und ihre Augen grüner als Jade.« Er war plötzlich froh, sich den Schmerz von der Seele reden zu können.

»Ich weiß auch, was es heißt, so zu lieben«, sagte sie leise.

»Warum sagst du dem Mann dann nichts von dieser Liebe, kleine Taian?«

»Wißt Ihr es denn nicht, dummer Mann?« rief sie und lief schluchzend aus dem Zimmer.

Rian verstand sie auf einmal, konnte aber die Worte nicht sagen, die sie gerne gehört hätte. Er war sehr traurig, daß er diesem kleinen chinesischen Mädchen soviel Schmerz bereitet hatte.

Die Red Lady rauchte ihre Opiumpfeife. Ja, es wurde mit jeder Minute interessanter. Taian hatte sich die Seele aus dem Leib geschluchzt, und sie hatte ihr den Grund dafür aus der Nase gezogen. Jetzt paßten die Stücke des Puzzles allmählich zusammen. Rian McShane wußte also nicht, daß seine Frau noch am Leben war und hier in Macao als Gouvernante bei... wie hieß noch dieser Händler? Ah ja, Sung K'ang Nan. Sie mußte es sein. Die Beschreibung paßte zu perfekt. Vielleicht hielt die Frau Rian auch für tot, oder vielleicht war sie ihm davongelaufen. Er konnte manchmal ein Teufel sein.

Madame Kiangsu grinste, zahnlos, zufrieden, und ließ nach dem Captain schicken.

»Was gibt's, Madam?« fragte Rian wütend. »Habt Ihr Taian gesehen?«

»Sie ist weggelaufen, das dumme Kind. Ich fürchte, der Schmerz ist zu groß für sie. Aber keine Angst, sie wird wiederkommen. Sie kann nirgends anders hin.«

»Warum wollten Sie mich dann sehen?«

»Wie ich höre, wollen Sie auf dieser Reise Seiden kaufen.«

»Feine Stoffe interessieren mich immer, Madam.« Rian war etwas pikiert. Seine Geschäfte gingen Madame Kiangsu nichts an.

»Vielleicht sollten Sie Sung K'ang Nan besuchen. Wie ich höre, hat er etwas, was Sie besonders interessieren wird.«

Sie lehnte sich im Stuhl zurück und lächelte, als Rian gegangen war. Ja, das würde sicher sehr interessant werden. Sie mußte nur abwarten.

Taian wanderte ziellos am Ufer entlang, ihr Herz drohte vor Schmerz zu zerspringen. Sie stolperte in eine der vielen Bars entlang des Hafens, angelockt vom hellen Licht und dem Lärm. Ein junger Matrose lehnte an der Wand. Es gelang ihr, ihn trotz der Tränen anzustrahlen.

»Kaufen Sie einem durstigen Mädchen einen Drink, Matrose?«

Sie sagte sich, ihr wäre alles egal. Nichts mehr war von Bedeutung, als sie ihm die Treppe hochhalf in ein winziges Zimmer und ihr Kleid auszog.

Morgana erzählte Ni gerade eine Geschichte. Das Kind lauschte mit großen Augen begeistert Morganas Bericht, wie sie die Eingeborenen in Afrika gefangen hatten. Ni wagte vor Aufregung kaum zu atmen. Morgana tat, als merke sie nichts, als Hsi näherrutschte, damit er auch zuhören konnte, und mußte sich das Lachen verkneifen. Er versuchte nicht mehr, ihr dumme Streiche zu spielen, und schien sich mit ihrer Anwesenheit abgefunden zu haben. Als sie zu der Stelle kam, wo sich die Vipern auf ihre Stiefel gestürzt hatten, schrie er vor Schreck.

»Haben Sie denn keine Angst gehabt, Lady Mag?« Er setzte sich zu ihr aufs Bett.

»Ja, Hsi, hatte ich schon«, erwiderte sie ernst. »Ich war fast verrückt vor Angst.«

»Aber Sie sind nicht gebissen worden, Lady Mag, nicht wahr?« sagte Ni besorgt.

»Nein, Ni. Die Fänge konnten das Leder nicht durchbohren. Ich hab' wirklich Glück gehabt. Diese Vipern sind sehr giftig, und ich wäre sicher gestorben.«

»Ich bin froh, daß Sie nicht gestorben sind«, sagte Ni.

»Ich auch«, krähte Hsi.

»Ja, Hsi«, rief Morgana überrascht. »Ich dachte, ich wär' bloß wieder eine ekelhafte Gouvernante. Du hast dir solche Mühe gegeben, mich zu vertreiben.«

Er ließ den Kopf verlegen hängen. »Sie sind nicht wie die anderen. Keine von denen hat so tolle Abenteuer erlebt. Tut mir leid, daß ich so gemein war.«

»Hand drauf?« Morgana streckte ihm ihre entgegen.

»Hand drauf«, sagte er und schüttelte sie mit Begeisterung.

»Braver Junge«, lächelte sie und fuhr ihm durchs Haar. »Und mein braves Mädchen.« Ni sollte sich nicht zurückgesetzt fühlen. »So, das war aber genug für heute. Zeit, ins Bett zu gehen.«

Sie meuterten ein bißchen, aber dann brachte sie beide zu Bett, gab ihnen einen Gutenachtkuß und blies die Lampen aus. Dann ging sie zu Madame Sung, der es seit einigen Tagen viel besser ging. Morgana war überzeugt, der alten Frau hätte die Sonne gutgetan.

Zwei Tage vergingen, bis Rian endlich beschloß, zu Sung K'ang Nan zu gehen. Die Red Lady wußte schließlich immer, was in Macao vorging, und wenn sie der Meinung war, der chinesische Händler hätte etwas Interessantes, dann stimmte das wahrscheinlich. Er machte sich trotzdem Sorgen um Taian. Sie war immer noch nicht zurück. Pengpu, eines der anderen Mädchen, erzählte ihm, sie wäre zu einem Matrosen gezogen, den sie unten am Hafen kennengelernt hatte. Soviel also zu ihrem gebrochenen Herzen, dachte Rian.

Der Abend dämmerte schon, als er eine Rikscha rief und die Adresse nannte, aber er wollte erst nach dem Abendessen dort ankommen. Sung K'ang Nan war an Rians seltsame Zeiten gewöhnt. Er hatte mit dem Mann früher schon Geschäfte gemacht und schätzte ihn als fairen und ehrlichen Geschäftsmann. Rian hatte ohnehin vorgehabt, ihn zu besuchen, aber Madame Kiangsu hatte seine Neugier geweckt.

Pfeifend betätigte er den Messingtürklopfer. Wong Chow, der Hausboy, grinste, als er Rian sah.

»Willkommen, Captain McShane«, sagte er in Englisch. Der Captain hatte ihn einmal davor bewahrt, von einer Gruppe Matrosen verprügelt zu werden. Seitdem verehrte er ihn.

»Abend, Wong Chow. Ist dein Herr zu Hause?«

»Ja. Ich werde ihm sagen, daß Sie hier sind.«

Der Junge verschwand, und Rian betrachtete interessiert Sungs Schätze im Korridor.

»Guten Abend, Captain McShane.« Sung K'ang Nan verbeugte sich tief.

Rian verbeugte sich ebenfalls und folgte dem Chinesen in den kleinen Salon. »Wie ich höre, sollen Sie dieses Jahr besonders feine Seiden haben«, sagte er, nachdem sie sich gesetzt hatten.

»Ah, ja!« Sung K'ang Nan strahlte. Er liebte Geschäfte und war ein geborener Händler. »Selbstverständlich hab' ich im Lager noch eine viel größere Auswahl«, erklärte er. »Aber die besten Ballen lagere ich hier, wie Sie sehr wohl wissen, Captain. Ich werde sie holen lassen, wenn Sie ein bißchen Geduld haben.«

Rian trommelte nervös mit den Fingern auf einem der kleinen Bambustische. Irgendwo im Haus hörte er eine Frau singen. Aus irgendeinem seltsamen Grund erinnerte ihn das an Morgana, obwohl die Worte chinesisch waren. Er schüttelte den Kopf.

»Ja, die sind wunderbar, wirklich, Master Sung.« Rian strich nachdenklich über die Stoffballen. In England würde er sicher einen guten Preis dafür kriegen. »Sollen wir uns auf einen Preis einigen?«

Die Männer schacherten eine halbe Stunde lang, bis sie sich einig wurden, jeder fest überzeugt, den anderen übervorteilt zu haben.

»Sie werden bis morgen früh auf mein Schiff liefern lassen?«

»Wie immer, Captain McShane.«

»Ich wäre noch an einigen Ballen mehr interessiert«, sagte Rian. »Die Auswahl überlasse ich Ihnen. Den Preis handeln wir dann am Schiff aus.«

»Gut«, stimmte der Chinese zu. Rians Vertrauen ehrte ihn, und deshalb gab er ihm auch immer bessere Preise als den anderen Kapitänen. »Sollen wir einen Drink nehmen, um das Geschäft zu besiegeln? Ich glaube, das ist in England so Sitte.«

Morgana wanderte ziellos durch den Garten, blieb immer wieder stehen, um an den Blumen zu riechen oder sich die chinesischen Statuen anzusehen. Sie hatte sich an die Drachen gewöhnt und fand sie nicht mehr böse. Im Salon waren Stimmen zu hören. Wahrscheinlich ein Seemann, der mit Sung K'ang Nan Geschäfte abwickelte. Sie seufzte, tauchte eine Hand in den Teich und löste Panik unter den Goldfischen aus.

»Welche Freude, Sie wiederzusehen, Madame Sung Ling Kwan, Madame Sung Lü«, begrüßte Rian die beiden Frauen. Die ältere Madame Sung schien seine Anwesenheit nicht zu überraschen, aber wie er wußte, waren ihre Informanten fast so gut, wenn nicht besser als die Madame Kiangsus.

Madame Sung hatte tatsächlich seine Ankunft erwartet, nachdem sie

Morganas Geschichte gehört hatte. Daß er aber bereits im Hafen vor Anker lag, hatte sie nicht gewußt. Und der Mann wußte offensichtlich auch nicht, daß seine Frau hier war.

»Captain McShane«, sagte sie. »Warum machen Sie nicht einen Spaziergang durch den Garten? Ich glaube, da ist eine Blume, die Sie besonders interessieren wird.« Sie hatte Morgana vorhin hinausgehen sehen.

Rian verstand nicht, warum alle Welt plötzlich zu wissen glaubte, was ihn interessieren könnte. Trotzdem befolgte er Madame Sungs Vorschlag. Die Mutter seines Gastgebers wollte er nicht beleidigen.

»Im hinteren Teil des Gartens, Captain McShane«, rief sie ihm nach. »Neben der Drachenfigur, in der Nähe des Lilienteichs.«

Er ging den kleinen Pfad mit den großen Pflastersteinen entlang. Er war schon einige Male hiergewesen und fragte sich, was für eine neue Blume da wohl unter diesen zarten Bäumen erblüht wäre.

Seine Augen brauchten eine Weile, um sich an die Dunkelheit zu gewöhnen, und als er sie sah, hielt er sie zuerst für ein Gespenst. So reglos saß sie am Rande des Teichs, mit offenem Haar, in einem fast durchsichtigen weißen Kleid, das im Mondlicht wie ein Leichentuch aussah. Sie sah so traurig und nachdenklich aus, wie sie so zu den Sternen hochschaute, daß Rian kaum zu atmen wagte.

»Morgana?«

Er hatte fest damit gerechnet, sie würde sich in eine schimmernde Wolke auflösen. Ihre Smaragdaugen richteten sich auf ihn, und er glaubte zu ertrinken. Sie hatte ihn nicht kommen hören, und er hatte sehr leise gesprochen, aber diese Stimme würde sie unter Tausenden erkennen.

»Rian«, flüsterte sie und sank bewußtlos in seine ausgestreckten Arme.

Morgana blieb nicht lange bewußtlos, und als sie wieder zu sich kam, kniete Rian fassungslos vor ihr.

»Laß mich los!« Sie riß sich wütend von ihm los. »Wie kannst du es wagen, mich anzufassen, nachdem du mich herzlos diesen afrikanischen Wilden überlassen hast?«

»Morgana!« Rian begriff überhaupt nichts mehr. »Ich dachte, du wärst tot, begreifst du denn das nicht? Ich hab' nach dir gesucht, und der afrikanische Häuptling hat gesagt, du wärst in den Busch geflohen.

Ich hätte nie gedacht, daß du das überlebt hast.« Er schüttelte sie. »Gott weiß, daß du mir genauso einen Schock verpaßt hast wie ich dir.«

»Laß mich in Ruhe. Ich... ich hab' hier einen Job. Was müssen die von mir denken? Ich muß meinen Pflichten nachgehen.« Sie stand auf.

»Morgana, ich habe nicht vor, dich noch einmal entwischen zu lassen«, sagte er, und da war dieses vertraute spöttische Lächeln in seinem Blick.

»Bitte, Rian, ich kann jetzt nicht denken.« Sie rieb sich den Kopf. Er begann wieder zu schmerzen. »Ich muß jetzt reingehen. Wir unterhalten uns morgen.«

Ohne ein weiteres Wort wandte sie sich ab und lief weg von ihm. Er wollte ihr nachlaufen, aber sie war verschwunden. Er konnte sie auch schlecht mit Gewalt aus Sung K'ang Nans Haus schleppen, also ging er zurück in den Salon.

In seiner Abwesenheit hatte Madame Sung die Situation kurz ihrem Sohn und seiner Frau erklärt.

Sung Lü war zutiefst gerührt. »Das muß ein schrecklicher Schock für sie sein«, murmelte sie.

»Und für Captain McShane«, fügte Sung K'ang Nan hinzu.

Zu mehr blieb keine Zeit, weil Rian ins Zimmer stürmte. »Sie haben es gewußt, nicht wahr?« fuhr er Madame Sung an. »Großer Gott, warum haben Sie mich nicht gewarnt? Und Madame Kiangsu, sie muß es auch gewußt haben.«

»Bitte, verlaßt uns«, sagte Madame Sung zu ihrem Sohn und seiner Frau. Die beiden gehorchten sofort und verließen kopfschüttelnd den Raum. »Ja, ich habe es gewußt«, sagte die alte Frau, als sie allein waren. Und wie sie es genießen würde, diesem verwegenen jungen Mann die Meinung zu sagen! »Wo ist Morgana?«

»Ich weiß es nicht. Sie ist weggelaufen.« Rian ließ sich resigniert in einen Stuhl fallen.

»Dummes Mädchen«, murmelte Madame Sung. »Geschieht Ihnen recht. Soweit ich es beurteilen kann, haben Sie das arme Kind schrecklich behandelt. Nein«, sie hob abwehrend eine zarte Hand, »versuchen Sie nicht, das abzustreiten. Morgana hat mir die ganze Geschichte erzählt. Und, was gedenken Sie jetzt zu tun?«

»Ich weiß es nicht«, wiederholte Rian. »Ich dachte, sie wäre tot. Ich… ich kann einfach nicht glauben, daß sie wirklich noch am Leben ist. Sie wissen nicht, was für Höllenqualen ich durchgemacht habe.« Er stand auf und fing an, nervös auf und ab zu laufen.

»Oh, ich dachte, Sie wären froh gewesen, sie loszuwerden.« Madame Sung mußte sich das Lachen verkneifen.

»Froh? Ich hab' fast den Verstand verloren, weil ich sie verloren habe, gerade als…«

»Gerade als was?«

»Als… als mir endlich klar geworden war, daß ich sie liebe. Ich habe mir tausendmal gesagt, wenn ich sie wiederfinden würde, würde ich ihr das sagen.« Er raufte sich das Haar.

»Rian, Sie närrischer junger Mann«, sagte Madame Sung streng. »Wie kommen Sie darauf, daß das Kind Ihnen jetzt glauben wird? Sie denkt, Sie hassen sie, und das mit gutem Grund, wie mir scheint.«

»Ich weiß, ich weiß. Ich habe Fehler gemacht, zu viele Fehler. Aber, verdammt noch mal! Sie hat sich ständig verbissen gewehrt, und ich lasse mich nicht schikanieren wie ein tolpatschiger Junge.«

»Und wann, bitte, war etwas, das es wert ist zu haben, leicht zu kriegen? Erstaunlicherweise riskieren Sie Ihren Hals für eine chinesische Prostituierte – o ja, ich kenne die Geschichte«, sagte Madame Sung trocken, »aber Sie riskieren es nicht, von jemandem verletzt zu werden, den Sie angeblich sehr lieben. Egoistisch, wenn Sie mich fragen. Überlegen Sie, Rian. Das Schlimmste, was Ihnen passieren kann, ist, daß sie Ihnen sagt, sie haßt Sie, was sie, soweit ich informiert bin, schon einige hundert Male gemacht hat. Versetzen Sie sich mal in ihre Lage. Ein einsames Kind, das immer noch um ihren Vater trauert, findet sich plötzlich in einem fremden Land mit einem Mann verheiratet, der sie anscheinend nicht besonders mag und sie wie ein Straßenmädchen behandelt. Wie hätten Sie reagiert? Natürlich möchte das Mädchen um sich schlagen und ihn verletzen, so wie sie verletzt wurde.«

»Sie scheinen tatsächlich alle Einzelheiten zu kennen, Madam«, murmelte Rian verbittert.

»Das Kind war unglücklich. Sie hätte jemanden zum Reden gebraucht, jemanden, der ihr einfach zuhört. Sie hätte jemanden gebraucht, der ihr Liebe zeigt.«

»Ich habe vor, sie mit nach Irland zurückzunehmen«, sagte Rian mit eisiger Stimme. »Sie ist immer noch meine Frau.«

»Ja, aber Sie sind hier nicht in England, und diesen Haushalt regiere ich.« Madame Sung wurde streng. »Wenn Morgana nicht mit Ihnen gehen möchte, werden Sie sie nicht dazu zwingen. Sie kann bei uns bleiben, solange sie will. Ich habe sie sehr liebgewonnen.«

»Sie wollen mir die Sache nicht gerade leicht machen, nicht wahr, Madam?« Rian musterte die alte Frau abschätzend. Er hatte keine Lust, mit diesem Gegner die Klingen zu kreuzen.

»Da haben Sie ganz recht. Sie können das Kind morgen besuchen, wenn sie es möchte. Guten Abend, Captain McShane.«

Rian stürmte wütend aus dem Haus. Wie konnte es die alte Frau wagen, ihm seine Frau vorzuenthalten?

Morgana schloß die Tür hinter sich und stellte fest, daß sie am ganzen Körper zitterte. Er war hier! Rian war hier! Himmel! Schon bei dem bloßen Gedanken klapperten ihr die Zähne wie einem verängstigten Kind. Er hatte gesagt, er hätte geglaubt, sie wäre tot, er hätte nach ihr gesucht. Konnte sie ihm glauben? Er war tatsächlich sehr erschrocken und blaß gewesen, als er sie sah. Hatte sie ihm unrecht getan? Oh, wie konnte er es wagen, einfach hereinzustolzieren und zu verlangen, sie solle mit ihm zurückkehren? Und, ja, da war wieder dieser höhnische Ausdruck in seiner Stimme gewesen und dieses ironische Grinsen. Nein, er hatte sich kein bißchen verändert. Ich habe nicht vor, dich noch einmal entwischen zu lassen. Das hatte er gesagt und auch gemeint. Sie hatte die unterdrückte Gewalttätigkeit hinter seiner kühlen Fassade gespürt. Er würde sie zwingen, mit ihm zu gehen. Und wenn sie sich weigern würde, hätte er keinerlei Skrupel, sie zu entführen. Es dauerte sehr, sehr lange, bis sie einschlafen konnte.

Sie wurde früh von Sung Lü geweckt, die sagte, Rian würde unten auf sie warten. Sung Lüs Gesicht zeigte keinerlei Gemütsbewegung, und Morgana wunderte sich erneut, wie geschickt die Orientalen ihre Emotionen verbergen konnten. Sie sagte Sung Lü, sie würde gleich kommen, und ging zum Schrank, um sich anzuziehen.

Das erste, was ihr in die Hand fiel, war ein giftgrünes Kleid, und sie zog es mit zittrigen Händen an. Gott sei Dank hatte es keine Knöpfe oder Haken, die hätte sie wahrscheinlich nicht geschafft. Sie band sich eine Schärpe um die Taille und fuhr sich mit dem Kamm schnell durch die zerzausten Locken. Es blieb keine Zeit, einen Knoten zu machen. Sie hätte schreien können vor Wut. Rian würde denken, sie hätte die Haare für ihn offengelassen. So hatte es ihm immer am besten gefallen. Endlich war sie fertig. Sie schnitt sich selbst eine Grimasse im Spiegel und ging nach unten.

Er stand im Salon am Fenster und hörte sie nicht hereinkommen, so daß sie ihn einige Minuten unbemerkt betrachten konnte. Er sah älter aus und härter. Um die Augen hatte er Sorgenfalten, die vor einem Jahr noch nicht dagewesen waren. Ein Jahr. War wirklich schon so viel Zeit vergangen? Er war hagerer, was seine Nervosität noch betonte.

»Ich hab' dich nicht reinkommen hören, Mag.«

Seine grünen Augen funkelten immer noch so glashart, wie sie sie in Erinnerung hatte. Die Narbe auf seiner Backe war noch betonter, und er war dunkelbraun gebrannt, wie ein Bronzegott.

»Nein, wohl nicht.« Sie schlug die Augen nieder. Sie konnte seinem Blick noch nicht begegnen.

Jetzt war er an der Reihe. Im Morgenlicht ließ er seinen Blick über sie schweifen. Sie sah aus, als hätte sie schlecht geschlafen, und hatte dunkle Ringe unter den Augen. Was sie wohl jetzt dachte, seine undurchschaubare Frau? Er ging zu ihr, berührte sie aber nicht.

»Du bist meine Frau.« Seine Stimme war leise.

»Ich wünschte, ich wär's nicht«, flüsterte sie.

Das brachte sein Blut in Wallung, und plötzlich hielt er sie in seinen Armen und packte grob ihr Gesicht und zog sie an sich.

»Wirklich, Mag? Hab' ich dir denn gar nicht gefehlt?«

»Nein, ich war froh, Euch los zu sein, Mylord«, hauchte sie.

Er fluchte. Er war hierhergekommen, bereit, sie um Verzeihung zu bitten, ihr zu sagen, er liebe sie, und sie wies ihn ab. Er zwang ihr seinen Kuß auf, wild, brennend, seine Zunge ein Räuber in der Süße, die er so vermißt hatte und von der er fast ein Jahr lang geträumt hatte. Sie versuchte sich loszureißen, aber er hielt sie einfach fest und bog sie nach hinten, bis sie glaubte, ihr Rückgrat würde brechen. Ihre Knie gaben nach, und sie wäre gefallen, hätte er sie nicht gehalten. Sie spürte das alte Feuer emporlodern und die heiße Lava in ihren Adern. Keiner, nicht einmal Sirsi, hatte sie je so erregt wie Rian. Wenn er doch nur aufhören würde. Aber er ließ sie nicht los, und sie schmolz in seiner stählernen Umarmung und stöhnte vor Wonne. Als er sie schließlich losließ, wäre sie vor Scham am liebsten im Boden versunken, weil sie wieder in seinen Armen schwach geworden war. Er hatte es gewußt. Er hatte es immer gewußt! Ihr ganzer Körper glühte wie im Fieber.

Sein Blick war suchend und fragend, und Morgana glaubte, eine Spur von Mitleid in diesem Blick zu sehen.

»Sagst du immer noch, ich hätte dir nicht gefehlt, Liebes?«

Sie wollte etwas sagen, brachte aber keinen Ton heraus. Tränen der Scham liefen ihr über die Wangen. Schweigend reichte er ihr sein Taschentuch.

»Morgen früh sticht die *Sorceress* nach Irland in See. Ich erwarte, daß du an Bord bist.«

Er ging ohne ein weiteres Wort, ohne sie noch einmal zu berühren. Einmal war genug gewesen, das wußte er.

Die Kinder weinten, als Morgana sich verabschiedete. Hsi wischte sich wütend die Tränen ab und sagte, es wäre ihm etwas ins Auge geflogen. Die kleine Ni schluchzte herzzerreißend und klammerte sich an Morganas Röcke. Morgana unterdrückte mit Gewalt ihre Tränen. Sie durften sie nicht weinen sehen.

»Aber, aber. Ihr werdet mir beide schreiben, und eines Tages, wenn ihr älter seid, wird euch euer Vater erlauben, mich zu besuchen.« Sie versuchte zu lächeln.

»Dürfen wir das wirklich, Lady Mag?« Hsis Gesichtchen wurde etwas fröhlicher.

»Natürlich. Ich wäre sehr böse, wenn ihr das nicht machen würdet«, sagte sie.

»Wir werden nie wieder eine Gouvernante haben wie Sie, Lady Mag.« Nis Stimme zitterte. »Und gerade, wo ich so gut lesen gelernt habe, daß Sie sich meiner nicht mehr schämen müssen.«

»Ich hab' mich deiner nie geschämt, Ni. Ich erwarte, daß du weiterlernst, und wenn du ganz gut lesen gelernt hast, werd' ich dir ein Buch mit Gedichten schicken, die mein Vater geschrieben hat.«

»Das würde mich sehr freuen«, sagte das Mädchen.

»Und du, Hsi. Keine Streiche mehr gegen deine Lehrer, verstanden?«

»Na schön«, sagte er widerwillig. »Wahrscheinlich ist sowieso nie wieder eine so tapfer wie Sie.«

Der Abschied von Madame Sung war noch schwerer.

Die alte Frau musterte sie eindringlich. »So, Sie haben sich also entschlossen, mit Ihrem Mann zurückzufahren?«

»Ich hatte wirklich keine Wahl, Madam«, seufzte Morgana.

»Sie könnten hierbleiben, aber ich glaube, Sie wären unglücklich. Sie müssen den Problemen des Lebens direkt ins Auge schauen, meine Liebe. Sie können nicht ewig vor ihnen davonlaufen.«

»Nein, wohl nicht.«

»Hier.« Madame Sung holte etwas aus dem Schmuckkästchen auf ihrem Schoß. »Mein Mann hat mir das gegeben, kurz bevor er starb. Ich möchte, daß Sie es haben.«

»Das ist unglaublich schön, Madam, aber das kann ich unmöglich annehmen«, sagte Morgana und drehte den fein geschnitzten winzigen Jadering zwischen ihren Fingern.

»Das ist das chinesische Symbol für Glück. Tragen Sie ihn, und denken Sie an mich, Kind. Ich brauche ihn nicht mehr, und es macht mir Freude, wenn jemand ihn hat, der meinem Herzen so nahesteht. Ich hoffe, er wird Ihnen so viel Glück bringen wie mir.«

»Danke, Madam. Ich werde ihn immer hüten.« Mit Tränen in den Augen steckte Morgana ihn an ihre Hand.

»Das wollen wir jetzt aber nicht«, sagte die alte Dame streng. »Sie werden in Ihrem Leben noch genug Tränen vergießen. Sie brauchen daher wirklich nicht um eine alte Frau zu weinen. Küssen Sie mich zum Abschied, Morgana, und dann ab mit Ihnen.«

Morgana beugte sich zu ihr und küßte ihre eingefallene Wange. Die alte Frau nahm ihre Hand.

»Nur Mut, Kind, denk an den Pflaumenbaum.«

»Das werde ich, Madam«, versprach sie.

Sie verabschiedete sich von Sung Lü und Sung K'ang Nan, dankte ihnen für ihre Güte und stieg dann in die Rikscha, die sie draußen erwartete. Morgana schaute nicht zurück, als das Gefährt die chinesischen Drachen passierte, die das Haus bewachten, und durch das Tor auf die Straße hinausfuhr.

Buch Fünf

Die Schatten

Kapitel Zweiunddreißig

Macao, China, 1816

Rian erwartete sie an Bord der *Sorceress*. Er beobachtete schweigend, wie sie die Gangway hochschritt. Die Mannschaft drängte sich mit Jubelgeschrei um sie, jeder versuchte, den anderen zu übertreffen, und sie hätten sich fast um die Ehre geprügelt, wer ihre Koffer holen durfte. Morgana bedankte sich herzlich für den überschwenglichen Empfang, umarmte Jeb, der nicht fassen konnte, daß sie noch am Leben war, und schüttelte Harrison die Hand. Schließlich bemerkten sie Rian und gingen zurück an ihre Arbeit, um das Schiff bereit zum Ablegen zu machen. Bald darauf glitt die *Sorceress* zwischen den vielen Dschunken und Sampans aus dem Hafen.

Morgana stand an der Reling und beobachtete, wie der Hafen von Macao immer kleiner wurde. Sie konnte Rian nicht in die Augen schauen und merkte erst, daß er hinter ihr stand, als er seine Hände auf ihre Schultern legte.

»Ich hab' nicht geglaubt, daß du kommst.«

»Und wenn ich nicht gekommen wäre?« Sie drehte sich zu ihm.

»Dann hätte ich dich geholt.«

»Das habe ich mir gedacht.«

Sie ging weg und wußte dabei instinktiv, daß er ihr nicht folgen, sondern bis zum Abend am Ruder bleiben würde. Sie hatte recht. Er kam erst bei Einbruch der Dämmerung zum Abendessen in die Kabine. Sie hatte den ganzen Tag nichts getan, weil sie sich auf nichts konzentrieren konnte. Sie hatte sich gebadet und umgezogen und ein goldfarbenes Kleid gewählt, das ihre goldenen Flecken in den Augen betonte. Sie öffnete ihr Haar, weil sie ihren Mann nicht verärgern wollte.

Er schloß leise die Tür hinter sich und musterte sie mit voller Zuneigung.

»Die chinesischen Seiden stehen dir, Mag.« Seine Stimme war leise.

Er erinnerte sich an das erste Mal, als er sie in solche Stoffe gehüllt gesehen hatte.

»Wirst du auch diesmal versuchen, das Kleid zu zerreißen, Mylord?« Auch sie erinnerte sich.

Sie erschauderte unwillkürlich. Wie immer würde er genau das tun, was er wollte, und sie würde machtlos sein.

»Wenn's sein muß«, höhnte er.

»Ich werde mich nicht wehren, Rian«, flüsterte sie. »Nimm mich, wie du willst.«

Zu ihrer Überraschung sagte er, er wäre hungrig und das Essen würde kalt. Er rückte ihr den Stuhl zurecht und berührte sie leicht, als sie sich setzte. Dann goß er ihr Wein ein. Ihre Hände berührten sich, als sie nach dem Glas griff, und Morgana zuckte zurück und hätte fast den Wein verschüttet. Rian tat, als hätte er nichts bemerkt.

Nach dem Essen reichte er Morgana ihre Gitarre und bat sie, etwas zu spielen. Sie war glücklich, sie wiederzuhaben, und strich behutsam über das Holz. Dann sang sie das chinesische Wiegenlied, das sie von den Kindern gelernt hatte. Am Ende des Liedes hatte sie Tränen in den Augen.

»Die Kinder haben es mir beigebracht. Sie werden mir fehlen.«

Rian nahm ihre Hand und zog sie an sich. »Wir können auch Kinder haben, Morgana.«

Ihr Herz machte einen kleinen Satz, und sie atmete heftig. Der Puls an ihrem Hals pochte schneller. Rian zog sie hoch, löste die Schärpe um ihre Taille, die das Kleid zusammenhielt. Morgana erzitterte bei seiner Berührung, aber sie bewegte sich nicht, als ihr Kleid zu Boden fiel und sie völlig nackt vor ihm stand. Er zog sich selbst aus und warf seine Kleider achtlos über einen Stuhl. Seine Hand streifte eine feurige Locke von ihrer Brust, dann fand er ihren Mund und küßte sie zärtlich und sanft. Das hatte sie nicht erwartet, und in ihrem Körper regte sich die Lust. Seine Zunge lockte, drang tiefer ein, und seine Hände umfaßten ihre schneeweißen Brüste, seine Finger spielten mit ihren geröteten Knospen.

Er hob sie hoch und trug sie zum Bett. Er blies die Lampen nicht aus, und Morgana fand es seltsam und schrecklich, daß er sie sehen, sie betrachten und im flackernden Licht liebkosen konnte. Sie drehte ihren

Kopf zur Seite, weil sie seinem Blick nicht begegnen wollte, aber er packte ihr Kinn und küßte sie wieder, diesmal heftiger und fordernder.

»Momente wie diese waren meine teuersten Erinnerungen, als ich dich für tot hielt«, murmelte er. »Und jetzt gehörst du wieder mir.«

»Nein, Rian. Ich gehöre dir nicht. Nicht wirklich«, flüsterte Morgana, und ihr Herz klopfte wie wild bei diesem seltsamen, suchenden Blick in seinem Gesicht.

Er lächelte. »Bist du dir sicher? Wir sind aus demselben Holz geschnitzt, du und ich. Großvater hat es gesehen, und gleichgültig wie sehr du versuchst, es abzustreiten, ich kenne dich, wie kein anderer Mann dich je kennen wird«, murmelte er, seine Lippen an ihrer Schläfe. »Ich kenne dich bis tief in dein Innerstes. Ja, gleich muß gleich heiraten, Morgana, das hab' ich jetzt begriffen, und du wirst es auch eines Tages begreifen. Du wirst nie frei von mir sein können, genausowenig wie ich von dir. Solange du lebst, wirst du mein Bild in deinem Bewußtsein haben, meine Lippen auf deinem Mohnmund, das Gewicht meines Körpers auf deiner seidigen Haut spüren und alles, was ich in deinem Herzen bin, ich schwöre es.«

Sein Mund wanderte über ihre steifen Knospen, hinterließ feuchte Kreise, dann fand er ihren warmen Bauch und das weiche Fleisch zwischen ihren weißen Flanken. Sie stöhnte, als ihre Lust unter seiner Zunge wuchs und zu einem Crescendo zitternden Entzückens wurde. Sie verstand nicht, was er sagte, sondern wußte nur noch, daß sie nicht gegen ihn ankämpfen konnte. Seltsamerweise wollte sie das auch nicht einmal. Sie lag in seinen Armen und glaubte zu ertrinken. Nie zuvor hatte er sie so geliebt, gegeben statt genommen. Immer hatte er sie benutzt, auch wenn er sie befriedigt hatte, sie verhöhnt, ausgelacht, wenn er sie gezwungen hatte, sich ihm hinzugeben.

Jetzt gab er von sich selbst, erregte ihren geschmeidigen Körper mit seinen Händen, mit heißen, brennenden Küssen auf ihre Schenkel, ihre Brüste, ihre Augenlider, ihre Schläfen. Seine Zunge suchte, forderte und fand sie, als ihre Arme sich um seinen Nacken schlangen, ihn näher zogen, als er in sie eindrang, tief zwischen ihre Schenkel. Jetzt schrie Morgana auf, schluchzte seinen Namen, bäumte ihm ihre Hüften entgegen, erkannte, daß er sein Brandmal ihrem Herzen aufdrücken wollte, für immer, wie er gesagt hatte, und daß er es tat.

Solange sie lebte, würde sie dieser wilden Wiedervereinigung ihrer Körper auf hoher See gedenken, so lange voneinander getrennt, fiebrig von entbehrter Leidenschaft. Rians Gewicht auf ihr, wie er ihre Sinne in einen Rausch versetzte, der sie im flackernden Dämmerlicht verschlang, ihr süßer Ekstaseschrei im Augenblick der Kapitulation. Zitternd, schaudernd explodierte sie unter ihm wie ein tosender Wind in einem Wirbelsturm, Freudentränen wie Regen auf ihren Wangen, als er seinen Samen in sie ergoß und ihr langes, rotes Haar um seinen Hals wickelte und ihr sagte, daß er sie liebe.

Nachdem es vorbei war, blieb sie ruhig liegen und versuchte, ihr hämmerndes Herz zu beruhigen. Seine Hände streichelten sie zart und wischten die feinen Schweißspuren von ihrer weißen Haut, die im Lampenlicht glänzte. Sie sah, daß seine schwarze, haarige Brust ebenfalls schweißüberströmt war, und fühlte die Tropfen an ihren Schenkeln und Flanken hinunterrollen. Er küßte sie noch einmal, wickelte ihre langen, roten Flechten um seinen Hals, um sie für immer an sich zu binden.

»Ich liebe dich, Morgana«, murmelte er noch mal.

»Bitte nicht, Rian«, flüsterte sie.

»Aber ich liebe dich, trotz all der Dinge, die ich gesagt oder getan habe. Ich habe dich von dem Augenblick an geliebt, in dem ich dich in Shanetara gesehen habe, mit deiner feuerroten Mähne bis zur Taille und deinen vom Wind geröteten Wangen. Deine Smaragdaugen mit den goldenen Honigflecken! So stolz, so wütend hast du von Copperlady auf mich heruntergeschaut. Ja«, hauchte er, »ich wollte dich, habe dich so wahnsinnig geliebt, daß es mir das Herz zerrissen hat, und ich habe dich genommen. Du gehörst mir, für immer.«

Nein, das ist nicht wahr, schrie Morganas Verstand. Es war der Wein. Morgen würde er sagen, er wäre betrunken gewesen, hätte seine Worte der Liebe vergessen, hätte gelogen. Der dunkelhaarige Fremde, der solche Feuer in ihrem Leib entfachte, sich ihr Haar um den Hals wickelte und ihr in der Sprache, so alt wie die Zeit, im schummrigen Lampenlicht diese Dinge zuflüsterte. Wie konnte er sie nur so quälen?

»Schweig!« rief sie. »Ich hasse dich. Sag das nicht zu mir.«

»Ich werde es sagen.« Seine Stimme war plötzlich hart und höhnisch, und in seinem vor Leidenschaft schwelenden Blick tanzte der Spott. »Mir ist es gleichgültig, ob du mich verachtest, Morgana. Ich werde dich nehmen, besitzen, schikanieren, deinen Willen brechen, und du wirst nach meinem Körper schreien. Ich werde dich lehren, mich zu lieben, das schwör' ich.«

Er stand auf, löschte die Lampen, und als er auf das Lager zurückkehrte, war er nicht mehr sanft. Diesmal nahm er sie grob und brutal und zwang sie, sich ihm wieder und wieder zu unterwerfen.

Als Morgana erwachte, hörte sie das sanfte Plätschern der Wellen gegen den Schiffsrumpf und wußte einen Augenblick lang nicht, wo sie war. Sie versuchte, sich zu bewegen, sah, daß Rians Arm sie gefangenhielt, und erinnerte sich. Letzte Nacht. Ihr Körper schmerzte immer noch von dem Nachklang dieser leidenschaftlichen Begegnung. Er spürte ihre Bewegung und zog sie an sich.

»Guten Morgen, Schatz.«

Sie suchte seine grünen Augen, umgeben von Lach- und Sorgenfalten, zu ergründen.

»Guten Morgen«, sagte sie leise und wartete auf sein Geständnis, die letzte Nacht wäre ein trunkener Witz gewesen.

Statt dessen küßte er sie und stand auf, zog sich an und begann sich zu rasieren. Sie stützte sich auf ihren Ellbogen und schaute ihm zu. Nachdem er fertig war, wischte Rian sich das Gesicht mit einem Handtuch ab, dann warf er es über die Schulter und setzte sich auf die Bettkante. Wie eine Katze beobachteten sie seine grünen Augen.

»Rian«, begann sie zögernd. »Wegen heute nacht.«

»Was ist damit?«

»Hast du, hast du das ernst gemeint? Ich meine, du warst doch nicht... du warst nicht betrunken?« fragte sie schüchtern, »oder... oder hast gelogen?«

»Nein, Süße. Alles, was ich gesagt habe, war mein voller Ernst. Ich liebe dich wirklich. Aber, merk dir eins, Mag. Glaube ja nie, du könntest meine Liebe zu dir als Waffe gegen mich verwenden. Ich warne dich.« Er legte seine Hand um ihren schlanken Hals. »Ich beherrsche die Dinge, die ich besitze, immer noch. Du magst mir weh tun, ja, aber mit mir umspringen können wirst du nie, Süße.«

Seine Stimme war leise und angenehm, aber Morgana ließ sich nicht täuschen. Direkt unter der Oberfläche lauerte blanker Stahl. Er reichte ihr einen seiner Morgenmäntel und amüsierte sich, wie schnell sie ihn überstreifte, aus Angst, er könnte sie erneut angreifen. Sie wußte nicht, ob sie einen Angriff auf ihre Sinne wie den gestrigen noch einmal ertragen könnte, und sie hielt ihn dazu absolut für fähig.

Seltsamerweise hatte er sie nicht gefragt, was sie im letzten Jahr erlebt hatte, hatte nicht einmal wissen wollen, wie sie nach Macao gekommen war. Gänsehaut lief ihr über den Rücken. Vielleicht wartete er nur ab und würde sie später deswegen angreifen. Und was würde sie sagen, wenn er sie befragte? Wie sollte sie ihm alles erklären? Oh, ob er sie tatsächlich liebte?

Nachdem er an Deck gegangen war, badete sich Morgana und zog sich an, dann machte sie ihren Morgenspaziergang. Die Luft war kühl. Es würde Winter werden, bevor sie Irland erreichten. Sie liebte es, wie der Wind mit den Segeln spielte und sie leicht in der Brise aufbauschte, und sie liebte den Geschmack salziger Gischt auf ihrem Mund. Ihr Mann stand wie immer am Ruder und besprach sich mit Harrison und Timmons. Sie ging langsam auf sie zu, und die beiden Männer brachen sofort das Gespräch ab und hatten plötzlich dringende Dinge zu erledigen. Sie wollten Rian und ihr möglichst viel Zeit alleine ermöglichen, damit sie sich wieder aneinander gewöhnen konnten.

»Rian, werden wir Weihnachten zu Hause sein?«

»Das hängt vom Wind und vom Wetter ab, Süßes. Ich bezweifle es.« Sein Ton wurde beim Anblick ihres enttäuschten Gesichtes sanfter. »Ich werd's versuchen Mag, wenn es dir wichtig ist.«

»Ja, ich wär' gerne dort.«

Sie beobachtete seine starken Arme am Steuerrad, wie sie die *Sorceress* durch die Wellen steuerten. Er spürte ihren Blick und lächelte.

»Möchtest du es versuchen?«

»Oh, glaubst du, ich kann das?« Ihre Augen glänzten vor Freude.

»Hier, ich zeig's dir.« Er stellte sie vor sich und legte ihre kleinen Hände auf das Rad und seine über die ihren. »Sie ist ein gutes Schiff, Mag. Bei der leisesten Berührung ändert sie bei gutem Wetter den Kurs. Aber bei starkem Wind oder im Sturm kämpft sie wie eine Hexe gegen das Ruder.«

»Hast du sie deshalb so genannt?«

»Nein, Schatz. Ich hab' sie nach dir benannt.«

»Das ist nicht wahr. Da hast du mich noch gar nicht gekannt.« Sie lachte, war aber trotzdem angenehm berührt.

»Jetzt such dir einen Punkt am Horizont und peile ihn über den Segelbaum an. Richtig. Solange du diese Linie hältst, sollte sie auf Kurs bleiben.«

Morgana war begeistert von dem Gefühl, das elegante Schiff unter Kontrolle zu haben.

»Wo hast du sie gekauft, Rian?«

»Sie wurde in den Vereinigten Staaten gebaut. Ich hab' sie von einem amerikanischen Händler in New York gekauft.«

»Ich hab' nicht gewußt, daß du in New York warst.« Morgana korrigierte den Kurs nach einer plötzlichen Böe.

»Ja, vor vielen Jahren. Ich hab' einige Umbauten gemacht, damit sie mit Artillerie bestückt werden konnte. Ich segle manchmal in gefährlichen Wassern und hatte keine Lust, mich von Piraten kapern zu lassen.«

Sein Körper wärmte ihren Rücken. Er liebte sie, das hatte er gesagt. Und mit einem Mal fühlte sie sich glücklich, wie schon seit Jahren nicht mehr. Vielleicht würden sie es doch schaffen, aus diesem Hohn von Ehe etwas zu machen. Sie wußte, daß er das Meer liebte. Er würde nie glücklich sein, wenn er länger an einen Ort angebunden wäre. Wenn sie einmal Kinder hätten, würde er sie wahrscheinlich alle zusammenpacken und sich mit ihnen in irgendein verrücktes Abenteuer stürzen. Morgana mußte kichern.

»Macht's dir Spaß, Mag?« hauchte er ihr ins Ohr.

Mein Gott, was waren das für Gedanken? Wenn er sie lesen könnte, dann... »Ich... ich bin jetzt ein bißchen müde, Rian. Übernimmst du sie bitte wieder?«

Er nahm wieder das Steuer und lächelte, als sie die Arme reckte.

»Ich hab' gar nicht gemerkt, daß es die Muskeln so anstrengt«, sagte sie. »Warum hast du mich nicht gewarnt?«

Er lachte. »Ich hab' mir gedacht, du merkst es früh genug.«

»Danke, Mylord. Darf ich sie mal wieder segeln?«

»Wenn's dir Freude macht.«

Nach einiger Zeit ging Morgana den Koch besuchen. In diesem Teil des Schiffes durfte sie sich frei bewegen, ansonsten war das Unterdeck für sie tabu. Sie mochte den Koch und seine Kombüse. Er war ein großer rundlicher Mann, der gern und viel lachte. Er war begeistert von ihrem Besuch.

»Ah, Mylady. So schön, Sie lebendig und wohlauf zu sehen.«

»Das möchte ich auch meinen«, sagte sie gespielt streng. »Worüber haben Sie denn gerade geschimpft, als ich reingekommen bin?«

»Ach, die Kartoffeln fangen an zu faulen, und die Männer können sie ohnehin nicht mehr sehen. Ich servier' sie gebraten, gekocht und gestampft, aber sie beklagen sich immer noch. Undankbar, das sind sie. Die können doch froh sein, daß sie überhaupt was Frisches kriegen. Ich bin schon auf Schiffen gefahren, wo's nur Pökelfleisch und Bohnen gegeben hat.«

»Warum machen Sie denn keinen Kartoffelkuchen, Koch? Da werden Sie die Kartoffeln los, und die Mannschaft kriegt was Leckeres.«

»Lady Keldara, davon hab' ich mein ganzes Leben lang noch nichts gehört.« Er sah ziemlich skeptisch aus.

»Oh, das schmeckt sehr gut, Koch, das versprech' ich Ihnen. Mistress Tinsley, eine gute alte Freundin, hat ihn immer gemacht, wenn ihre Kartoffeln überfällig waren. Hier, ich werd's Ihnen zeigen. Los, hol'n Sie die faulen Dinger, und ich richt' sie her.«

Morgana lief geschäftig hin und her, knetete den Teig, und der Koch schälte die Kartoffeln. Bald war alles in die Kasserollen gefüllt, und sie mußten nur noch abwarten, bis sie gebacken waren. Der Koch grinste, und Morgana war trotz Mehl auf der Nase und teigverschmierter Hände sehr stolz auf ihr Werk.

»Ich hoffe, sie schmecken auch so gut, wie sie aussehen«, seufzte sie.

»Das werden sie sicher.« Der Koch strahlte. »Die werden Augen machen!«

Die Kuchen waren ein großer Erfolg, und viele Mannschaftsmitglieder dankten Morgana persönlich, als sie erfuhren, wer sie gemacht hatte. Rian bemerkte sarkastisch, er müsse vorsichtig damit sein, ihr das Ruder zu überlassen, sonst würde sie wohl bald das Kommando übernehmen.

Morgana lachte. Rian betrachtete sie im Lampenlicht. Sie hatte sich verändert, seine Frau, und es gefiel ihm nicht. Die Mauer, die sie um sich aufgebaut hatte, hatte sich im letzten Jahr verhärtet. Seine spöttischen Bemerkungen berührten sie überhaupt nicht mehr. Er fragte sich, was sie wohl erlebt haben mochte, wagte aber nicht zu fragen, aus Angst vor dem, was er da erfahren müßte. Er konnte sich nicht erklären, wie sie die afrikanische Wildnis überlebt hatte oder warum die Ashanti sie nicht getötet hatten. Hatte sie ihm geglaubt, als er ihr gesagt hatte, er würde sie lieben? Rian bezweifelte es. Sie hatte wieder den Blick gesenkt, damit er ihr nicht in die Augen schauen konnte. Wie es schien, hatte sie einige neue Tricks gelernt, seit er sie das letzte Mal gesehen hatte. Ihr Gesicht war zu einer Maske gefroren, nachdem sich ihr Lachen gelegt hatte, und zum ersten Mal konnte er nicht ihre Gedanken erraten, wenn er sie ansah. Und plötzlich dämmerte ihm, daß seine Frau ja auch gefährlich sein konnte. Er erinnerte sich, wie er ihr das Fechten beigebracht hatte, und fragte sich, ob sie immer noch den kleinen Dolch ums Bein geschnallt trug. Letzte Nacht war sie ja willig gewesen, aber jetzt hatte er den Eindruck, sie hätte wieder festen Boden unter den Füßen, nachdem sie den Schock des Wiedersehens überwunden hatte. Ja, er merkte, daß sie die Worte von gestern abend richtig begriffen hatte und ihr Kinn sich trotzig nach vorn schob. Sie lacht mich doch tatsächlich aus!

»Was ist denn so komisch, Madam?« fragte er kühl.

»Du. Warum starrst du mich so an? Du schaust, als würdest du mich immer noch für einen Geist halten.«

»Du mußt doch zugeben, Mag, es war für uns beide ein Schock. Erzähl mir doch, wie es dir gelungen ist, den Überfall der Ashantis zu überleben und nach China zu kommen?«

Sie mußte tief Luft holen. Es war also soweit. Jetzt wollte er alles wissen. »Mit Köpfchen, Instinkt und dem, was du mir beigebracht hast«, sagte sie schnippisch, obwohl ihr wirklich nicht danach war.

»Verdammt noch mal«, fluchte er. »Lüg mich nicht an.«

Morgana sah, wie wütend er war, und wollte das Feuer nicht noch mehr schüren, also erzählte sie ihm in groben Zügen ihre Geschichte. Von ihren Beziehungen zu Taylor, Sirsi und Hassan erzählte sie nichts, nicht einmal von der Entführung, aus Angst, er könnte peinliche Fragen stellen. Rian vermutete, daß sie nicht die ganze Wahrheit erzählte, und als er sah, wie sie beim Namen des indischen Maharadschas errötete, wurde sein Gesicht noch grimmiger. Morgana begann zu stottern und verstummte schließlich.

»Und warum erzählst du mir nicht auch noch den Rest?« fragte er leise mit schmalen Augen.

»Mehr gibt es nicht zu erzählen.« Sie stand auf und nahm ihren Schal.

»Wohin willst du?«

»Frische Luft schnappen.«

»Ich glaube nicht, Mylady.« Er packte sie grob am Handgelenk. »Zuerst möchte ich den Rest dieser bemerkenswerten Geschichte hören.«

»Ich hab' doch gesagt, ich hab' dir alles erzählt«, sagte sie trotzig. »Was willst du denn sonst noch hören?«

»Ich will die Teile hören, die du ausgelassen hast, Mag. Versuch es nicht abzustreiten. Vergiß nicht, wie gut ich dich immer verstanden habe. Was verschweigst du mir? Was willst du mir vorenthalten?«

»Laß mich los«, hauchte sie. »Ich werde dir nichts erzählen. Ich hasse dich, und der einzige Grund, daß ich hier bin, ist die Tatsache, daß ich wußte, du würdest mich mit Gewalt an Bord schaffen, wenn ich mich weigern würde.« Sie versuchte sich loszureißen.

»Aber Mag, ich dachte, du wolltest dich nicht mehr gegen mich wehren.« Er lachte bedrohlich.

»Das war gestern nacht, als ich zu müde und verwirrt war, um überhaupt noch einen klaren Gedanken zu fassen«, zischte sie. Vergessen war der Entschluß, doch zu versuchen, etwas aus dieser Ehe zu machen. »Du bist immer noch dasselbe Tier wie eh und je. Und die Dinge, die du heute nacht und heute früh gesagt hast, glaubst du, du kannst mich mit diesen Lügen täuschen? Ich weigere mich, deine grausamen Spiele weiterhin mitzuspielen. Ja, ich hab' in diesem Dschungel überlebt, als du mich diesen Wilden überlassen hast, und noch mehr. Du wirst feststellen müssen, daß ich nicht mehr so leicht zu brechen bin, Mylord«, warnte sie und riß sich los. Sie versuchte, zur Tür zu rennen, aber er war schneller und warf sich davor. Sie wich zurück, haßerfüllter denn je. Ihr Blick fiel auf die Degen, die neben ihr lagen. Wie der Blitz hatte sie einen gepackt und hielt ihm den drohend unter die Nase.

»Komm mir nicht zu nahe, sonst durchbohr' ich dich«, warnte sie. Rian zögerte nur den Bruchteil einer Sekunde, sie war in diesem Augenblick absolut fähig, ihn zu töten, dann griff er, geschmeidig wie ein Panther, nach dem zweiten Degen.

»Wir haben uns schon duelliert, Süße, du und ich«, grinste er. »Ich weiß noch sehr wohl, wer da der Sieger war.« Er bog den Degen aufreizend zwischen den Händen. »En guarde.«

Morgana stockte der Atem. Wie hatte er sich nur so schnell den Degen gegriffen? Das hatte sie nicht gewollt, ihre voluminösen Röcke und der enge Raum behinderten sie. Trotzdem salutierte sie, und die Klingen kreuzten sich. Er spielte mit ihr, zerschnitt ihr die Röcke, bis sie in Streifen um ihre Beine baumelten, sich um ihre Knöchel wanden und sie immer wieder stolpern ließen. Sie stellte erleichtert fest, daß er nicht vorhatte, ihr weh zu tun, sondern daß er sie nur demütigen wollte, und sie wehrte sich verzweifelt, Schlag für Schlag.

»Ich... bringe... dich um«, keuchte sie, sein Lachen trieb sie nur noch mehr zur Weißglut.

Unglücklicherweise nahm Rian ihre Drohung nicht ernst und hatte auch keine Angst vor ihren Fechtkünsten, da er wußte, wie gut er selbst war. Er öffnete kurz seine Deckung und stieß einen Schemel aus dem Weg. Morgana sah ihre Chance. Blind vor Wut stieß sie zu. Er fing sich gerade noch und drehte sich, so daß der Stoß nicht sein Herz durchbohrte, sondern nur von der Schulter abrutschte und einen schmalen Schnitt am Arm hinterließ, der heftig zu bluten begann. Morganas Degen fiel zu Boden, sie war starr vor Entsetzen. Er verzog kurz das Gesicht vor Schmerz und sah sie an, als hätte er sie noch nie gesehen.

Rian schleuderte fluchend seinen Degen weg, packte sie und schüttelte sie wie eine Marionette. Mit dem gesunden Arm riß er ihr die Reste ihres Kleides vom Körper und warf sie zu Boden, als die *Sorceress* gerade einen Satz machte. Er stürzte. Sein Blut war warm und klebrig auf ihren Brüsten und verschmierte sich auch auf ihrem Bauch, als er sie fluchend wie ein Berserker anfiel und sie dann mit einer Brutalität küßte, die ihr das Blut in den Adern gefrieren ließ.

»Du bist verletzt, du blutest«, stöhnte sie.

»Es war meine Schuld. Ich hab' deine Talente wieder einmal unterschätzt, meine Liebe«, knurrte er mit dem Mund an ihrem Hals.

Irgendwie gelang es ihm, seine Kleider abzustreifen und sie unter sich festzuhalten, dann riß er ihr mit Gewalt die Schenkel auseinander und rammte seine Erektion mit einem Stoß in sie. Sie keuchte, Wogen der Ekstase durchzuckten sie, loderten empor und verdrängten blinde Wut mit blinder Leidenschaft. Ihre Arme schlangen sich um seinen Hals, und sie flüsterte: »Du Bastard!« in sein Ohr. Er lachte höhnisch und biß sie boshaft in den Mund. Sie schrie ihre Wut gegen diese brutale Behandlung hinaus, dann verschloß er ihren Mund mit seinem, und seine harten, tiefen Stöße vertrieben alles außer ihrer Begierde aus ihrem Bewußtsein.

Später, nachdem er ihren gequälten Lippen alle Antworten auf seine Fragen entlockt und sie noch zweimal genommen hatte, ließ er sie endlich aufstehen. Sie schwankte zum Bett, ließ sich fallen und beobachtete angsterfüllt, wie er die Wunde an seinem Arm säuberte und verband. Sie fragte sich, ob er sie wohl deswegen verprügeln würde. Er hatte viel Blut verloren. Nur schiere Sturheit und Stolz hielten ihn noch auf den Beinen. Er drehte sich um und legte sich neben sie. Er hatte die Lampen gelöscht, und seine Augen funkelten seltsam in der Dunkelheit.

»So«, sagte er schroff. »Du hast also die Umarmungen eines indischen Prinzen den meinen vorgezogen und hättest einen Yankee-Bauern geheiratet, um mir zu entfliehen.«

Morgana sagte nichts, rutschte nur so weit wie möglich von ihm weg.

»Ich glaube, Hassans Idee war gar nicht so schlecht. Vielleicht binde ich dich das nächste Mal auch an einen Pfosten, du Teufelsbraten.«

»Hast du denn gar kein Mitleid für mich? Macht es dich glücklich, die Abgründe meiner Demütigung zu kennen? Alles war deine Schuld. Wenn du mich nicht in Bobosanga gelassen hättest, wäre das alles nicht passiert.« Morgana weinte bitterlich und vorwurfsvoll.

Darauf wußte Rian keine Antwort, weil ihm klarwurde, daß sie recht hatte. Zum Teufel! Hatte er wirklich geglaubt, sie wäre ihm die ganze Zeit treu geblieben? Er hatte auch nicht gerade wie ein Mönch gelebt. Es war ihm gleichgültig, daß andere Männer ihren Körper besessen hatten. Am meisten verletzte und ärgerte ihn die Tatsache, daß sie sich dem Maharadscha freiwillig hingegeben hatte. Er riß sie an sich und schlief engumschlungen mit ihr ein.

Kapitel Dreiunddreißig

Die Tage verstrichen langsam. Der Herbst war gekommen, mit kühlen Winden und dem Biß des nahenden Winters in der Luft. Morgana ging jetzt morgens nur noch selten an Deck spazieren. Ihr Gesicht war wund vom ständigen Wind. Rian ließ die Mannschaft schonungslos schuften, um Irland vor Weihnachten zu erreichen, ehe es so kalt wurde, daß die tauben Finger von der Takelage glitten und die Segel im Wind steif froren.

Er kam in die Kabine, rieb sich die Hände, um sie zu wärmen, und der Wind schlug die Tür hinter ihm zu. Sie half ihm schnell aus den nassen Kleidern. Es regnete jeden Tag, was die ohnehin geschwächte Mannschaft noch weiter strapazierte. Sie hatte Angst, er würde sich erkälten und krank werden. Er nahm die Tasse Tee, die sie ihm schweigend anbot. Morgana wandte sich ab und wünschte, er würde etwas sagen. Die Reise war schrecklich gewesen. Entweder stritten sie bis aufs Messer oder schwiegen sich höflich und kühl an. Und so war es seit jener Nacht, in der sie ihm die Geschichte ihrer Gefangenschaft und der anschließenden Ankunft in China erzählt hatte.

Gelegentlich hob sich seine düstere Laune, und dann lag er in der Dunkelheit auf ihr und flüsterte von seiner Liebe, aber sie glaubte ihm nicht. Lügen. Es waren alles Lügen. Sie durfte sich von ihm nicht täuschen und zum Idioten abstempeln lassen in diesem grausamen Spiel.

Er beobachtete sie, wie sie zum Feuer ging und das Buch nahm, in dem sie gelesen hatte. Inzwischen hatte sie es wohl hundertmal gelesen. Sie konnte längere Passagen auswendig zitieren. Morgana fragte sich, warum sie seinen Liebesschwüren nicht glaubte und versuchte, etwas aus dieser Ehe zu machen. Sie kannte die Antwort. Er würde ihr weh tun und sie auslachen. Das konnte sie nicht dulden. Sie hatte soviel ertragen. Sie duldete seine Vergewaltigungen, dagegen war sie machtlos, aber sie würde sich ihren Stolz bewahren und ihren Geist, den er geschworen hatte zu brechen.

Rian sah die Geste und seufzte. Mein Gott! Dieses verfluchte Weib! Er hatte sich geschworen, sich nicht von ihrem sturen, impulsiven Drang nach Unabhängigkeit abhalten zu lassen, das zu kriegen, was er wollte. Er mußte ihr einfach plausibel machen, daß er sie wirklich liebte. Madame Sung hatte recht gehabt. Aber sein Geständnis hatte seine Frau nicht beeindruckt. Es kam zu spät. Er konnte sich nicht damit abfinden, er würde sie zwingen, ihm zu glauben und seine Liebe zu erwidern, selbst wenn es sein Leben lang dauern sollte.

Sie begehrte ihn. Das wußte er. Sie zitterte, wenn er sie berührte, und schrie ihre Hingabe mit einer Leidenschaft hinaus, die sein Blut in Lava verwandelte. Das konnte sie nicht abstreiten, und wenn sie sich noch so wehrte, sie brauchte ihn, und das hing zwischen ihnen, schweigend wie ein dichter Nebel. Er wußte, daß sie nicht einschlafen konnte, wenn er spät nachts kam, obwohl sie sich oft schlafend stellte, wenn er sich neben sie legte. Die Laken waren zerwühlt von ihrer Rastlosigkeit und schweißgetränkt, wenn er dann endlich nach ihr griff, und ihr Mund klammerte sich in der Dunkelheit fast fiebrig an seinen. Und Rian wußte auch, daß ihr verräterischer, schwacher Körper sie ihn noch mehr hassen ließ; es waren die Nächte, in denen sie willig in seine Arme sank, derentwegen sie dann in anderen Nächten so heftig gegen ihn kämpfte.

»Es regnet immer noch«, sagte Morgana überflüssigerweise.

»Ja.«

Er setzte sich neben sie und streckte seine Hände zum Wärmen zu dem kleinen Ofen.

»Harrison bringt heißes Wasser für dein Bad«, sagte sie.

Rian erwiderte nichts, sondern fixierte sie nur mit seinen funkelnden grünen Augen. Es machte sie nervös, und gleichzeitig spürte sie, wie die Lust sich in ihr regte, und erschauderte.

»Kalt?« fragte er.

»Nein, so nah am Feuer doch nicht.«

»Warum zitterst du dann?«

Dieser verfluchte Mann, dachte sie wütend, entging ihm denn überhaupt nichts? Sie gab keine Antwort, und er lachte.

»Ich werd' dich gleich wärmen, Mag.« Seine Augen blitzten höhnisch.

Sie warf das Buch zur Seite. »Sei still, du Biest. Kannst du denn an nichts anderes denken?«

In diesem Augenblick kam Harrison mit dem Badewasser für den

Grafen herein, und Rian konnte nicht antworten. Als der erste Maat gegangen war, zog der Graf seine restlichen nassen Kleider aus und ließ sich mit einem wohligen Seufzer bis zum Hals in das dampfende Wasser gleiten. Morgana versuchte krampfhaft, ihn nicht anzusehen, denn sein gebräunter nackter Körper erregte sie, wenn sie das auch noch so heftig abstritt. Er sah, wie sie errötete, und schloß grinsend die Augen.

»Komm her, Schatz«, rief er. »Und wasch mir den Rücken.«

»Mach's doch selber«, sagte sie schnippisch.

»Soll ich dich holen?« murmelte er und hob fragend die Augenbraue. Morgana biß sich auf die Unterlippe. Sie wußte, er würde es tun, wenn sie nicht gehorchte. Wütend rollte sie sich die Ärmel hoch und ging zu der Metallwanne. Sie nahm ein Stück Seife aus seiner Hand und begann ihn einzuseifen. Leise schimpfte sie dabei vor sich hin.

»Du Schuft, du Faulpelz, Bewohner eines Schweinestalls«, murmelte sie.

»Was hast du gesagt, Süße?« fragte er leise.

Sie erstickte fast vor Wut und schlug ins Wasser, daß nicht nur sein Rücken, sondern auch seine Haare und Schultern bespritzt wurden und es ihm übers Gesicht lief. Rian fluchte, drehte sich um und spritzte Morgana ebenfalls naß.

»Schau, was du gemacht hast, du unverschämter Kerl«, tobte sie.

Er lachte und riß sie an sich und zog sie, bevor sie sich wehren konnte, zu sich in die Wanne, die überlief und den ganzen Teppich durchtränkte. Morgana schluckte Wasser und bekam keinen Ton heraus. Ihre Beine hingen über den Rand der Wanne, und sie spürte seine Erektion unter sich. Sie versuchte aufzustehen.

»Ich muß mir das nasse Zeug ausziehen«, sagte sie erbost. »Wie kannst du mir bloß einen so üblen Streich spielen.«

»Das hast du dir nur selbst zuzuschreiben, Süße.« Er grinste boshaft.

»Oh! Du widerliches, ekelhaftes Tier. Wie kannst du es wagen, mich so zu behandeln?«

Er wartete, bis sie sich die nassen Sachen ausgezogen hatte und nur noch mit einem feuchten Hemd bekleidet vor ihm stand, dann stand er auf und riß es ihr vom Leib. Morgana fluchte. Es war einfach zu lächerlich, wie sie beide hier nackt in der Kabine rangelten. Sie riß sich los und versuchte, ihren Morgenmantel zu greifen.

»Narr! Was, wenn Harrison jetzt reinkommt?«

»Durch diese Tür kommt keiner ohne meine Erlaubnis.« Er grinste boshaft und versuchte sie zu packen.

Wie der Blitz sprang sie hinter den Tisch.

»Bitte, Rian, sei doch vernünftig.«

»Wär' ich doch, Schatz, wenn du dich fangen ließest.« Er hielt ihr den Morgenmantel hin. »Hier, komm und hol ihn dir.«

Morgana versuchte den Mantel zu greifen, indem sie sich über den Tisch lehnte, damit die Barriere erhalten blieb. Rian hievte sie auf den Tisch, packte sie und küßte sie begierig. Sie keuchte vor Wut. Mein Gott! Auf dem Tisch wollte er sie wie eine gewöhnliche Kneipendirne nehmen. Das würde sie ihm nie verzeihen. Niemals! Sie versuchte, ihn zu kratzen, aber er packte ihre Hände und drückte sie ihr über den Kopf auf den Tisch, mit der freien Hand streichelte er ihre Brüste und suchte die süße Weiche zwischen ihren Schenkeln. Ihr stockte der Atem bei seiner Berührung und seinem spöttischen, kühnen Blick, der ihr Gesicht genau beobachtete, während er sie langsam genüßlich liebkoste. Sie errötete und kniff die Augen zu, damit sie sein triumphierendes Grinsen nicht sehen mußte.

»Du Schuft, du Schurke, du Frauenschänder«, fluchte sie völlig außer Atem, nachdem er seinen Willen gehabt hatte. »Und das auch noch auf dem Tisch, an dem wir immer essen.«

»Und nie hab' ich ein köstlicheres Mahl genossen«, lachte er und ergötzte sich an ihrem Körper, den sie zu bedecken versuchte.

»Oh! Du... du Bestie!« Sie warf ihm die Haarbürste an den Kopf.

Rian duckte sich, und das Wurfgeschoß klatschte gegen die Wand. Sie drehte ihm beleidigt den Rücken zu und stellte fest, daß ihre Hände so zitterten, daß sie kaum ihren Mantel zubinden konnte. Er warf ihr die Haarbürste zu. Eine unglaubliche Wildkatze! So entzückend frustriert hatte er sie überhaupt noch nicht erlebt. Er mußte auf der Hut sein, sonst würde sie ihn womöglich heute nacht im Schlaf ermorden.

Je näher Irland rückte, desto kälter wurde das Wetter, und der Wind ließ den Regen auf den Decks der *Sorceress* gefrieren, daß es selbst für die erfahrenen Männer gefährlich wurde. Große Eiszapfen hingen von den Masten, und der Himmel war grau und wolkenverhangen. Das

Schiff ächzte und ritt wegen der schweren Ladung tief in den Wellen. Morgana hörte unter Deck die Pferde ängstlich in ihren Ställen wiehern. Sie hätte so gerne Copperlady beruhigt, aber Rian würde sie umbringen, wenn sie sich in diesen Teil des Schiffes wagen würde. Sie hatte die kleine Stute nicht mehr gesehen, seit er sie widerwillig selbst zu ihr nach unten gebracht hatte, nachdem sie China verlassen hatten.

Die Wellen brachen sich und krachten über die Reling des Schiffes. Die meisten Segel waren gestrichen, nur noch die obersten waren voll gehißt. Keiner wagte sie jetzt zu wechseln, die Leinen waren zu glatt, und jeder, der versucht hätte, in die Takelage zu klettern, wäre zweifellos über Bord geblasen worden.

Morgana fand das alles sehr trist und deprimierend. Kälteschauer jagten ihr über den Rücken, als Rian ihr erzählte, im Norden der Vereinigten Staaten wäre das Wetter im Winter doppelt schlimm. Sie konnte sich nichts Schlimmeres vorstellen als diese scharfe, beißende Kälte. Nachts kuschelte sie sich an ihn, um ihren durchfrorenen Körper zu wärmen, weil er immer viel wärmer war als sie, was ihn zu der sarkastischen Bemerkung verleitete, das verfluchte Wetter wäre wenigstens für etwas gut. Daraufhin versuchte sie, sich von ihm fernzuhalten, aber die Kälte der Kabine trieb sie immer wieder in seine Arme, bevor die Nacht vorbei war.

Tagsüber machte sie Weihnachtsgeschenke für die Familie und stickte Kleider für die Kinder. Irgendwann mußte sie lachen und sagte zu Rian, sie wüßte ja nicht einmal, ob Fionnas Baby ein Junge oder ein Mädchen sei. Die kleine Maureen würde sie vielleicht gar nicht mehr erkennen. Morgana nähte traumhafte orientalische Kleider für die Frauen, aber natürlich nicht so gewagte wie das chinesische Gewand, das sie vor so vielen Jahren getragen hatte. Und für die Männer fertigte sie Hemden aus feinstem Leinen.

Eines Nachts spielten Rian und sie mit der chinesischen Puzzle-Schachtel und öffneten geduldig Schloß für Schloß. Eine Schachtel nach der anderen öffnete sich, und Morgana wurde ganz aufgeregt.

»Oh, Rian, glaubst du, wir schaffen es?« fragte sie.

»Ich weiß es nicht. Warte. Ich glaube, das hier ist das nächste. Ja, siehst du. Versuch jetzt das hier.«

Sie folgte seinen Anweisungen, da ihre schmalen Finger viel geschickter waren als seine. Trotzdem brannten beide vor Aufregung, als es ihnen endlich gelang, bis zum Zentrum vorzudringen. Morgana öffnete das letzte Schloß, und die kleine Schachtel sprang auf. Eine winzige Schriftrolle lag darin. Sie nahm sie vorsichtig heraus und hätte fast geweint, als sie sah, daß die Schrift chinesisch war.

»Oh, Rian, ich kann es nicht lesen.« Sie hatte von den Kindern nur wenige Schriftzeichen gelernt.

»Hier, laß mal sehen.« Er nahm ihr die Rolle ab. Die Schriftzeichen sahen sehr alt und verblaßt aus, aber die Schrift war fein und gestochen. »Englisch würde es heißen: ›Schau in dein Herz, und du wirst immerwährende Freude finden…‹«

»Selbst wenn der Pflaumenbaum im Schnee blüht«, schloß Morgana leise.

»Ja, aber woher hast du das gewußt?«

»Madame Sung hat genau diese Worte zu mir gesprochen.«

»Na denn, jetzt kennst du das Geheimnis.« Er rollte das Pergament wieder zusammen und legte es zurück in die Schachtel.

Morgana sperrte alle Schlösser wieder sorgfältig zu und versuchte sich die Reihenfolge zu merken, damit sie sie wieder öffnen könnte.

Heiligabend war gekommen. Morgana hätte heulen können. Sie wußte, daß Irland nicht mehr weit sein konnte, und sie hätte so gerne die Feiertage mit ihrer Familie verbracht. Seltsam, sich vorzustellen, daß sie einmal ganz zurückgezogen allein mit ihrem Vater gelebt hatte. Sie konnte an ein Leben ohne ihre Verwandtschaft gar nicht mehr denken, selbst wenn einer davon ihr sarkastischer Mann war. Aber er war in letzter Zeit sehr sanft zu ihr gewesen und schien ihre Enttäuschung zu verstehen. Da lagen die Geschenke, alle schön eingepackt, mit schönen Schleifen. Sie seufzte. Besser zu spät als nie, dachte sie. Ihre Gedanken wurden jäh von Geschrei und Getrappel auf Deck unterbrochen. Du lieber Himmel! Was war denn da oben los? Sie griff sich schnell einen Schal und wickelte sich fest ein. Draußen war es sicher kalt, obwohl der Schneeregen sich aufgelöst hatte.

Sie ging an Deck, und jetzt verstand sie, was die Männer riefen. Land ahoi! schrien sie. Land ahoi! Sie war daheim. Endlich zu Hause.

»Rian«, rief sie und lief zu ihm. »Ist es Irland? Sind wir daheim?«

»Ja, Schatz.« Er packte sie und warf sie in die Luft. »Wir haben's geschafft, Mag! Das muß ein neuer Rekord sein.«

Sie lachte, schlang ihre Arme um seinen Hals und küßte ihn begeistert.

Als sie ihn endlich losließ, sagte er: »Na, wenn ich gewußt hätte, daß du dich dann so benimmst, wär' ich schon vor Wochen hier gewesen.«

»Oh, Rian.« Sie schlug schüchtern die Augen nieder und beschloß, sich von ihm die Stimmung nicht verderben zu lassen. »Es ist Weihnachten.«

Selbst die Tatsache, daß sie in der Dunkelheit fast nichts erkennen konnte, trübte Morganas Freude nicht. Brandon Hill konnte sie ausmachen, und die Lichter von Kilshannon schimmerten schwach durch den Dunst. Kilshannon, wo Michael Kelsey lebte und arbeitete, wo Gerald nachts den Barmädchen nachstellte, wo Rians Lagerhäuser die Docks säumten! All das hatte sie so vermißt. Wie sehr, das wurde ihr erst in diesem Moment klar. Und zu ihrer Überraschung mußte sie feststellen, daß sie ihren nörgeligen alten Großvater am meisten vermißt hatte, trotz der Heirat, die er ihr aufgezwungen hatte. All das spielte jetzt keine Rolle mehr, wo sie zu Hause war!

Sie stand an der Reling und spürte die Kälte überhaupt nicht, und Rian schickte sie auch nicht in die Kabine, obwohl sie sich ständig ihre halberfrorenen Hände rieb. Er verließ einmal das Ruder, um ihr Handschuhe zu holen, und sie dankte ihm für seine Fürsorge und wunderte sich, wie liebenswürdig er doch manchmal sein konnte. Und dann, endlich, fuhren sie in den Hafen ein. Sie legten an der Werft an, und die Männer machten sich auf der Suche nach einem heißen Krug Cider und einem warmen Bett mit einem willigen Mädchen schleunigst aus dem Staub. Rian ließ sie gehen und sagte, sie könnten nach den Feiertagen abladen. Er holte mit Harrison seine und Morganas Koffer, dann wünschte er dem ersten Maat eine gute Nacht, weil er einen Pächter ihres Großvaters entdeckt hatte, der sich anbot, sie nach Shanetara zu fahren. Morgana war froh, daß sie nicht bis zum Morgen warten mußten, um zum Haus zu kommen, und dankte dem jungen Mann herzlich für seine Liebenswürdigkeit. Sie saß auf dem hohen Kutschbock und steckte die Hände in Rians Taschen, um sie zu wärmen. Er lächelte sie an, sagte aber nichts.

Mollie O'Malley schwankte bedächtig die Treppe von Shanetara hinunter. Sie hatte ein paar Schlückchen Weihnachtsbowle zu sich genommen und fühlte sich sehr gut, wirklich sehr gut. Trotzdem schimpfte sie leise vor sich hin, als der Messingklopfer an der Haustür laut ertönte.

»Ja, wer mag denn das wohl sein? So spät am Abend, und Weihnachten ist auch noch«, murmelte sie.

Die ganze Familie war im großen Salon versammelt. Bridget und Patrick waren von Kilshannon Hall herübergefahren und Trevor und Fionna von Shaughnessy Bay. Ihre Kinder hatten sie auch mitgebracht. Maureen war ja ein so hübsches Kind. Und Fionnas Junge, Corby, versprach genauso gutaussehend wie die übrigen McShane-Männer zu werden. Herzensbrecher, das waren sie alle. Mollie schniefte laut. Aber stolz war sie auf jeden einzelnen von ihnen. Sie ging schimpfend quer durch die lange Halle zur Tür, weil Stepplewhite, der Butler, seinen Posten verlassen hatte, und riß sie auf.

»Bei allen Heiligen! Wenn das nicht Mylord und Mylady sind! Oh, mein Herz klopft so schnell, ich glaub', ich fall' gleich in Ohnmacht«, rief sie.

»Untersteh dich, Mollie.« Rian lachte, und Morgana umarmte die alte Frau.

»Mollie, o Mollie, wir sind zu Hause, endlich zu Hause.«

»Sind Sie's? Sind Sie's wirklich, nach bald vier Jahren?« Mollie wischte sich die Tränen ab.

»Sicher, und wer auch sonst?« lachte Rian.

»Was zum Teufel!« Fergus McShane klopfte energisch mit dem Stock auf den Boden. »Trevor, geh raus und schau nach, wer da solchen Lärm veranstaltet. Krach kann ich nicht ausstehn. Bei Gott! Wenn Kerr O'Malley wieder betrunken ist, wird er sich morgen was anhören können. Auch wenn Weihnachten ist.«

»Wir sind's bloß, Großvater, und wie du siehst, ganz nüchtern«, sagte Rian, als er und Morgana den großen Salon betraten.

»Bei Gott! Meine eigene Enkelin und Rian!« brüllte Großvater, und Morgana lief zu ihm und umarmte ihn. »Was soll das heißen, einfach hier so hereinzuplatzen? Wollt ihr mir einen Herzschlag verpassen?« schrie er, obwohl er vor Freude strahlte.

»Hab' ihnen schon gesagt, daß es nicht nett war, uns nicht mal zu warnen«, sagte Mollie. »Ich hab' Kerr geschickt, damit er das Gepäck reinholt und in Ihr altes Zimmer bringt.«

»Danke, Mollie«, sagte Rian. »Wie du siehst, hört Morgana überhaupt nicht zu.«

Das tat sie wirklich nicht. Sie saß schluchzend auf dem Schoß ihres Großvaters und versuchte alle Fragen gleichzeitig zu beantworten.

»Aber wann seid ihr angekommen? Warum habt ihr uns nicht verständigt?« fragte Patrick.

»Und wo seid ihr gewesen? Rian hat dich doch nicht etwa nach Afrika gebracht, oder?« Das kam von Gerald.

»Hat sie wahrscheinlich auch noch in eine chinesische Opiumhöhle geschleppt«, stöhnte Trevor pflichtschuldigst.

»Oh, Morgana, wir haben dich so vermißt«, flötete Rosamunde. Sie drängte sie mit Bridget und Fionna, zu ihnen zu kommen und ihnen ihre Abenteuer zu erzählen. »Ich wünschte, ihr hättet öfter geschrieben.«

»Langsam.« Rian mußte brüllen, um sich Gehör zu verschaffen. »Einer nach dem anderen. Du lieber Gott! Ist das Maureen?«

Er und Morgana schauten das bildhübsche Kind an, das schüchtern dastand, einen kleineren dunkeläugigen Jungen an der Hand.

»Ja«, sagte Bridget. »Willst du nicht guten Tag sagen, Schätzchen?«

Rian lachte, als Maureen den Kopf schüttelte und sich hinter den Röcken ihrer Mutter versteckte. »Komm her, meine Süße«, lockte er sie. »Ich wette, du kannst dich nicht an mich erinnern. Du bist ja eine richtige kleine Dame geworden. Und wer ist das?« Er lächelte dem kleinen Jungen zu.

»Corby«, sagte Fionna stolz, »mein Sohn.«

So glücklich hab' ich sie überhaupt noch nie gesehen, dachte Morgana. Endlich war es Rian gelungen, die beiden Kinder auf seinen Schoß zu locken. In jedem Arm eins, saß er mit seiner Frau neben sich auf dem Sofa. Er unterhielt sich mit den Kindern, dann wandte er sich den Erwachsenen zu und beantwortete ihre Fragen so geduldig wie möglich. Morgana beobachtete ihn, wie er mit den Kindern umging, und mit einem Mal wurde ihr klar, daß er ein guter Vater sein würde. Sie streichelte Maureens hellrote Löckchen und nahm das Kind auf ihren Schoß. Rian spielte mit Corby Hoppereiter, und der Junge quietschte vor Vergnügen. Keiner hatte bemerkt, daß Colin seit ihrer Ankunft kein Wort mehr gesagt hatte.

»Ja, eine Weile stand's Spitz auf Knopf«, sagte Rian zu Patrick, der auf der Stuhlkante saß und ihm gebannt zuhörte. »Aber ich habe Morgana versprochen, sie rechtzeitig zum Weihnachtsfest nach Hause zu bringen, und, bei Gott, das hab' ich.« Er lächelte ihr liebevoll zu.

»Großer Gott, Rian. Du hast das Schiff und die Männer hart rangenommen«, staunte Patrick.

»Ja, aber die wollten auch nach Hause. Weihnachten auf See ist kein Vergnügen«, erwiderte Rian.

Der riesige Tannenbaum sah ungeheuer festlich aus, und Morgana war ein bißchen traurig, weil sie beim Schmücken nicht dabeigewesen war, tröstete sich aber mit dem Gedanken, endlich zu Hause zu sein.

Vier Jahre! Eine so lange Zeit! Großvater war älter und grauer geworden. Er schien etwas mitgenommen von der Aufregung des Wiedersehens und war nach seinem anfänglichen Gepolter sehr still geworden. Aber er blinzelte sie fröhlich an. Rosamunde plapperte wie immer ohne Unterlaß mit hochroten Wangen und viel Gekicher. Immer wieder führte sie die Vinaigrette zur Nase.

»Damit ich nicht in Ohnmacht falle«, erklärte sie Morgana. »So eine Überraschung, ich kann's einfach nicht fassen. Ihr seid wirklich wieder hier, nach so langer Zeit.«

»Corby ist ein bildschönes Kind, Fionna.« Morgana wandte sich nach einer längeren Unterhaltung mit ihrer Tante der jungen Frau zu.

»Das finde ich auch«, erwiderte Fionna. »Trevor ist so stolz. Ich weiß, er hat geglaubt, wir würden nie ein Kind haben, aber nachdem Bridget Maureen gekriegt hatte, ist's so schnell gegangen, daß Bridget gesagt hat, es wäre wahrscheinlich ansteckend.« Sie lachte.

»Du solltest dich beeilen, Morgana«, tadelte sie Bridget und nahm Maureen hoch. »Die zwei betteln ständig um einen neuen Spielkameraden. Zeit fürs Bett, Schätzchen«, sagte sie zu ihrer Tochter, die sich verschlafen die Augen rieb.

»Du auch, Corby«, rief Fionna ihrem Sohn zu.

»Ich nehm' ihn mit rauf, Fionna«, sagte Bridget und verschwand mit den Kindern.

»Sie war wunderbar«, sagte Fionna. »Ich glaube, ich wäre ohne sie mit Corby nicht fertig geworden.«

»Der sieht schon aus, als würde er alle in Trab halten«, erwiderte Morgana und erinnerte sich an den kleinen Hsi in China. »Der wird noch viele Herzen brechen.«

»Ja, und Patrick wird seine Pistolen brauchen, wenn er Maureen länger behalten will«, fügte Rian hinzu.

»Warte, bis du erst eins hast, Rian«, erwiderte Patrick. »Würde dir ganz recht geschehen, wenn du ein Mädchen kriegst, damit du siehst, was es heißt, seine Töchter vor deinesgleichen zu beschützen.«

Morgana sah, wie der Nacken ihres Mannes sich rötete. Die Bemerkung hatte den Nagel wohl zu genau auf den Kopf getroffen. Sie konnte nicht widerstehen und mußte auch ein bißchen sticheln.

»Ja, Rian, wie würde dir das gefallen?« lachte sie.

»Ist das eine Einladung, Mag«, konterte er geistesgegenwärtig, und alle lachten, als sie beschämt die Augen niederschlug.

Wenn sie ihm jetzt in die Augen schauen würde, dachte sie, wäre da wieder dieser seltsame, suchende Blick, und ein wohliger Schauer lief ihr über den Rücken, als er seine Hand auf die ihre legte.

Sie stapelten die Geschenke unter den Baum, wo sie dann morgen früh geöffnet würden. Dann wünschten sie allen eine gute Nacht.

Rian schloß die Tür, und dann goß er aus einer Karaffe auf der Kommode einen kräftigen Schluck irischen Whiskey für sie beide ein. Er reichte ihr ein Glas. Sie schaute es nachdenklich an und nahm dann einen Schluck.

»Danke«, sagte sie leise, »daß du ihnen nicht erzählt hast, was wirklich in Afrika passiert ist.«

Er hatte diesen Teil der Reise sehr oberflächlich geschildert, so daß keiner in der Familie ahnte, daß sie ein Jahr getrennt gewesen waren.

»Es geht sie nichts an«, sagte er schlicht. »Und ich hatte keine Lust, mir Trevors Moralpredigt anzuhören. Himmel, bin ich müde.« Er knöpfte sich das Hemd auf, zog es aus der Hose und ließ sich in einen Stuhl fallen. Ein Feuer brannte im Kamin, aber Morgana zündete trotzdem die Lampen an und zog sich langsam aus. Es war schon weit nach Mitternacht, aber sie wußte nicht, wie ernst es Rian gemeint hatte, als er vorschlug, sie könnten ja auch bald Kinder haben. Sie wußte nicht, was sie tun sollte, aber schließlich zog sie sich einfach ein Nachthemd an und ging zu Bett. Er trank seinen Whiskey aus, löschte die Lampen und legte sich zu ihr, nahm sie in die Arme und küßte sie zärtlich. Offensichtlich war er wirklich sehr erschöpft, denn kurz darauf schlief er tief und fest.

Morgana lag noch lange wach und dachte über vieles nach, dann schloß auch sie die Augen und schlief ein.

Am nächsten Morgen erwachten sie durch das laute Geschrei der Kinder. Rian hatte vergessen, wo er war, und öffnete verschlafen ein Auge.

»Was zum Teufel ist das für ein Krach? Sag Harrison, er soll das sofort abstellen!«

Morgana kicherte und ließ ihre Hand über seine haarige Brust gleiten. »Rian, das sind die Kinder. Heut' ist Weihnachten. Steh auf, du Faulpelz, sonst reißen sie ihre Pakete ohne uns auf. Wir verpassen alles.«

»Na schön«, murmelte er, gähnte und rieb sich die Augen. »Dann komm.«

Die anderen waren schon unten, anscheinend auch gerade erst gewaltsam geweckt, da alle Nachthemden und Morgenmäntel trugen.

»Corby, ich hab' dir gesagt, du sollst warten«, schimpfte Trevor seinen kleinen Jungen. Er war kein begeisterter Frühaufsteher.

»Es ist doch Weihnachten, Trevor. Verdirb ihm doch nicht die Freude«, tadelte Fionna ihren Mann. Zu Morganas Überraschung war sie gar nicht mehr die ängstliche kleine Frau.

Großvater saß in seinem riesigen Stuhl und spielte begeistert den Weihnachtsmann. Heute morgen sah er besser aus, fand Morgana, vielleicht war er gestern abend nur erschrocken und müde gewesen. Er rief die Kinder und ließ sie die Geschenke austeilen, nachdem er laut die jeweiligen Namen vorgelesen hatte.

Morgana hatte Rian eine Hose und eine Weste genäht, und er schenkte ihr einen wunderschönen Jadeschmuck. Sie mußten schrecklich viele Geschenke aufmachen, weil die Familie jedes Weihnachten ihre aufgehoben hatte, bis sie zurückkehren würden. Morgana hatte das Gefühl, in ihrem ganzen Leben noch nie so viele Geschenke auf einmal gesehen zu haben.

Später versammelten sich dann alle zum Weihnachtsessen. Morgana schaute sich zufrieden in der Tischrunde um und stellte fest, daß sich auf Shanetara nichts verändert hatte.

»Oh, übrigens, Morgana«, sagte Rosamunde, nachdem sie sich in den Salon zurückgezogen hatten. »Deine neue Zofe heißt Peggy. Doktor Kelsey und Kyla haben kurz nach deiner Abreise geheiratet.«

Morgana freute sich sehr für Michael. Sie mußte in die Stadt fahren und ihm gratulieren! Die Männer verweilten nicht lange beim Portwein, sondern schlossen sich gleich den Frauen wieder an. Sie spielte eine ruhige Partie Schach mit Großvater und verlor wie immer, dann wandte sich das Gespräch der Politik zu.

»Diese verfluchten Rebellen«, sagte Trevor. »Sehen die denn nicht, daß sie der irischen Sache mit diesen Eskapaden nur schaden. Es nützt nichts, die Briten mit diesen Überfällen anzugreifen. Der Weg zur Freiheit ist die parlamentarische Vertretung in Dublin.«

»Ha«, sagte Colin sarkastisch. »Wenn es nach deinen Vorstellungen läuft, werden wir die Engländer nie los.«

Morgana sah sein aufgeregtes, hochrotes Gesicht und den stahlharten Blick ihres Cousins. Ihr fiel Bridgets Brief wieder ein, in dem sie von der Befürchtung der Familie schrieb, Colin hätte sich den irischen Radikalen angeschlossen. Mein Gott, hoffentlich hatte er nicht so etwas Dummes getan. Es würde die ganze Familie diskreditieren, wenn er bei solch rebellischen Umtrieben gefaßt würde. Sie hatten schließlich Rian auf den Verdacht hin, er könnte diesen Radikalen angehören, fast gehenkt.

Nach den Feiertagen lief bald wieder alles wie gewohnt. Morgana machte mit Rian Ausritte und war begeistert, endlich wieder im Sattel von Copperlady zu sitzen. Die Moore waren von leichtem Rauhreif überzogen, und ihr Atem schwebte in kleinen Wölkchen in der Luft. Wenn sie nach Shanetara zurückkehrte, waren ihre Wangen rot von der Kälte und ihr Haar völlig zerzaust vom Wind.

Einmal ritten sie nach Kilshannon zum Einkaufen und um sich zu versichern, daß die Ladung von Rians Schiff sicher in den Lagerhäusern verstaut war.

»Ich wage noch nicht, sie nach England zu bringen, Mag«, sagte

Rian, während sie den Männern beim Löschen der Ladung zusahen. »Zumindest nicht, bevor ich nicht weiß, was dort wegen Lord Chalmers Tod und meiner Flucht aus dem Gefängnis passiert ist. Ich habe Brad geschrieben, aber es wird sicherlich einige Zeit dauern, bis ich eine Antwort erhalte.«

In Morgana regte sich wieder die alte Angst vor einer Mordanklage. Daran hatte sie schon lange nicht mehr gedacht. Sie hatte erfahren, daß während ihres Aufenthalts in Afrika Napoleon sein Exil in Elba verlassen und die Franzosen noch einmal für seine unheilvollen Pläne mobilisiert hatte. Er hatte noch einmal hundert Tage regiert, bis zu seiner endgültigen Niederlage bei Waterloo. Er hatte versucht, in England Asyl zu finden, aber war ins Exil auf St. Helena verbannt worden, wo er seine tristen Tage mit dem Schreiben seiner Memoiren verbrachte. Sie erschauderte und fragte sich, ob er noch einmal zurückkehren würde oder Frankreich endlich den lang verdienten Frieden haben würde. Sie wollte nicht darüber nachdenken. Es erinnerte sie zu stark an Philippe und daß er durch Rians Hand den Tod gefunden hatte.

»Glaubst du, die Briten werden uns verhaften, Rian?« fragte sie ängstlich.

»Nein, ich werde die Sache in Ordnung bringen, und Brad wird uns sicher gerne dabei helfen.«

Sie schaute ihn an und mußte zu ihrer Überraschung feststellen, daß sie ihm ausnahmsweise glaubte. Er hatte schließlich sicherlich keine Lust, wegen eines Verbrechens gehenkt zu werden, das er nicht begangen hatte.

Auf dem Rückweg nach Shanetara begegneten sie Michael Kelsey. Der Doktor sah älter und dünner aus, und er hatte graue Strähnen in seinen rotblonden Haaren. Aber seine blauen Augen strahlten fröhlich, obgleich Morgana das Gefühl hatte, sein Blick wäre fragend und mitleidig.

»Hallo, Michael«, rief Rian. »Gratuliere zu Ihrer Heirat!«

»Danke, Mylord. Aber wann sind Sie denn zurückgekommen?« Der Arzt schaute Morgana fragend an.

»Erst vor zwei Wochen. Wir sind gerade mit dem Löschen der Ladung der *Sorceress* fertig geworden«, erwiderte Rian.

Morgana wurde mit einem Mal klar, daß Michael sich immer noch um sie sorgte und sich fragte, ob sie wohl schrecklich unglücklich wäre. Das konnte sie einfach nicht ertragen! Nicht das Mitleid anderer Leute, vor allem, wenn es jemand war, der ihr so nahestand wie Michael. Sie mußte irgendwie seine Ängste beschwichtigen, sonst würde er sie besuchen, und das würde nur Probleme machen.

»So schön, dich wiederzusehen, Michael.« Sie war überrascht, wie normal ihre Stimme klang. Dann wandte sie sich an ihren Mann. »Rian, Schatz, ich bin am Verhungern. Wenn wir uns nicht bald auf den Heimweg machen, verpassen wir das Abendessen.« Ganz die liebende Frau, sah sie ihren Mann an.

Rians Mund wurde schmal, aber nur Morgana merkte das. Er wußte, was sie tat, und es machte ihn wütend. Trotzdem versuchte er nicht, ihren kleinen Auftritt zu zerstören. Schließlich hatten sie so oft genug vor anderen gespielt, dachte er verbittert. Ihre beiden Pferde standen ganz dicht beieinander. Er nahm ihre behandschuhte Hand und küßte die Innenfläche.

»Wie du wünschst, Liebes. Guten Tag, Doktor.«

Morgana hatte trotzdem das Gefühl, Michael wüßte, wie es um ihre Ehe bestellt war. Hoffentlich würde er sie nicht danach fragen. Sie spornte Copperlady an und galoppierte rasch aus der Stadt, Rian hart auf den Fersen. Am Stall angelangt, riß er sie unsanft aus dem Sattel, und Jim führte die Pferde weg.

»Rian, Schatz«, höhnte er. »Vielleicht sollten wir den Doktor immer bei uns haben?!«

»Hör auf, Rian. Ich konnte doch nicht einfach mit ansehen, wie er dasteht und mich bemitleidet.«

»Und, hat er Grund, dich zu bemitleiden, Mag? Bin ich so ein Unhold? Ich laß mich nicht gerne als Narren hinstellen.«

»Aber das wollte ich doch gar nicht, Mylord«, sagte sie mit leiser Stimme und angstvollem Blick auf seine Reitpeitsche, die er wütend immer wieder gegen seinen Stiefel knallte. Er würde sie doch nicht etwa schlagen?

»Du hast meine erste Frage nicht beantwortet, Süße.«

»Laß meinen Arm los«, fauchte sie. »Du tust mir weh.«

»Ich werd' dich loslassen, wenn's mir paßt.« Seine Stimme war barsch. »Komm jetzt. Du bist mir ein paar Antworten schuldig.«

»Wohin bringst du mich? Laß mich sofort los!«

Er ignorierte ihre Proteste und schleifte sie in den Stall.

»Raus hier«, brüllte er Jim an, der sofort seinen Rechen fallen ließ und wegrannte.

Rian zerrte sie die Leiter zum Heuboden hoch und warf sie ins Heu. Fluchend versuchte sie, sich aufzurichten.

»Bist du verrückt geworden? Mir ist kalt. Ich geh' ins Haus.«

»Beweg dich nicht«, knurrte er und knöpfte sich Jacke und Hemd auf. Seine Absicht war deutlich an der Wölbung seiner Hose erkennbar.

Morgana versuchte sich loszustrampeln, aber er drehte ihr brutal den Arm um und zwang sie wieder auf den Rücken. Plötzlich gab sie nach, und er wurde unvorsichtig. Da biß sie ihm mit aller Kraft in die Hand. Fluchend ließ er sie sofort los, und sie rannte zur Leiter und rutschte hinunter. Gerade als Rian heruntersteigen wollte, zog sie sie ihm weg, so daß er fast gefallen wäre. Die Leiter fiel klappernd zu Boden, und Morgana schaute spöttisch zu ihm hoch und lachte triumphierend.

»Was sagen Sie jetzt, Mylord«, rief sie höhnisch.

»Stell sofort die Leiter zurück. Ich warne dich, Mag.« Seine Augen wurden gefährlich schmal.

»In Ihrer Situation können Sie schlecht Befehle geben, Mylord«, lachte sie. »Es wird dir guttun, da oben zu sitzen und ein bißchen zu brüten. Du wirst mir beim Abendessen fehlen, Schatz«, sagte sie spöttisch.

Fassungslos mußte Rian mit ansehen, wie sie aus dem Stall stolzierte. Sie wollte ihn doch nicht etwa hier schmoren lassen? Er setzte sich, fest überzeugt, sie würde gleich wiederkommen, ihn um Verzeihung bitten und die Leiter wieder hinstellen. Das verfluchte Weibsstück! Das würde sie noch bereuen! Der würde er zeigen, wer der Herr im Haus war. Er wartete vergeblich. Morgana kam nicht zurück. Beim Verlassen des Stalls entdeckte Morgana Jim, den Stalljungen.

»Jim, seine Lordschaft möchte eine Weile allein gelassen werden. Warum läufst du nicht nach Hause und schaust nach, ob du deiner Mutter etwas helfen kannst? Du kannst in zwei Stunden zurückkommen.«

»Danke, Mylady.« Er lief fröhlich davon.

Morgana ging zurück zum Haus und konnte sich vor Lachen kaum halten. Das geschah dem arroganten Bastard ganz recht. Bei dem Gedanken, wie er sie dafür bestrafen würde, war ihr zwar nicht ganz wohl in ihrer Haut, aber das verdrängte sie einfach. Hier auf Shanetara würde er sie wohl kaum verprügeln. Hier regierte Großvater, und er würde Rian auspeitschen, wenn er sich an ihr vergriff. Wenigstens war Rian an diesem Ort nicht der Herr.

Je länger er wartete, desto wütender wurde Rian. Sie hatte natürlich den Stallburschen weggeschickt, und so schnell war keine Hilfe abzusehen. Erst wenn sie es für richtig hielt, dem Streich ein Ende zu setzen. Dafür würde er ihr den Hals umdrehen. Nach längerem Überlegen kam er zu dem Schluß, daß es nur eine Möglichkeit gab, dort herunterzukommen. Er mußte sich mit den Händen an die Kante hängen, hin- und herschaukeln und sich in einen leeren Stall aufs Stroh fallen lassen. Gesagt, getan. Er landete zwar direkt im Stall, hatte aber so viel Schwung, daß er mit der Schulter gegen die Stallwand klatschte. Das tat weh, war aber sonst nicht sonderlich schlimm. Als er aufstehen wollte, schoß ihm aber plötzlich ein stechender Schmerz ins Bein. Er hatte sich den Knöchel verstaucht und mußte mit zusammengebissenen Zähnen zum Haus humpeln. Mit jedem Schritt verfluchte er Morgana.

»Verflucht noch mal! Rian kommt doch sonst nicht zu spät. Du hast gesagt, er ist nicht mit dir zurückgekommen?« fragte ihr Großvater.

»Nein, Großvater«, sagte sie scheinheilig. Der arme Rian. Ob er wohl sehr böse auf sie war?

»Wir werden eben einfach ohne ihn anfangen. Aber der kann sich was anhören, wenn ich ihn sehe«, grummelte der alte Mann.

»Ich hoffe doch nicht«, sagte Rian. »Tut mir leid, daß ich zu spät komme.«

Morgana verschlug es den Atem, als er ins Zimmer gehumpelt kam und sich neben sie setzte. Wie war er nur da heruntergekommen? Jim konnte auf keinen Fall schon zurück sein. Sie warf ihm einen ängstlichen Blick zu, den er mit einem spöttischen Grinsen erwiderte, das nichts Gutes verhieß.

»Wo warst du, du unverschämter Lümmel?« fragte Großvater streng.

»Ich hab' Heu geschippt«, erwiderte Rian mit einem höhnischen Seitenblick auf Morgana.

»Und wo war Jim? Der soll sich doch um solche Sachen kümmern. Dafür wird er bezahlt«, schimpfte der alte Mann.

»Ich glaube, er mußte für Morgana etwas erledigen, und ich hab' ein bißchen Bewegung gebraucht.«

Die Sache wurde nicht mehr weiter erwähnt, aber Morgana bekam ganz weiche Knie vor Angst. O Gott, er würde sie sicherlich grausam bestrafen. Sein Bein. Er war vorhin gehumpelt. O Gott! Er war wahrscheinlich vom Heuboden gesprungen.

»Ja, bin ich«, murmelte ihr Rian zu, als hätte er ihre Gedanken hören können.

Sie verschluckte sich, und Rian schlug ihr wesentlich kräftiger als nötig auf den Rücken und bot ihr dann ein Glas Wein an. Sie dankte ihm sehr unterkühlt für seine Fürsorge und gab ihm unter dem Tisch einen Tritt gegen sein verletztes Bein. Rian zuckte zusammen. Morgana lächelte ihn zuckersüß an und aß weiter, als wäre nichts passiert. Kurze Zeit später keuchte sie plötzlich vor Entsetzen.

»Ist irgend etwas nicht in Ordnung, Liebes?« fragte Rosamunde. »Du bist ja ganz rot im Gesicht.«

»Nein... nein... nichts. Ich hab' wohl noch einen Frosch im Hals«, brachte Morgana mit einigen Schwierigkeiten hervor. Rian hatte es irgendwie geschafft, seine Hand unter ihre Röcke zu stecken, und liebkoste sie frech zwischen den Schenkeln, ganz lässig aß er dabei mit der anderen Hand weiter. Sie wäre vor Scham am liebsten im Boden versunken. Sie konnte nichts sagen und nichts dagegen tun, ohne die Aufmerksamkeit auf sich zu lenken und auf das, was er machte. Als Rosamunde für die Damen das Zeichen gab, sich zurückzuziehen, zitterte Morgana vor Erregung von Kopf bis Fuß. Dieser verfluchte Kerl! So wütend und erniedrigt hatte sie sich in ihrem ganzen Leben noch nicht gefühlt. Wie konnte er es wagen!

Sie würdigte ihn keines Blickes, als die Männer wieder ins Zimmer kamen. Er ließ sich neben sie aufs Sofa fallen und legte ganz beiläufig den Arm um sie. Sie erstarrte bei seiner Berührung, und er zwinkerte ihr frech zu und zündete sich eine seiner spanischen Zigarren an. Zu gerne hätte sie seinem selbstzufriedenen Grinsen mit einer Ohrfeige ein Ende gemacht. Sie stichelte wütend an ihrer Handarbeit herum und stach sich dabei auch noch in den Finger. Mit einem wütenden Seitenblick auf ihn steckte sie ihren blutigen Finger in den Mund, um das Blut zu stillen. Sie würde hier unten sitzen bleiben, bis der ganze Haushalt zu Bett gegangen war. Morgana war starr vor Angst bei dem Gedanken, was er ihr wohl antun würde, wenn sie erst einmal alleine im Schlafzimmer waren.

Aber er erriet ihre Absicht, und bevor sie etwas sagen konnte, sagte Rian betont laut, Morgana würde sehr müde aussehen und wünschte der Familie gute Nacht. Er packte sie unsanft am Handgelenk und zerrte sie nach oben, ehe sie protestieren konnte, schlug die Schlafzimmertür zu und verriegelte sie. Morgana wich angsterfüllt vor ihm zurück.

»Was ist denn los, Mag?« Sein Lachen war böse. »Bereust du deinen kleinen Streich schon? Komm her. Ich sage, komm her, verdammt noch mal!« fluchte er, als sie keine Anstalten machte, sich zu bewegen. »Bei Gott, wenn ich durch dieses Zimmer gehen muß, um dich zu holen, schlag' ich dich windelweich!«

»Das wagst du nicht. Ich sag's Großvater, wenn du mir auch nur ein Haar krümmst«, drohte sie. »Du bist hier nicht der Herr, auch wenn du dir das gerne einbildest.«

»So, du glaubst also, der alte Mann würde deine Haut retten, was? Da irrst du dich aber. Wie oft muß ich es noch sagen, bis es endlich in deinen dicken Kopf geht? Du gehörst mir. Du bist mein Besitz«, schrie er. »Und wenn du mit irgendwelchen Märchen zu Großvater rennst, pack' ich dich zusammen und bring' dich so weit weg von hier, daß keiner dir mehr helfen kann.«

»Oh, du Schuft! Du bist so widerlich, daß du es tatsächlich tun würdest. Und wohin glaubst du, kannst du mich bringen? Du bist ein toter Mann, Rian McShane. Die britische Armee will dich hängen sehen, oder hast du das vergessen?«

»Und du wirst wegen Mordes gesucht, meine Liebe«, höhnte er. »Und ich werde dich nach Keldara bringen, da bin ich der einzige Herr. Das hätte ich gleich tun sollen.« Seine Augen wurden schmal. »Ja, da werd' ich dich hinbringen, und dann werden wir ja sehen, wer in dieser Ehe das Sagen hat.«

Morgana wandte sich ab und schluchzte erbärmlich. O ja, er würde es machen. Er würde sie dort hinbringen, und sie hätte niemanden, bei dem sie Zuflucht finden könnte. Keldara war einer der unzugänglichsten und isoliertesten Besitze in Irland. Rian hatte es ihr oft genug geschildert. Es war ursprünglich eine Festung gewesen, ähnlich wie Shanetara, aber einsamer und uneinnehmbar. Es lag in der Wildnis von Connaught an einer unzugänglichen Küste. Rian sagte, es wäre immer noch von Mauern umgeben und einem Graben, den alten Verteidigungsanlagen. Wenn er sie in Keldara einsperren würde, gab es keine Fluchtmöglichkeit für sie. Resigniert drehte sie sich wieder ihm zu.

»Das ist schon besser«, sagte er und ließ sich aufs Bett fallen. »Jetzt zieh dich aus. Ich fürchte, mein Bein tut so weh, daß ich heute abend nicht mit dir kämpfen kann.«

Mit zitternden Händen öffnete sie die winzigen Knöpfe ihres Kleides, zog es aus, dann die vielen Unterröcke, bis sie nur noch mit einem durchsichtigen Hemd vor ihm stand.

»Das auch«, befahl er.

Mit Tränen in den Augen streifte sie das Hemd ab. Sie konnte ihm nicht in die Augen sehen, die ihren nackten Leib mit gierigen Blicken verschlangen. Er ließ sie sehr lange so stehen, bis sie sich vollends gedemütigt fühlte.

Dann sagte er: »Komm her.«

Diesmal gehorchte sie ihm und ging mit schlotternden Knien auf ihn zu.

»Ich hasse dich, du grausame Bestie«, flüsterte sie, als er sie umarmte.

Rian zog sich langsam aus und beobachtete sie dabei im Dunkeln. Dann beugte er den Kopf vor und fand ihren Mund.

»Na, zur Abwechslung bist du ja mal ganz willig«, murmelte er und küßte ihren Hals.

»Ich verabscheue und verachte dich.«

Er lachte spöttisch und bedeckte ihre Schläfen, Wangen und Hände mit brennenden Küssen. Seine Hände umfaßten ihre Brüste, reizten sie und drückten sie sanft, und seine Finger streichelten ihre Knospen, bis sie hart wurden. Dann rollte er sich auf den Rücken.

»Küß mich, Mag.« Seine Stimme war rauh. »Überall.«

»Nein.«

»Mach es. Du weißt, was ich will.«

Er spürte ihre Tränen auf seiner Brust, als sie gehorchte, und stöhnte, als ihr Mund ihn umschloß. Und als er sich nicht mehr halten konnte, packte er ihre langen kupfernen Haare und zog ihren Mund hoch zu seinem und half ihr, daß sie ihn besteigen konnte. Morgana lag über seiner Brust, und er bäumte sich auf und explodierte schließlich in ihr, und sie schrie vor Wonne, als Wogen von Lust durch ihren Körper brandeten, bis sie erschöpft in seinen Armen einschlief.

Kapitel Vierunddreißig

»Rian, machst du mir bitte die Haken zu?« Morgana drehte ihm den Rücken zu. Peggy hatte heute ihren freien Tag.

Die Nachricht von ihrer Rückkehr hatte sich schnell im County herumgesprochen, und heute abend gab Johnny Gallagher eine Party zu ihren Ehren. Morgana betrachtete sich kritisch im Spiegel und war zufrieden. Sie hatte ein Kleid aus jadegrüner Seide gewählt, das sie aus Macao mitgebracht hatte, eine sehr aufwendige Robe. Dazu trug sie den Jadeschmuck, den Rian ihr zu Weihnachten geschenkt hatte. Ihr glänzendes Haar war in orientalischer Manier hochgesteckt. Ein kleines Täschchen und ein bemalter Fächer vollendeten den Effekt.

»Du siehst bezaubernd aus, Süße.« Rian küßte sie auf die Schulter. »Der galante Gallagher wird einen Angriff auf deine Tugend starten.«

»Sei doch nicht albern«, sagte sie. »Du weißt, daß Bridget gesagt hat, er würde Seans Schwester, Darcie, einen Antrag machen. Höchste Zeit, wenn du mich fragst. Sie schmachtet schon seit Jahren nach ihm.«

»Das Mädchen ist doch frisch aus der Schule. Sie ist höchstens achtzehn.«

»Siebzehn. Und soweit ich mich erinnern kann, hast du dasselbe über Anne Denby gesagt, und die Ehe ist sehr glücklich.«

»Das mag schon sein, aber Johnny ist mindestens zehn Jahre älter als Darcie...«

»Und wenn schon? Du bist elf Jahre älter als ich«, erinnerte ihn Morgana streng.

»Ja, und sieh dir an, was ich für Höllenqualen leide. Ich werde Johnny heute abend warnen, so einen Fehler zu machen.«

Jetzt merkte Morgana, daß ihr Mann sie nur necken wollte. »Schuft«, sagte sie, mußte aber auch grinsen. »Du wirst mir die Geschichte mit dem Heuboden wohl nie verzeihen?«

»Ich muß zugeben, die Runde ist an dich gegangen, aber ich habe vor, die Schlacht zu gewinnen, Madam.«

Sie wurde rot und schaute weg. Zwei Wochen lang hatten ihn die Schmerzen im Bein geplagt. Und trotzdem schwor er, er würde sie lieben. Nachts hielt er sie in der Dunkelheit fest umarmt, seine Hände brachten ihre Haut zum Vibrieren, wenn er ihr rotes Haar um seinen Hals wickelte und wilde Worte der Liebe flüsterte.

Heute abend sah er wirklich sehr gut aus, das mußte Morgana zugeben. Schwarze Weste und Hose betonten seine rabenschwarzen Lokken. Seine Krawatte hatte er im Wasserfallstil gebunden, und Meter von Spitze rüschten sich um seine Handgelenke. Als einzigen Schmuck trug er eine Krawattennadel mit Diamant.

»Wir sollten besser gehen, Mylady, sonst kommen wir zu spät«, sagte er zärtlich und reichte ihr seinen Arm.

Colin wartete schmollend am Fuß der Treppe auf sie. Er hatte überhaupt keine Lust, zu Johnny Gallaghers Party zu gehen, und hatte versucht, in letzter Minute abzusagen. Aber Großvater hatte sich ungeheuer aufgeregt und erklärt, wenn Colin nicht Priester werden wollte, wäre er gut beraten, an einigen Festen teilzunehmen und sich eine reiche Braut zu suchen.

»Vielleicht wird der alte Mann sein Testament noch mal ändern, Colin. Und diesmal bist du der unglückliche Begünstigte«, lachte Morgana, als Rian ihr in den Landauer half.

Ihr junger Cousin sagte nichts, sondern setzte sich mit finsterer Miene neben Gerald. Rian ließ sich neben Morgana nieder und ließ Kerr losfahren.

»Und, warst du unglücklich?« fragte Rian und legte den Arm um sie.

»Wirklich, Mylord, ich weiß nicht, ob ich das beantworten soll«, murmelte sie indigniert.

Er lachte und zupfte an einer Locke, die über ihrer Brust lag.

»Ich würde sagen, du kannst dich in dem Fall glücklich schätzen, Rian«, sagte Gerald mit einem bewundernden Seitenblick auf Morgana.

»Bei meiner Seel', ja«, stimmte ihr Mann ihm zu.

Der Rest der Fahrt verlief schweigend. Laughlin Hall war ein prächtiges Anwesen, wenngleich nach irischen Maßstäben auch relativ neu, nämlich erst vor hundert Jahren erbaut. Johnnys Großvater hatte es gebaut, und Johnny hatte es nach dem Tod seines Vaters vor wenigen Jahren geerbt. Seine Mutter, eine sehr charmante alte Dame, residierte immer noch dort, und sie begrüßte sie beim Betreten des Ballsaals. Morgana hatte sie schon einige Male getroffen, aber sie fühlte sich nie sehr wohl in Gegenwart der Viscountess und gab sich deshalb sehr viel Mühe, ihr gegenüber respektvoll zu sein. Die alte Frau war ein Tatar!

»Rian, du Schuft, ich schwöre, du hast meinem Sohn das Herz gebrochen, weil du ihm das hübscheste Mädchen von ganz Irland vor der Nase weggeschnappt hast!« Die Viscountess ließ sich die Hand küssen.

»Dann muß ich Sie um Vergebung bitten, Mylady«, erwiderte er und blinzelte ihr zu.

Lachend mischte Morgana sich ein, umarmte die alte Frau und küßte sie pflichtschuldigst auf eine faltige Wange.

»Dann also auf mit euch beiden.« Die Viscountess lächelte schelmisch. »Ich bin sicher, dein nichtsnutziger Mann hat dich besser im Griff, als jeder andere es könnte«, sagte sie zu Morgana, ehe die beiden weitergingen.

»Das dürfte die Untertreibung des Jahres sein«, hauchte Rian Morgana ins Ohr, als sie außer Hörweite der alten Dame waren.

»Schweig, du Schuft, und hol mir ein Glas Champagner.« Rian lachte und ging zum Buffet mit den Erfrischungen. Es dauerte eine Ewigkeit, bis er etwas bekam, weil ihn ständig Freunde begrüßten und ihn über seine Reise ausfragten. Bis er zurückkam, war Morgana bereits mit dem galanten Gallagher auf die Tanzfläche verschwunden. Johnny flüsterte ihr ins Ohr, und Morgana lächelte ihn an und klapperte kess mit den Augenlidern. Rian hätte am liebsten laut losgeflucht, lehnte sich aber lässig mit den beiden Gläsern an die Wand und beobachtete seine Frau. Die anderen Gäste konnten das nicht fassen und steckten tuschelnd die Köpfe zusammen. Rian hatte noch nie eine Frau so bedient, und man sah, mit welcher Freude er ihr zusah. Insbesondere Lindsey Devlin war durch das Verhalten des Grafen irritiert. Sie hatte ihm die Heirat mit Morgana nie verziehen und hatte Seans Antrag nur angenommen, um ihn zu ärgern. Jetzt hätte sie Rian am liebsten einen Schürhaken über den Kopf gezogen. Wie konnte er es wagen, so herumzustehen und sie nicht zum Tanzen aufzufordern? Sie warf ihrem Mann einen giftigen Blick zu.

»Willst du mich nicht zum Tanzen auffordern? Oder hast du vor, dich wieder bewußtlos zu trinken?«

Sean schaute sie angewidert an. »Wenn du deine Zunge etwas zähmen würdest, müßte ich nicht trinken, um zu vergessen, daß ich eine Xanthippe geheiratet habe.«

»Xanthippe, was? Ich hätte jeden in Irland haben können, du versoffenes Schwein.«

»Ach so?« Er grinste boshaft. »Dein alter Beau reißt sich ja nicht gerade darum, mit dir zu tanzen. Er ist wahrscheinlich froh, daß er dich los ist.«

Lindsey lief vor Wut puterrot an und verfluchte insgeheim Rian McShane. Wie konnte der Graf es wagen, sie zu behandeln, als wäre sie Luft? Sie drehte ihrem Mann den Rücken und ging hinüber zu Rian. Sean schaute ihr nach, dann bat er den Kellner um ein frisches Glas Champagner.

»Hast du mich gesucht, Schatz? War tatsächlich richtig einsam ohne dich.« Lindsey lächelte Rian zuckersüß an.

»Nein, ich hab' dich nicht gesucht«, erwiderte er leise. »Und was die Einsamkeit betrifft, so habe ich gehört, daß du Sean unmittelbar nach meiner Abreise geheiratet hast. Leistet er dir denn nicht Gesellschaft, Lindsey?«

»Schau ihn dir doch an. Er wird vor Mitternacht volltrunken sein, und ich muß ihn nach Hause schicken, bevor er uns blamiert. Könntest du mich dann später mitnehmen?«

»Tut mir leid, Lindsey. Devlin Way liegt nicht auf dem Weg nach Shanetara. Aber ich bin sicher, Max O'Brien fährt dich gern nach Hause.« Rian grinste.

»Dieser Langweiler? Nein danke.« Sie biß sich auf die Unterlippe.

Mein Gott, wie geil sie auf ihn war. Ihr Körper schmerzte vor Lust allein bei dem Gedanken. Sie beugte sich vor, damit ihr atemberaubendes Dekolleté noch besser zur Geltung kam.

»Erzähl mir von deiner Reise. War es sehr langweilig?«

»Nein, ganz im Gegenteil, meine Liebe.« Sein Blick wanderte liebevoll zu Morgana, die gerade mit Johnny vorbeiwirbelte.

Lindsey machte ihren niedlichen Schmollmund. »Du könntest wenigstens sagen, daß du Sehnsucht nach mir gehabt hast.«

»Das wäre gelogen.«

Rian entfernte sich von ihr. Er hatte keine Lust, sich mit Lady Devlin einzulassen. Sie würde mit Sicherheit versuchen, ihn in ihr Bett zu lokken. Er hatte genug Sorgen mit Morgana, da fehlten Lindseys Eifersuchtsdramen gerade noch.

»Schatz, hier ist dein Champagner.« Er erwischte Morgana, als sie mit Johnny die Tanzfläche verließ. »Hallo, Johnny.«

»Rian, du Teufel. Morgana sagt, ihr seid schon seit einem Monat zurück.«

»Ja.«

»Wenn ich das gewußt hätte, hätte ich schon viel früher ein Fest gegeben. Du könntest einen Mann zumindest warnen, bevor du das Schönste zurückbringst, was Irland je gesehen hat.«

»Was? Damit ihr sie mir stehlen könnt? O nein.« Rian nahm Morganas Arm.

Sie dankte ihm für den Champagner und nippte daran. »Was hast du denn um Himmels willen zu Lindsey gesagt? Sie sieht aus, als würde sie dich am liebsten umbringen.«

Rian runzelte die Stirn. »Sean sollte sie mal übers Knie legen.«

»Sie braucht eine eiserne Hand«, mischte Johnny sich ein. »Wirklich traurig, wenn ein Mann seine eigene Frau nicht mehr im Griff hat. Ich hätte nie gedacht, daß Sean so ein Waschlappen ist. Im ganzen County tuschelt man, Lindsey würde ihn mit Max O'Brien zum Hahnrei machen.«

»Wirklich?« fragte Rian. »Mir hat sie gerade erzählt, Max wäre ein Langweiler.«

»Was du nicht sagst!« Johnny pfiff durch die Zähne. »Dann muß sie einen anderen im Visier haben.«

»Wie soll sie auch Respekt vor Sean haben?« schüttelte Morgana sich angewidert. »Steht rum und läßt sich vollaufen. Ihm ist es egal, wie sie sich benimmt. Wenn ich ein Mann wäre, würde ich mir von meiner Frau nicht so auf der Nase herumtanzen lassen…«

Sie verstummte schlagartig, als sie Rians spöttisches Grinsen sah.

»Was sagtest du, meine Liebe?« Er konnte vor Lachen kaum reden.

»Nichts«, erwiderte sie bissig, »ich geh' zu den Kartentischen.«

Sie ging weg und hätte sich am liebsten die Zunge abgebissen. Was würde Rian bloß denken? Daß es ihr wirklich gefiel, von ihm so unterdrückt zu werden? Aber es stimmte, wie ihr plötzlich bewußt wurde. Sie hätte nie einen Mann respektiert, der sich von ihr auf der Nase rumtanzen ließ. Nein, sie verabscheute ihren Mann zwar, aber respektierte ihn zumindest.

Das Spiel des Abends war Faro, und Gerald hielt die Bank.

»Ich bin dabei, Cousin«, sagte Morgana und zog ein Bündel Pfundnoten aus der Tasche.

Morgana stieg mit großen Beträgen ein, konnte sich aber nicht auf das Spiel konzentrieren und verlor heftig.

Gerald sagte: »Rian wird es nicht mögen, wenn du sein Geld so verschwendest, Cousine.«

Ihr Blick war eisig. »Rian ist es völlig egal, wie ich sein Geld ausgebe. Er hat sich noch nie in meine Finanzen eingemischt.«

»Wirklich?« Lady Coleen McIntosh war beeindruckt. »Sie meinen, Ihr Mann läßt Sie Ihr eigenes Geld verwalten?«

»Natürlich«, erwiderte Morgana überrascht.

»Erstaunlich. Mein Billy gibt mir nur ein lächerliches Taschengeld.«

Die ganze Spielrunde lachte. Billy McIntosh, der Baron von Killarney, war nicht gerade arm. Coleens Taschengeld war wahrscheinlich eine stattliche Summe.

»Und ich darf nie an sein Konto, wenn ich mal knapp bin«, fuhr Coleen fort, nachdem sich das Gelächter gelegt hatte.

»Was wahrscheinlich ziemlich oft der Fall ist.« Lady Brenna Murphy sah ihre Freundin amüsiert an.

»Oh, Brenna«, murmelte Coleen erbost.

»Morgana, du hast aber heute abend gar kein Glück«, sagte Gerald, als er Karten und Einsätze einsammelte. »Die Karten sind gegen dich.«

»Sieht wirklich so aus, Cousine«, stimmte Patrick zu, der sich dem Spiel auch angeschlossen hatte.

»O Gott«, sagte Morgana. »Und das Geld geht mir auch aus. Gib mir trotzdem, ich hol' mir noch was von Rian.«

Morgana lief zu ihrem Mann, der sich mit Devlin unterhielt.

»Rian«, sagte sie lächelnd. »Ich hab' mein ganzes Geld beim Faro verloren, und dir ist es doch bestimmt nicht recht, wenn ich meinen Schmuck verpfände.«

»Und ich soll dir noch ein paar Pfund geben, richtig?«

»Ja.«

»Sean, hast du je ein solches Weib gesehen? Ich hab' gewußt, daß es nicht mein Charme ist, der sie zu mir lockt.« Er lachte und holte einen Packen Banknoten aus seiner Jacke. »Hier, Schatz, ich komm' gleich rüber und hol deine Verluste wieder rein.«

»Das wirst du sicher.« Sie grinste und lief wieder zurück, nachdem sie noch einen besorgten Seitenblick auf Sean geworfen hatte, der den ganzen Abend kaum ein Wort gesagt hatte.

»Und wieviel hat er dir gegeben?« fragte Gerald ungläubig, als sie an den Tisch zurückkam.

Morgana zählte die Scheine und schluckte. »Fünf... fünftausend Pfund«, stotterte sie.

Sogar Patrick zog die Augenbrauen hoch. »Warum schleppt Rian denn ein Vermögen mit sich rum? Und wenn ihr überfallen werdet? Manchmal hab' ich das Gefühl, er hat keinen Funken Verstand im Leib.«

»Wer?« fragte Rian und setzte sich neben Morgana.

»Du. Du gibst dem Weib soviel Geld. Was ist denn in dich gefahren, Cousin?«

»Wie du siehst, bin ich gar nicht so schlimm«, sagte Rian zu Morgana. »Du hättest auch einen Geizhals heiraten können. Wenn ich's ihr nicht gebe«, sagte er zu Patrick, »würde sie den Jadeschmuck verpfänden, und dann müßte ich bis nach China zurücksegeln, um ihr einen neuen zu kaufen, was auf lange Sicht wesentlich teurer wäre, Cousin. Außerdem hab' ich vor, sowieso alles zurückzugewinnen. Her mit den Karten, Gerald.«

Das Spiel begann, und Morgana hatte Gelegenheit, ihren Mann zu beobachten. Er war ein exzellenter Kartenspieler, und bald hatte er all ihre Verluste wieder zurückgeholt und hielt außerdem die Bank.

»Kein Limit, Ladies und Gentlemen.« Er verbeugte sich vor den Damen, und das Spiel ging weiter.

Eine Stunde später wurden sie von einer Bande maskierter Männer unterbrochen, die durch die Flügeltüren vom Garten hereinstürmte. Es ging alles so schnell, daß zuerst keiner merkte, was passiert war. Auf einmal hörte das Orchester auf zu spielen, und die Frauen fingen an zu schreien, einige fielen sogar in Ohnmacht. Morgana packte Rians Arm und schaute ängstlich zu ihm hoch. Er zog sie beschwichtigend an sich und flüsterte ihr ins Ohr, sie müsse keine Angst haben und solle genau das tun, was die Männer verlangten.

Einer der Maskierten trat vor. »Ladies und Gentlemen, wenn Sie uns Ihr Geld und Ihren Schmuck geben, wird Ihnen nichts passieren. Ansonsten...«

Die Männer hoben drohend ihre Pistolen. Morgana preßte sich instinktiv an Rian.

»Moment mal. Was soll das hier? Ihr könnt hier nicht einfach so hereinplatzen.« Johnny Gallagher trat mutig vor.

»Aber wir haben's doch gerade gemacht.« Der Anführer drückte dem Viscount die Pistole an die Brust.

Die anderen Männer gingen mit gezogenen Pistolen durch die Reihen der Gäste und erleichterten sie um ihre Börsen, Uhren und Siegel. Die geraubten Güter sammelten sie in weichen Beuteln, die bald bis zum Rand gefüllt waren. Morganas Hände zitterten, als sie das schöne Jadecollier abmachte und sich die langen Ohrringe abzog. Rian griff in seine Weste und wollte die kleine Pistole herausziehen, die er abends immer bei sich hatte. Wenn er sie nur kurz ablenken konnte, könnten die anderen Lords die maskierten Männer überwältigen. Colin kam leise von hinten näher.

»Das würde ich nicht tun, Cousin. Du willst doch nicht deine Frau in Gefahr bringen, oder?«

Morgana drehte sich um und sah, wie Rian den Jungen skeptisch musterte. »Um Gottes willen, Rian. Colin hat recht. Mach bloß keine Dummheiten.«

Ihr Mann zuckte mit den Schultern, was Morgana sichtlich erleichterte. Sie hatte um sein Leben gebangt.

Nachdem die Maskierten alle Wertsachen eingesammelt hatten, wandte sich der Anführer noch einmal an die Menge. »Ladies und Gentlemen, Sie sollen wissen, daß Ihre Sachen einem guten Zweck dienen werden. Zur Hölle mit König George! Lang lebe die irische Republik!«

Damit verschwanden sie in die Nacht, so schnell, wie sie gekommen waren. Einen Augenblick lang waren alle noch starr vor Schreck, dann plapperten sie auf einmal los. Morgana hielt sich die Ohren zu.

»Rian, bitte bring mich hier weg«, flehte sie ihn an.

Er sah, wie verängstigt sie war, und folgte ihrer Bitte. Colin war verschwunden, und Gerald sagte, er würde schon irgendwie nach Hause kommen, also fuhren sie allein mit dem Landauer los.

»Halt die Augen gut offen, Kerr«, rief Rian dem alten Mann an den Zügeln zu. »Du hast sicher gehört, was drinnen passiert ist.«

»Ja, Lord Rian. Wir war'n im Stall und haben nichts gemerkt, sonst wär'n wir schon gekommen. Diese verfluchten Radikalen! Denen sollte man die Gurgel durchschneiden«, schimpfte er.

»Oh, Rian.« Morgana zitterte in seinen Armen. »Mein schöner Jadeschmuck. Jetzt müssen wir doch wieder nach China.« Sie versuchte trotz der Tränen zu lächeln.

»Still, Süße.« Er streichelte ihr weiches Haar und küßte ihr die Tränen weg. »Ist schon wieder gut. Ich hol' ihn dir wieder, das versprech' ich.«

»Mein Gott, wie konnte so etwas Furchtbares passieren? Das waren United Irishmen, nicht wahr?«

»Wahrscheinlich, Schatz.«

»Und ihr Anführer, er war so... kühn, und wie der mich angesehen hat, ist mir eine Gänsehaut über den Rücken gelaufen«, schluchzte sie.

»Ich glaube, das war nicht ihr richtiger Anführer, Mag«, erwiderte Rian grimmig.

Sie war überrascht, aber er weigerte sich, noch mehr zu diesem Thema zu sagen. Er meinte, sie wäre müde und sollte nicht länger darüber nachgrübeln.

Der Überfall war für einige Zeit Tagesgespräch. Johnny Gallagher entschuldigte sich für den Vorfall und bot sich an, seinen Gästen die Verluste zu ersetzen, aber keiner nahm das Angebot an. Großvater sagte, nur Wolfe Tones Revolte gegen die Engländer vor einigen Jahren wäre noch frecher gewesen. Morgana ritt keinen Meter mehr ohne Rians Begleitung, was ihn natürlich zu spöttischen Bemerkungen verleitete. Und alle schliefen mit Pistolen unter den Kopfkissen.

Die Dragoner kamen und verhörten alle Gäste. Morgana brachte das sehr aus der Fassung, aber glücklicherweise hatten die britischen Offiziere keine Ahnung, daß die beiden in England gesucht wurden. Wie es schien, wußte es in Irland überhaupt keiner. Nur einer der Dragoner stutzte, als er ihre Namen aufnahm, was Morgana sehr beunruhigte.

»Oh, Rian, was ist, wenn sie jetzt zurückkommen und uns verhaften?« fragte sie ängstlich.

»Zerbrich dir darüber erst den Kopf, Schatz, wenn es passiert. Gestern ist ein Brief von Brad gekommen. Die Anklage gegen dich ist fallengelassen worden. Ein klarer Fall von Notwehr, was Lord Chalmers Tod betrifft.«

»Und du«, fragte sie voller Angst.

»Mich suchen sie immer noch wegen Hochverrats, obwohl Brad schreibt, die Geschichte mit Lord Chalmers würde auch darauf Einfluß haben.« Seine Stimme klang nach Tod.

»Dann werden sie mich verhaften, weil ich dir zur Flucht verholfen habe«, stöhnte Morgana. »Oh, wir hätten nie hierher zurückkommen dürfen.«

»Still, Mag.« Er nahm sie in die Arme. Und dann, leise: »Ich liebe dich.«

In dieser Nacht wälzte Morgana sich noch lange schlaflos umher, nachdem Rian eingeschlafen war. Ihr Körper war zwar befriedigt, wie immer, aber aus irgendeinem Grund schlichen sich immer wieder Gedanken ein, die ihr den Schlaf raubten. Draußen donnerte es, und Sekunden später erhellte wieder ein Blitzschlag den Raum. Sie hörte das Prasseln des Regens auf dem Dach und das Heulen des Windes auf dem Balkon. In weiter Ferne hörte man die Wellen gegen die felsige Küste branden. Eine Nacht für Hexen oder für Geister.

Da. Ein Geräusch. Jemand weinte leise. Katy. Es war Katy McShane,

Morgana war ganz sicher. Sie stand leise auf und streifte sich ihren Morgenmantel über, als ein weiterer Blitzstrahl ihr Zimmer erhellte. Kam das Geräusch von draußen? Nein. Es hörte sich an, als käme es von unten. Sie öffnete die Tür und schlich sich auf Zehenspitzen hinaus in die Halle bis zur langen Treppe. Sie ging leise nach unten, ohne den eisigen Boden unter ihren bloßen Füßen zu spüren. Das Schluchzen war jetzt deutlich zu hören. Es kam aus der Bibliothek. Mit pochendem Herzen und angehaltenem Atem öffnete Morgana leise die Tür.

Die Erscheinung schaute aus einem der langen Fenster, durch die man die Küste überblicken konnte. Die Gestalt war durchsichtig. Und dort draußen, hin- und hergepeitscht von den Wellen, war Williams Geisterschiff. Die Erscheinung schien ihre Anwesenheit nicht zu merken, und Morgana schlich näher.

Mit einem Mal knallte eine Tür, und Katy verschwand in einem kleinen Dunstwölkchen, das sich Sekunden später auflöste. Morgana blieb vor Angst wie angewurzelt stehen. Jemand hatte mitten in der Nacht die Bibliothek betreten! Eine Lampe flackerte kurz auf, dann breitete sich ihr Schein aus. Sie versteckte sich schnell hinter einem der Bücherregale. Es war Colin. Sie konnte ihn deutlich erkennen. Er hatte einen Mantel an, und der war feucht, aber nicht triefend naß, wie er hätte sein müssen, wenn er von draußen gekommen wäre. Sie musterte ihn neugierig. Was machte er hier, und woher kam er? Er trug eine Art Rolle unter dem Arm, die aussah wie aus Pergament. Eine Karte vielleicht? Er goß sich ein Glas Brandy ein, und auf einmal sah sie ein triumphierendes Grinsen auf seinem Gesicht. Es schien fast bedrohlich, und ein sechster Sinn warnte sie, sich nicht zu zeigen. Was immer er vorhatte, eins war klar, er wollte dabei nicht entdeckt werden. Sie beobachtete, wie er die Rolle in einem der Bücherregale versteckte und dann die Lampe ausblies. Ihr Herz hämmerte bis zum Hals, und einen kurzen, schrecklichen Augenblick lang glaubte sie, er hätte sie gesehen. Sie hörte, wie er leise die Treppe zu seinem Schlafzimmer hochschlich.

Jetzt erst merkte Morgana, daß sie die Luft angehalten hatte, und atmete mit einem Seufzer der Erleichterung aus. Schweißperlen standen ihr auf der Stirn. Sie lief schnell zu dem Regal, in dem Colin die Rolle versteckt hatte. Es war eine Karte der Küste auf Pergament. Warum sollte er die verstecken? Sie betrachtete sie im Mondlicht, wagte aber nicht, eine Lampe anzuzünden. Irgendeinen Anhaltspunkt, was an der Karte interessant sein könnte, fand sie jedoch nicht. Schließlich rollte sie sie wieder auf und legte sie an ihren Platz zurück.

Vielleicht hatte Rosamunde recht, und Colin hatte sich tatsächlich mit diesen irischen Rebellen eingelassen. Aber dann fiel ihr ein, daß Colin ja mit ihnen bei Johnnys Party gewesen und von dem Auftritt der Maskierten offensichtlich genauso überrascht war wie alle anderen. Nein, das konnte es nicht sein, dachte sie erleichtert. Vielleicht war er unter die Schmuggler gegangen. Sie wußte, daß viele Aristokraten in solche Unternehmungen verstrickt waren, seit Napoleon versucht hatte, Frankreich zu erobern. Aber jetzt war der Krieg vorbei, und es bestand eigentlich kein Grund mehr dafür. Nein, das konnte es auch nicht sein.

Wahrscheinlich gab es für alles eine ganz einfache Erklärung. Sie wollte gerade gehen, als sie etwas Weißes am Boden blitzen sah. Sie hob es auf. Es war Colins Taschentuch, das er wohl gerade verloren hatte. Es war voller roter Flecken. Schminke! Morgana fiel ein Stein vom Herzen. Das war die Lösung! Colin war heimlich bei einem Mädchen gewesen; wahrscheinlich wollte er mit ihr durchbrennen und brauchte deshalb eine Karte von der Küste. So einfach war das. Zweifelsohne hatte Colin die Rebellen als Deckung benutzt, um seine Familie von seiner wahren Absicht abzulenken. Morgana mußte lächeln. Dieser raffinierte Kerl. Alle hatten sich völlig umsonst Sorgen um ihn gemacht!

Sie schaute kurz aus dem Fenster, bevor sie die Bibliothek verließ. Wie erwartet, war das Geisterschiff verschwunden. Sie schlich sich leise ins Bett zurück.

Am nächsten Morgen stand Morgana sehr früh auf und versuchte möglichst leise zu sein, um Rian nicht zu wecken. Sie ging zu ihrem Toilettentisch, um ihre Bürste zu holen, und blieb wie angewurzelt stehen. Auf der polierten Platte lag ihr Jadeschmuck. Sie stieß einen Freudenschrei aus.

»Rian! Du hast ihn zurückgeholt. Sag, wo hast du ihn gefunden?« Sie lief zum Bett.

»Was gefunden? Wovon redest du überhaupt?«

»Meine Jade.« Sie hielt das Collier hoch. »Ich hab' gedacht, das Versprechen würdest du nie einlösen können.«

Er nahm den Schmuck aus ihrer Hand. »Woher hast du das?«

»Es lag auf meinem Toilettentisch, wo du es hingelegt hast.« Angesichts seines grimmigen Blicks verstummte sie plötzlich.

»Ich weiß nicht, wo das herkommt, Mag«, sagte er. »Ich hab' ihn nicht dahin gelegt.«

Sie war völlig verwirrt. Er log. Da war sie ganz sicher. »Aber wenn... wenn du ihn nicht dahin gelegt hast, wer dann?«

»Das würde ich auch gerne wissen.«

Und plötzlich bekam Morgana Angst. Wieso hatte Rian versprochen, die Jade zurückzuholen, wenn er es gar nicht für möglich hielt? Und warum hatte er gesagt, der Maskierte wäre nicht der Anführer? Wie konnte er das wissen, außer... außer er war selbst der Anführer! Du lieber Gott! Bei dem Gedanken drehte sich ihr der Magen um. Hatte er damals in England wirklich sein Gedächtnis verloren, oder war es nur eine schreckliche List gewesen, um sie zu täuschen? Sie erinnerte sich, daß drei britische Offiziere ihren Mann einwandfrei als Rebellenführer identifiziert hatten. Ihr war übel. Aber wo paßte dann Lord Chalmers Geschichte hinein? Hatte Rian den Mann vielleicht bestochen in der Hoffnung, sie würde auf das Geschäft eingehen und ihn zur Marine zwangsverpflichten lassen? Und sie hatte den Mann getötet und alles durcheinandergebracht. Lord Chalmers war sich seiner Sache sehr sicher gewesen. Und Rian war während des ganzen Prozesses sehr gelassen gewesen. Er hatte die ganze Zeit gewußt, daß er nicht hängen würde, sondern hatte damit gerechnet, daß Lord Chalmers seinen Hals retten würde. Brad und Anne waren ebenfalls eingeweiht gewesen! Aber wie konnte Rian sie dann in der Kutsche überfallen und sich mit Philippe duellieren? Wie gleichzeitig auf zwei Plätzen sein? Vielleicht hatte er das nur als Alibi benutzt. Es gab Hunderte von Männern mit Narben. Vielleicht hatte sie sich geirrt. Es war dunkel gewesen und sie sehr verängstigt. Du lieber Gott!

Mit einem Mal wurde ihr bewußt, daß ihr Mann sie sehr eindringlich beobachtete.

»Irgend etwas nicht in Ordnung, Mag?«

»Nein. Ich... ich finde nur die Vorstellung so entsetzlich, daß jemand hier im Zimmer herumgeschlichen ist«, log sie. »Wir müssen vorsichtiger sein und die Tür verriegeln.«

»Ich dachte, ich hätte sie gestern abend verriegelt«, sagte er gähnend, aber sie ließ sich davon nicht täuschen.

Natürlich hatte er die Tür verriegelt. Keiner hätte das Zimmer betreten können, ohne die Tür aufzubrechen, es sei denn ein Gespenst. Ein Gespenst! Jemand hätte sich während der Zeit einschleichen können, in der sie in der Bibliothek war, aber wer sollte nachts heimlich im Haus herumschleichen? Und Colin war direkt in sein Zimmer gegangen, da war sie sicher. Nein, Rian hatte den Jadeschmuck dahin gelegt, und jetzt stritt er es ab. Aber warum? Er durfte nicht merken, daß sie ihn verdächtigte. Er würde sie umbringen. Wie oft hatte er das wohl schon versucht? Sie versuchte, nicht zurückzuzucken, als er sie an sich zog und küßte.

Kapitel Fünfunddreißig

Der Frühling kam in diesem Jahr früh. Giftgrüne Grashalme drängten sich durch den Reif auf den Wiesen um Shanetara und erinnerten Morgana an Madame Sungs Pflaumenbaum. Aber im Land herrschte Unruhe, und Morgana wurde auch von derselben ängstlichen Vorahnung erfaßt wie alle anderen.

Es hatte noch einige Überfälle der irischen Rebellen gegeben, nach denen die Maskierten wieder spurlos verschwunden waren. Morgana wurde immer schwerer ums Herz. Tag für Tag wuchs ihre Überzeugung, daß Rian der Führer dieser gewagten Attacken war. Er kam und ging ohne Erklärung zu seltsamen Zeiten und zufällig immer zu den Zeiten, wenn ein Überfall stattgefunden hatte. Zwei weitere britische Offiziere hatten bei diesen Geplänkeln ihr Leben verloren.

Captain Vickery schloß die Tür des Gasthauses, das ihm in Dingle als Hauptquartier diente. Er rieb sich die Hände am Feuer. Der Frühling lag zwar schon in der Luft, aber die Nächte waren immer noch kühl. Vickery war noch jung, aber sehr entschlossen, und er war durch seine kürzliche Ernennung zum Dragoner ungeheuer motiviert, die irischen

Rebellen dingfest zu machen und sie vor Gericht zu bringen. Der Brief, den er gestern erhalten hatte, brannte ihm fast ein Loch in die Tasche. Er holte ihn heraus und las ihn noch einmal durch. Der Graf von Keldara wurde zwar immer noch wegen Mordes gesucht, aber wie es schien, war durch die verspätete Aussage einer gewissen Maria Frampstead neues Beweismaterial zutage gekommen. Captain Vickery kannte inzwischen die ganze Geschichte von Lord Chalmers Tod und den Zusammenhang zu den Anklagepunkten gegen den Earl. Er hatte Befehl, nichts zu unternehmen, bis die Dragoner weitere Beweise in dieser Geschichte gefunden hätten. Die Anklage gegen Lady Keldara war fallengelassen worden. Captain Vickery hatte seine eigenen Zweifel an Keldaras Schuld, aber es war trotzdem seltsam, daß die Rebellen, die sich so lange merkwürdig ruhig verhalten hatten, jetzt plötzlich wieder voll im Einsatz waren. Lady Keldara hatte ihren Mann aus dem Gefängnis befreit. In jedem Fall wollte er ganz sichergehen, daß der Graf auch tatsächlich ein Verräter gegen die Krone war, bevor er ihn verhaftete. Wenn er sich Zeit ließ, würden die Rebellen früher oder später einen Fehler machen, und dann würde er seinen Mann kriegen. Inzwischen würde er den Grafen in aller Ruhe beobachten und abwarten.

Es war still im großen Salon. Fionna und Bridget nähten einen neuen Anzug für Corby, dem man beim Wachsen zuschauen konnte, und Rosamunde flickte Geralds Hemden.

»Ich versteh' einfach nicht, wie der Junge es ständig fertigbringt, sie zu zerreißen«, seufzte Rosamunde.

»Schlägereien in Kilshannon«, sagte Morgana, ohne hochzusehen.

»Oh, Morgana«, tadelte Rosamunde sie sanft.

»Aber es ist wahr. Erst letzte Woche.«

»Ich will es nicht hören.« Rosamunde hatte einen verkniffenen Zug um ihren Mund. »Ich weiß nicht, wo du diese skandalösen Geschichten aufschnappst. Es ist gar nicht damenhaft, so etwas zu wiederholen.«

»Rian erzählt sie mir.«

Morgana stand auf und lief rastlos im Zimmer auf und ab. Es war schon dunkel, und die Männer waren immer noch nicht mit ihrem Portwein fertig. Sie rückte die Schachfiguren hin und her. Jemand hatte das Spiel abgebrochen, wahrscheinlich der Großvater und Rian.

Schwarz wäre innerhalb weniger Züge schachmatt gewesen. Lächelnd verstellte sie die Figuren ein bißchen, so daß die dunklen Figuren einen leichten Vorteil hatten. Dann ging sie seufzend zu einem der langen Fenster. Sie fragte sich, ob die irischen Rebellen heute nacht wohl wieder unterwegs wären.

Ihre Eskapaden waren in letzter Zeit immer gewagter geworden. Ihnen schien es völlig egal, wen sie überfielen, solange sie reiche Beute machen konnten. Morgana dachte an Hassan und das Geld, das er für die Bewaffnung seiner Rebellion gebraucht hatte. Sie fragte sich, ob sein blutiger Plan gelungen war und ob Sirsi wohl tot wäre. Nein, sie wollte nicht darüber nachdenken, über den fröhlichen, charmanten Sirsi, der sich am Schluß so grausam von ihr abgewandt hatte. Die Wunde schmerzte noch zu sehr.

Laute Stimmen vor der Tür kündigten die Ankunft der McShane-Männer an. Offensichtlich stritten sie wieder einmal wegen des Besitzes. Seit sie hier war, wurde ununterbrochen über die Verwaltung der Ländereien von Shanetara gestritten. Trevor wollte immer wieder einige Pächter vertreiben und ihr Land bestellen, aber Patrick weigerte sich standhaft und sagte, das würde unter den Zurückgebliebenen Aufruhr schüren. Insgeheim mußte Morgana Patrick recht geben. Shanetara hatte genug Ackerland, und wohin sollten diese Leute sonst gehen. Sie erschauderte bei dem Gedanken, was passieren würde, wenn ihr Großvater starb und Trevor den Besitz erben würde. Die Pächter würden ihn mitsamt dem großen Haus niederbrennen.

Rian brachte ihr einen Drink, und sie nahm das Glas mit einem etwas spöttischen Lächeln. Sie wußte, wie ihn das ärgerte, aber er machte ihr nie vor der Familie eine Szene. Auch jetzt grinste er nur höhnisch und bat sie, doch etwas auf der Gitarre zu spielen.

Ein Schauder lief ihr über den Rücken, als er ihr zart über die Schulter strich, und sie fragte sich wieder, ob er wirklich der Rebellenanführer war und ob sie mit einem Dieb und einem Mörder verheiratet war. Sie haßte und verabscheute ihn jetzt noch mehr und fragte sich, warum er immer noch hartnäckig daran festhielt, er würde sie lieben. Irgendwann mußte ihn doch dieses Spiel langweilen. Ja, falls sie je seinen Worten von Liebe glauben würde, würde er sich sicher von ihr abwenden und sie verhöhnen. Er war grausam und skrupellos, und man konnte ihm nicht über den Weg trauen. Aber sie gehorchte seinem Wunsch, stimmte die Ebenholzgitarre und begann dann mit einer alten irischen Ballade. Die McShanes behaupteten, einer ihrer Vorfahren hätte sie geschrieben, aber das bezweifelte sie.

One day he went to the forest green
In search of white meat und game
A young girl smiling with pale green eyes
Stopped to speak to young Shane.

His heart remembered his love so true.
He tried, but he failed to explain.
In silence now, he roams the woods,
And the west winds speak to Shane.

Fionna, oh Fionna, our love was without a stain
Fionna, oh Fionna, oh, you'll never love another,
Poor Shane...

Morgana verstummte, dann legte sie wortlos die Gitarre beiseite und verließ das Zimmer.

Sie merkte erst, daß Rian ihr gefolgt war, als sie seine Stiefel hinter sich auf der Treppe hörte. Sie wich ihm aus, aber er schien es nicht zu bemerken, sondern nahm sie fest an der Hand, führte sie ins Schlafzimmer und schloß die Tür.

Der Wind pfiff über das Moor, und Morgana ließ Copperlady laufen und sich von der Stute davontragen. Fast hätte sie lauthals gelacht. Endlich war es ihr gelungen, ohne Begleitung aus dem Haus zu entwischen. Ben hatte sie gesagt, sie würde Rian auf der Südweide treffen. Sie hatte endlich einmal mit ihren Gedanken allein sein wollen und genoß es jetzt in vollen Zügen. Bei dem Gedanken, sie könnte vielleicht den irischen Rebellen in die Hände fallen, war ihr zwar nicht ganz wohl in ihrer Haut, aber das verdrängte sie. Schließlich waren die bisher immer nur im Dunkeln unterwegs.

Copperlady folgte instinktiv dem Pfad zu dem grasbewachsenen

Fleck, an dem sie so oft mit Michael Kelsey gewesen war. Sie stieg ab und legte sich ins Gras. Wie lange das alles her war, und wie kindisch sie damals gewesen war. Ein verwirrtes, trauerndes Kind, das einem gutherzigen Mann ihr sorgenvolles Herz ausgeschüttet hatte, der nur helfen wollte und sie mitleidig angesehen hatte. Morgana schloß die Augen und genoß die Wärme, die trotz der drohenden grauen Wolken die Luft erfüllte.

Sie hatte sich verändert. Und wie sie sich verändert hatte! Das hatte Rian getan, der eine leidenschaftliche Frau aus ihr gemacht hatte. Er hatte die letzten Spuren ihrer Kindheit gewaltsam weggerissen und ihr wildes Temperament freigesetzt. Sie sah ihn ganz deutlich vor sich, seine spöttischen, wintergrünen Augen und den ironischen, sinnlichen Mund. Die wilden, schamlosen Gefühle, die er in ihr auslöste, verwirrten und verletzten sie. Was war das nur für eine seltsame Faszination, die sie für diesen Teufel empfand, und warum verhielt sie sich in seinen Armen so lüstern? Oh, wenn sie doch nur jemand anderen geheiratet hätte oder überhaupt nicht, wäre dann alles anders gekommen?

»Morgana?«

Die Stimme war sehr leise. Zuerst dachte sie, sie hätte es geträumt, aber als sie die Augen aufschlug, stand Michael vor ihr, fast als hätte sie ihn hierher gewünscht, weil ihr Verstand die Erlösung durch ein Gespräch brauchte.

»Kommst du oft hierher?« fragte er.

»Nein«, brachte sie endlich heraus. »Das ist das erste Mal, seit ich zurück bin. Und du?«

»Ja, ich komm' manchmal hierher.« Er stieg ab und setzte sich neben sie. »Bist du glücklich, Morgana? Mir scheint, nicht sonderlich. Ich hab' mir Sorgen um dich gemacht.«

»Glücklich? Kennt denn einer von uns die Bedeutung dieses Wortes?« Sie lachte, ein klein wenig verbittert.

»Kann ich dir helfen, Morgana? Ich hab' mir solche Vorwürfe gemacht wegen deinem Kind. Ich... ich hab' nicht gewußt, was los ist nach deiner merkwürdigen Hochzeit, und dann hab' ich dich so lange nicht mehr gesehen. Schlägt er dich? Tut er dir weh?«

In diesem Augenblick begriff sie, daß Michael Rian nie begreifen würde und auch nicht, was es hieß, mit einem solchen Mann zusammenzuleben. Er würde Rians wilden Wagemut, seine Arroganz und auch seine leidenschaftlichen Umarmungen nicht verstehen.

»Nein«, sagte sie. »Nicht so, wie du denkst oder wie dir begreiflich wäre.«

»Verdammt! Du hast mich einmal um Hilfe gebeten, Morgana. Laß mich dir jetzt helfen. Ich weiß, daß du ihn nicht liebst. Ich seh' es in deinen Augen. Du hast mir doch sonst nicht deine Gedanken verschlossen.«

»Michael, bitte«, rief Morgana. »Ich will das nicht hören. Es ist vorbei und vergessen. Ich bin seine Frau, und er wird mich nie gehen lassen. Vor allen anderen müßtest du das wissen. Michael, er... er hat mich verändert. Ich bin nicht mehr das Kind, das ich war, als ich hier wegging. Nein, ich bin jetzt sein Weib.«

»Ja, das seh' ich«, sagte der Doktor. »Du hast eine Härte, die du vorher nicht hattest, und noch etwas, etwas Vitales, Lebendiges und trotzdem sehr Beunruhigendes.«

»Leidenschaft«, flüsterte Morgana. »Weißt du, was Leidenschaft ist, Michael? Sie ist eine Bestie, die dich mit ihren Dämonen und Lüsten an den Rand des Wahnsinns bringt. Und wenn sie einmal in dir erwacht ist, kannst du sie nicht mehr loswerden. Sie entfesselt Dinge in dir, die du dir nicht einmal hättest träumen lassen. Sie tut dir weh, und trotzdem gierst du nach mehr.«

Sie hielt inne, weil sie plötzlich merkte, daß er ihre Gefühle nur teilweise begriff.

»Geh nach Hause, Michael. Geh nach Hause zu Kyla und bete, daß die Bestie dich nie findet.«

Er nahm ihre Hand und küßte sie. »Ich werde nach Hause gehen, Morgana, aber ich werde für dich beten, beten, daß du den Frieden findest, den du suchst.«

Sie wandte sich von ihm ab, stieg auf ihre kleine Stute und ritt davon. Sie schaute nicht einmal zurück, und Michael sah, wie sie in altvertrauter Manier den Kopf erhob. Mitleidig schaute er ihr nach, bis sie außer Sicht war, und in diesem Augenblick wußte er viel besser als sie, was sie quälte.

Morgana merkte, wie ihr die Tränen übers Gesicht liefen. Bittersüß schmeckten sie auf ihren Lippen. Sie wischte sie wütend weg. Verdammt! Verdammt sollst du sein, Rian McShane, fluchte sie. Du hast mir das angetan, mich zu diesem wilden, besessenen Ding gemacht, mit deinen Dämonen und Lüsten. Sie galoppierte zum Strand, obwohl es angefangen hatte zu regnen. Vielleicht würde sie einfach bis in alle Ewigkeit weiterreiten.

Sie hörte die Hufschläge hinter sich nicht und wußte auch nicht, daß Rian die ganze Episode beobachtet hatte. Erst als er neben ihr ritt, sah sie ihn. Sein Gesicht war wutverzerrt. Sie warf ihm einen vernichtenden Blick zu und gab der Stute die Sporen, aber er hielt mit ihr Schritt, packte Copperladys Zügel und brachte sie zum Stehen.

»Du verlogenes Luder!« brüllte er. »Verflucht soll dein falsches Herz sein!«

»Ich weiß nicht, wovon du redest«, sagte sie kühl. »Laß meine Zügel los.«

»Lüg mich nicht an! Ich hab' dich mit Michael Kelsey gesehen.« Seine Augen wurden schmal, und die Narbe auf seiner Wange war schneeweiß.

Morgana wurde blaß. »Du verstehst das falsch, Rian«, begann sie.

»Ich will deine Ausflüchte nicht hören«, brüllte er. »Runter von dem Pferd.«

»Das werd' ich nicht.« Sie versuchte sich loszureißen.

»Verdammt noch mal, du wirst tun, was ich dir sage, oder ich brech' dir den Hals.«

Sie kam nicht mehr dazu zu antworten. Ein lauter Donnerschlag, und dann erhellte ein Blitz den düsteren Himmel wie eine Million Kometen, und die Schleusen des Himmels öffneten sich. Morgana schrie vor Angst auf. Rian zerrte Copperlady buchstäblich vom Strand. Dabei fluchte er laut vor sich hin. Das Große Haus war zu weit, sie würden es in diesem Sturm nie bis Shanetara schaffen.

»Die Höhlen«, brüllte er, »zu den Höhlen!«

Morgana folgte ihm blindlings und starr vor Angst und durch den prasselnden Regen in Panik, sie könnte ihn verlieren.

Als sie endlich die Höhlen erreicht hatten, waren sie und die Pferde bis auf die Haut durchnäßt. Morgana ließ sich voller Erleichterung von Rian vom Pferd helfen. Er beruhigte die Pferde und band sie an einen Felsen. Morgana versuchte vergeblich, ihre Kleider ein bißchen auszuwringen, dann setzte sie sich auf einen Stein und schaute sich durch den Höhleneingang den tobenden Sturm an. Sie wagte nicht, in die dunkle Höhle zu schauen, wo drohende Finsternis lauerte und seltsame bunte Eiszapfengebilde von der Decke hingen. Nachdem Rian die Pferde versorgt hatte, ging er zu ihr.

»Steh auf!« fauchte er ohne Rücksicht auf ihr ängstliches, tränenüberströmtes Gesicht. »Ich hab' gesagt, steh auf.«

»Rian, bitte«, bettelte Morgana leise.

Er riß sie einfach hoch. Boshaft hallte sein Lachen durch die Höhle. Und dann holte er aus und gab ihr eine schallende Ohrfeige.

»Du verlogenes Luder! Diesmal werd' ich dich so behandeln, wie du es verdienst!«

Er riß sich den Mantel vom Leib und warf ihn auf den Boden der Höhle. Jetzt wurde Morgana klar, was er vorhatte, und sie wich zurück. Er fluchte und zerrte die Corsage ihres Kleides bis zur Taille hinunter.

»Bitte, bitte, tu's nicht.«

Er schlug noch einmal zu, dann zog er ihr die restlichen Kleider vom Leib und zwang sie auf den Mantel hinunter. Morgana drehte sich der Kopf. Sie sah wie durch einen Nebel, wie er sich auszog, und versuchte sich zu erheben, aber seine barsche Stimme warnte sie liegenzubleiben. Wie ein gefangenes Tier wartete sie in der Dunkelheit wimmernd auf seinen brutalen Angriff, während draußen der Sturm tobte. Er dräute über ihr, und sein dämonisches Lachen hallte durch die Höhle.

»Rian«, flehte sie. »Bitte nicht so.«

»Was ist denn los, Mag? Es ist nicht das erste Mal, daß du die Beine breit machst, und das nicht nur für mich.« Seine Stimme war voll tödlicher Entschlossenheit.

»Und das wirst du mir nie verzeihen, was?« schluchzte sie. »Du arroganter Bastard! Du verstehst nicht, was es heißt, wie ein Stück Vieh, ein Ding behandelt zu werden, das man benutzt und dann wegwirft.« Ihr Schluchzen wurde zu hysterischem Gelächter. »Nein, du bist nicht der Herr, Rian, nicht wahr? Du verfluchter Feigling! Du bist nichts! Hörst du mich, nichts?« Sie wehrte sich verzweifelt, als er seine Hände auf sie legte. »Ich hasse dich.«

»Schweig! Dein frecher Mund langweilt mich, Frau.« Er lachte höhnisch. »Obwohl er manchmal sehr angenehme Zwecke erfüllt. Daran bin ich momentan interessiert. Sie wollen die Hure spielen, Madam? Dann wollen wir doch mal sehen, wie gut Sie die Rolle beherrschen.«

Morgana stöhnte, als er sich auf sie stürzte und sie gegen den harten Steinboden preßte. Sie schrie und versuchte ihm das Gesicht zu zerkratzen, aber er drehte ihr einfach brutal einen Arm auf den Rücken.

»Wenn du dich bewegst, brech' ich ihn dir«, drohte er.

Sie schaute in seine harten, eiskalten Augen und glaubte ihm.

»Jetzt öffne deine Schenkel, Schatz.«

Langsam, schweigend gehorchte sie und wand sich vor Scham, als seine Hand zwischen ihre Schenkel glitt, sie zärtlich streichelte und sich in die warme, weiche Öffnung bohrte. Sein Mund bemächtigte sich ihrer Lippen, die Zunge bohrte sich zwischen sie, glühend und begierig. Lust raste durch ihren Körper wie ein Buschfeuer. Wieder verriet er sie, am liebsten wäre sie gestorben. Seine Lippen schnellten wie Flammen über ihre Brüste, sogen gierig an den rosigen Knospen und knabberten, bis sie steinhart hochragten. Triumphierend grinste er in ihre Smaragdaugen, als sie wie ein Tier vor Wonne wimmerte.

»Du bist ein Luder, aber ich liebe dich«, flüsterte er und stieß seinen heißen Schaft zwischen ihre weißen Flanken.

Sie keuchte, als er in sie eindrang und ihren Arm losließ. Besinnungslos vor Begierde warf sie die Arme um ihn und krallte sich in seinen Rücken und schluchzte seinen Namen. Sie schrie, als er sie in die Schulter biß und dann lachend die kleine Wunde küßte, sein Mund wanderte wieder über ihre Brüste und ihren Hals. Noch nie hatten sie sich so brutal und gewalttätig geliebt, und Morgana genoß es mit jeder Faser, bäumte sich wie ein wildes Tier unter seinen Stößen. Tausend Sonnen explodierten in ihr, und Funken sprühten durch ihr geschändetes Fleisch und Wogen der Wonne.

Sie blieb schweißüberströmt liegen, als er mit ihr fertig war, die Brüste gerötet und der Mund verschwollen von seinen brutalen Küssen. Sie hatte für einen Moment das Bewußtsein verloren, vor Wonne und Schmerz im Orgasmus, und war immer noch etwas matt. Rians Augen verschlangen ihren weißen Leib, der noch vor wenigen Augenblicken ganz ihm unterworfen gewesen war.

»Kann Michael Kelsey dir das geben?« fragte er wütend.

»Er hat mir nur die Hand geküßt«, fauchte Morgana. »Nur deine sinnlose Eifersucht hat dich was anderes glauben lassen, Mylord. Du weißt genau, daß wir nur Freunde waren.«

»Ja«, murmelte er. Es war die Wahrheit, das wußte er. »Er ist nicht Manns genug für dich, Mag. Gib's zu, meine bezaubernde Hexe.« Seine Wut war mit einem Mal wie weggeblasen. »Kein Mann hat dir das je gegeben, was ich dir gebe, wenn ich dich liebe, stimmt's?«

»Nein«, flüsterte sie und haßte sich mehr als ihn und verfluchte insgeheim die Bestie mit dem Namen Leidenschaft.

Kapitel Sechsunddreißig

Nachdem der Sturm sich endlich gelegt hatte, half Rian Morgana, die Reste ihres Kleides anzuziehen, und wickelte sie in seinen Mantel.

»Was war das?« fragte sie plötzlich und lauschte, den Kopf zur Seite gelegt. Sie war sich sicher, hinten in der Höhle ein Geräusch gehört zu haben.

»Was?«

»Ein Geräusch. Ich hab' gedacht, ich hätte etwas gehört. Es kam von da hinten.«

Rian zuckte mit den Schultern. »Ich hör' nichts. Wahrscheinlich Fledermäuse. Die Höhlen sind voll davon. Das weißt du doch.«

»Sind das dieselben Gänge, die zu den Verliesen unterm Haus führen?« Morgana war plötzlich etwas eingefallen.

»Ja, warum?«

»Ach nichts, ich wollte es nur wissen.« Sie wandte sich um und stieg aufs Pferd, damit er nicht ihre Gedanken lesen konnte.

Kein Wunder, daß Colin nicht durchnäßt gewesen war, als sie ihn in jener Nacht in der Bibliothek gesehen hatte. Er war sicher durch den Keller gekommen, von den Höhlen und den Verliesen. Dort hatte er wohl sein Versteck, wo er sein Mädchen traf. Das war sicher nicht sehr angenehm für die beiden, wie sie von den Schmerzen in ihrem Rücken wußte.

Morgana war nicht gerade begeistert von dem Gedanken, im Dunkeln heimzureiten, aber alles verlief ohne Zwischenfälle. Selbst den Rebellen war wohl das Wetter zu schlecht.

Bei ihrer Ankunft saßen alle schon bei Tisch, und sie liefen nach oben, um sich umzuziehen, bevor sie sich zum Rest der Familie gesellten. Rian entschuldigte sich bei dem alten Herrn und erzählte ihm, sie wären vom Sturm überrascht worden.

»Aber uns ist nichts passiert, Großvater.« Morgana ließ sich nichts anmerken. »Wir haben uns in den Höhlen an der Küste untergestellt.«

»Oh«, sagte Colin mit hochgezogener Augenbraue. »In welchen?«

»In denen, die zum Verlies führen«, sagte Rian kühl und nippte an seinem Wein.

Colin schaute ein bißchen seltsam drein, fand Morgana, aber wahrscheinlich hatte er Angst, sie hätten sein Liebesnest entdeckt. Sie versuchte ihn zu beruhigen.

»Es war sehr dunkel, und wir sind in der Nähe des Eingangs geblieben. Außerdem hat Rian gesagt, weiter hinten gäbe es Fledermäuse.«

»Ja, wir wollen doch nicht, daß du dich noch mal verläufst. Du wirst dich sicher noch gut daran erinnern, was da das letzte Mal passiert ist.« Colin schien erleichtert.

Morgana erschauderte. »Erinner mich bloß nicht daran. Ich habe keinerlei Bedürfnis, sie noch einmal zu sehen. Das hat gereicht.«

»Übrigens, Colin«, sagte Gerald und stopfte sich noch ein Stück Rindfleisch in den Mund. »Ich hab' Lucy O'Neal heute in Kilshannon gesehen. Sie hat nach dir gefragt.« Seine Stimme klang spöttisch.

Colin lief rot an.

»Was hab' ich zu dir in bezug auf diese losen Frauenzimmer gesagt?« Großvater starrte den Jungen wütend an. »Als nächstes schleppst du uns noch einen Bastard ins Haus.«

Colin gab keine Antwort, sondern starrte nur bockig auf seinen Teller. Morgana war froh, daß sich ihr Verdacht endlich bestätigte. Lucy O'Neal. Das war also Colins kleines Geheimnis.

»Weißt du«, sagte sie zu Rian, nachdem sie sich zurückgezogen hatten, »ich glaube, Colin hat vor, mit diesem Mädchen durchzubrennen, von dem Gerald erzählt hat.«

»Oh, wie kommst du darauf?« Rian goß sich ein Glas Whiskey ein.

»Nun ja, vor ein paar Tagen hab' ich nachts die Erscheinung wieder weinen hören und hab' mich in die Bibliothek hinuntergeschlichen. Und da ist Colin hereingekommen. Er hatte eine zusammengerollte Karte unterm Arm und hat sie in einem der Bücherregale versteckt. Nachdem er weg war, hab' ich sie mir angeschaut. Es war eine Karte der Höhlen an der Küste. Ich glaube, er trifft sich dort mit seinem Mädchen und will deshalb nicht, daß einer was davon erfährt. Und außerdem hab' ich ein Taschentuch gefunden, das er fallen gelassen hatte, und es waren Schminkeflecken drauf.« Sie zog das Tüchlein aus der Schublade, in die sie es in Gedanken gestopft hatte.

Rian setzte sein Glas ab und untersuchte das Taschentuch. »Hat Colin dich gesehen, Morgana?

»Nein, ich glaube nicht.« Sie hielt inne, weil ihr Mann plötzlich die Stirn runzelte. »Und ich hab' die Karte wieder an ihren Platz zurückgelegt. Ich wollte mich nicht in seine Pläne einmischen. Ich hab' ganz vergessen, daß ich sein Taschentuch noch habe. Du weißt, was für ein Trara Großvater wegen Patricks Heirat veranstaltet hat.«

»Ja, ich würde mir an deiner Stelle keine Gedanken mehr darüber machen.«

Er blies die Lampen aus und griff in der Dunkelheit nach ihr.

Es war finster in den Höhlen, aber die flackernden Fackeln gaben genug Licht. Die irischen Rebellen beobachteten gespannt den britischen Offizier, den sie bei einem Zusammenstoß mit den Dragonern heute abend gefangen hatten. Er war noch fast ein Kind, etwa siebzehn, und die Angst stand ihm ins Gesicht geschrieben.

»Komm schon, Kleiner«, rief einer der Radikalen. »Du mußt doch Captain Vickerys Pläne kennen.«

»Nein... nein, Sir«, stammelte der Junge.

»Wir haben Möglichkeiten, dich zum Reden zu bringen«, drängte ihn ein anderer Mann.

»Bitte, Sir, ich weiß nichts, wirklich nicht.«

»Lüg uns nicht an, Junge. Captain Vickery kriegt nächste Woche eine Lieferung Waffen und Verstärkung, stimmt's? Antworte, oder...«

Er schlug dem Soldaten so heftig ins Gesicht, daß dem die Lippe platzte und das Blut übers Kinn lief.

»Wenn ich's Ihnen sage.« Die Augen des Jungen waren ganz glasig vor Angst. »Tun Sie mir dann nichts? Lassen Sie mich gehen?«

»Natürlich, mein Junge.«

»Nun«, sagte der Junge und musterte skeptisch die Männer, unter denen er einige irische Adelssprößlinge erkannte. »Es heißt, wir kriegen Verstärkung, Sir, aber ich hab' gehört, daß Captain Vickery Order hat, nichts mehr zu unternehmen, bis wir neue Beweise gegen den irischen Anführer haben.« Der Junge schaute zu dem großen, dunklen Mann, dessen Gesicht im Schatten lag. »Es gibt so eine Geschichte, daß er vor drei Jahren in England gefangen wurde, aber fliehen konnte. Hinterher sind neue Beweise aufgetaucht, die vielleicht beweisen, daß er sowieso der falsche Mann war.« Er leckte sich nervös den Mund.

»Und wer war dieser Mann, den die Briten verhaftet hatten?«

»Lord Keldara natürlich, Sir.« Der Junge schaute noch mal ängstlich zu dem Mann in den Schatten. »Captain Vickery sagt, er ist ein schlauer Fuchs, und wir müssen ihn lebendig fangen, wenn möglich.«

»Ich glaube, wir haben genug gehört«, sagte der Mann im Schatten leise und ging auf den Jungen zu. »Du kannst jetzt gehen, Kleiner.«

Der Junge schaute sich in der kleinen Runde um, als könne er sein Glück nicht fassen, und ging eilig zum Ausgang. Der Rebellenführer hob den Arm und warf. Der Junge brach tot zusammen. Ein orientalisches Jagdmesser ragte auf dem Rücken aus seiner Uniform.

»Bringt Captain Vickery dieses kleine Päckchen«, sagte der Anführer, ohne eine Miene zu verziehen, zog den Dolch aus der Wunde, wischte ihn sorgfältig ab und steckte ihn in die Scheide. Er lachte böse und zündete sich eine spanische Zigarre an. Seine Augen blitzten dunkel, und die aristokratische Nase der McShanes war kurz im Schein des Streichholzes zu sehen. »Sagt ihm, es muß schon ein kalter Tag in der Hölle kommen, wenn er Rian McShane erwischen will.«

Er wandte sich zum Gehen, und sein Mantel raschelte über die Felsen der Höhle, bis er in der Nacht verschwand.

Captain Vickery starrte in das junge Gesicht des toten Soldaten, den seine Männer auf den Stufen des Gasthauses entdeckt hatten.

»Der junge Riley«, murmelte er. »Diese verfluchten Rebellen!« Er schlug mit der Faust auf den Tisch. »Kennen sie denn keine Gnade?«

»Offensichtlich nein, Sir.« Einer der Dragoner räusperte sich.

Dem Offizier war gar nicht wohl in seiner Haut. Er mußte seinem Captain zu seinem Leidwesen noch etwas berichten, was die maskierten Männer ihm beim Wegreiten zugerufen hatten. Aber es war nun mal seine Pflicht.

»Da wäre noch etwas, Sir.« Er räusperte sich erneut.

»Na dann raus damit, Lieutenant.«

»Die Rebellen, Sir. Beim Wegreiten glaubten wir zu hören, wie sie schrien, daß... daß Sie ihren Anführer, Rian McShane, nie erwischen.«

Captain Vickery kniff nachdenklich die Augen zusammen. »Das wäre alles, Lieutenant«, erwiderte er. »Kümmern Sie sich um Rileys Beerdigung. Ich selbst werde seine Familie benachrichtigen.«

»Ja, Sir.«

Captain Vickery rieb sich die müden Augen. War es ein Spiel? Die Unverschämtheit dieses Mannes. Wollte er denn erwischt werden? Bei Gott, Captain Vickery würde sich nicht noch einmal zum Narren machen lassen. Gut, daß sein Lieutenant nach dem Überfall den Namen des Grafen und der Gräfin notiert hatte. Drei Jahre. Es waren über drei Jahre, seit sie verschwunden waren, und jetzt kehrten sie einfach frech nach Irland zurück. Solchen Hochmut konnte Captain Vickery nicht dulden. Er hatte nicht geglaubt, daß Rian McShane der Rebellenführer war, aber jetzt würde er diesen arroganten Gockel dingfest machen, und wenn es das letzte war, was er je tat.

Es regnete leicht, als Morgana am nächsten Morgen erwachte. Der Himmel war voller grauer Wolken, und der Wind strich seufzend über den Balkon. Rians Blick war liebevoll.

»Heut ist ein Tag, um im Bett zu bleiben, Schatz«, murmelte er leise.

»Nein«, flüsterte sie, als er ihren Hals küßte. »Ich hab' Fionna versprochen, daß ich heute auf Corby aufpasse. Sie will nach Devlin Way reiten, um Lindsey zu besuchen, und Lindsey kann das Kind nicht ausstehen.«

»Corby hat doch eine Nanny, die ihn hüten kann«, hauchte Rian und strich mit dem Mund über ihre Schläfen.

»Ich weiß, aber er hat so gebettelt, daß ich komme, Rian, und ich darf ihn nicht enttäuschen.«

Zu ihrer Überraschung ließ er sie zögernd los. »Wenn du drauf bestehst, Schatz«, sagte er. »Ich weiß, wieviel dir der Junge bedeutet.«

Das stimmte. Morgana hatte den Kleinen sehr liebgewonnen und freute sich auf den Tag mit ihm. Sie brach kurz nach dem Frühstück zu Pferd auf und genoß den Wind, der durch ihre zerzauste Mähne peitschte und ihr die Röte in die Wangen trieb. Der Reif war verschwunden. Es war zwar noch kühl, aber die Bäume hatten schon winzige Knospen, und einige Blumen blühten schon. Der See war grau und sein Wasser aufgewühlt, als sie daran vorbeiritt, und sie blieb möglichst weit vom Ufer entfernt. Mehr als ein bedauernswerter Ire war in seinen Wassern ertrunken. Und die zerklüfteten Felsen sahen vor dem bewölkten Himmel besonders bedrohlich aus.

Sie bedankte sich bei dem Diener, der mit ihr geritten war, und betätigte dann den großen Messingklopfer an der Tür von Shaughnessy Bay. Nach einiger Zeit wurde ihr von dem sauertöpfischen Butler geöffnet, der fast so aufgeblasen war wie Trevor selbst. Morgana konnte nicht verstehen, wieso ihr Cousin diesen Mann nicht einfach hinauswarf, aber wahrscheinlich waren die beiden ein Herz und eine Seele. Corby kam ihr entgegengerannt, Fionna folgte ihm etwas langsamer.

»Cousine Mag«, rief der Junge und umarmte ihre Knie, weil er noch so klein war.

Sie schwang ihn hoch. »Mein Gott, du wirst ja immer größer.«

»Nicht wahr?« Fionna lachte. »Corby, du sollst dich nicht so auf die Leute stürzen. Morgana wäre fast umgefallen.«

»Fionna, willst du wirklich nach Devlin's Way reiten? Heut ist wirklich kein Tag für Besuche.«

»Ich weiß, Morgana, aber ich fahr' mit der Kutsche, und ich muß mich mit Lindsey unterhalten. Corby, du gehst nach oben, Cousine Morgana kommt gleich.« Sie wandte sich zu Morgana, nachdem das Kind weg war. »Ich mach' mir solche Sorgen um sie, Morgana. Sie war immer schon sehr dickköpfig, und nun – du hast sicherlich die Geschichten über sie gehört. Jeder hat das, glaub' ich.« Sie biß sich auf die Lippe. »Außerdem finde ich es schrecklich, wenn Sean zum Säufer wird. Er ist ein guter Mann.«

»Ja, das ist er«, stimmte ihr Morgana zu.

Morgana winkte der Kutsche zum Abschied nach. Fionna hatte nicht weniger als drei berittene Wächter dabei. Na ja, ihre Schwägerin war immer schon sehr ängstlich gewesen. Dann ging sie nach oben zu Corby.

Der Kleine quietschte vor Vergnügen und bettelte, sie solle ein Spiel mit ihm spielen. Er ignorierte völlig den strengen Blick von Mistress Doty, der Nanny.

»Na schön.« Morgana lachte und hob ihn hoch. »Was möchtest du denn gerne spielen?«

»Ich weiß was«, sagte Corby mit listigem Blick. »Du bist der britische Soldat und ich der irische Rebell. Bum, bum!« Er legte ein imaginäres Gewehr an.

Morgana bekam eine Gänsehaut. Sie erinnerte sich, daß vor drei Wochen die Leiche eines jungen britischen Soldaten vor dem Gasthaus in Dingle gefunden worden war. Rian war in dieser Nacht spät nach Hause gekommen, mit feuchtem Mantel, obwohl es gar nicht geregnet hatte. Er hatte den Mantel abgestreift, denselben, auf dem er sie so gewaltsam in der Höhle genommen hatte.

Sie beobachtete ihn ängstlich vom Bett aus. »Ist schon spät, Mylord.«

»Hast du dich nach meinen Küssen gesehnt, Süße?«

»Nein.« Sie zog die Bettlaken fester um sich. »Es ist nur... warum mußt du so spät noch ausgehen, wenn du weißt, daß die Rebellen nachts die Gegend hier verunsichern? Es ist schon weit nach Mitternacht, Mylord. Ich hab' um Eure Sicherheit gebangt, sonst nichts.« Sie musterte ihn mißtrauisch.

»Oh, seit wann strapazierst du denn dein hübsches Köpfchen damit, Mag?« fragte er sarkastisch.

»Ich habe Gerüchte gehört«, fing sie an.

»Du hast nichts gehört.« Er ging schnell auf sie zu und packte sie brutal an den Schultern. »Und du wirst nichts sagen, hast du verstanden? Dein Leben hängt davon ab.«

Morgana wich verängstigt zurück. Er würde sie umbringen. Rian war es gewesen, von Anfang an. Rian, der sie im Verlies hatte töten wollen, Rian, der sie die Treppe hinuntergestoßen hatte. Jetzt war sie sicher.

»Tu mir nicht weh«, flehte sie, und dann erstickte er ihren Schrei mit seinem harten, glühenden Mund. Am Morgen war Captain Vickery mit einigen Dragonern erschienen. Er verhörte sie, und ein Lieutenant schrieb alles mit.

»Wo waren Sie letzte Nacht, Lord Keldara?«

»Was geht Sie das an?« fragte Rian gelassen. Er war sich sicher, diesen Mann kannte er irgendwoher.

Wo hatte er diesen Offizier schon einmal gesehen? Ach ja, er war einer der Männer, die bei seinem Prozeß ausgesagt hatten. Rians Gesicht verriet nichts von seinen Gefühlen.

»Mylord, wir wissen, wer Sie sind. Spielen wir keine Spielchen. Sie sind ein entsprungener Krimineller, des Verrates angeklagt als Führer der irischen Rebellen.«

»Das wurde nie bewiesen«, erwiderte Rian leise. »Sind Sie gekommen, um mich zu verhaften?«

»Nein, Mylord«, Captain Vickery schluckte. »Ich hab' Anweisung, zu warten, bis es in Ihrem Fall neue Indizien gibt, die Ihre Schuld oder Unschuld beweisen. Im Augenblick sind mir die Hände gebunden, aber ich werde die Frage noch einmal stellen. Wo waren Sie gestern nacht?«

»Im Bett.« Rians Augen wurden schmal. »Mit meiner Frau.«

Morgana erbleichte, als der Captain sich ihr zuwandte.

»Stimmt das, Mylady?«

»Ja«, brachte sie mühsam hervor.

»Ha!« schnaubte Captain Vickery. »Sie würde zweifellos auch lügen, um Sie zu decken, Mylord. Sie war es schließlich, die Ihnen die Flucht aus Newgate ermöglicht hat. Kennen Sie die Strafen für Unterstützung eines Kriminellen, Mylady? Keine Angst. Früher oder später machen Sie einen Fehler, und dann krieg' ich Sie, alle beide«, schwor er. »Und weder der Prinzregent noch all die anderen feinen Freunde können Sie dann retten.«

»Cousine Mag, du sollst doch tot umfallen«, jammerte Corby und brachte Morgana mit einem Ruck zurück in die Gegenwart.

»Tut mir leid, Corby«, sagte sie. »Warum spielen wir nicht einfach etwas anderes? Wie wär's mit einem Kartenspiel?«

»Vater sagt, Glücksspiel ist unanständig«, sagte er ganz ernst.

Trevor hatte doch den Kleinen tatsächlich schon mit seiner Aufgeblasenheit infiziert. Wahrscheinlich verhinderte nur noch Fionna die totale Unterdrückung des Kindes.

»Wenn wir nicht um Geld spielen, ist es kein Glücksspiel«, sagte sie, froh, daß er daraufhin wieder strahlte.

»Na schön.«

Morgana gab die Karten und spielte ein einfaches Spiel mit ihm, er war ja schließlich erst drei. »Kommst du nächste Woche zu meinem Geburtstagsfest?«

»Ja, Mutter hat gesagt, wir kommen alle. Ich hab' auch schon ein Geschenk.« Er grinste sie an, dann konzentrierte er sich wieder mit gerunzelter Stirn auf das Spiel.

Morgana betrachtete sich im Spiegel. Ja, sie sah heute abend wirklich gut aus. Ihr Goldbrokatkleid brachte die goldenen Flecken in ihren Augen ganz entzückend zur Geltung. Es hatte riesige Puffärmel und war mit Spitze besetzt, und es hatte einen viereckigen Ausschnitt.

Heute war ihr Geburtstag. Sie war sechsundzwanzig Jahre alt geworden. Sie konnte kaum glauben, wieviel Zeit schon vergangen war, seit sie das erste Mal nach Shanetara gekommen war. Die Familie hatte für sie ein kleines Fest arrangiert, und sie bebte vor Aufregung. Nie zuvor hatte jemand für sie eine Gesellschaft gegeben. Ständig war etwas bei ihren Geburtstagsfeiern dazwischengekommen, und meist hatte sie allein mit ihrem Vater gefeiert.

»Mag.« Rian steckte den Kopf zur Tür herein. »Sie warten alle.«

»Ich komme.« Sie folgte ihm nach draußen.

Seit dem Besuch von Captain Vickery war das Verhältnis zwischen ihnen noch gespannter, aber sie war fest entschlossen, sich ihr Fest dadurch nicht stören zu lassen. Also nahm sie lächelnd seinen Arm. Die ganze Familie war im Speisesaal versammelt, auch Corby und Maureen. Morgana umarmte alle und ließ sich dann von Rian zum Ehrenplatz am Kopf der Tafel führen, den Rosamunde ihr zu Ehren freigegeben hatte. In der Mitte des Tisches türmten sich die Geschenke, und vor ihrem Platz stand ein riesiger Kuchen, den der Koch mit viel Liebe dekoriert hatte. Rian entkorkte den Champagner und ignorierte Trevors Befehl, Corby keinen zu geben. Er bekam ebenso ein Glas wie Maureen.

»Einen Toast.« Rian hob das Glas. »Auf die schönste Frau von Irland.«

Morgana wurde rot, als ihr alle zuprosteten und sie Rians Blick auf ihrem Dekolleté spürte. Sie tranken den Champagner schnell aus, dann schnitt sie den Kuchen an und servierte jedem ein Stück.

»Du bist wirklich keinen Tag älter geworden, seit du hierhergekommen bist.« Rosamunde lachte fröhlich.

»Hört, hört«, sagte Großvater, schlug mit dem Stock auf den Boden und lächelte seiner Enkelin stolz zu.

Sie öffnete die Geschenke der Reihe nach und dankte jedem Familienmitglied. Ein besonderes Lächeln hatte sie für Corby, der ihr ein bezauberndes Spitzentaschentuch geschenkt hatte, und Maureen, von der sie einen hübschen Fächer bekam. Erst als sie fertig war, merkte sie, daß kein Geschenk von Rian dabei war. Sie schaute ihn fragend an. Er grinste nur selbstzufrieden.

»Etwas nicht in Ordnung, Mag?« fragte er.

»Oh, jetzt spann das Kind nicht auf die Folter«, tadelte Rosamunde. »Du weißt ganz genau, daß du ihr noch nichts geschenkt hast.«

»Hab' ich nicht? Wie dumm von mir. Das muß ich sofort in Ordnung bringen.« Er sprang auf und lief hinaus.

Kurz darauf kam er mit einem jungen Irish Setter im Arm zurück.

»Rian, o Rian.« Morgana sah fassungslos den kleinen Welpen an. »Gehört der wirklich mir?«

»Ja.« Er reichte ihr das winzige Bündel. »Vorsicht. Er hat ein lahmes Bein, aber ich hab' gedacht, das macht dir nichts aus.«

»Nein, natürlich nicht.« Sie schaute die kleine Hinterpfote an, die etwas verdreht war. »Kann er laufen?«

»O ja«, beschwichtigte sie Rian. »Er ist aus Sean Devlins Zwinger. Der kleine Kerl ist Lindsey nicht schnell genug ausgewichen, und sie hat ihn einfach niedergeritten. Er hat Glück, daß er überhaupt noch lebt.«

»Wie gemein«, rief Morgana und drückte den Welpen an die Brust. »Keine Sorge«, sagte sie zu ihm. »Ich werd' gut auf dich aufpassen, und dir darf nie wieder jemand weh tun.«

»Sean wollte ihn erschießen«, erzählte Rian. »Er taugt nicht mehr für die Jagd, aber ich dachte, du freust dich über ihn.«

»Ja, ja, er ist so niedlich. Wie soll ich ihn nennen, was meinst du?«

Rian zuckte mit den Schultern. »Das mußt du entscheiden, er gehört jetzt dir.«

Morgana überlegte fieberhaft, und schließlich beschloß sie, ihn »Rory« zu nennen, was rothaarig bedeutete. Und das war er wirklich. Er hatte kein einziges weißes Haar. Rory schaute sie mit traurigen braunen Augen an, und als sie ihn umarmte, leckte er vorsichtig ihr Gesicht. Sie lachte und sagte, der kleine Hund müßte unbedingt bei ihr im Zimmer schlafen. Ihr Großvater war zwar dagegen, gab aber schließlich doch sein Einverständnis. Morgana bedankte sich herzlich bei Rian für den kleinen Hund und ging dann mit ihm nach oben, um ihm ein Bettchen zu machen. Er winselte herzerweichend, als sie die Lampe löschte, und schließlich hob sie ihn zu ihnen ins Bett, was Rian zu heftigen Flüchen veranlaßte. Aber sie blieb stur, und Rory kuschelte sich den Rest der Nacht in ihren Arm.

In den folgenden Tagen ging Morgana sehr viel spazieren, weil Rory ihr zu Pferde nicht folgen konnte. Kerr O'Malley schaute sich das eine Weile an, dann sagte er barsch, er würde dem Hund einen Verband machen, der vielleicht helfen würde, sein Bein wieder geradezustellen. Sie blieb im Stall, während er die Schiene befestigte. Es hatte lange gedauert, aber wie es schien, hatte Kerr sie jetzt endlich akzeptiert. Er schnitzte eine passende Schiene, glättete die Kanten und wickelte dann einen Verband drum.

»Besser kann ich's nicht, Mädel.« Er räusperte sich. »Aber es wird dem kleinen Racker mit der Zeit schon helfen.«

Sie hatte Tränen in den Augen. »Ich weiß nicht, wie ich Ihnen danken soll, Kerr«, sagte sie schlicht.

»Na, ist doch jetzt schon viele Jahre her, und die Vergangenheit soll Vergangenheit sein. Und Sie ham dem alten Herrn gutgetan, und das vergess' ich Ihnen nie. So oft hat er mir gesagt, wie schön es ist, Sie hierzuhaben. So, jetzt weg mit Ihnen, Lady Morgana, und passen Sie auf, daß der Kleine sich die Schiene nicht runterreißt, bevor sie was genützt hat.«

»Das werd' ich«, versprach sie.

Später an diesem Tag ging Morgana hinaus aufs Moor. Es sah schon wieder nach Regen aus. Der Himmel verdunkelte sich, und in der Ferne donnerte es. Sie seufzte. Würde dieser ewige Regen denn nie ein Ende haben? Sie beschloß, daß Rory und sie die Schiene ein andermal ausprobieren müßten und schnell zu dem Großen Haus zurücklaufen sollten. Langsam ging sie los, damit sich das Tier an den Verband gewöhnen konnte.

Rory gefiel die Schiene überhaupt nicht. Er zog sein Bein hinterher und versuchte, sie abzuschütteln, und als das nicht funktionierte, riß er mit den Zähnen an den Binden, die sie festhielten.

»Nein, Rory.« Morgana mußte lachen.

Sie gab ihm einen Klaps auf die Nase, und schließlich schien er zu begreifen, daß er das unangenehme Ding nicht abmachen durfte. Sein Blick war herzzerreißend, und sie sagte ihm, es täte ihr leid, aber es wäre nur zu seinem Besten.

Sie waren noch nicht weit gegangen, als Morgana eine Gestalt sah, die schnell auf sie zukam. Einen Moment lang war sie in Panik, weil sie glaubte, es wäre einer der irischen Rebellen, aber dann merkte sie, daß es Colin war. Er schien sehr aufgeregt.

»Cousine.« Er ließ sein Pferd vor ihr steigen. »Ich fürchte, es hat einen Unfall gegeben. Es… es ist Rian.«

»Rian? Was ist passiert?« rief sie.

»Er war in den Höhlen, und es hat einen kleinen Erdrutsch gegeben. Ich fürchte, er… er fragt nach dir, Morgana.«

Morgana war entsetzt. »Die Höhlen. Oh, ich hab' gewußt, daß etwas Furchtbares passieren wird. Du mußt mich sofort dorthin bringen.«

Sie nahm Rory in den Arm.

»Wir haben keine Zeit für den Köter.«

»Ich kann ihn doch nicht einfach hierlassen. Er kennt sich nicht aus und wird sich verlaufen.«

Colin fluchte, aber er ließ sie mit dem Hund im Arm hinter sich aufsteigen. Dann gab er dem Pferd die Sporen, und sie galoppierten zur Küste los. Morgana klammerte sich mit einer Hand an Colin, mit der anderen preßte sie Rory an ihre Brust. In wenigen Minuten hatten sie die Höhlen erreicht.

»Hier rein«, sagte Colin knapp.

Morgana folgte ihm in die Höhle, versuchte durch Blinzeln ihre Augen an die Dunkelheit zu gewöhnen und Rory zu beschwichtigen, der kläglich winselte.

»Wo ist er, Colin?« fragte sie ängstlich. »Ich seh' überhaupt nichts.«

»Nimm meine Hand, ich zeig's dir.«

Sie hielt sich an ihm fest. Was, wenn Rian tot war? »Oh, Colin, sollte nicht einer von uns Hilfe holen?« schluchzte sie auf dem Weg durch die dunklen verschlungenen Gänge.

»Es könnte schon zu spät sein«, erwiderte er grimmig.

Morgana erschauderte. »Er ist tot. Ich weiß es. Warum sagst du mir's nicht einfach?« jammerte sie.

Ihr Cousin gab keine Antwort, zerrte sie einfach weiter bis zu einer großen Höhle. Fackeln warfen ihr unstetes Licht gegen die Wände, und eine Gruppe verwegen aussehender Männer lümmelte auf den Steinen herum. Morgana war jetzt völlig durcheinander und schaute ratlos von einem zum anderen.

»Was geht hier vor?« fragte sie Colin. »Wo ist mein Mann?«

»Ich weiß es nicht.« Colin grinste wölfisch. »Auf Shanetara, nehm' ich an.«

Sie wich zurück. »Was hat dieses grausame Spiel zu bedeuten, Colin?« fragte sie.

»Meine liebe Cousine«, erklärte er und grinste verächtlich. »Du bist soeben Gefangene der United Irishmen geworden. Fesselt sie«, befahl er.

Kapitel Siebenunddreißig

Morgana schrie auf, als grobe Hände sie packten und ihr die Hände fesselten. Starr vor Schock und Angst schaute sie Colin an.

»Schrei, soviel du willst, Cousine«, lachte er, »hier hört dich keiner.«

Er stieß Rory zur Seite, der jämmerlich heulte und sich unter Morganas Röcke kauerte.

»Tu ihm nicht weh«, bettelte sie.

»Dann bring den Köter zum Schweigen!« keifte Colin. »Männer, laßt sie nicht entwischen. Ich bin in einer Stunde zurück, und dann führen wir den zweiten Teil unseres Plans durch.«

Morgana sah schluchzend ihrem Cousin nach, wie er in der Dunkelheit verschwand und sie alleine mit diesem wilden Haufen ließ. Sie wich entsetzt vor ihren lauernden Blicken zurück. Plötzlich erkannte sie einige von ihnen. Großer Gott! Sean Devlins kleiner Bruder war auch dabei. Sie wandte sich an ihn.

»Kelly, du mußt mir helfen«, flehte sie.

Er schaute sie an, als hätte er sie noch nie im Leben gesehen.

»Robert?« Max O'Briens Bruder entdeckte sie als nächsten.

Er schaute einfach durch sie hindurch.

»O Gott!« Sie ließ sich wie betäubt auf den kalten Steinboden fallen.

Colin. Es war Colin gewesen, die ganze Zeit. Wie konnte sie nur so blind sein? Lucy O'Neal, Liebesnest, mein Gott! Bei dem Gedanken mußte sie hysterisch lachen. Colin war der Rebellenführer. Aber welches Spiel spielte dann Rian, und warum hatte er versucht, sie zu töten?

Colin schlich sich langsam die Hintertreppe von Shanetara hoch, die Pistole in den Falten seines Mantels versteckt. Auf diesen Moment hatte er lange gewartet und wollte ihn bis zum letzten auskosten. Er öffnete die Tür zu Rians und Morganas Schlafzimmer.

»Hallo, Rian«, sagte er leise.

Rian drehte sich mit einem Glas in der Hand überrascht im Stuhl um. »Du brauchst wohl nicht anzuklopfen?«

»Sperr die Ohren gut auf, Cousin«, sagte Colin verächtlich. »Ich werde das nämlich nur einmal sagen. Deine schöne Frau ist meine Gefangene.«

»Morgana! Wenn du ihr auch nur ein Haar gekrümmt hast, Colin!« Rian stürzte sich auf Colin.

»Nein.« Colin trat einen Schritt zurück und zückte die Pistole. »Es nützt dir nichts, wenn du mich tötest, Cousin. Meine Männer haben den Befehl, dein Mädchen zu ermorden, wenn ich nicht zurückkomme. Natürlich erst, nachdem sie sich mit ihr vergnügt haben.« Er lachte.

Rian ballte die Fäuste in ohnmächtiger Wut. »Du Hurensohn! Ich hab's gewußt. Du bist der Rebellenführer, nicht wahr, Colin?«

»Ja. Aber ich war sehr geschickt, das mußt du zugeben. Dein Name und dein teuflischer Ruf. Wir sehen uns nämlich sehr ähnlich, besonders nachts. Es ist erstaunlich, wie leicht das war. Du wirst hängen, Rian.«

»Oh, und wie willst du das bewerkstelligen?« fragte der Graf und überlegte fieberhaft. »Ich hab' dem Henker schon einmal ein Schnippchen geschlagen.«

»Ein unglückseliger Zufall. Kannst du dir vorstellen, daß ich das alles erst vor drei Wochen erfahren habe? Trotzdem, deine Verhaftung war ein echter Glücksfall. Dadurch wird die Durchführung meines Plans noch einfacher.«

»Und der wäre?«

»Du kennst das britische Schiff, das vor der Küste ankert?«

»Ja.«

»An Bord sind genug Waffen und Munition für eine Armee. Ich will diese Waffen, Cousin. Heute wirst du nach Einbruch der Dunkelheit die *Sorceress* mit meinen Männern als Mannschaft hinaussegeln und wirst das britische Schiff angreifen. Du hast genug Kanonen an Bord deines Schiffes, um hundert Schiffe wie das englische zu versenken, und ich weiß das. Du holst mir diese Waffen, und ich lasse Morgana unverletzt frei. Und noch etwas«, fuhr Colin fort. »Wenn meine Männer mit den Waffen in Sicherheit sind, wirst du ... äh ... dich von diesem Stockfisch, Captain Vickery, fangen lassen und ihm gestehen, daß du tatsächlich der Rebellenführer bist.«

»Das hast du dir ja alles wunderbar zurechtgelegt, nicht wahr, Colin? Und was, wenn ich mich weigere?«

»Hab' ich dir doch gesagt. Ich werde Morgana töten.«

»Sie bedeutet mir überhaupt nichts.« Rian lachte und versuchte desinteressiert zu wirken.

»Dein kleiner Trick funktioniert nicht, Cousin. Du bist ganz krank vor Liebe für diese Kuh. Ich hab' euch an dem Tag in der Höhle gehört.«

Rian holte tief Luft. »Du wirst nicht damit durchkommen, Colin. Ich werde dich wie einen Hund hetzen.«

Colin lachte. »Daran werd' ich denken, Cousin, wenn ich dich am Ende einer Schnur baumeln sehe. Heute abend. Komm allein.«

Rian ließ sich verzweifelt auf sein Bett fallen, nachdem Colin gegangen war. Himmel! Er hatte gewußt, daß so etwas passieren würde, hatte längst erraten, daß Colin der Anführer der Rebellen war. Er hatte ihnen nachspioniert und versucht, seinen Cousin in die Enge zu treiben, um sich selbst von der Verratsanklage zu befreien. Morgana war wahrscheinlich halb tot vor Angst. Colin hatte sie sicher in den Höhlen versteckt. Es war zu riskant, ihm dorthin zu folgen. Sie würden ihn kommen hören und ihr die Kehle durchschneiden, bevor er überhaupt in ihre Nähe kam. Rian wußte, daß sie über Leichen gehen würden. Captain Vickery war ihnen hart auf den Fersen. Hätte er doch nur Morgana gewarnt, aber sie hätte ihm nie geglaubt. Vermutlich hatte sie ihn im Verdacht gehabt, der Rebellenführer zu sein, und deshalb wohl hatte sie in letzter Zeit ständig Angst vor ihm gehabt. Er konnte nichts tun, außer Colins Anweisungen zu befolgen, bis er einen Weg gefunden hatte, seine Frau zu befreien. Vickery würde ihm nie im Leben glauben, wenn er mit dieser unwahrscheinlichen Geschichte zu ihm gehen würde.

In dieser Nacht verließ Rian heimlich das Haus, um allen Fragen aus dem Weg zu gehen. Ein solcher Schock konnte Großvater töten. Er gab Luzifer gnadenlos die Peitsche und trieb ihn durch die Dunkelheit. Er ritt wie der Teufel die Straße nach Kilshannon und zu den Docks. Dort befahl er den wenigen Männern an Bord der *Sorceress*, an Land zu gehen und sich für die Nacht ein anderes Quartier zu besorgen. Harrison schimpfte über die merkwürdigen Launen seiner Lordschaft, aber er sah an dessen Gesicht, daß jede Widerrede zwecklos war, und folgte wütend dem Rest der Mannschaft, um sich sinnlos zu betrinken.

»Ist das nicht ein bißchen komisch?« fragte Timmons, als sie die schlammige Straße hinunterstapften.

»Schon. Aber der Captain wird schon seine Gründe haben. Vielleicht hat ihn die rothaarige Hexe aus dem Haus geworfen.«

Die beiden Männer lachten und gingen Arm in Arm in das Gasthaus.

Nachdem sie verschwunden waren, lief Rian besorgt auf dem Deck der *Sorceress* auf und ab. Und schon nach kurzer Zeit hörte er das Trampeln von Stiefeln auf der Gangway, und kurz darauf war er von maskierten Männern umringt. Er hielt vergeblich Ausschau nach Colins schmaler Gestalt, aber der war wohl bei Morgana geblieben, der feige Hund! Rian hätte ihn mit bloßen Händen erwürgen können.

Der unverschämte junge Mann, der die Befehle bei dem Überfall auf Johnny Gallaghers Party gegeben hatte, trat vor und befahl Rian abzulegen. Jetzt erkannte der Graf Robert O'Brien, Max' jüngeren Bruder.

»Und keine Tricks, sonst geht's deiner hübschen Frau an den Kragen«, knurrte Robert.

Rian fluchte. Er durfte sich nicht anmerken lassen, daß er einige von ihnen erkannt hatte. Er gehorchte mit der festen Überzeugung, daß er irgendwann im Lauf der Nacht ein Messer zwischen die Rippen kriegen würde.

Der Mond hatte einen Dunstkreis, und leichter Nebel lag über dem Wasser, als sie mit Kurs auf die englische Fregatte aus dem Hafen von Kilshannon glitten. Rian war klar, wenn er tatsächlich auf das Schiff feuern sollte, würde man ihn zweifellos wegen Verrats hängen, und daher zermarterte er sich verzweifelt das Gehirn nach einer Möglichkeit, das Vorhaben zu vereiteln. Der Wind füllte die Segel, und die *Sorceress* schaukelte über die Wellen, während die unerfahrene Mannschaft versuchte, die Segel zu trimmen. Der Graf hoffte inständig, sie würden die Kanonen genauso schlecht handhaben wie das Schiff. So würden sie nicht mal eine Scheune auf zehn Meter treffen. Er lachte.

»Was ist denn so komisch?« fragte Robert O'Brien. »Ich würde nicht lachen, wenn das Leben meiner Frau auf dem Spiel steht.«

Das ernüchterte Rian schlagartig, und er brachte die *Sorceress* längsseits zum britischen Schiff, in der Hoffnung, sie würden nicht merken, was er tat.

»Wir sind zu nahe«, zischte O'Brien. »Unsere Schüsse werden direkt über den Bug fliegen.«

Der Plan war also fehlgeschlagen. Rian drehte wieder das Steuer und brachte das Schiff weiter hinaus aufs Meer. Er beobachtete mit schwerem Herzen, wie die Rebellen die Kanonen luden und ausrichteten und mit dem ersten Schuß den Hauptmast der Fregatte niedermähten. Pures Glück. Zumeist brauchte man einige Schüsse, um die Entfernung richtig abschätzen zu können. Von der Fregatte waren Schreie und Getrappel zu hören, als die überrumpelte Mannschaft an Deck stürzte, und Rian wurde klar, daß die Schlacht lang und blutig werden würde. Er mußte etwas tun, irgend etwas!

Morgana hörte die Schüsse durch die Nacht hallen, wie Donner dröhnten sie durch die Höhlen. Sie hatte einige Zeit gedöst, aber jetzt war sie schlagartig wach und in Panik. Sie versuchte, die Fesseln zu lokkern, aber vergeblich. Das war Kanonenfeuer, da war sie ganz sicher, sie hatte auf der *Sorceress* den Unterschied zwischen Kanonen und Donner gelernt.

»Was ist los, Colin, was geht da vor?«

»Rian führt einen kleinen Überfall gegen die Briten, Cousine.« Er grinste.

»Rian? Aber ich dachte, du bist der Rebellenführer.« Morgana verstand überhaupt nichts mehr.

»Du begreifst es immer noch nicht, Cousine, nicht wahr? Wenn du nur mich geheiratet hättest, Morgana, dann wärst du jetzt nicht hier.«

»Was... was meinst du damit?«

»Weißt du, ich wollte immer zum Militär, aber im Gegensatz zu den übrigen McShanes hatte ich nie das Geld dazu. Oh, ich weiß, Großvater wollte, daß ich Priester werde, aber das war nie meine Absicht. Ursprünglich hatte ich vor, den alten Mann umzubringen, aber dann bist du gekommen. Du, mit deinen feurigen roten Haaren und den Smaragdaugen, und du hast den alten Trottel mit deinem Charme dazu gebracht, das Testament zu ändern.«

»Nein.«

»O ja, aber das war eigentlich egal. Du hast gesagt, du würdest mich heiraten, und da hatte ich noch eine Chance. So war es sogar noch besser. Aber dann hast du diesen Bastard Rian geheiratet. Dann hab' ich entdeckt, daß du schwanger bist. Du spießiges, kleines Miststück! Wie hat er es geschafft, dich zu verführen? Aber das ist jetzt auch egal.« Colin schnaubte verächtlich. »Ich hatte vorher schon versucht, dich umzubringen, Morgana, aber das Kind hat dein Schicksal besiegelt. Verstehst du nicht? Ich mußte dich loswerden, bevor das Baby auf der Welt war, sonst hätte das Balg alles geerbt. Und du arme Närrin dachtest, Rian will dich umbringen. Du hast gedacht, er hätte dich wegen des Geldes geheiratet. Wie dämlich du doch bist«, fuhr Colin fort.

»Er ist verrückt nach dir, und das seit Jahren, und du warst zu blind und zu stur, um das zu sehen. Mein erster Versuch im Verlies ist fehlgeschlagen, weil er darauf bestanden hat, jeden Gang abzusuchen, bis er dich gefunden hat. Da ist mir klargeworden, daß unser kühner Rian sich endlich mal verliebt hat. Es war reines Glück, daß er die Fackel gefunden hat, die du fallen gelassen hast. Der verfluchte Bastard! Er hat mir ständig meine Pläne verpfuscht. Deine Stute ist gestolpert, als ich auf dich geschossen habe, und das hat dich gerettet. Verfluchtes Pech. Du bist wie eine Katze, meine Liebe, mit neun Leben. Ich hab' dich die Treppe hinuntergestoßen. Zu schade, daß du dir nicht den Hals gebrochen hast. Aber wenigstens hab' ich das Kind erwischt.« Er grinste, und Morgana erkannte plötzlich, daß er wahnsinnig war.

»Aber du hast dauernd gesagt, jemand wolle dich umbringen, und Rian haben all die Unfälle mißtrauisch gemacht. Er fing an, Fragen zu stellen, hat überall seine Nase reingesteckt. Er konnte nichts beweisen, deshalb hat er dich weggeschafft. Ich hab' gedacht, ich hätte verloren, aber dann hatte ich eine brillante Idee. Ich hab' mich den United Irishmen angeschlossen und angefangen, den ganzen Landkreis zu terrorisieren. Und das in der Maske meines Cousins Rian.«

»Du also hast die britischen Soldaten umgebracht«, hauchte Morgana starr vor Angst.

»Ja, ich hab' sie getötet, alle. Sie haben hier herumgeschnüffelt und Unruhe verbreitet. Ich mußte sie zum Schweigen bringen. Alles lief wunderbar, bis ihr gekommen seid. Du hast gedacht, ich hab' dich in jener Nacht in der Bibliothek nicht gesehen, aber das hab' ich doch. Ich hab' gewußt, daß du die Karte gesehen hast, hab' aber nicht verstanden, warum du mich nicht verdächtigt hast.«

»Ich dachte, du triffst dich mit diesem Mädchen aus Kilshannon in den Höhlen«, stöhnte Morgana.

»Echtes Glück für mich«, kicherte er. »Dein Haß gegen Rian macht dich blind für alles andere, Cousine. Sag, warum haßt du ihn so?«

Morgana starrte ihn wortlos an, erwiderte aber nichts. Sie fühlte eine warme kleine Zunge an ihrem Handgelenk und merkte, daß Rory hinter ihr war und an ihren Fesseln nagte. Sie versuchte vorsichtig ein bißchen wegzurücken, damit seine winzigen Zähne besser daran ziehen und tiefer in die Fasern eindringen könnten und betete, daß Colin nichts bemerkte.

»Ich bin hoch in dein Zimmer und hab' den Jadeschmuck hingelegt, und wie ich gehofft hatte, hast du geglaubt, Rian wäre der Rebellenführer, und er hätte ihn dir zurückgebracht. Von da an war alles einfach. Ich entdeckte, daß er vor drei Jahren in England wegen Verrats verhaftet worden war. Da hatte ich ihn, obwohl ich nicht verstehen konnte, warum Captain Vickery ihn nicht ins Gefängnis gesteckt hat, aber der junge Soldat hat mir erklärt, sie bräuchten mehr Beweise, es wäre noch etwas anderes aufgedeckt worden, nachdem Rian geflohen war, was seine Unschuld beweisen könnte, also hab' ich diesen kleinen Plan ausgeheckt, damit sie den absoluten Beweis haben.«

»Was soll das heißen?« fragte Morgana, um ihn abzulenken, damit er ja nicht merkte, was sie vorhatte.

»Nun ja, just in diesem Augenblick greift Rian die englische Fregatte an, die draußen vor Anker liegt. Meine Männer werden sie von den Waffen, die sie an Bord hat, befreien und sie dann versenken. Aber ich fürchte, dein Mann wird nicht zurückkehren. Er hat sich bereit erklärt, sich den Engländern zu ergeben, im Austausch für deine Freiheit. Aber mach dir keine Hoffnungen, Morgana. Du kennst jetzt die Wahrheit. Ich fürchte, ich muß dich doch töten.«

»Du bist verrückt«, schrie sie. »Damit wirst du nie durchkommen!«

»Ach, glaubst du? Eine arme, liebeskranke Frau entdeckt, daß ihr Mann ein Mörder ist und wirft sich von den Klippen. Keiner wird meine Geschichte anzweifeln, wenn ich dich finde. Ich verspreche dir, ich werde entsprechend schockiert und untröstlich sein.«

Morgana zerrte heftig an ihrer Fessel, und der letzte Strang Schnur riß. Sie hielt ganz still, die Hände auf dem Rücken, damit Colin nichts merkte. Sie mußte ihn aber irgendwie ablenken, damit sie die Fesseln um die Füße auch lösen konnte. Sie schrie fast vor Wut, was sie tatsächlich auch unwillkürlich tat: Ein leises trauriges Stöhnen hallte durch die Höhle. Morgana schaute hoch und sah Katy McShanes Geist. Aber was für ein Anblick! Dem Geist lief Blut aus der Nase und den Ohren, und der Hals war verdreht, als wäre er gebrochen. Er öffnete den Mund und schrie.

»Der Geist«, flüsterte Morgana.

Colin drehte sich um und schaute in die Richtung, in die sie starrte. Blitzschnell hatte sie die Fesseln um ihre Knöchel gelöst und lief wie der Wind in die dunklen Gänge. Sie hörte Colin fluchen und hinterherpoltern. Sie rannte blindlings weiter, stolperte, fiel, rang nach Luft. Welcher Tunnel war der richtige? War sie auf dem Weg zur Küste, oder führten sie die Katakomben zu den Verliesen, in die Falle? Morgana hastete weiter, die Hände feucht vom grünen Schleim an den Höhlenwänden, bis sie mit einem Seufzer der Erleichterung den Eingang sah. Sie stürzte nach draußen, kletterte über die Felsen und suchte nach dem Pfad, der zum Strand hinunterführte. Doch bald hörte sie die Schritte von Colins Stiefeln hinter sich. Es hatte keinen Sinn, denn in der Dunkelheit würde sie den Weg nie finden. Sie drehte um und lief zu den steilen Klippen am Rand des Moors. In ihrer Hast stolperte sie und fiel hin, gefährlich nah am Abgrund. Sie schrie, als sie Colin über sich aufragen sah. Sein Mantel flatterte im Wind wie die Flügel einer Fledermaus. Er riß sie hoch.

»Ich hätte gar keinen besseren Fleck aussuchen können, meine Liebe«, höhnte er, ein grausames Grinsen in seinem Gesicht. »Vielleicht werd' ich dich sogar zuerst noch vergewaltigen. Das würde dir doch gefallen, oder? Du billige, miese Hure!«

Morgana kämpfte, wie sie noch nie in ihrem Leben gekämpft hatte. Seine Hände zerrten an ihrer Corsage, rissen sie bis zur Taille auf und entblößten ihre blassen, runden Brüste. Colin schlug brutal mit der Faust zu. Der Schlag betäubte sie, und sie fiel gegen seinen Arm und spürte kaum, wie er ihre Brüste boshaft packte und seinen Mund auf ihre wehrlosen Lippen preßte. Doch dann biß sie ihn und sah das Blut aus der Wunde spritzen. Sie nutzte den kleinen Vorteil und krallte ihm die Nägel ins Gesicht.

»Du Hure!« fluchte er wieder.

Er warf sich auf sie, und dann fielen sie, fielen...

Kapitel Achtunddreißig

Morgana kam langsam wieder zu Bewußtsein. Irgendwo, weit weg, donnerte die Brandung gegen die Klippen, und ein stechender Schmerz in der Seite sagte ihr, daß sie noch am Leben war. Sie versuchte, sich zu bewegen, und wäre fast wieder ohnmächtig geworden. Sie lag auf einem schmalen Felsvorsprung, der aus einer der Klippen ragte. Es war ein Wunder, daß sie davongekommen war. Unfaßbar. Aber sie wagte nicht, sich zu bewegen, der Vorsprug war zu schmal. Wenn sie ihre Stellung änderte, würde sie sicher herunterstürzen und sterben. Sie untersuchte sich vorsichtig in der Dunkelheit und stellte schließlich erleichtert fest, daß sie nichts gebrochen hatte, sondern nur geprellt und gestaucht vom Sturz war.

Sie stöhnte leise in der Dunkelheit, drehte einmal den Kopf und schaute hinunter auf die Felsen, wo sie jetzt liegen würde, wenn ein gütiges Schicksal sie nicht bewahrt hätte. Im schummrigen Mondlicht konnte sie Colins zerschmetterten Körper zwischen den Steinen ausmachen. Sein Kopf wippte sanft mit den Wellen, die zwischen die Felsen fluteten. Morgana erschauderte und wandte sich ab. Er hätte sie getötet, dieser zierliche, poetische Junge, den sie fast einmal geheiratet hätte, von dem sie geglaubt hatte, sie würde ihn leicht in den Griff bekommen. Bei dem Gedanken fing sie an, hysterisch zu lachen, bis ihr Keuchen nach einer Weile wieder in Schluchzen überging.

Colin hatte sie eine blinde Närrin genannt, und er hatte recht gehabt. Morgana lag auf dem harten, felsigen Vorsprung, von Wind und Regen gepeitscht, und dachte über diese verrückte, unglaubliche Geschichte nach. Und zum ersten Mal begriff sie, was ihr Mann versucht hatte, ihr zu sagen, was Madame Sung ihr hatte sagen wollen und was ihr Herz die ganze Zeit gewußt hatte. Sie liebte Rian McShane.

Sie weinte bitterlich. Jetzt, wo es zu spät war, wußte sie, daß sie ihn liebte, die ganze Zeit geliebt hatte. Von dem ersten Augenblick an, in dem sie ihn fast vor den Toren von Shanetara niedergeritten hatte und er zum ersten Mal mit diesem unverschämten Lächeln, diesen arroganten, spöttischen Augen zu ihr hochschaute, hatte sie ihn geliebt. Sie zitterte vor Kälte und spürte seine warmen, starken Arme, die Muskeln seines Rückens und seine glühenden Lippen auf ihren. Er war immer dagewesen, hatte immer hinter ihr gestanden, gewartet und sie unterstützt, wenn sie ihn brauchte. Oh, jetzt sah sie das alles klar und deutlich, und wie ein Dolch durchzuckte sie der Schmerz durch Bauch und Herz. Er würde sich heute nacht für sie stellen, würde hängen, und alles war umsonst gewesen. Sie würde bestimmt vor dem Morgen an Kälte auf dieser Klippe sterben, denn eine Nacht hier draußen würde sie nicht überleben. Oh, warum war sie nur so dickköpfig gewesen, ja, so verflucht arrogant, genau das, was sie Rian immer vorgeworfen hatte. Sie erinnerte sich an die Lachfalten um seine Augen und wie dunkel ihr Grün wurde, wenn er ihr sagte, sie würde sich genauso benehmen wie er, sie wären ebenbürtige Gegner. Er hatte es gewußt und versucht, es ihr zu sagen. Warum hatte sie nicht zugehört?

Er hatte sie geschlagen und schikaniert und geliebt, sie mit einer wilden, heftigen Leidenschaft geliebt, die nicht einmal die Zeit schwächer werden ließ. Ja, er war hart und anspruchsvoll, aber vor allem war er ein Mann. Hatte sie je etwas anderes gewollt? Nein, sie wollte keinen schwachen, knabenhaften Jüngling, den sie dominieren und herumkommandieren konnte. Ein solcher Mann würde sie mit der Zeit anwidern. Nein, Morgana wollte keine sanfte Liebe. Sie wollte ihr Schiff voll in den Wind steuern und die offene See befahren und sie erobern oder sterben. Konnte sie sich mit einem Mann begnügen, der sich mit weniger zufriedengab? Nein! Sie wollte einen Partner am Ruder, seine warmen Hände über den ihren, der ihr half und die Schlacht des Lebens an ihrer Seite kämpfte.

»Rian, o Rian, meine Liebe, mein Leben«, stöhnte sie leise. »Warum war ich so dumm? Wo bist du, Geliebter, und wo ist der strahlende Stern, der unser Schiff nach Hause geleitet?«

Die britische Fregatte begann langsam das Feuer zu erwidern, völlig überrumpelt, aber sie wehrte sich. Ein Mast der *Sorceress* splitterte in der Dunkelheit, das Segel fiel aufs Deck. Die Rebellen luden so schnell wie möglich nach und konterten den Angriff mit einer neuerlichen Salve ohne Rücksicht auf den schmierigen, heißen Rauch, der beißend in der Luft hing. Die Radikalen schenkten Rian, der am Ruder stand, keine Beachtung, und plötzlich sah er seine Chance. Er riß das Steuerrad hart herum und brachte die Seite des Schiffs direkt in die Feuerlinie der Fregatte. Eine laute Explosion, und der Rumpf der *Sorceress* barst von einem Ende zum anderen, sie schlingerte heftig vom Aufprall, und Wasser strömte mit ohrenbetäubendem Getöse in die Bilgen und sog es nach unten.

»Du Idiot!« brüllte Robert O'Brien. »Du hast uns versenkt!«

Er zog sein Schwert und wollte Rian niederstechen, aber der Graf war schneller. Er rannte zu seiner Kabine, riß die Tür auf und packte einen der Degen, die dort auf dem Tisch lagen, es waren jene, mit denen er und Morgana gefochten hatten. Morgana! Mit grimmiger Miene stürzte er sich auf den Bruder seines alten Freundes. Das Duell war kurz, der junge Rebell war dem erfahrenen Grafen in keiner Weise gewachsen, und Rian durchbohrte den Jungen und dachte einen Moment lang, was für ein trauriger Tag es war, an dem Freund sich gegen Freund stellte und Bruder gegen Bruder. Er würde es Max selbst sagen müssen. Dann stieg er über die Leiche in den Aufgang.

Die *Sorceress* sank immer schneller. Er mußte runter, sonst würde er ertrinken. Rian war ein Kapitän, der nicht vorhatte, mit seinem Schiff unterzugehen. Der Rest der Rebellen brachte die Boote zu Wasser, und er sah, daß er sich eines erkämpfen mußte. Fluchend hob er sein Schwert und schlug auf zwei Männer los. Sie ließen die Leinen fallen, ließen das kleine Boot aufs Wasser klatschen und stellten sich ihm. Rian hatte keine Zeit für die Fechteretikette, die er bei Angelo in London gelernt hatte. Er hackte einem Mann den Arm ab und schlitzte dem anderen die Kehle auf. Dann warf er den Degen von sich und sprang über die Reling. Es war nicht weit, die *Sorceress* war fast schon unter Wasser. Der Graf hielt sich an dem kleinen Boot fest und hievte sich hinein. Er beobachtete schweigend, wie die *Sorceress* in einem tosenden Strudel im dunklen, stürmischen Wasser versank. Und er hätte schwören können, einen Moment lang wäre Williams Geisterschiff im fahlen Mondlicht zu sehen gewesen, aber dann war da nur noch grauer, wirbelnder Dunst. Grimmig ruderte Rian ans Ufer.

Dort wartete schon Captain Vickery und verhaftete der Reihe nach die Rebellen, die nacheinander in den kleinen Booten anlegten. Die Dragoner brachten die Männer in das Gasthaus nach Kilshannon, bis er sie nach Dingle bringen konnte. Er lachte triumphierend, als Rian aus seinem Boot stieg. Jetzt hatte er den Grafen, und diesmal würde der Mann ihm nicht entwischen.

»Das Spiel ist aus, Mylord.« Er ging langsam auf Rian zu. »Sie sind verhaftet.«

Der Graf packte ihn an den Schultern. »Mein Gott, Mann! Ihr müßt mich anhören. Meine Frau ist in großer Gefahr! Mein Gott!« brüllte er, als zwei Dragoner ihn festhalten wollten. »Begreift Ihr denn nicht? Bei Gott, ich werd' Euch dazu bringen, mir zuzuhören, das schwör' ich!«

»Großer Gott, Captain.« Harrison erschien plötzlich auf der Bildfläche. »Der Graf ist kein Verräter. Ich schwöre, er hat sein eigenes Schiff versenkt. Ich hab's gesehen.«

Captain Vickery starrte wütend den ersten Maat an. »Und wer, bitte, sind Sie, wenn ich fragen darf?«

»Lord Keldaras erster Maat, Sir. Geben Sie ihm wenigstens die Chance, zu erklären, was passiert ist. Ich hab' gesehen, wie er die *Sorceress* gedreht hat, damit sie die Breitseite abkriegt. Er würde doch sein eigenes Schiff nicht versenken, wenn er schuldig wäre, oder?«

Und so hatte Captain Vickery die Ehre, sich die unglaublichste Geschichte seines Lebens anzuhören. Er musterte Rian eindringlich, nachdem der am Ende angelangt war.

»Ich glaube Ihnen«, sagte er schließlich. »Wache!«

Rian packte die Hand des Captains. »Das werd' ich Ihnen nie vergessen. Wenn Sie je einen Fürsprecher brauchen...«

»Ich werd's mir merken.« Captain Vickery lächelte. »Aber jetzt sollten wir uns beeilen, wenn wir Ihre Frau retten wollen.«

Der Ritt zu den Höhlen war lang und hart, aber Rian drängte unermüdlich weiter, auch wenn es das Leben seines schwarzen Hengstes kosten sollte. Aber Luzifer war stark und hielt durch. Es regnete wieder heftig, als Rian vom Pferd sprang und auf die Höhlen zulief. Die Dragoner folgten mit ihren Fackeln, die in der Nässe zischten und flackerten.

»Morgana!« schrie er heiser. »Morgana!«

Captain Vickery holte ihn ein, rang keuchend nach Luft. »Wo lang?«

»Folgen Sie mir. Ich kenn' die Höhlen wie meine Westentasche, aber Ihre Männer könnten sich verirren.«

Sie kämpften sich durch die engen Gänge. Rian rief verzweifelt immer wieder den Namen seiner Frau, aber vergeblich.

»Was war das?« fragte der Graf plötzlich.

»Ich hab' nichts gehört«, sagte Captain Vickery. »Es könnte Einbildung sein, Mylord. Ich weiß, wie aufgeregt Sie sind, aber Sie dürfen den Kopf nicht verlieren.«

»Nein, da ist es wieder«, sagte Rian. »Ein Winseln oder so was. Wie ein weinendes Kind.«

Er lief weiter und kam schließlich zu der großen Höhle, in der die Rebellen ihre Treffen abgehalten hatten.

»Rory.« Er hob den kleinen Hund auf. »Sie sind weg«, sagte er mit grimmigem Blick auf die zerrissenen Fesseln und die niedergebrannten Fackeln. »Los, weiter.«

Rian führte die Dragoner durch den feuchten Tunnel zurück zum Ausgang hinaus in die Nacht. Ratlos setzte er den kleinen Hund auf die Erde und sagte. »Wo ist sie, Rory? Such Morgana für mich.«

Der Welpe schaute ihn an, zuerst etwas verwirrt, aber wie alle Irish Setter hatte er einen angeborenen Jagdinstinkt, und er war verängstigt. Er wollte zu dem einzigen Menschen, der je nett zu ihm gewesen war, und eine Minute später lief er auf die Klippen zu, seine Schiene hinter sich herschleifend.

»Mein Gott! Colin hat sie die Klippen hinuntergeworfen!« Rian spürte, wie sein Herz aussetzte. »Morgana! Morgana!« brüllte er verzweifelt. »Bringt die Fackeln hier rüber.«

Der Graf schaute hinunter in den steilen Abgrund und sah Colins zerschmetterten Körper im Wasser treiben.

»Morgana!«

Sie hörte ihn. Trotz des rauschenden Meeres und des prasselnden Regens hörte sie ihn, und ihr Herz hämmerte vor Freude, wie sie sie noch nie im Leben empfunden hatte. Er war gekommen! Rian war gekommen, er war immer dagewesen. Tränen liefen ihr über die Wangen und vermischten sich mit dem Regen.

»Rian!« rief sie. »Rian, ich bin hier!«

Sie sah sein besorgtes Gesicht über sich und die Fackeln, die wie Millionen von Kerzen in der Nacht funkelten.

»Sie lebt«, sagte er und packte Captain Vickery. »Mein Gott, sie lebt! Halt durch, Schatz. Ich komme.«

»Rian, du Narr, du wirst dir den Hals brechen«, rief sie mit schwacher Stimme. »Warte bis zum Morgen.«

»Damit du erfrierst? Wirst du denn nie lernen, Frau? Ich bin der Herr im Haus. Hör auf, mir Befehle zu geben«, schrie er, während er sich eine Leine um die Taille festzurrte. Das andere Ende befestigte er an Luzifers Sattel. »Wenn ich unten bin, führen Sie das Pferd rückwärts und ziehen Sie uns hoch«, sagte er zu Captain Vickery.

»Ich glaube, Sie sind verrückt.« Der Captain schaute fassungslos nach unten. »Sie rutschen womöglich ab und brechen sich den Hals.«

»Wenn es Ihre Frau wäre, was würden Sie dann tun?«

Captain Vickery sah das entschlossene Gesicht und lächelte: »Viel Glück, Mylord.«

Morgana sah, wie ihr Mann sich über die Kante abseilte, und schrie entsetzt: »Rian, nein! Du wirst dich umbringen!«

»Mein Gott, Mädchen. Hast du noch nie was vom Glück der Iren gehört? Schande über dich.«

Morgana wußte, daß sie ihn nie mehr geliebt hatte, als in diesem Augenblick, als er die rauhe, nasse Wand besiegte, um zu ihr zu gelangen mit seinen funkelnden grünen Augen.

»Alles in Ordnung?«

Sie nickte, weil sie keinen Ton herausbrachte. Der Regen prasselte auf sie herunter, und die Vergangenheit löste sich im Dunst auf, als sie ihre Arme um seinen Hals schlang und schluchzte.

»Ich liebe dich, Rian McShane.«

Und dann sah sie noch einmal, das letzte Mal in ihrem Leben, diesen seltsam suchenden Blick. Dann, langsam, bedächtig, lächelte er, und es war, als hätte sie plötzlich durch die Abgründe des Lebens die Hand ausgestreckt und die andere Seite ihrer Seele gefunden.

»Zieht uns hoch«, schrie der Graf und legte seine Arme fest um ihre Taille.

Eifrige Hände halfen ihnen über die Kante und zogen sie zurück auf festen Moorboden.

»Colin ist... ist da unten.« Sie schaute zu Rian hoch.

»Ich weiß«, erwiderte er leise.

»Er war... er war vollkommen wahnsinnig. Er hat versucht... mich umzubringen.«

»Ich weiß«, sagte er noch einmal. »Denk nicht mehr dran.«

Ein warmes, quietschendes Bündel warf sich gegen ihre Füße. »Rory, Rory.« Sie bückte sich und hob den kleinen Hund auf.

»Rory hat mich zu dir geführt«, sagte Rian und streichelte zärtlich die Ohren des Tieres. »Komm, laß uns nach Hause gehen, Morgana.«

Er half ihr in Luzifers Sattel, dann stieg er hinter ihr auf und legte einen Arm um sie und Rory.

Captain Vickery ritt neben ihnen her. »Lord Keldara, ich brauche Sie als Zeuge, um die Sache ins reine zu bringen. Ich komm' in ein paar Tagen vorbei. Ich bin sicher, alle Beschuldigungen gegen Sie werden fallengelassen. Lady Keldara«, nickte er Morgana zu. »Ich schulde Ihnen eine Entschuldigung.«

»Akzeptiert, Captain. Danke.« Sie lächelte.

»Wir werden da sein«, versprach Rian, und ihre Blicke trafen sich mit dem Verständnis, das nur die tapfersten Männer füreinander haben.

Morgana weinte, als Colins Sarg in der Erde versenkt wurde und sie hörte, wie die ersten Schaufeln Erde niederprasselten. Sie wandte sich schnell ab. Es brachte Unglück, das zu sehen. Colin, der seltsame, verschlossene, poetische Colin. Er war ihr Cousin gewesen, hatte sie dereinst heiraten wollen und hatte am Ende versucht, sie zu töten.

»Es ist am besten so, Morgana.« Rian nahm ihren Arm, als sie blind vor Tränen zum Ausgang des Friedhofs stolperte.

»Ja.«

Sie fragte sich, was er jetzt wohl dachte, dieser große, dunkelhaarige Fremde, und sie wußte, daß früher oder später eine Aussprache kommen mußte, damit sie diese Liebe ganz verstehen konnten, die sie beide so mit ihrer sanften Wut gequält hatte.

Seit jener Nacht, in der er sie gerettet hatte, hatten sie kaum ein Wort miteinander geredet. Er schien Angst davor zu haben, Angst, sie könnte ihn verspotten, so wie sie das einmal befürchtet hatte. Als erwarte er, sie werde ihr Liebesgeständnis zurücknehmen, weil es übereilt und in Verzweiflung gemacht worden war.

Aber er hatte sie in jener Nacht geliebt. Er hatte seine Hände auf sie gelegt und sie die alte vertraute Begierde fühlen lassen, diese heiße, lodernde Flamme der Leidenschaft, und sie hatte sich ihm willig hingegeben und hatte endlich begriffen, was Liebe wirklich war. Es war nicht nur brennende Lust, die mit Küssen und starken Händen gelindert werden konnte. Es war Empfinden, Teilen, und es war Schmerz.

Die Anklagen gegen beide waren fallengelassen worden. Sie waren jetzt frei, frei, neu zu beginnen. Großvater war ein gebrochener alter Mann. Er hatte geweint und geflucht und gezittert, als er die herzzerreißende Nachricht erfuhr, aber dann hatte er energisch das Kinn vorgeschoben, genau die Geste, die seine Enkelin von ihm geerbt hatte, und Stolz und Würde zusammengerafft, die alle arroganten, tapferen McShanes haben. Und Morgana wußte in diesem Augenblick, daß er auch diesen Schmerz im Lauf der Zeit bewältigen würde.

Das ganze County war natürlich schockiert gewesen, wie es auch nicht anders sein konnte, aber keiner kam, um zu klatschen oder seine Neugier zu befriedigen. Einige der ältesten und besten irischen Familien hatten ihre Söhne an diese unheilvolle Rebellion verloren. Viele waren mit der *Sorceress* gestorben, und die übrigen wurden nach England vor Gericht gebracht. Captain Vickery hatte versprochen, sich für sie einzusetzen, wenn sie die gestohlenen Sachen zurückgeben würden. Denn als einziger von ihnen hatte Colin gemordet. Sie waren jung und leicht zu beeinflussen und hatten Ruhm und Abenteuer gesucht. Ein kleiner Aufenthalt bei der britischen Marine würde ihnen eine gute Lektion sein. Die britische Fregatte war dank Rians Aktion nur leicht beschädigt, und es gab keine Toten zu beklagen.

Aber Morgana wußte, daß diese kleinere Rebellion nur der Anfang war. Sie schaute hinaus auf das üppige, grüne Land und wußte, daß eines Tages, irgendwie, Irland frei sein würde.

Kapitel Neununddreißig

Morgana erwachte früh. Die Sonne war noch nicht einmal aufgegangen. Sie schaute neben sich. Rian war weg. Nur eine kleine Kuhle im Kissen zeigte, daß er überhaupt neben ihr gelegen hatte.

Sie stand auf, zog sich an und schlich leise nach unten. Insgeheim ahnte sie, wohin er gegangen war. Sie ging hinaus und genoß die saubere, frische Frühlingsluft im frühen Morgendunst.

Copperlady schnaubte und scharrte ungeduldig mit dem Huf, als Morgana ihr das Halfter anlegte, sich aber nicht die Mühe machte, Jim wegen des Sattels zu wecken, und auf den blanken Rücken des Pferdes sprang. Sie ritt weg vom Großen Haus, zum Meer, zu den tobenden, grünen, weißmähnigen Pferden, die ihn immer locken würden.

Er ging am Strand entlang, eine stolze, schwarze Gestalt vor dem Horizont, sein dämonischer Hengst trottete ruhig neben ihm her, und sie wußte, woran er dachte: Seine *Sorceress*, seine Wanderlust. Sie ritt langsam auf ihn zu, und ihr Herz klopfte bis zum Hals. Ein langer Blick, als sie näher kam und abstieg und langsam auf ihn zuging, die Augen unverwandt auf sein Gesicht gerichtet.

»Ich wußte, daß du hier bist«, sagte sie leise.

»Ja?« Sie hielt inne. »Es wird ein anderes Schiff geben, Mylord.«

»Ja«, sagte er zögernd. »Aber ohne dich an meiner Seite hat es keinerlei Bedeutung.«

»Ich möchte dabeisein, Rian. Ich liebe dich.« Sie stellte sich auf die Zehenspitzen und küßte ihn sanft auf den Mund, fühlte, wie das Feuer in ihr emporloderte. »Ja, ich war eine Närrin, aber ich liebe dich, Mylord, mein Leben. Bring mich nach Hause, Rian. Nach Hause nach Keldara, damit dein Sohn dort geboren wird.«

»Mein Sohn?«

»Ja, er wächst schon in mir, tapfer und stark wie sein Vater.«

»Oh, Morgana, ich liebe dich so.« Er küßte sie. »Und wir haben so viel Zeit verschwendet... beide von uns zu stolz, zu dickköpfig...«

Sie schaute in seine grünen Augen und sah das alte spöttische Lächeln um seinen Mund, aber voller Liebe für sie, die Liebe, die immer dagewesen war, die sie aber vor lauter Blindheit nicht gesehen hatte.

»Ein Leben liegt vor uns, Rian. Wir können miteinander alt werden und zusehen, wie aus dem Kind ein Mann wird.«

»Woher weißt du, daß es ein Sohn ist, Süße?«

»Aber das haben Sie doch bestellt, Mylord.«

Sie lachten miteinander, zittrig, zögernd, aber es war ein Anfang. Ein Anfang, auf dem sie ihre Liebe und ihr Leben aufbauen konnten. Die Sonne erschien hinter dem Großen Haus, als hätte ein schlampiger Künstler seinen Pinsel über den Himmel gezogen und die Welt mit den blassen, verschwommenen Farben der Morgenröte aufgeweckt. Und Shanetara warf in diesem Augenblick keine Schatten mehr. Und von da an nie wieder.